Библиотека Всемирной Литературы

Библиотека Всемирной Литературы

Серия основана издательством
ЭКСМО в 2002 году

Федор Михайлович Достоевский

Идиот

Москва
ЭКСМО
2008

УДК 82-3
ББК 84(2Рос-Рус)
Д 70

Вступительная статья *Б. Тарасова*

Примечания *И. Битюговой*

Оформление серии *А. Бондаренко*

В оформлении суперобложки использованы
работы *П. Федотова, И. Прянишникова, И. Крамского*

Достоевский Ф. М.

Д 70 Идиот: Роман в четырех частях / Ф. М. Достоевский; [вступ. ст. Б. Тарасова; примеч. И. Битюговой]. – М.: Эксмо, 2008. – 800 с. – (Библиотека Всемирной Литературы).

ISBN 978-5-699-30026-6

«Идиот» (1868) – роман, в котором Достоевский впервые с подлинной страстью, ярко и полно изобразил положительного героя, каким его представлял. В князе Мышкине соединились черты образа Христа и одновременно ребенка, умиротворенность, граничащая с беспечностью, и невозможность пройти мимо беды ближнего. В «нормальном» обществе людей, одержимых корыстью и разрушительными страстями, князь Мышкин – идиот. В мире, где красота замутнена нечистыми помыслами людей, такой герой беспомощен, хотя и прекрасен. Но «красота спасет мир!», утверждает Достоевский устами князя Мышкина, и в мире становится светлей.

УДК 82-3
ББК 84(2Рос-Рус)

ISBN 978-5-699-30026-6

Содержание

Бремя человечности

Пушкин, высочайший для Достоевского авторитет в литературе, однажды заметил, что труднейшая задача человека на земле – нести бремя жизни, «иго нашей человечности». Можно сказать, что художественному воплощению этой задачи, разгадыванию «тайны человека», выявлению собственно человеческого в человеке и посвящен предстающий вниманию читателя роман, как и все другие произведения писателя. В одной из статей о Достоевском Вл. Соловьев сформулировал принципиальный итог, который вытекает из художественных раздумий автора «Идиота» над неизбывными условиями и коренными особенностями пребывания человека в мире: «Пока темная основа нашей природы, алая в своем исключительном эгоизме и безумная в своем стремлении осуществить этот эгоизм, все отнести к себе и все определить собою, – пока эта темная основа у нас налицо – не обращена – и этот первородный грех не сокрушен, до тех пор невозможно для нас никакое *настоящее дело* и вопрос *что делать*? не имеет разумного смысла. Представьте себе толпу людей слепых, глухих, бесноватых, и вдруг из этой толпы раздается вопрос: что делать? Единственный разумный здесь ответ: ищите исцеления; пока вы не исцелитесь, для вас нет дела, а пока вы выдаете себя за здоровых, для вас нет исцеления»[1].

Продолжая свою мысль, философ подчеркивал, что истинное плодотворное дело и духовный рост возможны тогда, когда в природе и человеке есть положительные силы добра и света,

1 Соловьев Вл. Соч. В 2 т. Т. 2. М., 1988. С. 311.

которых нет без Бога. Поэтому неудивительно, что вопросы «что делать?» или «кто виноват?», задававшиеся, как известно, не только Н.Г. Чернышевским или В.И. Лениным, Л.Н. Толстым или А.И. Герценом, получали на практике неудовлетворительные ответы, ибо они ставились и решались в границах не преображенной и даже все более темной основы человеческой природы, оставляя в стороне самый главный вопрос о подлинной сущности, истоках, целях и смысле человеческого бытия. Кто есть человек – продукт стихийной игры слепых сил природы, «свинья естественная», как утверждает, например, Ракитин в «Братьях Карамазовых» и подобные ему персонажи в других романах? Если человек, со всеми своими духовными устремлениями и нравственными страданиями, принимает себя, опираясь на материалистическое мировоззрение, лишь за мышь, пусть и «усиленно сознающую мышь» (так выражается герой «Записок из подполья»), тогда нелепо и нелогично надеяться на какое-то братство и любовь среди людей. Тогда естественно и логично ощущать или осознавать свою жизнь в категориях самосохранения и борьбы за существование, тайной вражды и скрытого взаимовытеснения, конкуренции и соперничества – в тех категориях, в которых собственно человеческие свойства личности, резко выделяющие ее из природного мира, например, милосердие, сострадание, праведность, честь, совесть и т.п., утрачивают свою подлинную сущность и самостоятельную значимость, угасают за невостребованностью и ненадобностью.

И напротив, если человек воспринимает себя как образ и подобие Божие, тогда он удовлетворяет глубинную, более или менее осознанную потребность в не теряемом со смертью смысле своего существования, а все специфически человеческие свойства, слитые с действенной памятью о Первообразе и Его заповедях, становятся, по Достоевскому, не внешней условностью, а внутренней силой, способной преодолеть природный плен биологического отбора, превозмочь иго натуральных страстей, гедонистических склонностей, властных притязаний, господствующей конъюнктуры, своекорыстных расчетов, словом, тех свойств, которые в разной степени, форме и пропорциях торжествуют в миропредставлении и жизненной ориентации «усиленно сознающей мыши» и вносят катастрофические элементы дисгармонии и разлада во взаимоотношения людей. По его неизменному убеждению, от смутно ощущаемого или ясно осознаваемого ответа на главный вопрос о собственной сущности, с разной степенью отчетливости и вменяемости дающий о себе знать, зависит вольное или невольное предпочтение определенных ценностей, направление воли и желаний, та психологическая доминанта, которая в конечном итоге предустанавливает и активизирует идейный выбор или конкретный рисунок жизни, судьбу отдельной личности, целого народа, всего человечества.

Эта основополагающая альтернатива жизни «с Богом» и «без Бога» неразрывно соединяет в художественно-философском подходе Достоевского элементы вечного и обыденного. «Роковой и вековечный вопрос о необходимости понятия бессмертия души для прогресса», – заключает он, как бы соединяя проблемы религии и высокой метафизики с ходом эмпирической истории и конкретной деятельностью людей. «Представьте себе, – замечал писатель в одном из писем, – что нет Бога и бессмертия души (бессмертие души и Бог – это все одно, одна и та же идея). Скажите, для чего мне надо жить хорошо, делать добро, если я умру на земле совсем? Без бессмертия-то ведь все дело в том, чтоб только достигнуть мой срок, и там все хоть гори. А если так, то почему мне (если я только надеюсь на мою ловкость и ум, чтоб не попасться закону) и не зарезать другого, не ограбить, не обворовать, или почему мне если уж не резать, так прямо не жить за счет других, в одну свою утробу?»[1].

Раздумывая над «тайной человека» и отвечая в своих романах, в том числе и в «Идиоте», на такие вопросы, Достоевский раскрывал в мире всегда двоящиеся картины, когда добро и зло многообразными переплетениями событий и поступков слиты в неразрубаемый узел, а взлетающий на духовную высоту человек с неизменным постоянством шлепается в грязь. «Сорвавшиеся с корней», «потерявшие нитку», не имеющие твердой нравственной почвы и высших ориентиров, а потому «корчащиеся» под грузом современных проблем люди становятся пред-

1 Достоевский Ф.М. Полн. собр. соч. В 30т. Л.,1972–1990. Т. 30. Кн. 1. С. 10.

метом пристального внимания писателя во многих произведениях, как и в предстающем перед читателем сочинении. «Лебедев – гениальная фигура, – отмечал автор «Идиота» в черновиках. – И предан, и плачет, и молится, и надувает Князя, и смеется над ним. Надувши, наивно и искренно стыдится Князя»[1]. Своеобразно дополняет характеристику подобного состояния сознания исповедь другого персонажа «Идиота» (Келлера), заявляющего: «...И слова, и дела, и ложь, и правда – все у меня вместе и совершенно искренно».

Согласно логике Достоевского, бесхребетная раздвоенность поведения при утрате вековечного идеала, отсутствии подлинного смысла жизни и исчезновении «высших типов» вокруг создает благоприятную для «темной основы нашей природы» атмосферу, в которой господствуют искание и приумножение «своего права», утоление разнообразнейших эгоистических желаний, самолюбие, тщеславие, зависть, соперничество, чувственные страсти. Он заключал, что общество имеет предел своей деятельности, тот забор, на который оно наткнется и остановится из-за своего нравственного состояния.

По убеждению писателя, отвратить отдельную личность, целый народ или все человечество от подобной перспективы может лишь жизнь «с Богом». Только абсолютный идеал, его духовная высота, нравственная глубина и смыслополагающая сила стирают в душе все остальные идеалы и идолы и позволяют людям не довольствоваться собственной греховной природой, а стремиться к ее преображению, очищают корыстолюбиво-разрушительные побуждения натуры и переводят их в созидательно-человеческую плоскость. Таким идеалом, создающим непосредственность и непобедимость ощущения высшей красоты и подлинной духовной гармонии, делающим благодатный отказ от «натуральных» движений собственной воли «самовольным» и естественным, была для писателя личность Христа, Богочеловека с Его совершенной любовью, которая является выражением предельной свободы и одновременно величайшим самостеснением, жертвой, победой над созданной Адамом «натурой». По его убеждению, только хри-

1 Достоевский Ф.М. Полн. собр. соч. Т. 9. С. 252–253.

стоподобная любовь (и большая или меньшая способность вместить ее в чистом сердце), которая не завидует, не гордится, не превозносится и «не ищет своего», ибо не отождествляется ни с каким частным интересом или естественными склонностями, дающая, а не берущая любовь, которая долготе́рпит и все переносит, способна преобразить «темную основу нашей природы», возвысить и облагородить приниженную душу человека, восстановить в нем «образ человеческий», изменить и восполнить «укороченное» эгоцентризмом его сознание. Одна из самых главных и заветных мыслей Достоевского, доверенная его герою, звучит так: «На земле же воистину мы как бы блуждаем, и не было бы драгоценного Христова образа пред нами, то погибли бы мы и заблудились совсем, как род человеческий пред потопом»[1]. Потому-то и так важно, заключал писатель, беречь «Знамя Христово», что оно сохраняет твердую почву в различении добра и зла, не позволяет слепотствующему уму увлекаться ложными ценностями, оживляет в очищающемся сердце подлинную любовь. Ту любовь и те силы подлинного благородства и высокой человечности, которые недостижимы без благодатной помощи и сложнее всего поддаются художественному изображению.

О чрезвычайной сложности изображения «положительно прекрасного» вообще, а в современную ему эпоху, когда все, напротив, складывалось «как бы с целью исключить в человеке всякую человечность», когда «все проедены самолюбием», в частности, Достоевский писал во время работы над «Идиотом» своей племяннице С.А. Ивановой: «Идея романа – моя старинная и любимая, но до того трудная, что я долго не смел браться за нее... Главная мысль романа – изобразить положительно прекрасного человека. Труднее этого нет ничего на свете, а особенно теперь. Все писатели, не только наши, но и даже европейские, кто только ни брался за изображение *положительно* прекрасного, – всегда пасовал. Потому что это задача безмерная. Прекрасное есть идеал, а идеал – ни наш, ни цивилизованной Европы еще далеко не выработался. На свете есть одно только положительно прекрасное лицо – Хрис-

1 Достоевский Ф.М. Полн. собр. соч. Т. 14. С. 290.

тос, так что явление этого безмерно, бесконечно прекрасного лица уж конечно есть бесконечное чудо»[1].

В логике Достоевского «одно только», «бесконечное чудо» («чудесная и чудотворная красота», «пресветлый лик», «нравственная недостижимость» — такими словами он характеризует Богочеловека) нельзя повторить во внешнесобытийной буквальности, но можно в разной степени вмещать его дух и плоды и освещать «Светом Христовым» (часто употребляемое им словосочетание) несовершенные проявления всего «чисто человеческого», в том числе и его наилучших образцов. «Из прекрасных лиц в литературе христианской, — пишет он далее племяннице, — стоит всего законченное Дон Кихот. Но он прекрасен единственно потому, что смешон»[2]. Продолжая эту мысль, можно сказать, что главный герой романа, «Князь Христос», как иногда называет его автор в черновиках, прекрасен потому, что идиотичен, ненормален с точки зрения требований, правил и привычек эгоцентрической натуры человека. В этом отношении он сродни Алеше Карамазову, который в черновиках к «Братьям Карамазовым» неоднократно называется Идиотом, а в авторском введении к роману характеризуется как «чудак», выражающий своей «странностью» подлинную человечность: «Ибо не только чудак “не всегда” частность и обособление, а напротив, бывает так, что он-то, пожалуй, и носит в себе иной раз сердцевину целого, а остальные люди его эпохи — все каким-нибудь наплывным ветром, на время почему-то от него оторвались...»[1].

Разрабатывая в 1868 г. темы «Идиота», отражающие «странные приключенья» главного героя, автор намеревался развить сходную мысль, что, «может быть, в Идиоте человек-то более действителен», чем во всех других окружающих его персонажах. Об этом свидетельствуют, например, слова Настасьи Филипповны, обращенные к Мышкину перед ее уходом с Рогожиным: «Прощай, князь, в первый раз человека видела!» — или Ипполита, перед попыткой самоубийства: «Стойте так, я буду смотреть. Я с Человеком прощусь».

1 Достоевский Ф.М. Полн. собр. соч. Т. 28. Кн. 2. С. 251.
2 Достоевский Ф.М. Полн. собр. соч. Т. 28. Кн. 2. С. 251.

«Идиотизм» князя Мышкина провоцирует выход на поверхность всех скрытых намерений других персонажей и обнаружение подлинного краха мнимой, иллюзорной «нормальности» той жизни, в которой он оказался и которая движется в границах «темной основы нашей природы», так сказать, совершенствуясь в своей темноте на стыке развития практически-земных интересов. «Нелепость» и «непрактичность» Мышкина, его «безумное» пренебрежение собственными интересами, непосредственность и искренность, незащищенность и доверчивость при неспособности лгать и остром, проницательном и глубоком уме косвенно выступают своеобразным евангельским эквивалентом, выраженным в словах: «...Бог избрал немудрое мира, чтобы посрамить мудрых, и немощное мира избрал Бог, чтобы посрамить сильное» (1 Кор., 1:27). Более того, появление князя в пореформенной России среди нарождающихся капиталистов и ростовщиков, разного рода авантюристов и дельцов, поклоняющихся золотому тельцу и служащих мамоне, обнажает сами основы «естественного» порядка, предельным выражением которого становятся смерть и апокалиптическое состояние мира.

Многие персонажи «Идиота» одержимы разрушительной страстью наживы, которая принижает и опустошает их души. «Здесь ужасно мало честных людей, – замечает тринадцатилетний Коля Иволгин в разговоре с Мышкиным, – так, даже некого совсем уважать... И заметили вы, князь, в наш век все авантюристы! И именно у нас в России, в нашем любезном отечестве. И как это так все устроилось – не понимаю. Кажется, уж как крепко стояло, а что теперь?.. Родители первые на попятный и сами своей прежней морали стыдятся. Вон, в Москве, родитель уговаривал сына ни перед чем не отступать для добывания денег; печатно известно... Все ростовщики, все, сплошь до единого».

Действительно, появляясь в богатом особняке Епанчиных или скромном доме Иволгиных, в мрачном жилище Рогожина или на вечеринке у Настасьи Филипповны, главный герой везде сталкивается с неуемным стремлением к приобретательству,

1 Достоевский Ф.М. Полн. собр. соч. Т. 14. С. 5.

заполняющим или даже искажающим чисто человеческие желания и высшие свойства личности. Генерал Епанчин представляет собой тип сановника-капиталиста, участвует в откупах и акционерных компаниях, имеет два дома в Петербурге и фабрику, «слывет человеком с большими деньгами». Новое амплуа генерала заставляет его и в замужестве собственной дочери видеть выгодную сделку и помогать стареющему сановнику Тонкому «Продать» его грехи Гане Иволгину. Последнему же нужны деньги, чтобы реализовать амбиции своей самолюбивой, тщеславной и посредственной натуры. «Я прямо с капитала начну, — откровенничает он с Мышкиным, — чрез пятнадцать лет скажут: “вот Иволгин, король иудейский!”... Нажив деньги, знайте, — я буду человек в высшей степени оригинальный. Деньги тем всего подлее и ненавистнее, что они даже таланты дают... Меня Епанчин почему так обижает?.. Просто потому, что я слишком ничтожен. Ну-с, а тогда...» Коварная сила денег тяготеет и над Рогожиным, в купеческом роде которого с фантастическим изуверством наживали капитал. «А ведь покойник, — говорит он, — не то что за десять тысяч, а за десять целковых на тот свет сживал». Брат Парфена Рогожина Семен готов обрезать с парчового покрова на гробе отца золотые кисти — «оне, дескать, эвона — каких денег стоят». У самого Парфена Рогожина стремление к наживе соседствует с чувственной страстью. Ради ее насыщения и удовлетворения себялюбивой алчности он готов перекупить Настасью Филипповну за сто тысяч. И когда она бросает эти деньги в огонь, обнажаются господствующие низкие чувства присутствующих: Лебедев «вопит и ползет в камин», Фердыщенко предлагает «выхватить зубами одну только тысячу», Ганя падает в обморок и даже князь Мышкин заявляет, что он тоже миллионер, получил наследство и готов предложить свою руку героине.

Наступление низшего на высшее, золотого тельца на истинную любовь, когда христианский идеал отступает перед мамоной, а предметом купли-продажи становятся красота и человеческое достоинство, создает в романе «убийственную» атмосферу. Его герои часто обращаются к газетным известиям, к текущей уголовной хронике, например, к делу купца Мазурина, зарезавшего ювелира Калмыкова, или студентов Горского, убившего в доме купца Жемарина шесть человек, и Данилова, ограбившего ростовщика Попова и его служанку и расправившегося с ними. Глагол «зарезать» много раз звучит на страницах «Идиота» еще до того, как брачная ночь Рогожина с Настасией Филипповной заканчивается ее убийством. Такой финал предсказывает в самом начале романа Мышкин. его предчувствует она сама, разгадывая тайну «мрачного, скучного» рогожинского дома. Разоблачая черное корыстолюбие Гани, Настасья Филипповна оценивает общее поветрие и предполагает, что «этакой за деньги зарежет! Ведь теперь их всех такая жажда обуяла, так их разнимает на деньги, что они словно одурели. Сам ребенок, а уж лезет в ростовщики!». Во второй части Бурдонский выдает себя за незаконного сына Павлищева, благодетеля Мышкина, и затевает против последнего тяжбу для собственного обогащения, а его приятель Келлер помещает в газете клеветническую статью о князе. Наблюдая компанию шантажистов, которые «дальше нигилистов ушли». Лизавета Прокофьевна Кпанчина, в полном согласии с мыслью самого автора, приходит к предельному выводу. «Уж и впрямь последние времена пришли, – кричит она. – Теперь мне все объяснилось! Да этот косноязычный разве не зарежет (она указала на Вурдовского)? Да побьюсь об заклад, что зарежет! Он денег твоих десяти тысяч, пожалуй, не возьмет... а ночью придет и зарежет, да и вынет их из шкатулки. По совести вынет!.. Тьфу, нее навыворот, все кверху ногами пошли... Сумасшедшие! Тщеславные! В Бога не веруют, в Христа не веруют! Да ведь вас до того тщеславие и гордость проели, что кончится тем. что вы друг друга переедите, это я вам предсказываю. И не сумбур это, и не хаос, и не безобразие это?!» Как и во всем позднем творчестве. Достоевский в «Идиоте» сводит социально-нравственный кризис к религиозному, к потере веры, в результате чего торжествует «темная основа нашей природы», а человеком управляют гордыня и алчность, ненависть и чувственность, замаскированные «демократической» и «Юридической» шелухой. «Все, что я выслушал... – говорит Евгений Павлович Радомский, опять-таки выражая авторскую точку зрения, – сводится, по моему мнению, к теории восторжествования права, прежде всего и мимо всего, и даже с исключением всего прочего, и даже, может быть, прежде исследования, в чем и право-то состоит?.. От этого дело может прямо перескочить па право силы, то есть на право единичного кулака и личного захотения, как, впрочем, и очень часто кончалось на свете. Остановился же Прудон на праве силы. В американскую войну многие самые передовые либералы объявили себя в пользу плантаторов, в том смысле, что негры суть негры, ниже белого племени, а, стало быть, право силы – за белыми... Я хотел только заметить, что от права силы до права тигров и крокодилов и даже до Данилова и Горского недалеко».

По пророческой логике Достоевского, в такой общественно-исторической ситуации, когда разнообразятся и множатся эгоистически-индивидуалистические стимулы поведения людей и вырабатываются соответствующие образцовые формулы «всяк за себя и только за себя», «после нас хоть потоп», «счастье лучше богатырства», «своя рубашка ближе к телу», «рыба ищет где глубже, а человек где лучше», питать чрезмерные надежды на юридические гарантии и формальные законы было бы наивной иллюзией, а путь от прекраснодушного либерализма, единичного кулака и личного захотения до права тигров и крокодилов не столь уж длинный. И не потому лишь, что, повинуясь духу времени, «судьи» превращаются в «нанятую совесть», принимают описанных в «Идиоте» «биржевиков», «тигрят» и «крокодильчиков» за прогрессивных деятелей. Дело в том, что формальное право порою не только не затрагивает, но и сокращает, отодвигает на задний план нравственное ядро человека и тем самым как бы закрепляет «низкие причины» его поведения, говоря словами Лизаветы Прокофьевны, хождения «кверху ногами». Так, в романе Лебедев взялся защищать за обещанное вознаграждение не жертву, а обманувшего ее ростовщика. Другой адвокат пытался убедить слушателей, что мысль убить естественно должна была прийти бедному преступнику, и гордился про себя, что высказывает самую гуманную и прогрсссивную мысль. Рогожин же не противоречил ловкому и красноречивому своему адвокату, ясно и логически доказывавшему, что совершившееся преступление было результатом воспаления мозга. Такой диапазон извращения понятий и возвышенно лживой казуистики выводит за скобки разговор о совести и нравственной ответственности человека и тем самым сохраняет и подпитывает преступную и «убийственную» атмосферу жизни, обогащая одновременно всевозможных «юристов» и «законников». Конечно же, Достоевский не был отрицателем правовых отношений и отдавал должное их относительным достоинствам. Вместе с тем он прекрасно понимал, что заключенные в них ценности низшего порядка нельзя поднимать на котурны, возводить в превосходную степень, принимать за максимум и панацею и тем самым вольно или невольно разрушать даже их. «Все в нынешний век на мере и договоре, – выражает мысли автора один из персонажей "Идиота", рассуждая об апокалиптических признаках, – и все люди своего только права и ищут... да еще дух свободный, и сердце чистое, и тело здравое, и все дары Божии при этом хотят сохранить. Но на едином праве не сохранят».

По убеждению Достоевского, вследствие изначальной слабости и порочности человека, «закон» неизбежно и крайне необходим (особенно в историческом контексте деспотизма и беззакония). Однако без «благодати» и «даров Божиих», без чистого сердца и настоящей свободы, т.е. внутренней независимости от своекорыстия, он таит в себе возможность саморазрушения и не имеет никаких преград для поиска лазеек в утверждении «своего права» и «законного» беззакония.

Обезбоженное состояние дехристианизированного мира символизирует в романе находящаяся в доме Рогожина картина Гольбейна «Мертвый Христос», изображающая Спасителя тлеющим трупом и связанная с важной, в общем замысле романа, исповедью умирающего от чахотки Ипполита Терентьева. Картина эта означает для последнего отсутствие веры в божественность Христа и реальное бессмертие, а стало быть, – торжество смерти. «Тут невольно приходит понятие, – размышляет Ипполит, – что если так ужасна смерть и так сильны законы природы, то как же одолеть их? Как одолеть их, когда не победил их теперь даже тот, который побеждал природу при жизни своей?.. Природа мерещится при взгляде на эту картину в виде какого-то огромного, неумолимого и немого зверя или, вернее, гораздо вернее сказать, хоть и страшно, – в виде какой-нибудь громадной машины новейшего устройства, которая бессмысленно захватила, раздробила и поглотила в себя, глухо и бесчувственно, великое и бесценное существо – такое существо, которое одно стоило всей природы и всех законов ее, всей земли, которая и создавалась-то, может быть, единственно для одного только появления этого существа!»

Если смерть есть закон природы, если «немой зверь» пожирает и «громадная машина» перемалывает в своих жерновах бесчисленные поколения людей, то все обессмысливается, обезразличивается, уравнивается – добро и зло, подвиг и злодеяние, жертвенность и насилие, самоубийство и убийство. Ипполит пытается убить самого себя (это его предельный вывод и «последнее убеждение»), Рогожин убивает Настасью, но у них общая метафизическая почва. Оба они – дети неверия, слуги смерти, и при определенных обстоятельствах убийца и самоубийца могут поменяться местами. «Я намекнул ему (Рогожину), – говорит умирающий юноша, – что, несмотря на всю между нами разницу и на все противоположности, les extrêmités se touchent...[1] так что, может быть, он и сам вовсе не так далек от моего “последнего убеждения”, как кажется».

Достоевский показывает в «Идиоте», что современное состояние мира с его банками, биржами, судами, ассоциациями, акционерными компаниями и железными дорогами принижает все возвышенное и духовное, разлагает вышесмысловое и ценностное отношение человека к действительности и способствует развитию в нем лишь чувственных и корыстных стимулов деятельности. Сравнивая «звезду Полынь» в Апокалипсисе с развернувшейся по Европе сетью железных дорог и рассуждая о «веке пороков и железных дорог», Лебедев подчеркивает, что «собственно одни железные дороги не замутят источников жизни, а все это в целом-с проклято, все это настроение наших последних веков, в его общем целом научном и практическом, может быть, и действительно проклято-с»,

Князь Мышкин оказывается изгоем, «выкидышем» в «проклятом» мирс, поскольку представляется в романе своеобразным антиподом, не принимающим его правил игры и бессильно противостоящим ему. «Дитя совершенное», «младенец» – так называют смущающегося, как «десятилетний мальчик», князя

1 крайности сходятся (*фр.*)

Мышкина «взрослые» люди, занятые своими «практическими» интересами. Во всех веках и у всех людей, замечал Л.Н. Толстой, ребенок представлялся образцом невинности, безгрешности, доброты, правды и красоты. Идеально-бескорыстный смысл, вкладываемый Толстым в образ ребенка и перекликающийся с евангельским («будьте как дети»), был близок и Достоевскому в разработке образа положительно прекрасного человека, который рассудочному сознанию кажется идиотом, то есть сошедшим с колеи «нормального» для «темной основы нашей природы» ума и в результате непростительно «опустившегося» до чистоты и наивности детского восприятия. Однако с «высшей точки» зрения дело обстоит несколько иначе. «Хоть вы и в самом деле больны умом (вы, конечно, на это не рассердитесь, я с высшей точки говорю), – заявляет ему Аглая, – то зато главный ум у вас лучше, чем у них всех, такой даже, какой им и не снился, потому что есть два ума: главный и не главный».

В представлении Достоевского неглавный ум является инструментом воли и желаний неочищенного сердца, внешнего жизнеустроения через сложное «взрослое» переплетение силы, борьбы, зависти, гордости, власти и т.п. Главный же ум связан с внутренней свободой от житейской пользы и выгоды, с душевно-духовным просветлением и возвышением человека и соответственно нравственным преображением окружающего, пространства в духе христианской любви. Не имея силы неглавного ума, князь Мышкин не обладает и властью богатства. «В этом узелке, – усмехается, глядя на него снисходительно-иронически, Рогожин, – вся ваша суть заключается». Рогожину он кажется юродивым и оттого, что лишен чувственной страсти. Целомудрие и неиспорченность натуры князя различными проявлениями эгоистического сознания делают его неуязвимым для зависти, обиды и мстительных чувств, обуревающих многих персонажей «Идиота». Он равнодушен к социальным рангам и привилегиям, терпит обман и мошенничество, которые не пробуждают в нем никакой «самообороны» и воинственности, а также великодушен и умеет прощать. Более того, он вполне искренне готов считать себя «последним из последних в нравственном отношении», чем приводит в растерянность и недоумение сталкивающихся с ним представителей разных общественных сословий и одновременно снижает на своем месте распространение зла, воплощая излюбленную мысль писателя.

Эта мысль Достоевского основана на признании изначального несовершенства человека и вместе с тем его сопричастности всему происходящему в мире. Каждый виноват в меру отсутствия света в собственной душе и бескорыстной любви к людям. Следствия душевного мрака и несовершенства, различные по степени и особенностям, но неискоренимые до конца в любом человеке, по невидимым каналам распространяются вокруг. И малейшие наши злые помыслы, слова и поступки, как считал Достоевский, незримо отпечатываются в душах окружающих, распространяются все дальше и дальше в пространстве и времени, подвигая кого-то в сторону зависти или гордости, рабства или тиранства и т. п. («был бы сам праведен, — замечает один из персонажей последнего романа писателя. — может быть и преступника передо мной не было»). Таким путем накапливается и растет в мире отрицательный духовный потенциал, питающий происходящие в нем злодеяния. Ведь «все как океан, все течет и соприкасается, и в одном месте тронешь, в другом конце мира отдается». И «попробуйте разделиться, попробуйте определить, где кончается ваша личность и начинается другая?»

Именно глубокое чувство вины и одновременной сопричастности бытию изнутри определяет «идиотское», «юродивое» поведение князя Мышкина, заставляя «неразумно» ставить все и всех выше себя. Свобода от амбиций и корыстной заинтересованности как бы очищает его сердце, обусловливает «необыкновенную наивность внимания», способность точно схватывать происходящее в душах людей и помогать им путем единичного добра (в черновиках к «Идиоту» писатель замечает, что лучше воскресить одного человека, чем совершать подвиги Александра Македонского).

Достоевский считал, что единичное добро или деятельная любовь, в которой нет внутренней противоречивости, есть великая сила, способная неисповедимыми путями «на другом конце мира» отдаваться, ибо «все связано со всем». «Единичное добро останется всегда, потому что оно есть потребность личности, живая потребность влияния одной личности на другую... Тут ведь целая жизнь и бесчисленное множество скрытых от нас разветвлений... Бросая ваше семя, бросая вашу "милостыню", ваше доброе дело в какой бы то ни было форме, вы отдаете часть вашей личности и принимаете в себя часть другой; вы взаимно приобщаетесь один к другому; еще несколько внимания, и вы вознаграждаетесь уже знанием, самыми неожиданными открытиями. Вы непременно станете смотреть, наконец, на ваше дело как на науку: она захватит в себя всю вашу жизнь и может наполнить всю жизнь. С другой стороны, все ваши мысли, все брошенные вами семена, может быть уже забытые вами, воплотятся и вырастут; получивший от вас передаст другому. И почему вы знаете, какое участие вы будете иметь в будущем разрешении судеб человечества?»

Попытку формулировать теорию единичного добра, но не проводя ее в повседневность своего существования, делает в «Идиоте» Ипполит Терентьев, что своеобразно свидетельствует об ущербности суживающего теоретического подхода к жизни вообще, а к таким ее бесценным ценностям, как добро, любовь, совесть, в особенности. Возможна лишь непосредственная жизнь в добре, любви и совести, которую, не сочиняя о ней никаких теорий, в романе ведет князь Мышкин. Дар понимания других людей и помощи им естественно соединен в князе с повышенной возможностью нравственного влияния на них, с отношением к ним не как к материалу и средству для искомой пользы и выгоды, а как к самоценным личностям. Все это не обостряет, а, напротив, ограничивает и смягчает проявления их корыстных претензий и создает условия для обнаружения скрытых в каждом человеке добрых начал. Таково, например, воздействие Мышкина на генерала Епанчина: «...взгляд князя был до того ласков в эту минуту, а улыбка его до того без всякого оттенка хотя бы какого-нибудь затаенного неприязненного ощущения», что Епанчин тотчас же оставил свою настороженность. Обозленный и готовый уничтожить князя Рогожин при встрече с ним растерял всю злобу, и тот сделался ему «по-прежнему люб».

Благотворное воздействие сердечно-понимающего отношения к людям проявляется и в любви-жалости князя

Мышкина, которая в противоположность любви-страсти не делает своего предмета объектом подчинения и господства. В его тяге к Настасье Филипповне ощущалось «как бы влечение к какому-то жалкому и больному ребенку, которого трудно и даже невозможно оставить на свою волю», и он ее «любит не любовью, а жалостью». Его выбор между Аглаей и Настасьей Филипповной был предопределен так: «Ведь она (Настасья Филипповна. – *Б.Т.*) такая несчастная».

Незнакомые ей до сих пор человечность и бескорыстие («...в первый раз человека видела!» – говорит Настасья Филипповна князю, которого, как Груша Алешу Карамазова, намеревалась было «съесть») способствуют нравственному сдвигу в ее ожесточившейся душе: «А князь для меня то, что в него в первого во всю мою жизнь, как в истинно преданного человека поверила. Он в меня с одного взгляда поверил, и я ему верю».

Преобразующее воздействие конкретно-доброго поведения князя Мышкина неоднократно подчеркивалось Достоевским в черновых записях. «Он восстановляет Настасью Филипповну и действует влиянием на Рогожина. Доводит Аглаю до человечности, Генеральшу до безумия доводит в привязанности к князю и в обожании его. Сильнее действие на Рогожина и на перевоспитание его. Аделаида – немая любовь. На детей влияние. На Ганю – до мучения. Даже Лебедев и Генерал»[1]. И еще в черновиках: «Князь только *прикоснулся* к их жизни. <...> Но где только ни *прикоснулся* – везде он оставил неисследимую черту»[2].

Оставляя «неисследимую черту» в душах окружающих, в разной степени нравственно влияя на их сердца, князь Мышкин вместе с тем не может существенно изменить их поведение. Он не в состоянии преодолеть границы их самосгного обособления и ослабить силы «темной основы нашей природы», для чего необходимо свободное встречное движение к добру и свету из глубины каждой отдельной личности. Без та кого движения, как показывает писатель, невозможно преображение внутреннего мира ни Настасьи Филипповны, ни Рогожина, ни других персонажей «Идиота», испытывающих его

1 Достоевский Ф.М. Полн. собр. соч. Т. 9. С. 632.
2 Там же. С. 629.

воздействие, но не способных освободиться от одолевающих их эгоистических страстей, переживаний обиды и ущемленной гордости. Писатель показывает, как неутоленная жажда первенства и обладания, проникая в любовь, изнутри разлагает это самое человеческое в человеке чувство и противодействует его возвышающему и преображающему влиянию. Любовь-злость, любовь-месть, любовь-тиранство, любовь-ненависть – подобные метаморфозы любовного чувства, обращающие его в свою противоположность, часто встречаются в произведениях Достоевского. Характерны они и для персонажей «Идиота», движимых уязвленным самолюбием. Так, в отношении Гани Иволгина к Настасье Филипповне «странно слились страсть и ненависть, и он дал, наконец, после мучительных колебаний, согласие жениться на “скверной женщине”, но сам поклялся в душе горько отомстить ей за это и “доехать” ее потом. То, что не довелось сделать Гане, сумел привести к логическому финалу Рогожин, «дикая любовь» которого мертвой петлей охватила Настасью Филипповну и результат возможной женитьбы которого предвидит князь Мышкин: «...женился бы, а потом зарезал...» Близкие к Рогожину люди единодушны в оценке такой любви. «Твою любовь от злости не отличишь», – говорит ему Мышкин, а Настасья Филипповна заявляет: «...он до того меня любит, что уже не мог не возненавидеть меня». Сама она, как и Аглая, не может одолеть воспаленной обиды, подчиняющей искренние порывы их сердечных чувств.

Сила страстей эгоцентрической натуры человека оказывается сильнее влияния единичного добра. Более того, это воздействие ограничено неполнотой и недовоплощенностью христианского идеала, оборачивающегося у положительно прекрасного человека невнятным гуманизмом, который жалеет и помогает, но не преображает и не спасает. Князь Мышкин убежден, что «красота спасет мир». Однако в романе «небесная» красота находится как бы за скобками и не влияет на ход событий, «земная» же сама нуждается в спасении, поскольку оказывается в плену у «темной основы нашей природы», подстегивает обиженную гордость и капризное властолюбие у ее носительниц (у Настасьи Филипповны и Аглаи), а в окружающих возбуждает тщеславие (в Гане), сладострастие (в Тоцком и Епанчине), чувственную страсть (в Рогожине). Князь Мышкин же остается в патологической неопределенности и раздвоенности между Настасьей Филипповной и Аглаей (первая гибнет физически, а вторая – духовно, выходя замуж за польского графа-эмигранта «с темной и двусмысленною историей» и подпадая влиянию какого-то католического патера) и в конце концов погружается в безумие. «Образ князя Мышкина, – подчеркивает Н.О. Лосский, – чрезвычайно привлекателен; он вызывает сочувствие и сострадание, но от идеала человека он весьма далек. Ему не хватает той силы духа, которая необходима, чтобы управлять своею душевною и телесною жизнью и руководить другими людьми, нуждающимися в помощи. На чужие страдания он может откликнуться лишь своим страданием и не может стать организующим центром, ведущим себя и других сообща к бодрой жизни, наполненной положительным содержанием»[1].

Создавая образы «плюсовых людей», как он сам выражался, Достоевский в других своих произведениях и будет стремиться раскрыть христианские источники той силы духа, которая способна более действенно противостоять силам «темной основы нашей природы» и поддерживать «бодрость» и «положительность» жизненного содержания. Размышляя над следующим романом, он подчеркнет: «...Христианство спасает мир и одно только может спасти – это мы вывели и этому верим. Раз. Далее: христианство только в России есть, в форме Православия. Два. <...> Православие заключает в себе образ Иисуса Христа. Христос – начало всякого нравственного основания»[2].

Борис Тарасов

1 Лосский Н.О. Бог и мировое зло. М., 1994. С. 188.
2 Достоевский Ф.М. Полн. собр. соч. Т. 11. С. 185.

Идиот

Часть первая

I

В конце ноября, в оттепель, часов в девять утра, поезд Петербургско-Варшавской железной дороги на всех парах подходил к Петербургу. Было так сыро и туманно, что насилу рассвело; в десяти шагах, вправо и влево от дороги, трудно было разглядеть хоть что-нибудь из окон вагона. Из пассажиров были и возвращавшиеся из-за границы; но более были наполнены отделения для третьего класса, и всё людом мелким и деловым, не из очень далека. Все, как водится, устали, у всех отяжелели за ночь глаза, все назяблись, все лица были бледно-желтые, под цвет тумана.

В одном из вагонов третьего класса, с рассвета, очутились друг против друга, у самого окна, два пассажира — оба люди молодые, оба почти налегке, оба не щегольски одетые, оба с довольно замечательными физиономиями и оба пожелавшие, наконец, войти друг с другом в разговор. Если б они оба знали один про другого, чем они особенно в эту минуту замечательны, то, конечно, подивились бы, что случай так странно посадил их друг против друга в третьеклассном вагоне петербургско-варшавского поезда. Один из них был небольшого роста, лет двадцати семи, курчавый и почти черноволосый, с серыми маленькими, но огненными глазами. Нос его был широк и сплюснут, лицо скулистое; тонкие губы беспрерывно складывались в какую-то наглую, насмешливую и даже злую улыбку; но лоб его был высок и хорошо сформирован и скрашивал неблагородно развитую нижнюю часть лица. Особенно приметна была в этом лице его мертвая бледность, придававшая всей физиономии молодого человека изможденный вид, несмотря на довольно крепкое сложение, и вместе с тем что-то страстное, до страдания, не гармонировавшее с нахальною и грубою улыбкой и с резким, самодовольным его взглядом. Он был тепло одет, в широкий мерлушечий черный крытый тулуп, и за ночь не зяб, тогда как сосед его принужден был вынести на своей издрогшей спине всю сладость сырой ноябрьской русской ночи, к которой, очевидно, был не приготовлен. На нем был довольно широкий и толстый плащ без рукавов и с огромным капюшоном, точь-в-точь как употребляют часто дорожные, по зимам, где-нибудь далеко за границей, в Швейцарии или, например, в Северной Италии, не рассчитывая, конечно, при этом и на такие концы по дороге, как от Эйдткунена до Петербурга. Но что годилось и вполне удовлетворяло в Италии, то оказалось не совсем пригодным в России. Обладатель плаща с капюшоном был молодой человек, тоже лет двадцати шести или двадцати семи, роста немного повыше среднего, очень белокур, густоволос, со впалыми щеками и с легонькою, востренькою, почти совершенно белою бородкой. Глаза его были большие, голубые и пристальные; во взгляде их было что-то тихое, но тяжелое, что-то полное того странного выражения, по которому некоторые угадывают с первого взгляда в субъекте падучую болезнь. Лицо молодого человека было, впрочем, приятное, тонкое и сухое, но бесцветное, а теперь даже досиня иззябшее. В руках его болтался тощий узелок из старого, полинялого фуляра, заключавший, кажется, всё его дорожное достояние. На ногах его были толстоподошвенные башмаки с штиблетами, – всё не по-русски. Черноволосый сосед в крытом тулупе всё это разглядел, частию от нечего делать, и наконец спросил с тою неделикатною усмешкой, в которой так бесцеремонно и небрежно выражается иногда людское удовольствие при неудачах ближнего:

— Зябко?

И повел плечами.

— Очень, — ответил сосед с чрезвычайною готовностью, — и, заметьте, это еще оттепель. Что ж, если бы мороз? Я даже не думал, что у нас так холодно. Отвык.

— Из-за границы, что ль?

— Да, из Швейцарии.

— Фью! Эк ведь вас!..

Черноволосый присвистнул и захохотал.

Завязался разговор. Готовность белокурого молодого человека в швейцарском плаще отвечать на все вопросы своего черномазого соседа была удивительная и без всякого подозрения совершенной небрежности, неуместности и праздности иных вопросов. Отвечая, он объявил, между прочим, что действительно долго не был в России, с лишком четыре года, что отправлен был за границу по болезни, по какой-то странной нервной болезни, вроде падучей или виттовой пляски, каких-то дрожаний и судорог. Слушая его, черномазый несколько раз усмехался; особенно засмеялся он, когда на вопрос: «Что же, вылечили?» — белокурый отвечал, что «нет, не вылечили».

— Хе! Денег что, должно быть, даром переплатили, а мы-то им здесь верим, — язвительно заметил черномазый.

— Истинная правда! — ввязался в разговор один сидевший рядом и дурно одетый господин, нечто вроде закорузлого в подьячестве чиновника, лет сорока, сильного сложения, с красным носом и угреватым лицом, — истинная правда-с, только все русские силы даром к себе переводят!

— О, как вы в моем случае ошибаетесь, — подхватил швейцарский пациент тихим и примиряющим голосом, — конечно, я спорить не могу, потому что всего не знаю, но мой доктор мне из своих последних еще на дорогу сюда дал да два почти года там на свой счет содержал.

— Что ж, некому платить, что ли, было? — спросил черномазый.

— Да, господин Павлищев, который меня там содержал, два года назад помер; я писал потом сюда генеральше Епанчиной, моей дальней родственнице, но ответа не получил. Так с тем и приехал.

— Куда же приехали-то?

— То есть где остановлюсь?.. Да не знаю еще, право... так...

— Не решились еще?

И оба слушателя снова захохотали.

— И небось в этом узелке вся ваша суть заключается? — спросил черномазый.

— Об заклад готов биться, что так, — подхватил с чрезвычайно довольным видом красноносый чиновник, — и что дальнейшей поклажи в багажных вагонах не имеется, хотя бедность и не порок, чего опять-таки нельзя не заметить.

Оказалось, что и это было так: белокурый молодой человек тотчас же и с необыкновенною поспешностью в этом признался.

— Узелок ваш все-таки имеет некоторое значение, — продолжал чиновник, когда нахохотались досыта (замечательно, что и сам обладатель узелка начал наконец смеяться, глядя на них, что увеличило их веселость), — и хотя можно побиться, что в нем не заключается золотых заграничных свертков с наполеондорами и фридрихсдорами, ниже с голландскими арапчиками, о чем можно еще заключить хотя бы только по штиблетам, облекающим иностранные башмаки ваши, но... если к вашему узелку прибавить в придачу такую будто бы родственницу, как, примерно, генеральша Епанчина, то и узелок примет некоторое иное значение, разумеется в том только случае, если генеральша Епанчина вам действительно родственница и вы не ошибаетесь, по рассеянности... что очень и очень свойственно человеку, ну хоть... от излишка воображения.

— О, вы угадали опять, — подхватил белокурый молодой человек, — ведь действительно почти ошибаюсь, то есть почти что не родственница; до того даже, что я, право, нисколько и не удивился тогда, что мне туда не ответили. Я так и ждал.

— Даром деньги на франкировку письма истратили. Гм... по крайней мере простодушны и искренны, а сие похвально! Гм... генерала же Епанчина знаем-с, собственно, потому, что человек общеизвестный; да и покойного господина Павлищева, который вас в Швейцарии содержал, тоже знавали-с, если только это был Николай Андреевич Павлищев, потому что их два двоюродные брата. Другой доселе в Крыму, а Николай Андреевич, покойник, был человек почтенный, и при связях, и четыре тысячи душ в свое время имели-с...

— Точно так, его звали Николай Андреевич Павлищев, — и, ответив, молодой человек пристально и пытливо оглядел господина всезнайку.

Эти господа всезнайки встречаются иногда, даже довольно часто, в известном общественном слое. Они всё знают, вся беспокойная пытливость их ума и способности устремляются неудержимо в одну сторону, конечно за отсутствием более важных жизненных интересов и взглядов, как сказал бы современный мыслитель. Под словом «всё знают» нужно разуметь, впрочем, область довольно ограниченную: где служит такой-то, с кем он знаком, сколько у него состояния, где был губернатором, на ком женат, сколько взял за женой, кто ему двоюродным братом приходится, кто троюродным и т.д., и т.д., и всё в этом роде. Большею частию эти всезнайки ходят с ободранными локтями и получают по семнадцати рублей в месяц жалованья. Люди, о которых они знают всю подноготную, конечно, не придумали бы, какие интересы руководствуют ими, а между тем многие из них этим знанием, равняющимся целой науке, положительно утешены, достигают самоуважения и даже высшего духовного довольства. Да и наука соблазнительная. Я видал ученых, литераторов, поэтов, политических деятелей, обретавших и обретших в этой же науке свои высшие примирения и цели, даже положительно только этим сделавших карьеру. В продолжение всего этого разговора черномазый молодой человек зевал, смотрел без цели в окно и с нетерпением ждал конца путешествия. Он был как-то рассеян, что-то очень рассеян, чуть ли не встревожен, даже становился как-то странен: иной раз слушал и не слушал, глядел и не глядел, смеялся и подчас сам не знал и не понимал, чему смеялся.

– А позвольте, с кем имею честь... – обратился вдруг угреватый господин к белокурому молодому человеку с узелком.

– Князь Лев Николаевич Мышкин, – отвечал тот с полною и немедленною готовностью.

– Князь Мышкин? Лев Николаевич? Не знаю-с. Так что даже и не слыхивал-с, – отвечал в раздумье чиновник, – то есть я не об имени, имя историческое, в Карамзина «Истории» найти можно и должно, я об лице-с, да и князей Мышкиных уж что-то нигде не встречается, даже и слух затих-с.

– О, еще бы! – тотчас же ответил князь, – князей Мышкиных теперь и совсем нет, кроме меня; мне кажется, я последний. А что касается до отцов и дедов, то они у нас и однодворцами бывали. Отец мой был, впрочем, армии подпоручик, из юнкеров. Да вот не знаю, каким образом и генеральша Епанчина очутилась тоже из княжон Мышкиных, тоже последняя в своем роде...

– Хе-хе-хе! Последняя в своем роде! Хе-хе! Как это вы оборотили, – захихикал чиновник.

Усмехнулся тоже и черномазый. Белокурый несколько удивился, что ему удалось сказать, довольно, впрочем, плохой, каламбур.

– А представьте, я совсем не думая сказал, – пояснил он наконец в удивлении.

– Да уж понятно-с, понятно-с, – весело поддакнул чиновник.

– А что вы, князь, и наукам там обучались, у профессора-то? – спросил вдруг черномазый.

– Да... учился...

— А я вот ничему никогда не обучался.

— Да ведь и я так, кой-чему только, — прибавил князь, чуть не в извинение. — Меня по болезни не находили возможным систематически учить.

— Рогожиных знаете? — быстро спросил черномазый.

— Нет, не знаю, совсем. Я ведь в России очень мало кого знаю. Это вы-то Рогожин?

— Да, я, Рогожин, Парфен.

— Парфен? Да уж это не тех ли самых Рогожиных... — начал было с усиленною важностью чиновник.

— Да, тех, тех самых, — быстро и с невежливым нетерпением перебил его черномазый, который вовсе, впрочем, и не обращался ни разу к угреватому чиновнику, а с самого начала говорил только одному князю.

— Да... как же это? — удивился до столбняка и чуть не выпучил глаза чиновник, у которого всё лицо тотчас же стало складываться во что-то благоговейное и подобострастное, даже испуганное, — это того самого Семена Парфеновича Рогожина, потомственного почетного гражданина, что с месяц назад тому помре и два с половиной миллиона капиталу оставил?

— А ты откуда узнал, что он два с половиной миллиона чистого капиталу оставил? — перебил черномазый, не удостоивая и в этот раз взглянуть на чиновника. — Ишь ведь! (мигнул он на него князю) и что только им от этого толку, что они прихвостнями тотчас же лезут? А это правда, что вот родитель мой помер, а я из Пскова через месяц чуть не без сапог домой еду. Ни брат, подлец, ни мать ни денег, ни уведомления — ничего не прислали! Как собаке! В горячке в Пскове весь месяц пролежал.

— А теперь миллиончик с лишком разом получить приходится, и это по крайней мере, о господи! — всплеснул руками чиновник.

— Ну чего ему, скажите, пожалуйста! — раздражительно и злобно кивнул на него опять Рогожин, — ведь я тебе ни копейки не дам, хоть ты тут вверх ногами предо мной ходи.

— И буду, и буду ходить.

— Вишь! Да ведь не дам, не дам, хошь целую неделю пляши!

— И не давай! Так мне и надо; не давай! А я буду плясать. Жену, детей малых брошу, а пред тобой буду плясать. Польсти, польсти!

— Тьфу тебя! — сплюнул черномазый. — Пять недель назад я вот, как и вы, — обратился он к князю, — с одним узелком от родителя во Псков убег, к тетке; да в горячке там и слег, а он без меня и помре. Кондрашка пришиб. Вечная память покойнику, а чуть меня тогда до смерти не убил! Верите ли, князь, вот ей-богу! Не убеги я тогда, как раз бы убил.

— Вы его чем-нибудь рассердили? — отозвался князь, с некоторым особенным любопытством рассматривая миллионера в тулупе. Но хотя и могло быть нечто достопримечательное собственно в миллионе и в получении наследства, князя удивило и заинтересовало и еще что-то другое; да и Рогожин сам почему-то особенно охотно взял князя в свои собеседники, хотя в собеседничестве нуждался, казалось, более механически, чем нравственно; как-то более от рассеянности, чем от простосердечия; от тревоги, от волнения, чтобы только глядеть на кого-нибудь и о чем-нибудь языком колотить. Казалось, что он до сих пор в горячке, и уж по крайней мере в лихорадке. Что же касается до чиновника, так тот так и повис над Рогожиным, дыхнуть не смел, ловил и взвешивал каждое слово, точно бриллианта искал.

— Рассердился-то он рассердился, да, может, и стоило, — отвечал Рогожин, — но меня пуще всего брат доехал. Про матушку нечего сказать, женщина старая, Четьи-Минеи читает, со старухами сидит, и что Сенька-брат порешит, так тому и быть. А он что же мне знать-то в свое время не дал? Понимаем-с! Оно правда, я тогда без памяти был. Тоже, говорят, телеграмма была пущена. Да телеграмма-то к тетке и приди. А она там тридцатый год вдовствует и всё с юродивыми сидит с утра до ночи. Монашенка не монашенка, а еще пуще того. Телеграммы-то она испужалась да, не распечатывая, в часть и представила, так она там и залегла до сих пор. Только Конев, Василий Васильич, выручил, всё отписал. С покрова парчового на гробе родителя, ночью, брат кисти литые, золотые, обрезал: «Они, дескать, эвона каких денег стоят». Да ведь он за это одно в Сибирь пойти может, если я захочу, потому оно есть святотатство. Эй ты, пугало гороховое! – обратился он к чиновнику. – Как по закону: святотатство?

– Святотатство! Святотатство! – тотчас же поддакнул чиновник.

– За это в Сибирь?

– В Сибирь, в Сибирь! Тотчас в Сибирь!

– Они всё думают, что я еще болен, – продолжал Рогожин князю, – а я, ни слова не говоря, потихоньку, еще больной, сел в вагон да и еду: отворяй ворота, братец Семен Семеныч! Он родителю покойному на меня наговаривал, я знаю. А что я действительно чрез Настасью Филипповну тогда родителя раздражил, так это правда. Тут уж я один. Попутал грех.

– Чрез Настасью Филипповну? – подобострастно промолвил чиновник, как бы что-то соображая.

– Да ведь не знаешь! – крикнул на него в нетерпении Рогожин.

– Ан и знаю! – победоносно отвечал чиновник.

– Эвона! Да мало ль Настасий Филипповн! И какая ты наглая, я тебе скажу, тварь! Ну, вот так и знал, что какая-нибудь вот этакая тварь так тотчас же и повиснет! – продолжал он князю.

– Ан, может, и знаю-с! – тормошился чиновник. – Лебедев знает! Вы, ваша светлость, меня укорять изволите, а что коли я докажу? Ан та самая Настасья Филипповна и есть, чрез которую ваш родитель вам внушить пожелал калиновым посохом, а Настасья Филипповна есть Барашкова, так сказать даже знатная барыня, и тоже в своем роде княжна, а знается с некоим Тоцким, с Афанасием Ивановичем, с одним исключительно, помещиком и раскапиталистом, членом компаний и обществ, и большую дружбу на этот счет с генералом Епанчиным ведущие...

– Эге, да ты вот что! – действительно удивился наконец Рогожин. – Тьфу, черт, да ведь он и впрямь знает.

– Всё знает! Лебедев всё знает! Я, ваша светлость, и с Лихачевым Алексашкой два месяца ездил, и тоже после смерти родителя, и все, то есть все углы и проулки знаю, и без Лебедева, дошло до того, что ни шагу. Ныне он в долговом отделении присутствует, а тогда и Арманс, и Коралию, и княгиню Пацкую, и Настасью Филипповну имел случай узнать, да и много чего имел случай узнать.

– Настасью Филипповну? А разве она с Лихачевым... – злобно посмотрел на него Рогожин, даже губы его побледнели и задрожали.

– Н-ничего! Н-н-ничего! Как есть ничего! – спохватился и заторопился поскорее чиновник, – н-никакими то есть деньгами Лихачев доехать не мог! Нет, это не то что Арманс. Тут один Тоцкий. Да вечером в Большом али во Французском театре в своей собственной ложе сидит. Офицеры там мало ли что промеж себя говорят, а и те ничего не могут доказать: «Вот, дескать, это есть та самая Настасья Филипповна», да и только; а насчет дальнейшего – ничего! Потому что и нет ничего.

– Это вот всё так и есть, – мрачно и насупившись подтвердил Рогожин, – то же мне и Залёжев тогда говорил. Я тогда, князь, в третьегодняшней отцовской бекеше через Невский перебегал, а она из магазина выходит, в карету садится. Так меня тут и прожгло. Встречаю Залёжева, тот не мне чета, ходит как приказчик от парикмахера, и лорнет в глазу, а мы у родителя в смазных сапогах да на постных щах отличались. Это, говорит, не тебе чета, это, говорит, княгиня, а зовут ее Настасьей Филипповной, фамилией Барашкова, и живет с Тоцким, а Тоцкий от нее как отвязаться теперь не знает, потому совсем то есть лет достиг настоящих, пятидесяти пяти, и жениться на первейшей раскрасавице во всем Петербурге хочет. Тут он мне и внушил, что сегодня же можешь Настасью

Филипповну в Большом театре видеть, в балете, в ложе своей, в бенуаре, будет сидеть. У нас, у родителя, попробуй-ка в балет сходить, — одна расправа, убьет! Я, однако же, на час втихомолку сбегал и Настасью Филипповну опять видел; всю ту ночь не спал. Наутро покойник дает мне два пятипроцентные билета, по пяти тысяч каждый, сходи, дескать, да продай, да семь тысяч пятьсот к Андреевым на контору снеси, уплати, а остальную сдачу с десяти тысяч, не заходя никуда, мне представь; буду тебя дожидаться. Билеты-то я продал, деньги взял, а к Андреевым в контору не заходил, а пошел, никуда не глядя, в английский магазин да на все пару подвесок и выбрал, по одному бриллиантику в каждой, этак почти как по ореху будут, четыреста рублей должен остался, имя сказал, поверили. С подвесками я к Залёжеву: так и так, идем, брат, к Настасье Филипповне. Отправились. Что у меня тогда под ногами, что предо мною, что по бокам — ничего я этого не знаю и не помню. Прямо к ней в залу вошли, сама вышла к нам. Я то есть тогда не сказался, что это я самый и есть; а «от Парфена, дескать, Рогожина, — говорит Залёжев, — вам в память встречи вчерашнего дня; соблаговолите принять». Раскрыла, взглянула, усмехнулась: «Благодарите, говорит, вашего друга господина Рогожина за его любезное внимание», — откланялась и ушла. Ну, вот зачем я тут не помер тогда же! Да если и пошел, так потому, что думал: «Всё равно, живой не вернусь!» А обиднее всего мне то показалось, что этот бестия Залёжев всё на себя присвоил. Я и ростом мал, и одет как холуй, и стою молчу, на нее глаза пялю, потому стыдно, а он по всей моде, в помаде и завитой, румяный, галстух клетчатый, — так и рассыпается, так и расшаркивается, и уж наверно она его тут вместо меня приняла! «Ну, говорю, как мы вышли, ты у меня теперь тут не смей и подумать, понимаешь!» Смеется: «А вот как-то ты теперь Семену Парфенычу отчет отдавать будешь?» Я, правда, хотел было тогда же в воду, домой не заходя, да думаю: «Ведь уж всё равно», — и как окаянный воротился домой.

– Эх! Ух! – кривился чиновник, и даже дрожь его пробирала, – а ведь покойник не то что за десять тысяч, а за десять целковых на тот свет сживывал, – кивнул он князю. Князь с любопытством рассматривал Рогожина; казалось, тот был еще бледнее в эту минуту.

– «Сживывал»! – переговорил Рогожин. – Ты что знаешь? Тотчас, – продолжал он князю, – про всё узнал, да и Залёжев каждому встречному пошел болтать. Взял меня родитель и наверху запер и целый час поучал. «Это я только, говорит, предуготовляю тебя, а вот я с тобой еще на ночь попрощаться зайду». Что ж ты думаешь? Поехал седой к Настасье Филипповне, земно ей кланялся, умолял и плакал; вынесла она ему наконец коробку, шваркнула: «Вот, говорит, тебе, старая борода, твои серьги, а они мне теперь в десять раз дороже ценой, коли из-под такой грозы их Парфен добывал. Кланяйся, говорит, и благодари Парфена Семеныча». Ну, а я этой порой, по матушкину благословению, у Сережки Протушина двадцать рублей достал да во Псков по машине и отправился, да приехал-то в лихорадке; меня там святцами зачитывать старухи принялись, а я пьян сижу, да пошел потом по кабакам на последние, да в бесчувствии всю ночь на улице и провалялся, ан к утру горячка, а тем временем за ночь еще собаки обгрызли. Насилу очнулся.

– Ну-с, ну-с, теперь запоет у нас Настасья Филипповна! – потирая руки, хихикал чиновник, – теперь, сударь, что подвески! Теперь мы такие подвески вознаградим...

– А то, что если ты хоть раз про Настасью Филипповну какое слово молвишь, то, вот тебе Бог, тебя высеку, даром что ты с Лихачевым ездил, – вскрикнул Рогожин, крепко схватив его за руку.

– А коли высечешь, значит, и не отвергнешь! Секи! Высек, и тем самым запечатлел... А вот и приехали!

Действительно, въезжали в воксал. Хотя Рогожин и говорил, что он уехал тихонько, но его уже поджидали несколько человек. Они кричали и махали ему шапками.

– Ишь, и Залёжев тут! – пробормотал Рогожин, смотря на них с торжествующею и даже как бы злобною улыбкой, и вдруг оборотился к князю. – Князь, неизвестно мне, за что я тебя полюбил. Может, оттого, что в этакую минуту встретил, да вот ведь и его встретил (он указал на Лебедева), а ведь не полюбил же его. Приходи ко мне, князь. Мы эти штиблетишки-то с тебя поснимаем, одену тебя в кунью шубу в первейшую, фрак тебе сошью первейший, жилетку белую али какую хошь, денег полны карманы набью, и... поедем к Настасье Филипповне! Придешь али нет?

– Внимайте, князь Лев Николаевич! – внушительно и торжественно подхватил Лебедев. – Ой, не упускайте! Ой, не упускайте!..

Князь Мышкин привстал, вежливо протянул Рогожину руку и любезно сказал ему:

– С величайшим удовольствием приду и очень вас благодарю за то, что вы меня полюбили. Даже, может быть, сегодня же приду, если успею. Потому, я вам скажу откровенно, вы мне сами очень понравились, и особенно когда про подвески бриллиантовые рассказывали. Даже и прежде подвесок понравились, хотя у вас и сумрачное лицо. Благодарю вас тоже за обещанные мне платья и за шубу, потому мне действительно платье и шуба скоро понадобятся. Денег же у меня в настоящую минуту почти ни копейки нет.

– Деньги будут, к вечеру будут, приходи!

– Будут, будут, – подхватил чиновник, – к вечеру, до зари еще, будут!

– А до женского пола вы, князь, охотник большой? Сказывайте раньше!

– Я, н-н-нет! Я ведь... Вы, может быть, не знаете, я ведь по прирожденной болезни моей даже совсем женщин не знаю.

– Ну коли так, – воскликнул Рогожин, – совсем ты, князь, выходишь юродивый, и таких, как ты, Бог любит!

– И таких Господь Бог любит, – подхватил чиновник.

– А ты ступай за мной, строка, – сказал Рогожин Лебедеву, и все вышли из вагона.

Лебедев кончил тем, что достиг своего. Скоро шумная ватага удалилась по направлению к Вознесенскому проспекту. Князю надо было повернуть к Литейной. Было сыро и мокро; князь расспросил прохожих, – до конца предстоявшего ему пути выходило версты три, и он решился взять извозчика.

II

Генерал Епанчин жил в собственном своем доме, несколько в стороне от Литейной, к Спасу Преображения. Кроме этого (превосходного) дома, пять шестых которого отдавались внаем, генерал Епанчин имел еще огромный дом на Садовой, приносивший тоже чрезвычайный доход. Кроме этих двух домов, у него было под самым Петербургом весьма выгодное и значительное поместье; была еще в Петербургском уезде какая-то фабрика. В старину генерал Епанчин, как всем известно было, участвовал в откупах. Ныне он участвовал и имел весьма значительный голос в некоторых солидных акционерных компаниях. Слыл он человеком с большими деньгами, с большими занятиями и с большими связями. В иных местах он сумел сделаться совершенно необходимым, между прочим и на своей службе. А между тем известно тоже было, что Иван Федорович Епанчин – человек без образования и происходит из солдатских детей; последнее, без сомнения, только к чести его могло относиться, но генерал, хоть и умный был человек, был тоже не без маленьких, весьма простительных слабостей и не любил иных намеков. Но умный и ловкий человек он был бесспорно. Он, например, имел систему не выставляться, где надо – стушевываться, и его многие ценили именно за его простоту, именно за то, что он знал всегда свое место. А между тем, если бы только ведали эти судьи, что происходило иногда на душе у Ивана Федоровича, так хорошо знавшего свое место! Хоть и действительно он имел и практику, и опыт в житейских делах, и некоторые очень замечательные способности, но он любил выставлять себя более исполнителем чужой идеи, чем с своим царем в голове, человеком «без лести преданным», и — куда нейдет век? — даже русским и сердечным. В последнем отношении с ним приключилось даже несколько забавных анекдотов; но генерал никогда не унывал, даже и при самых забавных анекдотах; к тому же и везло ему, даже в картах, а он играл по чрезвычайно большой и даже с намерением не только не хотел скрывать эту свою маленькую будто бы слабость к картишкам, так существенно и во многих случаях ему пригождавшуюся, но и выставлял ее. Общества он был смешанного, разумеется во всяком случае «тузового». Но всё было впереди, время терпело, время всё терпело, и всё должно было прийти со временем и своим чередом. Да и летами генерал Епанчин был еще, как говорится, в самом соку, то есть пятидесяти шести лет и никак не более, что во всяком случае составляет возраст цветущий, возраст, с которого, по-настоящему, начинается *истинная* жизнь. Здоровье, цвет лица, крепкие, хотя и черные, зубы, коренастое, плотное сложение, озабоченное выражение физиономии поутру на службе, веселое ввечеру за картами или у его сиятельства — всё способствовало настоящим и грядущим успехам и устилало жизнь его превосходительства розами.

Генерал обладал цветущим семейством. Правда, тут уже не всё были розы, но было зато и много такого, на чем давно уже начали серьезно и сердечно сосредоточиваться главнейшие надежды и цели его превосходительства. Да и что, какая цель в жизни важнее и святее целей родительских? К чему прикрепиться, как не к семейству? Семейство генерала состояло из супруги и трех взрослых дочерей. Женился генерал еще очень давно, еще будучи в чине поручика, на девице почти одного с ним возраста, не обладавшей ни красотой, ни образованием, за которою он взял всего только пятьдесят душ, – правда, и послуживших к основанию его дальнейшей фортуны. Но генерал никогда не роптал впоследствии на свой ранний брак, никогда не третировал его как увлечение нерасчетливой юности и супругу свою до того уважал и до того иногда боялся ее, что даже любил. Генеральша была из княжеского рода Мышкиных, рода хотя и не блестящего, но весьма древнего, и за свое происхождение весьма уважала себя. Некто из тогдашних влиятельных лиц, один из тех покровителей, которым покровительство, впрочем, ничего не стоит, согласился заинтересоваться браком молодой княжны. Он отворил калитку молодому офицеру и толкнул его в ход, а тому даже и не толчка, а только разве одного взгляда надо было – не пропал бы даром! За немногими исключениями, супруги прожили всё время своего долгого юбилея согласно. Еще в очень молодых летах своих генеральша умела найти себе, как урожденная княжна и последняя в роде, а может быть и по личным качествам, некоторых очень высоких покровительниц. Впоследствии, при богатстве и служебном значении своего супруга, она начала в этом высшем кругу даже несколько и освоиваться.

В эти последние годы подросли и созрели все три генеральские дочери – Александра, Аделаида и Аглая. Правда, все три были только Епанчины, но по матери роду княжеского, с приданым немалым, с родителем, претендующим впоследствии, может быть, и на очень высокое место, и, что тоже довольно важно, – все три были замечательно хороши собой, не исключая и старшей, Александры, которой уже минуло двадцать пять лет. Средней было двадцать три года, а младшей, Аглае, только что исполнилось двадцать. Эта младшая была даже совсем красавица и начинала в свете обращать на себя большое внимание. Но и это было еще не всё: все три отличались образованием, умом и талантами. Известно было, что они замечательно любили друг друга и одна другую поддерживали. Упоминалось даже о каких-то будто бы пожертвованиях двух старших в пользу общего домашнего идола – младшей. В обществе они не только не любили выставляться, но даже были слишком скромны. Никто не мог их упрекнуть в высокомерии и заносчивости, а между тем знали, что они горды и цену себе понимают. Старшая была музыкантша, средняя была замечательный живописец; но об этом почти никто не знал многие годы, и обнаружилось это только в самое последнее время, да и то нечаянно. Одним словом, про них говорилось чрезвычайно много похвального. Но были и недоброжелатели. С ужасом говорилось о том, сколько книг они прочитали. Замуж они не торопились; известным кругом общества хотя и дорожили, но всё же не очень. Это тем более было замечательно, что все знали направление, характер, цели и желания их родителя.

Было уже около одиннадцати часов, когда князь позвонил в квартиру генерала. Генерал жил во втором этаже и занимал помещение по возможности скромное, хотя и пропорциональное своему значению. Князю отворил ливрейный слуга, и ему долго нужно было объясняться с этим человеком, с самого начала посмотревшим на него и на его узелок подозрительно. Наконец на неоднократное и точное заявление, что он действительно князь Мышкин и что ему непременно надо видеть генерала по делу необходимому, недоумевающий человек препроводил его рядом, в маленькую переднюю, перед самою приемной, у кабинета, и сдал его с рук на руки другому человеку, дежурившему по утрам в этой передней и докладывавшему генералу о посетителях. Этот другой человек был во фраке, имел за сорок лет и озабоченную физиономию и был специальный, кабинетный прислужник и докладчик его превосходительства, вследствие чего и знал себе цену.

– Подождите в приемной, а узелок здесь оставьте, – проговорил он, неторопливо и важно усаживаясь в свое кресло и с строгим удивлением посматривая на князя, расположившегося тут же рядом подле него на стуле, с своим узелком в руках.

— Если позволите, — сказал князь, — я бы подождал лучше здесь с вами, а там что ж мне одному?

— В передней вам не стать, потому вы посетитель, иначе гость. Вам к самому генералу?

Лакей, видимо, не мог примириться с мыслью впустить такого посетителя и еще раз решился спросить его.

— Да, у меня дело... — начал было князь.

— Я вас не спрашиваю, какое именно дело, — мое дело только об вас доложить. А без секретаря, я сказал, докладывать о вас не пойду.

Подозрительность этого человека, казалось, всё более и более увеличивалась; слишком уж князь не подходил под разряд вседневных посетителей, и хотя генералу довольно часто, чуть не ежедневно, в известный час приходилось принимать, особенно по *делам*, иногда даже очень разнообразных гостей, но, несмотря на привычку и инструкцию, довольно широкую, камердинер был в большом сомнении; посредничество секретаря для доклада было необходимо.

— Да вы точно... из-за границы? — как-то невольно спросил он наконец — и сбился; он хотел, может быть, спросить: «Да вы точно князь Мышкин?»

— Да, сейчас только из вагона. Мне кажется, вы хотели спросить: точно ли я князь Мышкин? да не спросили из вежливости.

— Гм... — промычал удивленный лакей.

— Уверяю вас, что я не солгал вам, и вы отвечать за меня не будете. А что я в таком виде и с узелком, то тут удивляться нечего: в настоящее время мои обстоятельства неказисты.

— Гм. Я опасаюсь не того, видите ли. Доложить я обязан, и к вам выйдет секретарь, окромя если вы... Вот то-то вот и есть, что окромя. Вы не по бедности просить к генералу, осмелюсь, если можно, узнать?

– О нет, в этом будьте совершенно удостоверены. У меня другое дело.

– Вы меня извините, а я на вас глядя спросил. Подождите секретаря; сам теперь занят с полковником, а затем придет и секретарь... компанейский.

– Стало быть, если долго ждать, то я бы вас попросил: нельзя ли здесь где-нибудь покурить? У меня трубка и табак с собой.

– По-ку-рить? – с презрительным недоумением вскинул на него глаза камердинер, как бы всё еще не веря ушам, – покурить? Нет, здесь вам нельзя покурить, а к тому же вам стыдно и в мыслях это содержать. Хе... чудно-с!

– О, я ведь не в этой комнате просил; я ведь знаю; а я бы вышел куда-нибудь, где бы вы указали, потому я привык, а вот уж часа три не курил. Впрочем, как вам угодно, и, знаете, есть пословица: в чужой монастырь...

– Ну как я об вас об таком доложу? – пробормотал почти невольно камердинер. – Первое то, что вам здесь и находиться не следует, а в приемной сидеть, потому вы сами на линии посетителя, иначе гость, и с меня спросится... Да вы что же, у нас жить, что ли, намерены? – прибавил он, еще раз накосившись на узелок князя, очевидно не дававший ему покоя.

– Нет, не думаю. Даже если б и пригласили, так не останусь. Я просто познакомиться только приехал, и больше ничего.

– Как? Познакомиться? – с удивлением и с утроенною подозрительностью спросил камердинер. – Как же вы сказали сперва, что по делу?

– О, почти не по делу! То есть, если хотите, и есть одно дело, так, только совета спросить, но я, главное, чтоб отрекомендоваться, потому я князь Мышкин, а генеральша Епанчина тоже последняя из княжон Мышкиных, и, кроме меня с нею, Мышкиных больше и нет.

– Так вы еще и родственник? – встрепенулся уже почти совсем испуганный лакей.

– И это почти что нет. Впрочем, если натягивать, конечно, родственники, но до того отдаленные, что, по-настоящему, и считаться даже нельзя. Я раз обращался к генеральше из-за границы с письмом, но она мне не ответила. Я все-таки почел нужным завязать сношения по возвращении. Вам же всё это теперь объясняю, чтобы вы не сомневались, потому вижу, вы всё еще беспокоитесь: доложите, что князь Мышкин, и уж в самом докладе причина моего посещения видна будет. Примут – хорошо, не примут – тоже, может быть, очень хорошо. Только не могут, кажется, не принять: генеральша, уж конечно, захочет видеть старшего и единственного представителя своего рода, а она породу свою очень ценит, как я об ней в точности слышал.

Казалось бы, разговор князя был самый простой; но чем он был проще, тем и становился в настоящем случае нелепее, и опытный камердинер не мог не почувствовать что-то, что совершенно прилично человеку с человеком и совершенно неприлично гостю с *человеком*. А так как *люди* гораздо умнее, чем обыкновенно думают про них их господа, то и камердинеру зашло в голову, что тут два дела: или князь так, какой-нибудь потаскун и непременно пришел на бедность просить, или князь просто дурачок и амбиции не имеет, потому что умный князь и с амбицией не стал бы в передней сидеть и с лакеем про свои дела говорить, а стало быть, и в том и в другом случае не пришлось бы за него отвечать.

– А все-таки вам в приемную бы пожаловать, – заметил он по возможности настойчивее.

– Да вот сидел бы там, так вам бы всего и не объяснил, – весело засмеялся князь, – а, стало быть, вы всё еще беспокоились бы, глядя на мой плащ и узелок. А теперь вам, может, и секретаря ждать нечего, а пойти бы и доложить самим.

– Я посетителя такого, как вы, без секретаря доложить не могу, а к тому же и сами, особливо давеча, заказали их не тревожить ни для кого, пока там полковник, а Гаврила Ардалионыч без доклада идет.

— Чиновник-то?

— Гаврила-то Ардалионыч? Нет. Он в Компании от себя служит. Узелок-то постановьте хоть вон сюда.

— Я уж об этом думал; если позволите. И, знаете, сниму я и плащ?

— Конечно, не в плаще же входить к нему.

Князь встал, поспешно снял с себя плащ и остался в довольно приличном и ловко сшитом, хотя и поношенном уже пиджаке. По жилету шла стальная цепочка. На цепочке оказались женевские серебряные часы.

Хотя князь был и дурачок, — лакей уж это решил, — но все-таки генеральскому камердинеру показалось наконец неприличным продолжать долее разговор от себя с посетителем, несмотря на то что князь ему почему-то нравился, в своем роде конечно. Но, с другой точки зрения, он возбуждал в нем решительное и грубое негодование.

— А генеральша когда принимает? — спросил князь, усаживаясь опять на прежнее место.

— Это уж не мое дело-с. Принимают розно, судя по лицу. Модистку и в одиннадцать допустит. Гаврилу Ардалионыча тоже раньше других допускают, даже к раннему завтраку допускают.

— Здесь у вас в комнатах теплее, чем за границей зимой, — заметил князь, — а вот там зато на улицах теплее нашего, а в домах зимой — так русскому человеку и жить с непривычки нельзя.

— Не топят?

— Да, да и дома устроены иначе, то есть печи и окна.

— Гм! А долго вы изволили ездить?

— Да четыре года. Впрочем, я всё на одном почти месте сидел, в деревне.

— Отвыкли от нашего-то?

— И это правда. Верите ли, дивлюсь на себя, как говорить по-русски не забыл. Вот с вами говорю теперь, а сам думаю: «А ведь я хорошо говорю». Я, может, потому так много и говорю. Право, со вчерашнего дня всё говорить по-русски хочется.

– Гм! Хе! В Петербурге-то прежде живали? (Как ни крепился лакей, а невозможно было не поддержать такой учтивый и вежливый разговор.)

– В Петербурге? Совсем почти нет, так, только проездом. И прежде ничего здесь не знал, а теперь столько, слышно, нового, что, говорят, кто и знал-то, так сызнова узнавать переучивается. Здесь про суды теперь много говорят.

– Гм!.. Суды. Суды-то оно правда, что суды. А что, как там, справедливее в суде или нет?

– Не знаю. Я про наши много хорошего слышал. Вот, опять, у нас смертной казни нет.

– А там казнят?

– Да. Я во Франции видел, в Лионе. Меня туда Шнейдер с собою брал.

– Вешают?

– Нет, во Франции всё головы рубят.

– Что же, кричит?

– Куды! В одно мгновение. Человека кладут, и падает этакий широкий нож, по машине, гильотиной называется, тяжело, сильно... Голова отскочит так, что и глазом не успеешь мигнуть. Приготовления тяжелы. Вот когда объявляют приговор, снаряжают, вяжут, на эшафот взводят, вот тут ужасно! Народ сбегается, даже женщины, хоть там и не любят, чтобы женщины глядели.

– Не их дело.

– Конечно! Конечно! Этакую муку!.. Преступник был человек умный, бесстрашный, сильный, в летах, Легро по фамилии. Ну вот, я вам говорю, верьте не верьте, на эшафот всходил – плакал, белый как бумага. Разве это возможно? Разве не ужас? Ну кто же со страху плачет? Я и не думал, чтоб от страху можно было заплакать не ребенку, человеку, который никогда не плакал, человеку в сорок пять лет. Что же с душой в эту минуту делается, до каких судорог ее доводят? Надругательство над душой, больше ничего! Сказано: «Не убий», так за то, что он убил, и его убивать? Нет, это нельзя. Вот я уж месяц назад это видел, а до сих пор у меня как пред глазами. Раз пять снилось.

Князь даже одушевился говоря, легкая краска проступила в его бледное лицо, хотя речь его по-прежнему была тихая. Камердинер с сочувствующим интересом следил за ним, так что оторваться, кажется, не хотелось; может быть, тоже был человек с воображением и попыткой на мысль.

– Хорошо еще вот, что муки немного, – заметил он, – когда голова отлетает.

– Знаете ли что? – горячо подхватил князь. – Вот вы это заметили, и это все точно так же замечают, как вы, и машина для того выдумана, гильотина. А мне тогда же пришла в голову одна мысль: а что, если это даже и хуже? Вам это смешно, вам это дико кажется, а при некотором воображении даже и такая мысль в голову вскочит. Подумайте: если, например, пытка; при этом страдания и раны, мука телесная, и, стало быть, всё это от душевного страдания отвлекает, так что одними только ранами и мучаешься, вплоть пока умрешь. А ведь главная, самая сильная боль, может, не в ранах, а вот что вот знаешь наверно, что вот через час, потом через десять минут, потом через полминуты, потом теперь, вот сейчас – душа из тела вылетит, и что человеком уж больше не будешь, и что это уж наверно; главное то, что *наверно.* Вот как голову кладешь под самый нож и слышишь, как он склизнет над головой, вот эти-то четверть секунды всего и страшнее. Знаете ли, что это не моя фантазия, а что так многие говорили? Я до того этому верю, что прямо вам скажу мое мнение. Убивать за убийство несоразмерно большее наказание, чем самое преступление. Убийство по приговору несоразмерно ужаснее, чем убийство разбойничье. Тот, кого убивают разбойники, режут ночью, в лесу, или как-нибудь, непременно еще надеется, что спасется, до самого последнего мгновения. Примеры бывали, что уж горло перерезано, а он еще надеется, или бежит, или просит. А тут всю эту последнюю надежду, с которою умирать в десять раз легче, отнимают *наверно*; тут приговор, и в том, что наверно не избегнешь, вся ужасная-то мука и сидит, и сильнее этой муки нет на свете. Приведите и поставьте солдата против самой пушки на сражении и стреляйте в него, он еще всё будет надеяться, но прочтите этому самому солдату приговор *наверно*, и он с ума сойдет или заплачет. Кто сказал, что человеческая природа в состоянии вынести это без сумасшествия? Зачем такое ругательство, безобразное, ненужное, напрасное? Может быть, и есть такой человек, которому прочли приговор, дали помучиться, а потом сказали: «Ступай, тебя прощают». Вот этакой человек, может быть, мог бы рассказать. Об этой муке и об этом ужасе и Христос говорил. Нет, с человеком так нельзя поступать!

Камердинер хотя и не мог бы так выразить всё это, как князь, но, конечно, хотя не всё, но главное понял, что видно было даже по умилившемуся лицу его.

– Если уж так вам желательно, – промолвил он, – покурить, то оно, пожалуй, и можно, коли только поскорее. Потому вдруг спросит, а вас и нет. Вот тут под лесенкой, видите, дверь. В дверь войдете, направо каморка: там можно, только форточку растворите, потому оно не порядок...

Но князь не успел сходить покурить. В переднюю вдруг вошел молодой человек с бумагами в руках. Камердинер стал снимать с него шубу. Молодой человек скосил глаза на князя.

– Это, Гаврила Ардалионыч, – начал конфиденциально и почти фамильярно камердинер, – докладываются, что князь Мышкин и барыни родственник, приехал с поездом из-за границы, и узелок в руке, только...

Дальнейшего князь не услышал, потому что камердинер начал шептать. Гаврила Ардалионович слушал внимательно и поглядывал на князя с большим любопытством, наконец перестал слушать и нетерпеливо приблизился к нему.

— Вы князь Мышкин? — спросил он чрезвычайно любезно и вежливо. Это был очень красивый молодой человек, тоже лет двадцати восьми, стройный блондин, средне-высокого роста, с маленькою, наполеоновскою бородкой, с умным и очень красивым лицом. Только улыбка его, при всей ее любезности, была что-то уж слишком тонка; зубы выставлялись при этом что-то уж слишком жемчужно-ровно; взгляд, несмотря на всю веселость и видимое простодушие его, был что-то уж слишком пристален и испытующ.

«Он, должно быть, когда один, совсем не так смотрит и, может быть, никогда не смеется», — почувствовалось как-то князю.

Князь объяснил всё, что мог, наскоро, почти то же самое, что уже прежде объяснял камердинеру и еще прежде Рогожину. Гаврила Ардалионович меж тем как будто что-то припоминал.

— Не вы ли, — спросил он, — изволили с год назад или даже ближе прислать письмо, кажется из Швейцарии, к Елизавете Прокофьевне?

— Точно так.

— Так вас здесь знают и наверно помнят. Вы к его превосходительству? Сейчас я доложу... Он сейчас будет свободен. Только вы бы... вам бы пожаловать пока в приемную... Зачем они здесь? — строго обратился он к камердинеру.

— Говорю, сами не захотели...

В это время вдруг отворилась дверь из кабинета и какой-то военный, с портфелем в руке, громко говоря и откланиваясь, вышел оттуда.

— Ты здесь, Ганя? — крикнул голос из кабинета, — а пожалуй-ка сюда!

Гаврила Ардалионович кивнул головой князю и поспешно прошел в кабинет.

Минуты через две дверь отворилась снова и послышался звонкий и приветливый голос Гаврилы Ардалионовича:

– Князь, пожалуйте!

III

Генерал, Иван Федорович Епанчин, стоял посреди своего кабинета и с чрезвычайным любопытством смотрел на входящего князя, даже шагнул к нему два шага. Князь подошел и отрекомендовался.

– Так-с, – отвечал генерал, – чем же могу служить?

– Дела неотлагательного я никакого не имею; цель моя была просто познакомиться с вами. Не желал бы беспокоить, так как я не знаю ни вашего дня, ни ваших распоряжений... Но я только что сам из вагона... приехал из Швейцарии...

Генерал чуть-чуть было усмехнулся, но подумал и приостановился; потом еще подумал, прищурился, оглядел еще раз своего гостя с ног до головы, затем быстро указал ему стул, сам сел несколько наискось и в нетерпеливом ожидании повернулся к князю. Ганя стоял в углу кабинета, у бюро, и разбирал бумаги.

– Для знакомств вообще я мало времени имею, – сказал генерал, – но так как вы, конечно, имеете свою цель, то...

– Я так и предчувствовал, – перебил князь, – что вы непременно увидите в посещении моем какую-нибудь особенную цель. Но, ей-богу, кроме удовольствия познакомиться, у меня нет никакой частной цели.

– Удовольствие, конечно, и для меня чрезвычайное, но не всё же забавы, иногда, знаете, случаются и дела... Притом же я никак не могу до сих пор разглядеть между нами общего... так сказать, причины...

– Причины нет, бесспорно, и общего, конечно, мало. Потому что если я князь Мышкин и ваша супруга из нашего рода, то это, разумеется, не причина. Я это очень понимаю. Но, однако ж, весь-то мой повод в этом только и заключается. Я года четыре в России не был, с лишком; да и что́ я выехал: почти не в своем уме! И тогда ничего не знал, а теперь еще пуще. В людях хороших нуждаюсь; даже вот и дело одно имею и не знаю, куда сунуться. Еще в Берлине подумал: «Это почти родственники, начну с них; может быть, мы друг другу и пригодимся, они мне, я им, – если они люди хорошие». А я слышал, что вы люди хорошие.

– Очень благодарен-с, – удивлялся генерал, – позвольте узнать, где остановились?

– Я еще нигде не остановился.

– Значит, прямо из вагона ко мне? И... с поклажей?

– Да со мной поклажи всего один маленький узелок с бельем, и больше ничего; я его в руке обыкновенно несу. Я номер успею и вечером занять.

– Так вы всё еще имеете намерение номер занять?

– О да, конечно.

– Судя по вашим словам, я было подумал, что вы уж так прямо ко мне.

– Это могло быть, но не иначе как по вашему приглашению. Я же, признаюсь, не остался бы и по приглашению, не почему-либо, а так... по характеру.

– Ну, стало быть, и кстати, что я вас не пригласил и не приглашаю. Позвольте еще, князь, чтоб уж разом всё разъяснить: так как вот мы сейчас договорились, что насчет родственности между нами и слова не может быть, – хотя мне, разумеется, весьма было бы лестно, – то, стало быть...

– То, стало быть, вставать и уходить? – приподнялся князь, как-то даже весело рассмеявшись, несмотря на всю видимую затруднительность своих обстоятельств. – И вот, ей-богу же, генерал, хоть я ровно ничего не знаю практически ни в здешних обычаях, ни вообще как здесь люди живут, но так я и думал, что у нас непременно именно это и выйдет, как теперь вышло. Что ж, может быть, оно так и надо... Да и тогда мне тоже на письмо не ответили... Ну, прощайте и извините, что обеспокоил.

Взгляд князя был до того ласков в эту минуту, а улыбка его до того без всякого оттенка хотя бы какого-нибудь затаенного неприязненного ощущения, что генерал вдруг остановился и как-то вдруг другим образом посмотрел на своего гостя; вся перемена взгляда совершилась в одно мгновение.

— А знаете, князь, — сказал он совсем почти другим голосом, — ведь я вас все-таки не знаю, да и Елизавета Прокофьевна, может быть, захочет посмотреть на однофамильца... Подождите, если у вас время терпит.

— О, у меня время терпит; у меня время совершенно мое (и князь тотчас же поставил свою мягкую, круглополую шляпу на стол). Я, признаюсь, так и рассчитывал, что, может быть, Елизавета Прокофьевна вспомнит, что я ей писал. Давеча ваш слуга, когда я у вас там дожидался, подозревал, что я на бедность пришел к вам просить; я это заметил, а у вас, должно быть, на этот счет строгие инструкции; но я, право, не за этим, а, право, для того только, чтобы с людьми сойтись. Вот только думаю немного, что я вам помешал, и это меня беспокоит.

— Вот что, князь, — сказал генерал с веселою улыбкой, — если вы в самом деле такой, каким кажетесь, то с вами, пожалуй, и приятно будет познакомиться; только видите, я человек занятой, и вот тотчас же опять сяду кой-что просмотреть и подписать, а потом отправлюсь к его сиятельству, а потом на службу, так и выходит, что я хоть и рад людям... хорошим то есть... но... Впрочем, я так убежден, что вы превосходно воспитаны, что... А сколько вам лет, князь?

— Двадцать шесть.

— Ух! А я думал, гораздо меньше.

— Да, говорят, у меня лицо моложавое. А не мешать вам я научусь и скоро пойму, потому что сам очень не люблю мешать... И, наконец, мне кажется, мы такие разные люди на вид... по многим обстоятельствам, что у нас, пожалуй, и не может быть много точек общих, но, знаете, я в эту последнюю идею сам не верю, потому очень часто только так кажется, что нет точек общих, а они очень есть... это от лености людской происходит, что люди так промеж собой на глаз сортируются и ничего не могут найти... А впрочем, я, может быть, скучно начал? Вы, как будто...

– Два слова-с: имеете вы хотя бы некоторое состояние? Или, может быть, какие-нибудь занятия намерены предпринять? Извините, что я так...

– Помилуйте, я ваш вопрос очень ценю и понимаю. Никакого состояния покамест я не имею и никаких занятий, тоже покамест, а надо бы-с. А деньги теперь у меня были чужие, мне дал Шнейдер, мой профессор, у которого я лечился и учился в Швейцарии, на дорогу, и дал ровно вплоть, так что теперь, например, у меня всего денег несколько копеек осталось. Дело у меня, правда, есть одно, и я нуждаюсь в совете, но...

– Скажите, чем же вы намереваетесь покамест прожить и какие были ваши намерения? – перебил генерал.

– Трудиться как-нибудь хотел.

– О, да вы философ; а впрочем... знаете за собой таланты, способности, хотя бы некоторые, то есть из тех, которые насущный хлеб дают? Извините опять...

– О, не извиняйтесь. Нет-с, я думаю, что не имею ни талантов, ни особых способностей; даже напротив, потому что я больной человек и правильно не учился. Что же касается до хлеба, то мне кажется...

Генерал опять перебил и опять стал расспрашивать. Князь снова рассказал всё, что было уже рассказано. Оказалось, что генерал слышал о покойном Павлищеве и даже знавал лично. Почему Павлищев интересовался его воспитанием, князь и сам не мог объяснить, – впрочем, просто, может быть, по старой дружбе с покойным отцом его. Остался князь после родителей еще малым ребенком, всю жизнь проживал и рос по деревням, так как и здоровье его требовало сельского воздуха. Павлищев доверил его каким-то старым помещицам, своим родственницам; для него нанималась сначала гувернантка, потом гувернер; он объявил, впрочем, что хотя и всё помнит, но мало может удовлетворительно объяснить, потому что во многом не давал себе отчета. Частые припадки его болезни сделали из него совсем почти идиота (князь так и сказал «идиота»). Он рассказал, наконец, что Павлищев встретился однажды в Берлине с профессором Шнейдером, швейцарцем, который занимается именно этими болезнями, имеет заведение в Швейцарии, в кантоне Валлийском, лечит по своей методе холодною водой, гимнастикой, лечит и от идиотизма и от сумасшествия, при этом обучает и берется вообще за духовное развитие; что Павлищев отправил его к нему в Швейцарию лет назад около пяти, а сам два года тому назад умер, внезапно, не сделав распоряжений; что Шнейдер держал и долечивал его еще года два; что он его не вылечил, но очень много помог, и что, наконец, по его собственному желанию и по одному встретившемуся обстоятельству, отправил его теперь в Россию.

Генерал очень удивился.

– И у вас в России никого, решительно никого? – спросил он.

– Теперь никого, но я надеюсь... притом я получил письмо...

– По крайней мере, – перебил генерал, не расслышав о письме, – вы чему-нибудь обучались, и ваша болезнь не помешает вам занять какое-нибудь, например, нетрудное место, в какой-нибудь службе?

– О, наверно не помешает. И насчет места я бы очень даже желал, потому что самому хочется посмотреть, к чему я способен. Учился же я все четыре года постоянно, хотя и не совсем правильно, а так, по особой его системе, и при этом очень много русских книг удалось прочесть.

– Русских книг? Стало быть, грамоту знаете и писать без ошибок можете?

— О, очень могу.

— Прекрасно-с; а почерк?

— А почерк превосходный. Вот в этом у меня, пожалуй, и талант; в этом я просто каллиграф. Дайте мне, я вам сейчас напишу что-нибудь для пробы, — с жаром сказал князь.

— Сделайте одолжение. И это даже надо... И люблю я эту вашу готовность, князь, вы очень, право, милы.

— У вас же такие славные письменные принадлежности, и сколько у вас карандашей, сколько перьев, какая плотная, славная бумага... И какой славный у вас кабинет! Вот этот пейзаж я знаю; это вид швейцарский. Я уверен, что живописец с натуры писал, и я уверен, что это место я видел: это в кантоне Ури...

— Очень может быть, хотя это и здесь куплено. Ганя, дайте князю бумагу; вот перья и бумага, вот на этот столик пожалуйте. Что это? — обратился генерал к Гане, который тем временем вынул из своего портфеля и подал ему фотографический портрет большого формата, — ба! Настасья Филипповна! Это сама, сама тебе прислала, сама? — оживленно и с большим любопытством спрашивал он Ганю.

— Сейчас, когда я был с поздравлением, дала. Я давно уже просил. Не знаю, уж не намек ли это с ее стороны, что я сам приехал с пустыми руками, без подарка, в такой день, — прибавил Ганя, неприятно улыбаясь.

— Ну нет, — с убеждением перебил генерал, — и какой, право, у тебя склад мыслей! Станет она намекать... да и не интересанка совсем. И притом, чем ты станешь дарить: ведь тут надо тысячи! Разве портретом? А что, кстати, не просила еще она у тебя портрета?

— Нет, еще не просила; да, может быть, и никогда не попросит. Вы, Иван Федорович, помните, конечно, про сегодняшний вечер? Вы ведь из нарочито приглашенных.

— Помню, помню, конечно, и буду. Еще бы, день рождения, двадцать пять лет! Гм... А знаешь, Ганя, я уж, так и быть, тебе открою, приготовься. Афанасию Ивановичу и мне она обещала, что сегодня у себя вечером скажет последнее слово: быть или не быть! Так смотри же, знай.

Ганя вдруг смутился, до того, что даже побледнел немного.

– Она это наверно сказала? – спросил он, и голос его как бы дрогнул.

– Третьего дня слово дала. Мы так приставали оба, что вынудили. Только тебе просила до времени не передавать.

Генерал пристально рассматривал Ганю; смущение Гани ему видимо не нравилось.

– Вспомните, Иван Федорович, – сказал тревожливо и колеблясь Ганя, – что ведь она дала мне полную свободу решенья до тех самых пор, пока не решит сама дела, да и тогда всё еще мое слово за мной...

– Так разве ты... так разве ты... – испугался вдруг генерал.

– Я ничего.

– Помилуй, что же ты с нами-то хочешь делать?

– Я ведь не отказываюсь. Я, может быть, не так выразился...

– Еще бы ты-то отказывался! – с досадой проговорил генерал, не желая даже и сдерживать досады. – Тут, брат, дело уж не в том, что ты *не* отказываешься, а дело в твоей готовности, в удовольствии, в радости, с которою примешь ее слова... Что у тебя дома делается?

– Да что дома? Дома всё состоит в моей воле, только отец, по обыкновению, дурачится, но ведь это совершенный безобразник сделался; я с ним уж и не говорю, но, однако ж, в тисках держу, и, право, если бы не мать, так указал бы дверь. Мать всё, конечно, плачет; сестра злится, а я им прямо сказал наконец, что я господин своей судьбы и в доме желаю, чтобы меня... слушались. Сестре по крайней мере всё это отчеканил, при матери.

– А я, брат, продолжаю не постигать, – задумчиво заметил генерал, несколько вскинув плечами и немного расставив руки. – Нина Александровна тоже намедни, вот когда приходила-то, помнишь? стонет и охает; «Чего вы?» – спрашиваю. Выходит, что им будто бы тут *бесчестье*. Какое же тут бесчестье, позвольте спросить? Кто в чем может Настасью Филипповну укорить или что-нибудь про нее указать? Неужели то, что она с Тоцким была? Но ведь это такой уже вздор, при известных обстоятельствах особенно! «Вы, говорит, не пустите ее к вашим дочерям?» Ну! Эвона! Ай да Нина Александровна! То есть как это не понимать, как это не понимать...

– Своего положения? – подсказал Ганя затруднившемуся генералу. – Она понимает; вы на нее не сердитесь. Я, впрочем, тогда же намылил голову, чтобы в чужие дела не совались. И однако, до сих пор всё тем только у нас в доме и держится, что последнего слова еще не сказано, а гроза грянет. Если сегодня скажется последнее слово, стало быть, и всё скажется.

Князь слышал весь этот разговор, сидя в уголке за своею каллиграфскою пробой. Он кончил, подошел к столу и подал свой листок.

– Так это Настасья Филипповна? – промолвил он, внимательно и любопытно поглядев на портрет. – Удивительно хороша! – прибавил он тотчас же с жаром. На портрете была изображена действительно необыкновенной красоты женщина. Она была сфотографирована в черном шелковом платье, чрезвычайно простого и изящного фасона; волосы, по-видимому темно-русые, были убраны просто, по-домашнему; глаза темные, глубокие, лоб задумчивый; выражение лица страстное и как бы высокомерное. Она была несколько худа лицом, может быть, и бледна... Ганя и генерал с изумлением посмотрели на князя...

– Как, Настасья Филипповна! Разве вы уж знаете и Настасью Филипповну? – спросил генерал.

– Да; всего только сутки в России, а уж такую раскрасавицу знаю, – ответил князь и тут же рассказал про свою встречу с Рогожиным и передал весь рассказ его.

— Вот еще новости! — опять затревожился генерал, чрезвычайно внимательно выслушавший рассказ, и пытливо поглядел на Ганю.

— Вероятно, одно только безобразие, — пробормотал тоже несколько замешавшийся Ганя, — купеческий сынок гуляет. Я про него что-то уже слышал.

— Да и я, брат, слышал, — подхватил генерал. — Тогда же, после серег, Настасья Филипповна весь анекдот пересказывала. Да ведь дело-то теперь уже другое. Тут, может быть, действительно миллион сидит и... страсть, безобразная страсть, положим, но все-таки страстью пахнет, а ведь известно, на что эти господа способны, во всем хмелю!.. Гм!.. Не вышло бы анекдота какого-нибудь! — заключил генерал задумчиво.

— Вы миллиона опасаетесь? — осклабился Ганя.

— А ты нет, конечно?

— Как вам показалось, князь, — обратился вдруг к нему Ганя, — что это, серьезный какой-нибудь человек или только так, безобразник? Собственно ваше мнение?

В Гане что-то происходило особенное, когда он задавал этот вопрос. Точно новая и особенная какая-то идея загорелась у него в мозгу и нетерпеливо засверкала в глазах его. Генерал же, который искренно и простосердечно беспокоился, тоже покосился на князя, но как бы не ожидая много от его ответа.

— Не знаю, как вам сказать, — ответил князь, — только мне показалось, что в нем много страсти, и даже какой-то больной страсти. Да он и сам еще совсем как будто больной. Очень может быть, что с первых же дней в Петербурге и опять сляжет, особенно если закутит.

— Так? Вам так показалось? — уцепился генерал за эту идею.

— Да, показалось.

— И, однако ж, этого рода анекдоты могут происходить и не в несколько дней, а еще до вечера, сегодня же, может, что-нибудь обернется, — усмехнулся генералу Ганя.

— Гм!.. Конечно... Пожалуй, а уж тогда всё дело в том, как у ней в голове мелькнет, — сказал генерал.

— А ведь вы знаете, какова она иногда?

— То есть какова же? — вскинулся опять генерал, достигший чрезвычайного расстройства. — Послушай, Ганя, ты, пожалуйста, сегодня ей много не противоречь и постарайся этак, знаешь, быть... одним словом, быть по душе... Гм!.. Что ты так рот-то кривишь? Слушай, Гаврила Ардалионыч, кстати, очень даже кстати будет теперь сказать: из-за чего мы хлопочем? Понимаешь, что я относительно моей собственной выгоды, которая тут сидит, уже давно обеспечен; я так или иначе, а в свою пользу дело решу. Тоцкий решение свое принял непоколебимо, стало быть, и я совершенно уверен. И потому если я теперь желаю чего, так это единственно твоей пользы. Сам посуди; не доверяешь ты, что ли, мне? Притом же ты человек... человек... одним словом, человек умный, и я на тебя понадеялся... а это в настоящем случае, это... это...

— Это главное, — договорил Ганя, опять помогая затруднившемуся генералу и скорчив свои губы в ядовитейшую улыбку, которую уже не хотел скрывать. Он глядел своим воспаленным взглядом прямо в глаза генералу, как бы даже желая, чтобы тот прочел в его взгляде всю его мысль. Генерал побагровел и вспылил.

— Ну да, ум главное! — поддакнул он, резко смотря на Ганю. — И смешной же ты человек, Гаврила Ардалионыч! Ты ведь точно рад, я замечаю, этому купчику, как выходу для себя. Да тут именно чрез ум надо бы с самого начала дойти; тут именно надо понять и... и поступить с обеих сторон честно и прямо, не то... предуведомить заранее, чтобы не компрометировать других, тем паче что и времени к тому было довольно, и даже еще и теперь его остается довольно (генерал значительно поднял брови), несмотря на то что остается всего только несколько часов... Ты понял? Понял? Хочешь ты или не хочешь, в самом деле? Если не хочешь, скажи, и — милости просим. Никто вас, Гаврила Ардалионыч, не удерживает, никто насильно в капкан не тащит, если вы только видите тут капкан.

– Я хочу, – вполголоса, но твердо промолвил Ганя, потупил глаза и мрачно замолк.

Генерал был удовлетворен. Генерал погорячился, но уж видимо раскаивался, что далеко зашел. Он вдруг оборотился к князю, и, казалось, по лицу его вдруг прошла беспокойная мысль, что ведь князь был тут и всё таки слышал. Но он мгновенно успокоился: при одном взгляде на князя можно было вполне успокоиться.

– Ого! – вскричал генерал, смотря на образчик каллиграфии, представленный князем, – да ведь это пропись! Да и пропись-то редкая! Посмотри-ка, Ганя, каков талант!

На толстом веленевом листе князь написал средневековым русским шрифтом фразу:

«Смиренный игумен Пафнутий руку приложил».

– Вот это, – разъяснял князь с чрезвычайным удовольствием и одушевлением, – это собственная подпись игумена Пафнутия, со снимка четырнадцатого столетия. Они превосходно подписывались, все эти наши старые игумены и митрополиты, и с каким иногда вкусом, с каким старанием! Неужели у вас нет хоть погодинского издания, генерал? Потом я вот тут написал другим шрифтом: это круглый крупный французский шрифт прошлого столетия, иные буквы даже иначе писались, шрифт площадной, шрифт публичных писцов, заимствованный с их образчиков (у меня был один), – согласитесь сами, что он не без достоинств. Взгляните на эти круглые *д, а.* Я перевел французский характер в русские буквы, что очень трудно, а вышло удачно. Вот и еще прекрасный и оригинальный шрифт, вот эта фраза: «Усердие всё превозмогает». Это шрифт русский, писарский или, если хотите, военно-писарский. Так пишется казенная бумага к важному лицу, тоже круглый шрифт, славный, *черный* шрифт, черно написано, но с замечательным вкусом. Каллиграф не допустил бы этих росчерков, или, лучше сказать, этих попыток расчеркнуться, вот этих недоконченных полухвостиков, – замечаете, – а в целом, посмотрите, оно составляет ведь характер, и, право, вся тут военно-писарская душа проглянула: разгуляться бы и хотелось, и талант просится, да воротник военный туго на крючок стянут, дисциплина и в почерке вышла, прелесть! Это недавно меня один образчик такой поразил, случайно нашел, да еще где? в Швейцарии! Ну, вот это простой, обыкновенный и чистейший английский шрифт: дальше уж изящество не может идти, тут всё прелесть, бисер, жемчуг; это законченно; но вот и вариация, и опять французская, я ее у одного французского путешествующего комми заимствовал: тот же английский шрифт, но черная линия капельку почернее и потолще, чем в английском, ан – пропорция света и нарушена; и заметьте тоже: овал изменен, капельку круглее, и вдобавок позволен росчерк, а росчерк – это наиопаснейшая вещь! Росчерк требует необыкновенного вкуса; но если только он удался, если только найдена пропорция, то этакой шрифт ни с чем не сравним, так даже, что можно влюбиться в него.

– Ого! да в какие вы тонкости заходите, – смеялся генерал, – да вы, батюшка, не просто каллиграф, вы артист, а? Ганя?

– Удивительно, – сказал Ганя, – и даже с сознанием своего назначения, – прибавил он, смеясь насмешливо.

– Смейся, смейся, а ведь тут карьера, – сказал генерал. – Вы знаете, князь, к какому лицу мы теперь вам бумаги писать дадим? Да вам прямо можно тридцать пять рублей в месяц положить, с первого шагу. Однако уж половина первого, – заключил он, взглянув на часы, – к делу, князь, потому мне надо поспешить, а сегодня, может, мы с вами не встретимся! Присядьте-ка на минутку; я вам уже изъяснил, что принимать вас очень часто не в состоянии; но помочь вам капельку искренно желаю, капельку разумеется, то есть в виде необходимейшего, а там как уж вам самим будет угодно. Местечко в канцелярии я вам приищу, не тугое, но потребует аккуратности. Теперь-с насчет дальнейшего: в доме, то есть в семействе Гаврилы Ардалионыча Иволгина, вот этого самого молодого моего друга, с которым прошу познакомиться, маменька его и сестрица очистили в своей квартире две-три меблированные комнаты и отдают их отлично рекомендованным жильцам, со столом и прислугой. Мою рекомендацию, я уверен, Нина Александровна примет. Для вас же, князь, это даже больше чем клад, во-первых, потому, что вы будете не один, а, так сказать, в недрах семейства, а, по моему взгляду, вам нельзя с первого шагу очутиться одним в такой столице, как Петербург. Нина Александровна, маменька, и Варвара Ардалионовна, сестрица Гаврилы Ардалионыча, – дамы, которых я уважаю чрезмерно. Нина Александровна, супруга Ардалиона Александровича, отставленного генерала, моего бывшего товарища по первоначальной службе, но с которым я, по некоторым обстоятельствам, прекратил сношения, что, впрочем, не мешает мне в своем роде уважать его. Всё это я вам изъясняю, князь, с тем, чтобы вы поняли, что я вас, так сказать, лично рекомендую, следственно, за вас как бы тем ручаюсь. Плата самая умеренная, и, я надеюсь, жалованье ваше вскорости будет совершенно к тому достаточно. Правда, человеку необходимы и карманные деньги, хотя бы некоторые, но вы не рассердитесь, князь, если я вам замечу, что вам лучше бы избегать карманных денег, да и вообще денег в кармане. Так по взгляду моему на вас говорю. Но так как теперь у вас кошелек совсем пуст, то, для первоначалу, позвольте вам предложить вот эти двадцать пять рублей. Мы, конечно, сочтемся, и если вы такой искренний и задушевный человек, каким кажетесь на словах, то затруднений и тут между нами выйти не может. Если же я вами так интересуюсь, то у меня на ваш счет есть даже некоторая цель; впоследствии вы ее узнаете. Видите, я с вами совершенно просто; надеюсь, Ганя, ты ничего не имеешь против помещения князя в вашей квартире?

– О, напротив! И мамаша будет очень рада... – вежливо и предупредительно подтвердил Ганя.

— У вас ведь, кажется, только еще одна комната и занята. Этот, как его, Ферд... Фер...

— Фердыщенко.

— Ну да; не нравится мне этот ваш Фердыщенко: сальный шут какой-то. И не понимаю, почему его так поощряет Настасья Филипповна? Да он взаправду, что ли, ей родственник?

— О нет, всё это шутка! И не пахнет родственником.

— Ну, черт с ним! Ну, так как же вы, князь, довольны или нет?

— Благодарю вас, генерал, вы поступили со мной как чрезвычайно добрый человек, тем более что я даже и не просил; я не из гордости это говорю; я и действительно не знал, куда голову приклонить. Меня, правда, давеча позвал Рогожин.

— Рогожин? Ну нет; я бы вам посоветовал отечески или, если больше любите, дружески и забыть о господине Рогожине. Да и вообще советовал бы вам придерживаться семейства, в которое вы поступите.

— Если уж вы так добры, — начал было князь, — то вот у меня одно дело. Я получил уведомление...

— Ну, извините, — перебил генерал, — теперь ни минуты более не имею. Сейчас я скажу о вас Лизавете Прокофьевне: если она пожелает принять вас теперь же (я уж в таком виде постараюсь вас отрекомендовать), то советую воспользоваться случаем и понравиться, потому Лизавета Прокофьевна очень может вам пригодиться; вы же однофамилец. Если не пожелает, то не взыщите, когда-нибудь в другое время. А ты, Ганя, взгляни-ка покамест на эти счеты, мы давеча с Федосеевым бились. Их надо бы не забыть включить...

Генерал вышел, и князь так и не успел рассказать о своем деле, о котором начинал было чуть ли не в четвертый раз. Ганя закурил папиросу и предложил другую князю; князь принял, но не заговаривал, не желая помешать, и стал рассматривать кабинет; но Ганя едва взглянул на лист бумаги, исписанный цифрами, указанный ему генералом. Он был рассеян; улыбка, взгляд, задумчивость Гани стали еще более тяжелы, на взгляд князя, когда они оба остались наедине. Вдруг он подошел к князю; тот в эту минуту стоял опять над портретом Настасьи Филипповны и рассматривал его.

— Так вам нравится такая женщина, князь? — спросил он его вдруг, пронзительно смотря на него. И точно будто бы у него было какое чрезвычайное намерение.

— Удивительное лицо! — ответил князь, — и я уверен, что судьба ее не из обыкновенных. Лицо веселое, а она ведь ужасно страдала, а? Об этом глаза говорят, вот эти две косточки, две точки под глазами в начале щек. Это гордое лицо, ужасно гордое, и вот не знаю, добра ли она? Ах, кабы добра! Всё было бы спасено!

— А женились бы *вы* на такой женщине? — продолжал Ганя, не спуская с него своего воспаленного взгляда.

— Я не могу жениться ни на ком, я нездоров, — сказал князь.

— А Рогожин женился бы? Как вы думаете?

— Да что же, жениться, я думаю, и завтра же можно; женился бы, а чрез неделю, пожалуй, и зарезал бы ее.

Только что выговорил это князь, Ганя вдруг так вздрогнул, что князь чуть не вскрикнул.

— Что с вами? — проговорил он, хватая его за руку.

— Ваше сиятельство! Его превосходительство просят вас пожаловать к ее превосходительству, — возвестил лакей, появляясь в дверях. Князь отправился вслед за лакеем.

IV

Все три девицы Епанчины были барышни здоровые, цветущие, рослые, с удивительными плечами, с мощною грудью, с сильными, почти как у мужчин, руками, и, конечно вследствие своей силы и здоровья, любили иногда хорошо покушать, чего вовсе и не желали скрывать. Маменька их, генеральша Лизавета Прокофьевна, иногда косилась на откровенность их аппетита, но так как иные мнения ее, несмотря на всю наружную почтительность, с которою принимались дочерьми, в сущности, давно уже потеряли первоначальный и бесспорный авторитет между ними, и до такой даже степени, что установившийся согласный конклав трех девиц сплошь да рядом начинал пересиливать, то и генеральша, в видах собственного достоинства, нашла удобнее не спорить и уступать. Правда, характер весьма часто не слушался и не подчинялся решениям благоразумия; Лизавета Прокофьевна становилась с каждым годом всё капризнее и нетерпеливее, стала даже какая-то чудачка, но так как под рукой все-таки оставался весьма покорный и приученный муж, то излишнее и накопившееся изливалось обыкновенно на его голову, а затем гармония в семействе восстановлялась опять, и всё шло как не надо лучше.

Генеральша, впрочем, и сама не теряла аппетита и обыкновенно, в половине первого, принимала участие в обильном завтраке, похожем почти на обед, вместе с дочерьми. По чашке кофею выпивалось барышнями еще раньше, ровно в десять часов, в постелях, в минуту пробуждения. Так им полюбилось и установилось раз навсегда. В половине же первого накрывался стол в маленькой столовой, близ мамашиных комнат, и к этому семейному и интимному завтраку являлся иногда и сам генерал, если позволяло время. Кроме чаю, кофею, сыру, меду, масла, особых оладий, излюбленных самою генеральшей, котлет и прочего, подавался даже крепкий горячий бульон. В то утро, в которое начался наш рассказ, всё семейство собралось в столовой в ожидании генерала, обещавшего явиться к половине первого. Если б он опоздал хоть минуту, за ним тотчас же послали бы; но он явился аккуратно. Подойдя поздороваться с супругой и поцеловать у ней ручку, он заметил в лице ее на этот раз что-то слишком особенное. И хотя он еще накануне предчувствовал, что так именно и будет сегодня по одному «анекдоту» (как он сам по привычке своей выражался), и, уже засыпая вчера, об этом беспокоился, но все-таки теперь опять струсил. Дочери подошли с ним поцеловаться; тут хотя и не сердились на него, но все-таки и тут было тоже как бы что-то особенное. Правда, генерал, по некоторым обстоятельствам, стал излишне подозрителен; но так как он был отец и супруг опытный и ловкий, то тотчас же и взял свои меры.

Может быть, мы не очень повредим выпуклости нашего рассказа, если остановимся здесь и прибегнем к помощи некоторых пояснений для прямой и точнейшей постановки тех отношений и обстоятельств, в которых мы находим семейство генерала Епанчина в начале нашей повести. Мы уже сказали сейчас, что сам генерал хотя был человек и не очень образованный, а, напротив, как он сам выражался о себе, «человек самоучный», но был, однако же, опытным супругом и ловким отцом. Между прочим, он принял систему не торопить дочерей своих замуж, то есть не «висеть у них над душой» и не беспокоить их слишком томлением своей родительской любви об их счастии, как невольно и естественно происходит сплошь да рядом даже в самых умных семействах, в которых накопляются взрослые дочери. Он даже достиг того, что склонил и Лизавету Прокофьевну к своей системе, хотя дело вообще было трудное, — трудное потому, что и неестественное; но аргументы генерала были чрезвычайно значительны, основывались на осязаемых фактах. Да и предоставленные вполне своей воле и своим решениям невесты, натурально, принуждены же будут наконец взяться сами за ум, и тогда дело загорится, потому что возьмутся за дело охотой, отложив капризы и излишнюю разборчивость; родителям оставалось бы только неусыпнее и как можно неприметнее наблюдать, чтобы не произошло какого-нибудь странного выбора или неестественного уклонения, а затем, улучив надлежащий момент, разом помочь всеми силами и направить дело всеми влияниями. Наконец, уж одно то, что с каждым годом, например, росло в геометрической прогрессии их состояние и общественное значение; следственно, чем больше уходило время, тем более выигрывали и дочери, даже как невесты. Но среди всех этих неотразимых фактов наступил и еще один факт: старшей дочери, Александре, вдруг и совсем почти неожиданно (как и всегда это так бывает), минуло двадцать пять лет. Почти в то же самое время и Афанасий Иванович Тоцкий, человек высшего света, с высшими связями и необыкновенного богатства, опять обнаружил свое старинное желание жениться. Это был человек лет пятидесяти пяти, изящного характера, с необыкновенною утонченностию вкуса. Ему хотелось жениться хорошо; ценитель красоты он был чрезвычайный. Так как с некоторого времени он с генералом Епанчиным состоял в необыкновенной дружбе, особенно усиленной взаимным участием в некоторых финансовых предприятиях, то и сообщил ему, так сказать, прося дружеского совета и руководства: возможно или нет предложение о браке с одною из его дочерей? В тихом и прекрасном течении семейной жизни генерала Епанчина наступал очевидный переворот.

Бесспорною красавицей в семействе, как уже сказано было, была младшая, Аглая. Но даже сам Тоцкий, человек чрезвычайного эгоизма, понял, что не тут ему надо искать и что Аглая не ему предназначена. Может быть, несколько слепая любовь и слишком горячая дружба сестер и преувеличивали дело, но судьба Аглаи предназначалась между ними, самым искренним образом, быть не просто судьбой, а возможным идеалом земного рая. Будущий муж Аглаи должен был быть обладателем всех совершенств и успехов, не говоря уже о богатстве. Сестры даже положили между собой, и как-то без особенных лишних слов, о возможности, если надо, пожертвования с их стороны в пользу Аглаи: приданое для Аглаи предназначалось колоссальное и из ряду вон. Родители знали об этом соглашении двух старших сестер, и потому, когда Тоцкий попросил совета, между ними почти и сомнений не было, что одна из старших сестер наверно не откажется увенчать их желания, тем более что Афанасий Иванович не мог затрудниться насчет приданого. Предложение же Тоцкого сам генерал оценил тотчас же, с свойственным ему знанием жизни, чрезвычайно высоко. Так как и сам Тоцкий наблюдал покамест, по некоторым особым обстоятельствам, чрезвычайную осторожность в своих шагах и только еще сондировал дело, то и родители предложили дочерям на вид только еще самые отдаленные предположения. В ответ на это было получено от них, тоже хоть не совсем определенное, но по крайней мере успокоительное заявление, что старшая, Александра, пожалуй, и не откажется. Это была девушка хотя и с твердым характером, но добрая, разумная и чрезвычайно уживчивая; могла выйти за Тоцкого даже охотно, и если бы дала слово, то исполнила бы его честно. Блеска она не любила, не только не грозила хлопотами и крутым переворотом, но могла даже усладить и успокоить жизнь. Собой она была очень хороша, хотя и не так эффектна. Что могло быть лучше для Тоцкого?

И однако же, дело продолжало идти всё еще ощупью. Взаимно и дружески между Тоцким и генералом положено было избегать всякого формального и безвозвратного шага. Даже родители всё еще не начинали говорить с дочерьми совершенно открыто; начинался как будто и диссонанс: генеральша Епанчина, мать семейства, становилась почему-то недовольною, а это было очень важно. Тут было одно мешавшее всему обстоятельство, один мудреный и хлопотливый случай, из-за которого всё дело могло расстроиться безвозвратно.

Этот мудреный и хлопотливый «случай» (как выражался сам Тоцкий) начался очень давно, лет восемнадцать этак назад. Рядом с одним из богатейших поместий Афанасия Ивановича, в одной из срединных губерний, бедствовал один мелкопоместный и беднейший помещик. Это был человек замечательный по своим беспрерывным и анекдотическим неудачам, — один отставной офицер, хорошей дворянской фамилии, и даже в этом отношении почище Тоцкого, некто Филипп Александрович Барашков. Весь задолжавшийся и заложившийся, он успел уже наконец после каторжных, почти мужичьих трудов устроить кое-как свое маленькое хозяйство удовлетворительно. При малейшей удаче он необыкновенно ободрялся. Ободренный и просиявший надеждами, он отлучился на несколько дней в свой уездный городок, чтобы повидаться и, буде возможно, столковаться окончательно с одним из главнейших своих кредиторов. На третий день по прибытии его в город явился к нему из его деревеньки его староста, верхом, с обожженною щекой и обгоревшею бородой, и возвестил ему, что «вотчина сгорела», вчера, в самый полдень, причем «изволили сгореть и супруга, а деточки целы остались». Этого сюрприза даже и Барашков, приученный к «синякам фортуны», не мог вынести; он сошел с ума и чрез месяц помер в горячке. Сгоревшее имение, с разбредшимися по миру мужиками, было продано за долги; двух же маленьких девочек, шести и семи лет, детей Барашкова, по великодушию своему, принял на свое иждивение и воспитание Афанасий Иванович Тоцкий. Они стали воспитываться вместе с детьми управляющего Афанасия Ивановича, одного отставного и многосемейного чиновника и притом немца. Вскоре осталась одна только девочка, Настя, а младшая умерла от коклюша; Тоцкий же вскоре совсем и забыл о них обеих, проживая за границей. Лет пять спустя, однажды, Афанасий Иванович, проездом, вздумал заглянуть в свое поместье и вдруг заметил в деревенском своем доме, в семействе своего немца, прелестного ребенка, девочку лет двенадцати, резвую, милую, умненькую и обещавшую необыкновенную красоту; в этом отношении Афанасий Иванович был знаток безошибочный. В этот раз он пробыл в поместье всего несколько дней, но успел распорядиться; в воспитании девочки произошла значительная перемена: приглашена была почтенная и пожилая гувернантка, опытная в высшем воспитании девиц, швейцарка, образованная и преподававшая, кроме французского языка, и разные науки. Она поселилась в деревенском доме, и воспитание маленькой Настасьи приняло чрезвычайные размеры. Ровно чрез четыре года это воспитание кончилось; гувернантка уехала, а за Настей приехала одна барыня, тоже какая-то помещица и тоже соседка господина Тоцкого по имению, но уже в другой, далекой губернии, и взяла Настю с собой вследствие инструкции и полномочия от Афанасия Ивановича. В этом небольшом поместье оказался тоже, хотя и небольшой, только что отстроенный деревянный дом; убран он был особенно изящно, да и деревенька, как нарочно, называлась сельцо Отрадное. Помещица привезла Настю прямо в этот тихий домик, и так как сама она, бездетная вдова, жила всего в одной версте, то и сама поселилась вместе с Настей. Около Насти явилась старуха ключница и молодая, опытная горничная. В доме нашлись музыкальные инструменты, изящная девичья библиотека, картины, эстампы, карандаши, кисти, краски, удивительная левретка, а чрез две недели пожаловал и сам Афанасий Иванович... С тех пор он как-то особенно полюбил эту глухую степную свою деревеньку, заезжал каждое лето, гостил по два, даже по три месяца, и так прошло довольно долгое время, года четыре, спокойно и счастливо, со вкусом и изящно.

Однажды случилось, что как-то в начале зимы, месяца четыре спустя после одного из летних приездов Афанасия Ивановича в Отрадное, заезжавшего на этот раз всего только на две недели, пронесся слух, или, лучше сказать, дошел как-то слух до Настасьи Филипповны, что Афанасий Иванович в Петербурге женится на красавице, на богатой, на знатной, — одним словом, делает солидную и блестящую партию. Слух этот оказался потом не во всех подробностях верным: свадьба и тогда была еще только в проекте, и всё еще было очень неопределенно, но в судьбе Настасьи Филипповны все-таки произошел с этого времени чрезвычайный переворот. Она вдруг выказала необыкновенную решимость и обнаружила самый неожиданный характер. Долго не думая, она бросила свой деревенский домик и вдруг явилась в Петербург, прямо к Тоцкому, одна-одинехонька. Тот изумился, начал было говорить; но вдруг оказалось, почти с первого слова, что надобно совершенно изменить слог, диапазон голоса, прежние темы приятных и изящных разговоров, употреблявшиеся доселе с таким успехом, логику — всё, всё, всё! Перед ним сидела совершенно другая женщина, нисколько не похожая на ту, которую он знал доселе и оставил всего только в июле месяце, в сельце Отрадном.

Эта новая женщина, оказалось, во-первых, необыкновенно много знала и понимала, — так много, что надо было глубоко удивляться, откуда могла она приобрести такие сведения, выработать в себе такие точные понятия. (Неужели из своей девичьей библиотеки?) Мало того, она даже юридически чрезвычайно много понимала и имела положительное знание если не света, то о том по крайней мере, как некоторые дела текут на свете; во-вторых, это был совершенно не тот характер, как прежде, то есть не что-то робкое, пансионски неопределенное, иногда очаровательное по своей оригинальной резвости и наивности, иногда грустное и задумчивое, удивленное, недоверчивое, плачущее и беспокойное.

Нет: тут хохотало пред ним и кололо его ядовитейшими сарказмами необыкновенное и неожиданное существо, прямо заявившее ему, что никогда оно не имело к нему в своем сердце ничего, кроме глубочайшего презрения, презрения до тошноты, наступившего тотчас же после первого удивления. Эта новая женщина объявляла, что ей в полном смысле всё равно будет, если он сейчас же и на ком угодно женится, но что она приехала не позволить ему этот брак, и не позволить по злости, единственно потому, что ей так хочется, и что, следственно, так и быть должно, — «ну, хоть для того, чтобы мне только посмеяться над тобой вволю, потому что теперь и я наконец смеяться хочу».

Так по крайней мере она выражалась; всего, что было у ней на уме, она, может быть, и не высказала. Но покамест новая Настасья Филипповна хохотала и всё это излагала, Афанасий Иванович обдумывал про себя это дело и по возможности приводил в порядок несколько разбитые свои мысли. Это обдумывание продолжалось немало времени; он вникал и решался окончательно почти две недели; но через две недели его решение было принято. Дело в том, что Афанасию Ивановичу в то время было уже около пятидесяти лет, и человек он был в высшей степени солидный и установившийся. Постановка его в свете и в обществе давным-давно совершилась на самых прочных основаниях. Себя, свой покой и комфорт он любил и ценил более всего на свете, как и следовало в высшей степени порядочному человеку. Ни малейшего нарушения, ни малейшего колебания не могло быть допущено в том, что всею жизнью устанавливалось и приняло такую прекрасную форму. С другой стороны, опытность и глубокий взгляд на вещи подсказали Тоцкому очень скоро и необыкновенно верно, что он имеет теперь дело с существом совершенно из ряду вон, что это именно такое существо, которое не только грозит, но и непременно сделает, и, главное, ни пред чем решительно не остановится, тем более что решительно ничем в свете не дорожит, так что даже и соблазнить его невозможно. Тут, очевидно, было что-то другое, подразумевалась какая-то душевная и сердечная бурда, – что-то вроде какого-то романического негодования бог знает на кого и за что, какого-то ненасытимого чувства презрения, совершенно выскочившего из мерки, – одним словом, что-то в высшей степени смешное и недозволенное в порядочном обществе и с чем встретиться для всякого порядочного человека составляет чистейшее Божие наказание. Разумеется, с богатством и со связями Тоцкого можно было тотчас же сделать какое-нибудь маленькое и совершенно невинное злодейство, чтоб избавиться от неприятности. С другой стороны, было очевидно, что и сама Настасья Филипповна почти ничего не в состоянии сделать вредного, в смысле, например, хоть юридическом; даже и скандала не могла бы сделать значительного, потому что так легко ее можно было всегда ограничить. Но всё это в таком только случае, если бы Настасья Филипповна решилась действовать, как все и как вообще в подобных случаях действуют, не выскакивая слишком эксцентрично из мерки. Но тут-то и пригодилась Тоцкому его верность взгляда: он сумел разгадать, что Настасья Филипповна и сама отлично понимает, как безвредна она в смысле юридическом, но что у ней совсем другое на уме и... в сверкавших глазах ее. Ничем не дорожа, а пуще всего собой (нужно было очень много ума и проникновения, чтобы догадаться в эту минуту, что она давно уже перестала дорожить собой, и чтоб ему, скептику и светскому цинику, поверить серьезности этого чувства), Настасья Филипповна в состоянии была самое себя погубить, безвозвратно и безобразно, Сибирью и каторгой, лишь бы надругаться над человеком, к которому она питала такое бесчеловечное отвращение. Афанасий Иванович никогда не скрывал, что он был несколько трусоват или, лучше сказать, в высшей степени консервативен. Если б он знал, например, что его убьют под венцом или произойдет что-нибудь в этом роде, чрезвычайно неприличное, смешное и непринятое в обществе, то он, конечно бы, испугался, но при этом не столько того, что его убьют и ранят до крови или плюнут всепублично в лицо и пр., и пр., а того, что это произойдет с ним в такой неестественной и неприятной форме. А ведь Настасья Филипповна именно это и пророчила, хотя еще и молчала об этом; он знал, что она в высшей степени его понимала и изучила, а следственно, знала, чем в него и ударить. А так как свадьба действительно была еще только в намерении, то Афанасий Иванович смирился и уступил Настасье Филипповне.

Решению его помогло и еще одно обстоятельство: трудно было вообразить себе, до какой степени не походила эта новая Настасья Филипповна на прежнюю лицом. Прежде это была только очень хорошенькая девочка, а теперь... Тоцкий долго не мог простить себе, что он четыре года глядел и не разглядел. Правда, много значит и то, когда с обеих сторон, внутренне и внезапно, происходит переворот. Он припоминал, впрочем, и прежде мгновения, когда иногда странные мысли приходили ему при взгляде, например, на эти глаза: как бы предчувствовался в них какой-то глубокий и таинственный мрак. Этот взгляд глядел — точно задавал загадку. В последние два года он часто удивлялся изменению цвета лица Настасьи Филипповны: она становилась ужасно бледна и — странно — даже хорошела от этого. Тоцкий, который, как все погулявшие на своем веку джентльмены, с презрением смотрел вначале, как дешево досталась ему эта нежившая душа, в последнее время несколько усумнился в своем взгляде. Во всяком случае, у него положено было еще прошлою весной, в скором времени, отлично и с достатком выдать Настасью Филипповну замуж за какого-нибудь благоразумного и порядочного господина, служащего в другой губернии. (О, как ужасно и как зло смеялась над этим теперь Настасья Филипповна!) Но теперь Афанасий Иванович, прельщенный новизной, подумал даже, что он мог бы вновь эксплуатировать эту женщину. Он решился поселить Настасью Филипповну в Петербурге и окружить роскошным комфортом. Если не то, так другое: Настасьей Филипповной можно было щегольнуть и даже потщеславиться в известном кружке. Афанасий же Иванович так дорожил своею славой по этой части.

Прошло уже пять лет петербургской жизни, и, разумеется, в такой срок многое определилось. Положение Афанасия Ивановича было неутешительное; всего хуже было то, что он, струсив раз, уже никак потом не мог успокоиться. Он боялся — и даже сам не знал чего, — просто боялся Настасьи Филипповны. Некоторое время, в первые два года, он стал было подозревать, что Настасья Филипповна сама желает вступить с ним в брак, но молчит из необыкновенного тщеславия и ждет настойчивого его предложения. Претензия была бы странная; Афанасий Иванович морщился и тяжело задумывался. К большому и (таково сердце человека!) к несколько неприятному своему изумлению, он вдруг, по одному случаю, убедился, что если бы даже он и сделал предложение, то его бы не приняли. Долгое время он не понимал этого. Ему показалось возможным одно только объяснение, что гордость «оскорбленной и фантастической женщины» доходит уже до такого исступления, что ей скорее приятнее высказать раз свое презрение в отказе, чем навсегда определить свое положение и достигнуть недосягаемого величия. Хуже всего было то, что Настасья Филипповна ужасно много взяла верху. На интерес тоже не поддавалась, даже на очень крупный, и хотя приняла предложенный ей комфорт, но жила очень скромно и почти ничего в эти пять лет не скопила. Афанасий Иванович рискнул было на очень хитрое средство, чтобы разбить свои цепи: неприметно и искусно он стал соблазнять ее, чрез ловкую помощь, разными идеальнейшими соблазнами; но олицетворенные идеалы: князья, гусары, секретари посольств, поэты, романисты, социалисты даже — ничто не произвело никакого впечатления на Настасью Филипповну, как будто у ней вместо сердца был камень, а чувства иссохли и вымерли раз навсегда. Жила она больше уединенно, читала, даже училась, любила музыку. Знакомств имела мало: она всё зналась с какими-то бедными и смешными чиновницами, знала двух каких-то актрис, каких-то старух, очень любила многочисленное семейство одного почтенного учителя, и в семействе этом и ее очень любили и с удовольствием принимали. Довольно часто по вечерам сходились к ней пять-шесть человек знакомых, не более. Тоцкий являлся очень часто и аккуратно. В последнее время не без труда познакомился с Настасьей Филипповной генерал Епанчин. В то же время совершенно легко и без всякого труда познакомился с ней и один молодой чиновник, по фамилии Фердыщенко, очень неприличный и сальный шут, с претензиями на веселость и выпивающий. Был знаком один молодой и странный человек, по фамилии Птицын, скромный, аккуратный и вылощенный, происшедший из нищеты и сделавшийся ростовщиком. Познакомился, наконец, и Гаврила Ардалионович... Кончилось тем, что про Настасью Филипповну установилась странная слава: о красоте ее знали все, но и только; никто не мог ничем похвалиться, никто не мог ничего рассказать. Такая репутация, ее образование, изящная манера, остроумие – всё это утвердило Афанасия Ивановича окончательно на известном плане. Тут-то и начинается тот момент, с которого принял в этой истории такое деятельное и чрезвычайное участие сам генерал Епанчин.

Когда Тоцкий так любезно обратился к нему за дружеским советом насчет одной из его дочерей, то тут же, самым благороднейшим образом, сделал полнейшие и откровенные признания. Он открыл, что решился уже не останавливаться *ни пред какими* средствами, чтобы получить свою свободу; что он не успокоился бы, если бы Настасья Филипповна даже сама объявила ему, что впредь оставит его в полном покое; что ему мало слов, что ему нужны самые полные гарантии. Столковались и решились действовать сообща. Первоначально положено было испытать средства самые мягкие и затронуть, так сказать, одни «благородные струны сердца». Оба приехали к Настасье Филипповне, и Тоцкий прямехонько начал с того, что объявил ей о невыносимом ужасе своего положения; обвинил он себя во всем; откровенно сказал, что не может раскаяться в первоначальном поступке с нею, потому что он сластолюбец закоренелый и в себе не властен, но что теперь он хочет жениться и что вся судьба этого в высшей степени приличного и светского брака в ее руках; одним словом, что он ждет всего от ее благородного сердца. Затем стал говорить генерал Епанчин, в своем качестве отца, и говорил резонно, избегнул трогательного, упомянул только, что вполне признает ее право на решение судьбы Афанасия Ивановича, ловко щегольнул собственным смирением, представив на вид, что судьба его дочери, а может быть и двух других дочерей, зависит теперь от ее же решения. На вопрос Настасьи Филипповны: «Чего именно от нее хотят?» – Тоцкий с прежнею, совершенно обнаженною прямотой признался ей, что он так напуган еще пять лет назад, что не может даже и теперь совсем успокоиться, до тех пор пока Настасья Филипповна сама не выйдет за кого-нибудь замуж. Он тотчас же прибавил, что просьба эта была бы, конечно, с его стороны нелепа, если б он не имел насчет ее некоторых оснований. Он очень хорошо заметил и положительно узнал, что молодой человек, очень хорошей фамилии, живущий в самом достойном семействе, а именно Гаврила Ардалионович Иволгин, которого она знает и у себя принимает, давно уже любит ее всею силой страсти и, конечно, отдал бы половину жизни за одну надежду приобресть ее симпатию. Признания эти Гаврила Ардалионович сделал ему, Афанасию Ивановичу, сам, и давно уже, подружески и от чистого молодого сердца, и что об этом давно уже знает и Иван Федорович, благодетельствующий молодому человеку. Наконец, если только он, Афанасий Иванович, не ошибается, любовь молодого человека давно уже известна самой Настасье Филипповне, и ему показалось даже, что она смотрит на эту любовь снисходительно. Конечно, ему всех труднее говорить об этом. Но если Настасья Филипповна захотела бы допустить в нем, в Тоцком, кроме эгоизма и желания устроить свою собственную участь, хотя несколько желания добра и ей, то поняла бы, что ему давно странно и даже тяжело смотреть на ее одиночество: что тут один только неопределенный мрак, полное неверие в обновление жизни, которая так прекрасно могла бы воскреснуть в любви и в семействе и принять таким образом новую цель; что тут гибель способностей, может быть блестящих, добровольное любование своею тоской, одним словом, даже некоторый романтизм, не достойный ни здравого ума, ни благородного сердца Настасьи Филипповны. Повторив еще раз, что ему труднее других говорить, что не может отказаться от надежды, что Настасья Филипповна не ответит ему презрением, если он выразит свое искреннее желание обеспечить ее участь в будущем и предложит ей сумму в семьдесят пять тысяч рублей. Он прибавил в пояснение, что эта сумма всё равно назначена уже ей в его завещании; одним словом, что тут вовсе не вознаграждение какое-нибудь... и что, наконец, почему же не допустить и не извинить в нем человеческого желания хоть чем-нибудь облегчить свою совесть и т. д., и т. д., всё, что говорится в подобных случаях на эту тему. Афанасий Иванович говорил долго и красноречиво, присовокупив, так сказать мимоходом, очень любопытное сведение, что об этих семидесяти пяти тысячах он заикнулся теперь в первый раз и что о них не знал даже и сам Иван Федорович, который вот тут сидит; одним словом, не знает *никто.*

Ответ Настасьи Филипповны изумил обоих друзей.

Не только не было заметно в ней хотя бы малейшего появления прежней насмешки, прежней вражды и ненависти, прежнего хохоту, от которого, при одном воспоминании, до сих пор проходил холод по спине Тоцкого, но, напротив, она как будто обрадовалась тому, что может наконец поговорить с кем-нибудь откровенно и по-дружески. Она призналась, что сама давно желала спросить дружеского совета, что мешала только гордость, но что теперь, когда лед разбит, ничего и не могло быть лучше. Сначала с грустною улыбкой, а потом весело и резво рассмеявшись, она призналась, что прежней бури во всяком случае и быть не могло; что она давно уже изменила отчасти свой взгляд на вещи и что хотя и не изменилась в сердце, но все-таки принуждена была очень многое допустить в виде совершившихся фактов; что сделано, то сделано, что прошло, то прошло, так что ей даже странно, что Афанасий Иванович всё еще продолжает быть так напуганным. Тут она обратилась к Ивану Федоровичу и с видом глубочайшего уважения объявила, что она давно уже слышала очень многое об его дочерях и давно уже привыкла глубоко и искренно уважать их. Одна мысль о том, что она могла бы быть для них хоть чем-нибудь полезною, была бы, кажется, для нее счастьем и гордостью. Это правда, что ей теперь тяжело и скучно, очень скучно; Афанасий Иванович угадал мечты ее; она желала бы воскреснуть, хоть не в любви, так в семействе, сознав новую цель; но что о Гавриле Ардалионовиче она почти ничего не может сказать. Кажется, правда, что он ее любит; она чувствует, что могла бы и сама его полюбить, если бы могла поверить в твердость его привязанности; но он очень молод, если даже и искренен; тут решение трудно. Ей, впрочем, нравится больше всего то, что он работает, трудится и один поддерживает всё семейство. Она слышала, что он человек с энергией, с гордостью, хочет карьеры, хочет пробиться. Слышала тоже, что Нина Александровна Иволгина, мать Гаврилы Ардалионовича, превосходная и в высшей степени уважаемая женщина; что сестра его, Варвара Ардалионовна, очень замечательная и энергичная девушка; она много слышала о ней от Птицына. Она слышала, что они бодро переносят свои несчастия; она очень бы желала с ними познакомиться, но еще вопрос, радушно ли они примут ее в их семью? Вообще она ничего не говорит против возможности этого брака, но об этом еще слишком надо подумать; она желала бы, чтоб ее не торопили. Насчет же семидесяти пяти тысяч — напрасно Афанасий Иванович так затруднялся говорить о них. Она понимает сама цену деньгам и, конечно, их возьмет. Она благодарит Афанасия Ивановича за его деликатность, за то, что он даже и генералу об этом не говорил, не только Гавриле Ардалионовичу, но, однако ж, почему же и ему не знать об этом заранее? Ей нечего стыдиться за эти деньги, входя в их семью. Во всяком случае, она ни у кого не намерена просить прощения ни в чем и желает, чтоб это знали. Она не выйдет за Гаврилу Ардалионовича, пока не убедится, что ни в нем, ни в семействе его нет какой-нибудь затаенной мысли на ее счет. Во всяком случае, она ни в чем не считает себя виновною, и пусть бы лучше Гаврила Ардалионович узнал, на каких основаниях она прожила все эти пять лет в Петербурге, в каких отношениях к Афанасию Ивановичу и много ли скопила состояния. Наконец, если она и принимает теперь капитал, то вовсе не как плату за свой девичий позор, в котором она не виновата, а просто как вознаграждение за исковерканную судьбу.

Под конец она даже так разгорячилась и раздражилась, излагая всё это (что, впрочем, было так естественно), что генерал Епанчин был очень доволен и считал дело оконченным; но раз напуганный Тоцкий и теперь не совсем поверил и долго боялся, нет ли и тут змеи под цветами. Переговоры, однако, начались; пункт, на котором был основан весь маневр обоих друзей, а именно возможность увлечения Настасьи Филипповны к Гане, начал мало-помалу выясняться и оправдываться, так что даже Тоцкий начинал иногда верить в возможность успеха. Тем временем Настасья Филипповна объяснилась с Ганей: слов было сказано очень мало, точно ее целомудрие страдало при этом. Она допускала, однако ж, и дозволяла ему любовь его, но настойчиво объявила, что ничем не хочет стеснять себя; что она до самой свадьбы (если свадьба состоится) оставляет за собой право сказать «нет», хотя бы в самый последний час; совершенно такое же право предоставляет и Гане. Вскоре Ганя узнал положительно, чрез услужливый случай, что недоброжелательство всей его семьи к этому браку и к Настасье Филипповне лично, обнаруживавшееся домашними сценами, уже известно Настасье Филипповне в большой подробности; сама она с ним об этом не заговаривала, хотя он и ждал ежедневно. Впрочем, можно было бы и еще много рассказать из всех историй и обстоятельств, обнаружившихся по поводу этого сватовства и переговоров; но мы и так забежали вперед, тем более что иные из обстоятельств являлись еще в виде слишком неопределенных слухов. Например, будто бы Тоцкий откуда-то узнал, что Настасья Филипповна вошла в какие-то неопределенные и секретные от всех сношения с девицами Епанчиными, — слух совершенно невероятный. Зато другому слуху он невольно верил и боялся его до кошмара: он слышал за верное, что Настасья Филипповна будто бы в высшей степени знает, что Ганя женится только на деньгах, что у Гани душа черная, алчная, нетерпеливая, завистливая и необъятно, не пропорционально ни с чем самолюбивая; что Ганя хотя и действительно страстно добивался победы над Настасьей Филипповной прежде, но когда оба друга решились эксплуатировать эту страсть, начинавшуюся с обеих сторон, в свою пользу и купить Ганю продажей ему Настасьи Филипповны в законные жены, то он возненавидел ее, как свой кошмар. В его душе будто бы странно сошлись страсть и ненависть, и он хотя и дал наконец, после мучительных колебаний, согласие жениться на «скверной женщине», но сам поклялся в душе горько отмстить ей за это и «доехать» ее потом, как он будто бы сам выразился. Всё это Настасья Филипповна будто бы знала и что-то втайне готовила. Тоцкий до того было уже струсил, что даже и Епанчину перестал сообщать о своих беспокойствах; но бывали мгновения, что он, как слабый человек, решительно вновь ободрялся и быстро воскресал духом: он ободрился, например, чрезвычайно, когда Настасья Филипповна дала наконец слово обоим друзьям, что вечером, в день своего рождения, скажет последнее слово. Зато самый странный и самый невероятный слух, касавшийся самого уважаемого Ивана Федоровича, увы! всё более и более оказывался верным.

Тут с первого взгляда всё казалось чистейшею дичью. Трудно было поверить, что будто бы Иван Федорович, на старости своих почтенных лет, при своем превосходном уме и положительном знании жизни и пр., и пр., соблазнился сам Настасьей Филипповной, — но так будто бы, до такой будто бы степени, что этот каприз почти походил на страсть. На что он надеялся в этом случае — трудно себе и представить; может быть, даже на содействие самого Гани. Тоцкому подозревалось по крайней мере что-то в этом роде, подозревалось существование какого-то почти безмолвного договора, основанного на взаимном проникновении, между генералом и Ганей. Впрочем, известно, что человек, слишком увлекшийся страстью, особенно если он в летах, совершенно слепнет и готов подозревать надежду там, где вовсе ее и нет; мало того, теряет рассудок и действует как глупый ребенок, хотя бы и был семи пядей во лбу. Известно было, что генерал приготовил ко дню рождения Настасьи Филипповны от себя в подарок удивительный жемчуг, стоивший огромной суммы, и подарком этим очень интересовался, хотя и знал, что Настасья Филипповна — женщина бескорыстная. Накануне дня рождения Настасьи Филипповны он был как в лихорадке, хотя и ловко скрывал себя. Об этом-то именно жемчуге и прослышала генеральша Епанчина. Правда, Елизавета Прокофьевна уже с давних пор начала испытывать ветреность своего супруга, даже отчасти привыкла к ней; но ведь невозможно же было пропустить такой случай: слух о жемчуге чрезвычайно интересовал ее. Генерал выследил это заблаговременно; еще накануне были сказаны иные словечки: он предчувствовал объяснение капитальное и боялся его. Вот почему ему ужасно не хотелось в то утро, с которого мы начали рассказ, идти завтракать в недра семейства. Еще до князя он положил отговориться делами и избежать. Избежать у генерала иногда значило просто-запросто убежать. Ему хоть один этот день и, главное, сегодняшний вечер хотелось выиграть без неприятностей. И вдруг так кстати пришелся князь. «Точно Бог послал!» — подумал генерал про себя, входя к своей супруге.

V

Генеральша была ревнива к своему происхождению. Каково же ей было, прямо и без приготовления, услышать, что этот последний в роде князь Мышкин, о котором она уже что-то слышала, не больше как жалкий идиот и почти что нищий и принимает подаяние на бедность. Генерал именно бил на эффект, чтобы разом заинтересовать, отвлечь всё как-нибудь в другую сторону.

В крайних случаях генеральша обыкновенно чрезвычайно выкатывала глаза и, несколько откинувшись назад корпусом, неопределенно смотрела перед собой, не говоря ни слова. Это была рослая женщина, одних лет с своим мужем, с темными, с большою проседью, но еще густыми волосами, с несколько горбатым носом, сухощавая, с желтыми, ввалившимися щеками и тонкими, впалыми губами. Лоб ее был высок, но узок; серые, довольно большие глаза имели самое неожиданное иногда выражение. Когда-то у ней была слабость поверить, что взгляд ее необыкновенно эффектен; это убеждение осталось в ней неизгладимо.

— Принять? Вы говорите, его принять, теперь, сейчас? — и генеральша изо всех сил выкатила свои глаза на суетившегося пред ней Ивана Федоровича.

— О, на этот счет можно без всякой церемонии, если только тебе, мой друг, угодно его видеть, — спешил разъяснить генерал. — Совершенный ребенок, и даже такой жалкий; припадки у него какие-то болезненные; он сейчас из Швейцарии, только что из вагона, одет странно, как-то по-немецкому, и вдобавок ни копейки, буквально; чуть не плачет. Я ему двадцать пять рублей подарил и хочу ему в канцелярии писарское местечко какое-нибудь у нас добыть. А вас, mesdames, прошу его попотчевать, потому что он, кажется, и голоден...

— Вы меня удивляете, — продолжала по-прежнему генеральша, — голоден и припадки! Какие припадки?

— О, они не повторяются так часто, и притом он почти как ребенок, впрочем образованный. Я было вас, mesdames, — обратился он опять к дочерям, — хотел попросить проэкзаменовать его, все-таки хорошо бы узнать, к чему он способен.

— Про-эк-за-ме-но-вать? — протянула генеральша и в глубочайшем изумлении стала опять перекатывать глаза с дочерей на мужа и обратно.

— Ах, друг мой, не придавай такого смыслу... впрочем, ведь как тебе угодно; я имел в виду обласкать его и ввести к нам, потому что это почти доброе дело.

— Ввести к нам? Из Швейцарии?!

— Швейцария тут не помешает; а впрочем, повторяю, как хочешь. Я ведь потому, что, во-первых, однофамилец и, может быть, даже родственник, а во-вторых, не знает, где главу приклонить. Я даже подумал, что тебе несколько интересно будет, так как все-таки из нашей фамилии.

— Разумеется, maman, если с ним можно без церемонии; к тому же он с дороги есть хочет, почему не накормить, если он не знает куда деваться? — сказала старшая, Александра.

— И вдобавок дитя совершенное, с ним можно еще в жмурки играть.

— В жмурки играть? Каким образом?

— Ах, maman, перестаньте представляться, пожалуйста, — с досадой перебила Аглая.

Средняя, Аделаида, смешливая, не выдержала и рассмеялась.

— Позовите его, papa, maman позволяет, — решила Аглая. Генерал позвонил и велел звать князя.

— Но с тем чтобы непременно завязать ему салфетку на шее, когда он сядет за стол, — решила генеральша, —

позвать Федора, или пусть Мавра... чтобы стоять за ним и смотреть за ним, когда он будет есть. Спокоен ли он по крайней мере в припадках? Не делает ли жестов?

– Напротив, даже очень мило воспитан и с прекрасными манерами. Немного слишком простоват иногда... Да вот он и сам! Вот-с, рекомендую, последний в роде князь Мышкин, однофамилец и, может быть, даже родственник, примите, обласкайте. Сейчас пойдут завтракать, князь, так сделайте честь... А я уж, извините, опоздал, спешу...

– Известно, куда вы спешите, – важно проговорила генеральша.

– Спешу, спешу, мой друг, опоздал! Да дайте ему ваши альбомы, mesdames, пусть он вам там напишет; какой он каллиграф, так на редкость! Талант; там он так у меня расчеркнулся старинным почерком: «Игумен Пафнутий руку приложил»... Ну, до свидания.

– Пафнутий? Игумен? Да постойте, постойте, куда вы и какой там Пафнутий? – с настойчивою досадой и чуть не в тревоге прокричала генеральша убегавшему супругу.

– Да, да, друг мой, это такой в старину был игумен... а я к графу, ждет, давно, и, главное, сам назначил... Князь, до свидания!

Генерал быстрыми шагами удалился.

– Знаю я, к какому он графу! – резко проговорила Елизавета Прокофьевна и раздражительно перевела глаза на князя. – Что бишь! – начала она, брезгливо и досадливо припоминая, – ну, что там! Ах да: ну, какой там игумен?

– Maman, – начала было Александра, а Аглая даже топнула ножкой.

– Не мешайте мне, Александра Ивановна, – отчеканила ей генеральша, – я тоже хочу знать. Садитесь вот тут, князь, вот на этом кресле, напротив, нет, сюда, к солнцу, к свету ближе подвиньтесь, чтоб я могла видеть. Ну, какой там игумен?

— Игумен Пафнутий, — отвечал князь внимательно и серьезно.

— Пафнутий? Это интересно; ну, что же он?

Генеральша спрашивала нетерпеливо, быстро, резко, не сводя глаз с князя, а когда князь отвечал, она кивала головой вслед за каждым его словом.

— Игумен Пафнутий, четырнадцатого столетия, — начал князь, — он правил пустынью на Волге, в нынешней нашей Костромской губернии. Известен был святою жизнью, ездил в Орду, помогал устраивать тогдашние дела и подписался под одною грамотой, а снимок с этой подписи я видел. Мне понравился почерк, и я его заучил. Когда давеча генерал захотел посмотреть, как я пишу, чтоб определить меня к месту, то я написал несколько фраз разными шрифтами, и между прочим «Игумен Пафнутий руку приложил» собственным почерком игумена Пафнутия. Генералу очень понравилось, вот он теперь и вспомнил.

— Аглая, — сказала генеральша, — запомни: Пафнутий, или лучше запиши, а то я всегда забываю. Впрочем, я думала, будет интереснее. Где же эта подпись?

— Осталась, кажется, в кабинете у генерала, на столе.

— Сейчас же послать и принести.

— Да я вам лучше другой раз напишу, если вам угодно.

— Конечно, maman, — сказала Александра, — а теперь лучше бы завтракать; мы есть хотим.

— И то, — решила генеральша. — Пойдемте, князь; вы очень хотите кушать?

— Да, теперь захотел очень и очень вам благодарен.

— Это очень хорошо, что вы вежливы, и я замечаю, что вы вовсе не такой... чудак, каким вас изволили отрекомендовать. Пойдемте. Садитесь вот здесь, напротив меня, — хлопотала она, усаживая князя, когда пришли в столовую, — я хочу на вас смотреть. Александра, Аделаида, потчуйте князя. Не правда ли, что он вовсе не такой... больной? Может, и салфетку не надо... Вам князь, подвязывали салфетку за кушаньем?

— Прежде, когда я лет семи был, кажется, подвязывали, а теперь я обыкновенно к себе на колени салфетку кладу, когда ем.

— Так и надо. А припадки?

— Припадки? — удивился немного князь, — припадки теперь у меня довольно редко бывают. Впрочем, не знаю; говорят, здешний климат мне будет вреден.

— Он хорошо говорит, — заметила генеральша, обращаясь к дочерям и продолжая кивать головой вслед за каждым словом князя, — я даже не ожидала. Стало быть, всё пустяки и неправда; по обыкновению. Кушайте, князь, и рассказывайте: где вы родились, где воспитывались? Я хочу всё знать; вы чрезвычайно меня интересуете.

Князь поблагодарил и, кушая с большим аппетитом, стал снова передавать всё то, о чем ему уже неоднократно приходилось говорить в это утро. Генеральша становилась всё довольнее и довольнее. Девицы тоже довольно внимательно слушали. Сочлись родней; оказалось, что князь знал свою родословную довольно хорошо; но как ни подводили, а между ним и генеральшей не оказалось почти никакого родства. Между дедами и бабками можно бы было еще счесться отдаленным родством. Эта сухая материя особенно понравилась генеральше, которой почти никогда не удавалось говорить о своей родословной, при всем желании, так что она встала из-за стола в возбужденном состоянии духа.

— Пойдемте все в нашу сборную, — сказала она, — и кофе туда принесут. У нас такая общая комната есть, — обратилась она к князю, уводя его, — попросту моя маленькая гостиная, где мы, когда одни сидим, собираемся и каждая своим делом занимается: Александра, вот эта, моя старшая дочь, на фортепиано играет, или читает, или шьет; Аделаида — пейзажи и портреты пишет (и ничего кончить не может), а Аглая сидит, ничего не делает. У меня тоже дело из рук валится: ничего не выходит. Ну вот и пришли; садитесь, князь, сюда, к камину, и рассказывайте. Я хочу знать, как вы рассказываете что-нибудь. Я хочу вполне убедиться, и когда с княгиней Белоконской увижусь, со старухой, ей про вас всё расскажу. Я хочу, чтобы вы их всех тоже заинтересовали. Ну, говорите же.

— Maman, да ведь этак очень странно рассказывать, — заметила Аделаида, которая тем временем поправила свой мольберт, взяла кисти, палитру и принялась было копировать давно уже начатый пейзаж с эстампа. Александра и Аглая сели вместе на маленьком диване и, сложа руки, приготовились слушать разговор. Князь заметил, что на него со всех сторон устремлено особенное внимание.

— Я бы ничего не рассказала, если бы мне так велели, — заметила Аглая.

— Почему? Что тут странного? Отчего ему не рассказывать? Язык есть. Я хочу знать, как он умеет говорить. Ну, о чем-нибудь. Расскажите, как вам понравилась Швейцария, первое впечатление. Вот вы увидите, вот он сейчас начнет, и прекрасно начнет.

— Впечатление было сильное... — начал было князь.

— Вот-вот, — подхватила нетерпеливая Лизавета Прокофьевна, обращаясь к дочерям, — начал же.

— Дайте же ему по крайней мере, maman, говорить, — остановила ее Александра. — Этот князь, может быть, большой плут, а вовсе не идиот, — шепнула она Аглае.

— Наверно так, я давно это вижу, — ответила Аглая. — И подло с его стороны роль разыгрывать. Что он, выиграть, что ли, этим хочет?

— Первое впечатление было очень сильное, — повторил князь. — Когда меня везли из России, чрез разные немецкие города, я только молча смотрел и, помню, даже ни о чем не расспрашивал. Это было после ряда сильных и мучительных припадков моей болезни, а я всегда, если болезнь усиливалась и припадки повторялись несколько раз сряду, впадал в полное отупение, терял совершенно память, а ум хотя и работал, но логическое течение мысли как бы обрывалось. Больше двух или трех идей последовательно я не мог связать сряду. Так мне кажется. Когда же припадки утихали, я опять становился и здоров и силен, вот как теперь. Помню: грусть во мне была нестерпимая; мне даже хотелось плакать; я всё удивлялся и беспокоился: ужасно на меня подействовало, что всё это *чужое*; это я понял. Чужое меня убивало. Совершенно пробудился я от этого мрака, помню я, вечером, в Базеле, при въезде в Швейцарию, и меня разбудил крик осла на городском рынке. Осел ужасно поразил меня и необыкновенно почему-то мне понравился, а с тем вместе вдруг в моей голове как бы всё прояснело.

– Осел? Это странно, – заметила генеральша. –

А впрочем, ничего нет странного, иная из нас в осла еще влюбится, – заметила она, гневливо посмотрев на смеявшихся девиц. – Это еще в мифологии было. Продолжайте, князь.

– С тех пор я ужасно люблю ослов. Это даже какая-то во мне симпатия. Я стал о них расспрашивать, потому что прежде их не видывал, и тотчас же сам убедился, что это преполезнейшее животное, рабочее, сильное, терпеливое, дешевое, переносливое; и чрез этого осла мне вдруг вся Швейцария стала нравиться, так что совершенно прошла прежняя грусть.

– Всё это очень странно, но об осле можно и пропустить; перейдемте на другую тему. Чего ты всё смеешься, Аглая? И ты, Аделаида? Князь прекрасно рассказал об осле. Он сам его видел, а ты что видела? Ты не была за границей?

– Я осла видела, maman, – сказала Аделаида.

– А я и слышала, – подхватила Аглая. Все три опять засмеялись. Князь засмеялся вместе с ними.

– Это очень дурно с вашей стороны, – заметила генеральша. – Вы их извините, князь, а они добрые. Я с ними вечно бранюсь, но я их люблю. Они ветрены, легкомысленны, сумасшедшие.

— Почему же? — смеялся князь. — И я бы не упустил на их месте случай. А я все-таки стою за осла: осел добрый и полезный человек.

— А вы добрый, князь? Я из любопытства спрашиваю, — спросила генеральша.

Все опять засмеялись.

— Опять этот проклятый осел подвернулся; я о нем и не думала! — вскрикнула генеральша. — Поверьте мне, пожалуйста, князь, я без всякого...

— Намека? О, верю, без сомнения!

И князь смеялся не переставая.

— Это очень хорошо, что вы смеетесь. Я вижу, что вы добрейший молодой человек, — сказала генеральша.

— Иногда недобрый, — отвечал князь.

— А я добрая, — неожиданно вставила генеральша, — и, если хотите, я всегда добрая, и это мой единственный недостаток, потому что не надо быть всегда доброю. Я злюсь очень часто, вот на них, на Ивана Федоровича особенно, но скверно то, что я всего добрее, когда злюсь. Я давеча, пред вашим приходом, рассердилась и представилась, что ничего не понимаю и понять не могу. Это со мной бывает; точно ребенок. Аглая мне урок дала; спасибо тебе, Аглая. Впрочем, всё вздор. Я еще не так глупа, как кажусь и как меня дочки представить хотят. Я с характером и не очень стыдлива. Я, впрочем, это без злобы говорю. Поди сюда, Аглая, поцелуй меня, ну... и довольно нежностей, — заметила она, когда Аглая с чувством поцеловала ее в губы и в руку. — Продолжайте, князь. Может быть, что-нибудь и поинтереснее осла вспомните.

— Я опять-таки не понимаю, как это можно так прямо рассказывать, — заметила опять Аделаида, — я бы никак не нашлась.

— А князь найдется, потому что князь чрезвычайно умен и умнее тебя по крайней мере в десять раз, а может, и в двенадцать. Надеюсь, ты почувствуешь после этого. Докажите им это, князь; продолжайте. Осла и в самом деле можно наконец мимо. Ну, что вы, кроме осла, за границей видели?

— Да и об осле было умно, — заметила Александра, — князь рассказал очень интересно свой болезненный случай и как всё понравилось чрез один внешний толчок. Мне всегда было интересно, как люди сходят с ума и потом опять выздоравливают. Особенно если это вдруг сделается.

— Не правда ли? Не правда ли? — вскинулась генеральша. — Я вижу, что и ты иногда бываешь умна; ну, довольно смеяться! Вы остановились, кажется, на швейцарской природе, князь, ну!

— Мы приехали в Люцерн, и меня повезли по озеру. Я чувствовал, как оно хорошо, но мне ужасно было тяжело при этом, — сказал князь.

— Почему? — спросила Александра.

— Не понимаю. Мне всегда тяжело и беспокойно смотреть на такую природу в первый раз; и хорошо, и беспокойно; впрочем, всё это еще в болезни было.

— Ну нет, я бы очень хотела посмотреть, — сказала Аделаида. — И не понимаю, когда мы за границу соберемся. Я вот сюжета для картины два года найти не могу:

Восток и Юг давно описан...

Найдите мне, князь, сюжет для картины.

— Я в этом ничего не понимаю. Мне кажется: взглянуть и писать.

— Взглянуть не умею.

— Да что вы загадки-то говорите? Ничего не понимаю! — перебила генеральша. — Как это взглянуть не умею? Есть глаза, и гляди. Не умеешь здесь взглянуть, так и за границей не выучишься. Лучше расскажите-ка, как вы сами-то глядели, князь.

— Вот это лучше будет, — прибавила Аделаида. — Князь ведь за границей выучился глядеть.

— Не знаю; я там только здоровье поправил; не знаю, научился ли я глядеть. Я, впрочем, почти всё время был очень счастлив.

— Счастлив! Вы умеете быть счастливым? — вскричала Аглая. — Так как же вы говорите, что не научились глядеть? Еще нас поучите.

— Научите, пожалуйста, — смеялась Аделаида.

— Ничему не могу научить, — смеялся и князь, — я всё почти время за границей прожил в этой швейцарской деревне; редко выезжал куда-нибудь недалеко; чему же я вас научу? Сначала мне было только нескучно; я стал скоро выздоравливать; потом мне каждый день становился дорог, и чем дальше, тем дороже, так что я стал это замечать. Ложился спать я очень довольный, а вставал еще счастливее. А почему это всё — довольно трудно рассказать.

— Так что вам уж никуда и не хотелось, никуда вас не позывало? — спросила Александра.

— Сначала, с самого начала, да, позывало, и я впадал в большое беспокойство. Всё думал, как я буду жить; свою судьбу хотел испытать, особенно в иные минуты бывал беспокоен. Вы знаете, такие минуты есть, особенно в уединении. У нас там водопад был, небольшой, высоко с горы падал и такою тонкою ниткой, почти перпендикулярно, — белый, шумливый, пенистый; падал высоко, а казалось, довольно низко, был в полверсте, а казалось, что до него пятьдесят шагов. Я по ночам любил слушать его шум; вот в эти минуты доходил иногда до большого беспокойства. Тоже иногда в полдень, когда зайдешь куда-нибудь в горы, станешь один посредине горы, кругом сосны, старые, большие, смолистые; вверху на скале старый замок средневековый, развалины; наша деревенька далеко внизу, чуть видна; солнце яркое, небо голубое, тишина страшная. Вот тут-то, бывало, и зовет всё куда-то, и мне всё казалось, что если пойти всё прямо, идти долго-долго и зайти вот за эту линию, за ту самую, где небо с землей встречается, то там вся и разгадка, и тотчас же новую жизнь увидишь, в тысячу раз сильней и шумней, чем у нас; такой большой город мне всё мечтался, как Неаполь, в нем всё дворцы, шум, гром, жизнь... Да мало ли что мечталось! А потом мне показалось, что и в тюрьме можно огромную жизнь найти.

– Последнюю похвальную мысль я еще в моей «Хрестоматии», когда мне двенадцать лет было, читала, – сказала Аглая.

– Это всё философия, – заметила Аделаида, – вы философ и нас приехали поучать.

– Вы, может, и правы, – улыбнулся князь, – я действительно, пожалуй, философ, и кто знает, может, и в самом деле мысль имею поучать... Это может быть; право, может быть.

– И философия ваша точно такая же, как у Евлампии Николавны, – подхватила опять Аглая, – такая чиновница, вдова, к нам ходит, вроде приживалки. У ней вся задача в жизни – дешевизна; только чтоб было дешевле прожить, только о копейках и говорит, и, заметьте, у ней деньги есть, она плутовка. Так точно и ваша огромная жизнь в тюрьме, а может быть, и ваше четырехлетнее счастье в деревне, за которое вы ваш город Неаполь продали, и, кажется, с барышом, несмотря на то что на копейки.

– Насчет жизни в тюрьме можно еще и не согласиться, – сказал князь, – я слышал один рассказ человека, который просидел в тюрьме лет двенадцать; это был один из больных, у моего профессора и лечился. У него были припадки, он был иногда беспокоен, плакал и даже пытался раз убить себя. Жизнь его в тюрьме была очень грустная, уверяю вас, но, уж конечно, не копеечная. А всё знакомство-то у него было с пауком да с деревцем, что под окном выросло... Но я вам лучше расскажу про другую мою встречу прошлого года с одним человеком. Тут одно обстоятельство очень странное было, – странное тем, собственно, что случай такой очень редко бывает. Этот человек был раз взведен, вместе с другими, на эшафот, и ему прочитан был приговор смертной казни расстрелянием, за политическое преступление. Минут через двадцать прочтено было и помилование и назначена другая степень наказания; но, однако же, в промежутке между двумя приговорами, двадцать минут или по крайней мере четверть часа, он прожил под несомненным убеждением, что через несколько минут он вдруг умрет. Мне ужасно хотелось слушать, когда он иногда припоминал свои тогдашние впечатления, и я несколько раз начинал его вновь расспрашивать. Он помнил всё с необыкновенною ясностью и говорил, что никогда ничего из этих минут не забудет. Шагах в двадцати от эшафота, около которого стоял народ и солдаты, были врыты три столба, так как преступников было несколько человек. Троих первых повели к столбам, привязали, надели на них смертный костюм (белые длинные балахоны), а на глаза надвинули им белые колпаки, чтобы не видно было ружей; затем против каждого столба выстроилась команда из нескольких человек солдат. Мой знакомый стоял восьмым по очереди, стало быть, ему приходилось идти к столбам в третью очередь. Священник обошел всех с крестом. Выходило, что остается жить минут пять, не больше. Он говорил, что эти пять минут казались ему бесконечным сроком, огромным богатством; ему казалось, что в эти пять минут он проживет столько жизней, что еще сейчас нечего и думать о последнем мгновении, так что он еще распоряжения разные сделал: рассчитал время, чтобы проститься с товарищами, на это положил минуты две, потом две минуты еще положил, чтобы подумать в последний раз про себя, а потом, чтобы в последний раз кругом поглядеть. Он очень хорошо помнил, что сделал именно эти три распоряжения и именно так рассчитал. Он умирал двадцати семи лет, здоровый и сильный; прощаясь с товарищами, он помнил, что одному из них задал довольно посторонний вопрос и даже очень заинтересовался ответом. Потом, когда он простился с товарищами, настали те две минуты, которые он отсчитал, чтобы *думать про себя*; он знал заранее, о чем он будет думать: ему всё хотелось представить себе как можно скорее и ярче, что вот как же это так: он теперь есть и живет, а через три минуты будет уже *нечто*, кто-то или что-то, — так кто же? где же? Всё это он думал в эти две минуты решить! Невдалеке была церковь, и вершина собора с позолоченною крышей сверкала на ярком солнце. Он помнил, что ужасно упорно смотрел на эту крышу и на лучи, от нее сверкавшие; оторваться не мог от лучей; ему казалось, что эти лучи его новая природа, что он чрез три минуты как-нибудь сольется с ними... Неизвестность и отвращение от этого нового, которое будет и сейчас наступит, были ужасны; но он говорит, что ничего не было для него в это время тяжеле, как беспрерывная мысль: «Что, если бы не умирать! Что, если бы воротить жизнь, — какая бесконечность! И всё это было бы мое! Я бы тогда каждую минуту в целый век обратил, ничего бы не потерял, каждую бы минуту счетом отсчитывал, уж ничего бы даром не истратил!». Он говорил, что эта мысль у него наконец в такую злобу переродилась, что ему уж хотелось, чтобы его поскорей застрелили.

Князь вдруг замолчал; все ждали, что он будет продолжать и выведет заключение.

— Вы кончили? — спросила Аглая.

— Что? кончил, — сказал князь, выходя из минутной задумчивости.

— Да для чего же вы про это рассказали?

— Так... мне припомнилось... я к разговору...

— Вы очень обрывисты, — заметила Александра, — вы, князь, верно, хотели вывести, что ни одного мгновения на копейки ценить нельзя, и иногда пять минут дороже сокровища. Всё это похвально, но позвольте, однако же, как же этот приятель, который вам такие страсти рассказывал... ведь ему переменили же наказание, стало быть, подарили же эту «бесконечную жизнь». Ну, что же он с этим богатством сделал потом? Жил ли каждую минуту «счетом»?

– О нет, он мне сам говорил, – я его уже про это спрашивал, – вовсе не так жил и много-много минут потерял.

– Ну, стало быть, вот вам и опыт, стало быть, и нельзя жить, взаправду «отсчитывая счетом». Почему-нибудь да нельзя же.

– Да, почему-нибудь да нельзя же, – повторил князь, – мне самому это казалось... А все-таки как-то не верится...

– То есть вы думаете, что умнее всех проживете? – сказала Аглая.

– Да, мне и это иногда думалось.

– И думается?

– И... думается, – отвечал князь, по-прежнему с тихою и даже робкою улыбкой смотря на Аглаю; но тотчас же рассмеялся опять и весело посмотрел на нее.

– Скромно! – сказала Аглая, почти раздражаясь.

– А какие, однако же, вы храбрые, вот вы смеетесь, а меня так всё это поразило в его рассказе, что я потом во сне видел, именно эти пять минут видел...

Он пытливо и серьезно еще раз обвел глазами своих слушательниц.

– Вы не серди́тесь на меня за что-нибудь? – спросил он вдруг, как бы в замешательстве, но, однако же, прямо смотря всем в глаза.

– За что? – вскричали все три девицы в удивлении.

– Да вот, что я всё как будто учу...

Все засмеялись.

– Если сердитесь, то не серди́тесь, – сказал он, – я ведь сам знаю, что меньше других жил и меньше всех понимаю в жизни. Я, может быть, иногда очень странно говорю...

И он решительно сконфузился.

– Коли говорите, что были счастливы, стало быть, жили не меньше, а больше; зачем же вы кривите и извиняетесь? – строго и привязчиво начала Аглая. – И не беспокойтесь, пожалуйста, что вы нас поучаете, тут никакого нет торжества с вашей стороны. С вашим квиетизмом можно и сто лет жизни счастьем наполнить. Вам покажи смертную казнь и покажи вам пальчик, вы из того и из другого одинаково похвальную мысль выведете да еще довольны останетесь. Этак можно прожить.

– За что ты всё злишься, не понимаю, – подхватила генеральша, давно наблюдавшая лица говоривших, – и о чем вы говорите, тоже не могу понять. Какой пальчик и что за вздор? Князь прекрасно говорит, только немного грустно. Зачем ты его обескураживаешь? Он когда начал, то смеялся, а теперь совсем осовел.

– Ничего, maman. А жаль, князь, что вы смертной казни не видели, я бы вас об одном спросила.

– Я видел смертную казнь, – отвечал князь.

– Видели? – вскричала Аглая. – Я бы должна была догадаться! Это венчает всё дело. Если видели, как же вы говорите, что всё время счастливо прожили? Ну, не правду ли я вам сказала?

– А разве в вашей деревне казнят? – спросила Аделаида.

– Я в Лионе видел, я туда с Шнейдером ездил, он меня брал. Как приехал, так и попал.

– Что же, вам очень понравилось? Много назидательного? Полезного? – спрашивала Аглая.

– Мне это вовсе не понравилось, и я после того немного болен был, но признаюсь, что смотрел как прикованный, глаз оторвать не мог.

– Я бы тоже глаз оторвать не могла, – сказала Аглая.

– Там очень не любят, когда женщины ходят смотреть, даже в газетах потом пишут об этих женщинах.

– Значит, коль находят, что это не женское дело, так тем самым хотят сказать (а стало быть, оправдать), что это дело мужское. Поздравляю за логику. И вы так же, конечно, думаете?

– Расскажите про смертную казнь, – перебила Аделаида.

– Мне бы очень не хотелось теперь... – смешался и как бы нахмурился князь.

— Вам точно жалко нам рассказывать, — кольнула Аглая.

— Нет, я потому, что я уже про эту самую смертную казнь давеча рассказывал.

— Кому рассказывали?

— Вашему камердинеру, когда дожидался...

— Какому камердинеру? — раздалось со всех сторон.

— А вот что в передней сидит, такой с проседью, красноватое лицо; я в передней сидел, чтобы к Ивану Федоровичу войти.

— Это странно, — заметила генеральша.

— Князь — демократ, — отрезала Аглая, — ну, если Алексею рассказывали, нам уж не можете отказать.

— Я непременно хочу слышать, — повторила Аделаида.

— Давеча действительно, — обратился к ней князь, несколько опять одушевляясь (он, казалось, очень скоро и доверчиво одушевлялся), — действительно у меня мысль была, когда вы у меня сюжет для картины спрашивали, дать вам сюжет: нарисовать лицо приговоренного за минуту до удара гильотины, когда еще он на эшафоте стоит, пред тем как ложиться на эту доску.

— Как лицо? Одно лицо? — спросила Аделаида. — Странный будет сюжет, и какая же тут картина?

— Не знаю, почему же? — с жаром настаивал князь. — Я в Базеле недавно одну такую картину видел. Мне очень хочется вам рассказать... Я когда-нибудь расскажу... очень меня поразила.

— О базельской картине вы непременно расскажете после, — сказала Аделаида, — а теперь растолкуйте мне картину из этой казни. Можете передать так, как вы это себе представляете? Как же это лицо нарисовать? Так, одно лицо? Какое же это лицо?

— Это ровно за минуту до смерти, — с полною готовностию начал князь, увлекаясь воспоминанием и, по-видимому, тотчас же забыв о всем остальном, — тот самый момент, когда он поднялся на лесенку и только что ступил на эшафот. Тут он взглянул в мою сторону; я поглядел на его лицо и всё понял... Впрочем, ведь как это рассказать! Мне ужасно бы, ужасно бы хотелось, чтобы вы или кто-нибудь это нарисовал! Лучше бы, если бы вы! Я тогда же подумал, что картина будет полезная. Знаете, тут нужно всё представить, что было заранее, всё, всё. Он жил в тюрьме и ждал казни по крайней мере еще чрез неделю; он как-то рассчитывал на обыкновенную формалистику, что бумага еще должна куда-то пойти и только чрез неделю выйдет. А тут вдруг по какому-то случаю дело было сокращено. В пять часов утра он спал. Это было в конце октября; в пять часов еще холодно и темно. Вошел тюремный пристав, тихонько, со стражей, и осторожно тронул его за плечо; тот приподнялся, облокотился, – видит свет: «Что такое?» – «В десятом часу смертная казнь». Он со сна не поверил, начал было спорить, что бумага выйдет чрез неделю, но когда совсем очнулся, перестал спорить и замолчал, – так рассказывали, – потом сказал: «Все-таки тяжело так вдруг...» – и опять замолк, и уже ничего не хотел говорить. Тут часа три-четыре проходят на известные вещи: на священника, на завтрак, к которому ему вино, кофей и говядину дают (ну, не насмешка ли это? Ведь, подумаешь, как это жестоко, а с другой стороны, ей-богу, эти невинные люди от чистого сердца делают и уверены, что это человеколюбие), потом туалет (вы знаете, что такое туалет преступника?), наконец, везут по городу до эшафота... Я думаю, что вот тут тоже кажется, что еще бесконечно жить остается, пока везут. Мне кажется, он, наверно, думал дорогой: «Еще долго, еще жить три улицы остается; вот эту проеду, потом еще та останется, потом еще та, где булочник направо... еще когда-то доедем до булочника!» Кругом народ, крик, шум, десять тысяч лиц, десять тысяч глаз, всё это надо перенести, а главное, мысль: «Вот их десять тысяч, а их никого не казнят, а меня-то казнят!» Ну, вот это всё предварительно. На эшафот ведет лесенка; тут он пред лесенкой вдруг заплакал, а это был сильный и мужественный человек, большой злодей, говорят, был. С ним всё время неотлучно был священник, и в тележке с ним ехал, и всё говорил, — вряд ли тот слышал: и начнет слушать, а с третьего слова уж не понимает. Так, должно быть. Наконец стал всходить на лесенку; тут ноги перевязаны, и потому движутся шагами мелкими. Священник, должно быть, человек умный, перестал говорить, а всё ему крест давал целовать. В низу лесенки он был очень бледен, а как поднялся и стал на эшафот, стал вдруг белый как бумага, совершенно как белая писчая бумага. Наверно, у него ноги слабели и деревенели, и тошнота была, — как будто что его давит в горле, и от этого точно щекотно, — чувствовали вы это когда-нибудь в испуге или в очень страшные минуты, когда и весь рассудок остается, но никакой уже власти не имеет? Мне кажется, если, например, неминуемая гибель, дом на вас валится, то тут вдруг ужасно захочется сесть и закрыть глаза и ждать — будь что будет!.. Вот тут-то, когда начиналась эта слабость, священник поскорей, скорым таким жестом и молча, ему крест к самым губам вдруг подставлял, маленький такой крест, серебряный, четырехконечный, — часто подставлял, поминутно. И как только крест касался губ, он глаза открывал, и опять на несколько секунд как бы оживлялся, и ноги шли. Крест он с жадностию целовал, спешил целовать, точно спешил не забыть захватить что-то про запас, на всякий случай, но вряд ли в эту минуту что-нибудь религиозное сознавал. И так было до самой доски... Странно, что редко в эти самые последние секунды в обморок падают! Напротив, голова ужасно живет и работает, должно быть, сильно, сильно, сильно, как машина в ходу; я воображаю, так и стучат разные мысли, всё неконченные, и может быть, и смешные, посторонние такие мысли: «Вот этот глядит — у него бородавка на лбу, вот у палача одна нижняя пуговица заржавела»... а между тем всё знаешь и всё помнишь; одна такая точка есть, которой никак нельзя забыть, и в обморок упасть нельзя, и всё около нее, около этой точки, ходит и вертится. И подумать, что это так до самой последней четверти секунды, когда уже голова на плахе лежит, и ждет, и... *знает*, и вдруг услышит над собой, как железо склизнуло! Это непременно услышишь! Я бы, если бы лежал, я бы нарочно слушал и услышал! Тут, может быть, только одна десятая доля мгновения, но непременно услышишь! И представьте же, до сих пор еще спорят, что, может быть, голова когда и отлетит, то еще с секунду, может быть, знает, что она отлетела, — каково понятие! А что если пять секунд!.. Нарисуйте эшафот так, чтобы видна была ясно и близко одна только последняя ступень; преступник ступил на нее: голова, лицо бледное как бумага, священник протягивает крест, тот с жадностию протягивает свои синие губы, и глядит, и — *всё знает*. Крест и голова — вот картина, лицо священника, палача, его двух служителей и несколько голов и глаз снизу, — всё это можно нарисовать как бы на третьем плане, в тумане, для аксессуара... Вот какая картина.

Князь замолк и поглядел на всех.

— Это, конечно, не похоже на квиетизм, — проговорила про себя Александра.

— Ну, теперь расскажите, как вы были влюблены, — сказала Аделаида.

Князь с удивлением посмотрел на нее.

— Слушайте, — как бы торопилась Аделаида, — за вами рассказ о базельской картине, но теперь я хочу слышать о том, как вы были влюблены; не отпирайтесь, вы были. К тому же вы, сейчас как начнете рассказывать, перестаете быть философом.

— Вы, как кончите рассказывать, тотчас же и застыдитесь того, что рассказали, — заметила вдруг Аглая. — Отчего это?

— Как это, наконец, глупо, — отрезала генеральша, с негодованием смотря на Аглаю.

— Не умно, — подтвердила Александра.

— Не верьте ей, князь, — обратилась к нему генеральша, — она это нарочно с какой-то злости делает; она вовсе не так глупо воспитана; не подумайте чего-нибудь, что они вас так тормошат. Они, верно, что-нибудь затеяли, но они уже вас любят. Я их лица знаю.

— И я их лица знаю, — сказал князь, особенно ударяя на свои слова.

— Это как? — спросила Аделаида с любопытством.

— Что вы знаете про наши лица? — залюбопытствовали и две другие.

Но князь молчал и был серьезен; все ждали его ответа.

— Я вам после скажу, — сказал он тихо и серьезно.

— Вы решительно хотите заинтересовать нас, — вскричала Аглая, — и какая торжественность!

— Ну, хорошо, — заторопилась опять Аделаида, — но если уж вы такой знаток лиц, то наверно были и влюблены: я, стало быть, угадала. Рассказывайте же.

— Я не был влюблен, — отвечал князь так же тихо и серьезно, — я был счастлив иначе.

— Как же, чем же?

— Хорошо, я вам расскажу, — проговорил князь как бы в глубоком раздумье.

VI

— Вот вы все теперь, — начал князь, — смотрите на меня с таким любопытством, что, не удовлетвори я его, вы на меня, пожалуй, и рассердитесь. Нет, я шучу, — прибавил он поскорее с улыбкой. — Там... там были всё дети, и я всё время был там с детьми, с одними детьми. Это были дети той деревни, вся ватага, которая в школе училась. Я не то чтоб учил их; о нет, там для этого был школьный учитель, Жюль Тибо; я, пожалуй, и учил их, но я больше так был с ними, и все мои четыре года так и прошли. Мне ничего другого не надобно было. Я им всё говорил, ничего от них не утаивал. Их отцы и родственники на меня рассердились все, потому что дети наконец без меня обойтись не могли и всё вокруг меня толпились, а школьный учитель даже стал мне наконец первым врагом. У меня много стало там врагов, и всё из-за детей. Даже Шнейдер стыдил меня. И чего они так боялись? Ребенку можно всё говорить, – всё; меня всегда поражала мысль, как плохо знают большие детей, отцы и матери даже своих детей. От детей ничего не надо утаивать под предлогом, что они маленькие и что им рано знать. Какая грустная и несчастная мысль! И как хорошо сами дети подмечают, что отцы считают их слишком маленькими и ничего не понимающими, тогда как они всё понимают. Большие не знают, что ребенок даже в самом трудном деле может дать чрезвычайно важный совет. О боже! когда на вас глядит эта хорошенькая птичка, доверчиво и счастливо, вам ведь стыдно ее обмануть! Я потому их птичками зову, что лучше птички нет ничего на свете. Впрочем, на меня все в деревне рассердились больше по одному случаю... а Тибо просто мне завидовал; он сначала всё качал головой и дивился, как это дети у меня всё понимают, а у него почти ничего, а потом стал надо мной смеяться, когда я ему сказал, что мы оба их ничему не научим, а они еще нас научат. И как он мог мне завидовать и клеветать на меня, когда сам жил с детьми! Через детей душа лечится... Там был один больной в заведении Шнейдера, один очень несчастный человек. Это было такое ужасное несчастие, что подобное вряд ли и может быть. Он был отдан на излечение от помешательства; по-моему, он был не помешанный, он только ужасно страдал, – вот и вся его болезнь была. И если бы вы знали, чем стали под конец для него наши дети... Но я вам про этого больного потом лучше расскажу; я расскажу теперь, как это всё началось. Дети сначала меня не полюбили. Я был такой большой, я всегда такой мешковатый; я знаю, что я и собой дурен... наконец, и то, что я был иностранец. Дети надо мной сначала смеялись, а потом даже камнями в меня стали кидать, когда подглядели, что я поцеловал Мари. А я всего один раз поцеловал ее... Нет, не смейтесь, – поспешил остановить князь усмешку своих слушательниц, – тут вовсе не было любви. Если бы вы знали, какое это было несчастное создание, то вам бы самим стало ее очень жаль, как и мне. Она была из нашей деревни. Мать ее была старая старуха, и у ней, в их маленьком, совсем ветхом домишке, в два окна, было отгорожено одно окно, по дозволению деревенского начальства; из этого окна ей позволяли торговать снурками, нитками, табаком, мылом, всё на самые мелкие гроши, тем она и пропитывалась. Она была больная, и у ней всё ноги пухли, так что всё сидела на месте. Мари была ее дочь, лет двадцати, слабая и худенькая; у ней давно начиналась чахотка, но она всё ходила по домам в тяжелую работу наниматься поденно – полы мыла, белье, дворы обметала, скот убирала. Один проезжий французский комми соблазнил ее и увез, а через неделю на дороге бросил одну и тихонько уехал. Она пришла домой, побираясь, вся испачканная, вся в лохмотьях, с ободранными башмаками; шла она пешком всю неделю, ночевала в поле и очень простудилась; ноги были в ранах, руки опухли и растрескались. Она, впрочем, и прежде была собой нехороша; глаза только были тихие, добрые, невинные. Молчалива была ужасно. Раз, прежде еще, она за работой вдруг запела, и я помню, что все удивились и стали смеяться: «Мари запела! Как? Мари запела!» – и она ужасно законфузилась и уж навек потом замолчала. Тогда еще ее ласкали, но когда она воротилась больная и истерзанная, никакого-то к ней сострадания не было ни в ком! Какие они на это жестокие! Какие у них тяжелые на это понятия! Мать, первая, приняла ее со злобой и с презреньем: «Ты меня теперь обесчестила». Она первая ее и выдала на позор: когда в деревне услышали, что Мари воротилась, то все побежали смотреть Мари, и чуть не вся деревня сбежалась в избу к старухе: старики, дети, женщины, девушки, все, такою торопливою, жадною толпой. Мари лежала на полу, у ног старухи, голодная, оборванная, и плакала. Когда все набежали, она закрылась своими разбившимися волосами и так и приникла ничком к полу. Все кругом смотрели на нее как на гадину; старики осуждали и бранили, молодые даже смеялись, женщины бранили ее, осуждали, смотрели с презреньем таким, как на паука какого. Мать всё это позволила, сама тут сидела, кивала головой и одобряла. Мать в то время уж очень больна была и почти умирала; чрез два месяца она и в самом деле померла; она знала, что она умирает, но все-таки с дочерью помириться не подумала до самой смерти, даже не говорила с ней ни слова, гнала спать в сени, даже почти не кормила. Ей нужно было часто ставить свои больные ноги в теплую воду; Мари каждый день обмывала ей ноги и ходила за ней; она принимала все ее услуги молча и ни одного слова не сказала ей ласково. Мари всё переносила, и я потом, когда познакомился с нею, заметил, что она и сама всё это одобряла, и сама считала себя за какую-то самую последнюю тварь. Когда старуха слегла совсем, то за ней пришли ухаживать деревенские старухи, по очереди, так там устроено. Тогда Мари совсем уже перестали кормить; а в деревне все ее гнали и никто даже ей работы не хотел дать, как прежде. Все точно плевали на нее, а мужчины даже за женщину перестали ее считать, всё такие скверности ей говорили. Иногда, очень редко, когда пьяные напивались в воскресенье, для смеху бросали ей гроши, так, прямо на землю; Мари молча поднимала. Она уже тогда начала кашлять кровью. Наконец ее отрепья стали уж совсем лохмотьями, так что стыдно было показаться в деревне; ходила же она с самого возвращения босая. Вот тут-то, особенно дети, всею ватагой, — их было человек сорок с лишком школьников, — стали дразнить ее и даже грязью в нее кидали. Она попросилась к пастуху, чтобы пустил ее коров стеречь, но пастух прогнал. Тогда она сама, без позволения, стала со стадом уходить на целый день из дому. Так как она очень много пользы приносила пастуху и он заметил это, то уж и не прогонял ее и иногда даже ей остатки от своего обеда давал, сыру и хлеба. Он это за великую милость с своей стороны почитал. Когда же мать померла, то пастор в церкви не постыдился всенародно опозорить Мари. Мари стояла за гробом, как была, в своих лохмотьях, и плакала. Сошлось много народу смотреть, как она будет плакать и за гробом идти; тогда пастор, – он еще был молодой человек, и вся его амбиция была сделаться большим проповедником, – обратился ко всем и указал на Мари. «Вот кто была причиной смерти этой почтенной женщины» (и неправда, потому что та уже два года была больна), «вот она стоит пред вами и не смеет взглянуть, потому что она отмечена перстом Божиим; вот она босая и в лохмотьях, – пример тем, которые теряют добродетель! Кто же она? Это дочь ее!», и всё в этом роде. И представьте, эта низость почти всем им понравилась, но... тут вышла особенная история; тут вступились дети, потому что в это время дети были все уже на моей стороне и стали любить Мари. Это вот как вышло. Мне захотелось что-нибудь сделать Мари; ей очень надо было денег дать, но денег там у меня никогда не было ни копейки. У меня была маленькая бриллиантовая булавка, и я ее продал одному перекупщику: он по деревням ездил и старым платьем торговал. Он мне дал восемь франков, а она стоила верных сорок. Я долго старался встретить Мари одну; наконец мы встретились за деревней, у изгороди, на боковой тропинке в гору, за деревом. Тут я ей дал восемь франков и сказал ей, чтоб она берегла, потому что у меня больше уж не будет, а потом поцеловал ее и сказал, чтоб она не думала, что у меня какое-нибудь нехорошее намерение, и что целую я ее не потому, что влюблен в нее, а потому, что мне ее очень жаль и что я с самого начала ее нисколько за виноватую не почитал, а только за несчастную. Мне очень хотелось тут же и утешить и уверить ее, что она не должна себя такою низкою считать пред всеми, но она, кажется, не поняла. Я это сейчас заметил, хотя она всё время почти молчала и стояла предо мной, потупив глаза и ужасно стыдясь.

Когда я кончил, она мне руку поцеловала, и я тотчас же взял ее руку и хотел поцеловать, но она поскорей отдернула. Вдруг в это время нас подглядели дети, целая толпа; я потом узнал, что они давно за мной подсматривали. Они начали свистать, хлопать в ладошки и смеяться, а Мари бросилась бежать. Я хотел было говорить, но они в меня стали камнями кидать. В тот же день все узнали, вся деревня; всё обрушилось опять на Мари: ее еще пуще стали не любить. Я слыхал даже, что ее хотели присудить к наказанию, но, слава богу, прошло так; зато уж дети ей проходу не стали давать, дразнили пуще прежнего, грязью кидались; гонят ее, она бежит от них с своею слабою грудью, задохнется, они за ней, кричат, бранятся. Один раз я даже бросился с ними драться. Потом я стал им говорить, говорил каждый день, когда только мог. Они иногда останавливались и слушали, хотя всё еще бранились. Я им рассказал, какая Мари несчастная; скоро они перестали браниться и стали отходить молча. Мало-помалу мы стали разговаривать, я от них ничего не таил; я им всё рассказал. Они очень любопытно слушали и скоро стали жалеть Мари. Иные, встречаясь с нею, стали ласково с нею здороваться; там в обычае, встречая друг друга, — знакомые или нет, — кланяться и говорить: «Здравствуйте». Воображаю, как Мари удивлялась. Однажды две девочки достали кушанья и снесли к ней, отдали, пришли и мне сказали. Они говорили, что Мари расплакалась и что они теперь ее очень любят. Скоро и все стали любить ее, а вместе с тем и меня вдруг стали любить. Они стали часто приходить ко мне и всё просили, чтоб я им рассказывал; мне кажется, что я хорошо рассказывал, потому что они очень любили меня слушать. А впоследствии я и учился и читал всё только для того, чтоб им потом рассказать, и все три года потом я им рассказывал. Когда потом все меня обвиняли, — Шнейдер тоже, — зачем я с ними говорю как с большими и ничего от них не скрываю, то я им отвечал, что лгать им стыдно, что они и без того всё знают, как ни таи от них, и узнают, пожалуй, скверно, а от меня не скверно узнают. Стоило только всякому вспомнить, как сам был ребенком. Они не согласны были... Я поцеловал Мари еще за две недели до того, как ее мать умерла; когда же пастор проповедь говорил, то все дети были уже на моей стороне. Я им тотчас же рассказал и растолковал поступок пастора; все на него рассердились, а некоторые до того, что ему камнями стекла в окнах разбили. Я их остановил, потому что уж это было дурно; но тотчас же в деревне все всё узнали, и вот тут и начали обвинять меня, что я испортил детей. Потом все узнали, что дети любят Мари, и ужасно перепугались; но Мари уже была счастлива. Детям запретили даже и встречаться с нею, но они бегали потихоньку к ней в стадо, довольно далеко, почти в полверсте от деревни; они носили ей гостинцев, а иные просто прибегали для того, чтоб обнять ее, поцеловать, сказать: «Je vous aime, Marie!»[1] – и потом стремглав бежать назад. Мари чуть с ума не сошла от такого внезапного счастия; ей это даже и не грезилось; она стыдилась и радовалась, а главное, детям хотелось, особенно девочкам, бегать к ней, чтобы передавать ей, что я ее люблю и очень много о ней им говорю. Они ей рассказали, что это я им всё пересказал и что они теперь ее любят и жалеют, и всегда так будут. Потом забегали ко мне и с такими радостными, хлопотливыми личиками передавали, что они сейчас видели Мари и что Мари мне кланяется. По вечерам я ходил к водопаду; там было одно совсем закрытое со стороны деревни место, и кругом росли тополи; туда-то они ко мне по вечерам и сбегались, иные даже украдкой. Мне кажется, для них была ужасным наслаждением моя любовь к Мари, и вот в этом одном, во всю тамошнюю жизнь мою, я и обманул их. Я не разуверял их, что я вовсе не люблю Мари, то есть не влюблен в нее, что мне ее только очень жаль было; я по всему видел, что им так

1 «Я вас люблю, Мари!» (*фр.*)

больше хотелось, как они сами вообразили и положили промеж себя, и потому молчал и показывал вид, что они угадали. И до какой степени были деликатны и нежны эти маленькие сердца: им, между прочим, показалось невозможным, что их добрый Léon так любит Мари, а Мари так дурно одета и без башмаков. Представьте себе, они достали ей и башмаки, и чулки, и белье, и даже какое-то платье; как это они ухитрились, не понимаю; всею ватагой работали. Когда я их расспрашивал, они только весело смеялись, а девочки били в ладошки и целовали меня. Я иногда ходил тоже потихоньку повидаться с Мари. Она уж становилась очень больна и едва ходила; наконец перестала совсем служить пастуху, но все-таки каждое утро уходила со стадом. Она садилась в стороне; там у одной, почти прямой, отвесной скалы был выступ; она садилась в самый угол, от всех закрытый, на камень и сидела почти без движения весь день, с самого утра до того часа, когда стадо уходило. Она уже была так слаба от чахотки, что всё больше сидела с закрытыми глазами, прислонив голову к скале, и дремала, тяжело дыша; лицо ее похудело, как у скелета, и пот проступал на лбу и на висках. Так я всегда заставал ее. Я приходил на минуту, и мне тоже не хотелось, чтобы меня видели. Как я только показывался, Мари тотчас же вздрагивала, открывала глаза и бросалась целовать мне руки. Я уже не отнимал, потому что для нее это было счастьем; она всё время, как я сидел, дрожала и плакала; правда, несколько раз она принималась было говорить, но ее трудно было и понять. Она бывала как безумная, в ужасном волнении и восторге. Иногда дети приходили со мной. В таком случае они обыкновенно становились неподалеку и начинали нас стеречь от чего-то и от кого-то, и это было для них необыкновенно приятно. Когда мы уходили, Мари опять оставалась одна, по-прежнему без движения, закрыв глаза и прислонясь головой к скале; она, может быть, о чем-нибудь грезила. Однажды поутру она уже не могла выйти к стаду и осталась у себя в пустом своем доме. Дети тотчас же узнали и почти все перебывали у ней в этот день навестить ее; она лежала в своей постели одна-одинехонька. Два дня ухаживали за ней одни дети, забегая по очереди, но потом, когда в деревне прослышали, что Мари уже в самом деле умирает, то к ней стали ходить из деревни старухи, сидеть и дежурить. В деревне, кажется, стали жалеть Мари, по крайней мере детей уже не останавливали и не бранили, как прежде. Мари всё время была в дремоте, сон у ней был беспокойный: она ужасно кашляла. Старухи отгоняли детей, но те подбегали под окно, иногда только на одну минуту, чтобы только сказать: «Bonjour, notre bonne Marie»[1]. А та, только завидит или заслышит их, вся оживлялась и тотчас же, не слушая старух, силилась приподняться на локоть, кивала им головой, благодарила. Они по-прежнему приносили ей гостинцев, но она почти ничего не ела. Через них, уверяю вас, она умерла почти счастливая. Через них она забыла свою черную беду, как бы прощение от них приняла, потому что до самого конца считала себя великою преступницею. Они, как птички, бились крылышками в ее окна и кричали ей каждое утро: «Nous t'aimons, Marie»[2]. Она очень скоро умерла. Я думал, она гораздо дольше проживет. Накануне ее смерти, пред закатом солнца, я к ней заходил; кажется, она меня узнала, и я в последний раз пожал ее руку; как иссохла у ней рука! А тут вдруг наутро приходят и говорят мне, что Мари умерла. Тут детей и удержать нельзя было: они убрали ей весь гроб цветами и надели ей венок на голову. Пастор в церкви уже не срамил мертвую, да и на похоронах очень мало было, так только, из любопытства, зашли некоторые; но когда надо было нести гроб, то дети бросились все разом, чтобы самим нести. Так как они не могли снести, то помогали, все бежали за гро-

1 «Здравствуй, наша славная Мари» (*фр.*).
2 «Мы тебя любим, Мари» (*фр.*).

бом и все плакали. С тех пор могилка Мари постоянно почиталась детьми: они убирают ее каждый год цветами, обсадили кругом розами. Но с этих похорон и началось на меня главное гонение всей деревни из-за детей. Главные зачинщики были пастор и школьный учитель. Детям решительно запретили даже встречаться со мной, а Шнейдер обязался даже смотреть за этим. Но мы все-таки виделись, издалека объяснялись знаками. Они присылали мне свои маленькие записочки. Впоследствии это всё уладилось, но тогда было очень хорошо: я даже еще ближе сошелся с детьми через это гонение. В последний год я даже почти помирился с Тибо и с пастором. А Шнейдер много мне говорил и спорил со мной о моей вредной «системе» с детьми. Какая у меня система! Наконец Шнейдер мне высказал одну очень странную свою мысль, – это уж было пред самым моим отъездом, – он сказал мне, что он вполне убедился, что я сам совершенный ребенок, то есть вполне ребенок, что я только ростом и лицом похож на взрослого, но что развитием, душой, характером и, может быть, даже умом я не взрослый, и так и останусь, хотя бы я до шестидесяти лет прожил. Я очень смеялся: он, конечно, не прав, потому что какой же я маленький? Но одно только правда, я и в самом деле не люблю быть со взрослыми, с людьми, с большими, – и это я давно заметил, – не люблю, потому что не умею. Что бы они ни говорили со мной, как бы добры ко мне ни были, все-таки с ними мне всегда тяжело почему-то, и я ужасно рад, когда могу уйти поскорее к товарищам, а товарищи мои всегда были дети, но не потому, что я сам был ребенок, а потому, что меня просто тянуло к детям. Когда я, еще в начале моего житья в деревне, – вот когда я уходил тосковать один в горы, – когда я, бродя один, стал встречать иногда, особенно в полдень, когда выпускали из школы, всю эту ватагу, шумную, бегущую с их мешочками и грифельными досками, с криком, со смехом, с играми, то вся душа моя начинала вдруг стремиться к ним.

Не знаю, но я стал ощущать какое-то чрезвычайно сильное и счастливое ощущение при каждой встрече с ними. Я останавливался и смеялся от счастья, глядя на их маленькие, мелькающие и вечно бегущие ножки, на мальчиков и девочек, бегущих вместе, на смех и слезы (потому что многие уже успевали подраться, расплакаться, опять помириться и поиграть, покамест из школы до дому добегали), и я забывал тогда всю мою тоску. Потом же, во все эти три года, я и понять не мог, как тоскуют и зачем тоскуют люди? Вся судьба моя пошла на них. Я никогда и не рассчитывал покидать деревню, и на ум мне не приходило, что я поеду когда-нибудь сюда, в Россию. Мне казалось, что я всё буду там, но я увидал наконец, что Шнейдеру нельзя же было содержать меня, а тут подвернулось дело до того, кажется, важное, что Шнейдер сам заторопил меня ехать и за меня отвечал сюда. Я вот посмотрю, что это такое, и с кем-нибудь посоветуюсь. Может, моя участь совсем переменится, но это всё не то и не главное. Главное в том, что уже переменилась вся моя жизнь. Я там много оставил, слишком много. Всё исчезло. Я сидел в вагоне и думал: «Теперь я к людям иду; я, может быть, ничего не знаю, но наступила новая жизнь». Я положил исполнить свое дело честно и твердо. С людьми мне будет, может быть, скучно и тяжело. На первый случай я положил быть со всеми вежливым и откровенным; больше от меня ведь никто не потребует. Может быть, и здесь меня сочтут за ребенка, — так пусть! Меня тоже за идиота считают все почему-то, я действительно был так болен когда-то, что тогда и похож был на идиота; но какой же я идиот теперь, когда я сам понимаю, что меня считают за идиота? Я вхожу и думаю: «Вот меня считают за идиота, а я все-таки умный, а они и не догадываются...» У меня часто эта мысль. Когда я в Берлине получил оттуда несколько маленьких писем, которые они уже успели мне написать, то тут только я и понял, как их любил. Очень тяжело получить первое письмо! Как они тосковали, провожая меня! Еще за месяц начали провожать: «Léon s'en va, Léon s'en va pour toujours!»[1] Мы каждый вечер сбирались по-прежнему у водопада и всё говорили о том, как мы расстанемся. Иногда бывало так же весело, как и прежде; только, расходясь на ночь, они стали крепко и горячо обнимать меня, чего не было прежде. Иные забегали ко мне потихоньку от всех, по одному, для того только, чтоб обнять и поцеловать меня наедине, не при всех. Когда я уже отправлялся на дорогу, все, всею гурьбой, провожали меня до станции. Станция железной дороги была примерно от нашей деревни в версте. Они удерживались, чтобы не плакать, но многие не могли и плакали в голос, особенно девочки. Мы спешили, чтобы не опоздать, но иной вдруг из толпы бросался ко мне среди дороги, обнимал меня своими маленькими ручонками и целовал, только для того и останавливал всю толпу; а мы хоть и спешили, но все останавливались и ждали, пока он простится. Когда я сел в вагон и вагон тронулся, они все мне прокричали «ура!» и долго стояли на месте, пока совсем не ушел вагон. И я тоже смотрел... Послушайте, когда я давеча вошел сюда и посмотрел на ваши милые лица, — я теперь очень всматриваюсь в лица, — и услышал ваши первые слова, то у меня, в первый раз с того времени, стало на душе легко. Я давеча уже подумал, что, может быть, я и впрямь из счастливых: я ведь знаю, что таких, которых тотчас полюбишь, не скоро встретишь, а я вас, только что из вагона вышел, тотчас встретил. Я очень хорошо знаю, что про свои чувства говорить всем стыдно, а вот вам я говорю, и с вами мне не стыдно. Я нелюдим, и, может быть, долго к вам не приду. Не примите только этого за дурную мысль: я не из того сказал, что вами не дорожу, и не подумайте тоже, что я чем-нибудь обиделся. Вы спрашивали меня про ваши лица и что я заметил в них. Я вам с большим удовольствием это скажу. У вас, Аделаида Ива-

1 «Леон уезжает, Леон уезжает навсегда!» (*фр.*)

новна, счастливое лицо, из всех трех лиц самое симпатичное. Кроме того, что вы очень хороши собой, на вас смотришь и говоришь: «У ней лицо как у доброй сестры». Вы подходите спроста и весело, но и сердце умеете скоро узнать. Вот так мне кажется про ваше лицо. У вас, Александра Ивановна, лицо тоже прекрасное и очень милое, но, может быть, у вас есть какая-нибудь тайная грусть; душа у вас, без сомнения, добрейшая, но вы невеселы. У вас какой-то особенный оттенок в лице, похоже как у Гольбейновой Мадонны в Дрездене. Ну, вот и про ваше лицо; хорош я угадчик? Сами же вы меня за угадчика считаете. Но про ваше лицо, Лизавета Прокофьевна, – обратился он вдруг к генеральше, – про ваше лицо уж мне не только кажется, а я просто уверен, что вы совершенный ребенок во всем, во всем, во всем хорошем и во всем дурном, несмотря на то что вы в таких летах. Вы ведь на меня не сердитесь, что я это так говорю? Ведь вы знаете, за кого я детей почитаю? И не подумайте, что я с простоты так откровенно всё это говорил сейчас вам про ваши лица; о нет, совсем нет! Может быть, и я свою мысль имел.

VII

Когда князь замолчал, все на него смотрели весело, даже и Аглая, но особенно Лизавета Прокофьевна.

– Вот и проэкзаменовали! – вскричала она. – Что, милостивые государыни, вы думали, что вы же его будете протежировать, как бедненького, а он вас сам едва избрать удостоил, да еще с оговоркой, что приходить будет только изредка. Вот мы и в дурах, и я рада; а пуще всего Иван Федорович. Браво, князь, вас давеча проэкзаменовать велели. А то, что вы про мое лицо сказали, то всё совершенная правда: я ребенок и знаю это. Я еще прежде вашего знала про это; вы именно выразили мою мысль в одном слове. Ваш характер я считаю совершенно сходным с моим и очень рада; как две капли воды. Только вы мужчина, а я женщина и в Швейцарии не была; вот и вся разница.

– Не торопитесь, maman, – вскричала Аглая, – князь говорит, что он во всех своих признаниях особую мысль имел и неспроста говорил.

– Да, да, – смеялись другие.

– Не труните, милые, еще он, может быть, похитрее всех вас трех вместе. Увидите. Но только что ж вы, князь, про Аглаю ничего не сказали? Аглая ждет, и я жду.

– Я ничего не могу сейчас сказать; я скажу потом.

– Почему? Кажется, заметна?

– О да, заметна; вы чрезвычайная красавица, Аглая Ивановна. Вы так хороши, что на вас боишься смотреть.

– И только? А свойства? – настаивала генеральша.

– Красоту трудно судить; я еще не приготовился. Красота – загадка.

– Это значит, что вы Аглае загадали загадку, – сказала Аделаида, – разгадай-ка, Аглая. А хороша она, князь, хороша?

– Чрезвычайно! – с жаром ответил князь, с увлечением взглянув на Аглаю, – почти как Настасья Филипповна, хотя лицо совсем другое!..

Все переглянулись в удивлении.

– Как кто-о-о? – протянула генеральша, – как Настасья Филипповна? Где вы видели Настасью Филипповну? Какая Настасья Филипповна?

– Давеча Гаврила Ардалионович Ивану Федоровичу портрет показывал.

– Как, Ивану Федоровичу портрет принес?

– Показать. Настасья Филипповна подарила сегодня Гавриле Ардалионовичу свой портрет, а тот принес показать.

– Я хочу видеть! – вскинулась генеральша. – Где этот портрет? Если ему подарила, так и должен быть у него, а он, конечно, еще в кабинете. По средам он всегда приходит работать и никогда раньше четырех не уходит.

Позвать сейчас Гаврилу Ардалионовича! Нет, я не слишком-то умираю от желания его видеть. Сделайте одолжение, князь, голубчик, сходите в кабинет, возьмите у него портрет и принесите сюда. Скажите, что посмотреть. Пожалуйста.

– Хорош, да уж простоват слишком, – сказала Аделаида, когда вышел князь.

– Да, уж что-то слишком, – подтвердила Александра, – так что даже и смешон немножко.

И та и другая как будто не выговаривали всю свою мысль.

– Он, впрочем, хорошо с нашими лицами вывернулся, – сказала Аглая, – всем польстил, даже и maman.

– Не остри, пожалуйста! – вскричала генеральша. – Не он польстил, а я польщена.

– Ты думаешь, он вывертывался? – спросила Аделаида.

– Мне кажется, он не так простоват.

– Ну, пошла! – рассердилась генеральша. – А по-моему, вы еще его смешнее. Простоват, да себе на уме, в самом благородном отношении разумеется. Совершенно как я.

«Конечно, скверно, что я про портрет проговорился, – соображал князь про себя, проходя в кабинет и чувствуя некоторое угрызение. – Но... может быть, я и хорошо сделал, что проговорился...» У него начинала мелькать одна странная идея, впрочем еще не совсем ясная.

Гаврила Ардалионович еще сидел в кабинете и был погружен в свои бумаги. Должно быть, он действительно недаром брал жалованье из акционерного общества. Он страшно смутился, когда князь спросил портрет и рассказал, каким образом про портрет там узнали.

– Э-э-эх! И зачем вам было болтать! – вскричал он в злобной досаде. – Не знаете вы ничего... Идиот! – пробормотал он про себя.

— Виноват, я совершенно не думавши; к слову пришлось. Я сказал, что Аглая почти так же хороша, как Настасья Филипповна.

Ганя попросил рассказать подробнее; князь рассказал. Ганя вновь насмешливо посмотрел на него.

— Далась же вам Настасья Филипповна... — пробормотал он, но, не докончив, задумался.

Он был в видимой тревоге. Князь напомнил о портрете.

— Послушайте, князь, — сказал вдруг Ганя, как будто внезапная мысль осенила его, — у меня до вас есть огромная просьба... Но я, право, не знаю...

Он смутился и не договорил; он на что-то решался и как бы боролся сам с собой. Князь ожидал молча. Ганя еще раз испытующим, пристальным взглядом оглядел его.

— Князь, — начал он опять, — там на меня теперь... по одному совершенно странному обстоятельству... и смешному... и в котором я не виноват... ну, одним словом это лишнее, — там на меня, кажется, немножко сердятся, так что я некоторое время не хочу входить туда без зова. Мне ужасно нужно бы поговорить теперь с Аглаей Ивановной. Я на всякий случай написал несколько слов (в руках его очутилась маленькая сложенная бумажка) и вот не знаю, как передать. Не возьметесь ли вы, князь, передать Аглае Ивановне, сейчас, но только одной Аглае Ивановне, так то есть, чтоб никто не увидал, понимаете? Это не бог знает какой секрет, тут нет ничего такого... но сделаете?

— Мне это не совсем приятно, — отвечал князь.

— Ах, князь, мне крайняя надобность! — стал просить Ганя. — Она, может быть, ответит... Поверьте, что я только в крайнем, в самом крайнем случае мог обратиться... С кем же мне послать?.. Это очень важно... Ужасно для меня важно...

Ганя ужасно робел, что князь не согласится, и с трусливою просьбой заглядывал ему в глаза.

— Пожалуй, я передам.

— Но только так, чтобы никто не заметил, — умолял обрадованный Ганя, — и вот что, князь, я надеюсь ведь на ваше честное слово, а?

— Я никому не покажу, — сказал князь.

— Записка не запечатана, но… — проговорился было слишком суетившийся Ганя и остановился в смущении.

— О, я не прочту, — совершенно просто отвечал князь, взял портрет и пошел из кабинета.

Ганя, оставшись один, схватил себя за голову.

— Одно ее слово, и я… и я, право, может быть, порву!

Он уже не мог снова сесть за бумаги от волнения и ожидания и стал бродить по кабинету из угла в угол.

Князь шел задумавшись, его неприятно поразило поручение, неприятно поразила и мысль о записке Гани к Аглае. Но не доходя двух комнат до гостиной, он вдруг остановился, как будто вспомнил о чем, осмотрелся кругом, подошел к окну, ближе к свету, и стал глядеть на портрет Настасьи Филипповны.

Ему как бы хотелось разгадать что-то скрывавшееся в этом лице и поразившее его давеча. Давешнее впечатление почти не оставляло его, и теперь он спешил как бы что-то вновь проверить. Это необыкновенное по своей красоте и еще по чему-то лицо сильнее еще поразило его теперь. Как будто необъятная гордость и презрение, почти ненависть, были в этом лице, и в то же самое время что-то доверчивое, что-то удивительно простодушное; эти два контраста возбуждали как будто даже какое-то сострадание при взгляде на эти черты. Эта ослепляющая красота была даже невыносима, красота бледного лица, чуть не впалых щек и горевших глаз; странная красота! Князь смотрел с минуту, потом вдруг спохватился, огляделся кругом, поспешно приблизил портрет к губам и поцеловал его. Когда через минуту он вошел в гостиную, лицо его было совершенно спокойно.

Но только что он вступил в столовую (еще через одну комнату от гостиной), с ним в дверях почти столкнулась выходившая Аглая. Она была одна.

– Гаврила Ардалионович просил меня вам передать, – сказал князь, подавая ей записку.

Аглая остановилась, взяла записку и как-то странно поглядела на князя. Ни малейшего смущения не было в ее взгляде, разве только проглянуло некоторое удивление, да и то, казалось, относившееся к одному только князю. Аглая своим взглядом точно требовала от него отчета – каким образом он очутился в этом деле вместе с Ганей? – и требовала спокойно и свысока. Они простояли два-три мгновения друг против друга; наконец что-то насмешливое чуть-чуть обозначилось в лице ее; она слегка улыбнулась и прошла мимо.

Генеральша несколько времени, молча и с некоторым оттенком пренебрежения, рассматривала портрет Настасьи Филипповны, который она держала пред собой в протянутой руке, чрезвычайно и эффектно отдалив от глаз.

– Да, хороша, – проговорила она наконец, – очень даже. Я два раза ее видела, только издали. Так вы такую-то красоту цените? – обратилась она вдруг к князю.

– Да... такую... – отвечал князь с некоторым усилием.

– То есть именно такую?

– Именно такую.

– За что?

– В этом лице... страдания много... – проговорил князь как бы невольно, как бы сам с собою говоря, а не на вопрос отвечая.

– Вы, впрочем, может быть, бредите, – решила генеральша и надменным жестом откинула от себя портрет на стол.

Александра взяла его, к ней подошла Аделаида, обе стали рассматривать. В эту минуту Аглая возвратилась опять в гостиную.

— Этакая сила! — вскричала вдруг Аделаида, жадно всматриваясь в портрет из-за плеча сестры.

— Где? Какая сила? — резко спросила Лизавета Прокофьевна.

— Такая красота — сила, — горячо сказала Аделаида, — с этакою красотой можно мир перевернуть!

Она задумчиво отошла к своему мольберту. Аглая взглянула на портрет только мельком, прищурилась, выдвинула нижнюю губку, отошла и села в стороне, сложив руки.

Генеральша позвонила.

— Позвать сюда Гаврилу Ардалионовича, он в кабинете, — приказала она вошедшему слуге.

— Maman! — значительно воскликнула Александра.

— Я хочу ему два слова сказать — и довольно! — быстро отрезала генеральша, останавливая возражение. Она была видимо раздражена. — У нас, видите ли, князь, здесь теперь всё секреты. Всё секреты! Так требуется, этикет какой-то, глупо. И это в таком деле, в котором требуется наиболее откровенности, ясности, честности. Начинаются браки, не нравятся мне эти браки...

— Maman, что вы это? — опять поспешила остановить ее Александра.

— Чего тебе, милая дочка? Тебе самой разве нравятся? А что князь слушает, так мы друзья. Я с ним по крайней мере. Бог ищет людей, хороших, конечно, а злых и капризных ему не надо; капризных особенно, которые сегодня решают одно, а завтра говорят другое. Понимаете, Александра Ивановна? Они, князь, говорят, что я чудачка, а я умею различать. Потому сердце главное, а остальное вздор. Ум тоже нужен, конечно... может быть, ум-то и самое главное. Не усмехайся, Аглая, я себе не противоречу: дура с сердцем и без ума такая же несчастная дура, как и дура с умом без сердца. Старая истина. Я вот дура с сердцем без ума, а ты дура с умом без сердца; обе мы и несчастны, обе и страдаем.

— Чем же вы уж так несчастны, maman? — не утерпела Аделаида, которая одна, кажется, из всей компании не утратила веселого расположения духа.

— Во-первых, от ученых дочек, — отрезала генеральша, — а так как этого и одного довольно, то об остальном нечего и распространяться. Довольно многословия было. Посмотрим, как-то вы обе (я Аглаю не считаю) с вашим умом и многословием вывернетесь, и будете ли вы, многоуважаемая Александра Ивановна, счастливы с вашим почтенным господином?.. А!.. — воскликнула она, увидев входящего Ганю, — вот еще идет один брачный союз. Здравствуйте! — ответила она на поклон Гани, не пригласив его садиться. — Вы вступаете в брак?

— В брак?.. Как?.. В какой брак?.. — бормотал ошеломленный Гаврила Ардалионович. Он ужасно смешался.

— Вы женитесь? спрашиваю я, если вы только лучше любите такое выражение?

— Н-нет... я... н-нет, — солгал Гаврила Ардалионович, и краска стыда залила ему лицо. Он бегло взглянул на сидевшую в стороне Аглаю и быстро отвел глаза. Аглая холодно, пристально, спокойно глядела на него, не отрывая глаз, и наблюдала его смущение.

— Нет? Вы сказали «нет»? — настойчиво допрашивала неумолимая Лизавета Прокофьевна. — Довольно, я буду помнить, что вы сегодня, в среду утром, на мой вопрос сказали мне «нет». Что у нас сегодня, среда?

— Кажется, среда, maman, — ответила Аделаида.

— Никогда дней не знают. Которое число?

— Двадцать седьмое, — ответил Ганя.

— Двадцать седьмое? Это хорошо по некоторому расчету. Прощайте, у вас, кажется, много занятий, а мне пора одеваться и ехать; возьмите ваш портрет. Передайте мой поклон несчастной Нине Александровне. До свидания, князь, голубчик! Заходи почаще, а я к старухе Белоконской нарочно заеду о тебе сказать. И послушайте, милый: я верую, что вас именно для меня Бог привел в Петербург из Швейцарии. Может быть, будут у вас и другие дела, но главное, для меня. Бог именно так рассчитал. До свидания, милые. Александра, зайди ко мне, друг мой.

Генеральша вышла. Ганя, опрокинутый, потерявшийся, злобный, взял со стола портрет и с искривленною улыбкой обратился к князю:

– Князь, я сейчас домой. Если вы не переменили намерения жить у нас, то я вас доведу, а то вы и адреса не знаете.

– Постойте, князь, – сказала Аглая, вдруг подымаясь с своего кресла, – вы мне еще в альбом напишете. Папа сказал, что вы каллиграф. Я вам сейчас принесу...

И она вышла.

– До свидания, князь, и я ухожу, – сказала Аделаида.

Она крепко пожала руку князю, приветливо и ласково улыбнулась ему и вышла. На Ганю она не посмотрела.

– Это вы, – заскрежетал Ганя, вдруг набрасываясь на князя, только что все вышли, – это вы разболтали им, что я женюсь! – бормотал он скорым полушепотом, с бешеным лицом и злобно сверкая глазами, – бесстыдный вы болтунишка!

– Уверяю вас, что вы ошибаетесь, – спокойно и вежливо отвечал князь, – я и не знал, что вы женитесь.

– Вы слышали давеча, как Иван Федорович говорил, что сегодня вечером всё решится у Настасьи Филипповны, вы это и передали! Лжете вы! Откуда они могли узнать? Кто же, черт возьми, мог им передать, кроме вас? Разве старуха не намекала мне?

– Вам лучше знать, кто передал, если вам только кажется, что вам намекали, я ни слова про это не говорил.

– Передали записку? Ответ? – с горячечным нетерпением перебил его Ганя. Но в самую эту минуту воротилась Аглая, и князь ничего не успел ответить.

– Вот, князь, – сказала Аглая, положив на столик свой альбом, – выберите страницу и напишите мне что-нибудь. Вот перо, и еще новое. Ничего, что стальное? Каллиграфы, я слышала, стальными не пишут.

Разговаривая с князем, она как бы и не замечала, что Ганя тут же. Но покамест князь поправлял перо, отыскивал страницу и изготовлялся, Ганя подошел к камину, где стояла Аглая, сейчас справа подле князя, и дрожащим, прерывающимся голосом проговорил ей чуть не на ухо:

– Одно слово, одно только слово от вас – и я спасен.

Князь быстро повернулся и посмотрел на обоих. В лице Гани было настоящее отчаяние; казалось, он выговорил эти слова как-то не думая, сломя голову. Аглая смотрела на него несколько секунд совершенно с тем же самым спокойным удивлением, как давеча на князя, и, казалось, это спокойное удивление ее, это недоумение, как бы от полного непонимания того, что ей говорят, было в эту минуту для Гани ужаснее самого сильнейшего презрения.

– Что же мне написать? – спросил князь.

– А я вам сейчас продиктую, – сказала Аглая, поворачиваясь к нему, – готовы? Пишите же: «Я в торги не вступаю». Теперь подпишите число и месяц. Покажите.

Князь подал ей альбом.

– Превосходно! Вы удивительно написали; у вас чудесный почерк! Благодарю вас. До свидания, князь... Постойте, – прибавила она, как бы что-то вдруг припомнив, – пойдемте, я хочу вам подарить кой-что на память.

Князь пошел за нею; но, войдя в столовую, Аглая остановилась.

– Прочтите это, – сказала она, подавая ему записку Гани.

Князь взял записку и с недоумением посмотрел на Аглаю.

– Ведь я знаю же, что вы ее не читали и не можете быть поверенным этого человека. Читайте, я хочу, чтобы вы прочли.

Записка была, очевидно, написана наскоро:

«Сегодня решится моя судьба, вы знаете каким образом. Сегодня я должен буду дать свое слово безвозвратно. Я не имею никаких прав на ваше участие, не смею иметь никаких надежд; но когда-то вы выговорили одно слово, одно только слово, и это слово озарило всю черную ночь моей жизни и стало для меня маяком. Скажите теперь еще одно такое же слово – и спасете меня от погибели! Скажите мне только: *разорви всё*, и я всё порву сегодня же. О, что вам стоит сказать это! В этом слове я испрашиваю только признак вашего участия и сожаления ко мне, – и только, *только*! И ничего больше, *ничего*! Я не смею задумать какую-нибудь надежду, потому что я недостоин ее. Но после вашего слова я приму вновь мою бедность, я с радостью стану переносить отчаянное положение мое. Я встречу борьбу, я рад буду ей, я воскресну в ней с новыми силами!

Пришлите же мне это слово сострадания (только *одного* сострадания, клянусь вам)! Не рассердитесь на дерзость отчаянного, на утопающего, за то, что он осмелился сделать последнее усилие, чтобы спасти себя от погибели.

Г. И.»

– Этот человек уверяет, – резко сказала Аглая, когда князь кончил читать, – что слово «*разорвите всё*» меня не скомпрометирует и не обяжет ничем, и сам дает мне в этом, как видите, письменную гарантию этою самою запиской. Заметьте, как наивно поспешил он подчеркнуть некоторые словечки и как грубо проглядывает его тайная мысль. Он, впрочем, знает, что если б он разорвал всё, но сам, один, не ожидая моего слова и даже не говоря мне об этом, без всякой надежды на меня, то я бы тогда переменила мои чувства к нему и, может быть, стала бы его другом. Он это знает наверно! Но у него душа грязная; он знает и не решается, он знает и все-таки гарантии просит. Он на веру решиться не в состоянии. Он хочет, чтоб я ему, взамен ста тысяч, на себя надежду дала. Насчет же прежнего слова, про которое он говорит в записке и которое будто бы озарило его жизнь, то он нагло лжет. Я просто раз пожалела его. Но он дерзок и бесстыден: у него тотчас же мелькнула тогда мысль о возможности надежды; я это тотчас же поняла. С тех пор он стал меня улавливать; ловит и теперь. Но довольно; возьмите и отдайте ему записку назад, сейчас же, как выйдете из нашего дома, разумеется, не раньше.

– А что сказать ему в ответ?

– Ничего, разумеется. Это самый лучший ответ. Да вы, стало быть, хотите жить в его доме?

– Мне давеча сам Иван Федорович отрекомендовал, – сказал князь.

– Так берегитесь его, я вас предупреждаю; он теперь вам не простит, что вы ему возвратите назад записку.

Аглая слегка пожала руку князю и вышла. Лицо ее было серьезно и нахмурено, она даже не улыбнулась, когда кивнула князю головой на прощание.

– Я сейчас, только мой узелок возьму, – сказал князь Гане, – и мы выйдем.

Ганя топнул ногой от нетерпения. Лицо его даже почернело от бешенства. Наконец оба вышли на улицу, князь с своим узелком в руках.

– Ответ? Ответ? – накинулся на него Ганя. – Что она вам сказала? Вы передали письмо?

Князь молча подал ему его записку. Ганя остолбенел.

– Как? Моя записка! – вскричал он. – Он и не передавал ее! О, я должен был догадаться! О, пр-р-ро-клят... Понятно, что она ничего не поняла давеча! Да как же, как же, как же вы не передали, о, пр-р-ро-клят...

– Извините меня, напротив, мне тотчас же удалось передать вашу записку, в ту же минуту, как вы дали, и точно так, как вы просили. Она очутилась у меня опять, потому что Аглая Ивановна сейчас передала мне ее обратно.

– Когда? Когда?

– Только что я кончил писать в альбоме и когда она пригласила меня с собой. (Вы слышали?) Мы вошли в столовую, она подала мне записку, велела прочесть и велела передать вам обратно.

— Про-че-е-сть? — закричал Ганя чуть не во всё горло, — прочесть! Вы читали?

И он снова стал в оцепенении среди тротуара, но до того изумленный, что даже разинул рот.

— Да, читал, сейчас.

— И она сама, сама вам дала прочесть? Сама?

— Сама, и поверьте, что я бы не стал читать без ее приглашения.

Ганя с минуту молчал и с мучительными усилиями что-то соображал, но вдруг воскликнул:

— Быть не может! Она не могла вам велеть прочесть. Вы лжете! Вы сами прочли!

— Я говорю правду, — отвечал князь прежним, совершенно невозмутимым тоном, — и поверьте: мне очень жаль, что это производит на вас такое неприятное впечатление.

— Но, несчастный, по крайней мере она вам сказала же что-нибудь при этом? Что-нибудь ответила же?

— Да, конечно.

— Да говорите же, говорите, о, черт!..

И Ганя два раза топнул правою ногой, обутою в калошу, о тротуар.

— Как только я прочел, она сказала мне, что вы ее ловите; что вы желали бы ее компрометировать так, чтобы получить от нее надежду, для того чтобы, опираясь на эту надежду, разорвать без убытку с другою надеждой на сто тысяч. Что если бы вы сделали это, не торгуясь с нею, разорвали бы всё сами, не прося у ней вперед гарантии, то она, может быть, и стала бы вашим другом. Вот и всё, кажется. Да, еще: когда я спросил, уже взяв записку, какой же ответ? тогда она сказала, что без ответа будет самый лучший ответ, — кажется, так; извините, если я забыл ее точное выражение, а передаю, как сам понял.

Неизмеримая злоба овладела Ганей, и бешенство его прорвалось без всякого удержу.

– А! Так вот как! – скрежетал он, – так мои записки в окно швырять! А! Она в торги не вступает, – так я вступлю! И увидим! За мной еще много... увидим! В бараний рог сверну!..

Он кривился, бледнел, пенился; он грозил кулаком. Так шли они несколько шагов. Князя он не церемонился нимало, точно был один в своей комнате, потому что в высшей степени считал его за ничто. Но вдруг он что-то сообразил и опомнился.

– Да каким же образом, – вдруг обратился он к князю, – каким же образом вы (идиот! – прибавил он про себя), вы вдруг в такой доверенности, два часа после первого знакомства? Как так?

Ко всем мучениям его недоставало зависти. Она вдруг укусила его в самое сердце.

– Этого уж я вам не сумею объяснить, – ответил князь.

Ганя злобно посмотрел на него:

– Это уж не доверенность ли свою подарить вам позвала она вас в столовую? Ведь она вам что-то подарить собиралась?

– Иначе я и не понимаю, как именно так.

– Да за что же, черт возьми! Что вы там такое сделали? Чем понравились? Послушайте, – суетился он изо всех сил (всё в нем в эту минуту было как-то разбросано и кипело в беспорядке, так что он и с мыслями собраться не мог), – послушайте, не можете ли вы хоть как-нибудь припомнить и сообразить в порядке, о чем вы именно там говорили, все слова, с самого начала? Не заметили ли вы чего, не упомните ли?

– О, очень могу, – отвечал князь, – с самого начала, когда я вошел и познакомился, мы стали говорить о Швейцарии.

– Ну, к черту Швейцарию!

– Потом о смертной казни...

– О смертной казни?

– Да; по одному поводу... потом я им рассказывал о том, как прожил там три года, и одну историю с одною бедною поселянкой...

– Ну, к черту бедную поселянку! Дальше! – рвался в нетерпении Ганя.

– Потом как Шнейдер высказал мне свое мнение о моем характере и понудил меня...

– Провалиться Шнейдеру и наплевать на его мнения! Дальше!

– Дальше, по одному поводу, я стал говорить о лицах, то есть о выражениях лиц, и сказал, что Аглая Ивановна почти так же хороша, как Настасья Филипповна. Вот тут-то я и проговорился про портрет...

– Но вы не пересказали, вы ведь не пересказали того, что слышали давеча в кабинете? Нет? Нет?

– Повторяю же вам, что нет.

– Да откуда же, черт... Ба! Не показала ли Аглая записку старухе?

– В этом я могу вас вполне гарантировать, что не показала. Я всё время тут был; да и времени она не имела.

– Да, может быть, вы сами не заметили чего-нибудь... О! идиот пр-ро-клятый, – воскликнул он уже совершенно вне себя, – и рассказать ничего не умеет!

Ганя, раз начав ругаться и не встречая отпора, мало-помалу потерял всякую сдержанность, как это всегда водится с иными людьми. Еще немного, и он, может быть, стал бы плеваться, до того уж он был взбешен. Но именно чрез это бешенство он и ослеп; иначе он давно бы обратил внимание на то, что этот «идиот», которого он так третирует, что-то уж слишком скоро и тонко умеет иногда всё понять и чрезвычайно удовлетворительно передать. Но вдруг произошло нечто неожиданное.

– Я должен вам заметить, Гаврила Ардалионович, – сказал вдруг князь, – что я прежде действительно был так нездоров, что и в самом деле был почти идиот; но теперь я давно уже выздоровел, и потому мне несколько неприятно, когда меня называют идиотом в глаза. Хоть вас и можно извинить, взяв во внимание ваши неудачи, но вы в досаде вашей даже раза два меня выбранили. Мне это очень не хочется, особенно так, вдруг, как вы, с первого раза; и так как мы теперь стоим на перекрестке, то не лучше ли нам разойтись: вы пойдете направо к себе, а я налево. У меня есть двадцать пять рублей, и я наверно найду какой-нибудь отель-гарни.

Ганя ужасно смутился и даже покраснел от стыда.

— Извините, князь, — горячо вскричал он, вдруг переменяя свой ругательный тон на чрезвычайную вежливость, — ради бога, извините! Вы видите, в какой я беде! Вы еще почти ничего не знаете, но если бы вы знали всё, то наверно бы хоть немного извинили меня; хотя, разумеется, я неизвиним...

— О, мне и не нужно таких больших извинений, — поспешил ответить князь. — Я ведь понимаю, что вам очень неприятно, и потому-то вы и бранитесь. Ну, пойдемте к вам. Я с удовольствием...

«Нет, его теперь так отпустить невозможно, — думал про себя Ганя, злобно посматривая дорогой на князя, — этот плут выпытал из меня всё, а потом вдруг снял маску... Это что-то значит. А вот мы увидим! Всё разрешится, всё, всё! Сегодня же!»

Они уже стояли у самого дома.

VIII

Ганечкина квартира находилась в третьем этаже, по весьма чистой, светлой и просторной лестнице, и состояла из шести или семи комнат и комнаток, самых, впрочем, обыкновенных, но во всяком случае не совсем по карману семейному чиновнику, получающему даже и две тысячи рублей жалованья. Но она предназначалась для содержания жильцов со столом и прислугой и занята была

Ганей и его семейством не более двух месяцев тому назад, к величайшей неприятности самого Гани, по настоянию и просьбам Нины Александровны и Варвары Ардалионовны, пожелавших в свою очередь быть полезными и хоть несколько увеличить доходы семейства. Ганя хмурился и называл содержание жильцов безобразием; ему стало как будто стыдно после этого в обществе, где он привык являться как молодой человек с некоторым блеском и будущностью. Все эти уступки судьбе и вся эта досадная теснота – всё это были глубокие душевные раны его. С некоторого времени он стал раздражаться всякою мелочью безмерно и непропорционально, и если еще соглашался на время уступать и терпеть, то потому только, что уж им решено было всё это изменить и переделать в самом непродолжительном времени. А между тем самое это изменение, самый выход, на котором он остановился, составляли задачу немалую, – такую задачу, предстоявшее разрешение которой грозило быть хлопотливее и мучительнее всего предыдущего.

Квартиру разделял коридор, начинавшийся прямо из прихожей. По одной стороне коридора находились те три комнаты, которые назначались внаем, для «особенно рекомендованных» жильцов, кроме того, по той же стороне коридора, в самом конце его, у кухни, находилась четвертая комнатка, потеснее всех прочих, в которой помещался сам отставной генерал Иволгин, отец семейства, и спал на широком диване, а ходить и выходить из квартиры обязан был чрез кухню и по черной лестнице. В этой же комнатке помещался и тринадцатилетний брат Гаврилы Ардалионовича, гимназист Коля; ему тоже предназначалось здесь тесниться, учиться, спать на другом, весьма старом, узком и коротком диванчике, на дырявой простыне и, главное, ходить и *смотреть* за отцом, который всё более и более не мог без этого обойтись. Князю назначили среднюю из трех комнат; в первой направо помещался Фердыщенко, а третья налево стояла еще пустая. Но Ганя прежде всего свел князя на семейную половину. Эта семейная половина состояла из залы, обращавшейся, когда надо, в столовую, из гостиной, которая была, впрочем, гостиною только поутру, а вечером обращалась в кабинет Гани и в его спальню, и, наконец, из третьей комнаты, тесной и всегда затворенной: это была спальня Нины Александровны и Варвары Ардалионовны. Одним словом, всё в этой квартире теснилось и жалось; Ганя только скрипел про себя зубами; он хотя был и желал быть почтительным к матери, но с первого шагу у них можно было заметить, что это большой деспот в семействе.

Нина Александровна была в гостиной не одна, с нею сидела Варвара Ардалионовна; обе они занимались каким-то вязаньем и разговаривали с гостем, Иваном Петровичем Птицыным. Нина Александровна казалась лет пятидесяти, с худым, осунувшимся лицом и с сильною чернотой под глазами. Вид ее был болезненный и несколько скорбный, но лицо и взгляд ее были довольно приятны; с первых слов заявлялся характер серьезный и полный истинного достоинства. Несмотря на прискорбный вид, в ней предчувствовалась твердость и даже решимость. Одета она была чрезвычайно скромно, в чем-то темном, и совсем по-старушечьи, но приемы ее, разговор, вся манера изобличали женщину, видавшую и лучшее общество.

Варвара Ардалионовна была девица лет двадцати трех, среднего роста, довольно худощавая, с лицом не то чтобы очень красивым, но заключавшим в себе тайну нравиться без красоты и до страсти привлекать к себе. Она была очень похожа на мать, даже одета была почти так же, как мать, от полного нежелания наряжаться. Взгляд ее серых глаз подчас мог быть очень весел и ласков, если бы не бывал всего чаще серьезен и задумчив, иногда слишком даже, особенно в последнее время. Твердость и решимость виднелись и в ее лице, но предчувствовалось, что твердость эта даже могла быть энергичнее и предприимчивее, чем у матери. Варвара Ардалионовна была довольно вспыльчива, и братец иногда даже побаивался этой вспыльчивости. Побаивался ее и сидевший теперь у них гость, Иван Петрович Птицын. Это был еще довольно молодой человек, лет под тридцать, скромно, но изящно одетый, с приятными, но както слишком уж солидными манерами. Темно-русая бородка обозначала в нем человека не с служебными занятиями. Он умел разговаривать умно и интересно, но чаще бывал молчалив. Вообще он производил впечатление даже приятное. Он был видимо неравнодушен к Варваре Ардалионовне и не скрывал своих чувств. Варвара Ардалионовна обращалась с ним дружески, но на иные вопросы его отвечать еще медлила, даже их не любила; Птицын, впрочем, далеко не был обескуражен. Нина Александровна была к нему ласкова, а в последнее время стала даже много ему доверять. Известно, впрочем, было, что он специально занимается наживанием денег, отдачей их в быстрый рост под более или менее верные залоги. С Ганей он был чрезвычайным приятелем.

На обстоятельную, но отрывистую рекомендацию Гани (который весьма сухо поздоровался с матерью, совсем не поздоровался с сестрой и тотчас же куда-то увел из комнаты Птицына) Нина Александровна сказала князю несколько ласковых слов и велела выглянувшему в дверь Коле свести его в среднюю комнату. Коля был мальчик с веселым и довольно милым лицом, с доверчивою и простодушною манерой.

– Где же ваша поклажа? – спросил он, вводя князя в комнату.

– У меня узелок; я в передней оставил.

– Я вам сейчас принесу. У нас всей прислуги кухарка да Матрена, так что и я помогаю. Варя над всем надсматривает и сердится. Ганя говорит, вы сегодня из Швейцарии?

– Да.

– А хорошо в Швейцарии?

– Очень.

— Горы?

— Да.

— Я вам сейчас ваши узлы притащу.

Вошла Варвара Ардалионовна.

— Вам Матрена сейчас белье постелет. У вас чемодан?

— Нет, узелок. За ним ваш брат пошел, он в передней.

— Никакого там узла нет, кроме этого узелочка; вы куда положили? — спросил Коля, возвращаясь опять в комнату.

— Да кроме этого и нет никакого, — возвестил князь, принимая свой узелок.

— А-а! А я думал, не утащил ли Фердыщенко.

— Не ври пустяков, — строго сказала Варя, которая и с князем говорила весьма сухо и только что разве вежливо.

— Chère Babette, со мной можно обращаться и понежнее, ведь я не Птицын.

— Тебя еще сечь можно, Коля, до того ты еще глуп. За всем, что потребуется, можете обращаться к Матрене, обедают в половине пятого. Можете обедать вместе с нами, можете и у себя в комнате, как вам угодно. Пойдем, Коля, не мешай им.

— Пойдемте, решительный характер!

Выходя, они столкнулись с Ганей.

— Отец дома? — спросил Ганя Колю и на утвердительный ответ Коли пошептал ему что-то на ухо.

Коля кивнул головой и вышел вслед за Варварой Ардалионовной.

— Два слова, князь, я и забыл вам сказать за этими... делами. Некоторая просьба: сделайте одолжение, — если только вам это не в большую натугу будет, — не болтайте ни здесь, о том, что у меня с Аглаей сейчас было, ни *там*, о том, что вы здесь найдете; потому что и здесь тоже безобразия довольно. К черту, впрочем... Хоть сегодня-то по крайней мере удержитесь.

— Уверяю же вас, что я гораздо меньше болтал, чем вы думаете, — сказал князь с некоторым раздражением на укоры Гани. Отношения между ними становились видимо хуже и хуже.

— Ну, да уж я довольно перенес чрез вас сегодня. Одним словом, я вас прошу.

— Еще и то заметьте, Гаврила Ардалионович, чем же я был давеча связан и почему я не мог упомянуть о портрете? Ведь вы меня не просили.

— Фу, какая скверная комната, — заметил Ганя презрительно осматриваясь, — темно и окна на двор. Во всех отношениях вы к нам не вовремя. Ну, да это не мое дело; не я квартиры содержу.

Заглянул Птицын и кликнул Ганю, тот торопливо бросил князя и вышел, несмотря на то что он еще что-то хотел сказать, но видимо мялся и точно стыдился начать; да и комнату обругал, тоже как будто сконфузившись.

Только что князь умылся и успел сколько-нибудь исправить свой туалет, отворилась дверь снова и выглянула новая фигура.

Это был господин лет тридцати, немалого роста, плечистый, с огромною, курчавою, рыжеватою головой. Лицо у него было мясистое и румяное, губы толстые, нос широкий и сплюснутый, глаза маленькие, заплывшие и насмешливые, как будто беспрерывно подмигивающие. В целом всё это представлялось довольно нахально. Одет он был грязновато.

Он сначала отворил дверь ровно настолько, чтобы просунуть голову. Просунувшаяся голова секунд пять оглядывала комнату; потом дверь стала медленно отворяться, вся фигура обозначилась на пороге, но гость еще не входил, а с порога продолжал, прищурясь, рассматривать князя. Наконец затворил за собою дверь, приблизился, сел на стул, князя крепко взял за руку и посадил наискось от себя на диван.

— Фердыщенко, — проговорил он, пристально и вопросительно засматривая князю в лицо.

— Так что же? — отвечал князь, почти рассмеявшись.

– Жилец, – проговорил опять Фердыщенко, засматривая по-прежнему.

– Хотите познакомиться?

– Э-эх! – проговорил гость, взъерошив волосы и вздохнув, и стал смотреть в противоположный угол. – У вас деньги есть? – спросил он вдруг, обращаясь к князю.

– Немного.

– Сколько именно?

– Двадцать пять рублей.

– Покажите-ка.

Князь вынул двадцатипятирублевый билет из жилетного кармана и подал Фердыщенке. Тот развернул, поглядел, потом перевернул на другую сторону, затем взял на свет.

– Довольно странно, – проговорил он как бы в раздумье, – отчего бы им буреть? Эти двадцатипятирублевые иногда ужасно буреют, а другие, напротив, совсем линяют. Возьмите.

Князь взял свой билет обратно. Фердыщенко встал со стула.

– Я пришел вас предупредить: во-первых, мне денег взаймы не давать, потому что я непременно буду просить.

– Хорошо.

– Вы платить здесь намерены?

– Намерен.

– А я не намерен; спасибо. Я здесь от вас направо первая дверь, видели? Ко мне постарайтесь не очень часто жаловать; к вам я приду, не беспокойтесь. Генерала видели?

– Нет.

– И не слышали?

– Конечно, нет.

– Ну, так увидите и услышите; да к тому же он даже у меня просит денег взаймы! Avis au lecteur[1]. Прощайте. Разве можно жить с фамилией Фердыщенко? А?

1 Предуведомление (*фр.*).

– Отчего же нет?

– Прощайте.

И он пошел к дверям. Князь узнал потом, что этот господин как будто по обязанности взял на себя задачу изумлять всех оригинальностью и веселостью, но у него как-то никогда не выходило. На некоторых он производил даже неприятное впечатление, отчего он искренно скорбел, но задачу свою все-таки не покидал. В дверях ему удалось как бы поправиться, натолкнувшись на одного входившего господина; пропустив этого нового и незнакомого князю гостя в комнату, он несколько раз предупредительно подмигнул на него сзади и, таким образом, все-таки ушел не без апломба.

Новый господин был высокого роста, лет пятидесяти пяти или даже поболее, довольно тучный, с багрово-красным, мясистым и обрюзглым лицом, обрамленным густыми седыми бакенбардами, в усах, с большими, довольно выпученными глазами. Фигура была бы довольно осанистая, если бы не было в ней чего-то опустившегося, износившегося, даже запачканного. Одет он был в старенький сюртучок, чуть не с продравшимися локтями; белье тоже было засаленное, – по-домашнему. Вблизи от него немного пахло водкой; но манера была эффектная, несколько изученная и с видимым ревнивым желанием поразить достоинством. Господин приблизился к князю не спеша, с приветливою улыбкой, молча взял его руку и, сохраняя ее в своей, несколько времени всматривался в его лицо, как бы узнавая знакомые черты.

– Он! Он! – проговорил он тихо, но торжественно. – Как живой! Слышу, повторяют знакомое и дорогое имя, и припомнил безвозвратное прошлое... Князь Мышкин?

– Точно так-с.

– Генерал Иволгин, отставной и несчастный. Ваше имя и отчество, смею спросить?

– Лев Николаевич.

– Так, так! Сын моего друга, можно сказать, товарища детства, Николая Петровича?

– Моего отца звали Николаем Львовичем.

– Львович, – поправился генерал, но не спеша, а с совершенною уверенностью, как будто он нисколько и не забывал, а только нечаянно оговорился. Он сел и, тоже взяв князя за руку, посадил подле себя. – Я вас на руках носил-с.

– Неужели? – спросил князь. – Мой отец уж двадцать лет как умер.

– Да; двадцать лет; двадцать лет и три месяца. Вместе учились; я прямо в военную...

– Да, и отец был в военной, подпоручиком в Васильковском полку.

– В Беломирском. Перевод в Беломирский состоялся почти накануне смерти. Я тут стоял и благословил его в вечность. Ваша матушка...

Генерал приостановился как бы от грустного воспоминания.

– Да и она тоже полгода спустя потом умерла от простуды, – сказал князь.

– Не от простуды. Не от простуды, поверьте старику. Я тут был, я и ее хоронил. С горя по своем князе, а не от простуды. Да-с, памятна мне и княгиня! Молодость! Из-за нее мы с князем, друзья с детства, чуть не стали взаимными убийцами.

Князь начинал слушать с некоторою недоверчивостью.

– Я страстно влюблен был в вашу родительницу, еще когда она в невестах была, – невестой друга моего. Князь заметил и был фраппирован. Приходит ко мне утром, в седьмом часу, будит. Одеваюсь с изумлением; молчание с обеих сторон; я всё понял. Вынимает из кармана два пистолета. Через платок. Без свидетелей. К чему свидетели, когда через пять минут отсылаем друг друга в вечность? Зарядили, растянули платок, стали, приложили пистолеты взаимно к сердцам и глядим друг другу в лицо. Вдруг слезы градом у обоих из глаз, дрогнули руки. У обоих, у обоих, разом! Ну, тут, натурально, объятия и взаимная борьба великодушия. Князь кричит: твоя, я кричу: твоя! Одним словом... одним словом... вы к нам... жить?

— Да, на некоторое время, быть может, — проговорил князь, как бы несколько заикаясь.

— Князь, мамаша вас к себе просит, — крикнул заглянувший в дверь Коля. Князь привстал было идти, но генерал положил правую ладонь на его плечо и дружески пригнул опять к дивану.

— Как истинный друг отца вашего, желаю предупредить, — сказал генерал, — я, вы видите сами, я пострадал, по трагической катастрофе; но без суда! Без суда! Нина Александровна — женщина редкая. Варвара Ардалионовна, дочь моя, — редкая дочь! По обстоятельствам содержим квартиры, — падение неслыханное! Мне, которому оставалось быть генерал-губернатором!.. Но вам мы рады всегда. А между тем у меня в доме трагедия!

Князь смотрел вопросительно и с большим любопытством.

— Приготовляется брак, и брак редкий. Брак двусмысленной женщины и молодого человека, который мог бы быть камер-юнкером. Эту женщину введут в дом, где моя дочь и где моя жена! Но покамест я дышу, она не войдет! Я лягу на пороге, и пусть перешагнет чрез меня!.. С Ганей я теперь почти не говорю, избегаю встречаться даже. Я вас предупреждаю нарочно; коли будете жить у нас, всё равно и без того станете свидетелем. Но вы сын моего друга, и я вправе надеяться...

— Князь, сделайте одолжение, зайдите ко мне в гостиную, — позвала Нина Александровна, сама уже явившаяся у дверей.

— Вообрази, друг мой, — вскричал генерал, — оказывается, что я нянчил князя на руках моих!

Нина Александровна укорительно глянула на генерала и пытливо на князя, но не сказала ни слова. Князь отправился за нею; но только что они пришли в гостиную и сели, а Нина Александровна только что начала очень торопливо и вполголоса что-то сообщать князю, как генерал вдруг пожаловал сам в гостиную. Нина Александровна тотчас замолчала и с видимою досадой нагнулась к своему вязанью. Генерал, может быть, и заметил эту досаду, но продолжал быть в превосходнейшем настроении духа.

– Сын моего друга! – вскричал он, обращаясь к Нине Александровне. – И так неожиданно! Я давно уже и воображать перестал. Но, друг мой, неужели ты не помнишь покойного Николая Львовича? Ты еще застала его... в Твери?

– Я не помню Николая Львовича. Это ваш отец? – спросила она князя.

– Отец; но он умер, кажется, не в Твери, а в Елисаветграде, – робко заметил князь генералу. – Я слышал от Павлищева...

– В Твери, – подтвердил генерал, – перед самою смертью состоялся перевод в Тверь, и даже еще пред развитием болезни. Вы были еще слишком малы и не могли упомнить ни перевода, ни путешествия; Павлищев же мог ошибиться, хотя и превосходнейший был человек.

– Вы знали и Павлищева?

– Редкий был человек, но я был личным свидетелем. Я благословлял на смертном одре...

– Отец мой ведь умер под судом, – заметил князь снова, – хоть я и никогда не мог узнать, за что именно; он умер в госпитале.

– О, это по делу о рядовом Колпакове, и, без сомнения, князь был бы оправдан.

– Так? Вы наверно знаете? – спросил князь с особенным любопытством.

– Еще бы! – вскричал генерал. – Суд разошелся, ничего не решив. Дело невозможное! Дело даже, можно сказать, таинственное: умирает штабс-капитан Ларионов, ротный командир; князь на время назначается исправляющим должность; хорошо. Рядовой Колпаков совершает кражу – сапожный товар у товарища, и пропивает его; хорошо. Князь, – и заметьте себе, это было в присутствии фельдфебеля и капрального, – распекает Колпакова и грозит ему розгами. Очень хорошо. Колпаков идет в казармы, ложится на нары и через четверть часа умирает. Прекрасно, но случай неожиданный, почти невозможный. Так или этак, а Колпакова хоронят; князь рапортует, и затем Колпакова исключают из списков. Кажется, чего бы лучше? Но ровно через полгода, на бригадном смотру, рядовой Колпаков как ни в чем не бывало оказывается в третьей роте второго баталиона Новоземлянского пехотного полка, той же бригады и той же дивизии!

– Как! – вскричал князь вне себя от удивления.

– Это не так, это ошибка! – обратилась к нему вдруг Нина Александровна, почти с тоской смотря на него. – Mon mari se trompe[1].

– Но, друг мой, se trompe, это легко сказать, но разреши-ка сама подобный случай! Все стали в тупик. Я первый сказал бы qu'on se trompe[2]. Но, к несчастию, я был свидетелем и участвовал сам в комиссии. Все очные ставки показали, что это тот самый, совершенно тот же самый рядовой Колпаков, который полгода назад был схоронен при обыкновенном параде и с барабанным боем. Случай действительно редкий, почти невозможный, я соглашаюсь, но...

– Папаша, вам обедать накрыли, – возвестила Варвара Ардалионовна, входя в комнату.

– А, это прекрасно, превосходно! Я таки проголодался... Но случай, можно сказать, даже психологический...

– Суп опять простынет, – с нетерпением сказала Варя.

1 Мой муж ошибается (*фр.*).
2 что ошибаются (*фр.*).

— Сейчас, сейчас, — бормотал генерал, выходя из комнаты. — И несмотря ни на какие справки... — слышалось еще в коридоре.

— Вы должны будете многое извинить Ардалиону Александровичу, если у нас останетесь, — сказала Нина Александровна князю, — он, впрочем, вас очень не обеспокоит; он и обедает один. Согласитесь сами, у всякого есть свои недостатки и свои... особенные черты, у других, может, еще больше, чем у тех, на которых привыкли пальцами указывать. Об одном буду очень просить: если мой муж как-нибудь обратится к вам по поводу уплаты за квартиру, то вы скажите ему, что отдали мне. То есть отданное и Ардалиону Александровичу всё равно для вас в счет бы пошло, но я единственно для аккуратности вас прошу... Что это, Варя?

Варя воротилась в комнату и молча подала матери портрет Настасьи Филипповны. Нина Александровна вздрогнула и сначала как бы с испугом, а потом с подавляющим горьким ощущением рассматривала его некоторое время. Наконец вопросительно поглядела на Варю.

— Ему сегодня подарок от нее самой, — сказала Варя, — а вечером у них всё решается.

— Сегодня вечером! — как бы в отчаянии повторила вполголоса Нина Александровна. — Что же? Тут сомнений уж более нет никаких и надежд тоже не остается: портретом всё возвестила... Да он тебе сам, что ли, показал? — прибавила она в удивлении.

— Вы знаете, что мы уж целый месяц почти ни слова не говорим. Птицын мне про всё сказал, а портрет там у стола на полу уж валялся; я подняла.

— Князь, — обратилась к нему вдруг Нина Александровна, — я хотела вас спросить (для того, собственно, и попросила вас сюда), давно ли вы знаете моего сына? Он говорил, кажется, что вы только сегодня откуда-то приехали?

Князь объяснил вкратце о себе, пропустив бо́льшую половину. Нина Александровна и Варя выслушали.

— Я не выпытываю чего-нибудь о Гавриле Ардалионовиче, вас расспрашивая, — заметила Нина Александровна, — вы не должны ошибаться на этот счет. Если есть что-нибудь, в чем он не может признаться мне сам, того я и сама не хочу разузнавать мимо него. Я к тому, собственно, что давеча Ганя при вас и потом, когда вы ушли, на вопрос мой о вас отвечал мне: «Он всё знает, церемониться нечего!» Что же это значит? То есть я хотела бы знать, в какой мере...

Вошли вдруг Ганя и Птицын; Нина Александровна тотчас замолчала. Князь остался на стуле подле нее, а Варя отошла в сторону; портрет Настасьи Филипповны лежал на самом видном месте, на рабочем столике Нины Александровны, прямо перед нею. Ганя, увидев его, нахмурился, с досадой взял со стола и отбросил на свой письменный стол, стоявший в другом конце комнаты.

— Сегодня, Ганя? — спросила вдруг Нина Александровна.

— Что сегодня? — встрепенулся было Ганя и вдруг набросился на князя. — А, понимаю, вы уж и тут!.. Да что у вас, наконец, болезнь это, что ли, какая? Удержаться не можете? Да ведь поймите же наконец, ваше сиятельство...

— Тут я виноват, Ганя, а не кто другой, — прервал Птицын.

Ганя вопросительно поглядел на него.

— Да ведь это лучше же, Ганя, тем более что, с одной стороны, дело покончено, — пробормотал Птицын и, отойдя в сторону, сел у стола, вынул из кармана какую-то бумажку, исписанную карандашом, и стал ее пристально рассматривать. Ганя стоял пасмурный и ждал с беспокойством семейной сцены. Пред князем он и не подумал извиниться.

— Если всё кончено, то Иван Петрович, разумеется, прав, — сказала Нина Александровна, — не хмурься, пожалуйста, и не раздражайся, Ганя; я ни о чем не стану расспрашивать, чего сам не хочешь сказать, и уверяю тебя, что вполне покорилась, сделай одолжение, не беспокойся.

Она проговорила это, не отрываясь от работы и, казалось, в самом деле спокойно. Ганя был удивлен, но осторожно молчал и глядел на мать, выжидая, чтоб она высказалась яснее. Домашние сцены уж слишком дорого ему стоили. Нина Александровна заметила эту осторожность и с горькою улыбкой прибавила:

– Ты всё еще сомневаешься и не веришь мне; не беспокойся, не будет ни слез, ни просьб, как прежде, с моей стороны по крайней мере. Всё мое желание в том, чтобы ты был счастлив, и ты это знаешь; я судьбе покорилась, но мое сердце будет всегда с тобой, останемся ли мы вместе или разойдемся. Разумеется, я отвечаю только за себя; ты не можешь того же требовать от сестры...

– А, опять она! – вскричал Ганя, насмешливо и ненавистно смотря на сестру. – Маменька! клянусь вам в том опять, в чем уже вам давал слово: никто и никогда не осмелится вам манкировать, пока я тут, пока я жив. О ком бы ни шла речь, а я настою на полнейшем к вам уважении, кто бы ни перешел чрез наш порог...

Ганя так обрадовался, что почти примирительно, почти нежно смотрел на мать.

– Я ничего за себя и не боялась, Ганя, ты знаешь; я не о себе беспокоилась и промучилась всё это время. Говорят, сегодня всё у вас кончится? Что же кончится?

– Сегодня вечером, у себя, она обещала объявить: согласна или нет, – ответил Ганя.

– Мы чуть не три недели избегали говорить об этом, и это было лучше. Теперь, когда уже всё кончено, я только одно позволю себе спросить: как она могла тебе дать согласие и даже подарить свой портрет, когда ты ее не любишь? Неужели ты ее, такую... такую...

– Ну, опытную, что ли?

– Я не так хотела выразиться. Неужели ты до такой степени мог ей отвести глаза?

Необыкновенная раздражительность послышалась вдруг в этом вопросе. Ганя постоял, подумал с минуту и, не скрывая насмешки, проговорил:

– Вы увлеклись, маменька, и опять не вытерпели, и вот так-то у нас всегда всё начиналось и разгоралось. Вы сказали: не будет ни расспросов, ни попреков, а они уже начались! Оставим лучше; право, оставим; по крайней мере, у вас намерение было... Я никогда и ни за что вас не оставлю; другой от такой сестры убежал бы по крайней мере, – вон как она смотрит на меня теперь! Кончим на этом! Я уж так было обрадовался... И почем вы знаете, что я обманываю Настасью Филипповну? А насчет Вари – как ей угодно, и – довольно. Ну, уж теперь совсем довольно!

Ганя разгорячался с каждым словом и без цели шагал по комнате. Такие разговоры тотчас же обращались в больное место у всех членов семейства.

– Я сказала, что если она сюда войдет, то я отсюда выйду, и тоже слово сдержу, – сказала Варя.

– Из упрямства! – вскричал Ганя. – Из упрямства и замуж не выходишь! Что на меня фыркаешь? Мне ведь наплевать, Варвара Ардалионовна; угодно – хоть сейчас исполняйте ваше намерение. Надоели вы мне уж очень. Как! Вы решаетесь наконец нас оставить, князь! – закричал он князю, увидав, что тот встает с места.

В голосе Гани слышалась уже та степень раздражения, в которой человек почти сам рад этому раздражению, предается ему безо всякого удержу и чуть не с возрастающим наслаждением, до чего бы это ни довело. Князь обернулся было в дверях, чтобы что-то ответить, но, увидев по болезненному выражению лица своего обидчика, что тут только недоставало той капли, которая переполняет сосуд, повернулся и вышел молча. Несколько минут спустя он услышал по отголоску из гостиной, что разговор с его отсутствия стал еще шумнее и откровеннее.

Он прошел чрез залу в прихожую, чтобы попасть в коридор, а из него в свою комнату. Проходя близко мимо выходных дверей на лестницу, он услышал и заметил, что за дверьми кто-то старается изо всех сил позвонить в колокольчик; но в колокольчике, должно быть, что-то испортилось: он только чуть-чуть вздрагивал, а звука не было. Князь снял запор, отворил дверь и — отступил в изумлении, весь даже вздрогнул: пред ним стояла Настасья Филипповна. Он тотчас узнал ее по портрету. Глаза ее сверкнули взрывом досады, когда она его увидала; она быстро прошла в прихожую, столкнув его с дороги плечом, и гневливо сказала, сбрасывая с себя шубу:

— Если лень колокольчик поправить, так по крайней мере в прихожей бы сидел, когда стучатся. Ну вот, теперь шубу уронил, олух!

Шуба действительно лежала на полу; Настасья Филипповна не дождавшись, пока князь с нее снимет, сбросила ее сама к нему на руки, не глядя, сзади, но князь не успел принять.

— Прогнать тебя надо. Ступай, доложи.

Князь хотел было что-то сказать, но до того потерялся, что ничего не выговорил и с шубой, которую поднял с полу, пошел в гостиную.

— Ну вот, теперь с шубой идет! Шубу-то зачем несешь? Ха-ха-ха! Да ты сумасшедший, что ли?

Князь воротился и глядел на нее как истукан; когда она засмеялась — усмехнулся и он, но языком всё еще не мог пошевелить. В первое мгновение, когда он отворил ей дверь, он был бледен, теперь вдруг краска залила его лицо.

— Да что это за идиот? — в негодовании вскрикнула, топнув на него ногой, Настасья Филипповна. — Ну, куда ты идешь? Ну, кого ты будешь докладывать?

— Настасью Филипповну, — пробормотал князь.

— Почему ты меня знаешь? — быстро спросила она его. — Я тебя никогда не видала! Ступай, докладывай... Что там за крик?

— Бранятся, — ответил князь и пошел в гостиную.

Он вошел в довольно решительную минуту: Нина Александровна готова была уже совершенно забыть, что она «всему покорилась»; она, впрочем, защищала Варю. Подле Вари стоял и Птицын, уже оставивший свою исписанную карандашом бумажку. Варя и сама не робела, да и не робкого десятка была девица; но грубости брата становились с каждым словом невежливее и нестерпимее. В таких случаях она обыкновенно переставала говорить и только молча, насмешливо смотрела на брата, не сводя с него глаз. Этот маневр, как и знала она, способен был выводить его из последних границ. В эту-то самую минуту князь шагнул в комнату и провозгласил:

– Настасья Филипповна!

IX

Общее молчание воцарилось: все смотрели на князя, как бы не понимая его и – не желая понять. Ганя оцепенел от испуга.

Приезд Настасьи Филипповны, и особенно в настоящую минуту, был для всех самою странною и хлопотливою неожиданностью. Уж одно то, что Настасья Филипповна жаловала в первый раз; до сих пор она держала себя до того надменно, что в разговорах с Ганей даже и желания не выражала познакомиться с его родными, а в самое последнее время даже и не упоминала о них совсем, точно их и не было на свете. Ганя хоть отчасти и рад был, что отдалялся такой хлопотливый для него разговор, но все-таки в сердце своем поставил ей эту надменность на счет. Во всяком случае, он ждал от нее скорее насмешек и колкостей над своим семейством, а не визита к нему; он знал наверно, что ей известно всё, что происходит у него дома по поводу его сватовства и каким взглядом смотрят на нее его родные. Визит ее, *теперь*, после подарка портрета и в день своего рождения, в день, в который она обещала решить его судьбу, означал чуть не самое это решение.

Недоумение, с которым все смотрели на князя, продолжалось недолго: Настасья Филипповна появилась в дверях гостиной сама и опять, входя в комнату, слегка оттолкнула князя.

– Наконец-то удалось войти... зачем это вы колокольчик привязываете? – весело проговорила она, подавая руку Гане, бросившемуся к ней со всех ног. – Что это у вас такое опрокинутое лицо? Познакомьте же меня, пожалуйста...

Совсем потерявшийся Ганя отрекомендовал ее сперва Варе, и обе женщины, прежде чем протянули друг другу руки, обменялись странными взглядами. Настасья Филипповна, впрочем, смеялась и маскировалась веселостью; но Варя не хотела маскироваться и смотрела мрачно и пристально; даже и тени улыбки, что уже требовалось простою вежливостью, не показалось в ее лице. Ганя обмер; упрашивать было уже нечего и некогда, и он бросил на Варю такой угрожающий взгляд, что та поняла по силе этого взгляда, что значила для ее брата эта минута. Тут она, кажется, решилась уступить ему и чуть-чуть улыбнулась Настасье Филипповне. (Все они в семействе еще слишком любили друг друга.) Несколько поправила дело Нина Александровна, которую Ганя, сбившись окончательно, отрекомендовал после сестры и даже подвел первую к Настасье Филипповне. Но только что Нина Александровна успела было начать о своем «особенном удовольствии», как Настасья Филипповна, недослушав ее, быстро обратилась к Гане и, садясь (без приглашения еще) на маленький диванчик в углу у окна, вскричала:

– Где же ваш кабинет? И... и где жильцы? Ведь вы жильцов содержите?

Ганя ужасно покраснел и заикнулся было что-то ответить, но Настасья Филипповна тотчас прибавила:

— Где же тут держать жильцов? У вас и кабинета нет. А выгодно это? — обратилась она вдруг к Нине Александровне.

— Хлопотливо несколько, — отвечала было та, — разумеется, должна быть выгода. Мы, впрочем, только что...

Но Настасья Филипповна опять уже не слушала: она глядела на Ганю, смеялась и кричала ему:

— Что у вас за лицо? О, боже мой, какое у вас в эту минуту лицо!

Прошло несколько мгновений этого смеха, и лицо Гани действительно очень исказилось: его столбняк, его комическая, трусливая потерянность вдруг сошла с него; но он ужасно побледнел; губы закривились от судороги; он молча, пристально и дурным взглядом, не отрываясь, смотрел в лицо своей гостьи, продолжавшей смеяться.

Тут был и еще наблюдатель, который тоже еще не избавился от своего чуть не онемения при виде Настасьи Филипповны; но он хоть и стоял «столбом» на прежнем месте своем, в дверях гостиной, однако успел заметить бледность и злокачественную перемену лица Гани. Этот наблюдатель был князь. Чуть не в испуге, он вдруг машинально ступил вперед.

— Выпейте воды, — прошептал он Гане. — И не глядите так...

Видно было, что он проговорил это без всякого расчета, без всякого особенного замысла, так, по первому движению; но слова его произвели чрезвычайное действие. Казалось, вся злоба Гани вдруг опрокинулась на князя: он схватил его за плечо и смотрел на него молча, мстительно и ненавистно, как бы не в силах выговорить слово. Произошло всеобщее волнение: Нина Александровна слегка даже вскрикнула, Птицын шагнул вперед в беспокойстве, Коля и Фердыщенко, явившиеся в дверях, остановились в изумлении, одна Варя по-прежнему смотрела исподлобья, но внимательно наблюдая. Она не садилась, а стояла сбоку, подле матери, сложив руки на груди.

Но Ганя спохватился тотчас же, почти в первую минуту своего движения, и нервно захохотал. Он совершенно опомнился.

– Да что вы, князь, доктор, что ли? – вскричал он по возможности веселее и простодушнее, – даже испугал меня; Настасья Филипповна, можно рекомендовать вам, это предрагоценный субъект, хоть я и сам только с утра знаком.

Настасья Филипповна в недоумении смотрела на князя.

– Князь? Он князь? Вообразите, а я давеча, в прихожей, приняла его за лакея и сюда докладывать послала! Ха-ха-ха!

– Нет беды, нет беды! – подхватил Фердыщенко, поспешно подходя и обрадовавшись, что начали смеяться, – нет беды: se non è vero...[1]

– Да чуть ли еще не бранила вас, князь. Простите, пожалуйста; Фердыщенко, вы-то как здесь, в такой час? Я думала, по крайней мере хоть вас не застану. Кто? Какой князь? Мышкин? – переспросила она Ганю, который между тем, всё еще держа князя за плечо, успел отрекомендовать его.

– Наш жилец, – повторил Ганя.

Очевидно, князя представляли как что-то редкое (и пригодившееся всем как выход из фальшивого положения), чуть не совали к Настасье Филипповне; князь ясно даже услышал слово «идиот», прошептанное сзади его, кажется, Фердыщенкой в пояснение Настасье Филипповне.

– Скажите, почему же вы не разуверили меня давеча, когда я так ужасно... в вас ошиблась? – продолжала Настасья Филипповна, рассматривая князя с ног до головы самым бесцеремонным образом; она в нетерпе-

1 если это и не верно... (*ит.*)

нии ждала ответа, как бы вполне убежденная, что ответ будет непременно так глуп, что нельзя будет не засмеяться.

— Я удивился, увидя вас так вдруг... — пробормотал было князь.

— А как вы узнали, что это я? Где вы меня видели прежде? Что это, в самом деле, я как будто его где-то видела? И позвольте вас спросить, почему вы давеча остолбенели на месте? Что во мне такого остолбеняющего?

— Ну же, ну! — продолжал гримасничать Фердыщенко, — да ну же! О, господи, каких бы я вещей на такой вопрос насказал! Да ну же... Пентюх же ты, князь, после этого!

— Да и я бы насказал на вашем месте, — засмеялся князь Фердыщенке. — Давеча меня ваш портрет поразил очень, — продолжал он Настасье Филипповне, — потом я с Епанчиными про вас говорил... а рано утром, еще до въезда в Петербург, на железной дороге, рассказывал мне много про вас Парфен Рогожин... И в ту самую минуту, как я вам дверь отворил, я о вас тоже думал, а тут вдруг и вы.

— А как же вы меня узнали, что это я?

— По портрету и...

— И еще?

— И еще по тому, что такою вас именно и воображал... Я вас тоже будто видел где-то.

— Где? Где?

— Я ваши глаза точно где-то видел... да этого быть не может! Это я так... Я здесь никогда и не был. Может быть, во сне...

— Ай да князь! — закричал Фердыщенко. — Нет, я свое: se non è vero — беру назад. Впрочем... впрочем, ведь это он всё от невинности! — прибавил он с сожалением.

Князь проговорил свои несколько фраз голосом неспокойным, прерываясь и часто переводя дух. Всё выражало в нем чрезвычайное волнение. Настасья Филипповна смотрела на него с любопытством, но уже не смеялась. В эту самую минуту вдруг громкий новый голос, послышавшийся из-за толпы, плотно обступившей князя и Настасью Филипповну, так сказать, раздвинул толпу и разделил ее надвое. Перед Настасьей Филипповной стоял сам отец семейства, генерал Иволгин. Он был во фраке и в чистой манишке; усы его были нафабрены...

Этого уже Ганя не мог вынести.

Самолюбивый и тщеславный до мнительности, до ипохондрии; искавший во все эти два месяца хоть какой-нибудь точки, на которую мог бы опереться приличнее и выставить себя благороднее; чувствовавший, что еще новичок на избранной дороге и, пожалуй, не выдержит; с отчаяния решившийся наконец у себя дома, где был деспотом, на полную наглость, но не смевший решиться на это перед Настасьей Филипповной, сбивавшей его до последней минуты с толку и безжалостно державшей над ним верх; «нетерпеливый нищий», по выражению самой Настасьи Филипповны, о чем ему уже было донесено; поклявшийся всеми клятвами больно наверстать ей всё это впоследствии и в то же время ребячески мечтавший иногда про себя свести концы и примирить все противоположности, – он должен теперь испить еще эту ужасную чашу, и, главное, в такую минуту! Еще одно непредвиденное, но самое страшное истязание для тщеславного человека – мука краски за своих родных, у себя же в доме, выпала ему на долю. «Да стоит ли, наконец, этого само вознаграждение!» – промелькнуло в это мгновение в голове Гани.

В эту самую минуту происходило то, что снилось ему в эти два месяца только по ночам, в виде кошмара, и леденило его ужасом, сжигало стыдом: произошла наконец семейная встреча его родителя с Настасьей Филипповной. Он иногда, дразня и раздражая себя, пробовал было представить себе генерала во время брачной церемонии, но никогда не способен был докончить мучительную картину и поскорее бросал ее. Может быть, он безмерно преувеличивал беду; но с тщеславными людьми всегда так бывает. В эти два месяца он успел надуматься и решиться и дал себе слово во что бы то ни стало сократить как-нибудь своего родителя, хотя на время, и стушевать его, если возможно, даже из Петербурга, согласна или не согласна будет на то мать. Десять минут назад, когда входила Настасья Филипповна, он был так поражен, так ошеломлен, что совершенно забыл о возможности появления на сцене Ардалиона Александровича и не сделал никаких распоряжений. И вот генерал тут, пред всеми, да еще торжественно приготовившись и во фраке, и именно в то самое время, когда Настасья Филипповна «только случая ищет, чтобы осыпать его и его домашних насмешками». (В этом он был убежден.) Да и в самом деле, что значит ее теперешний визит, как не это? Сдружиться с его матерью и сестрой или оскорбить их у него же в доме приехала она? Но по тому, как расположились обе стороны, сомнений уже быть не могло: его мать и сестра сидели в стороне как оплеванные, а Настасья Филипповна даже и позабыла, кажется, что они в одной с нею комнате... И если так ведет себя, то, конечно, у ней есть своя цель!

Фердыщенко подхватил генерала и подвел его.

– Ардалион Александрович Иволгин, – с достоинством произнес нагнувшийся и улыбающийся генерал, – старый несчастный солдат и отец семейства, счастливого надеждой заключать в себе такую прелестную...

Он не докончил; Фердыщенко быстро подставил ему сзади стул, и генерал, несколько слабый в эту послеобеденную минуту на ногах, так и шлепнулся, или, лучше сказать, упал, на стул, но это, впрочем, его не сконфузило. Он уселся прямо против Настасьи Филипповны и с приятною ужимкой, медленно и эффектно, поднес ее пальчики к губам своим. Вообще генерала довольно трудно было сконфузить. Наружность его, кроме некоторого неряшества, всё еще была довольно прилична, о чем сам он знал очень хорошо. Ему случалось бывать прежде и в очень хорошем обществе, из которого он был исключен окончательно всего только года два-три назад. С этого же срока и предался он слишком уже без удержу некоторым своим слабостям; но ловкая и приятная манера оставалась в нем и доселе. Настасья Филипповна, казалось, чрезвычайно обрадовалась появлению Ардалиона Александровича, о котором, конечно, знала понаслышке.

– Я слышал, что сын мой... – начал было Ардалион Александрович.

– Да, сын ваш! Хороши и вы тоже, папенька-то! Почему вас никогда не видать у меня? Что, вы сами прячетесь или сын вас прячет? Вам-то уж можно приехать ко мне, никого не компрометируя.

– Дети девятнадцатого века и их родители... – начал было опять генерал.

– Настасья Филипповна! Отпустите, пожалуйста, Ардалиона Александровича на одну минуту, его спрашивают, – громко сказала Нина Александровна.

– Отпустить! Помилуйте, я так много слышала, так давно желала видеть! И какие у него дела? Ведь он в отставке? Вы не оставите меня, генерал, не уйдете?

– Я даю вам слово, что он приедет к вам сам, но теперь он нуждается в отдыхе.

– Ардалион Александрович, говорят, что вы нуждаетесь в отдыхе! – вскрикнула Настасья Филипповна с недовольною и брезгливою гримаской, точно ветреная дурочка, у которой отнимают игрушку. Генерал как раз постарался еще более одурачить свое положение.

– Друг мой! Друг мой! – укорительно произнес он, торжественно обращаясь к жене и положа руку на сердце.

– Вы не уйдете отсюда, маменька? – громко спросила Варя.

– Нет, Варя, я досижу до конца.

Настасья Филипповна не могла не слышать вопроса и ответа, но веселость ее оттого как будто еще увеличилась. Она тотчас же снова засыпала генерала вопросами, и через пять минут генерал был в самом торжественном настроении и ораторствовал при громком смехе присутствующих.

Коля дернул князя за фалду.

– Да уведите хоть вы его как-нибудь! Нельзя ли? Пожалуйста! – И у бедного мальчика даже слезы негодования горели на глазах. – О проклятый Ганька! – прибавил он про себя.

– С Иваном Федоровичем Епанчиным я действительно бывал в большой дружбе, – разливался генерал на вопросы Настасьи Филипповны. – Я, он и покойный князь Лев Николаевич Мышкин, сына которого я обнял сегодня после двадцатилетней разлуки, мы были трое неразлучные, так сказать, кавалькада: Атос, Портос и Арамис. Но, увы, один в могиле, сраженный клеветой и пулей, другой перед вами и еще борется с клеветами и пулями...

– С пулями! – вскричала Настасья Филипповна.

– Они здесь, в груди моей, а получены под Карсом, и в дурную погоду я их ощущаю. Во всех других отношениях живу философом, хожу, гуляю, играю в моем кафе, как удалившийся от дел буржуа, в шашки и читаю «Indèpendance»[1]. Но с нашим Портосом, Епанчиным, после третьегодней истории на железной дороге по поводу болонки покончено мною окончательно.

– Болонки! Это что же такое? – с особенным любопытством спросила Настасья Филипповна. – С болонкой? Позвольте, и на железной дороге!.. – как бы припоминала она.

– О, глупая история, не стоит и повторять: из-за гувернантки княгини Белоконской, мистрис Шмидт, но... не стоит и повторять.

– Да непременно же расскажите! – весело воскликнула Настасья Филипповна.

– И я еще не слыхал! – заметил Фердыщенко. – C'est du nouveau[2].

1 «Независимость» (*фр.*).
2 Это что-то новое (*фр.*).

– Ардалион Александрович! – раздался опять умоляющий голос Нины Александровны.

– Папенька, вас спрашивают! – крикнул Коля.

– Глупая история, и в двух словах, – начал генерал с самодовольством. – Два года назад, да! без малого, только что последовало открытие новой – ской железной дороги, я (и уже в штатском пальто), хлопоча о чрезвычайно важных для меня делах по сдаче моей службы, взял билет, в первый класс: вошел, сижу курю. То есть продолжаю курить, я закурил раньше. Я один в отделении. Курить не запрещается, но и не позволяется; так, полупозволяется, по обыкновению; ну, и смотря по лицу. Окно спущено. Вдруг, перед самым свистком, помещаются две дамы с болонкой, прямо насупротив; опоздали; одна пышнейшим образом разодета, в светло-голубом; другая скромнее, в шелковом черном с перелинкой. Недурны собой, смотрят надменно, говорят по-английски. Я, разумеется, ничего; курю. То есть я и подумал было, но, однако, продолжаю курить, потому окно отворено, в окно. Болонка у светло-голубой барыни на коленках покоится, маленькая, вся в мой кулак, черная, лапки беленькие, даже редкость. Ошейник серебряный с девизом. Я ничего. Замечаю только, что дамы, кажется, сердятся, за сигару, конечно. Одна в лорнет уставилась, черепаховый. Я опять-таки ничего: потому ведь ничего же не говорят! Если бы сказали, предупредили, попросили, ведь есть же, наконец, язык человеческий! А то молчат... вдруг, – и это без малейшего, я вам скажу, предупреждения, то есть без самомалейшего, так-таки совершенно как бы с ума спятила, – светло-голубая хвать у меня из руки сигару и за окно. Вагон летит, гляжу как полоумный. Женщина дикая; дикая женщина, так-таки совершенно из дикого состояния; а впрочем, дородная женщина, полная, высокая, блондинка, румяная (слишком даже), глаза на меня сверкают. Не говоря ни слова, я с необыкновенною вежливостью, с совершеннейшею вежливостью, с утонченнейшею, так сказать, вежливостью, двумя пальцами приближаюсь к болонке, беру деликатно за шиворот и шварк ее за окошко вслед за сигаркой! Только взвизгнула! Вагон продолжает лететь...

– Вы изверг! – крикнула Настасья Филипповна, хохоча и хлопая в ладошки как девочка.

– Браво, браво! – кричал Фердыщенко. Усмехнулся и Птицын, которому тоже было чрезвычайно неприятно появление генерала; даже Коля засмеялся и тоже крикнул: «Браво!»

– И я прав, я прав, трижды прав! – с жаром продолжал торжествующий генерал, – потому что если в вагонах сигары запрещены, то собаки и подавно.

– Браво, папаша! – восторженно вскричал Коля, – великолепно! Я бы непременно, непременно то же бы самое сделал!

– Но что же барыня? – с нетерпением допрашивала Настасья Филипповна.

– Она? Ну, вот тут-то вся неприятность и сидит, – продолжал, нахмурившись, генерал, – ни слова не говоря и без малейшего как есть предупреждения, она хвать меня по щеке! Дикая женщина; совершенно из дикого состояния!

– А вы?

Генерал опустил глаза, поднял брови, поднял плечи, сжал губы, раздвинул руки, помолчал и вдруг промолвил:

– Увлекся!

– И больно? Больно?

– Ей-богу, не больно! Скандал вышел, но не больно. Я только один раз отмахнулся, единственно только чтоб отмахнуться. Но тут сам сатана и подвертел: светло-голубая оказалась англичанка, гувернантка или даже какой-то там друг дома у княгини Белоконской, а которая в черном платье, та была старшая из княжон Белоконских, старая дева лет тридцати пяти. А известно, в каких отношениях состоит генеральша Епанчина к дому Белоконских. Все княжны в обмороке, слезы, траур по фаворитке болонке, визг шестерых княжон, визг англичанки, – светопреставление! Ну, конечно, ездил с раскаянием, просил извинения, письмо написал, не приняли, ни меня, ни письма, а с Епанчиным раздоры, исключение, изгнание!

– Но позвольте, как же это? – спросила вдруг Настасья Филипповна. – Пять или шесть дней назад я читала в «Indèpendance» – а я постоянно читаю «Indèpendance» – точно такую же историю! Но решительно точно такую же! Это случилось на одной из прирейнских железных дорог, в вагоне, с одним французом и англичанкой: точно так же была вырвана сигара, точно так же была выкинута в окно болонка, наконец, точно так же и кончилось, как у вас. Даже платье светло-голубое!

Генерал покраснел ужасно, Коля тоже покраснел и стиснул себе руками голову; Птицын быстро отвернулся. Хохотал по-прежнему один только Фердыщенко. Про Ганю и говорить было нечего: он всё время стоял, выдерживая немую и нестерпимую муку.

– Уверяю же вас, – пробормотал генерал, – что и со мной точно то же случилось...

– У папаши действительно была неприятность с мистрис Шмидт, гувернанткой у Белоконских, – вскричал Коля, – я помню.

– Как! Точь-в-точь? Одна и та же история на двух концах Европы, и точь-в-точь такая же во всех подробностях, до светло-голубого платья! – настаивала безжалостная Настасья Филипповна. – Я вам «Indèpendance Belge» пришлю!

– Но заметьте, – всё еще настаивал генерал, – что со мной произошло два года раньше...

– А, вот разве это!

Настасья Филипповна хохотала как в истерике.

– Папенька, я вас прошу выйти на два слова, – дрожащим, измученным голосом проговорил Ганя, машинально схватив отца за плечо. Бесконечная ненависть кипела в его взгляде.

В это самое мгновение раздался чрезвычайно громкий удар колокольчика из передней. Таким ударом можно было сорвать колокольчик. Предвозвещался визит необыкновенный. Коля побежал отворять.

X

В прихожей стало вдруг чрезвычайно шумно и людно; из гостиной казалось, что со двора вошло несколько человек и всё еще продолжают входить. Несколько голосов говорило и вскрикивало разом; говорили и вскрикивали и на лестнице, на которую дверь из прихожей, как слышно было, не затворялась. Визит оказывался чрезвычайно странный. Все переглянулись; Ганя бросился в залу, но и в залу уже вошло несколько человек.

– А, вот он, Иуда! – вскрикнул знакомый князю голос. – Здравствуй, Ганька, подлец!

– Он, он самый и есть! – поддакнул другой голос.

Сомневаться князю было невозможно: один голос был Рогожина, а другой Лебедева.

Ганя стоял как бы в отупении на пороге гостиной и глядел молча, не препятствуя входу в залу одного за другим человек десяти или двенадцати вслед за Парфеном Рогожиным. Компания была чрезвычайно разнообразная и отличалась не только разнообразием, но и безобразием. Некоторые входили так, как были на улице, в пальто и в шубах. Совсем пьяных, впрочем, не было; зато все казались сильно навеселе. Все, казалось, нуждались друг в друге, чтобы войти; ни у одного недостало бы отдельно смелости, но все друг друга как бы подталкивали. Даже и Рогожин ступал осторожно во главе толпы, но у него было какое-то намерение, и он казался мрачно и раздраженно озабоченным. Остальные же составляли только хор, или, лучше сказать, шайку, для поддержки. Кроме Лебедева, тут был и завитой Залёжев, сбросивший свою шубу в передней и вошедший развязно и щеголем, и подобные ему два-три господина, очевидно из купчиков. Какой-то в полувоенном пальто; какой-то маленький и чрезвычайно толстый человек, беспрестанно смеявшийся; какой-то огромный, вершков двенадцати, господин, тоже необычайно толстый, чрезвычайно мрачный и молчаливый и, очевидно, сильно надеявшийся на свои кулаки. Был один медицинский студент; был один увивавшийся полячок. С лестницы заглядывали в прихожую, но не решаясь войти, две какие-то дамы; Коля захлопнул дверь перед их носом и заложил крючком.

– Здравствуй, Ганька, подлец! Что, не ждал Парфена Рогожина? – повторил Рогожин, дойдя до гостиной и останавливаясь в дверях против Гани. Но в эту минуту он вдруг разглядел в гостиной, прямо против себя, Настасью Филипповну. Очевидно, у него и в помыслах не было встретить ее здесь, потому что вид ее произвел на него необыкновенное впечатление; он так побледнел, что даже губы его посинели. – Стало быть, правда! – проговорил он тихо и как бы про себя, с совершенно потерянным видом, – конец!.. Ну... Ответишь же ты мне теперь! – проскрежетал он вдруг, с неистовою злобой смотря на Ганю... – Ну... ах!..

Он даже задыхался, даже выговаривал с трудом. Машинально подвигался он в гостиную, но, перейдя за порог, вдруг увидел Нину Александровну и Варю и остановился, несколько сконфузившись, несмотря на всё свое волнение. За ним прошел Лебедев, не отстававший от него как тень и уже сильно пьяный, затем студент, господин с кулаками, Залёжев, раскланивавшийся направо и налево, и, наконец, протискивался коротенький толстяк. Присутствие дам всех их еще несколько сдерживало и, очевидно, сильно мешало им, конечно, только до *начала*, до первого повода вскрикнуть и *начать*... Тут уж никакие дамы не помешали бы.

– Как? И ты тут, князь? – рассеянно проговорил Рогожин, отчасти удивленный встречей с князем. – Всё в штиблетишках, э-эх! – вздохнул он, уже забыв о князе и переводя взгляд опять на Настасью Филипповну, всё подвигаясь и притягиваясь к ней, как к магниту.

Настасья Филипповна тоже с беспокойным любопытством глядела на гостей.

Ганя наконец опомнился.

— Но позвольте, что же это, наконец, значит? — громко заговорил он, строго оглядев вошедших и обращаясь преимущественно к Рогожину. — Вы не в конюшню, кажется, вошли, господа, здесь моя мать и сестра...

— Видим, что мать и сестра, — процедил сквозь зубы Рогожин.

— Это и видно, что мать и сестра, — поддакнул для контенансу Лебедев.

Господин с кулаками, вероятно полагая, что пришла минута, начал что-то ворчать.

— Но, однако же! — вдруг и как-то не в меру, взрывом, возвысил голос Ганя, — во-первых, прошу отсюда всех в залу, а потом позвольте узнать...

— Вишь, не узнаёт, — злобно осклабился Рогожин, не трогаясь с места, — Рогожина не узнал?

— Я, положим, с вами где-то встречался, но...

— Вишь, где-то встречался! Да я тебе всего только три месяца двести рублей отцовских проиграл, с тем и умер старик, что не успел узнать; ты меня затащил, а Книф передергивал. Не узнаёшь? Птицын-то свидетелем! Да покажи я тебе три целковых, вынь теперь из кармана, так ты на Васильевский за ними доползешь на карачках, — вот ты каков! Душа твоя такова! Я и теперь тебя за деньги приехал всего купить, ты не смотри, что я в таких сапогах вошел, у меня денег, брат, много, всего тебя и со всем твоим живьем куплю... захочу, всех вас куплю! Всё куплю! — разгорячался и как бы хмелел всё более и более Рогожин. — Э-эх! — крикнул он, — Настасья Филипповна! Не прогоните, скажите словцо: венчаетесь вы с ним или нет?

Рогожин задал свой вопрос как потерянный, как божеству какому-то, но с смелостью приговоренного к казни, которому уже нечего терять. В смертной тоске ожидал он ответа.

Настасья Филипповна обмерила его насмешливым и высокомерным взглядом, но взглянула на Варю и на Нину Александровну, поглядела на Ганю и вдруг переменила тон.

– Совсем нет, что с вами? И с какой стати вы вздумали спрашивать? – ответила она тихо и серьезно и как бы с некоторым удивлением.

– Нет? Нет!! – вскричал Рогожин, приходя чуть не в исступление от радости, – так нет же?! А мне сказали они... Ах! Ну!.. Настасья Филипповна! Они говорят, что вы помолвились с Ганькой! С ним-то? Да разве это можно? (Я им всем говорю!) Да я его всего за сто рублей куплю, дам ему тысячу, ну, три, чтоб отступился, так он накануне свадьбы бежит, а невесту всю мне оставит. Ведь так, Ганька, подлец! Ведь уж взял бы три тысячи! Вот они, вот! С тем и ехал, чтобы с тебя подписку такую взять; сказал: куплю – и куплю!

– Ступай вон отсюда, ты пьян! – крикнул красневший и бледневший попеременно Ганя.

За его окриком вдруг послышался внезапный взрыв нескольких голосов: вся команда Рогожина давно уже ждала первого вызова. Лебедев что-то с чрезвычайным старанием нашептывал на ухо Рогожину.

– Правда, чиновник! – ответил Рогожин, – правда, пьяная душа! Эх, куда ни шло. Настасья Филипповна! – вскричал он, глядя на нее как полоумный, робея и вдруг ободряясь до дерзости, – вот восемнадцать тысяч! – И он шваркнул пред ней на столик пачку в белой бумаге, обернутую накрест шнурками, – вот! И... и еще будет!

Он не осмелился договорить, чего ему хотелось.

– Ни-ни-ни! – зашептал ему снова Лебедев с страшно испуганным видом; можно было угадать, что он испугался громадности суммы и предлагал попробовать с несравненно меньшего.

– Нет, уж в этом ты, брат, дурак, не знаешь, куда зашел... да, видно, и я дурак с тобой вместе! – спохватился и вздрогнул вдруг Рогожин под засверкавшим взглядом

Настасьи Филипповны. – Э-эх! соврал я, тебя послушался, – прибавил он с глубоким раскаянием.

Настасья Филипповна, вглядевшись в опрокинутое лицо Рогожина, вдруг засмеялась.

– Восемнадцать тысяч, мне? Вот сейчас мужик и скажется! – прибавила она вдруг с наглою фамильярностью и привстала с дивана, как бы собираясь ехать. Ганя с замиранием сердца наблюдал всю сцену.

– Так сорок же тысяч, сорок, а не восемнадцать! – закричал Рогожин, – Ванька Птицын и Бискуп к семи часам обещались сорок тысяч представить. Сорок тысяч! Все на стол.

Сцена выходила чрезвычайно безобразная, но Настасья Филипповна продолжала смеяться и не уходила, точно и в самом деле с намерением протягивала ее. Нина Александровна и Варя тоже встали с своих мест и испуганно, молча ждали, до чего это дойдет; глаза Вари сверкали, но на Нину Александровну всё это подействовало болезненно; она дрожала, и казалось, тотчас упадет в обморок.

– А коли так – сто! Сегодня же сто тысяч представлю! Птицын, выручай, руки нагреешь!

– Ты с ума сошел! – прошептал вдруг Птицын, быстро подходя к нему и хватая его за руку, – ты пьян, за будочниками пошлют. Где ты находишься?

– Спьяна врет, – проговорила Настасья Филипповна, как бы поддразнивая его.

– Так не вру же, будут! К вечеру будут. Птицын, выручай, процентная душа, что хошь бери, доставай к вечеру сто тысяч; докажу, что не постою! – одушевился вдруг до восторга Рогожин.

– Но, однако, что же это такое? – грозно и внезапно воскликнул рассердившийся Ардалион Александрович, приближаясь к Рогожину. Внезапность выходки доселе молчавшего старика придала ей много комизма. Послышался смех.

— Это еще откуда? — засмеялся Рогожин. — Пойдем, старик, пьян будешь!

— Это уж подло! — крикнул Коля, совсем плача от стыда и досады.

— Да неужели же ни одного между вами не найдется, чтоб эту бесстыжую отсюда вывести! — вскрикнула вдруг, вся трепеща от гнева, Варя.

— Это меня-то бесстыжею называют! — с пренебрежительною веселостью отпарировала Настасья Филипповна. — А я-то как дура приехала их к себе на вечер звать! Вот как ваша сестрица меня третирует, Гаврила Ардалионович!

Несколько времени Ганя стоял как молнией пораженный при выходке сестры; но, увидя, что Настасья Филипповна этот раз действительно уходит, как исступленный бросился на Варю и в бешенстве схватил ее за руку.

— Что ты сделала? — вскричал он, глядя на нее, как бы желая испепелить ее на этом же месте. Он решительно потерялся и плохо соображал.

— Что сделала? Куда ты меня тащишь? Уж не прощения ли просить у ней за то, что она твою мать оскорбила и твой дом срамить приехала, низкий ты человек? — крикнула опять Варя, торжествуя и с вызовом смотря на брата.

Несколько мгновений они простояли так друг против друга, лицом к лицу. Ганя все еще держал ее руку в своей руке. Варя дернула раз, другой, изо всей силы, но не выдержала и вдруг, вне себя, плюнула брату в лицо.

— Вот так девушка! — крикнула Настасья Филипповна. — Браво, Птицын, я вас поздравляю!

У Гани в глазах помутилось, и он, совсем забывшись, изо всей силы замахнулся на сестру. Удар пришелся бы ей непременно в лицо. Но вдруг другая рука остановила на лету Ганину руку.

Между ним и сестрой стоял князь.

— Полноте, довольно! — проговорил он настойчиво, но тоже весь дрожа, как от чрезвычайно сильного потрясения.

— Да вечно, что ли, ты мне дорогу переступать будешь! — заревел Ганя, бросив руку Вари, и освободившеюся рукой, в последней степени бешенства, со всего размаха дал князю пощечину.

— Ах! — всплеснул руками Коля, — ах, боже мой!

Раздались восклицания со всех сторон. Князь побледнел. Странным и укоряющим взглядом поглядел он Гане прямо в глаза; губы его дрожали и силились что-то проговорить; какая-то странная и совершенно неподходящая улыбка кривила их.

— Ну, это пусть мне... а ее все-таки не дам!.. — тихо проговорил он наконец; но вдруг не выдержал, бросил Ганю, закрыл руками лицо, отошел в угол, стал лицом к стене и прерывающимся голосом проговорил:

— О, как вы будете стыдиться своего поступка!

Ганя действительно стоял как уничтоженный. Коля бросился обнимать и целовать князя; за ним затеснились Рогожин, Варя, Птицын, Нина Александровна, все, даже старик Ардалион Александрович.

— Ничего, ничего! — бормотал князь на все стороны с тою же неподходящею улыбкой.

— И будет каяться! — закричал Рогожин, — будешь стыдиться, Ганька, что такую... овцу (он не мог приискать другого слова) оскорбил! Князь, душа ты моя, брось их; плюнь им, поедем! Узнаешь, как любит Рогожин!

Настасья Филипповна была тоже очень поражена и поступком Гани и ответом князя. Обыкновенно бледное и задумчивое лицо ее, так всё время не гармонировавшее с давешним как бы напускным ее смехом, было очевидно взволнованно теперь новым чувством; и, однако, все-таки ей как будто не хотелось его выказывать, и насмешка словно усиливалась остаться в лице ее.

– Право, где-то я видела его лицо! – проговорила она вдруг уже серьезно, внезапно вспомнив опять давешний свой вопрос.

– А вам и не стыдно! Разве вы такая, какою теперь представлялись. Да может ли это быть! – вскрикнул вдруг князь с глубоким сердечным укором.

Настасья Филипповна удивилась, усмехнулась, но, как будто что-то пряча под свою улыбку, несколько смешавшись, взглянула на Ганю и пошла из гостиной. Но, не дойдя еще до прихожей, вдруг воротилась, быстро подошла к Нине Александровне, взяла ее руку и поднесла ее к губам своим.

– Я ведь и в самом деле не такая, он угадал, – прошептала она быстро, горячо, вся вдруг вспыхнув и закрасневшись, и, повернувшись, вышла на этот раз так быстро, что никто и сообразить не успел, зачем это она возвращалась. Видели только, что она пошептала что-то Нине Александровне и, кажется, руку ее поцеловала. Но Варя видела и слышала всё и с удивлением проводила ее глазами.

Ганя опомнился и бросился провожать Настасью Филипповну, но она уж вышла. Он догнал ее на лестнице.

– Не провожайте! – крикнула она ему. – До свидания, до вечера! Непременно же, слышите!

Он воротился смущенный, задумчивый; тяжелая загадка ложилась ему на душу, еще тяжелее, чем прежде. Мерещился и князь... Он до того забылся, что едва разглядел, как целая рогожинская толпа валила мимо его и даже затолкала его в дверях, наскоро выбираясь из квартиры вслед за Рогожиным. Все громко, в голос, толковали о чем-то. Сам Рогожин шел с Птицыным и настойчиво твердил о чем-то важном и, по-видимому, неотлагательном.

– Проиграл, Ганька! – крикнул он, проходя мимо.

Ганя тревожно посмотрел им вслед.

XI

Князь ушел из гостиной и затворился в своей комнате. К нему тотчас же прибежал Коля утешать его. Бедный мальчик, казалось, не мог уже теперь от него отвязаться.

— Это вы хорошо, что ушли, — сказал он, — там теперь кутерьма еще пуще, чем давеча, пойдет, и каждый-то день у нас так, и всё через эту Настасью Филипповну заварилось.

— Тут у вас много разного наболело и наросло, Коля, — заметил князь.

— Да, наболело. Про нас и говорить нечего. Сами виноваты во всем. А вот у меня есть один большой друг, этот еще несчастнее. Хотите, я вас познакомлю?

— Очень хочу. Ваш товарищ?

— Да, почти как товарищ. Я вам потом это всё разъясню... А хороша Настасья Филипповна, как вы думаете? Я ведь ее никогда еще до сих пор не видывал, а ужасно старался. Просто ослепила. Я бы Ганьке всё простил, если б он по любви; да зачем он деньги берет, вот беда!

— Да, мне ваш брат не очень нравится.

— Ну, еще бы! Вам-то, после... А знаете, я терпеть не могу этих разных мнений. Какой-нибудь сумасшедший, или дурак, или злодей в сумасшедшем виде даст пощечину, и вот уж человек на всю жизнь обесчещен, и смыть не может иначе как кровью, или чтоб у него там на коленках прощенья просили. По-моему, это нелепо и деспотизм. На этом Лермонтова драма «Маскарад» основана, и — глупо, по-моему. То есть, я хочу сказать, ненатурально. Но ведь он ее почти в детстве писал.

— Мне ваша сестра очень понравилась.

— Как она в рожу-то Ганьке плюнула. Смелая Варька! А вы так не плюнули, и я уверен, что не от недостатка смелости. Да вот она и сама, легка на помине. Я знал, что она придет; она благородная, хоть и есть недостатки.

– А тебе тут нечего, – прежде всего накинулась на него Варя, – ступай к отцу. Надоедает он вам, князь?

– Совсем нет, напротив.

– Ну, старшая, пошла! Вот это-то в ней и скверно. А кстати, я ведь думал, что отец наверно с Рогожиным уедет. Кается, должно быть, теперь. Посмотреть, что с ним в самом деле, – прибавил Коля, выходя.

– Слава богу, увела и уложила маменьку, и ничего не возобновлялось. Ганя сконфужен и очень задумчив. Да и есть о чем. Каков урок!.. Я поблагодарить вас еще раз пришла и спросить, князь: вы до сих пор не знавали Настасью Филипповну?

– Нет, не знал.

– С какой же вы стати сказали ей прямо в глаза, что она «не такая»? И, кажется, угадали. Оказалось, что и действительно, может быть, не такая. Впрочем, я ее не разберу! Конечно, у ней была цель оскорбить, это ясно. Я и прежде о ней тоже много странного слышала. Но если она приехала нас звать, то как же она начала обходиться с мамашей? Птицын ее отлично знает, он говорит, что и угадать ее не мог давеча. А с Рогожиным? Так нельзя разговаривать, если себя уважаешь, в доме своего... Маменька тоже о вас очень беспокоится.

– Ничего! – сказал князь и махнул рукой.

– И как это она вас послушалась...

– Чего послушалась?

– Вы ей сказали, что ей стыдно, и она вдруг вся изменилась. Вы на нее влияние имеете, князь, – прибавила, чуть-чуть усмехнувшись, Варя.

Дверь отворилась, и совершенно неожиданно вошел Ганя.

Он даже и не поколебался, увидя Варю; одно время постоял на пороге и вдруг с решимостью приблизился к князю.

– Князь, я сделал подло, простите меня, голубчик, – сказал он вдруг с сильным чувством. Черты лица его выражали сильную боль. Князь смотрел с изумлением и не тотчас ответил. – Ну, простите, ну, простите же! – нетерпеливо настаивал Ганя, – ну, хотите, я вашу руку сейчас поцелую!

Князь был поражен чрезвычайно и молча, обеими руками обнял Ганю. Оба искренно поцеловались.

– Я никак, никак не думал, что вы такой! – сказал наконец князь, с трудом переводя дух. – Я думал, что вы... не способны.

– Повиниться-то?.. И с чего я взял давеча, что вы идиот! Вы замечаете то, чего другие никогда не заметят. С вами поговорить бы можно, но... лучше не говорить!

– Вот пред кем еще повинитесь, – сказал князь, указывая на Варю.

– Нет, это уж всё враги мои. Будьте уверены, князь, много проб было; здесь искренно не прощают! – горячо вырвалось у Гани, и он повернулся от Вари в сторону.

– Нет, прощу! – сказала вдруг Варя.

– И к Настасье Филипповне вечером поедешь?

– Поеду, если прикажешь, только лучше сам посуди: есть ли хоть какая-нибудь возможность мне теперь ехать?

– Она ведь не такая. Она видишь какие загадки загадывает! Фокусы! – и Ганя злобно засмеялся.

– Сама знаю, что не такая и с фокусами, да с какими? И еще, смотри, Ганя, за кого она тебя сама почитает? Пусть она руку мамаше поцеловала. Пусть это какие-то фокусы, но она все-таки ведь смеялась же над тобой! Это не стоит семидесяти пяти тысяч, ей-богу, брат! Ты способен еще на благородные чувства, потому и говорю тебе. Эй, не езди и сам! Эй, берегись! Не может это хорошо уладиться!

Сказав это, вся взволнованная Варя быстро вышла из комнаты...

– Вот они всё так! – сказал Ганя усмехаясь. – И неужели же они думают, что я этого сам не знаю? Да ведь я гораздо больше их знаю.

Сказав это, Ганя уселся на диван, видимо желая продолжить визит.

– Если знаете сами, – спросил князь довольно робко, – как же вы этакую муку выбрали, зная, что она в самом деле семидесяти пяти тысяч не стоит?

– Я не про это говорю, – пробормотал Ганя, – а кстати, скажите мне, как вы думаете, я именно хочу знать ваше мнение: стоит эта «мука» семидесяти пяти тысяч или не стоит?

– По-моему, не стоит.

– Ну, уж известно. И жениться так стыдно?

– Очень стыдно.

– Ну, так знайте же, что я женюсь, и теперь уж непременно. Еще давеча колебался, а теперь уж нет! Не говорите! Я знаю, что вы хотите сказать...

– Я не о том, о чем вы думаете, а меня очень удивляет ваша чрезвычайная уверенность...

– В чем? Какая уверенность?

– В том, что Настасья Филипповна непременно пойдет за вас и что всё это уже кончено, а во-вторых, если бы даже и вышла, что семьдесят пять тысяч вам так и достанутся прямо в карман. Впрочем, я, конечно, тут многого не знаю.

Ганя сильно пошевелился в сторону князя.

– Конечно, вы всего не знаете, – сказал он, – да и с чего бы я стал всю эту обузу принимать?

– Мне кажется, что это сплошь да рядом случается: женятся на деньгах, а деньги у жены.

– Н-нет, у нас так не будет... Тут... тут есть обстоятельства... – пробормотал Ганя в тревожной задумчивости. – А что касается до ее ответа, то в нем уже нет сомнений, – прибавил он быстро. – Вы из чего заключаете, что она мне откажет?

– Я ничего не знаю, кроме того, что видел; вот и Варвара Ардалионовна говорила сейчас...

– Э! Это они так, не знают уж что сказать. А над Рогожиным она смеялась, будьте уверены, это я разглядел.

Это видно было. Я давеча побоялся, а теперь разглядел. Или, может быть, как она с матерью, и с отцом, и с Варей обошлась?

– И с вами.

– Пожалуй; но тут старинное бабье мщение, и больше ничего. Это страшно раздражительная, мнительная и самолюбивая женщина. Точно чином обойденный чиновник! Ей хотелось показать себя и всё свое пренебрежение к ним... ну, и ко мне; это правда, я не отрицаю... А все-таки за меня выйдет. Вы и не подозреваете, на какие фокусы человеческое самолюбие способно: вот она считает меня подлецом за то, что я ее, чужую любовницу, так откровенно за ее деньги беру, а и не знает, что иной бы ее еще подлее надул: пристал бы к ней и начал бы ей либерально-прогрессивные вещи рассыпать да из женских разных вопросов вытаскивать, так она бы вся у него в игольное ушко как нитка прошла. Уверил бы самолюбивую дуру (и так легко!), что ее за «благородство сердца и за несчастья» только берет, а сам все-таки на деньгах бы женился. Я не нравлюсь тут, потому что вилять не хочу; а надо бы. А что сама делает? Не то же ли самое? Так за что же после этого меня презирает да игры эти затевает? Оттого что я сам не сдаюсь да гордость показываю. Ну, да увидим!

– Неужели вы ее любили до этого?

– Любил вначале. Ну, да довольно... Есть женщины, которые годятся только в любовницы и больше ни во что. Я не говорю, что она была моею любовницей. Если захочет жить смирно, и я буду жить смирно; если же взбунтуется, тотчас же брошу, а деньги с собой захвачу. Я смешным быть не хочу; прежде всего не хочу быть смешным.

– Мне всё кажется, – осторожно заметил князь, – что Настасья Филипповна умна. К чему ей, предчувствуя такую муку, в западню идти? Ведь могла бы и за другого выйти. Вот что мне удивительно.

– А вот тут-то и расчет! Вы тут не всё знаете, князь... тут... и, кроме того, она убеждена, что я ее люблю до сумасшествия, клянусь вам, и, знаете ли, я крепко подозреваю, что и она меня любит, по-своему то есть, знаете поговорку: кого люблю, того и бью. Она всю жизнь будет меня за валета бубнового считать (да это-то ей, может быть, и надо) и все-таки любить по-своему; она к тому приготовляется, такой уж характер. Она чрезвычайно русская женщина, я вам скажу; ну, а я ей свой готовлю сюрприз. Эта давешняя сцена с Варей случилась нечаянно, но мне в выгоду: она теперь видела и убедилась в моей приверженности и что я все связи для нее разорву. Значит, и мы не дураки, будьте уверены. Кстати, уж вы не думаете ли, что я такой болтун? Я, голубчик князь, может, и в самом деле дурно делаю, что вам доверяюсь. Но именно потому, что вы первый из благородных людей мне попались, я на вас и накинулся, то есть «накинулся» не примите за каламбур. Вы за давешнее ведь не сердитесь, а? Я первый раз, может быть, в целые два года по сердцу говорю. Здесь ужасно мало честных людей; честнее Птицына нет. Что, вы, кажется, смеетесь али нет? Подлецы любят честных людей, — вы этого не знали? А я ведь... А впрочем, чем я подлец, скажите мне по совести? Что они меня все вслед за нею подлецом называют? И знаете, вслед за ними и за нею я и сам себя подлецом называю! Вот что подло так подло!

— Я вас подлецом теперь уже никогда не буду считать, — сказал князь. — Давеча я вас уже совсем за злодея почитал, и вдруг вы меня так обрадовали, — вот и урок: не судить, не имея опыта. Теперь я вижу, что вас не только за злодея, но и за слишком испорченного человека считать нельзя. Вы, по-моему, просто самый обыкновенный человек, какой только может быть, разве только что слабый очень и нисколько не оригинальный.

Ганя язвительно про себя усмехнулся, но смолчал. Князь увидал, что отзыв его не понравился, сконфузился и тоже замолчал.

— Просил у вас отец денег? — спросил вдруг Ганя.

— Нет.

— Будет, не давайте. А ведь был даже приличный человек, я помню. Его к хорошим людям пускали. И как они скоро все кончаются, все эти старые приличные люди! Чуть только изменились обстоятельства, и нет ничего прежнего, точно порох сгорел. Он прежде так не лгал, уверяю вас: прежде он был только слишком восторженный человек, и — вот во что это разрешилось! Конечно, вино виновато. Знаете ли, что он любовницу содержит? Он уже не просто невинный лгунишка теперь стал. Понять не могу долготерпения матушки. Рассказывал он вам про осаду Карса? Или про то, как у него серая пристяжная заговорила? Он ведь до этого даже доходит.

И Ганя вдруг так и покатился со смеху.

— Что вы на меня так смотрите? — спросил он князя.

— Да я удивляюсь, что вы так искренно засмеялись. У вас, право, еще детский смех есть. Давеча вы вошли мириться и говорите: «Хотите, я вам руку поцелую», — это точно как дети бы мирились. Стало быть, еще способны же вы к таким словам и движениям. И вдруг вы начинаете читать целую лекцию об этаком мраке и об этих семидесяти пяти тысячах. Право, всё это как-то нелепо и не может быть.

— Что же вы заключить хотите из этого?

— То, что вы не легкомысленно ли поступаете слишком, не осмотреться ли вам прежде? Варвара Ардалионовна, может быть, и правду говорит.

— А, нравственность! Что я еще мальчишка, это я и сам знаю, — горячо перебил Ганя, — и уж хоть тем одним, что с вами такой разговор завел. Я, князь, не по расчету в этот мрак иду, — продолжал он, проговариваясь, как уязвленный в своем самолюбии молодой человек, — по расчету я бы ошибся наверно, потому и головой и характером еще не крепок. Я по страсти, по влечению иду, потому что у меня цель капитальная есть. Вы вот думаете, что я семьдесят пять тысяч получу и сейчас же карету куплю. Нет-е, я тогда третьегодний старый сюртук донашивать стану и все мои клубные знакомства брошу. У нас мало выдерживающих людей, хоть и всё ростовщики, а я хочу выдержать. Тут, главное, довести до конца — вся задача! Птицын семнадцати лет на улице спал, перочинными ножичками торговал и с копейки начал; теперь у него шестьдесят тысяч, да только после какой гимнастики! Вот эту-то я всю гимнастику и перескочу и прямо с капитала начну; чрез пятнадцать лет скажут: «Вот Иволгин, король иудейский». Вы мне говорите, что я человек не оригинальный. Заметьте себе, милый князь, что нет ничего обиднее человеку нашего времени и племени, как сказать ему, что он не оригинален, слаб характером, без особенных талантов и человек обыкновенный. Вы меня даже хорошим подлецом не удостоили счесть, и, знаете, я вас давеча съесть за это хотел! Вы меня пуще Епанчина оскорбили, который меня считает (и без разговоров, без соблазнов, в простоте души, заметьте это) способным ему жену продать! Это, батюшка, меня давно уже бесит, и я денег хочу. Нажив деньги, знайте, — я буду человек в высшей степени оригинальный. Деньги тем всего подлее и ненавистнее, что они даже таланты дают. И будут давать до скончания мира. Вы скажете, это всё по-детски или, пожалуй, поэзия, — что ж, тем мне же веселее будет, а дело все-таки сделается. Доведу и выдержу. Rira bien qui rira le dernier![1] Меня Епанчин почему так обижает? По злобе, что ль? Никогда-с. Просто потому, что я слишком ничтожен. Ну-с, а тогда... А однако же, довольно, и пора. Коля уже два раза нос выставлял: это он вас обедать зовет. А я со двора. Я к вам иногда забреду. Вам у нас недурно будет; теперь вас в родню прямо примут. Смотрите же, не выдавайте. Мне кажется, что мы с вами или друзьями, или врагами будем. А как вы думаете, князь, если б я давеча вам руку поцеловал (как искренно вызывался), стал бы я вам врагом за это впоследствии?

1 Хорошо смеется тот, кто смеется последним! (*фр.*)

— Непременно стали бы, только не навсегда, потом не выдержали бы и простили, — решил князь, подумав и засмеявшись.

— Эге! Да с вами надо осторожнее. Черт знает, вы и тут яду влили. А кто знает, может быть, вы мне и враг? Кстати, ха-ха-ха! И забыл спросить: правда ли мне показалось, что вам Настасья Филипповна что-то слишком нравится, а?

— Да... нравится.

— Влюблены?

— Н-нет.

— А весь покраснел и страдает. Ну, да ничего, ничего, не буду смеяться; до свиданья. А знаете, ведь она женщина добродетельная, — можете вы этому верить? Вы думаете, она живет с тем, с Тоцким? Ни-ни! И давно уже. А заметили вы, что она сама ужасно неловка и давеча в иные секунды конфузилась? Право. Вот этакие-то и любят властвовать. Ну, прощайте!

Ганечка вышел гораздо развязнее, чем вошел, и в хорошем расположении духа. Князь минут с десять оставался неподвижен и думал.

Коля опять просунул в дверь голову.

— Я не хочу обедать, Коля; я давеча у Епанчиных хорошо позавтракал.

Коля прошел в дверь совсем и подал князю записку. Она была от генерала, сложена и запечатана. По лицу Коли видно было, как было ему тяжело передавать. Князь прочел, встал и взял шляпу.

— Это два шага, — законфузился Коля. — Он теперь там сидит за бутылкой. И чем он там себе кредит приобрел, понять не могу? Князь, голубчик, пожалуйста, не говорите потом про меня здесь нашим, что я вам записку передал! Тысячу раз клялся этих записок не передавать, да жалко, да вот что, пожалуйста, с ним не церемоньтесь: дайте какую-нибудь мелочь, и дело с концом.

— У меня, Коля, у самого мысль была; мне вашего папашу видеть надо... по одному случаю... Пойдемте же...

XII

Коля провел князя недалеко, до Литейной, в одну кафе-биллиардную, в нижнем этаже, вход с улицы. Тут направо, в углу, в отдельной комнатке, как старинный обычный посетитель, расположился Ардалион Александрович, с бутылкой пред собой на столике и в самом деле с «Indèpendance Belge» в руках. Он ожидал князя; едва завидел, тотчас же отложил газету и начал было горячее и многословное объяснение, в котором, впрочем, князь почти ничего не понял, потому что генерал был уж почти что готов.

– Десяти рублей у меня нет, – перебил князь, – а вот двадцать пять, разменяйте и сдайте мне пятнадцать, потому что я остаюсь сам без гроша.

– О, без сомнения; и будьте уверены, что это тот же час...

– Я, кроме того, к вам с одною просьбой, генерал. Вы никогда не бывали у Настасьи Филипповны?

– Я? Я не бывал? Вы это мне говорите? Несколько раз, милый мой, несколько раз! – вскричал генерал в припадке самодовольной и торжествующей иронии. – Но я наконец прекратил сам, потому что не хочу поощрять неприличный союз. Вы видели сами, вы были свидетелем в это утро: я сделал всё, что мог сделать отец, – но отец кроткий и снисходительный; теперь же на сцену выйдет отец иного сорта, и тогда – увидим, посмотрим: заслуженный ли старый воин одолеет интригу, или бесстыдная камелия войдет в благороднейшее семейство.

– А я вас именно хотел попросить, не можете ли вы, как знакомый, ввести меня сегодня вечером к Настасье Филипповне? Мне это надо непременно сегодня же; у меня дело; но я совсем не знаю, как войти. Я был давеча представлен, но все-таки не приглашен: сегодня там званый вечер. Я, впрочем, готов перескочить через некоторые приличия, и пусть даже смеются надо мной, только бы войти как-нибудь.

– И вы совершенно, совершенно попали на мою идею, молодой друг мой, – воскликнул генерал восторженно, – я вас не за этою мелочью звал! – продолжал он, подхватывая, впрочем, деньги и отправляя их в карман, – я именно звал вас, чтобы пригласить в товарищи на поход к Настасье Филипповне, или, лучше сказать, на поход на Настасью Филипповну! Генерал Иволгин и князь Мышкин! Каково-то это ей покажется! Я же, под видом любезности в день рождения, изреку наконец свою волю, – косвенно, не прямо, но будет всё как бы и прямо. Тогда Ганя сам увидит, как ему быть: отец ли заслуженный и... так сказать... и прочее, или... Но что будет, то будет! Ваша идея в высшей степени плодотворна. В девять часов мы отправимся, у нас есть еще время.

– Где она живет?

– Отсюда далеко: у Большого театра, дом Мытовцовой, почти тут же на площади, в бельэтаже... У ней большого собрания не будет, даром что именинница, и разойдутся рано...

Был уже давно вечер; князь всё еще сидел, слушал и ждал генерала, начинавшего бесчисленное множество анекдотов и ни одного из них не доканчивавшего. По приходе князя он спросил новую бутылку и только чрез час ее докончил, затем спросил другую, докончил и ту. Надо полагать, что генерал успел рассказать при этом чуть не всю свою историю. Наконец князь встал и сказал, что ждать больше не может. Генерал допил из бутылки последние подонки, встал и пошел из комнаты, ступая очень нетвердо. Князь был в отчаянии. Он понять не мог, как мог он так глупо довериться. В сущности, он и не доверялся никогда; он рассчитывал на генерала, чтобы только как-нибудь войти к Настасье Филипповне, хотя бы даже с некоторым скандалом, но не рассчитывал же на чрезвычайный скандал: генерал оказался решительно пьян, в сильнейшем красноречии, и говорил без умолку, с чувством, со слезой в душе. Дело шло беспрерывно о том, что чрез дурное поведение всех членов его семейства всё рушилось и что этому пора наконец положить предел. Они вышли наконец на Литейную. Всё еще продолжалась оттепель; унылый, теплый, гнилой ветер свистал по улицам, экипажи шлепали в грязи, рысаки и клячи звонко доставали мостовую подковами. Пешеходы унылою и мокрою толпой скитались по тротуарам. Попадались пьяные.

— Видите ли вы эти освещенные бельэтажи, — говорил генерал, — здесь всё живут мои товарищи, а я, я, из них наиболее отслуживший и наиболее пострадавший, я бреду пешком к Большому театру в квартиру подозрительной женщины! Человек, у которого в груди тринадцать пуль... вы не верите? А между тем единственно для меня Пирогов в Париж телеграфировал и осажденный Севастополь на время бросил, а Нелатон, парижский гофмедик, свободный пропуск во имя науки выхлопотал и в осажденный Севастополь являлся меня осматривать. Об этом самому высшему начальству известно: «А, это тот Иволгин, у которого тринадцать пуль!..» Вот как говорят-с! Видите ли вы, князь, этот дом? Здесь в бельэтаже живет старый товарищ, генерал Соколович, с благороднейшим и многочисленнейшим семейством. Вот этот дом да еще три дома на Невском и два в Морской — вот весь теперешний круг моего знакомства, то есть собственно моего личного знакомства. Нина Александровна давно уже покорилась обстоятельствам. Я же еще продолжаю вспоминать... и, так сказать, отдыхать в образованном кругу общества прежних товарищей и подчиненных моих, которые до сих пор меня обожают. Этот генерал Соколович (а давненько, впрочем, я у него не бывал и не видал Анну Федоровну)... знаете, милый князь, когда сам не принимаешь, так как-то невольно прекращаешь и к другим. А между тем... гм... вы, кажется, не верите... Впрочем, почему же не ввести мне сына моего лучшего друга и товарища детства в этот очаровательный семейный дом? Генерал Иволгин и князь Мышкин! Вы увидите изумительную девушку, да не одну, двух, даже трех, украшение столицы и общества: красота, образованность, направление... женский вопрос, стихи – всё это совокупилось в счастливую разнообразную смесь, не считая по крайней мере восьмидесяти тысяч рублей приданого, чистых денег, за каждою, что никогда не мешает, ни при каких женских и социальных вопросах... одним словом, я непременно, непременно должен и обязан ввести вас. Генерал Иволгин и князь Мышкин!

– Сейчас? Теперь? Но вы забыли, – начал было князь.

– Ничего, ничего, я не забыл, идем! Сюда, на эту великолепную лестницу. Удивляюсь, как нет швейцара, но... праздник, и швейцар отлучился. Еще не прогнали этого пьяницу. Этот Соколович всем счастьем своей жизни и службы обязан мне, одному мне, и никому иначе, но... вот мы и здесь.

Князь уже не возражал против визита и следовал послушно за генералом, чтобы не раздражить его, в твердой надежде, что генерал Соколович и всё семейство его мало-помалу испарятся как мираж и окажутся несуществующими, так что они преспокойно спустятся обратно с лестницы. Но, к своему ужасу, он стал терять эту надежду: генерал взводил его по лестнице как человек, действительно имеющий здесь знакомых, и поминутно вставлял биографические и топографические подробности, исполненные математической точности. Наконец, когда, уже взойдя в бельэтаж, остановились направо против двери одной богатой квартиры и генерал взялся за ручку колокольчика, князь решился окончательно убежать; но одно странное обстоятельство остановило его на минуту.

– Вы ошиблись, генерал, – сказал он, – на дверях написано Кулаков, а вы звоните к Соколовичу.

– Кулаков... Кулаков ничего не доказывает. Квартира Соколовича, и я звоню к Соколовичу; наплевать на Кулакова... Да вот и отворяют.

Дверь действительно отворилась. Выглянул лакей и возвестил, что «господ дома нет-с».

– Как жаль, как жаль, и как нарочно! – с глубочайшим сожалением повторил несколько раз Ардалион Александрович. – Доложите же, мой милый, что генерал Иволгин и князь Мышкин желали засвидетельствовать собственное свое уважение и чрезвычайно, чрезвычайно сожалели...

В эту минуту в отворенные двери выглянуло из комнат еще одно лицо, по-видимому домашней экономки, может быть даже гувернантки, дамы лет сорока, одетой в темное платье. Она приблизилась с любопытством и недоверчивостью, услышав имена генерала Иволгина и князя Мышкина.

– Марьи Александровны нет дома, – проговорила она, особенно вглядываясь в генерала, – уехали с барышней, с Александрой Михайловной, к бабушке.

– И Александра Михайловна с ними, о боже, какое несчастие! И вообразите, сударыня, всегда-то мне такое несчастие! Покорнейше прошу вас передать мой поклон, а Александре Михайловне, чтобы припомнили... одним словом, передайте им мое сердечное пожелание того, чего они сами себе желали в четверг, вечером, при звуках баллады Шопена; они помнят... Мое сердечное пожелание! Генерал Иволгин и князь Мышкин!

– Не забуду-с, – откланивалась дама, ставшая доверчивее.

Сходя вниз по лестнице, генерал, еще с не остывшим жаром, продолжал сожалеть, что они не застали и что князь лишился такого очаровательного знакомства.

– Знаете, мой милый, я несколько поэт в душе, заметили вы это? А впрочем... впрочем, кажется, мы не совсем туда заходили, – заключил он вдруг совершенно неожиданно, – Соколовичи, я теперь вспомнил, в другом доме живут и даже, кажется, теперь в Москве. Да, я несколько ошибся, но это... ничего.

– Я только об одном хотел бы знать, – уныло заметил князь, – совершенно ли должен я перестать на вас рассчитывать и уж не отправиться ли мне одному?

— Перестать? Рассчитывать? Одному? Но с какой же стати, когда для меня это составляет капитальнейшее предприятие, от которого так много зависит в судьбе всего моего семейства? Но, молодой друг мой, вы плохо знаете Иволгина. Кто говорит «Иволгин», тот говорит «стена»: надейся на Иволгина как на стену, вот как говорили еще в эскадроне, с которого начал я службу. Мне вот только по дороге на минутку зайти в один дом, где отдыхает душа моя, вот уже несколько лет, после тревог и испытаний...

— Вы хотите зайти домой?

— Нет! Я хочу... к капитанше Терентьевой, вдове капитана Терентьева, бывшего моего подчиненного... и даже друга... Здесь, у капитанши, я возрождаюсь духом и сюда несу мои житейские и семейные горести... И так как сегодня я именно с большим нравственным грузом, то я...

— Мне кажется, я и без того сделал ужасную глупость, — пробормотал князь, — что давеча вас потревожил. К тому же вы теперь... Прощайте!

— Но я не могу, не могу же отпустить вас от себя, молодой друг мой! — вскинулся генерал. — Вдова, мать семейства, и извлекает из своего сердца те струны, которые отзываются во всем моем существе. Визит к ней — это пять минут, в этом доме я без церемонии, я тут почти что живу, умоюсь, сделаю самый необходимый туалет, и тогда на извозчике мы пустимся к Большому театру. Будьте уверены, что я нуждаюсь в вас на весь вечер... Вот в этом доме, мы уже и пришли... А, Коля, ты уже здесь? Что, Марфа Борисовна дома, или ты сам только что пришел?

— О нет, — отвечал Коля, как раз столкнувшись вместе с ними в воротах дома, — я здесь давным-давно, с Ипполитом, ему хуже, сегодня утром лежал. Я теперь за картами в лавочку спускался. Марфа Борисовна вас ждет. Только, папаша, ух как вы!.. — заключил Коля, пристально вглядываясь в походку и в стойку генерала. — Ну уж, пойдемте!

Встреча с Колей побудила князя сопровождать генерала и к Марфе Борисовне, но только на одну минуту. Князю нужен был Коля; генерала же он во всяком случае решил бросить и простить себе не мог, что вздумал давеча на него понадеяться. Взбирались долго, в четвертый этаж, и по черной лестнице.

– Князя познакомить хотите? – спросил Коля дорогой.

– Да, друг мой, познакомить: генерал Иволгин и князь Мышкин, но что... как... Марфа Борисовна...

– Знаете, папаша, лучше бы вам не ходить! Съест! Третий день носа не кажете, а она денег ждет. Вы зачем ей денег-то обещали? Вечно-то вы так! Теперь и разделывайтесь.

В четвертом этаже остановились пред низенькою дверью. Генерал видимо робел и совал вперед князя.

– А я останусь здесь, – бормотал он, – я хочу сделать сюрприз...

Коля вошел первый. Какая-то дама, сильно набеленная и нарумяненная, в туфлях, в куцавейке и с волосами, заплетенными в косички, лет сорока, выглянула из дверей, и сюрприз генерала неожиданно лопнул. Только что дама увидала его, как немедленно закричала:

– Вот он, низкий и эхидный человек, так и ждало мое сердце!

– Войдемте, это так, – бормотал генерал князю, все еще невинно отсмеиваясь.

Но это не было так. Едва только вошли они, чрез темную и низенькую переднюю, в узенькую залу, обставленную полдюжиной плетеных стульев и двумя ломберными столиками, как хозяйка немедленно стала продолжать каким-то заученно-плачевным и обычным голосом:

– И не стыдно, не стыдно тебе, варвар и тиран моего семейства, варвар и изувер! Ограбил меня всю, соки высосал и тем еще недоволен! Доколе переносить я тебя буду, бесстыдный и бесчестный ты человек!

— Марфа Борисовна, Марфа Борисовна! Это... князь Мышкин. Генерал Иволгин и князь Мышкин, — бормотал трепетавший и потерявшийся генерал.

— Верите ли вы, — вдруг обратилась капитанша к князю, — верите ли вы, что этот бесстыдный человек не пощадил моих сиротских детей! Всё ограбил, всё перетаскал, всё продал и заложил, ничего не оставил. Что я с твоими заемными письмами делать буду, хитрый и бессовестный ты человек? Отвечай, хитрец, отвечай мне, ненасытное сердце: чем, чем я накормлю моих сиротских детей? Вот появляется пьяный и на ногах не стоит... Чем прогневала я Господа Бога, гнусный и безобразный хитрец, отвечай?

Но генералу было не до того.

— Марфа Борисовна, двадцать пять рублей... всё, что могу помощию благороднейшего друга. Князь! Я жестоко ошибся! Такова... жизнь... А теперь... извините, я слаб, — продолжал генерал, стоя посреди комнаты и раскланиваясь во все стороны, — я слаб, извините! Леночка! подушку... милая!

Леночка, восьмилетняя девочка, немедленно сбегала за подушкой и принесла ее на клеенчатый, жесткий и ободранный диван. Генерал сел на него, с намерением еще много сказать, но только что дотронулся до дивана, как тотчас же склонился набок, повернулся к стене и заснул сном праведника. Марфа Борисовна церемонно и горестно показала князю стул у ломберного стола, сама села напротив, подперла рукой правую щеку и начала молча вздыхать, смотря на князя. Трое маленьких детей, две девочки и мальчик, из которых Леночка была старшая, подошли к столу, все трое положили на стол руки и все трое тоже пристально стали рассматривать князя. Из другой комнаты показался Коля.

— Я очень рад, что вас здесь встретил, Коля, — обратился к нему князь, — не можете ли вы мне помочь? Мне непременно нужно быть у Настасьи Филипповны. Я просил давеча Ардалиона Александровича, но он вот заснул.

Проводите меня, потому я не знаю ни улиц, ни дороги. Адрес, впрочем, имею: у Большого театра, дом Мытовцовой.

— Настасья-то Филипповна? Да она никогда и не живала у Большого театра, а отец никогда и не бывал у Настасьи Филипповны, если хотите знать; странно, что вы от него чего-нибудь ожидали. Она живет близ Владимирской, у Пяти Углов, это гораздо ближе отсюда. Вам сейчас? Теперь половина десятого. Извольте, я вас доведу.

Князь и Коля тотчас же вышли. Увы! Князю не на что было взять и извозчика, надо было идти пешком.

— Я было хотел вас познакомить с Ипполитом, — сказал Коля, — он старший сын этой куцавеешной капитанши и был в другой комнате; нездоров и целый день сегодня лежал. Но он такой странный; он ужасно обидчивый, и мне показалось, что ему будет вас совестно, так как вы пришли в такую минуту... Мне все-таки не так совестно, как ему, потому что у меня отец, а у него мать, тут все-таки разница, потому что мужскому полу в таком случае нет бесчестия. А впрочем, это, может быть, предрассудок насчет предоминирования в этом случае полов. Ипполит великолепный малый, но он раб иных предрассудков.

— Вы говорите, у него чахотка?

— Да, кажется, лучше бы скорее умер. Я бы на его месте непременно желал умереть. Ему братьев и сестер жалко, вот этих маленьких-то. Если бы возможно было, если бы только деньги, мы бы с ним наняли отдельную квартиру и отказались бы от наших семейств. Это наша мечта. А знаете что, когда я давеча рассказал ему про ваш случай, так он даже разозлился, говорит, что тот, кто пропустит пощечину и не вызовет на дуэль, тот подлец. Впрочем, он ужасно раздражен, я с ним и спорить уже перестал. Так вот как, вас, стало быть, Настасья Филипповна тотчас же и пригласила к себе?

— То-то и есть что нет.

– Как же вы идете? – воскликнул Коля и даже остановился среди тротуара, – и… и в таком платье, а там званый вечер?

– Уж, ей-богу, не знаю, как я войду. Примут – хорошо, нет – значит, дело манкировано. А насчет платья – что ж тут делать?

– А у вас дело? Или вы так только, pour passer le temps[1] в «благородном обществе»?

– Нет, я, собственно… то есть я по делу… мне трудно это выразить, но…

– Ну, по какому именно, это пусть будет как вам угодно, а мне главное то, что вы там не просто напрашиваетесь на вечер, в очаровательное общество камелий, генералов и ростовщиков. Если бы так было, извините, князь, я бы над вами посмеялся и стал бы вас презирать. Здесь ужасно мало честных людей, так, даже некого совсем уважать. Поневоле свысока смотришь, а они все требуют уважения; Варя первая. И заметили вы, князь, в наш век все авантюристы! И именно у нас, в России, в нашем любезном отечестве. И как это так всё устроилось – не понимаю. Кажется, уж как крепко стояло, а что теперь? Это все говорят и везде пишут. Обличают. У нас все обличают. Родители первые на попятный и сами своей прежней морали стыдятся. Вон, в Москве, родитель уговаривал сына ни *перед чем* не отступать для добывания денег; печатно известно. Посмотрите на моего генерала. Ну, что из него вышло? А впрочем, знаете что, мне кажется, что мой генерал честный человек; ей-богу, так! Это только всё беспорядок да вино. Ей-богу, так! Даже жалко; я только боюсь говорить, потому что все смеются; а ей-богу, жалко. И что в них, в умных-то? Все ростовщики, все сплошь до единого! Ипполит ростовщичество оправдывает, говорит, что так и нужно, экономическое потрясение, какие-то приливы и отливы, черт их дери. Мне ужасно это досадно от него, но он

1 чтобы провести время (*фр.*).

озлоблен. Вообразите, его мать, капитанша-то, деньги от генерала получает да ему же на скорые проценты и выдает; ужасно стыдно! А знаете, что мамаша, моя то есть мамаша, Нина Александровна, генеральша, Ипполиту деньгами, платьем, бельем и всем помогает, и даже детям отчасти, чрез Ипполита, потому что они у ней заброшены. И Варя тоже.

— Вот видите, вы говорите, людей нет честных и сильных и что все только ростовщики; вот и явились сильные люди, ваша мать и Варя. Разве помогать здесь и при таких обстоятельствах не признак нравственной силы?

— Варька из самолюбия делает, из хвастовства, чтоб от матери не отстать; ну, а мамаша действительно... я уважаю. Да, я это уважаю и оправдываю. Даже Ипполит чувствует, а он почти совсем ожесточился. Сначала было смеялся и называл это со стороны мамаши низостью; но теперь начинает иногда чувствовать. Гм! Так вы это называете силой? Я это замечу. Ганя не знает, а то бы назвал потворством.

— А Ганя не знает? Ганя многого еще, кажется, не знает, — вырвалось у задумавшегося князя.

— А знаете, князь, вы мне очень нравитесь. Давешний ваш случай у меня из ума нейдет.

— Да и вы мне очень нравитесь, Коля.

— Послушайте, как вы намерены жить здесь? Я скоро достану себе занятий и буду кое-что добывать, давайте жить, я, вы и Ипполит, все трое вместе, наймемте квартиру; а генерала будем принимать к себе.

— Я с величайшим удовольствием. Но мы, впрочем, увидим. Я теперь очень... очень расстроен. Что? уж пришли? В этом доме... какой великолепный подъезд! И швейцар. Ну, Коля, не знаю, что из этого выйдет.

Князь стоял как потерянный.

— Завтра расскажете! Не робейте очень-то. Дай вам бог успеха, потому что я сам ваших убеждений во всем! Прощайте. Я обратно туда же и расскажу Ипполиту.

А что вас примут, в этом и сомнения нет, не опасайтесь! Она ужасно оригинальная. По этой лестнице в первом этаже, швейцар укажет!

XIII

Князь очень беспокоился всходя и старался всеми силами ободрить себя. «Самое большое, — думал он, — будет то, что не примут и что-нибудь нехорошее обо мне подумают или, пожалуй, и примут, да станут смеяться в глаза... Э, ничего!» И действительно, это еще не очень пугало; но вопрос: «Что же он там сделает и зачем идет?» — на этот вопрос он решительно не находил успокоительного ответа. Если бы даже и можно было каким-нибудь образом, уловив случай, сказать Настасье Филипповне: «Не выходите за этого человека и не губите себя, он вас не любит, а любит ваши деньги, он мне сам это говорил, и мне говорила Аглая Епанчина, а я пришел вам пересказать», — то вряд ли это вышло бы правильно во всех отношениях. Представлялся и еще один неразрешенный вопрос, и до того капитальный, что князь даже думать о нем боялся, даже допустить его не мог и не смел, формулировать как, не знал, краснел и трепетал при одной мысли о нем. Но кончилось тем, что, несмотря на все эти тревоги и сомнения, он все-таки вошел и спросил Настасью Филипповну.

Настасья Филипповна занимала не очень большую, но действительно великолепно отделанную квартиру. В эти пять лет ее петербургской жизни было одно время, в начале, когда Афанасий Иванович особенно не жалел для нее денег; он еще рассчитывал тогда на ее любовь и думал соблазнить ее, главное, комфортом и роскошью, зная, как легко прививаются привычки роскоши и как трудно потом отставать от них, когда роскошь мало-помалу обращается в необходимость. В этом случае Тоцкий пребывал верен старым добрым преданиям, не изменяя в них ничего, безгранично уважая всю непобедимую силу чувственных влияний. Настасья Филипповна от роскоши не отказывалась, даже любила ее, но – и это казалось чрезвычайно странным – никак не поддавалась ей, точно всегда могла и без нее обойтись; даже старалась несколько раз заявить о том, что неприятно поражало Тоцкого. Впрочем, многое было в Настасье Филипповне, что неприятно (а впоследствии даже до презрения) поражало Афанасия Ивановича. Не говоря уже о неизящности того сорта людей, которых она иногда приближала к себе, а стало быть, и наклонна была приближать, проглядывали в ней и еще некоторые совершенно странные наклонности: заявлялась какая-то варварская смесь двух вкусов, способность обходиться и удовлетворяться такими вещами и средствами, которых и существование нельзя бы, кажется, было допустить человеку порядочному и тонко развитому. В самом деле, если бы, говоря к примеру, Настасья Филипповна выказала вдруг какое-нибудь милое и изящное незнание, вроде, например, того, что крестьянки не могут носить батистового белья, какое она носит, то Афанасий Иванович, кажется, был бы этим чрезвычайно доволен. К этим результатам клонилось первоначально и всё воспитание Настасьи Филипповны по программе Тоцкого, который в этом роде был очень понимающий человек; но, увы! результаты оказались странные. Несмотря, однако ж, на то, все-таки было и оставалось что-то в Настасье Филипповне, что иногда поражало даже самого Афанасия Ивановича необыкновенною и увлекательною оригинальностью, какою-то силой, и прельщало его иной раз даже и теперь, когда уже рухнули все прежние расчеты его на Настасью Филипповну.

Князя встретила девушка (прислуга у Настасьи Филипповны постоянно была женская) и, к удивлению его, выслушала его просьбу доложить о нем безо всякого недоумения. Ни грязные сапоги его, ни широкополая шляпа, ни плащ без рукавов, ни сконфуженный вид не произвели в ней ни малейшего колебания. Она сняла с него плащ, пригласила подождать в приемной и тотчас же отправилась о нем докладывать.

Общество, собравшееся у Настасьи Филипповны, состояло из самых обыкновенных и всегдашних ее знакомых. Было даже довольно малолюдно сравнительно с прежними годичными собраниями в такие же дни. Присутствовали, во-первых и в главных, Афанасий Иванович Тоцкий и Иван Федорович Епанчин; оба были любезны, но оба были в некотором затаенном беспокойстве по поводу худо скрываемого ожидания обещанного объявления насчет Гани. Кроме них, разумеется, был и Ганя – тоже очень мрачный, очень задумчивый и даже почти совсем «нелюбезный», большею частию стоявший в стороне, поодаль, и молчавший. Варю он привезти не решился, но Настасья Филипповна и не упоминала о ней; зато, только что поздоровалась с Ганей, припомнила о давешней его сцене с князем. Генерал, еще не слышавший о ней, стал интересоваться. Тогда Ганя сухо, сдержанно, но совершенно откровенно рассказал всё, что давеча произошло, и как он уже ходил к князю просить извинения. При этом он горячо высказал свое мнение, что князя весьма странно и бог знает с чего назвали идиотом, что он думает о нем совершенно напротив и что, уж конечно, этот человек себе на уме. Настасья Филипповна выслушала этот отзыв с большим вниманием и любопытно следила за Ганей, но разговор тотчас же перешел на Рогожина, так капитально участвовавшего в утрешней истории и которым тоже с чрезвычайным любопытством стали интересоваться Афанасий Иванович и Иван Федорович. Оказалось, что особенные сведения о Рогожине мог сообщить Птицын, который бился с ним по его делам чуть не до девяти часов вечера. Рогожин настаивал изо всех сил, чтобы достать сегодня же сто тысяч рублей. «Он, правда, был пьян, – заметил при этом Птицын, – но сто тысяч, как это ни трудно, ему, кажется, достанут, только не знаю, сегодня ли и все ли; а работают многие, Киндер, Трепалов, Бискуп; проценты дает какие угодно, конечно всё спьяну и с первой радости...» — заключил Птицын. Все эти известия были приняты с интересом, отчасти мрачным; Настасья Филипповна молчала, видимо не желая высказываться; Ганя тоже. Генерал Епанчин беспокоился про себя чуть не пуще всех: жемчуг, представленный им еще утром, был принят с любезностью слишком холодною, и даже с какою-то особенною усмешкой. Один Фердыщенко состоял из всех гостей в развеселом и праздничном расположении духа и громко хохотал иногда неизвестно чему, да и то потому только, что сам навязал на себя роль шута. Сам Афанасий Иванович, слывший за тонкого и изящного рассказчика, а в прежнее время на этих вечерах обыкновенно управляющий разговором, был видимо не в духе и даже в каком-то несвойственном ему замешательстве. Остальные гости, которых было, впрочем, немного (один жалкий старичок учитель, бог знает для чего приглашенный, какой-то неизвестный и очень молодой человек, ужасно робевший и всё время молчавший, одна бойкая дама лет сорока, из актрис, и одна чрезвычайно красивая, чрезвычайно хорошо и богато одетая и необыкновенно неразговорчивая молодая дама), не только не могли особенно оживить разговор, но даже и просто иногда не знали о чем говорить.

Таким образом, появление князя произошло даже кстати. Возвещение о нем произвело недоумение и несколько странных улыбок, особенно когда по удивленному виду Настасьи Филипповны узнали, что она вовсе и не думала приглашать его. Но после удивления Настасья Филипповна выказала вдруг столько удовольствия, что большинство тотчас же приготовилось встретить нечаянного гостя и смехом, и весельем.

— Это, положим, произошло по его невинности, — заключил Иван Федорович Епанчин, — и во всяком случае поощрять такие наклонности довольно опасно, но в настоящую минуту, право, недурно, что он вздумал пожаловать, хотя бы и таким оригинальным манером: он, может быть, и повеселит нас, сколько я о нем по крайней мере могу судить.

– Тем более что сам напросился! – тотчас включил Фердыщенко.

– Так что ж из того? – сухо спросил генерал, ненавидевший Фердыщенка.

– А то, что заплатит за вход, – пояснил тот.

– Ну, князь Мышкин не Фердыщенко все-таки-с, – не утерпел генерал, до сих пор не могший помириться с мыслью находиться с Фердыщенком в одном обществе и на равной ноге.

– Эй, генерал, щадите Фердыщенка, – ответил тот ухмыляясь. – Я ведь на особых правах.

– На каких это вы на особых правах?

– Прошлый раз я имел честь подробно разъяснить это обществу; для вашего превосходительства повторю еще раз. Изволите видеть, ваше превосходительство: у всех остроумие, а у меня нет остроумия. В вознаграждение я и выпросил позволение говорить правду, так как всем известно, что правду говорят только те, у кого нет остроумия. К тому же я человек очень мстительный, и тоже потому, что без остроумия. Я обиду всякую покорно сношу, но до первой неудачи обидчика; при первой же неудаче тотчас припоминаю и тотчас же чем-нибудь отомщаю, лягаю, как выразился обо мне Иван Петрович Птицын, который, уж конечно, сам никогда никого не лягает. Знаете Крылова басню, ваше превосходительство: «Лев да Осел»? Ну, вот это мы оба с вами и есть, про нас и написано.

– Вы, кажется, опять заврались, Фердыщенко, – вскипел генерал.

– Да вы чего, ваше превосходительство? – подхватил Фердыщенко, так и рассчитывавший, что можно будет подхватить и еще побольше размазать. – Не беспокойтесь, ваше превосходительство, я свое место знаю: если я и сказал, что мы с вами Лев да Осел из Крылова басни, то роль Осла я, уж конечно, беру на себя, а ваше превосходительство – Лев, как и в басне Крылова сказано:

Могучий Лев, гроза лесов,
От старости лишился силы.

А я, ваше превосходительство, – Осел.

– С последним я согласен, – неосторожно вырвалось у генерала.

Всё это было, конечно, грубо и преднамеренно выделано, но так уж принято было, что Фердыщенку позволялось играть роль шута.

– Да меня для того только и держат и пускают сюда, – воскликнул раз Фердыщенко, – чтоб я именно говорил в этом духе. Ну, возможно ли в самом деле такого, как я, принимать? Ведь я понимаю же это. Ну, можно ли меня, такого Фердыщенка, с таким утонченным джентльменом, как Афанасий Иванович, рядом посадить? Поневоле остается одно толкование: для того и сажают, что это и вообразить невозможно.

Но хоть и грубо, а все-таки бывало и едко, а иногда даже очень, и это-то, кажется, и нравилось Настасье Филипповне. Желающим непременно бывать у нее оставалось решиться переносить Фердыщенка. Он, может быть, и полную правду угадал, предположив, что его с того и начали принимать, что он с первого разу стал своим присутствием невозможен для Тоцкого. Ганя, с своей стороны, вынес от него целую бесконечность мучений, и в этом отношении Фердыщенко сумел очень пригодиться Настасье Филипповне.

– А князь у меня с того и начнет, что модный романс споет, – заключил Фердыщенко, посматривая, что скажет Настасья Филипповна.

– Не думаю, Фердыщенко, и, пожалуйста, не горячитесь, – сухо заметила она.

– А-а! Если он под особым покровительством, то смягчаюсь и я...

Но Настасья Филипповна встала, не слушая, и пошла сама встретить князя.

– Я сожалела, – сказала она, появляясь вдруг перед князем, – что давеча, впопыхах, забыла пригласить вас к себе, и очень рада, что вы сами доставляете мне теперь случай поблагодарить и похвалить вас за вашу решимость.

Говоря это, она пристально всматривалась в князя, силясь хоть сколько-нибудь растолковать себе его поступок.

Князь, может быть, ответил бы что-нибудь на ее любезные слова, но был ослеплен и поражен до того, что не мог даже выговорить слова. Настасья Филипповна заметила это с удовольствием. В этот вечер она была в полном туалете и производила необыкновенное впечатление. Она взяла его за руку и повела к гостям. Перед самым входом в гостиную князь вдруг остановился и с необыкновенным волнением, спеша, прошептал ей:

– В вас всё совершенство... даже то, что вы худы и бледны... вас и не желаешь представить иначе... Мне так захотелось к вам прийти... я... простите...

– Не просите прощения, – засмеялась Настасья Филипповна, – этим нарушится вся странность и оригинальность. А правду, стало быть, про вас говорят, что вы человек странный. Так вы, стало быть, меня за совершенство почитаете, да?

– Да.

– Вы хоть и мастер угадывать, однако ж ошиблись. Я вам сегодня же об этом напомню...

Она представила князя гостям, из которых большей половине он был уже известен. Тоцкий тотчас же сказал какую-то любезность. Все как бы несколько оживились, все разом заговорили и засмеялись. Настасья Филипповна усадила князя подле себя.

– Но, однако, что же удивительного в появлении князя? – закричал громче всех Фердыщенко. – Дело ясное, дело само за себя говорит!

— Дело слишком ясное и слишком за себя говорит, — подхватил вдруг молчавший Ганя. — Я наблюдал князя сегодня почти безостановочно, с самого мгновения, когда он давеча в первый раз поглядел на портрет Настасьи Филипповны, на столе у Ивана Федоровича. Я очень хорошо помню, что еще давеча о том подумал, в чем теперь убежден совершенно и в чем, мимоходом сказать, князь мне сам признался.

Всю эту фразу Ганя высказал чрезвычайно серьезно, без малейшей шутливости, даже мрачно, что показалось несколько странным.

— Я не делал вам признаний, — ответил князь покраснев, — я только ответил на ваш вопрос.

— Браво, браво! — закричал Фердыщенко. — По крайней мере искренно; и хитро и искренно!

Все громко смеялись.

— Да не кричите, Фердыщенко, — с отвращением заметил ему вполголоса Птицын.

— Я, князь, от вас таких пруэсов не ожидал, — промолвил Иван Федорович. — Да знаете ли, кому это будет впору? А я-то вас считал за философа! Ай да тихонький!

— И судя по тому, что князь краснеет от невинной шутки, как невинная молодая девица, я заключаю, что он, как благородный юноша, питает в своем сердце самые похвальные намерения, — вдруг и совершенно неожиданно проговорил, или, лучше сказать, прошамкал, беззубый и совершенно до сих пор молчавший семидесятилетний старичок учитель, от которого никто не мог ожидать, что он хоть заговорит-то в этот вечер. Все еще больше засмеялись. Старичок, вероятно подумавший, что смеются его остроумию, принялся, глядя на всех, еще пуще смеяться, причем жестоко раскашлялся, так что Настасья Филипповна, чрезвычайно любившая почему-то всех подобных оригиналов старичков, старушек и даже юродивых, принялась тотчас же ласкать его, расцеловала и велела подать ему еще чаю. У вошедшей служанки она спросила себе мантилью, в которую и закуталась, и приказала прибавить еще дров в камин. На вопрос, который час, служанка ответила, что уже половина одиннадцатого.

– Господа, не хотите ли пить шампанское, – пригласила вдруг Настасья Филипповна. – У меня приготовлено. Может быть, вам станет веселее. Пожалуйста, без церемонии.

Предложение пить, и особенно в таких наивных выражениях, показалось очень странным от Настасьи Филипповны. Все знали необыкновенную чинность на ее прежних вечерах. Вообще вечер становился веселее, но не по-обычному. От вина, однако, не отказались, во-первых, сам генерал, во-вторых, бойкая барыня, старичок, Фердыщенко, за ними и все. Тоцкий взял тоже свой бокал, надеясь угармонировать наступающий новый тон, придав ему по возможности характер милой шутки. Один только Ганя ничего не пил. В странных же, иногда очень резких и быстрых выходках Настасьи Филипповны, которая тоже взяла вина и объявила, что сегодня вечером выпьет три бокала, в ее истерическом и беспредметном смехе, перемежающемся вдруг с молчаливою и даже угрюмою задумчивостью, трудно было и понять что-нибудь. Одни подозревали в ней лихорадку; стали наконец замечать, что и она как бы ждет чего-то сама, часто посматривает на часы, становится нетерпеливою, рассеянною.

– У вас как будто маленькая лихорадка? – спросила бойкая барыня.

– Даже большая, а не маленькая, я для того и в мантилью закуталась, – ответила Настасья Филипповна, в самом деле ставшая бледнее и как будто по временам сдерживавшая в себе сильную дрожь.

Все затревожились и зашевелились.

– А не дать ли нам хозяйке покой? – высказался Тоцкий, посматривая на Ивана Федоровича.

– Отнюдь нет, господа! Я именно прошу вас сидеть. Ваше присутствие особенно сегодня для меня необходимо, – настойчиво и значительно объявила вдруг Настасья Филипповна. И так как почти уже все гости узнали, что в этот вечер назначено быть очень важному решению, то слова эти показались чрезвычайно вескими. Генерал и Тоцкий еще раз переглянулись, Ганя судорожно шевельнулся.

– Хорошо в пети-жё какое-нибудь играть, – сказала бойкая барыня.

– Я знаю одно великолепнейшее и новое пети-жё, – подхватил Фердыщенко, – по крайней мере такое, что однажды только и происходило на свете, да и то не удалось.

– Что такое? – спросила бойкая барыня.

– Нас однажды компания собралась, ну и подпили это, правда, и вдруг кто-то сделал предложение, чтобы каждый из нас, не вставая из-за стола, рассказал что-нибудь про себя вслух, но такое, что сам он, по искренней совести, считает самым дурным из всех своих дурных поступков в продолжение всей своей жизни; но с тем, чтоб искренно, главное, чтоб было искренно, не лгать!

– Странная мысль, – сказал генерал.

– Да уж чего страннее, ваше превосходительство, да тем-то и хорошо.

– Смешная мысль, – сказал Тоцкий, – а впрочем, понятная: хвастовство особого рода.

– Может, того-то и надо было, Афанасий Иванович.

– Да этак заплачешь, а не засмеешься, с таким пети-жё, – заметила бойкая барыня.

– Вещь совершенно невозможная и нелепая, – отозвался Птицын.

– А удалось? – спросила Настасья Филипповна.

– То-то и есть что нет, вышло скверно, всяк действительно кое-что рассказал, многие правду, и представьте себе, ведь даже с удовольствием иные рассказывали, а потом всякому стыдно стало, не выдержали! В целом, впрочем, было превесело, в своем то есть роде.

– А право, это бы хорошо! – заметила Настасья Филипповна, вдруг вся оживляясь. – Право бы, попробовать, господа! В самом деле, нам как-то невесело. Если бы каждый из нас согласился что-нибудь рассказать... в этом роде... разумеется, по согласию, тут полная воля, а? Может, мы выдержим? По крайней мере ужасно оригинально...

– Гениальная мысль! – подхватил Фердыщенко. – Барыни, впрочем, исключаются, начинают мужчины; дело устраивается по жребию, как и тогда! Непременно, непременно! Кто очень не хочет, тот, разумеется, не рассказывает, но ведь надо же быть особенно нелюбезным! Давайте ваши жеребьи, господа, сюда, ко мне, в шляпу, князь будет вынимать. Задача самая простая, самый дурной поступок из всей своей жизни рассказать, – это ужасно легко, господа! Вот вы увидите! Если же кто позабудет, то я тотчас берусь напомнить!

Идея никому не нравилась. Одни хмурились, другие лукаво улыбались. Некоторые возражали, но не очень, например Иван Федорович, не желавший перечить Настасье Филипповне и заметивший, как увлекает ее эта странная мысль. В желаниях своих Настасья Филипповна всегда была неудержима и беспощадна, если только решалась высказывать их, хотя бы это были самые капризные и даже для нее самой бесполезные желания. И теперь она была как в истерике, суетилась, смеялась судорожно, припадочно, особенно на возражения встревоженного Тоцкого. Темные глаза ее засверкали, на бледных щеках показались два красных пятна. Унылый и брезгливый оттенок физиономий некоторых из гостей, может быть, еще более разжигал ее насмешливое желание; может быть, ей именно нравилась циничность и жестокость идеи. Иные даже уверены были, что у ней тут какой-нибудь особый расчет. Впрочем, стали соглашаться: во всяком случае было любопытно, а для многих так очень заманчиво. Фердыщенко суетился более всех.

– А если что-нибудь такое, что и рассказать невозможно... при дамах, – робко заметил молчавший юноша.

– Так вы это и не рассказывайте; будто мало и без того скверных поступков, – ответил Фердыщенко, – эх вы, юноша!

– А я вот и не знаю, который из моих поступков самым дурным считать, – включила бойкая барыня.

– Дамы от обязанности рассказывать увольняются, – повторил Фердыщенко, – но только увольняются; собственное вдохновение с признательностью допускается. Мужчины же, если уж слишком не хотят, увольняются.

– Да как тут доказать, что я не солгу? – спросил Ганя. – А если солгу, то вся мысль игры пропадает. И кто же не солжет? Всякий непременно лгать станет.

– Да уж одно то заманчиво, как тут будет лгать человек. Тебе же, Ганечка, особенно опасаться нечего, что солжешь, потому что самый скверный поступок твой и без того всем известен. Да вы подумайте только, господа, – воскликнул вдруг в каком-то вдохновении Фердыщенко, – подумайте только, какими глазами мы потом друг на друга будем глядеть, завтра например, после рассказов-то!

– Да разве это возможно? Неужели это в самом деле серьезно, Настасья Филипповна? – с достоинством спросил Тоцкий.

– Волка бояться – в лес не ходить! – с усмешкой заметила Настасья Филипповна.

– Но позвольте, господин Фердыщенко, разве возможно устроить из этого пети-жё? – продолжал, тревожась всё более и более, Тоцкий. – Уверяю вас, что такие вещи никогда не удаются; вы же сами говорите, что это не удалось уже раз.

– Как не удалось! Я рассказал же прошедший раз, как три целковых украл, так-таки взял да и рассказал!

– Положим. Но ведь возможности не было, чтобы вы так рассказали, что стало похоже на правду и вам поверили? А Гаврила Ардалионович совершенно справедливо заметил, что чуть-чуть послышится фальшь, и вся мысль игры пропадает. Правда возможна тут только случайно, при особого рода хвастливом настроении слишком дурного тона, здесь немыслимом и совершенно неприличном.

– Но какой же вы утонченнейший человек, Афанасий Иванович, так даже меня дивите! – вскричал Фердыщенко. – Представьте себе, господа, своим замечанием, что я не мог рассказать о моем воровстве так, чтобы стало похоже на правду, Афанасий Иванович тончайшим образом намекает, что я и не мог в самом деле украсть (потому что это вслух говорить неприлично), хотя, может быть, совершенно уверен сам про себя, что Фердыщенко и очень бы мог украсть! Но к делу, господа, к делу, жеребьи собраны, да и вы, Афанасий Иванович, свой положили, стало быть, никто не отказывается! Князь, вынимайте!

Князь молча опустил руку в шляпу и вынул первый жребий – Фердыщенка, второй – Птицына, третий – генерала, четвертый – Афанасия Ивановича, пятый – свой, шестой – Гани и т.д. Дамы жребиев не положили.

– О боже, какое несчастие! – вскричал Фердыщенко. – А я-то думал, что первая очередь выйдет князю, а вторая – генералу. Но, слава богу, по крайней мере Иван Петрович после меня, и я буду вознагражден. Ну, господа, конечно, я обязан подать благородный пример, но всего более жалею в настоящую минуту о том, что я так ничтожен и ничем не замечателен; даже чин на мне самый премаленький; ну, что в самом деле интересного в том, что Фердыщенко сделал скверный поступок? Да и какой мой самый дурной поступок? Тут embarras de richesse[1]. Разве опять про то же самое воровство рассказать, чтоб убедить Афанасия Ивановича, что можно украсть, вором не бывши.

– Вы меня убеждаете и в том, господин Фердыщенко, что действительно можно ощущать удовольствие до

1 преизбыток (*фр.*).

упоения, рассказывая о сальных своих поступках, хотя бы о них и не спрашивали... А впрочем... Извините, господин Фердыщенко.

— Начинайте, Фердыщенко, вы ужасно много болтаете лишнего и никогда не докончите! — раздражительно и нетерпеливо приказала Настасья Филипповна.

Все заметили, что, после своего недавнего припадочного смеха, она вдруг стала даже угрюма, брюзглива и раздражительна; тем не менее упрямо и деспотично стояла на своей невозможной прихоти. Афанасий Иванович страдал ужасно. Бесил его и Иван Федорович: он сидел за шампанским как ни в чем не бывало и даже, может быть, рассчитывал рассказать что-нибудь в свою очередь.

XIV

— Остроумия нет, Настасья Филипповна, оттого и болтаю лишнее! — вскричал Фердыщенко, начиная свой рассказ. — Было б у меня такое же остроумие, как у Афанасия Ивановича или у Ивана Петровича, так я бы сегодня всё сидел да молчал, подобно Афанасию Ивановичу и Ивану Петровичу. Князь, позвольте вас спросить, как вы думаете, мне вот всё кажется, что на свете гораздо больше воров, чем неворов, и что нет даже такого самого честного человека, который бы хоть раз в жизни чего-нибудь не украл. Это моя мысль, из чего, впрочем, я вовсе не заключаю, что всё сплошь одни воры, хотя, ей-богу, ужасно бы хотелось иногда и это заключить. Как же вы думаете?

— Фу, как вы глупо рассказываете, — отозвалась Дарья Алексеевна, — и какой вздор, не может быть, чтобы все что-нибудь да украли; я никогда ничего не украла.

— Вы ничего никогда не украли, Дарья Алексеевна; но что скажет князь, который вдруг весь покраснел?

— Мне кажется, что вы говорите правду, но только очень преувеличиваете, — сказал князь, действительно отчего-то покрасневший.

– А вы сами, князь, ничего не украли?

– Фу! как это смешно! Опомнитесь, господин Фердыщенко, – вступился генерал.

– Просто-запросто, как пришлось к делу, так и стыдно стало рассказывать, вот и хотите князя с собой же прицепить, благо он безответный, – отчеканила Дарья Алексеевна.

– Фердыщенко, или рассказывайте, или молчите и знайте одного себя. Вы истощаете всякое терпение, – резко и досадливо проговорила Настасья Филипповна.

– Сию минуту, Настасья Филипповна; но уж если князь сознался, потому что я стою на том, что князь всё равно что сознался, то что же бы, например, сказал другой кто-нибудь (никого не называя), если бы захотел когда-нибудь правду сказать? Что же касается до меня, господа, то дальше и рассказывать совсем нечего: очень просто, и глупо, и скверно. Но уверяю вас, что я не вор; украл же не знаю как. Это было третьего года, на даче у Семена Ивановича Ищенка, в воскресенье. У него обедали гости. После обеда мужчины остались за вином. Мне вздумалось попросить Марью Семеновну, дочку его, барышню, что-нибудь на фортепиано сыграть. Прохожу чрез угловую комнату, на рабочем столике у Марьи Ивановны три рубля лежат, зеленая бумажка: вынула, чтобы выдать для чего-то по хозяйству. В комнате никовошенько. Я взял бумажку и положил в карман, для чего – не знаю. Что на меня нашло – не понимаю. Только я поскорей воротился и сел за стол. Я всё сидел и ждал, в довольно сильном волнении, болтал без умолку, анекдоты рассказывал, смеялся; подсел потом к барыням. Чрез полчаса примерно хватились и стали спрашивать у служанок. Дарью-служанку заподозрили. Я выказал необыкновенное любопытство и участие и помню даже, когда Дарья совсем потерялась, стал убеждать ее, чтоб она повинилась, головой ручаясь за доброту Марьи Ивановны, и это вслух, и при всех. Все глядели, а я необыкновенное удовольствие ощущал именно оттого, что я проповедую, а бумажка-то у меня в кармане лежит. Эти три целковых я в тот же вечер пропил в ресторане. Вошел и спросил бутылку лафиту; никогда до того я не спрашивал так одну бутылку, без ничего; захотелось поскорее истратить. Особенного угрызения совести я ни тогда, ни потом не чувствовал. Другой раз наверное не повторил бы; этому верьте или нет, как угодно, я не интересуюсь. Ну-с, вот и всё.

– Только, уж конечно, это не самый худший ваш поступок, – с отвращением сказала Дарья Алексеевна.

– Это психологический случай, а не поступок, – заметил Афанасий Иванович.

– А служанка? – спросила Настасья Филипповна, не скрывая самого брезгливого отвращения.

– А служанку согнали на другой же день, разумеется. Это строгий дом.

– И вы допустили?

– Вот прекрасно! Так неужели же мне было пойти и сказать на себя? – захихикал Фердыщенко, впрочем пораженный отчасти общим слишком неприятным впечатлением от его рассказа.

– Как это грязно! – вскричала Настасья Филипповна.

– Ба! Вы хотите от человека слышать самый скверный его поступок и при этом блеска требуете! Самые скверные поступки и всегда очень грязны, мы сейчас это от Ивана Петровича услышим; да и мало ли что снаружи блестит и добродетелью хочет казаться, потому что своя карета есть. Мало ли кто свою карету имеет... И какими способами...

Одним словом, Фердыщенко совершенно не выдержал и вдруг озлобился, даже до забвения себя, перешел чрез мерку; даже всё лицо его покривилось. Как ни странно, но очень могло быть, что он ожидал совершенно другого успеха от своего рассказа. Эти «промахи» дурного тона и «хвастовство особого рода», как выразился об этом Тоцкий, случались весьма часто с Фердыщенком и были совершенно в его характере.

Настасья Филипповна даже вздрогнула от гнева и пристально поглядела на Фердыщенка; тот мигом струсил и примолк, чуть не похолодев от испуга: слишком далеко уж зашел.

– А не кончить ли совсем? – лукаво спросил Афанасий Иванович.

– Очередь моя, но я пользуюсь моею льготой и не стану рассказывать, – решительно сказал Птицын.

– Вы не хотите?

– Не могу, Настасья Филипповна; да и вообще считаю такое пети-жё невозможным.

– Генерал, кажется, по очереди следует вам, – обратилась к нему Настасья Филипповна, – если и вы откажетесь, то у нас всё вслед за вами расстроится, и мне будет жаль, потому что я рассчитывала рассказать в заключение один поступок «из моей собственной жизни», но только хотела после вас и Афанасия Ивановича, потому что вы должны же меня ободрить, – заключила она рассмеявшись.

– О, если и вы обещаетесь, – с жаром вскричал генерал, – то я готов вам хоть всю мою жизнь пересказать; но я, признаюсь, ожидая очереди, уже приготовил свой анекдот...

– И уже по одному виду его превосходительства можно заключить, с каким особенным литературным удовольствием он обработал свой анекдотик, – осмелился заметить всё еще несколько смущенный Фердыщенко, ядовито улыбаясь.

Настасья Филипповна мельком взглянула на генерала и тоже про себя улыбнулась. Но видно было, что тоска и раздражительность усиливались в ней всё сильнее и сильнее. Афанасий Иванович испугался вдвое, услышав про обещание рассказа.

– Мне, господа, как и всякому, случалось делать поступки не совсем изящные в моей жизни, – начал генерал, – но страннее всего то, что я сам считаю коротенький анекдот, который сейчас расскажу, самым сквернейшим

шим анекдотом из всей моей жизни. Между тем тому прошло чуть не тридцать пять лет; но никогда-то я не мог оторваться, при воспоминании, от некоторого, так сказать, скребущего по сердцу впечатления. Дело, впрочем, чрезвычайно глупое: был я тогда еще только что прапорщиком и в армии лямку тянул. Ну, известно, прапорщик: кровь — кипяток, а хозяйство копеечное; завелся у меня тогда денщик, Никифор, и ужасно о хозяйстве моем заботился, копил, зашивал, скреб и чистил, и даже везде воровал всё, что мог стянуть, чтобы только в доме приумножить; вернейший и честнейший был человек. Я, разумеется, был строг, но справедлив. Некоторое время случилось нам стоять в городке. Мне отвели в форштадте квартиру у одной отставной подпоручицы и к тому же вдовы. Лет восьмидесяти, или по крайней мере около, была старушонка. Домишко у ней был ветхий, дрянной, деревянный, и даже служанки у себя не имела по бедности. Но, главное, тем отличалась, что некогда имела многочисленнейшее семейство и родных; но одни в течение жизни перемерли, другие разъехались, третьи о старухе позабыли, а мужа своего лет сорок пять тому назад схоронила. Жила с ней еще несколько лет пред этим племянница, горбатая и злая, говорят, как ведьма, и даже раз старуху укусила за палец, но и та померла, так что старуха года уж три пробивалась одна-одинешенька. Скучнехонько мне было у ней, да и пустая она такая была, ничего извлечь невозможно. Наконец, украла у меня петуха. Дело это до сих пор темное, но, кроме нее, было некому. За петуха мы поссорились, и значительно, а тут как раз вышел случай, что меня, по первой же просьбе моей, на другую квартиру перевели, в противоположный форштадт, в многочисленнейшее семейство одного купца с большою бородищей, как теперь его помню. Переезжаем с Никифором с радостью, старуху же оставляем с негодованием. Проходит дня три, прихожу с ученья, Никифор докладывает, «что напрасно, ваше благородие, нашу миску у прежней хозяйки оставили, не в чем суп подавать». Я, разумеется, поражен: «Как так, каким образом наша миска у хозяйки осталась?». Удивленный Никифор продолжает рапортовать, что хозяйка, когда мы съезжали, нашей миски ему не отдала по той причине, что так как я ее собственный горшок разбил, то она за свой горшок нашу миску удерживает, и что будто бы я ей это сам таким образом предложил. Такая низость с ее стороны, разумеется, вывела меня из последних границ; кровь закипела, вскочил, полетел. Прихожу к старухе, так сказать, уже вне себя; гляжу, она сидит в сенцах одна-одинешенька, в углу, точно от солнца забилась, рукой щеку себе подперла. Я тотчас же, знаете, на нее целый гром так и вывалил, «такая, дескать, ты и сякая!», и, знаете, этак по-русски. Только смотрю, представляется что-то странное: сидит она, лицо на меня уставила, глаза выпучила, и ни слова в ответ, и странно, странно так смотрит, как бы качается. Я наконец приутих, вглядываюсь, спрашиваю, ни слова в ответ. Я постоял в нерешимости; мухи жужжат, солнце закатывается, тишина; в совершенном смущении я наконец ухожу. Еще до дому не дошел, к майору потребовали, потом пришлось в роту зайти, так что домой воротился совсем ввечеру. Первым словом Никифора: «А знаете, ваше благородие, хозяйка-то наша ведь померла». — «Когда?» — «Да сегодня повечеру, часа полтора назад». Это, значит, в то именно время, когда я ее ругал, она и отходила. Так меня это фраппировало, я вам скажу, что едва опомнился. Стало, знаете, даже думаться, даже ночью приснилось. Я, конечно, без предрассудков, но на третий день пошел в церковь на похороны. Одним словом, чем дальше время идет, тем больше думается. Не то чтоб, а так иногда вообразишь, и станет нехорошо. Главное, что тут, как я наконец рассудил? Во-первых, женщина, так сказать, существо человеческое, что называют в наше время, гуманное, жила, долго жила, наконец зажилась. Когда-то имела детей, мужа, семейство, родных, всё это кругом нее, так сказать, кипело, все эти, так сказать, улыбки, и вдруг – полный пас, всё в трубу вылетело, осталась одна, как... муха какая-нибудь, носящая на себе от века проклятие. И вот, наконец, привел Бог к концу. С закатом солнца, в тихий летний вечер, улетает и моя старуха, – конечно, тут не без нравоучительной мысли; и вот в это-то самое мгновение, вместо напутственной, так сказать, слезы, молодой, отчаянный прапорщик, избоченясь и фертом, провожает ее с поверхности земли русским элементом забубенных ругательств за погибшую миску! Без сомнения, я виноват, и хоть и смотрю уже давным-давно на свой поступок, по отдаленности лет и по изменению в натуре, как на чужой, но тем не менее продолжаю жалеть. Так что, повторяю, мне даже странно, тем более что если я и виновен, то ведь не совершенно же: зачем же ей как раз в это время вздумалось помирать? Разумеется, тут одно оправдание: что поступок в некотором роде психологический, но все-таки я не мог успокоиться, покамест не завел, лет пятнадцать назад, двух постоянных больных старушонок, на свой счет, в богадельне, с целью смягчить для них приличным содержанием последние дни земной жизни. Думаю обратить в вековечное, завещав капитал. Ну, вот-с и всё-с. Повторяю, что, может быть, я и во многом в жизни провинился, но этот случай считаю, по совести, самым скверненшим поступком из всей моей жизни.

– И вместо самого скверненшего ваше превосходительство рассказали один из хороших поступков своей жизни; надули Фердыщенка! – заключил Фердыщенко.

– В самом деле, генерал, я и не воображала, чтоб у вас было все-таки доброе сердце; даже жаль, – небрежно проговорила Настасья Филипповна.

– Жаль? Почему же? – спросил генерал с любезным смехом и не без самодовольствия отпил шампанского.

Но очередь была за Афанасием Ивановичем, который тоже приготовился. Все предугадывали, что он не откажется, подобно Ивану Петровичу, да и рассказа его, по некоторым причинам, ждали с особенным любопытством и вместе с тем посматривали на Настасью Филипповну. С необыкновенным достоинством, вполне соответствовавшим его осанистой наружности, тихим, любезным голосом начал Афанасий Иванович один из своих «милых рассказов». (Кстати сказать: человек он был собою видный, осанистый, росту высокого, немного лыс, немного с проседью и довольно тучный, с мягкими, румяными и несколько отвислыми щеками, со вставными зубами. Одевался широко и изящно и носил удивительное белье. На его пухлые, белые руки хотелось заглядеться. На указательном пальце правой руки был дорогой бриллиантовый перстень.) Настасья Филипповна во всё время его рассказа пристально рассматривала кружевцо оборки на своем рукаве и щипала ее двумя пальцами левой руки, так что ни разу не успела и взглянуть на рассказчика.

— Что всего более облегчает мне мою задачу, — начал Афанасий Иванович, — это непременная обязанность рассказать никак не иначе, как самый дурной поступок всей моей жизни. В таком случае, разумеется, не может быть колебаний: совесть и память сердца тотчас же подскажут, что именно надо рассказывать. Сознаюсь с горечью, в числе всех бесчисленных, может быть, легкомысленных и... ветреных поступков жизни моей есть один, впечатление которого даже слишком тяжело залегло в моей памяти. Случилось тому назад лет около двадцати; я заехал тогда в деревню к Платону Ордынцеву. Он только что выбран был предводителем и приехал с молодою женой провести зимние праздники. Тут как раз подошло и рождение Анфисы Алексеевны, и назначались два бала. К тому времени был в ужасной моде и только что прогремел в высшем свете прелестный роман Дюма-фиса «La dame aux camélias»[1], поэма, которой, по моему мнению, не суждено ни умереть, ни состариться. В провинции все дамы были восхищены до востор-

1 «Дама с камелиями» (*фр.*).

га, те, которые по крайней мере прочитали. Прелесть рассказа, оригинальность постановки главного лица, этот заманчивый мир, разобранный до тонкости, и, наконец, все эти очаровательные подробности, рассыпанные в книге (насчет, например, обстоятельств употребления букетов белых и розовых камелий по очереди), одним словом, все эти прелестные детали, и всё это вместе, произвели почти потрясение. Цветы камелий вошли в необыкновенную моду. Все требовали камелий, все их искали. Я вас спрошу: много ли можно достать камелий в уезде, когда все их для балов спрашивают, хотя бы балов и немного было? Петя Ворховской изнывал тогда, бедняжка, по Анфисе Алексеевне. Право, не знаю, было ли у них что-нибудь, то есть, я хочу сказать, могла ли у него быть хоть какая-нибудь серьезная надежда? Бедный с ума сходил, чтобы достать камелий к вечеру на бал для Анфисы Алексеевны. Графиня Соцкая, из Петербурга, губернаторши гостья, и Софья Беспалова, как известно стало, приедут наверно с букетами, с белыми. Анфисе Алексеевне захотелось, для некоторого особого эффекту, красных. Бедного Платона чуть не загоняли; известно – муж; поручился, что букет достанет, и – что же? Накануне перехватила Мытищева, Катерина Александровна, страшная соперница Анфисы Алексеевны во всем; на ножах с ней была. Разумеется, истерика, обморок. Платон пропал. Понятно, что если бы Пете промыслить где-нибудь в эту интересную минуту букет, то дела его могли бы очень сильно подвинуться; благодарность женщины в таких случаях безгранична. Мечется как угорелый; но дело невозможное, и говорить тут нечего. Вдруг сталкиваюсь с ним уже в одиннадцать вечера, накануне дня рождения и бала, у Марьи Петровны Зубковой, соседки Ордынцева. Сияет. «Что с тобой?» – «Нашел! *Эврика*!» – «Ну, брат, удивил же ты меня! Где? Как?» – «В Екшайске (городишко такой там есть, всего в двадцати верстах, и не наш уезд), Трепалов там купец есть, бородач и богач, живет со старухой женой, и вместо детей одни канарейки. Пристрастились оба к цветам, у него есть камелии». — «Помилуй, да это не верно, ну, как не даст?» — «Стану на колени и буду в ногах валяться до тех пор, пока даст, без того не уеду!» — «Когда едешь-то?» — «Завтра чем свет, в пять часов». — «Ну, с богом!» И так я, знаете, рад за него; возвращаюсь к Ордынцеву; наконец, уж второй час, а мне всё этак, знаете, мерещится. Хотел уже спать ложиться, вдруг преоригинальная мысль! Пробираюсь немедленно в кухню, бужу Савелия-кучера, пятнадцать целковых ему, «подай лошадей в полчаса!» Чрез полчаса, разумеется, возок у ворот; у Анфисы Алексеевны, сказали мне, мигрень, жар и бред, — сажусь и еду. В пятом часу я в Екшайске, на постоялом дворе; переждал до рассвета, и только до рассвета; в седьмом часу у Трепалова. «Так и так, есть камелии? Батюшка, отец родной, помоги, спаси, в ноги поклонюсь!» Старик, вижу, высокий, седой, суровый — страшный старик. «Ни-ни, никак! Не согласен!» Я бух ему в ноги! Так-таки и растянулся! «Что вы, батюшка, что вы, отец?» — испугался даже. «Да ведь тут жизнь человеческая!» — кричу ему. «Да берите, коли так, с богом». Нарезал же я тут красных камелий! чудо, прелесть, целая оранжерейка у него маленькая. Вздыхает старик. Вынимаю сто рублей. «Нет, уж вы, батюшка, обижать меня таким манером не извольте». — «А коли так, говорю, почтенный, благоволите эти сто рублей в здешнюю больницу для улучшения содержания и пищи». — «Вот это, говорит, батюшка, дело другое, и доброе, и благородное, и богоугодное; за здравие ваше и подам». И понравился мне, знаете, этот русский старик, так сказать, коренной русак, de la vraie souche[1]. В восторге от удачи, тотчас же в обратный путь; воротился окольными, чтобы не встретиться с Петей. Как приехал, так и посылаю букет к пробуждению Анфисы Алексеевны. Можете себе представить восторг, благодарность, слезы благодарности! Платон, вчера еще

1 исконный (*фр.*).

убитый и мертвый Платон, – рыдает у меня на груди. Увы! Все мужья таковы с сотворения... законного брака! Ничего не смею прибавить, но только дела бедного Пети с этим эпизодом рухнули окончательно. Я сперва думал, что он зарежет меня, как узнает, даже уж приготовился встретить, но случилось то, чему бы я даже и не поверил: в обморок, к вечеру бред и к утру горячка; рыдает как ребенок, в конвульсиях. Через месяц, только что выздоровел, на Кавказ отпросился; роман решительный вышел! Кончил тем, что в Крыму убит. Тогда еще брат его, Степан Ворховской, полком командовал, отличился. Признаюсь, меня даже много лет потом угрызения совести мучили: для чего, зачем я так поразил его? И добро бы я сам был влюблен тогда? А то ведь простая шалость, из-за простого волокитства, не более. И не перебей я у него этот букет, кто знает, жил бы человек до сих пор, был бы счастлив, имел бы успехи, и в голову б не пришло ему под турку идти.

Афанасий Иванович примолк с тем же солидным достоинством, с которым и приступал к рассказу. Заметили, что у Настасьи Филипповны как-то особенно засверкали глаза и даже губы вздрогнули, когда Афанасий Иванович кончил. Все с любопытством поглядывали на них обоих.

– Надули Фердыщенка! Вот так надули! Нет, вот это уж так надули! – вскричал плачевным голосом Фердыщенко, понимая, что можно и должно вставить словцо.

– А вам кто велел дела не понимать? Вот и учитесь у умных людей! – отрезала ему чуть не торжествующая Дарья Алексеевна (старинная и верная приятельница и сообщница Тоцкого).

– Вы правы, Афанасий Иванович, пети-жё прескучное, и надо поскорей кончить, – небрежно вымолвила Настасья Филипповна, – расскажу сама, что обещала, и давайте все в карты играть.

– Но обещанный анекдот прежде всего! – с жаром одобрил генерал.

— Князь, — резко и неожиданно обратилась к нему вдруг Настасья Филипповна, — вот здесь старые мои друзья, генерал да Афанасий Иванович, меня всё замуж выдать хотят. Скажите мне, как вы думаете: выходить мне замуж или нет? Как скажете, так и сделаю.

Афанасий Иванович побледнел, генерал остолбенел; все уставили глаза и протянули головы. Ганя застыл на месте.

— За... за кого? — спросил князь замирающим голосом.

— За Гаврилу Ардалионовича Иволгина, — продолжала Настасья Филипповна по-прежнему резко, твердо и четко.

Прошло несколько секунд молчания; князь как будто силился и не мог выговорить, точно ужасная тяжесть давила ему грудь.

— Н-нет... не выходите! — прошептал он наконец и с усилием перевел дух.

— Так тому и быть! Гаврила Ардалионович! — властно и как бы торжественно обратилась она к нему, — вы слышали, как решил князь? Ну, так в том и мой ответ; и пусть это дело кончено раз навсегда!

— Настасья Филипповна! — дрожащим голосом проговорил Афанасий Иванович.

— Настасья Филипповна! — убеждающим, но встревоженным голосом произнес генерал.

Все зашевелились и затревожились.

— Что вы, господа? — продолжала она, как бы с удивлением вглядываясь в гостей, — что вы так всполохнулись? И какие у вас у всех лица!

— Но... вспомните, Настасья Филипповна, — запинаясь, пробормотал Тоцкий, — вы дали обещание... вполне добровольное, и могли бы отчасти и пощадить... Я затрудняюсь и... конечно, смущен, но... Одним словом, теперь, в такую минуту, и при... при людях, и всё это так... кончить таким пети-жё дело серьезное, дело чести и сердца... от которого зависит...

— Не понимаю вас, Афанасий Иванович; вы действительно совсем сбиваетесь. Во-первых, что такое «при людях»? Разве мы не в прекрасной интимной компании? И почему «пети-жё»? Я действительно хотела рассказать свой анекдот, ну, вот и рассказала; не хорош разве? И почему вы говорите, что «не серьезно»? Разве это не серьезно? Вы слышали, я сказала князю: «как скажете, так и будет»; сказал бы *да*, я бы тотчас же дала согласие, но он сказал *нет*, и я отказала. Тут вся моя жизнь на одном волоске висела; чего серьезнее?

— Но князь, почему тут князь? И что такое, наконец, князь? — пробормотал генерал, почти уж не в силах сдержать свое негодование на такой обидный даже авторитет князя.

— А князь для меня то, что я в него в первого, во всю мою жизнь, как в истинно преданного человека поверила. Он в меня с одного взгляда поверил, и я ему верю.

— Мне остается только отблагодарить Настасью Филипповну за чрезвычайную деликатность, с которою она со мной поступила, — проговорил наконец дрожащим голосом и с кривившимися губами бледный Ганя, — это, конечно, так тому и следовало... Но... князь... Князь в этом деле...

— До семидесяти пяти тысяч добирается, что ли? — оборвала вдруг Настасья Филипповна. — Вы это хотели сказать? Не запирайтесь, вы непременно это хотели сказать! Афанасий Иванович, я и забыла прибавить: вы эти семьдесят пять тысяч возьмите себе и знайте, что я вас отпускаю на волю даром. Довольно! Надо ж и вам вздохнуть! Девять лет и три месяца! Завтра — по-новому, а сегодня — я именинница и сама по себе, в первый раз в целой жизни! Генерал, возьмите и вы ваш жемчуг, подарите супруге, вот он; а с завтрашнего дня я совсем и с квартиры съезжаю. И уже больше не будет вечеров, господа!

Сказав это, она вдруг встала, как будто желая уйти.

— Настасья Филипповна! Настасья Филипповна! — послышалось со всех сторон. Все заволновались, все встали с мест; все окружили ее, все с беспокойством слушали эти порывистые, лихорадочные, исступленные слова, все ощущали какой-то беспорядок, никто не мог добиться толку, никто не мог ничего понять. В это мгновение раздался вдруг звонкий, сильный удар колокольчика, точь-в-точь как давеча в Ганечкину квартиру.

– А-а-а! Вот и развязка! наконец-то! Половина двенадцатого! – вскричала Настасья Филипповна. – Прошу вас садиться, господа, это развязка!

Сказав это, она села сама. Странный смех трепетал на губах ее. Она сидела молча, в лихорадочном ожидании, и смотрела на дверь.

– Рогожин и сто тысяч, сомнения нет, – пробормотал про себя Птицын.

XV

Вошла горничная Катя, сильно испуганная.

– Там бог знает что, Настасья Филипповна, человек десять ввалились, и всё хмельные-с, сюда просятся, говорят, что Рогожин и что вы сами знаете.

– Правда, Катя, впусти их всех тотчас же.

– Неужто... всех-с, Настасья Филипповна? Совсем ведь безобразные. Страсть!

– Всех, всех впусти, Катя, не бойся, всех до одного, а то и без тебя войдут. Вон уж как шумят, точно давеча. Господа, вы, может быть, обижаетесь, – обратилась она к гостям, – что я такую компанию при вас принимаю? Я очень сожалею и прощения прошу, но так надо, а мне очень, очень бы желалось, чтобы вы все согласились быть при этой развязке моими свидетелями, хотя, впрочем, как вам угодно...

Гости продолжали изумляться, шептаться и переглядываться, но стало совершенно ясно, что всё это было рассчитано и устроено заранее и что Настасью Филипповну, – хоть она и, конечно, с ума сошла, – теперь не собьешь. Всех мучило ужасно любопытство. Притом же и пугаться-то очень было некому. Дам было только две: Дарья Алексеевна, барыня бойкая и видавшая всякие виды и которую трудно было сконфузить, и прекрасная, но молчаливая незнакомка. Но молчаливая незнакомка вряд ли что и понять могла: это была приезжая немка и русского языка ничего не знала; кроме того, кажется, была столько же глупа, сколько и прекрасна. Она была внове, и уже принято было приглашать ее на известные вечера, в пышнейшем костюме, причесанную как на выставку, и сажать как прелестную картинку для того, чтобы скрасить вечер, — точно так, как иные добывают для своих вечеров у знакомых, на один раз, картину, вазу, статую или экран. Что же касается мужчин, то Птицын, например, был приятель с Рогожиным, Фердыщенко был как рыба в воде; Ганечка всё еще в себя прийти не мог, но хоть смутно, а неудержимо сам ощущал горячечную потребность достоять до конца у своего позорного столба; старичок учитель, мало понимавший в чем дело, чуть не плакал и буквально дрожал от страха, заметив какую-то необыкновенную тревогу кругом и в Настасье Филипповне, которую обожал, как свою внучку; но он скорее бы умер, чем ее в такую минуту покинул. Что же касается Афанасия Ивановича, то, конечно, он себя компрометировать в таких приключениях не мог; но он слишком был заинтересован в деле, хотя бы и принимавшем такой сумасшедший оборот; да и Настасья Филипповна выронила на его счет два-три словечка таких, что уехать никак нельзя было, не разъяснив окончательно дела. Он решился досидеть до конца и уже совершенно замолчать и оставаться лишь наблюдателем, что, конечно, и требовалось его достоинством. Один лишь генерал Епанчин, только что сейчас пред этим разобиженный таким бесцеремонным и смешным возвратом ему подарка, конечно, еще более мог теперь обидеться всеми этими необыкновенными эксцентричностями или, например, появлением Рогожина; да и человек, как он, и без того уже слишком снизошел, решившись сесть рядом с Птицыным и Фердыщенком; но что могла сделать сила страсти, то могло быть, наконец, побеждено чувством обязанности, ощущением долга, чина и значения и вообще уважением к себе, так что Рогожин с компанией, во всяком случае в присутствии его превосходительства, был невозможен.

– Ах, генерал, – перебила тотчас же Настасья Филипповна, только что он обратился к ней с заявлением, – я и забыла! Но будьте уверены, что о вас я предвидела. Если уж вам так обидно, то я и не настаиваю и вас не удерживаю, хотя бы мне очень желалось именно вас при себе теперь видеть. Во всяком случае, очень благодарю вас за ваше знакомство и лестное внимание, но если вы боитесь...

– Позвольте, Настасья Филипповна, – вскричал генерал в припадке рыцарского великодушия, – кому вы говорите? Да я из преданности одной останусь теперь подле вас, и если, например, есть какая опасность... К тому же я, признаюсь, любопытствую чрезмерно. Я только насчет того хотел, что они испортят ковры и, пожалуй, разобьют что-нибудь... Да и не надо бы их совсем, по-моему, Настасья Филипповна!

– Сам Рогожин! – провозгласил Фердыщенко.

– Как вы думаете, Афанасий Иванович, – наскоро успел шепнуть ему генерал, – не сошла ли она с ума? То есть без аллегории, а настоящим медицинским манером, а?

– Я вам говорил, что она и всегда к этому наклонна была, – лукаво отшепнулся Афанасий Иванович.

– И к тому же лихорадка...

Компания Рогожина была почти в том же самом составе, как и давеча утром; прибавился только какой-то беспутный старичишка, в свое время бывший редактором какой-то забулдыжной обличительной газетки и про которого шел анекдот, что он заложил и пропил свои вставные на золоте зубы, и один отставной подпоручик, решительный соперник и конкурент, по ремеслу и по назначению, утрешнему господину с кулаками и совершенно никому из рогожинцев не известный, но подобранный на улице, на солнечной стороне Невского проспекта, где он останавливал прохожих и слогом Марлинского просил вспоможения, под коварным предлогом, что он сам «по пятнадцати целковых давал в свое время просителям». Оба конкурента тотчас же отнеслись друг к другу враждебно. Давешний господин с кулаками после приема в компанию «просителя» счел себя даже обиженным и, будучи молчалив от природы, только рычал иногда как медведь и с глубоким презреньем смотрел на заискивания и заигрывания с ним «просителя», оказавшегося человеком светским и политичным. С виду подпоручик обещал брать «в деле» более ловкостью и изворотливостью, чем силой, да и ростом был пониже кулачного господина. Деликатно, не вступая в явный спор, но ужасно хвастаясь, он несколько раз уже намекнул о преимуществах английского бокса, одним словом, оказался чистейшим западником. Кулачный господин при слове «бокс» только презрительно и обидчиво улыбался и, с своей стороны, не удостоивая соперника явного прения, показывал иногда, молча, как бы невзначай, или, лучше сказать, выдвигал иногда на вид, одну совершенно национальную вещь — огромный кулак, жилистый, узловатый, обросший каким-то рыжим пухом, и всем становилось ясно, что если эта глубоко национальная вещь опустится без промаху на предмет, то действительно только мокренько станет.

В высшей степени «готовых» опять-таки никого из них не было, как и давеча, вследствие стараний самого Рогожина, имевшего целый день в виду свой визит к Настасье Филипповне. Сам же он почти совсем успел отрезвиться, но зато чуть не одурел от всех вынесенных им впечатлений в этот безобразный и ни на что не похожий день из всей его жизни. Одно только оставалось у него постоянно в виду, в памяти и в сердце, в каждую минуту, в каждое мгновение. Для этого *одного* он провел всё время, с пяти часов пополудни вплоть до одиннадцати, в бесконечной тоске и тревоге, возясь с Киндерами и Бискупами, которые тоже чуть с ума не сошли, мечась как угорелые по его надобности. И, однако, все-таки сто тысяч ходячими деньгами, о которых мимолетно, насмешливо и совершенно неясно намекнула Настасья Филипповна, успели составиться, за проценты, о которых даже сам Бискуп, из стыдливости, разговаривал с Киндером не вслух, а только шепотом.

Как и давеча, Рогожин выступал впереди всех, остальные подвигались за ним, хотя и с полным сознанием своих преимуществ, но все-таки несколько труся. Главное, и бог знает отчего, трусили они Настасьи Филипповны. Одни из них даже думали, что всех их немедленно «спустят с лестницы». Из думавших так был между прочими и щеголь и победитель сердец Залёжев. Но другие, и преимущественно кулачный господин, хотя и не вслух, но в сердце своем относились к Настасье Филипповне с глубочайшим презрением и даже с ненавистью и шли к ней как на осаду. Но великолепное убранство первых двух комнат, неслыханные и невиданные ими вещи, редкая мебель, картины, огромная статуя Венеры – всё это произвело на них неотразимое впечатление почтения и чуть ли даже не страха. Это не помешало, конечно, им всем, мало-помалу и с нахальным любопытством, несмотря на страх, протесниться вслед за Рогожиным в гостиную; но когда кулачный господин, «проситель» и некоторые другие заметили в числе гостей генерала Епанчина, то в первое мгновение до того были обескуражены, что стали даже понемногу ретироваться обратно в другую комнату. Один только Лебедев был из числа наиболее ободренных и убежденных и выступал почти рядом с Рогожиным, постигая, что в самом деле значит миллион четыреста тысяч чистыми деньгами и сто тысяч теперь, сейчас же, в руках. Надо, впрочем, заметить, что все они, не исключая даже знатока Лебедева, несколько сбивались в познании границ и пределов своего могущества и в самом ли деле им теперь всё дозволено или нет? Лебедев в иные минуты готов был поклясться, что всё, но в другие минуты ощущал беспокойную потребность припомнить про себя, на всякий случай, некоторые, и преимущественно ободрительные и успокоительные, статейки свода законов.

На самого Рогожина гостиная Настасьи Филипповны произвела обратное впечатление, чем на всех его спутников. Только что приподнялась портьера и он увидал Настасью Филипповну – всё остальное перестало для него существовать, как и давеча утром, даже могущественнее, чем давеча утром. Он побледнел и на мгновение остановился; угадать можно было, что сердце его билось ужасно. Робко и потерянно смотрел он несколько секунд, не отводя глаз, на Настасью Филипповну. Вдруг, как бы потеряв весь рассудок и чуть не шатаясь, подошел он к столу; дорогой наткнулся на стул Птицына и наступил своими грязными сапожищами на кружевную отделку великолепного голубого платья молчаливой красавицы немки; не извинился и не заметил. Подойдя к столу, он положил на него один странный предмет, с которым и вступил в гостиную, держа его пред собой в обеих руках. Это была большая пачка бумаги, вершка три в высоту и вершка четыре в длину, крепко и плотно завернутая в «Биржевые ведомости» и обвязанная туго-натуго со всех сторон и два раза накрест бечевкой, вроде тех, которыми обвязывают сахарные головы. Затем стал, ни слова не говоря и опустив руки, как бы ожидая своего приговора. Костюм его был совершенно давешний, кроме совсем нового шелкового шарфа на шее, ярко-зеленого с красным, с огромною бриллиантовою булавкой, изображавшею жука, и массивного бриллиантового перстня на грязном пальце правой руки. Лебедев до стола не дошел шага на три; остальные, как сказано было, понемногу набирались в гостиную. Катя и Паша, горничные Настасьи Филипповны, тоже прибежали глядеть из-за приподнятых портьер, с глубоким изумлением и страхом.

– Что это такое? – спросила Настасья Филипповна, пристально и любопытно оглядев Рогожина и указывая глазами на «предмет».

– Сто тысяч! – ответил тот почти шепотом.

– А, сдержал-таки слово, каков! Садитесь, пожалуйста, вот тут, вот на этот стул; я вам потом скажу что-нибудь. Кто с вами? Вся давешняя компания? Ну, пусть войдут и сядут; вон там на диване можно, вот еще диван. Вот там два кресла... что же они, не хотят, что ли?

Действительно, некоторые положительно сконфузились, отретировались и уселись ждать в другой комнате, но иные остались и расселись по приглашению, но только подальше от стола, больше по углам, одни всё еще желая несколько стушеваться, другие чем дальше, тем больше и как-то неестественно быстро ободряясь. Рогожин уселся тоже на показанный ему стул, но сидел не долго; он скоро встал и уже больше не садился. Мало-помалу он стал различать и оглядывать гостей. Увидев Ганю, он ядовито улыбнулся и прошептал про себя: «Вишь!» На генерала и на Афанасия Ивановича он взглянул без смущения и даже без особенного любопытства. Но когда заметил подле Настасьи Филипповны князя, то долго не мог оторваться от него, в чрезвычайном удивлении и как бы не в силах дать себе в этой встрече отчет. Можно было подозревать, что минутами он был в настоящем бреду. Кроме всех потрясений этого дня, он всю прошедшую ночь провел в вагоне и уже почти двое суток не спал.

– Это, господа, сто тысяч, – сказала Настасья Филипповна, обращаясь ко всем с каким-то лихорадочно-нетерпеливым вызовом, – вот в этой грязной пачке. Давеча вот он закричал как сумасшедший, что привезет мне вечером сто тысяч, и я всё ждала его. Это он торговал меня: начал с восемнадцати тысяч, потом вдруг скакнул на сорок, а потом вот и эти сто. Сдержал-таки слово! Фу, какой он бледный!.. Это давеча всё у Ганечки было: я приехала к его мамаше с визитом, в мое будущее семейство, а там его сестра крикнула мне в глаза: «Неужели эту бесстыжую отсюда не выгонят!» – а Ганечке, брату, в лицо плюнула. С характером девушка!

– Настасья Филипповна!– укорительно произнес генерал. Он начинал несколько понимать дело, по-своему.

– Что такое, генерал? Неприлично, что ли? Да полно форсить-то! Что я в театре-то Французском, в ложе, как неприступная добродетель бельэтажная сидела, да всех, кто за мною гонялись пять лет, как дикая бегала, и как гордая невинность смотрела, так ведь это всё дурь меня доехала! Вот, перед вами же, пришел да положил сто тысяч на стол, после пяти-то лет невинности, и уж наверно у них там тройки стоят и меня ждут. Во сто тысяч меня оценил! Ганечка, я вижу, ты на меня до сих пор еще сердишься? Да неужто ты меня в свою семью ввести хотел? Меня-то, рогожинскую! Князь-то что сказал давеча?

– Я не то сказал, что вы рогожинская, вы не рогожинская! – дрожащим голосом выговорил князь.

– Настасья Филипповна, полно, матушка, полно, голубушка, – не стерпела вдруг Дарья Алексеевна, – уж коли тебе так тяжело от них стало, так что смотреть-то на них! И неужели ты с этаким отправиться хочешь, хошь и за сто бы тысяч! Правда, сто тысяч – вишь ведь! А ты сто тысяч-то возьми, а его прогони, вот как с ними надо делать; эх, я бы на твоем месте их всех... что в самом-то деле!

Дарья Алексеевна даже в гнев вошла. Это была женщина добрая и весьма впечатлительная.

– Не сердись, Дарья Алексеевна, – усмехнулась ей Настасья Филипповна, – ведь я ему не сердясь говорила. Попрекнула, что ль, я его? Я и впрямь понять не могу, как на меня эта дурь нашла, что я в честную семью хотела войти. Видела я его мать-то, руку у ней поцеловала. А что я давеча издевалась у тебя, Ганечка, так это я нарочно хотела сама в последний раз посмотреть: до чего ты сам можешь дойти? Ну, удивил же ты меня, право. Многого я ждала, а этого нет! Да неужто ты меня взять мог, зная, что вот он мне такой жемчуг дарит, чуть не накануне твоей свадьбы, а я беру? А Рогожин-то? Ведь он в твоем доме, при твоей матери и сестре, меня торговал, а ты вот все-таки после того свататься приехал да чуть сестру не привез? Да неужто же правду про тебя Рогожин сказал, что ты за три целковых на Васильевский остров ползком доползешь?

– Доползет, – проговорил вдруг Рогожин тихо, но с видом величайшего убеждения.

– И добро бы ты с голоду умирал, а ты ведь жалованье, говорят, хорошее получаешь! Да ко всему-то в придачу, кроме позора-то, ненавистную жену ввести в дом! (Потому что ведь ты меня ненавидишь, я это знаю!) Нет, теперь я верю, что этакой за деньги зарежет! Ведь теперь их всех такая жажда обуяла, так их разнимает на деньги, что они словно одурели. Сам ребенок, а уж лезет в ростовщики! А то намотает на бритву шелку, закрепит да тихонько сзади и зарежет приятеля, как барана, как я читала недавно. Ну, бесстыдник же ты! Я бесстыжая, а ты того хуже. Я про того букетника уж и не говорю...

– Вы ли, вы ли это, Настасья Филипповна! – всплеснул генерал в истинной горести, – вы, такая деликатная, с такими тонкими мыслями, и вот! Какой язык! Какой слог!

– Я теперь во хмелю, генерал, – засмеялась вдруг Настасья Филипповна, – я гулять хочу! Сегодня мой день, мой табельный день, мой высокосный день, я его давно поджидала. Дарья Алексеевна, видишь ты вот этого букетника, вот этого monsieur aux camelias[1], вот он сидит да смеется на нас...

– Я не смеюсь, Настасья Филипповна, я только с величайшим вниманием слушаю, – с достоинством отпарировал Тоцкий.

– Ну вот, за что я его мучила целые пять лет и от себя не отпускала? Стоил ли того! Он просто таков, ка-

1 господина с камелиями (*фр.*).

ким должен быть... Еще он меня виноватою пред собой сочтет: воспитание ведь дал, как графиню содержал, денег-то, денег-то сколько ушло, честного мужа мне приискал еще там, а здесь Ганечку; и что же б ты думала: я с ним эти пять лет не жила, а деньги-то с него брала и думала, что права! Совсем ведь я с толку сбила себя! Ты вот говоришь, сто тысяч возьми да и прогони, коли мерзко. Оно правда, что мерзко... Я бы и замуж давно могла выйти, да и не то что за Ганечку, да ведь очень уж тоже мерзко. И за что я моих пять лет в этой злобе потеряла! А веришь иль нет, я, года четыре тому назад, временем думала: не выйти ли мне уж и впрямь за моего Афанасия Ивановича? Я тогда это со злости думала; мало ли что у меня тогда в голове перебывало; а ведь, право, заставила б! Сам напрашивался, веришь иль нет? Правда, он лгал, да ведь падок уж очень, выдержать не может. Да потом, слава богу, подумала: стоит он такой злости! И так мне мерзко стало тогда вдруг на него, что, если б и сам присватался, не пошла бы. И целые-то пять лет я так форсила! Нет, уж лучше на улицу, где мне и следует быть! Иль разгуляться с Рогожиным, иль завтра же в прачки пойти! Потому ведь на мне ничего своего; уйду – всё ему брошу, последнюю тряпку оставлю, а без всего меня кто возьмет, спроси-ка вот Ганю, возьмет ли? Да меня и Фердыщенко не возьмет!..

– Фердыщенко, может быть, не возьмет, Настасья Филипповна, я человек откровенный, – перебил Фердыщенко, – зато князь возьмет! Вы вот сидите да плачетесь, а вы взгляните-ка на князя! Я уж давно наблюдаю...

Настасья Филипповна с любопытством обернулась к князю.

– Правда? – спросила она.

– Правда, – прошептал князь.

– Возьмете как есть, без ничего!

– Возьму, Настасья Филипповна...

– Вот и новый анекдот! – пробормотал генерал. – Ожидать было можно.

Князь скорбным, строгим и проницающим взглядом смотрел в лицо продолжавшей его оглядывать Настасьи Филипповны.

— Вот еще нашелся!— сказала она вдруг, обращаясь опять к Дарье Алексеевне. — А ведь впрямь от доброго сердца, я его знаю. Благодетеля нашла! А впрочем, правду, может, про него говорят, что... *того.* Чем жить-то будешь, коли уж так влюблен, что рогожинскую берешь, за себя-то, за князя-то?..

— Я вас честную беру, Настасья Филипповна, а не рогожинскую, — сказал князь.

— Это я-то честная?

— Вы.

— Ну, это там... из романов! Это, князь голубчик, старые бредни, а нынче свет поумнел, и всё это вздор! Да и куда тебе жениться, за тобой за самим еще няньку нужно!

Князь встал и дрожащим, робким голосом, но в то же время с видом глубоко убежденного человека произнес:

— Я ничего не знаю, Настасья Филипповна, я ничего не видел, вы правы, но я... я сочту, что вы мне, а не я сделаю честь. Я ничто, а вы страдали и из такого ада чистая вышли, а это много. К чему же вы стыдитесь да с Рогожиным ехать хотите? Это лихорадка... Вы господину Тоцкому семьдесят тысяч отдали и говорите, что всё, что здесь есть, всё бросите, этого никто здесь не сделает. Я вас... Настасья Филипповна... люблю. Я умру за вас, Настасья Филипповна... Я никому не позволю про вас слова сказать, Настасья Филипповна... Если мы будем бедны, я работать буду, Настасья Филипповна...

При последних словах послышалось хихиканье Фердыщенка, Лебедева, и даже генерал про себя как-то крякнул с большим неудовольствием. Птицын и Тоцкий не могли не улыбнуться, но сдержались. Остальные просто разинули рты от удивления.

— ...Но мы, может быть, будем не бедны, а очень богаты, Настасья Филипповна, — продолжал князь тем же робким голосом. — Я, впрочем, не знаю наверно, и жаль, что до сих пор еще узнать ничего не мог в целый день, но я получил в Швейцарии письмо из Москвы от одного господина Салазкина, и он меня уведомляет, что я будто бы могу получить очень большое наследство. Вот это письмо...

Князь действительно вынул из кармана письмо.

– Да он уж не бредит ли? – пробормотал генерал. – Сумасшедший дом настоящий!

На мгновение последовало некоторое молчание.

– Вы, кажется, сказали, князь, что письмо к вам от Салазкина? – спросил Птицын. – Это очень известный в своем кругу человек; это очень известный ходок по делам, и если действительно он вас уведомляет, то вполне можете верить. К счастию, я руку знаю, потому что недавно дело имел... Если бы вы дали мне взглянуть, может быть, мог бы вам что-нибудь и сказать.

Князь молча, дрожащею рукой протянул ему письмо.

– Да что такое, что такое? – спохватился генерал, смотря на всех как полоумный, – да неужто наследство?

Все устремили взгляды на Птицына, читавшего письмо. Общее любопытство получило новый и чрезвычайный толчок. Фердыщенку не сиделось; Рогожин смотрел в недоумении и в ужасном беспокойстве переводил взгляды то на князя, то на Птицына. Дарья Алексеевна в ожидании была как на иголках. Даже Лебедев не утерпел, вышел из своего угла и, согнувшись в три погибели, стал заглядывать в письмо чрез плечо Птицына, с видом человека, опасающегося, что ему сейчас дадут за это колотушку.

XVI

– Верное дело, – объявил наконец Птицын, складывая письмо и передавая его князю. – Вы получаете безо всяких хлопот, по неоспоримому духовному завещанию вашей тетки, чрезвычайно большой капитал.

– Быть не может! – воскликнул генерал, точно выстрелил.

Все опять разинули рты.

Птицын объяснил, обращаясь преимущественно к Ивану Федоровичу, что у князя пять месяцев тому назад умерла тетка, которой он никогда не знал лично, родная и старшая сестра матери князя, дочь московского купца третьей гильдии, Папушина, умершего в бедности и в банкротстве. Но старший родной брат этого Папушина, недавно также умерший, был известный богатый купец. С год тому назад у него умерли почти в один и тот же месяц два его единственные сына. Это так его поразило, что старик недолго спустя сам заболел и умер. Он был вдов, совершенно никого наследников, кроме тетки князя, родной племянницы Папушина, весьма бедной женщины и приживавшей в чужом доме. Во время получения наследства эта тетка уже почти умирала от водяной, но тотчас же стала разыскивать князя, поручив это Салазкину, и успела сделать завещание. По-видимому, ни князь, ни доктор, у которого он жил в Швейцарии, не захотели ждать официальных уведомлений или делать справки, а князь, с письмом Салазкина в кармане, решился отправиться сам...

– Одно только могу вам сказать, – заключил Птицын, обращаясь к князю, – что всё это должно быть бесспорно и право, и всё, что пишет вам Салазкин о бесспорности и законности вашего дела, можете принять как за чистые деньги в кармане. Поздравляю вас, князь! Может быть, тоже миллиона полтора получите, а пожалуй что и больше. Папушин был очень богатый купец.

– Ай да последний в роде князь Мышкин! – завопил Фердыщенко.

– Ура! – пьяным голоском прохрипел Лебедев.

– А я-то ему давеча двадцать пять целковых ссудил, бедняжке, ха-ха-ха! фантасмагория, да и только! – почти ошеломленный от изумления проговорил генерал. – Ну, поздравляю, поздравляю! – и, встав с места, подошел к князю обнять его. За ним стали вставать и другие и тоже полезли к князю. Даже отретировавшиеся за портьеру стали появляться в гостиной. Пошел смутный говор, восклицания, раздались даже требования шампанского; всё затолкалось, засуетилось. На мгновение чуть не позабыли Настасью Филипповну и что все-таки она хозяйка своего вечера. Но мало-помалу всем почти разом представилась идея, что князь только что сделал ей предложение. Дело, стало быть, представлялось еще втрое более сумасшедшим и необыкновенным, чем прежде. Глубоко изумленный Тоцкий пожимал плечами; почти только он один и сидел, остальная толпа вся в беспорядке теснилась вокруг стола. Все утверждали потом, что с этого-то мгновения Настасья Филипповна и помешалась. Она продолжала сидеть и некоторое время оглядывала всех странным, удивленным каким-то взглядом, как бы не понимая и силясь сообразить. Потом она вдруг обратилась к князю и, грозно нахмурив брови, пристально его разглядывала; но это было на мгновение; может быть, ей вдруг показалось, что всё это шутка, насмешка; но вид князя тотчас ее разуверил. Она задумалась, опять потом улыбнулась, как бы не сознавая ясно чему...

– Значит, в самом деле княгиня! – прошептала она про себя как бы насмешливо и, взглянув нечаянно на Дарью Алексеевну, засмеялась. – Развязка неожиданная... я... не так ожидала... Да что же вы, господа, стоите, сделайте одолжение, садитесь, поздравьте меня с князем! Кто-то, кажется, просил шампанского; Фердыщенко, сходите прикажите. Катя, Паша, – увидала она вдруг в дверях своих девушек, – подите сюда, я замуж выхожу, слышали? За князя, у него полтора миллиона, он князь Мышкин и меня берет!

– Да и с богом, матушка, пора! Нечего пропускать-то! – крикнула Дарья Алексеевна, глубоко потрясенная происшедшим.

– Да садись же подле меня, князь, – продолжала Настасья Филипповна, – вот так, а вот и вино несут, поздравьте же, господа!

– Ура! – крикнуло множество голосов. Многие затеснились к вину, в том числе были почти все рогожинцы. Но хоть они и кричали и готовы были кричать, но многие из них, несмотря на всю странность обстоятельств и обстановки, почувствовали, что декорация переменяется. Другие были в смущении и ждали недоверчиво. А многие шептали друг другу, что ведь дело это самое обыкновенное, что мало ли на ком князья женятся, и цыганок из таборов берут. Сам Рогожин стоял и глядел, искривив лицо в неподвижную, недоумевающую улыбку.

– Князь, голубчик, опомнись! – с ужасом шепнул генерал, подойдя сбоку и дергая князя за рукав.

Настасья Филипповна заметила и захохотала.

– Нет, генерал! Я теперь и сама княгиня, слышали, князь меня в обиду не даст! Афанасий Иванович, поздравьте вы-то меня; я теперь с вашею женою везде рядом сяду; как вы думаете, выгодно такого мужа иметь? Полтора миллиона, да еще князь, да еще, говорят, идиот в придачу, чего лучше? Только теперь и начнется настоящая жизнь! Опоздал, Рогожин! Убирай свою пачку, я за князя замуж выхожу и сама богаче тебя!

Но Рогожин постиг, в чем дело. Невыразимое страдание отпечатлелось в лице его. Он всплеснул руками, и стон вырвался из его груди.

– Отступись! – прокричал он князю.

Кругом засмеялись.

– Это для тебя отступиться-то? – торжествуя, подхватила Дарья Алексеевна. – Ишь, деньги вывалил на стол, мужик! Князь-то замуж берет, а ты безобразничать явился!

– И я беру! Сейчас беру, сию минуту! Всё отдам...

– Ишь, пьяный из кабака, выгнать тебя надо! – в негодовании повторила Дарья Алексеевна.

Смех пошел пуще.

— Слышишь, князь, — обратилась к нему Настасья Филипповна, — вот как твою невесту мужик торгует.

— Он пьян, — сказал князь. — Он вас очень любит.

— А не стыдно тебе потом будет, что твоя невеста чуть с Рогожиным не уехала?

— Это вы в лихорадке были; вы и теперь в лихорадке, как в бреду.

— И не постыдишься, когда потом тебе скажут, что твоя жена у Тоцкого в содержанках жила?

— Нет, не постыжусь... Вы не по своей воле у Тоцкого были.

— И никогда не попрекнешь?

— Не попрекну.

— Ну, смотри, за всю жизнь не ручайся!

— Настасья Филипповна, — сказал князь тихо и как бы с состраданием, — я вам давеча говорил, что за честь приму ваше согласие и что вы мне честь делаете, а не я вам. Вы на эти слова усмехнулись, и кругом, я слышал, тоже смеялись. Я, может быть, смешно очень выразился и был сам смешон, но мне всё казалось, что я... понимаю, в чем честь, и уверен, что я правду сказал. Вы сейчас загубить себя хотели, безвозвратно, потому что вы никогда не простили бы себе потом этого: а вы ни в чем не виноваты. Быть не может, чтобы ваша жизнь совсем уже погибла. Что ж такое, что к вам Рогожин пришел, а Гаврила Ардалионович вас обмануть хотел? Зачем вы беспрестанно про это упоминаете? То, что вы сделали, на то не многие способны, это я вам повторяю, а что вы с Рогожиным ехать хотели, то это вы в болезненном припадке решили. Вы и теперь в припадке, и лучше бы вам идти в постель. Вы завтра же в прачки бы пошли, а не остались бы с Рогожиным. Вы горды, Настасья Филипповна, но, может быть, вы уже до того несчастны, что и действительно виновною себя считаете. За вами нужно много ходить, Настасья Филипповна. Я буду ходить за вами. Я давеча ваш портрет увидал, и точно я знакомое лицо узнал. Мне тотчас показалось, что вы как будто уже звали меня... Я... я вас буду всю жизнь уважать, Настасья Филипповна, – заключил вдруг князь, как бы вдруг опомнившись, покраснев и сообразив, пред какими людьми он это говорит.

Птицын так даже от целомудрия наклонил голову и смотрел в землю. Тоцкий про себя подумал: «Идиот, а знает, что лестью всего лучше возьмешь; натура!» Князь заметил тоже из угла сверкающий взгляд Гани, которым тот как бы хотел испепелить его.

– Вот так добрый человек! – провозгласила умилившаяся Дарья Алексеевна.

– Человек образованный, но погибший! – вполголоса прошептал генерал.

Тоцкий взял шляпу и приготовился встать, чтобы тихонько скрыться. Он и генерал переглянулись, чтобы выйти вместе.

– Спасибо, князь, со мной так никто не говорил до сих пор, – проговорила Настасья Филипповна, – меня всё торговали, а замуж никто еще не сватал из порядочных людей. Слышали, Афанасий Иваныч? Как вам покажется всё, что князь говорил? Ведь почти что неприлично... Рогожин! Ты погоди уходить-то. Да ты и не уйдешь, я вижу. Может, я еще с тобой отправлюсь. Ты куда везти-то хотел?

– В Екатерингоф, – отрапортовал из угла Лебедев, а Рогожин только вздрогнул и смотрел во все глаза, как бы не веря себе. Он совсем отупел, точно от ужасного удара по голове.

– Да что ты, что ты, матушка! Подлинно припадки находят; с ума, что ли, сошла? – вскинулась испуганная Дарья Алексеевна.

– А ты и впрямь думала? – хохоча вскочила с дивана Настасья Филипповна. – Этакого-то младенца сгубить? Да это Афанасию Иванычу в ту ж пору: это он младенцев любит! Едем, Рогожин! Готовь свою пачку! Ничего, что жениться хочешь, а деньги-то все-таки давай. Я за тебя-то еще и не пойду, может быть. Ты думал, как сам жениться хотел, так пачка у тебя и останется? Врешь! Я сама бесстыдница! Я Тоцкого наложницей была... Князь! тебе теперь надо Аглаю Епанчину, а не Настасью Филипповну, а то что — Фердыщенко-то пальцами будет указывать! Ты не боишься, да я буду бояться, что тебя загубила да что потом попрекнешь! А что ты объявляешь, что я честь тебе сделаю, так про то Тоцкий знает. А Аглаю-то Епанчину ты, Ганечка, просмотрел: знал ли ты это? Не торговался бы ты с ней, она непременно бы за тебя вышла! Вот так-то вы все: или с бесчестными, или с честными женщинами знаться — один выбор! А то непременно спутаешься... Ишь, генерал-то смотрит, рот раскрыл...

— Это содом, содом! — повторял генерал, вскидывая плечами. Он тоже встал с дивана; все опять были на ногах. Настасья Филипповна была как бы в исступлении.

— Неужели! — простонал князь, ломая руки.

— А ты думал, нет? Я, может быть, и сама гордая, нужды нет, что бесстыдница! Ты меня совершенством давеча называл; хорошо совершенство, что из одной похвальбы, что миллион и княжество растоптала, в трущобу идет! Ну, какая я тебе жена после этого? Афанасий Иваныч, а ведь миллион-то я и в самом деле в окно выбросила! Как же вы думали, что я за Ганечку да за ваши семьдесят пять тысяч за счастье выйти сочту? Семьдесят пять тысяч ты возьми себе, Афанасий Иваныч (и до ста-то не дошел, Рогожин перещеголял!); а Ганечку я утешу сама, мне мысль пришла. А теперь я гулять хочу, я ведь уличная! Я десять лет в тюрьме просидела, теперь мое счастье! Что же ты, Рогожин? Собирайся, едем!

— Едем! — заревел Рогожин, чуть не в исступлении от радости. — Ей вы... кругом... вина! Ух!..

— Припасай вина, я пить буду. А музыка будет?

— Будет, будет! Не подходи! — завопил Рогожин в исступлении, увидя, что Дарья Алексеевна подходит к Настасье Филипповне. — Моя! Всё мое! Королева! Конец!

Он от радости задыхался; он ходил вокруг Настасьи Филипповны и кричал на всех: «Не подходи!» Вся компания уже набилась в гостиную. Одни пили, другие кричали и хохотали, все были в самом возбужденном и непринужденном состоянии духа. Фердыщенко начинал пробовать к ним пристроиться. Генерал и Тоцкий сделали опять движение поскорее скрыться. Ганя тоже был со шляпой в руке, но он стоял молча и всё еще как бы оторваться не мог от развивавшейся пред ним картины.

– Не подходи! – кричал Рогожин.

– Да что ты орешь-то! – хохотала на него Настасья Филипповна. – Я еще у себя хозяйка; захочу, еще тебя в толчки выгоню. Я не взяла еще с тебя денег-то, вон они лежат; давай их сюда, всю пачку! Это в этой-то пачке сто тысяч? Фу, какая мерзость! Что ты, Дарья Алексеевна? Да неужто же мне его загубить было? (Она показала на князя.) Где ему жениться, ему самому еще няньку надо: вон генерал и будет у него в няньках, – ишь за ним увивается! Смотри, князь, твоя невеста деньги взяла, потому что она распутная, а ты ее брать хотел! Да что ты плачешь-то? Горько, что ли? А ты смейся, по-моему, – продолжала Настасья Филипповна, у которой у самой засверкали две крупные слезы на щеках. – Времени верь – всё пройдет! Лучше теперь одуматься, чем потом... Да что вы всё плачете – вот и Катя плачет! Чего ты, Катя, милая? Я вам с Пашей много оставляю, уже распорядилась, а теперь прощайте! Я тебя, честную девушку, за собой, за распутной, ухаживать заставляла... Этак-то лучше, князь, право лучше, потом презирать меня стал бы, и не было бы нам счастья! Не клянись, не верю! Да и как глупо-то было бы!.. Нет, лучше простимся по-доброму, а то ведь я и сама мечтательница, проку бы не было! Разве я сама о тебе не мечтала? Это ты прав, давно мечтала, еще в деревне у него, пять лет прожила одна-одинехонька; думаешь-думаешь, бывало-то, мечтаешь-мечтаешь, – и вот всё такого, как ты, воображала, доброго, честного, хорошего и такого же глупенького, что вдруг придет да и скажет: «Вы не виноваты, Настасья Филипповна, а я вас обожаю!» Да так, бывало, размечтаешься, что с ума сойдешь... А тут приедет вот этот: месяца по два гостил в году, опозорит, разобидит, распалит, развратит, уедет, – так тысячу раз в пруд хотела кинуться, да подла была, души не хватало, ну, а теперь... Рогожин, готов?

– Готово! Не подходи!

– Готово! – раздалось несколько голосов.

– Тройки ждут с колокольчиками!

Настасья Филипповна схватила в руки пачку.

– Ганька, ко мне мысль пришла: я тебя вознаградить хочу, потому за что же тебе всё-то терять? Рогожин, доползет он на Васильевский за три целковых?

– Доползет!

– Ну, так слушай же, Ганя, я хочу на твою душу в последний раз посмотреть; ты меня сам целых три месяца мучил; теперь мой черед. Видишь ты эту пачку, в ней сто тысяч! Вот я ее сейчас брошу в камин, в огонь, вот при всех, все свидетели! Как только огонь обхватит ее всю – полезай в камин, но только без перчаток, с голыми руками, и рукава отверни, и тащи пачку из огня! Вытащишь – твоя, все сто тысяч твои! Капельку только пальчики обожжешь, – да ведь сто тысяч, подумай! Долго ли выхватить! А я на душу твою полюбуюсь, как ты за моими деньгами в огонь полезешь. Все свидетели, что пачка будет твоя! А не полезешь, так и сгорит; никого не пущу. Прочь! Все прочь! Мои деньги! Я их за ночь у Рогожина взяла. Мои ли деньги, Рогожин?

– Твои, радость! Твои, королева!

– Ну, так все прочь, что хочу, то и делаю! Не мешать! Фердыщенко, поправьте огонь!

– Настасья Филипповна, руки не подымаются! – отвечал ошеломленный Фердыщенко.

– Э-эх! – крикнула Настасья Филипповна, схватила каминные щипцы, разгребла два тлевшие полена и, чуть только вспыхнул огонь, бросила на него пачку.

Крик раздался кругом; многие даже перекрестились.

– С ума сошла, с ума сошла! – кричали кругом.

– Не... не... связать ли нам ее? – шепнул генерал Птицыну, – или не послать ли... С ума ведь сошла, ведь сошла? Сошла?

– Н-нет, это, может быть, не совсем сумасшествие, – прошептал бледный как платок и дрожащий Птицын, не в силах отвести глаз своих от затлевшейся пачки.

– Сумасшедшая? Ведь сумасшедшая? – приставал генерал к Тоцкому.

– Я вам говорил, что *колоритная* женщина, – пробормотал тоже отчасти побледневший Афанасий Иванович.

– Но ведь, однако ж, сто тысяч!...

– Господи, господи! – раздавалось кругом. Все затеснились вокруг камина, все лезли смотреть, все восклицали... Иные даже вскочили на стулья, чтобы смотреть через головы. Дарья Алексеевна выскочила в другую комнату и в страхе шепталась о чем-то с Катей и с Пашей. Красавица немка убежала.

– Матушка! Королевна! Всемогущая! – вопил Лебедев, ползая на коленках перед Настасьей Филипповной и простирая руки к камину. – Сто тысяч! Сто тысяч! Сам видел, при мне упаковывали! Матушка! Милостивая! Повели мне в камин: весь влезу, всю голову свою седую в огонь вложу!.. Больная жена без ног, тринадцать человек детей – всё сироты, отца схоронил на прошлой неделе, голодный сидит, Настасья Филипповна!! – и, провопив, он пополз было в камин.

– Прочь! – закричала Настасья Филипповна, отталкивая его. – Расступитесь все! Ганя, чего же ты стоишь? Не стыдись! Полезай! Твое счастье!

Но Ганя уже слишком много вынес в этот день и в этот вечер и к этому последнему неожиданному испытанию был не приготовлен. Толпа расступилась пред ними на две половины, и он остался глаз на глаз с Настасьей Филипповной, в трех шагах от нее расстояния. Она стояла у самого камина и ждала, не спуская с него огненного, пристального взгляда. Ганя, во фраке, со шляпой в руке и с перчатками, стоял пред нею молча и безответно, скрестив руки и смотря на огонь. Безумная улыбка бродила на его бледном как платок лице. Правда, он не мог отвести глаз от огня, от затлевшейся пачки; но, казалось, что-то новое взошло ему в душу; как будто он поклялся выдержать пытку; он не двигался с места; через несколько мгновений всем стало ясно, что он не пойдет за пачкой, не хочет идти.

– Эй, сгорят, тебя же застыдят, – кричала ему Настасья Филипповна, – ведь после повесишься, я не шучу!

Огонь, вспыхнувший вначале между двумя дотлевавшими головнями, сперва было потух, когда упала на него и придавила его пачка. Но маленькое синее пламя еще цеплялось снизу за один угол нижней головешки. Наконец тонкий, длинный язычок огня лизнул и пачку, огонь прицепился и побежал вверх по бумаге по углам, и вдруг вся пачка вспыхнула в камине, и яркое пламя рванулось вверх. Все ахнули.

– Матушка! – всё еще вопил Лебедев, опять порываясь вперед, но Рогожин оттащил и оттолкнул его снова.

Сам Рогожин весь обратился в один неподвижный взгляд. Он оторваться не мог от Настасьи Филипповны, он упивался, он был на седьмом небе.

– Вот это так королева! – повторял он поминутно, обращаясь кругом к кому ни попало. – Вот это так по-нашему! – вскрикивал он, не помня себя. – Ну, кто из вас, мазурики, такую штуку сделает, а?

Князь наблюдал грустно и молча.

– Я зубами выхвачу за одну только тысячу! – предложил было Фердыщенко.

– Зубами-то и я бы сумел! – проскрежетал кулачный господин сзади всех в припадке решительного отчаяния. – Ч-черрт возьми! Горит, всё сгорит! – вскричал он, увидев пламя.

– Горит, горит! – кричали все в один голос, почти все тоже порываясь к камину.

– Ганя, не ломайся, в последний раз говорю!

— Полезай! — заревел Фердыщенко, бросаясь к Гане в решительном исступлении и дергая его за рукав, — полезай, фанфаронишка! Сгорит! О, пр-р-роклятый!

Ганя с силой оттолкнул Фердыщенка, повернулся и пошел к дверям; но, не сделав и двух шагов, зашатался и грохнулся об пол.

— Обморок! — закричали кругом.

— Матушка, сгорят! — вопил Лебедев.

— Даром сгорят! — ревели со всех сторон.

— Катя, Паша, воды ему, спирту! — крикнула Настасья Филипповна, схватила каминные щипцы и выхватила пачку.

Вся почти наружная бумага обгорела и тлела, но тотчас же было видно, что внутренность была не тронута. Пачка была обернута в тройной газетный лист, и деньги были целы. Все вздохнули свободнее.

— Разве только тысчоночка какая-нибудь поиспортилась, а остальные все целы, — с умилением выговорил Лебедев.

— Все его! Вся пачка его! Слышите, господа! — провозгласила Настасья Филипповна, кладя пачку возле Гани. — А не пошел-таки, выдержал! Значит, самолюбия еще больше, чем жажды денег. Ничего, очнется! А то бы зарезал, пожалуй... Вон уж и приходит в себя. Генерал, Иван Петрович, Дарья Алексеевна, Катя, Паша, Рогожин, слышали? Пачка его, Ганина. Я отдаю ему в полную собственность, в вознаграждение... ну, там, чего бы то ни было! Скажите ему. Пусть тут подле него и лежит... Рогожин, марш! Прощай, князь, в первый раз человека видела! Прощайте, Афанасий Иванович, merci!

Вся рогожинская ватага с шумом, с громом, с криками пронеслась по комнатам к выходу вслед за Рогожиным и Настасьей Филипповной. В зале девушки подали ей шубу; кухарка Марфа прибежала из кухни. Настасья Филипповна всех их перецеловала.

— Да неужто, матушка, вы нас совсем покидаете? Да куда же вы пойдете? И еще в день рождения, в такой день! – спрашивали расплакавшиеся девушки, целуя у ней руки.

– На улицу пойду, Катя, ты слышала, там мне и место, а не то в прачки! Довольно с Афанасием Ивановичем! Кланяйтесь ему от меня, а меня не поминайте лихом...

Князь стремглав бросился к подъезду, где все рассаживались на четырех тройках с колокольчиками. Генерал успел догнать его еще на лестнице.

– Помилуй, князь, опомнись! – говорил он, хватая его за руку, – брось! Видишь, какая она! Как отец говорю...

Князь поглядел на него, но, не сказав ни слова, вырвался и побежал вниз.

У подъезда, от которого только что откатили тройки, генерал разглядел, что князь схватил первого извозчика и крикнул ему в Екатерингоф, вслед за тройками. Затем подкатил генеральский серенький рысачок и увлек генерала домой, с новыми надеждами и расчетами и с давешним жемчугом, который генерал все-таки не забыл взять с собой. Между расчетами мелькнул ему раза два и соблазнительный образ Настасьи Филипповны; генерал вздохнул:

– Жаль! Искренно жаль! Погибшая женщина! Женщина сумасшедшая!.. Ну-с, а князю теперь не Настасью Филипповну надо...

В этом же роде несколько нравоучительных и напутственных слов произнесено было и другими двумя собеседниками из гостей Настасьи Филипповны, рассудившими пройти несколько пешком.

– Знаете, Афанасий Иванович, это, как говорят, у японцев в этом роде бывает, – говорил Иван Петрович Птицын, – обиженный там будто бы идет к обидчику и говорит ему: «Ты меня обидел, за это я пришел распороть в твоих глазах свой живот», и с этими словами действительно распарывает в глазах обидчика свой живот и чувствует, должно быть, чрезвычайное удовлетворение, точно и в самом деле отмстил. Странные бывают на свете характеры, Афанасий Иванович!

— А вы думаете, что и тут в этом роде было, — ответил с улыбкой Афанасий Иванович, — гм! Вы, однако ж, остроумно... и прекрасное сравнение привели. Но вы видели, однако же, сами, милейший Иван Петрович, что я сделал всё, что мог, не могу же я сверх возможного, согласитесь сами? Но согласитесь, однако ж, и с тем, что в этой женщине присутствовали капитальные достоинства... блестящие черты. Я давеча ей крикнуть даже хотел, если бы мог только себе это позволить при этом содоме, что она сама есть самое лучшее мое оправдание на все ее обвинения. Ну кто не пленился бы иногда этою женщиной до забвения рассудка и... всего? Смотрите, этот мужик, Рогожин, сто тысяч ей приволок! Положим, это всё, что случилось там теперь, — эфемерно, романтично, неприлично, но зато колоритно, зато оригинально, согласитесь сами. Боже, что бы могло быть из такого характера и при такой красоте! Но, несмотря на все усилия, на образование даже, — всё погибло! Нешлифованный алмаз — я несколько раз говорил это...

И Афанасий Иванович глубоко вздохнул.

Часть вторая

I

Дня два после странного приключения на вечере у Настасьи Филипповны, которым мы закончили первую часть нашего рассказа, князь Мышкин поспешил выехать в Москву по делу о получении своего неожиданного наследства. Говорили тогда, что могли быть и другие причины такой поспешности его отъезда; но об этом, равно как и о приключениях князя в Москве и вообще в продолжение его отлучки из Петербурга, мы можем сообщить довольно мало сведений. Князь пробыл в отлучке ровно шесть месяцев, и даже те, кто имел некоторые причины интересоваться его судьбой, слишком мало могли узнать о нем за всё это время. Доходили, правда, к иным, хотя и очень редко, кой-какие слухи, но тоже большею частью странные и всегда почти один другому противоречившие. Более всех интересовались князем, конечно, в доме Епанчиных, с которыми он, уезжая, даже не успел и проститься. Генерал, впрочем, виделся с ним тогда, и даже раза два-три; они о чем-то серьезно толковали. Но если сам Епанчин и виделся, то семейству своему об этом не возвестил. Да и вообще в первое время, то есть чуть ли не целый месяц по отъезде князя, в доме Епанчиных о нем говорить было не принято. Одна только генеральша Лизавета Прокофьевна высказалась в самом начале, «что она в князе жестоко ошиблась». Потом дня через два или три прибавила, но уже не называя князя, а неопределенно, что «главнейшая черта в ее жизни была беспрерывная ошибка в людях». И наконец, уже дней десять спустя, заключила в виде сентенции, чем-то раздражившись на дочерей, что: «Довольно ошибок! Больше их уже не будет». Нельзя не заметить при этом, что в их доме довольно долго существовало какое-то неприятное настроение. Было что-то тяжелое, натянутое, недоговоренное, ссорное; все хмурились. Генерал день и ночь был занят, хлопотал о делах; редко видели его более занятым и деятельным, — особенно по службе. Домашние едва успевали взглянуть на него. Что же касается до девиц Епанчиных, то вслух, конечно, ими ничего не было высказано. Может быть, даже и наедине между собой сказано было слишком мало. Это были девицы гордые, высокомерные и даже между собой иногда стыдливые, а впрочем, понимавшие друг друга не только с первого слова, но с первого даже взгляда, так что и говорить много иной раз было бы незачем.

Одно только можно бы было заключить постороннему наблюдателю, если бы таковой тут случился: что, судя по всем вышесказанным, хотя и немногим, данным, князь все-таки успел оставить в доме Епанчиных особенное впечатление, хоть и являлся в нем всего один раз, да и то мелько м. Может быть, это было впечатление простого любопытства, объясняемого некоторыми эксцентрическими приключениями князя. Как бы то ни было, а впечатление осталось.

Мало-помалу и распространившиеся было по городу слухи успели покрыться мраком неизвестности. Рассказывалось, правда, о каком-то князьке и дурачке (никто не мог назвать верно имени), получившем вдруг огромнейшее наследство и женившемся на одной заезжей француженке, известной канканерке в Шато-де-Флёр в Париже. Но другие говорили, что наследство получил какой-то генерал, а женился на известной француженке и известной канканерке русский купчик и несметный богач, и на свадьбе своей, из одной похвальбы, пьяный, сжег на свечке ровно на семьсот тысяч билетов последнего лотерейного займа. Но все эти слухи очень скоро затихли, чему много способствовали обстоятельства. Вся, например, компания Рогожина, из которой многие могли бы кое-что рассказать, отправилась всей громадой, с ним самим во главе, в Москву, почти ровно через неделю после ужасной оргии в Екатерингофском воксале, где присутствовала и Настасья Филипповна. Кой-кому, очень немногим интересующимся, стало известно по каким-то слухам, что Настасья Филипповна на другой же день после Екатерингофа бежала, исчезла и что будто бы выследили наконец, что она отправилась в Москву; так что и в отъезде Рогожина в Москву стали находить некоторое совпадение с этим слухом.

Пошли было тоже слухи собственно насчет Гаврилы Ардалионовича Иволгина, который был довольно тоже известен в своем кругу. Но и с ним приключилось одно обстоятельство, вскоре быстро охладившее, а впоследствии и совсем уничтожившее все недобрые рассказы на его счет: он сделался очень болен и не мог являться не только нигде в обществе, но даже и на службу. Проболев с месяц, он выздоровел, но от службы в акционерном обществе почему-то совсем отказался, и место его занял другой. В доме генерала Епанчина он тоже не появлялся ни разу, так что и к генералу стал ходить другой чиновник. Враги Гаврилы Ардалионовича могли бы предположить, что он до того уже сконфужен от всего с ним случившегося, что стыдится и на улицу выйти; но он и в самом деле что-то хворал: впал даже в ипохондрию, задумывался, раздражался. Варвара Ардалионовна в ту же зиму вышла замуж за Птицына; все их знавшие прямо приписали этот брак тому обстоятельству, что Ганя не хотел возвратиться к своим занятиям и не только перестал содержать семейство, но даже сам начал нуждаться в помощи и почти что в уходе за ним.

Заметим в скобках, что и о Гавриле Ардалионовиче в доме Епанчиных никогда даже и не упоминалось, — как будто и на свете такого человека не было, не только в их доме. А между тем там про него все узнали (и даже весьма скоро) одно очень замечательное обстоятельство, а именно: в ту самую роковую для него ночь, после неприятного приключения у Настасьи Филипповны, Ганя, воротясь домой, спать не лег, а стал ожидать возвращения князя с лихорадочным нетерпением. Князь, поехавший в Екатерингоф, возвратился оттуда в шестом часу утра. Тогда Ганя вошел в его комнату и положил перед ним на стол обгорелую пачку денег, подаренных ему Настасьей Филипповной, когда он лежал в обмороке. Он настойчиво просил князя при первой возможности возвратить этот подарок обратно Настасье Филипповне. Когда Ганя входил к князю, то был в настроении враждебном и почти отчаянном; но между ним и князем было сказано будто бы несколько каких-то слов, после чего Ганя просидел у князя два часа и всё время рыдал прегорько. Расстались оба в отношениях дружеских.

Это известие, дошедшее до всех Епанчиных, было, как подтвердилось впоследствии, совершенно точно. Конечно, странно, что такого рода известия могли так скоро доходить и узнаваться; всё происшедшее, например, у Настасьи Филипповны стало известно в доме Епанчиных чуть не на другой же день, и даже в довольно точных подробностях. По поводу же известий о Гавриле Ардалионовиче можно было бы предположить, что они занесены были к Епанчиным Варварой Ардалионовной, как-то вдруг появившеюся у девиц Епанчиных и даже ставшею у них очень скоро на очень короткую ногу, что чрезвычайно удивляло Лизавету Прокофьевну. Но Варвара Ардалионовна хоть и нашла почему-то нужным так близко сойтись с Епанчиными, но о брате своем с ними говорить наверно не стала бы. Это была тоже довольно гордая женщина, в своем только роде, несмотря на то что завела дружбу там, откуда ее брата почти выгнали. Прежде того она хоть и была знакома с девицами Епанчиными, но виделись они редко. В гостиной, впрочем, она и теперь почти не показывалась и заходила, точно забегала, с заднего крыльца. Лизавета Прокофьевна никогда не жаловала ее, ни прежде, ни теперь, хоть и очень уважала Нину Александровну, маменьку Варвары Ардалионовны. Она удивлялась, сердилась, приписывала знакомство с Варей капризам и властолюбию своих дочерей, которые «уж и придумать не знают, что ей сделать напротив», а Варвара Ардалионовна все-таки продолжала ходить к ним до и после своего замужества.

Но прошло с месяц по отъезде князя, и генеральша Епанчина получила от старухи княгини Белоконской, уехавшей недели две пред тем в Москву к своей старшей замужней дочери, письмо, и письмо это произвело на нее видимое действие. Она хоть и ничего не сообщила из него ни дочерям, ни Ивану Федоровичу, но по многим признакам стало заметно в семье, что она как-то особенно возбуждена, даже взволнована. Стала как-то особенно странно заговаривать с дочерьми, и всё о таких необыкновенных предметах; ей видимо хотелось высказаться, но она почему-то сдерживалась. В день получения письма она всех приласкала, даже поцеловала Аглаю и Аделаиду, в чем-то собственно пред ними покаялась, но в чем именно, они не могли разобрать. Даже к Ивану Федоровичу, которого целый месяц продержала в опале, стала вдруг снисходительна. Разумеется, на другой же день она ужасно рассердилась на свою вчерашнюю чувствительность и еще до обеда успела со всеми перессориться, но к вечеру опять горизонт прояснился. Вообще целую неделю она продолжала находиться в довольно ясном настроении духа, чего давно уже не было.

Но еще чрез неделю от Белоконской получено было еще письмо, и в этот раз генеральша уже решилась высказаться. Она торжественно объявила, что «старуха Белоконская» (она иначе никогда не называла княгиню, говоря о ней заочно) сообщает ей весьма утешительные сведения об этом... «чудаке, ну, вот, о князе-то!». Старуха его в Москве разыскала, справлялась о нем, узнала что-то очень хорошее; князь наконец явился к ней сам и произвел на нее впечатление почти чрезвычайное. «Видно из того, что она его каждый день пригласила ходить к ней по утрам, от часу до двух, и тот каждый день к ней таскается и до сих пор не надоел», — заключила генеральша, прибавив к тому, что чрез «старуху» князь в двух-трех домах хороших стал принят. «Это хорошо, что сиднем не сидит и не стыдится как дурак». Девицы, которым всё это было сообщено, тотчас заметили, что маменька что-то очень много из письма своего от них скрыла. Может быть, они узнали это чрез Варвару Ардалионовну, которая могла знать и, конечно, знала всё, что знал Птицын о князе и о пребывании его в Москве. А Птицыну могло быть известно даже больше, чем всем. Но человек он был чрезмерно молчаливый в деловом отношении, хотя Варе, разумеется, и сообщал. Генеральша тотчас же и еще более не полюбила за это Варвару Ардалионовну.

Но как бы то ни было, а лед был разбит, и о князе вдруг стало возможным говорить вслух. Кроме того, еще раз ясно обнаружилось то необыкновенное впечатление и тот уже не в меру большой интерес, который возбудил и оставил по себе князь в доме Епанчиных. Генеральша даже подивилась впечатлению, произведенному на ее дочек известиями из Москвы. А дочки тоже подивились на свою мамашу, так торжественно объявившую им, что «главнейшая черта ее жизни — беспрерывная ошибка в людях», и в то же самое время поручавшую князя вниманию «могущественной» старухи Белоконской в Москве, причем, конечно, пришлось выпрашивать ее внимания Христом да Богом, потому что «старуха» была в известных случаях туга на подъем.

Но как только лед был разбит и повеяло новым ветром, поспешил высказаться и генерал. Оказалось, что и тот необыкновенно интересовался. Сообщил он, впрочем, об одной только «деловой стороне предмета». Оказалось, что он, в интересах князя, поручил наблюдать за ним, и особенно за руководителем его Салазкиным, двум каким-то очень благонадежным и влиятельным в своем роде в Москве господам. Всё, что говорилось о наследстве, «так сказать о факте наследства», оказалось верным, но что самое наследство в конце концов оказывается вовсе не так значительным, как об нем сначала распространили. Состояние наполовину запутано; оказались долги, оказались какие-то претенденты, да и князь, несмотря на все руководства, вел себя самым неделовым образом. «Конечно, дай ему бог»: теперь, когда «лед молчания» разбит, генерал рад заявить об этом «от всей искренности» души, потому «малый хоть немного и *того*», но все-таки стоит того. А между тем все-таки тут наглупил: явились, например, кредиторы покойного купца, по документам спорным, ничтожным, а иные, пронюхав о князе, так и вовсе без документов, – и что же? Князь почти всех удовлетворил, несмотря на представления друзей о том, что все эти людишки и кредиторишки совершенно без прав; и потому только удовлетворил, что действительно оказалось, что некоторые из них в самом деле пострадали.

Генеральша на это отозвалась, что в этом роде ей и Белоконская пишет и что «это глупо, очень глупо; дурака не вылечишь», – резко прибавила она, но по лицу ее видно было, как она рада была поступкам этого «дурака». В заключение всего генерал заметил, что супруга его принимает в князе участие точно как будто в родном своем сыне и что Аглаю она что-то ужасно стала ласкать; видя это, Иван Федорович принял на некоторое время весьма деловую осанку.

Но всё это приятное настроение опять-таки существовало недолго. Прошло всего две недели, и что-то вдруг опять изменилось, генеральша нахмурилась, а генерал, пожав несколько раз плечами, подчинился опять «льду молчания». Дело в том, что всего две недели назад он получил под рукой одно известие, хоть н короткое и потому не совсем ясное, но зато верное, о том, что Настасья Филипповна, сначала пропавшая в Москве, разысканная потом в Москве же Рогожиным, потом опять куда-то пропавшая и опять им разысканная, дала наконец ему почти верное слово выйти за него замуж. И вот всего только две недели спустя вдруг получено было его превосходительством сведение, что Настасья Филипповна бежала в третий раз, почти что из-под венца, и на этот раз пропала где-то в губернии, а между тем исчез из Москвы и князь Мышкин, оставив все свои дела на попечение Салазкина, «с нею ли или просто бросился за ней – неизвестно, но что-то тут есть», – заключил генерал. Лизавета Прокофьевна тоже и с своей стороны получила какие-то неприятные сведения. В конце концов два месяца после выезда князя почти всякий слух о нем в Петербурге затих окончательно, а в доме Епанчиных «лед молчания» уже и не разбивался. Варвара Ардалионовна, впрочем, все-таки навещала девиц.

Чтобы закончить о всех этих слухах и известиях, прибавим и то, что у Епанчиных произошло к весне очень много переворотов, так что трудно было не забыть о князе, который и сам не давал, а может быть, и не хотел подать о себе вести. В продолжение зимы мало-помалу наконец решили отправиться на лето за границу, то есть Лизавета Прокофьевна с дочерьми; генералу, разумеется, нельзя было тратить время на «пустое развлечение». Решение состоялось по чрезвычайному и упорному настоянию девиц, совершенно убедившихся, что за границу их оттого не хотят везти, что у родителей беспрерывная забота выдать их замуж и искать им женихов. Может быть, и родители убедились наконец, что женихи могут встретиться и за границей и что поездка на одно лето не только ничего не может расстроить, но, пожалуй, еще даже «может способствовать». Здесь кстати упомянуть, что бывший в проекте брак Афанасия Ивановича Тоцкого и старшей Епанчиной совсем расстроился и формальное предложение его вовсе не состоялось! Случилось это как-то само собой, без больших разговоров и безо всякой семейной борьбы. Со времени отъезда князя всё вдруг затихло с обеих сторон. Вот и это обстоятельство вошло отчасти в число причин тогдашнего тяжелого настроения в семействе Епанчиных, хотя генеральша и высказала тогда же, что она теперь рада «обеими руками перекреститься». Генерал хотя и был в опале и чувствовал, что сам виноват, но все-таки надолго надулся; жаль ему было Афанасия Ивановича: «такое состояние и ловкий такой человек!» Недолго спустя генерал узнал, что Афанасий Иванович пленился одною заезжею француженкой высшего общества, маркизой и легитимисткой, что брак состоится и что Афанасия Ивановича увезут в Париж, а потом куда-то в Бретань. «Ну, с француженкой пропадет», — решил генерал.

А Епанчины готовились к лету выехать. И вдруг произошло обстоятельство, которое опять всё переменило по-новому, и поездка опять была отложена, к величайшей радости генерала и генеральши. В Петербург пожаловал из Москвы один князь, князь Щ., известный, впрочем, человек, и известный с весьма и весьма хорошей точки. Это был один из тех людей, или даже, можно сказать, деятелей последнего времени, честных, скромных, которые искренно и сознательно желают полезного, всегда работают и отличаются тем редким и счастливым качеством, что всегда находят работу. Не выставляясь напоказ, избегая ожесточения и празднословия партий, не считая себя в числе первых, князь понял, однако, многое из совершающегося в последнее время весьма основательно. Он прежде служил, потом стал принимать участие в земской деятельности. Кроме того, был полезным корреспондентом нескольких русских ученых обществ. Сообща с одним знакомым техником он способствовал, собранными сведениями и изысканиями, более верному направлению одной из важнейших проектированных железных дорог. Ему было лет тридцать пять. Человек он был «самого высшего света» и, кроме того, с состоянием «хорошим, серьезным, неоспоримым», как отозвался генерал, имевший случай по одному довольно серьезному делу сойтись и познакомиться с князем у графа, своего начальника. Князь, из некоторого особенного любопытства, никогда не избегал знакомства с русскими «деловыми людьми». Случилось, что князь познакомился и с семейством генерала. Аделаида Ивановна, средняя из трех сестер, произвела на него довольно сильное впечатление. К весне князь объяснился. Аделаиде он очень понравился, понравился и Лизавете Прокофьевне. Генерал был очень рад. Само собою разумеется, поездка была отложена. Свадьба назначалась весной.

Поездка, впрочем, могла бы и к средине и к концу лета состояться, хотя бы только в виде прогулки на месяц или на два Лизаветы Прокофьевны с двумя оставшимися при ней дочерьми, чтобы рассеять грусть по оставившей их Аделаиде. Но произошло опять нечто новое: уже в конце весны (свадьба Аделаиды несколько замедлилась и была отложена до средины лета) князь Щ. ввел в дом Епанчиных одного из своих дальних родственников, довольно хорошо, впрочем, ему знакомого. Это был некто Евгений Павлович Р., человек еще молодой, лет двадцати восьми, флигель-адъютант, писаный красавец собой, «знатного рода», человек остроумный, блестящий, «новый», «чрезмерного образования» и — какого-то уж слишком неслыханного богатства. Насчет этого последнего пункта генерал был всегда осторожен. Он сделал справки: «действительно, что-то такое оказывается — хотя, впрочем, надо еще проверить». Этот молодой и с «будущностью» флигель-адъютант был сильно возвышен отзывом старухи Белоконской из Москвы. Одна только слава за ним была несколько щекотливая: несколько связей и, как уверяли, «побед» над какими-то несчастными сердцами. Увидев Аглаю, он стал необыкновенно усидчив в доме Епанчиных. Правда, ничего еще не было сказано, даже намеков никаких не было сделано; но родителям все-таки казалось, что нечего этим летом думать о заграничной поездке. Сама Аглая, может быть, была и другого мнения.

Происходило это уже почти пред самым вторичным появлением нашего героя на сцену нашего рассказа. К этому времени, судя на взгляд, бедного князя Мышкина уже совершенно успели в Петербурге забыть. Если б он теперь вдруг явился между знавшими его, то как бы с неба упал. А между тем мы все-таки сообщим еще один факт и тем самым закончим наше введение.

Коля Иволгин, по отъезде князя, сначала продолжал свою прежнюю жизнь, то есть ходил в гимназию, к приятелю своему Ипполиту, смотрел за генералом и помогал Варе по хозяйству, то есть был у ней на побегушках. Но жильцы быстро исчезли: Фердыщенко съехал куда-то три дня спустя после приключения у Настасьи Филипповны и довольно скоро пропал, так что о нем и всякий слух затих; говорили, что где-то пьет, но не утвердительно. Князь уехал в Москву; с жильцами было покончено. Впоследствии, когда Варя уже вышла замуж, Нина Александровна и Ганя переехали вместе с ней к Птицыну, в Измайловский полк; что же касается до генерала Иволгина, то с ним почти в то же самое время случилось одно совсем непредвиденное обстоятельство: его посадили в долговое отделение. Препровожден он был туда приятельницей своей, капитаншей, по выданным ей в разное время документам, ценой тысячи на две. Всё это произошло для него совершенным сюрпризом, и бедный генерал был «решительно жертвой своей неумеренной веры в благородство сердца человеческого, говоря вообще». Взяв успокоительную привычку подписывать заемные письма и векселя, он и возможности не предполагал их воздействия, хотя бы когда-нибудь, всё думал, что это *так*. Оказалось не так. «Доверяйся после этого людям, выказывай благородную доверчивость!» — восклицал он в горести, сидя с новыми приятелями, в доме Тарасова, за бутылкой вина и рассказывая им анекдоты про осаду Карса и про воскресшего солдата. Зажил он, впрочем, отлично. Птицын и Варя говорили, что это его настоящее место и есть; Ганя вполне подтвердил это.

Одна только бедная Нина Александровна горько плакала втихомолку (что даже удивляло домашних) и, вечно хворая, таскалась, как только могла чаще, к мужу на свидания в Измайловский полк.

Но со времени «случая с генералом», как выражался Коля, и вообще с самого замужества сестры Коля почти совсем у них отбился от рук и до того дошел, что в последнее время даже редко являлся и ночевать в семью. По слухам, он завел множество новых знакомств; кроме того, стал слишком известен и в долговом отделении. Нина Александровна там без него и обойтись не могла; дома же его даже и любопытством теперь не беспокоили. Варя, так строго обращавшаяся с ним прежде, не подвергала его теперь ни малейшему допросу об его странствиях; а Ганя, к большому удивлению домашних, говорил и даже сходился с ним иногда совершенно дружески, несмотря на всю свою ипохондрию, чего никогда не бывало прежде, так как двадцатисемилетний Ганя, естественно, не обращал на своего пятнадцатилетнего брата ни малейшего дружелюбного внимания, обращался с ним грубо, требовал к нему от всех домашних одной только строгости и постоянно грозился «добраться до его ушей», что и выводило Колю «из последних границ человеческого терпения». Можно было подумать, что теперь Коля иногда даже становился необходимым Гане. Его очень поразило, что Ганя возвратил тогда назад деньги; за это он многое был готов простить ему.

Прошло месяца три по отъезде князя, и в семействе Иволгиных услыхали, что Коля вдруг познакомился с Епанчиными и очень хорошо принят девицами. Варя скоро узнала об этом; Коля, впрочем, познакомился не чрез Варю, а «сам от себя». Мало-помалу его у Епанчиных полюбили. Генеральша была им сперва очень недовольна, но вскоре стала его ласкать «за откровенность и за то, что не льстит». Что Коля не льстил, то это было вполне справедливо; он сумел стать у них совершенно на равную и независимую ногу, хоть и читал иногда генеральше книги и газеты, – но он и всегда бывал услужлив. Раза два он жестоко, впрочем, поссорился с Лизаветой Прокофьевной, объявил ей, что она деспотка и что ноги его не будет в ее доме. В первый раз спор вышел из-за «женского вопроса», а во второй раз из-за вопроса, в которое время года лучше ловить чижиков. Как ни невероятно, но генеральша на третий день после ссоры прислала ему с лакеем записку, прося непременно пожаловать; Коля не ломался и тотчас же явился. Одна Аглая была постоянно почему-то не расположена к нему и обращалась с ним свысока. Ее-то и суждено было отчасти удивить ему. Один раз, – это было на святой, – улучив минуту наедине, Коля подал Аглае письмо, сказав только, что велено передать ей одной. Аглая грозно оглядела «самонадеянного мальчишку», но Коля не стал ждать и вышел. Она развернула записку и прочла:

«Когда-то вы меня почтили вашею доверенностью. Может быть, вы меня совсем теперь позабыли. Как это так случилось, что я к вам пишу? Я не знаю; но у меня явилось неудержимое желание напомнить вам о себе, и именно вам. Сколько раз вы все три бывали мне очень нужны, но из всех трех я видел одну только вас. Вы мне нужны, очень нужны. Мне нечего писать вам о себе, нечего рассказывать. Я и не хотел того; мне ужасно бы желалось, чтобы вы были счастливы. Счастливы ли вы? Вот это только я и хотел вам сказать.

Ваш брат кн. *Л. Мышкин*».

Прочтя эту коротенькую и довольно бестолковую записку, Аглая вся вдруг вспыхнула и задумалась. Нам трудно бы было передать течение ее мыслей. Между прочим, она спросила себя: «Показывать ли кому-нибудь?» Ей както было стыдно. Кончила, впрочем, тем, что с насмешливою и странною улыбкой кинула письмо в свой столик. Назавтра опять вынула и заложила в одну толстую, переплетенную в крепкий корешок книгу (она и всегда так делала с своими бумагами, чтобы поскорее найти, когда понадобится). И уж только чрез неделю случилось ей разглядеть, какая была это книга. Это был «Дон-Кихот Ламанчский». Аглая ужасно расхохоталась — неизвестно чему.

Неизвестно тоже, показала ли она свое приобретение которой-нибудь из сестер.

Но когда она еще читала письмо, ей вдруг пришло в голову: неужели же этот самонадеянный мальчишка и фанфаронишка выбран князем в корреспонденты и, пожалуй, чего доброго, единственный его здешний корреспондент? Хоть и с видом необыкновенного пренебрежения, но все-таки она взяла Колю к допросу. Но всегда обидчивый «мальчишка» не обратил на этот раз ни малейшего внимания на пренебрежение: весьма коротко и довольно сухо объяснил он Аглае, что хотя он и сообщил князю на всякий случай свой постоянный адрес пред самым выездом князя из Петербурга и при этом предложил свои услуги, но что это первая комиссия, которую он получил от него, и первая его записка к нему, а в доказательство слов своих представил и письмо, полученное собственно им самим. Аглая не посовестилась и прочла. В письме к Коле было:

«Милый Коля, будьте так добры, передайте при сем прилагаемую и запечатанную записку Аглае Ивановне. Будьте здоровы.

Любящий вас кн. *Л. Мышкин*».

— Все-таки смешно доверяться такому пузырю, — обидчиво произнесла Аглая, отдавая Коле записку, и презрительно прошла мимо него.

Этого уже Коля не мог вынести: он же как нарочно для этого случая выпросил у Гани, не объясняя ему причины, надеть его совершенно еще новый зеленый шарф. Он жестоко обиделся.

II

Был июнь в первых числах, и погода стояла в Петербурге уже целую неделю на редкость хорошая. У Епанчиных была богатая собственная дача в Павловске. Лизавета Прокофьевна вдруг взволновалась и поднялась; и двух дней не просуетились, переехали.

На другой или на третий день после переезда Епанчиных с утренним поездом из Москвы прибыл и князь Лев Николаевич Мышкин. Его никто не встретил в воксале; но при выходе из вагона князю вдруг померещился странный, горячий взгляд чьих-то двух глаз, в толпе, осадившей прибывших с поездом. Поглядев внимательнее, он уже ничего более не различил. Конечно, только померещилось, но впечатление осталось неприятное. К тому же князь и без того был грустен и задумчив и чем-то казался озабоченным.

Извозчик довез его до одной гостиницы, недалеко от Литейной. Гостиница была плохенькая. Князь занял две небольшие комнаты, темные и плохо меблированные, умылся, оделся, ничего не спросил и торопливо вышел, как бы боясь потерять время или не застать кого-то дома.

Если бы кто теперь взглянул на него из прежде знавших его полгода назад в Петербурге, в его первый приезд, то, пожалуй бы, и заключил, что он наружностью переменился гораздо к лучшему. Но вряд ли это было так. В одной одежде была полная перемена: всё платье было другое, сшитое в Москве и хорошим портным; но и в платье был недостаток: слишком уж сшито было по моде (как и всегда шьют добросовестные, но не очень талантливые портные) и, сверх того, на человека, нисколько этим не интересующегося, так что при внимательном взгляде на князя слишком большой охотник посмеяться, может быть, и нашел бы, чему улыбнуться. Но мало ли отчего бывает смешно?

Князь взял извозчика и отправился на Пески. В одной из Рождественских улиц он скоро отыскал один небольшой деревянный домик. К удивлению его, этот домик оказался красивым на вид, чистеньким, содержащимся в большом порядке, с палисадником, в котором росли цветы. Окна на улицу были отворены, и из них слышался резкий непрерывный говор, почти крик, точно кто-нибудь читал вслух или даже говорил речь; голос прерывался изредка смехом нескольких звонких голосов. Князь вошел во двор, поднялся на крылечко и спросил господина Лебедева.

— Да вот они, — отвечала отворившая дверь кухарка с засученными по локоть рукавами, ткнув пальцем в «гостиную».

В этой гостиной, обитой темно-голубого цвета бумагой и убранной чистенько и с некоторыми претензиями, то есть с круглым столом и диваном, с бронзовыми часами под колпаком, с узеньким в простенке зеркалом и с стариннейшею небольшою люстрой со стеклышками, спускавшеюся на бронзовой цепочке с потолка, посреди комнаты стоял сам господин Лебедев, спиной к входившему князю, в жилете, но без верхнего платья, по-летнему, и, бия себя в грудь, горько ораторствовал на какую-то тему. Слушателями были: мальчик лет пятнадцати, с довольно веселым и неглупым лицом и с книгой в руках, молодая девушка лет двадцати, вся в трауре и с грудным ребенком на руках, тринадцатилетняя девочка, тоже в трауре, очень смеявшаяся и ужасно разевавшая при этом рот, и, наконец, один, чрезвычайно странный слушатель, лежавший на диване малый лет двадцати, довольно красивый, черноватый, с длинными густыми волосами, с черными большими глазами, с маленькими поползновениями на бакенбарды и бородку. Этот слушатель, казалось, часто прерывал и оспаривал ораторствовавшего Лебедева; тому-то, вероятно, и смеялась остальная публика.

— Лукьян Тимофеич, а Лукьян Тимофеич! Вишь ведь! Да глянь сюда!.. Ну, да пусто бы вам совсем!

И кухарка ушла, махнув руками и рассердившись так, что даже вся покраснела.

Лебедев оглянулся и, увидев князя, стоял некоторое время как бы пораженный громом, потом бросился к нему с подобострастною улыбкой, но на дороге опять как бы замер, проговорив, впрочем:

– Си-си-сиятельнейший князь!

Но вдруг, всё еще как бы не в силах добыть контенансу, оборотился и, ни с того ни с сего, набросился сначала на девушку в трауре, державшую на руках ребенка, так что та даже несколько отшатнулась от неожиданности, но, тотчас же оставив ее, накинулся на тринадцатилетнюю девочку, торчавшую на пороге в следующую комнату и продолжившую улыбаться остатками еще недавнего смеха. Та не выдержала крика и тотчас же дала стречка в кухню; Лебедев даже затопал ей вслед ногами, для пущей острастки, но, встретив взгляд князя, глядевшего с замешательством, произнес в объяснение:

– Для... почтительности, хе-хе-хе!

– Вы всё это напрасно... – начал было князь.

– Сейчас, сейчас, сейчас... как вихрь!

И Лебедев быстро исчез из комнаты. Князь посмотрел в удивлении на девушку, на мальчика и на лежавшего на диване: все они смеялись. Засмеялся и князь.

– Пошел фрак надеть, – сказал мальчик.

– Как это всё досадно, – начал было князь, – а я было думал... скажите, он...

– Пьян, вы думаете? – крикнул голос с дивана. – Ни в одном глазу! Так разве рюмки три-четыре, ну пять каких-нибудь есть, да это уж что ж – дисциплина.

Князь обратился было к голосу с дивана, но заговорила девушка и с самым откровенным видом на своем миловидном лице сказала:

– Он поутру никогда много не пьет; если вы к нему за каким-нибудь делом, то теперь и говорите. Самое время. Разве к вечеру когда воротится, так хмелен; да и то теперь больше на ночь плачет и нам вслух из Священного писания читает, потому что у нас матушка пять недель как умерла.

— Это он потому убежал, что ему, верно, трудно стало вам отвечать, — засмеялся молодой человек с дивана. — Об заклад побьюсь, что он уже вас надувает и именно теперь обдумывает.

— Всего пять недель! Всего пять недель! — подхватил Лебедев, возвращаясь уже во фраке, мигая глазами и таща из кармана платок для утирки слез. — Сироты!

— Да вы что все в дырьях-то вышли? — сказала девушка. — Ведь тут за дверью у вас лежит новешенький сюртук, не видели, что ли?

— Молчи, стрекоза! — крикнул на нее Лебедев. — У, ты! — затопал было он на нее ногами. Но в этот раз она только рассмеялась.

— Вы чего пугаете-то, я ведь не Таня, не побегу. А вот Любочку так, пожалуй, разбудите, да еще родимчик привяжется... что кричите-то!

— Ни-ни-ни! Типун, типун... — ужасно испугался вдруг Лебедев и, бросаясь к спавшему на руках дочери ребенку, несколько раз с испуганным видом перекрестил его. — Господи, сохрани, Господи, предохрани! Это собственный мой грудной ребенок, дочь Любовь, — обратился он к князю, — и рождена в законнейшем браке от новопреставленной Елены, жены моей, умершей в родах. А эта пигалица есть дочь моя Вера, в трауре... А этот, этот, о, этот...

— Что осекся? — крикнул молодой человек. — Да ты продолжай, не конфузься.

— Ваше сиятельство! — с каким-то порывом воскликнул вдруг Лебедев, — про убийство семейства Жемариных в газетах изволили проследить?

— Прочел, — сказал князь с некоторым удивлением.

— Ну, так вот это подлинный убийца семейства Жемариных, он самый и есть!

— Что вы это? — сказал князь.

— То есть, аллегорически говоря, будущий второй убийца будущего второго семейства Жемариных, если таковое окажется. К тому и готовится...

Все засмеялись. Князю пришло на ум, что Лебедев и действительно, может быть, жмется и кривляется потому только, что, предчувствуя его вопросы, не знает, как на них ответить, и выгадывает время.

– Бунтует! Заговоры составляет! – кричал Лебедев, как бы уже не в силах сдержать себя. – Ну могу ли я, ну вправе ли я такого злоязычника, такую, можно сказать, блудницу и изверга за родного племянника моего, за единственного сына сестры моей Анисьи, покойницы, считать?

– Да перестань, пьяный ты человек! Верите ли, князь, теперь он вздумал адвокатством заниматься, по судебным искам ходить; в красноречие пустился и всё высоким слогом с детьми дома говорит. Пред мировыми судьями пять дней тому назад говорил. И кого же взялся защищать: не старуху, которая его умоляла, просила и которую подлец ростовщик ограбил, пятьсот рублей у ней, всё ее достояние, себе присвоил, а этого же самого ростовщика, Зайдлера какого-то, жида, за то, что пятьдесят рублей обещал ему дать...

– Пятьдесят рублей, если выиграю, и только пять, если проиграю, – объяснил вдруг Лебедев совсем другим голосом, чем говорил доселе, и так, как будто он никогда не кричал.

– Ну и сбрендил, конечно, не старые ведь порядки-то, только там насмеялись над ним. Но он собой ужасно доволен остался; вспомните, говорит, нелицеприятные господа судьи, что печальный старец, без ног, живущий честным трудом, лишается последнего куска хлеба; вспомните мудрые слова законодателя: «Да царствует милость в судах». И верите ли: каждое утро он нам здесь эту же речь пересказывает, точь-в-точь как там ее говорил; пятый раз сегодня; вот перед самым вашим приходом читал, до того понравилось. Сам на себя облизывается. И еще кого-то защищать собирается. Вы, кажется, князь Мышкин? Коля мне про вас говорил, что умнее вас и на свете еще до сих пор не встречал...

– И нет! И нет! И умнее на свете нет! – тотчас же подхватил Лебедев.

– Ну, этот, положим, соврал. Один вас любит, а другой у вас заискивает; а я вам вовсе льстить не намерен, было бы вам это известно. Не без смысла же вы: вот рассудите-ка меня с ним. Ну, хочешь, вот князь нас рассудит? – обратился он к дяде. – Я даже рад, князь, что вы подвернулись.

– Хочу! – решительно крикнул Лебедев и невольно оглянулся на публику, которая начала опять надвигаться.

– Да что у вас тут такое? – проговорил князь, поморщившись.

У него действительно болела голова, к тому же он убеждался всё больше и больше, что Лебедев его надувает и рад, что отодвигается дело.

– Изложение дела. Я его племянник, это он не солгал, хоть и всё лжет. Я курса не кончил, но кончить хочу и на своем настою, потому что у меня есть характер. А покамест, чтобы существовать, место одно беру в двадцать пять рублей на железной дороге. Сознаюсь, кроме того, что он мне раза два-три уже помог. У меня было двадцать рублей, и я их проиграл. Ну, верите ли, князь, я был так подл, так низок, что я их проиграл!

– Мерзавцу, мерзавцу, которому не следовало и платить! – крикнул Лебедев.

– Да, мерзавцу, но которому следовало заплатить, – продолжал молодой человек. – А что он мерзавец, так это и я засвидетельствую, и не по тому одному, что он тебя прибил. Это, князь, один забракованный офицер, отставной поручик из прежней рогожинской компании, и бокс преподает. Все они теперь скитаются, как их разогнал Рогожин. Но что хуже всего, так это то, что я знал про него, что он мерзавец, негодяй и воришка, и все-таки сел с ним играть, и что, доигрывая последний рубль (мы в палки играли), я про себя думал: проиграю, к дяде Лукьяну пойду, поклонюсь – не откажет. Это уж низость, вот это так уж низость! Это уж подлость сознательная!

— Вот это так уж подлость сознательная! — повторил Лебедев.

— Ну, не торжествуй, подожди еще, — обидчиво крикнул племянник, — он и рад. Я явился к нему, князь, сюда и признался во всем; я поступил благородно, я себя не пощадил; я обругал себя пред ним, как только мог, здесь все свидетели. Чтобы занять это место на железной дороге, мне непременно нужно хоть как-нибудь экипироваться, потому что я весь в лохмотьях. Вот, посмотрите на сапоги! Иначе на место явиться невозможно, а не явись я к назначенному сроку, место займет другой, тогда я опять на экваторе и когда-то еще другое место сыщу. Теперь я прошу у него всего только пятнадцать рублей и обещаюсь, что никогда уже больше не буду просить и, сверх того, в течение первых трех месяцев выплачу ему весь долг до последней копейки. Я слово сдержу. Я умею на хлебе с квасом целые месяцы просидеть, потому что у меня есть характер. За три месяца я получу семьдесят пять рублей. С прежними я должен ему буду всего тридцать пять рублей, стало быть, мне будет чем заплатить. Ну, пусть проценты назначит какие угодно, черт возьми! Не знает он, что ли, меня? Спросите его, князь: прежде, когда он мне помогал, платил я или нет? Отчего же теперь не хочет? Разозлился на то, что я этому поручику заплатил; иной нет причины! Вот каков этот человек — ни себе, ни другим!

— И не уходит! — вскричал Лебедев, — лег здесь и не уходит.

— Я так и сказал тебе. Не выйду, пока не дашь. Вы что-то улыбаетесь, князь? Кажется, неправым меня находите?

— Я не улыбаюсь, но, по-моему, вы действительно несколько неправы, — неохотно отозвался князь.

— Да уж говорите прямо, что совсем неправ, не виляйте: что за «несколько»!

— Если хотите, то и совсем неправы.

— Если хочу! Смешно! Да неужели вы думаете, что я и сам не знаю, что так щекотливо поступать, что деньги его, воля его, а с моей стороны выходит насилие. Но вы, князь... жизни не знаете. Их не учи, так толку не будет. Их надо учить. Ведь совесть у меня чиста; по совести, я убытку ему не принесу, я с процентами возвращу. Нравственное он тоже удовлетворение получил: он видел мое унижение. Чего же ему более? На что же он будет годиться, пользы-то не принося? Помилуйте, что он сам-то делает? Спросите-ка, что он с другими творит и как людей надувает? Чем он дом этот нажил? Да я голову на отсечение дам, если он вас уже не надул и уже не обдумал, как бы вас еще дальше надуть! Вы улыбаетесь, не верите?

— Мне кажется, это всё не совсем подходит к вашему делу, — заметил князь.

— Я вот уже третий день здесь лежу, и чего нагляделся! — кричал молодой человек, не слушая. — Представьте себе, что он вот этого ангела, вот эту девушку, теперь сироту, мою двоюродную сестру, свою дочь, подозревает, у ней каждую ночь милых друзей ищет! Ко мне сюда потихоньку приходит, под диваном у меня тоже разыскивает. С ума спятил от мнительности; во всяком углу воров видит. Всю ночь поминутно вскакивает, то окна смотрит, хорошо ли заперты, то двери пробует, в печку заглядывает, да этак в ночь-то раз по семи. За мошенников в суде стоит, а сам ночью раза по три молиться встает, вот здесь в зале, на коленях, лбом и стучит по получасу, и за кого-кого не молится, чего-чего не причитает, спьяна-то? За упокой души графини Дюбарри молился, я слышал своими ушами; Коля тоже слышал: совсем с ума спятил!

— Видите, слышите, как он меня срамит, князь! — покраснев и действительно выходя из себя, вскричал Лебедев. — А того не знает, что, может быть, я, пьяница и потаскун, грабитель и лиходей, за одно только и стою, что вот этого зубоскала, еще младенца, в свивальники обертывал, да в корыте мыл, да у нищей, овдовевшей сестры Анисьи я, такой же нищий, по ночам просиживал, напролет не спал, за обоими ими больными ходил, у дворника внизу дрова воровал, ему песни пел, в пальцы прищелкивал, с голодным-то брюхом, вот и вынянчил, вон он смеется теперь надо мной! Да и какое тебе дело, если б я и впрямь за упокой графини Дюбарри когда-нибудь однажды лоб перекрестил? Я, князь, четвертого дня, первый раз в жизни, ее жизнеописание в лексиконе прочел. Да знаешь ли ты, что такое была она, Дюбарри? Говори, знаешь иль нет?

– Ну вот, ты один только и знаешь? – насмешливо, но нехотя пробормотал молодой человек.

– Это была такая графиня, которая, из позору выйдя, вместо королевы заправляла и которой одна великая императрица, в собственноручном письме своем, «ma cousine» написала. Кардинал, нунций папский, ей на леве-дю-руа (знаешь, что такое было леве-дю-руа?) чулочки шелковые на обнаженные ее ножки сам вызвался надеть, да еще за честь почитая, – этакое-то высокое и святейшее лицо! Знаешь ты это? По лицу вижу, что не знаешь! Ну, как она померла? Отвечай, коли знаешь!

– Убирайся! Пристал.

– Умерла она так, что после этакой-то чести, этакую бывшую властелинку, потащил на гильотину палач Самсон, заневинно, на потеху пуасардок парижских, а она и не понимает, что с ней происходит, от страху. Видит, что он ее за шею под нож нагибает и пинками подталкивает, – те-то смеются, – и стала кричать: «Encore un moment, monsieur le bourreau, encore un moment!» Что и означает: «Минуточку одну еще повремените, господин буро, всего одну!» И вот за эту-то минуточку ей, может, Господь и простит, ибо дальше этакого мизера с человеческою душой вообразить невозможно. Ты знаешь ли, что значит слово мизер? Ну, так вот он самый мизер и есть. От этого графининого крика, об одной минуточке, я как прочитал, у меня точно сердце захватило щипцами. И что тебе в том, червяк, что я, ложась на ночь спать, на молитве вздумал ее, грешницу великую, помянуть. Да потому, может, и помянул, что за нее, с тех пор как земля стоит, наверно никто никогда и лба не перекрестил, да и не подумал о том. Ан ей и приятно станет на том свете почувствовать, что нашелся такой же грешник, как и она, который и за нее хоть один раз на земле помолился. Ты чего смеешься-то? Не веришь, атеист. А ты почем знаешь? Да и то соврал, если уж подслушал меня: я не просто за одну графиню Дюбарри молился; я причитал так: «Упокой, Господи, душу великой грешницы графини Дюбарри и всех ей подобных», а уж это совсем другое; ибо много таковых грешниц великих, и образцов перемены фортуны, и вытерпевших, которые там теперь мятутся, и стонут, и ждут; да я и за тебя, и за таких же, как ты, тебе подобных, нахалов и обидчиков, тогда же молился, если уж взялся подслушивать, как я молюсь...

— Ну, довольно, полно, молись за кого хочешь, черт с тобой, раскричался! — досадливо перебил племянник. — Ведь он у нас преначитанный, вы, князь, не знали? — прибавил он с какою-то неловкою усмешкой. — Всё теперь разные вот этакие книжки да мемуары читает.

— Ваш дядя все-таки... не бессердечный же человек, — нехотя заметил князь. Ему этот молодой человек становился весьма противен.

— Да вы его у нас, пожалуй, этак захвалите! Видите, уж он и руку к сердцу, и рот в ижицу, тотчас разлакомился. Не бессердечный-то, пожалуй, да плут, вот беда; да к тому же еще и пьян, весь развинтился, как и всякий несколько лет пьяный человек, оттого у него всё и скрипит. Детей-то он любит, положим, тетку-покойницу уважал... Меня даже любит и ведь в завещании, ей-богу, мне часть оставил...

— Н-ничего не оставлю! — с ожесточением вскричал Лебедев.

— Послушайте, Лебедев, — твердо сказал князь, отворачиваясь от молодого человека, — я ведь знаю по опыту, что вы человек деловой, когда захотите... У меня теперь времени очень мало, и если вы... Извините, как вас по имени-отчеству, я забыл?

— Ти-Ти-Тимофей.

— И?

— Лукьянович.

Все бывшие в комнате опять рассмеялись.

— Соврал! — крикнул племянник, — и тут соврал! Его, князь, зовут вовсе не Тимофей Лукьянович, а Лукьян Тимофеевич! Ну зачем, скажи, ты соврал? Ну не всё ли равно тебе, что Лукьян, что Тимофей, и что князю до этого? Ведь из повадки одной только и врет, уверяю вас!

— Неужели правда? — в нетерпении спросил князь.

— Лукьян Тимофеевич, действительно, — согласился и законфузился Лебедев, покорно опуская глаза и опять кладя руку на сердце.

— Да зачем же вы это, ах, боже мой!

— Из самоумаления, — прошептал Лебедев, всё более и покорнее поникая своею головой.

— Эх, какое тут самоумаление! Если б я только знал, где теперь Колю найти! — сказал князь и повернулся было уходить.

— Я вам скажу, где Коля, — вызвался опять молодой человек.

— Ни-ни-ни! — вскинулся и засуетился впопыхах Лебедев.

— Коля здесь ночевал, но наутро пошел своего генерала разыскивать, которого вы из «отделения», князь, бог знает для чего, выкупили. Генерал еще вчера обещал сюда же ночевать пожаловать, да не пожаловал. Вероятнее всего в гостинице «Весы», тут очень недалеко, заночевал. Коля, стало быть, там или в Павловске, у Епанчиных. У него деньги были, он еще вчера хотел ехать. Итак, стало быть, в «Весах» или в Павловске.

– В Павловске, в Павловске!.. А мы сюда, сюда, в садик, и... кофейку...

И Лебедев потащил князя за руку. Они вышли из комнаты, прошли дворик и вошли в калитку. Тут действительно был очень маленький и очень миленький садик, в котором благодаря хорошей погоде уже распустились все деревья. Лебедев посадил князя на зеленую деревянную скамейку, за зеленый вделанный в землю стол, и сам поместился напротив него. Чрез минуту, действительно, явился и кофей. Князь не отказался. Лебедев подобострастно и жадно продолжал засматривать ему в глаза.

– Я и не знал, что у вас такое хозяйство, – сказал князь с видом человека, думающего совсем о другом.

– Си-сироты, – начал было, покоробившись, Лебедев, но приостановился: князь рассеянно смотрел пред собой и, уж конечно, забыл свой вопрос. Прошло еще с минуту; Лебедев высматривал и ожидал.

– Ну что же? – сказал князь, как бы очнувшись. – Ах да! Ведь вы знаете сами, Лебедев, в чем наше дело: я приехал по вашему же письму. Говорите.

Лебедев смутился, хотел что-то сказать, но только заикнулся: ничего не выговорилось. Князь подождал и грустно улыбнулся.

– Кажется, я очень хорошо вас понимаю, Лукьян Тимофеевич: вы меня, наверно, не ждали. Вы думали, что я из моей глуши не подымусь по вашему первому уведомлению, и написали для очистки совести. А я вот и приехал. Ну, полноте, не обманывайте. Полноте служить двум господам. Рогожин здесь уже три недели, я всё знаю. Успели вы ее продать ему, как в тогдашний раз, или нет? Скажите правду.

– Изверг сам узнал, сам.

– Не браните его; он, конечно, с вами поступил дурно...

– Избил, избил! – подхватил с ужаснейшим жаром Лебедев, – и собакой в Москве травил, по всей улице, борзою сукой. Ужастенная сука.

– Вы меня за маленького принимаете, Лебедев. Скажите, серьезно она оставила его теперь-то, в Москве-то?

– Серьезно, серьезно, опять из-под самого венца. Тот уже минуты считал, а она сюда в Петербург и прямо ко мне: «Спаси, сохрани, Лукьян, и князю не говори...» Она, князь, вас еще более его боится, и здесь – премудрость!

И Лебедев лукаво приложил палец ко лбу.

– А теперь вы их опять свели?

– Сиятельнейший князь, как мог... как мог я не допустить?

– Ну, довольно, я сам всё узнаю. Скажите только, где теперь она? У него?

– О нет! Ни-ни! Еще сама по себе. Я, говорит, свободна, и, знаете, князь, сильно стоит на том, я, говорит, еще совершенно свободна! Всё еще на Петербургской, в доме моей свояченицы проживает, как и писал я вам.

– И теперь там?

– Там, если не в Павловске, по хорошей погоде, у Дарьи Алексеевны на даче. Я, говорит, совершенно свободна; еще вчера Николаю Ардалионовичу про свою свободу много хвалилась. Признак дурной-с!

И Лебедев осклабился.

– Коля часто у ней?

– Легкомыслен, и непостижим, и не секретен.

– Там давно были?

– Каждый день, каждый день.

– Вчера, стало быть?

– И нет; четвертого дня-с.

– Как жаль, что вы немного выпили, Лебедев! А то бы я вас спросил.

– Ни-ни-ни, ни в одном глазу!

Лебедев так и наставился.

– Скажите мне, как вы ее оставили?

– И-скательна...

– Искательна?

– Как бы всё ищет чего-то, как бы потеряла что-то. О предстоящем же браке даже мысль омерзела и за обидное принимает. О *нем* же самом как об апельсинной корке помышляет, не более, то есть и более, со страхом и ужасом, даже говорить запрещает, а видятся разве только что по необходимости... и он это слишком чувствует! А не миновать-с!.. Беспокойна, насмешлива, двуязычна, вскидчива...

– Двуязычна и вскидчива?

– Вскидчива; ибо вмале не вцепилась мне прошлый раз в волосы за один разговор. Апокалипсисом стал отчитывать.

– Как так? – переспросил князь, думая, что ослышался.

– Чтением Апокалипсиса. Дама с воображением беспокойным, хе-хе! И к тому же вывел наблюдение, что к темам серьезным, хотя бы и посторонним, слишком наклонна. Любит, любит и даже за особое уважение к себе принимает. Да-с. Я же в толковании Апокалипсиса силен и толкую пятнадцатый год. Согласилась со мной, что мы при третьем коне, вороном, и при всаднике, имеющем меру в руке своей, так как всё в нынешний век на мере и на договоре, и все люди своего только права и ищут: «мера пшеницы за динарий и три меры ячменя за динарий»... да еще дух свободный, и сердце чистое, и тело здравое, и все дары Божии при этом хотят сохранить. Но на едином праве не сохранят, и за сим последует конь бледный, и тот, коему имя Смерть, а за ним уже ад... Об этом, сходясь, и толкуем, и – сильно подействовало.

– Вы сами так веруете? – спросил князь, странным взглядом оглянув Лебедева.

– Верую и толкую. Ибо нищ и наг, и атом в коловращении людей. И кто почтит Лебедева? Всяк изощряется над ним и всяк вмале не пинком сопровождает его. Тут же, в толковании сем, я равен вельможе. Ибо ум!

И вельможа затрепетал у меня... на кресле своем, осязая умом. Его высокопревосходительство, Нил Алексеевич, третьего года, перед святой, прослышали, – когда я еще служил у них в департаменте, – и нарочно потребовали меня из дежурной к себе в кабинет чрез Петра Захарыча и вопросили наедине: «Правда ли, что ты профессор антихриста?» И не потаил: «Аз есмь говорю», и изложил, и представил, и страха не смягчил, но еще мысленно, развернув аллегорический свиток, усилил и цифры подвел. И усмехались, но на цифрах и на подобиях стали дрожать, и книгу просили закрыть, и уйти, и награждение мне к святой назначили, а на фоминой богу душу отдали.

– Что вы, Лебедев?

– Как есть. Из коляски упали после обеда... височком о тумбочку, и, как ребеночек, как ребеночек, тут же и отошли. Семьдесят три года по формуляру значилось; красненький, седенький, весь духами опрысканный, и всё, бывало, улыбались, всё улыбались, словно ребеночек. Вспомнили тогда Петр Захарыч: «Это ты предрек, говорит».

Князь стал вставать. Лебедев удивился и даже был озадачен, что князь уже встает.

– Равнодушны уж очень стали-с, хе-хе! – подобострастно осмелился он заметить.

– Право, я чувствую себя не так здоровым, – у меня голова тяжела от дороги, что ль, – отвечал князь, нахмурясь.

– На дачку бы вам-с, – робко подвел Лебедев.

Князь стоял задумавшись.

– Я вот и сам, дня три переждав, со всеми домочадцами на дачу, чтоб и новорожденного птенца сохранить, и здесь в домишке тем временем всё поисправить. И тоже в Павловск.

– И вы тоже в Павловск? – спросил вдруг князь. – Да что это, здесь все, что ли, в Павловск? И у вас, вы говорите, там своя дача есть?

— В Павловск не все-с. А мне Иван Петрович Птицын уступил одну из дач, дешево ему доставшихся. И хорошо, и возвышенно, и зелено, и дешево, и бонтонно, и музыкально, и вот потому и все в Павловск. Я, впрочем, во флигелечке, а собственно дачку...

— Отдали?

— Н-н-нет. Не... не совсем-с.

— Отдайте мне, — вдруг предложил князь.

Кажется, к тому только и подводил Лебедев. У него эта идея три минуты назад в голове мелькнула. А между тем в жильце он уже не нуждался; дачный наемщик уже был у него и сам известил, что дачу, может быть, и займет. Лебедев же знал утвердительно, что не «может быть», а наверно займет. Но теперь у него вдруг мелькнула одна, по его расчету, очень плодотворная мысль, передать дачу князю, пользуясь тем, что прежний наемщик выразился неопределительно. «Целое столкновение и целый новый оборот дела» представился вдруг воображению его. Предложение князя он принял чуть не с восторгом, так что на прямой вопрос его о цене даже замахал руками.

— Ну, как хотите; я справлюсь; своего не потеряете.

Оба они уже выходили из сада.

— А я бы вам... я бы вам... если бы захотели, я бы вам кое-что весьма интересное, высокочтимый князь, мог бы сообщить, к тому же предмету относящееся, — пробормотал Лебедев, на радости увиваясь сбоку около князя.

Князь приостановился.

— У Дарьи Алексеевны тоже в Павловске дачка-с.

— Ну?

— А известная особа с ней приятельница и, по-видимому, часто намерена посещать ее в Павловске. С целью.

— Ну?

— Аглая Ивановна...

— Ах, довольно, Лебедев! — с каким-то неприятным ощущением перебил князь, точно дотронулись до его больного места. — Всё это... не так. Скажите лучше, когда переезжаете? Мне чем скорее, тем лучше, потому что я в гостинице...

Разговаривая, они вышли из сада и, не заходя в комнаты, перешли дворик и подошли к калитке.

– Да чего лучше, – вздумал наконец Лебедев, – переезжайте ко мне прямо из гостиницы, сегодня же, а послезавтра мы все вместе и в Павловск.

– Я увижу, – сказал князь задумчиво и вышел за ворота.

Лебедев посмотрел ему вслед. Его поразила внезапная рассеянность князя. Выходя, он забыл даже сказать «прощайте», даже головой не кивнул, что несовместно было с известною Лебедеву вежливостью и внимательностью князя.

III

Был уже двенадцатый час. Князь знал, что у Епанчиных в городе он может застать теперь одного только генерала, по службе, да и то навряд. Ему подумалось, что генерал, пожалуй, еще возьмет его и тотчас же отвезет в Павловск, а ему до того времени очень хотелось сделать один визит. На риск опоздать к Епанчиным и отложить свою поездку в Павловск до завтра, князь решился идти разыскивать дом, в который ему так хотелось зайти.

Визит этот был для него, впрочем, в некотором отношении рискованным. Он затруднялся и колебался. Он знал про дом, что он находится в Гороховой, неподалеку от Садовой, и положил идти туда, в надежде, что, дойдя до места, он успеет наконец решиться окончательно.

Подходя к перекрестку Гороховой и Садовой, он сам удивился своему необыкновенному волнению; он и не ожидал, что у него с такою болью будет биться сердце. Один дом, вероятно по своей особенной физиономии, еще издали стал привлекать его внимание, и князь помнил потом, что сказал себе: «Это, наверно, тот самый дом». С необыкновенным любопытством подходил он проверить свою догадку; он чувствовал, что ему почему-то будет особенно неприятно, если он угадал. Дом этот был большой, мрачный, в три этажа, без всякой архитектуры, цвету грязно-зеленого. Некоторые, очень, впрочем, немногие, дома в этом роде, выстроенные в конце прошлого столетия, уцелели именно в этих улицах Петербурга (в котором всё так скоро меняется) почти без перемены. Строены они прочно, с толстыми стенами и с чрезвычайно редкими окнами; в нижнем этаже окна иногда с решетками. Большею частью внизу меняльная лавка. Скопец, заседающий в лавке, нанимает вверху. И снаружи и внутри как-то негостеприимно и сухо, всё как будто скрывается и таится, а почему так кажется по одной физиономии дома — было бы трудно объяснить. Архитектурные сочетания линий имеют, конечно, свою тайну. В этих домах проживают почти исключительно одни торговые. Подойдя к воротам и взглянув на надпись, князь прочел: «Дом потомственного почетного гражданина Рогожина».

Перестав колебаться, он отворил стеклянную дверь, которая шумно за ним захлопнулась, и стал всходить по парадной лестнице во второй этаж. Лестница была темная, каменная, грубого устройства, а стены ее окрашены красною краской. Он знал, что Рогожин с матерью и братом занимает весь второй этаж этого скучного дома. Отворивший князю человек провел его без доклада и вел долго; проходили они и одну парадную залу, которой стены были «под мрамор», со штучным дубовым полом и с мебелью двадцатых годов, грубою и тяжеловесною, проходили и какие-то маленькие клетушки, делая крючки и зигзаги, поднимаясь на две, на три ступени и на столько же спускаясь вниз, и наконец постучались в одну дверь. Дверь отворил сам Парфен Семеныч; увидев князя, он до того побледнел и остолбенел на месте, что некоторое время похож был на каменного истукана, смотря своим неподвижным и испуганным взглядом и скривив рот в какую-то в высшей степени недоумевающую улыбку, – точно в посещении князя он находил что-то невозможное и почти чудесное. Князь хоть и ожидал чего-нибудь в этом роде, но даже удивился.

– Парфен, может, я некстати, я ведь и уйду, – проговорил он наконец в смущении.

– Кстати! Кстати! – опомнился наконец Парфен. – Милости просим, входи!

Они говорили друг другу *ты*. В Москве им случалось сходиться часто и подолгу, было даже несколько мгновений в их встречах, слишком памятно запечатлевшихся друг у друга в сердце. Теперь же они месяца три с лишком как не видались.

Бледность и как бы мелкая, беглая судорога всё еще не покидали лица Рогожина. Он хоть и позвал гостя, но необыкновенное смущение его продолжалось. Пока он подводил князя к креслам и усаживал его к столу, тот случайно обернулся к нему и остановился под впечатлением чрезвычайно странного и тяжелого его взгляда. Что-то как бы пронзило князя и вместе с тем как бы что-то ему припомнилось – недавнее, тяжелое, мрачное. Не садясь и остановившись неподвижно, он некоторое время смотрел Рогожину прямо в глаза; они еще как бы сильнее блеснули в первое мгновение. Наконец Рогожин усмехнулся, но несколько смутившись и как бы потерявшись.

– Что ты так смотришь пристально? – пробормотал он. – Садись!

Князь сел.

– Парфен, – сказал он, – скажи мне прямо, знал ты, что я приеду сегодня в Петербург, или нет?

– Что ты приедешь, я так и думал, и, видишь, не ошибся, – прибавил тот, язвительно усмехнувшись, – но почем я знал, что ты сегодня приедешь?

Некоторая резкая порывчатость и странная раздражительность вопроса, заключавшегося в ответе, еще более поразили князя.

— Да хоть бы и знал, что *сегодня*, из-за чего же так раздражаться? — тихо промолвил князь в смущении.

— Да ты к чему спрашиваешь-то?

— Давеча, выходя из вагона, я увидел пару совершенно таких же глаз, какими ты сейчас сзади поглядел на меня.

— Вона! Чьи же были глаза-то? — подозрительно пробормотал Рогожин. Князю показалось, что он вздрогнул.

— Не знаю; в толпе, мне даже кажется, что померещилось; мне начинает всё что-то мерещиться. Я, брат Парфен, чувствую себя почти вроде того, как бывало со мной лет пять назад, еще когда припадки приходили.

— Что ж, может, и померещилось; я не знаю... — бормотал Парфен.

Ласковая улыбка на лице его не шла к нему в эту минуту, точно в этой улыбке что-то сломалось и как будто Парфен никак не в силах был склеить ее, как ни пытался.

— Что ж, опять за границу, что ли? — спросил он и вдруг прибавил: — А помнишь, как мы в вагоне, по осени, из Пскова ехали, я сюда, а ты... в плаще-то, помнишь, штиблетишки-то?

И Рогожин вдруг засмеялся, в этот раз с какою-то откровенною злобой и точно обрадовавшись, что удалось хоть чем-нибудь ее выразить.

— Ты здесь совсем поселился? — спросил князь, оглядывая кабинет.

— Да, я у себя. Где же мне и быть-то?

— Давно мы не видались. Про тебя я такие вещи слышал, что как будто и не ты.

— Мало ли что ни наскажут, — сухо заметил Рогожин.

— Однако же ты всю компанию разогнал; сам вот в родительском доме сидишь, не проказишь. Что ж, хорошо. Дом-то твой или ваш общий?

— Дом матушки. К ней сюда чрез коридор.

— А где брат твой живет?

— Брат Семен Семеныч во флигеле.

— Семейный он?

— Вдовый. Тебе для чего это надо?

Князь поглядел и не ответил; он вдруг задумался и, кажется, не слыхал вопроса. Рогожин не настаивал и выжидал. Помолчали.

— Я твой дом сейчас, подходя, за сто шагов угадал, — сказал князь.

— Почему так?

— Не знаю совсем. Твой дом имеет физиономию всего вашего семейства и всей вашей рогожинской жизни, а спроси, почему я этак заключил, — ничем объяснить не могу. Бред, конечно. Даже боюсь, что это меня так беспокоит. Прежде и не вздумал бы, что ты в таком доме живешь, а как увидал его, так сейчас и подумалось: «Да ведь такой точно у него и должен быть дом!»

— Вишь! — неопределенно усмехнулся Рогожин, не совсем понимая неясную мысль князя. — Этот дом еще дедушка строил, — заметил он. — В нем всё скопцы жили, Хлудяковы, да и теперь у нас нанимают.

— Мрак-то какой. Мрачно ты сидишь, — сказал князь, оглядывая кабинет.

Это была большая комната, высокая, темноватая, заставленная всякою мебелью — большею частию большими деловыми столами, бюро, шкафами, в которых хранились деловые книги и какие-то бумаги. Красный широкий сафьянный диван, очевидно, служил Рогожину постелью. Князь заметил на столе, за который усадил его Рогожин, две-три книги; одна из них, «История» Соловьева, была развернута и заложена отметкой. По стенам висело в тусклых золоченых рамах несколько масляных картин, темных, закоптелых и на которых очень трудно было что-нибудь разобрать. Один портрет во весь рост привлек на себя внимание князя: он изображал человека лет пятидесяти, в сюртуке покроя немецкого, но длиннополом, с двумя медалями на шее, с очень редкою и коротенькою седоватою бородкой, со сморщенным и желтым лицом, с подозрительным, скрытным и скорбным взглядом.

– Это уж не отец ли твой? – спросил князь.

– Он самый и есть, – отвечал с неприятною усмешкой Рогожин, точно готовясь к немедленной бесцеремонной какой-нибудь шутке насчет покойного своего родителя.

– Он был ведь не из старообрядцев?

– Нет, ходил в церковь, а это правда, говорил, что по старой вере правильнее. Скопцов тоже уважал очень. Это вот его кабинет и был. Ты почему спросил, по старой ли вере?

– Свадьбу-то здесь справлять будешь?

– З-здесь, – ответил Рогожин, чуть не вздрогнув от неожиданного вопроса.

– Скоро у вас?

– Сам знаешь, от меня ли зависит?

– Парфен, я тебе не враг и мешать тебе ни в чем не намерен. Это я теперь повторяю так же, как заявлял и прежде, один раз, в такую же почти минуту. Когда в Москве твоя свадьба шла, я тебе не мешал, ты знаешь. В первый раз *она* сама ко мне бросилась, чуть не из-под венца, прося «спасти» ее от тебя. Я ее собственные слова тебе повторяю. Потом и от меня убежала, ты опять ее разыскал и к венцу повел, и вот, говорят, она опять от тебя убежала сюда. Правда ли это? Мне так Лебедев дал знать, я потому и приехал. А о том, что у вас опять здесь сладилось, я только вчера в вагоне в первый раз узнал от одного из твоих прежних приятелей, от Залёжева, если хочешь знать. Ехал же я сюда, имея намерение: я хотел *ее* наконец уговорить за границу поехать, для поправления здоровья; она очень расстроена и телом и душой, головой особенно, и, по-моему, в большом уходе нуждается. Сам я за границу ее сопровождать не хотел, а имел в виду всё это без себя устроить. Говорю тебе истинную правду. Если совершенная правда, что у вас опять это дело сладилось, то я и на глаза ей не покажусь, да и к тебе больше никогда не приду. Ты сам знаешь, что я тебя не обманываю, потому что всегда был откровенен с тобой.

Своих мыслей об этом я от тебя никогда не скрывал и всегда говорил, что за тобою ей непременная гибель. Тебе тоже погибель... может быть, еще пуще, чем ей. Если бы вы опять разошлись, то я был бы очень доволен; но расстраивать и разлаживать вас сам я не намерен. Будь же спокоен и не подозревай меня. Да и сам ты знаешь: был ли я когда-нибудь твоим *настоящим* соперником, даже и тогда, когда она ко мне убежала. Вот ты теперь засмеялся; я знаю, чему ты усмехнулся. Да, мы жили там розно и в разных городах, и ты всё это знаешь *наверно.* Я ведь тебе уж и прежде растолковал, что я *ее* «не любовью люблю, а жалостью». Я думаю, что я это точно определяю. Ты говорил тогда, что эти слова мои понял; правда ли? понял ли? Вон как ты ненавистно смотришь! Я тебя успокоить пришел, потому что и ты мне дорог. Я очень тебя люблю, Парфен. А теперь уйду и никогда не приду. Прощай.

Князь встал.

– Посиди со мной, – тихо сказал Парфен, не подымаясь с места и склонив голову на правую ладонь, – я тебя давно не видал.

Князь сел. Оба опять замолчали.

– Я, как тебя нет предо мною, то тотчас же к тебе злобу и чувствую, Лев Николаевич. В эти три месяца, что я тебя не видал, каждую минуту на тебя злобился, ей-богу. Так бы тебя взял и отравил чем-нибудь! Вот как. Теперь ты четверти часа со мной не сидишь, а уж вся злоба моя проходит, и ты мне опять по-прежнему люб. Посиди со мной...

– Когда я с тобой, то ты мне веришь, а когда меня нет, то сейчас перестаешь верить и опять подозреваешь. В батюшку ты! – дружески усмехнувшись и стараясь скрыть свое чувство, отвечал князь.

– Я твоему голосу верю, как с тобой сижу. Я ведь понимаю же, что нас с тобой нельзя равнять, меня да тебя...

– Зачем ты это прибавил? И вот опять раздражился, – сказал князь, дивясь на Рогожина.

— Да уж тут, брат, не нашего мнения спрашивают, — отвечал тот, — тут без нас положили. Мы вот и любим тоже порозну, во всем то есть разница, — продолжал он тихо и помолчав. — Ты вот жалостью, говоришь, ее любишь. Никакой такой во мне нет к ней жалости. Да и ненавидит она меня пуще всего. Она мне теперь во сне снится каждую ночь: всё, что она с другим надо мной смеется. Так оно, брат, и есть. Со мной к венцу идет, а и думать-то обо мне позабыла, точно башмак меняет. Веришь ли, пять дней ее не видал, потому что ехать к ней не смею; спросит: «Зачем пожаловал?» Мало она меня срамила...

— Как срамила? Что ты?

— Точно не знает! Да ведь вот с тобою же от меня бежала «из-под венца», сам сейчас выговорил.

— Ведь ты же сам не веришь, что...

— Разве она с офицером, с Земтюжниковым, в Москве меня не срамила? Наверно знаю, что срамила, и уж после того, как венцу сама назначила срок.

— Быть не может! — вскричал князь.

— Верно знаю, — с убеждением подтвердил Рогожин. — Что, не такая, что ли? Это, брат, нечего и говорить, что не такая. Один это только вздор. С тобой она будет не такая, и сама, пожалуй, этакому делу ужаснется, а со мной вот именно такая. Ведь уж так. Как на последнюю самую шваль на меня смотрит. С Келлером, вот с этим офицером, что боксом дрался, так наверно знаю, для одного смеху надо мной сочинила... Да ты не знаешь еще, что она надо мной в Москве выделывала! А денег-то, денег сколько я перевел...

— Да... как же ты теперь женишься!.. Как потом-то будешь? — с ужасом спросил князь.

Рогожин тяжело и страшно поглядел на князя и ничего не ответил.

— Я теперь уж пятый день у ней не был, — продолжал он, помолчав с минуту. — Всё боюсь, что выгонит. «Я, говорит, еще сама себе госпожа; захочу, так и совсем тебя прогоню, а сама за границу поеду» (это уж она мне говорила, что за границу-то поедет, – заметил он как бы в скобках и как-то особенно поглядев в глаза князю); иной раз, правда, только пужает, всё ей смешно на меня отчего-то. А в другой раз и в самом деле нахмурится, насупится, слова не выговорит; я вот этого-то и боюсь. Ономнясь, подумал: стану приезжать не с пустыми руками, – так только ее насмешил, а потом и в злость даже вошла. Горничной Катьке такую мою одну шаль подарила, что хоть и в роскоши она прежде живала, а может, такой еще и не видывала. А о том, когда венчаться, и заикнуться нельзя. Какой тут жених, когда и просто приехать боится? Вот и сижу, а невтерпеж станет, так тайком да крадучись мимо дома ее по улице и хожу или за углом где прячусь. Ономнясь, чуть не до свету близ ворот ее продежурил, – померещилось что-то мне тогда. А она, знать, подглядела в окошко: «Что же бы ты, говорит, со мной сделал, кабы обман увидал?» Я не вытерпел да и говорю: «Сама знаешь».

– Что же знает?

– А почему и я-то знаю! – злобно засмеялся Рогожин. – В Москве я ее тогда ни с кем не мог изловить, хоть и долго ловил. Я ее тогда однажды взял да и говорю: «Ты под венец со мной обещалась, в честную семью входишь, а знаешь ты теперь кто такая? Ты, говорю, вот какая!»

– Ты ей сказал?

– Сказал.

– Ну?

– «Я тебя, говорит, теперь и в лакеи-то к себе, может, взять не захочу, не то что женой твоей быть». – «А я, говорю, так не выйду, один конец!» – «А я, говорит, сейчас Келлера позову, скажу ему, он тебя за ворота и вышвырнет». Я и кинулся на нее да тут же до синяков и избил.

– Быть не может! – вскричал князь.

– Говорю: было, – тихо, но сверкая глазами, подтвердил Рогожин. – Полторы сутки ровно не спал, не ел, не пил, из комнаты ее не выходил, на коленки перед ней становился: «Умру, говорю, не выйду, пока не простишь, а прикажешь вывести — утоплюсь; потому — что я без тебя теперь буду?» Точно сумасшедшая она была весь тот день, то плакала, то убивать меня собиралась ножом, то ругалась надо мной. Залёжева, Келлера, и Земтюжникова, и всех созвала, на меня им показывает, срамит. «Поедемте, господа, всей компанией сегодня в театр, пусть он здесь сидит, коли выйти не хочет, я для него не привязана. А вам здесь, Парфен Семеныч, чаю без меня подадут, вы, должно быть, проголодались сегодня». Воротилась из театра одна: «Они, говорит, трусишки и подлецы, тебя боятся да и меня пугают: говорят, он так не уйдет, пожалуй, зарежет. А я вот как в спальню пойду, так дверь и не запру за собой: вот как я тебя боюсь! Чтобы ты знал и видел это! Пил ты чай?» — «Нет, говорю, и не стану». — «Была бы честь приложена, а уж очень не идет к тебе это». И как сказала, так и сделала, комнату не заперла. Наутро вышла — смеется: «Ты с ума сошел, что ли? — говорит. — Ведь этак ты с голоду помрешь?» — «Прости, говорю». — «Не хочу прощать, не пойду за тебя, сказано. Неужто ты всю ночь на этом кресле сидел, не спал?» — «Нет, говорю, не спал». «Как умен-то! А чай пить и обедать опять не будешь?» «Сказал не буду — прости!» — «Уж как это к тебе не идет, говорит, если б ты только знал, как к корове седло. Уж не пугать ли ты меня вздумал? Экая мне беда какая, что ты голодный просидишь; вот испугал-то!» Рассердилась, да ненадолго, опять шпынять меня принялась. И подивился я тут на нее, что это у ней совсем этой злобы нет? А ведь она зло помнит, долго на других зло помнит! Тогда вот мне в голову и пришло, что до того она меня низко почитает, что и зла-то на мне большого держать не может. И это правда. «Знаешь ты, говорит, что такое папа римский?» — «Слыхал, говорю». — «Ты, говорит, Парфен Семеныч, истории всеобщей ничего не учился». — «Я ничему, говорю, не учился». — «Так вот я тебе, говорит, дам прочесть: был такой один папа и на императора одного рассердился, и тот у него три дня, не пивши, не евши, босой, на коленках, пред его дворцом простоял, пока тот ему не простил; как ты думаешь, что тот император в эти три дня, на коленках-то стоя, про себя передумал и какие зароки давал?.. Да постой, говорит, я тебе сама про это прочту!» Вскочила, принесла книгу: «Это стихи, говорит», и стала мне в стихах читать о том, как этот император в эти три дня заклинался отомстить тому папе. «Неужели, говорит, это тебе не нравится, Парфен Семенович?» — «Это всё верно, говорю, что ты прочла». — «Ага, сам говоришь, что верно, значит, и ты, может, зароки даешь, что: "выйдет она за меня, тогда-то я ей всё и припомню, тогда-то и натешусь над ней!"» — «Не знаю, говорю, может, и думаю так». — «Как не знаешь?» — «Так, говорю, не знаю, не о том мне всё теперь думается». — «А о чем же ты теперь думаешь?» — «А вот встанешь с места, пройдешь мимо, а я на тебя гляжу и за тобою слежу; прошумит твое платье, а у меня сердце падает, а выйдешь из комнаты, я о каждом твоем словечке вспоминаю, и каким голосом, и что сказала; а ночь всю эту ни о чем и не думал, всё слушал, как ты во сне дышала да как раза два шевельнулась...» — «Да ты, — засмеялась она, — пожалуй, и о том, что меня избил, не думаешь и не помнишь?» — «Может, говорю, и думаю, не знаю». — «А коли не прощу и за тебя не пойду?» — «Сказал, что утоплюсь». — «Пожалуй, еще убьешь перед этим...» Сказала и задумалась. Потом осердилась и вышла. Через час выходит ко мне такая сумрачная. «Я, говорит, пойду за тебя, Парфен Семенович, и не потому, что боюсь тебя, а всё равно погибать-то. Где ведь и лучше-то? Садись, говорит, тебе сейчас обедать подадут. А коли выйду за тебя, прибавила, то я тебе верною буду женой, в этом не сомневайся и не беспокойся». Потом помолчала и говорит: «Все-таки ты не лакей; я прежде думала, что ты совершенный, как есть, лакей». Тут и свадьбу назначила, а через неделю к Лебедеву от меня и убежала сюда. Я как приехал, она и говорит: «Я от тебя не отрекаюсь совсем; я только подождать еще хочу, сколько мне будет угодно, потому я всё еще сама себе госпожа. Жди и ты, коли хочешь». Вот как у нас теперь... Как ты обо всем этом думаешь, Лев Николаевич?

— Сам как ты думаешь? — переспросил князь, грустно смотря на Рогожина.

— Да разве я думаю! — вырвалось у того. Он хотел было еще что-то прибавить, но промолчал в неисходной тоске.

Князь встал и хотел опять уходить.

— Я тебе все-таки мешать не буду, — тихо проговорил он, почти задумчиво, как бы отвечая какой-то своей внутренней, затаенной мысли.

— Знаешь, что я тебе скажу! — вдруг одушевился Рогожин, и глаза его засверкали. — Как это ты мне так уступаешь, не понимаю? Аль уж совсем ее разлюбил? Прежде ты все-таки был в тоске; я ведь видел. Так для чего же ты сломя-то голову сюда теперь прискакал? Из жалости? (И лицо его искривилось в злую насмешку.) Хе-хе!

— Ты думаешь, что я тебя обманываю? — спросил князь.

— Нет, я тебе верю, да только ничего тут не понимаю. Вернее всего то, что жалость твоя, пожалуй, еще пуще моей любви!

Что-то злобное и желавшее непременно сейчас же высказаться загорелось в лице его.

— Что же, твою любовь от злости не отличишь, — улыбнулся князь, — а пройдет она, так, может, еще пуще беда будет. Я, брат Парфен, уж это тебе говорю...

— Что зарежу-то?

Князь вздрогнул.

— Ненавидеть будешь очень ее за эту же теперешнюю любовь, за всю эту муку, которую теперь принимаешь. Для меня всего чуднее то, как она может опять идти за тебя? Как услышал вчера — едва поверил, и так тяжело мне стало. Ведь уж два раза она от тебя отрекалась и из-под венца убегала, значит, есть же предчувствие!.. Что же ей в тебе-то теперь? Неужели твои деньги? Вздор это.

Да и деньги-то небось сильно уж порастратил. Неужто, чтобы только мужа найти? Так ведь она могла бы и кроме тебя найти. Всякого, кроме тебя, лучше, потому что ты и впрямь, пожалуй, зарежешь, и она уж это слишком, может быть, теперь понимает. Что ты любишь-то ее так сильно? Правда, вот это разве... Я слыхивал, что есть такие, что именно этакой любви ищут... только...

Князь остановился и задумался.

– Что ты опять усмехнулся на отцов портрет? – спросил Рогожин, чрезвычайно пристально наблюдавший всякую перемену, всякую беглую черту в лице князя.

– Чего я усмехнулся? А мне на мысль пришло, что если бы не было с тобой этой напасти, не приключилась бы эта любовь, так ты, пожалуй, точь-в-точь как твой отец бы стал, да и в весьма скором времени. Засел бы молча один в этом доме с женой, послушною и бессловесною, с редким и строгим словом, ни одному человеку не веря, да и не нуждаясь в этом совсем и только деньги молча и сумрачно наживая. Да много-много что старые бы книги когда похвалил, да двуперстным сложением заинтересовался, да и то разве к старости...

– Насмехайся. И вот точь-в-точь она это же самое говорила недавно, когда тоже этот портрет разглядывала! Чудно, как вы во всем заодно теперь...

– Да разве она уж была у тебя? – с любопытством спросил князь.

– Была. На портрет долго глядела, про покойника расспрашивала. «Ты вот точно такой бы и был, – усмехнулась мне под конец, – у тебя, говорит, Парфен Семеныч, сильные страсти, такие страсти, что ты как раз бы с ними в Сибирь, на каторгу, улетел, если б у тебя тоже ума не было, потому что у тебя большой ум есть, говорит» (так и сказала, вот веришь или нет? В первый раз от нее такое слово услышал!). «Ты всё это баловство теперешнее скоро бы и бросил. А так как ты совсем необразованный человек, то и стал бы деньги копить, и сел бы, как отец, в этом доме с своими скопцами; пожалуй бы, и сам в их веру под конец перешел, и уж так бы ты свои деньги полюбил, что и не два миллиона, а, пожалуй бы, и десять скопил, да на мешках своих с голоду бы и помер, потому у тебя во всем страсть, всё ты до страсти доводишь». Вот точно так и говорила, почти точь-в-точь этими словами. Никогда еще до этого она так со мной не говорила! Она ведь со мной всё про вздоры говорит али насмехается; да и тут смеясь начала, а потом такая стала сумрачная; весь этот дом ходила осматривала и точно пужалась чего. «Я всё это переменю, говорю, и отделаю, а то и другой дом к свадьбе, пожалуй, куплю». — «Ни-ни, говорит, ничего здесь не переменять, так и будем жить. Я подле твоей матушки, говорит, хочу жить, когда женой твоей стану». Повел я ее к матушке, — была к ней почтительна, как родная дочь. Матушка и прежде, вот уже два года, точно как бы не в полном рассудке сидит (больная она), а по смерти родителя и совсем как младенцем стала, без разговору: сидит без ног и только всем, кого увидит, с места кланяется; кажись, не накорми ее, так она и три дня не спохватится. Я матушкину правую руку взял, сложил: «Благословите, говорю, матушка, со мной к венцу идет»; так она у матушки руку с чувством поцеловала, «много, говорит, верно, твоя мать горя перенесла». Вот эту книгу у меня увидала: «Что это ты, "Русскую историю" стал читать? (А она мне и сама как-то раз в Москве говорила: «Ты бы образил себя хоть бы чем, хоть бы "Русскую историю" Соловьева прочел, ничего-то ведь ты не знаешь».) Это ты хорошо, сказала, так и делай, читай. Я тебе реестрик сама напишу, какие тебе книги перво-наперво надо прочесть; хочешь или нет?» И никогда-то, никогда прежде она со мной так не говорила, так что даже удивила меня; в первый раз как живой человек вздохнул.

— Я этому очень рад, Парфен, — сказал князь с искренним чувством, — очень рад. Кто знает, может, Бог вас и устроит вместе.

— Никогда не будет того! — горячо вскричал Рогожин.

– Слушай, Парфен, если ты так ее любишь, неужто не захочешь ты заслужить ее уважение? А если хочешь, так неужели не надеешься? Вот я давеча сказал, что для меня чудная задача: почему она идет за тебя? Но хоть я и не могу разрешить, но все-таки несомненно мне, что тут непременно должна же быть причина достаточная, рассудочная. В любви твоей она убеждена; но наверно убеждена и в некоторых твоих достоинствах. Иначе быть ведь не может! То, что ты сейчас сказал, подтверждает это. Сам ты говоришь, что нашла же она возможность говорить с тобой совсем другим языком, чем прежде обращалась и говорила. Ты мнителен и ревнив, потому и преувеличил всё, что заметил дурного. Уж конечно, она не так дурно думает о тебе, как ты говоришь. Ведь иначе значило бы, что она сознательно в воду или под нож идет, за тебя выходя. Разве может быть это? Кто сознательно в воду или под нож идет?

С горькою усмешкой прослушал Парфен горячие слова князя. Убеждение его, казалось, было уже непоколебимо поставлено.

– Как ты тяжело смотришь теперь на меня, Парфен! – с тяжелым чувством вырвалось у князя.

– В воду или под нож! – проговорил тот наконец. – Хе! Да потому-то и идет за меня, что наверно за мной нож ожидает! Да неужто уж ты и впрямь, князь, до сих пор не спохватился, в чем тут всё дело?

– Не понимаю я тебя.

– Что ж, может, и впрямь не понимает, хе-хе! Говорят же про тебя, что ты... *того.* Другого она любит, – вот что пойми! Точно так, как я ее люблю теперь, точно так же она другого теперь любит. А другой этот знаешь ты кто? Это *ты*! Что, не знал, что ли?

– Я!

– Ты. Она тебя тогда, с тех самых пор, с именин-то, и полюбила. Только она думает, что выйти ей за тебя невозможно, потому что она тебя будто бы опозорит и всю судьбу твою сгубит. «Я, говорит, известно какая». До сих пор про это сама утверждает. Она всё это мне сама так прямо в лицо и говорила. Тебя сгубить и опозорить боится, а за меня, значит, ничего, можно выйти, — вот каково она меня почитает, это тоже заметь!

— Да как же она от тебя ко мне бежала, а... от меня...

— А от тебя ко мне! Хе! Да мало ли что войдет ей вдруг в голову! Она вся точно в лихорадке теперь. То мне кричит: «За тебя как в воду иду. Скорей свадьбу!» Сама торопит, день назначает, а станет подходить время — испужается, али мысли другие пойдут — бог знает, ведь ты видел же: плачет, смеется, в лихорадке бьется. Да что тут чудного, что она и от тебя убежала? Она от тебя и убежала тогда, потому что сама спохватилась, как тебя сильно любит. Ей не под силу у тебя стало. Ты вот сказал давеча, что я ее тогда в Москве разыскал; неправда — сама ко мне от тебя прибежала: «Назначь день, говорит, я готова! Шампанского давай! К цыганкам едем!» — кричит!.. Да не было бы меня, она давно бы уж в воду кинулась; верно говорю. Потому и не кидается, что я, может, еще страшнее воды. Со зла и идет за меня... коли выйдет, так уж верно говорю, что *со зла* выйдет.

— Да как же ты... как же ты!.. — вскричал князь и не докончил. Он с ужасом смотрел на Рогожина.

— Что же не доканчиваешь, — прибавил тот осклабившись, — а хочешь, скажу, что ты вот в эту самую минуту про себя рассуждаешь: «Ну как же ей теперь за ним быть? Как ее к тому допустить?». Известно, что думаешь...

— Я не за тем сюда ехал, Парфен, говорю тебе, не то у меня в уме было...

— Это может, что не за тем и не то в уме было, а только теперь оно уж наверно стало за тем, хе-хе! Ну, довольно! Что ты так опрокинулся? Да неужто ты и впрямь того не знал? Дивишь ты меня!

— Всё это ревность, Парфен, всё это болезнь, всё это ты безмерно преувеличил... — пробормотал князь в чрезвычайном волнении. — Чего ты?

— Оставь, — проговорил Парфен и быстро вырвал из рук князя ножик, который тот взял со стола, подле книги, и положил его опять на прежнее место.

— Я как будто знал, когда въезжал в Петербург, как будто предчувствовал... — продолжал князь. — Не хотел я ехать сюда! Я хотел всё это здешнее забыть, из сердца прочь вырвать! Ну, прощай... Да что ты!

Говоря, князь в рассеянности опять было захватил в руки со стола тот же ножик, и опять Рогожин его вынул у него из рук и бросил на стол. Это был довольно простой формы ножик, с оленьим черенком, нескладной, с лезвием вершка в три с половиной, соответственной ширины.

Видя, что князь обращает особенное внимание на то, что у него два раза вырывают из рук этот нож, Рогожин с злобною досадой схватил его, заложил в книгу и швырнул книгу на другой стол.

— Ты листы, что ли, им разрезаешь? — спросил князь, но как-то рассеянно, всё еще как бы под давлением сильной задумчивости.

— Да, листы...

— Это ведь садовый нож?

— Да, садовый. Разве садовым нельзя разрезать листы?

— Да он... совсем новый.

— Ну что ж, что новый? Разве я не могу сейчас купить новый нож? — в каком-то исступлении вскричал наконец Рогожин, раздражавшийся с каждым словом.

Князь вздрогнул и пристально поглядел на Рогожина.

— Эк ведь мы! — засмеялся он вдруг, совершенно опомнившись. — Извини, брат, меня, когда у меня голова так тяжела, как теперь, и эта болезнь... я совсем, совсем становлюсь такой рассеянный и смешной. Я вовсе не об этом и спросить-то хотел... не помню о чем. Прощай...

— Не сюда, — сказал Рогожин.

— Забыл!

— Сюда, сюда, пойдем, я укажу.

IV

Пошли чрез те же комнаты, по которым уже князь проходил; Рогожин шел немного впереди, князь за ним. Вошли в большую залу. Здесь, по стенам, было несколько картин, всё портреты архиереев и пейзажи, на которых ничего нельзя было различить. Над дверью в следующую комнату висела одна картина, довольно странная по своей форме, около двух с половиной аршин в длину и никак не более шести вершков в высоту. Она изображала Спасителя, только что снятого со креста. Князь мельком взглянул на нее, как бы что-то припоминая, впрочем не останавливаясь, хотел пройти в дверь. Ему было очень тяжело и хотелось поскорее из этого дома. Но Рогожин вдруг остановился пред картиной.

– Вот эти все здесь картины, – сказал он, – всё за рубль да за два на аукционах куплены батюшкой покойным, он любил. Их один знающий человек все здесь пересмотрел: дрянь, говорит, а вот эта – вот картина, над дверью, тоже за два целковых купленная, – говорит, не дрянь. Еще родителю за нее один выискался, что триста пятьдесят рублей давал, а Савельев, Иван Дмитрич, из купцов, охотник большой, так тот до четырехсот доходил, а на прошлой неделе брату Семену Семенычу уж и пятьсот предложил. Я за собой оставил.

– Да это... это копия с Ганса Гольбейна, – сказал князь, успев разглядеть картину, – и хоть я знаток небольшой, но, кажется, отличная копия. Я эту картину за границей видел и забыть не могу. Но... что же ты...

Рогожин вдруг бросил картину и пошел прежнею дорогой вперед. Конечно, рассеянность и особое, странно-раздражительное настроение, так внезапно обнаружившееся в Рогожине, могло бы, пожалуй, объяснить эту порывчатость; но все-таки как-то чудно стало князю, что так вдруг прервался разговор, который не им же и начат, и что Рогожин даже и не ответил ему.

— А что, Лев Николаич, давно я хотел тебя спросить, веруешь ты в Бога или нет? — вдруг заговорил опять Рогожин, пройдя несколько шагов.

— Как ты странно спрашиваешь и... глядишь! — заметил князь невольно.

— А на эту картину я люблю смотреть, — пробормотал, помолчав, Рогожин, точно опять забыв свой вопрос.

— На эту картину! — вскричал вдруг князь, под впечатлением внезапной мысли, — на эту картину! Да от этой картины у иного еще вера может пропасть!

— Пропадает и то, — неожиданно подтвердил вдруг Рогожин. Они дошли уже до самой выходной двери.

— Как? — остановился вдруг князь, — да что ты! Я почти шутил, а ты так серьезно! И к чему ты меня спросил: верую ли я в Бога?

— Да ничего, так. Я и прежде хотел спросить. Многие ведь ноне не веруют. А что, правда (ты за границей-то жил), — мне вот один с пьяных глаз говорил, — что у нас, по России, больше, чем во всех землях, таких, что в Бога не веруют? «Нам, говорит, в этом легче, чем им, потому что мы дальше их пошли...»

Рогожин едко усмехнулся; проговорив свой вопрос, он вдруг отворил дверь и, держась за ручку замка, ждал, пока князь выйдет. Князь удивился, но вышел. Тот вышел за ним на площадку лестницы и притворил дверь за собой. Оба стояли друг пред другом с таким видом, что казалось, оба забыли, куда пришли и что теперь надо делать.

— Прощай же, — сказал князь, подавая руку.

— Прощай, — проговорил Рогожин, крепко, но совершенно машинально сжимая протянутую ему руку.

Князь сошел одну ступень и обернулся.

— А насчет веры, — начал он, улыбнувшись (видимо не желая так оставлять Рогожина) и, кроме того, оживляясь под впечатлением одного внезапного воспоминания, — насчет веры я, на прошлой неделе, в два дня четыре разные встречи имел. Утром ехал по одной новой железной дороге и часа четыре с одним С–м в вагоне проговорил, тут же и познакомился. Я еще прежде о нем много слыхивал и, между прочим, как об атеисте. Он человек действительно очень ученый, и я обрадовался, что с настоящим ученым буду говорить. Сверх того, он на редкость хорошо воспитанный человек, так что со мной говорил совершенно как с ровным себе по познаниям и по понятиям. В Бога он не верует. Одно только меня поразило: что он вовсе как будто не про то говорил, во всё время, и потому именно поразило, что и прежде, сколько я ни встречался с неверующими и сколько ни читал таких книг, всё мне казалось, что и говорят они и в книгах пишут совсем будто не про то, хотя с виду и кажется, что про то. Я это ему тогда же и высказал, но, должно быть, неясно или не умел выразить, потому что он ничего не понял... Вечером я остановился в уездной гостинице переночевать, а в ней только что одно убийство случилось, в прошлую ночь, так что все об этом говорили, когда я приехал. Два крестьянина, и в летах, и не пьяные, и знавшие уже давно друг друга, приятели, напились чаю и хотели вместе, в одной каморке, ложиться спать. Но один у другого подглядел, в последние два дня, часы, серебряные, на бисерном желтом снурке, которых, видно, не знал у него прежде. Этот человек был не вор, был даже честный и, по крестьянскому быту, совсем не бедный. Но ему до того понравились эти часы и до того соблазнили его, что он наконец не выдержал: взял нож и, когда приятель отвернулся, подошел к нему осторожно сзади, наметился, возвел глаза к небу, перекрестился и, проговорив про себя с горькою молитвой: «Господи, прости ради Христа!» — зарезал приятеля с одного раза, как барана, и вынул у него часы.

Рогожин покатился со смеху. Он хохотал так, как будто был в каком-то припадке. Даже странно было смотреть на этот смех после такого мрачного недавнего настроения.

– Вот это я люблю! Нет, вот это лучше всего! – выкрикивал он конвульсивно, чуть не задыхаясь. – Один совсем в Бога не верует, а другой уж до того верует, что и людей режет по молитве... Нет, этого, брат князь, не выдумаешь! Ха-ха-ха! Нет, это лучше всего!..

– Наутро я вышел по городу побродить, – продолжал князь, лишь только приостановился Рогожин, хотя смех всё еще судорожно и припадочно вздрагивал на его губах, – вижу, шатается по деревянному тротуару пьяный солдат, в совершенно растерзанном виде. Подходит ко мне: «Купи, барин, крест серебряный, всего за двугривенный отдаю; серебряный!» Вижу в руке у него крест, и, должно быть, только что снял с себя, на голубой, крепко заношенной ленточке, но только настоящий оловянный, с первого взгляда видно, большого размера, осьмиконечный, полного византийского рисунка. Я вынул двугривенный и отдал ему, а крест тут же на себя надел, – и по лицу его видно было, как он доволен, что надул глупого барина, и тотчас же отправился свой крест пропивать, уж это без сомнения. Я, брат, тогда под самым сильным впечатлением был всего того, что так и хлынуло на меня на Руси; ничего-то я в ней прежде не понимал, точно бессловесный рос, и как-то фантастически вспоминал о ней в эти пять лет за границей. Вот иду я да и думаю: нет, этого христопродавца подожду еще осуждать. Бог ведь знает, что в этих пьяных и слабых сердцах заключается. Чрез час, возвращаясь в гостиницу, наткнулся на бабу с грудным ребенком. Баба еще молодая, ребенку недель шесть будет. Ребенок ей и улыбнулся, по наблюдению ее, в первый раз от своего рождения. Смотрю, она так набожно-набожно вдруг перекрестилась. «Что ты, говорю, молодка?» (Я ведь тогда всё расспрашивал.) «А вот, говорит, точно так, как бывает материна радость, когда она первую от своего младенца улыбку заприметит, такая же точно бывает и у Бога радость всякий раз, когда он с неба завидит, что грешник пред Ним от всего своего сердца на молитву становится». Это мне баба сказала, почти этими же словами, и такую глубокую, такую тонкую и истинно религиозную мысль, такую мысль, в которой вся сущность христианства разом выразилась, то есть всё понятие о Боге как о нашем родном отце и о радости Бога на человека, как отца на свое родное дитя, – главнейшая мысль Христова! Простая баба! Правда, мать... и, кто знает, может, эта баба женой тому же солдату была. Слушай, Парфен, ты давеча спросил меня, вот мой ответ: сущность религиозного чувства ни под какие рассуждения, ни под какие проступки и преступления и ни под какие атеизмы не подходит; тут что-то не то, и вечно будет не то; тут что-то такое, обо что вечно будут скользить атеизмы и вечно будут *не про то* говорить. Но главное то, что всего яснее и скорее на русском сердце это заметишь, и вот мое заключение! Это одно из самых первых моих убеждений, которые я из нашей России выношу. Есть что делать, Парфен! Есть что делать на нашем русском свете, верь мне! Припомни, как мы в Москве сходились и говорили с тобой одно время... И совсем не хотел я сюда возвращаться теперь! И совсем, совсем не так думал с тобой встретиться!.. Ну, да что!.. Прощай, до свиданья! Не оставь тебя Бог!

Он повернулся и пошел вниз по лестнице.

– Лев Николаевич! – крикнул сверху Парфен, когда князь дошел до первой забежной площадки, – крест-от, что у солдата купил, при тебе?

– Да, на мне.

И князь опять остановился.

– Покажь-ка сюда.

Опять новая странность! Он подумал, поднялся наверх и выставил ему напоказ свой крест, не снимая его с шеи.

– Отдай мне, – сказал Рогожин.

– Зачем? Разве ты...

Князю бы не хотелось расставаться с этим крестом.

– Носить буду, а свой тебе сниму, ты носи.

– Поменяться крестами хочешь? Изволь, Парфен, коли так, я рад; побратаемся!

Князь снял свой оловянный крест, Парфен свой золотой, и поменялись. Парфен молчал. С тяжелым удивлением заметил князь, что прежняя недоверчивость, прежняя горькая и почти насмешливая улыбка всё еще как бы не оставляла лица его названого брата, по крайней мере мгновениями сильно выказывалась. Молча взял наконец Рогожин руку князя и некоторое время стоял, как бы не решаясь на что-то; наконец вдруг потянул его за собой, проговорив едва слышным голосом: «Пойдем». Перешли через площадку первого этажа и позвонили у двери, противоположной той, из которой они вышли. Им отворили скоро. Старенькая женщина, вся сгорбленная и в черном, повязанная платочком, молча и низко поклонилась Рогожину; тот что-то наскоро спросил ее и, не останавливаясь за ответом, повел князя далее через комнаты. Опять пошли темные комнаты, какой-то необыкновенной, холодной чистоты, холодно и сурово меблированные старинною мебелью в белых чистых чехлах. Не докладываясь, Рогожин прямо ввел князя в одну небольшую комнату, похожую на гостиную, разгороженную лоснящеюся перегородкой из красного дерева, с двумя дверьми по бокам, за которою, вероятно, была спальня. В углу гостиной, у печки, в креслах, сидела маленькая старушка, еще с виду не то чтоб очень старая, даже с довольно здоровым, приятным и круглым лицом, но уже совершенно седая и (с первого взгляда заключить было можно) впавшая в совершенное детство. Она была в черном шерстяном платье, с черным большим платком на шее, в белом чистом чепце с черными лентами. Ноги ее упирались в скамеечку. Подле нее находилась другая чистенькая старушка, постарше ее, тоже в трауре и тоже в белом чепце, должно быть, какая-нибудь приживалка, и молча вязала чулок. Обе они, должно быть, всё время молчали. Первая старушка, завидев Рогожина и князя, улыбнулась им и несколько раз ласково наклонила в знак удовольствия голову.

— Матушка, — сказал Рогожин, поцеловав у нее руку, — вот мой большой друг, князь Лев Николаевич Мышкин; мы с ним крестами поменялись: он мне за родного брата в Москве одно время был, много для меня сделал. Благослови его, матушка, как бы ты родного сына благословила. Постой, старушка, вот так, дай я сложу тебе руку...

Но старушка, прежде чем Парфен успел взяться, подняла свою правую руку, сложила пальцы в три перста и три раза набожно перекрестила князя. Затем еще раз ласково и нежно кивнула ему головой.

— Ну, пойдем, Лев Николаевич, — сказал Парфен, — я только за этим тебя и приводил...

Когда опять вышли на лестницу, он прибавил:

— Вот она ничего ведь не понимает, что говорят, и ничего не поняла моих слов, а тебя благословила; значит, сама пожелала... Ну, прощай, и мне и тебе пора.

И он отворил свою дверь.

— Да дай же я хоть обниму тебя на прощанье, странный ты человек! — вскричал князь, с нежным упреком смотря на него, и хотел его обнять. Но Парфен едва только поднял свои руки, как тотчас же опять опустил их. Он не решался; он отвертывался, чтобы не глядеть на князя. Он не хотел его обнимать.

— Небось! Я хоть и взял твой крест, а за часы не зарежу! — невнятно пробормотал он, как-то странно вдруг засмеявшись. Но вдруг всё лицо его преобразилось: он ужасно побледнел, губы его задрожали, глаза загорелись. Он поднял руки, крепко обнял князя и, задыхаясь, проговорил:

— Так бери же ее, коли судьба! Твоя! Уступаю!.. Помни Рогожина!

И, бросив князя, не глядя на него, поспешно вошел к себе и захлопнул за собою дверь.

V

Было уже поздно, почти половина третьего, и Епанчина князь не застал дома. Оставив карточку, он решился сходить в гостиницу «Весы» и спросить там Колю; если же там нет его – оставить ему записку. В «Весах» сказали ему, что Николай Ардалионович «вышли еще поутру-с, но, уходя, предуведомили, что если на случай придут кто их спрашивать, то чтоб известить, что *они-с* к трем часам, может быть, и придут-с. Если же до половины четвертого их здесь не окажется – значит, в Павловск с поездом отправились, на дачу к генеральше Епанчиной-с, и уж там, значит, и откушают-с». Князь сел дожидаться и кстати спросил себе обедать.

К половине четвертого и даже к четырем часам Коля не явился. Князь вышел и направился машинально куда глаза глядят. В начале лета в Петербурге случаются иногда прелестные дни – светлые, жаркие, тихие. Как нарочно, этот день был одним из таких редких дней. Несколько времени князь бродил без цели. Город ему был мало знаком. Он останавливался иногда на перекрестках улиц пред иными домами, на площадях, на мостах; однажды зашел отдохнуть в одну кондитерскую. Иногда с большим любопытством начинал всматриваться в прохожих; но чаще всего не замечал ни прохожих, ни где именно он идет. Он был в мучительном напряжении и беспокойстве и в то же самое время чувствовал необыкновенную потребность уединения. Ему хотелось быть одному и отдаться всему этому страдательному напряжению совершенно пассивно, не ища ни малейшего выхода. Он с отвращением не хотел разрешать нахлынувших в его душу и сердце вопросов. «Что же, разве я виноват во всем этом?» – бормотал он про себя, почти не сознавая своих слов.

К шести часам он очутился на дебаркадере Царскосельской железной дороги. Уединение скоро стало ему невыносимо; новый порыв горячо охватил его сердце, и на мгновение ярким светом озарился мрак, в котором тосковала душа его. Он взял билет в Павловск и с нетерпением спешил уехать; но, уж конечно, его что-то преследовало, и это была действительность, а не фантазия, как, может быть, он наклонен был думать. Почти уже садясь в вагон, он вдруг бросил только что взятый билет на пол и вышел обратно из воксала, смущенный и задумчивый. Несколько времени спустя, на улице, он вдруг как бы что-то припомнил, как бы что-то внезапно сообразил, очень странное, что-то уж долго его беспокоившее. Ему вдруг пришлось сознательно поймать себя на одном занятии, уже давно продолжавшемся, но которого он всё не замечал до самой этой минуты: вот уже несколько часов, еще даже в «Весах», кажется даже и до «Весов», он нет-нет и вдруг начинал как бы искать чего-то кругом себя. И забудет, даже надолго, на полчаса, и вдруг опять оглянется с беспокойством и ищет кругом.

Но только что он заметил в себе это болезненное и до сих пор совершенно бессознательное движение, так давно уже овладевшее им, как вдруг мелькнуло перед ним и другое воспоминание, чрезвычайно заинтересовавшее его: ему вспомнилось, что в ту минуту, когда он заметил, что всё ищет чего-то кругом себя, он стоял на тротуаре у окна одной лавки и с большим любопытством разглядывал товар, выставленный в окне. Ему захотелось теперь непременно проверить: действительно ли он стоял сейчас, может быть, всего пять минут назад, пред окном этой лавки, не померещилось ли ему, не смешал ли он чего? Существует ли в самом деле эта лавка и этот товар? Ведь он и в самом деле чувствует себя сегодня в особенно болезненном настроении, почти в том же, какое бывало с ним прежде при начале припадков его прежней болезни. Он знал, что в такое предприпадочное время он бывает необыкновенно рассеян и часто даже смешивает предметы и лица, если глядит на них без особого, напряженного внимания. Но была и особенная причина, почему ему уж так очень захотелось проверить, стоял ли он тогда перед лавкой: в числе вещей, разложенных напоказ в окне лавки, была одна вещь, на которую он смотрел и которую даже оценил в шестьдесят копеек серебром, он помнил это, несмотря на всю свою рассеянность и тревогу. Следовательно, если эта лавка существует и вещь эта действительно выставлена в числе товаров, то, стало быть, собственно для этой вещи и останавливался. Значит, эта вещь заключала в себе такой сильный для него интерес, что привлекла его внимание даже в то самое время, когда он был в таком тяжелом смущении, только что выйдя из воксала железной дороги. Он шел, почти в тоске смотря направо, и сердце его билось от беспокойного нетерпения. Но вот эта лавка, он нашел ее наконец! Он уже был в пятистах шагах от нее, когда вздумал воротиться. Вот и этот предмет в шестьдесят копеек; «конечно, в шестьдесят копеек, не стоит больше!» — подтвердил он теперь и засмеялся. Но он засмеялся истерически; ему стало очень тяжело. Он ясно вспомнил теперь, что именно тут, стоя пред этим окном, он вдруг обернулся, точно давеча, когда поймал на себе глаза Рогожина. Уверившись, что он не ошибся (в чем, впрочем, он и до поверки был совершенно уверен), он бросил лавку и поскорее пошел от нее. Всё это надо скорее обдумать, непременно; теперь ясно было, что ему не померещилось и в воксале, что с ним случилось непременно что-то действительное и непременно связанное со всем этим прежним его беспокойством. Но какое-то внутреннее непобедимое отвращение опять пересилило: он не захотел ничего обдумывать, он не стал обдумывать; он задумался совсем о другом.

Он задумался, между прочим, о том, что в эпилептическом состоянии его была одна степень почти пред самым припадком (если только припадок приходил наяву), когда вдруг, среди грусти, душевного мрака, давления, мгновениями как бы воспламенялся его мозг и с необыкновенным порывом напрягались разом все жизненные силы его. Ощущение жизни, самосознания почти удесятерялось в эти мгновения, продолжавшиеся как молния.

Ум, сердце озарялись необыкновенным светом; все волнения, все сомнения его, все беспокойства как бы умиротворялись разом, разрешались в какое-то высшее спокойствие, полное ясной, гармоничной радости и надежды, полное разума и окончательной причины. Но эти моменты, эти проблески были еще только предчувствием той окончательной секунды (никогда не более секунды), с которой начинался самый припадок. Эта секунда была, конечно, невыносима. Раздумывая об этом мгновении впоследствии, уже в здоровом состоянии, он часто говорил сам себе: что ведь все эти молнии и проблески высшего самоощущения и самосознания, а стало быть и «высшего бытия», не что иное, как болезнь, как нарушение нормального состояния, а если так, то это вовсе не высшее бытие, а, напротив, должно быть причислено к самому низшему. И, однако же, он все-таки дошел наконец до чрезвычайно парадоксального вывода: «Что же в том, что это болезнь? – решил он наконец. – Какое до того дело, что это напряжение ненормальное, если самый результат, если минута ощущения, припоминаемая и рассматриваемая уже в здоровом состоянии, оказывается в высшей степени гармонией, красотой, дает неслыханное и негаданное дотоле чувство полноты, меры, примирения и восторженного молитвенного слития с самым высшим синтезом жизни?» Эти туманные выражения казались ему самому очень понятными, хотя еще слишком слабыми. В том же, что это действительно «красота и молитва», что это действительно «высший синтез жизни», в этом он сомневаться не мог, да и сомнений не мог допустить. Ведь не видения же какие-нибудь снились ему в этот момент, как от хашиша, опиума или вина, унижающие рассудок и искажающие душу, ненормальные и несуществующие? Об этом он здраво мог судить по окончании болезненного состояния. Мгновения эти были именно одним только необыкновенным усилением самосознания, – если бы надо было выразить это состояние одним словом, – самосознания и в то же время самоощущения в высшей степени непосредственного. Если в ту секунду, то есть в самый последний сознательный момент пред припадком, ему случалось успевать ясно и сознательно сказать себе: «Да, за этот момент можно отдать всю жизнь!» – то, конечно, этот момент сам по себе и стоил всей жизни. Впрочем, за диалектическую часть своего вывода он не стоял: отупение, душевный мрак, идиотизм стояли пред ним ярким последствием этих «высочайших минут». Серьезно, разумеется, он не стал бы спорить. В выводе, то есть в его оценке этой минуты, без сомнения, заключалась ошибка, но действительность ощущения все-таки несколько смущала его. Что же в самом деле делать с действительностью? Ведь это самое бывало же, ведь он сам же успевал сказать себе в ту самую секунду, что эта секунда, по беспредельному счастию, им вполне ощущаемому, пожалуй, и могла бы стоить всей жизни. «В этот момент, – как говорил он однажды Рогожину, в Москве, во время их тамошних сходок, – в этот момент мне как-то становится понятно необычайное слово о том, что *времени больше не будет*. Вероятно, – прибавил он, улыбаясь, – это та же самая секунда, в которую не успел пролиться опрокинувшийся кувшин с водой эпилептика Магомета, успевшего, однако, в ту самую секунду обозреть все жилища Аллаховы». Да, в Москве они часто сходились с Рогожиным и говорили не об одном этом. «Рогожин давеча сказал, что я был тогда ему братом; он это в первый раз сегодня сказал», – подумал князь про себя.

Он подумал об этом, сидя на скамье, под деревом, в Летнем саду. Было около семи часов. Сад был пуст; что-то мрачное заволокло на мгновение заходящее солнце. Было душно; похоже было на отдаленное предвещание грозы. В теперешнем его созерцательном состоянии была для него какая-то приманка. Он прилеплялся воспоминаниями и умом к каждому внешнему предмету, и ему это нравилось: ему всё хотелось что-то забыть, настоящее, насущное, но при первом взгляде кругом себя он тотчас же опять узнавал свою мрачную мысль, мысль, от которой ему так хотелось отвязаться. Он было вспомнил, что давеча говорил с половым в трактире за обедом об одном недавнем чрезвычайно странном убийстве, наделавшем шуму и разговоров. Но только что он вспомнил об этом, с ним вдруг опять случилось что-то особенное.

Чрезвычайное, неотразимое желание, почти соблазн, вдруг оцепенили всю его волю. Он встал со скамьи и пошел из сада прямо на Петербургскую сторону. Давеча, на набережной Невы, он попросил какого-то прохожего, чтобы показал ему через Неву Петербургскую сторону. Ему показали, но тогда он не пошел туда. Да и во всяком случае нечего было сегодня ходить; он знал это. Адрес он давно имел; он легко мог отыскать дом родственницы Лебедева; но он знал почти наверно, что не застанет ее дома. «Непременно уехала в Павловск, иначе бы Коля оставил что-нибудь в "Весах", по условию». Итак, если он шел теперь, то, уж конечно, не за тем, чтоб ее видеть. Другое, мрачное, мучительное любопытство соблазняло его. Одна новая, внезапная идея пришла ему в голову...

Но для него уж слишком было довольно того, что он пошел и знал, куда идет: минуту спустя он опять уже шел, почти не замечая своей дороги. Обдумывать дальше «внезапную свою идею» ему тотчас же стало ужасно противно и почти невозможно. Он с мучительно напрягаемым вниманием всматривался во всё, что попадалось ему на глаза, смотрел на небо, на Неву. Он заговорил было со встретившимся маленьким ребенком. Может быть, и эпилептическое состояние его всё более и более усиливалось. Гроза, кажется, действительно надвигалась, хотя и медленно. Начинался уже отдаленный гром. Становилось очень душно...

Почему-то ему всё припоминался теперь, как припоминается иногда неотвязный и до глупости надоевший музыкальный мотив, племянник Лебедева, которого он давеча видел. Странно то, что он всё припоминался ему в виде того убийцы, о котором давеча упомянул сам Лебедев, рекомендуя ему племянника. Да, об этом убийце он читал еще очень недавно. Много читал и слышал о таких вещах с тех пор, как въехал в Россию; он упорно следил за всем этим. А давеча так даже слишком заинтересовался в разговоре с половым именно об этом же убийстве Жемариных. Половой с ним согласился, он вспомнил это. Припомнил и полового; это был неглупый парень, солидный и осторожный, а «впрочем, ведь бог его знает какой. Трудно в новой земле новых людей разгадывать». В русскую душу, впрочем, он начинал страстно верить. О, много, много вынес он совсем для него нового в эти шесть месяцев, и негаданного, и неслыханного, и неожиданного! Но чужая душа потемки, и русская душа потемки; для многих потемки. Вот он долго сходился с Рогожиным, близко сходились, «братски» сходились, – а знает ли он Рогожина? А впрочем, какой иногда тут, во всем этом, хаос, какой сумбур, какое безобразие! И какой же, однако, гадкий и вседовольный прыщик этот давешний племянник Лебедева! А впрочем, что же я? (продолжалось мечтаться князю) разве он убил эти существа, этих шесть человек? Я как будто смешиваю... как это странно! У меня голова что-то кружится... А какое симпатичное, какое милое лицо у старшей дочери Лебедева, вот у той, которая стояла с ребенком, какое невинное, какое почти детское выражение и какой почти детский смех! Странно, что он почти забыл это лицо и теперь только о нем вспомнил. Лебедев, топающий на них ногами, вероятно, их всех обожает. Но что всего вернее, как дважды два, это то, что Лебедев обожает и своего племянника!

А впрочем, что же он взялся их так окончательно судить, он, сегодня явившийся, что же это он произносит такие приговоры? Да вот Лебедев же задал ему сегодня задачу: ну ожидал ли он такого Лебедева? Разве он знал такого Лебедева прежде? Лебедев и Дюбарри, – господи! Впрочем, если Рогожин убьет, то по крайней мере не так беспорядочно убьет. Хаоса этого не будет. По рисунку заказанный инструмент и шесть человек, положенных совершенно в бреду! Разве у Рогожина по рисунку заказанный инструмент... у него... но... разве решено, что Рогожин убьет?! вздрогнул вдруг князь. «Не преступление ли, не низость ли с моей стороны так цинически-откровенно сделать такое предположение!» – вскричал он, и краска стыда залила разом лицо его. Он был изумлен, он стоял как вкопанный на дороге. Он разом вспомнил и давешний Павловский воксал, и давешний Николаевский воксал, и вопрос Рогожину прямо в лицо о глазах, и крест Рогожина, который теперь на нем, и благословение его матери, к которой он же его сам привел, и последнее судорожное объятие, последнее отречение Рогожина, давеча, на лестнице, – и после этого всего поймать себя на беспрерывном искании чего-то кругом себя, и эта лавка, и этот предмет... что за низость! И после всего этого он идет теперь с «особенною целью», с особою «внезапною идеей»! Отчаяние и страдание захватили всю его душу. Князь немедленно хотел поворотить назад к себе, в гостиницу; даже повернулся и пошел; но чрез минуту остановился, обдумал и воротился опять по прежней дороге.

Да он уже и был на Петербургской, он был близко от дома; ведь не с прежнею же целью теперь он идет туда, ведь не с «особенною же идеей!» И как оно могло быть! Да, болезнь его возвращается, это несомненно; может быть, припадок с ним будет непременно сегодня. Чрез припадок и весь этот мрак, чрез припадок и «идея»! Теперь мрак рассеян, демон прогнан, сомнений не существует, в его сердце радость! И – он так давно не видал ее, ему надо ее увидеть, и... да, он желал бы теперь встретить Рогожина, он бы взял его за руку, и они бы пошли вместе... Сердце его чисто; разве он соперник Рогожину? Завтра он сам пойдет и скажет Рогожину, что он ее видел; ведь летел же он сюда, как сказал давеча Рогожин, чтобы только ее увидать! Может быть, он и застанет ее, ведь не наверно же она в Павловске!

Да, надо, чтобы теперь всё было ясно поставлено, чтобы все ясно читали друг в друге, чтобы не было этих мрачных и страстных отречений, как давеча отрекался Рогожин, и пусть всё это совершится свободно и... светло. Разве не способен к свету Рогожин? Он говорит, что любит ее не так, что в нем нет состраданья, нет «никакой такой жалости». Правда, он прибавил потом, что «твоя жалость, может быть, еще пуще моей любви», — но он на себя клевещет. Гм, Рогожин за книгой, — разве уж это не «жалость», не начало «жалости»? Разве уж одно присутствие этой книги не доказывает, что он вполне сознает свои отношения к *ней*? А рассказ его давеча? Нет, это поглубже одной только страстности. И разве одну только страстность внушает ее лицо? Да и может ли даже это лицо внушать теперь страсть? Оно внушает страдание, оно захватывает всю душу, оно... и жгучее, мучительное воспоминание прошло вдруг по сердцу князя.

Да, мучительное. Он вспомнил, как еще недавно он мучился, когда в первый раз он стал замечать в ней признаки безумия. Тогда он испытал почти отчаяние. И как он мог оставить ее, когда она бежала тогда от него к Рогожину? Ему самому следовало бы бежать за ней, а не ждать известий. Но... неужели Рогожин до сих пор не заметил в ней безумия? Гм... Рогожин видит во всем другие причины, страстные причины! И какая безумная ревность! Что он хотел сказать давешним предположением своим? (Князь вдруг покраснел, и что-то как будто дрогнуло в его сердце.)

К чему, впрочем, и вспоминать про это? Тут безумство с обеих сторон. А ему, князю, любить страстно эту женщину — почти немыслимо, почти было бы жестокостью, бесчеловечностью. Да, да! Нет, Рогожин на себя клевещет; у него огромное сердце, которое может и страдать и сострадать. Когда он узнает всю истину и когда убедится, какое жалкое существо эта поврежденная, полоумная, — разве не простит он ей тогда всё прежнее, все мучения свои? Разве не станет ее слугой, братом, другом, провидением? Сострадание осмыслит и научит самого Рогожина. Сострадание есть главнейший и, может быть, единственный закон бытия всего человечества. О, как он непростительно и бесчестно виноват пред Рогожиным! Нет, не «русская душа потемки», а у него самого на душе потемки, если он мог вообразить такой ужас. За несколько горячих и сердечных слов в Москве Рогожин уже называет его своим братом, а он... Но это болезнь и бред! Это всё разрешится!.. Как мрачно сказал давеча Рогожин, что у него «пропадает вера»! Этот человек должен сильно страдать. Он говорит, что «любит смотреть на эту картину»; не любит, а, значит, ощущает потребность. Рогожин не одна только страстная душа; это все-таки боец: он хочет силой воротить свою потерянную веру. Ему она до мучения теперь нужна... Да! во что-нибудь верить! в кого-нибудь верить! А какая, однако же, странная эта картина Гольбейна... А, вот эта улица! Вот, должно быть, и дом, так и есть, № 16, «дом коллежской секретарши Филисовой». Здесь! Князь позвонил и спросил Настасью Филипповну.

Сама хозяйка дома ответила ему, что Настасья Филипповна еще с утра уехала в Павловск к Дарье Алексеевне «и даже может произойти-с, что останутся там и несколько дней». Филисова была маленькая, востроглазая и востролицая женщина, лет сорока, и глядела лукаво и пристально. На вопрос ее об имени, — вопрос, которому она как бы с намерением придала оттенок таинственности, — князь сначала было не хотел ответить; но тотчас же воротился и настойчиво попросил передать его имя Настасье Филипповне. Филисова приняла эту настойчивость с усиленным вниманием и с необыкновенно секретным видом, которым, видимо, желала заявить, что: «не беспокойтесь, я поняла-с». Имя князя, очевидно, произвело на нее сильнейшее впечатление. Князь рассеянно поглядел на нее, повернулся и пошел назад в свою гостиницу. Но он вышел не с тем уже видом, с каким звонил к Филисовой. С ним произошла опять, и как бы в одно мгновение, необыкновенная перемена: он опять шел бледный, слабый, страдающий, взволнованный; колена его дрожали, и смутная, потерянная улыбка бродила на посинелых губах его: «внезапная идея» его вдруг подтвердилась и оправдалась, и — он опять верил своему демону!

Но подтвердилась ли? Но оправдалась ли? Почему с ним опять эта дрожь, этот пот холодный, этот мрак и холод душевный? Потому ли, что опять он увидел сейчас эти *глаза*? Но ведь он и пошел же из Летнего сада единственно с тем, чтоб их увидать! В этом ведь и состояла его «внезапная идея». Он настойчиво захотел увидать эти «давешние глаза», чтоб окончательно убедиться, что он непременно встретит их *там*, у этого дома. Это было судорожное желание его, и отчего же он так раздавлен и поражен теперь тем, что их в самом деле сейчас увидел? Точно не ожидал! Да, это были *те самые* глаза (и в том, что *те самые*, нет уже никакого теперь сомнения!), которые сверкнули на него утром, в толпе, когда он выходил из вагона Николаевской железной дороги; те самые (совершенно те самые!), взгляд которых он поймал потом давеча, у себя за плечами, садясь на стул у Рогожина. Рогожин давеча отрекся: он спросил с искривленною, леденящею улыбкой: «Чьи же были глаза-то?» И князю ужасно захотелось, еще недавно, в воксале Царскосельской дороги, — когда он садился в вагон, чтобы ехать к Аглае, и вдруг опять увидел эти глаза, уже в третий раз в этот день, — подойти к Рогожину и сказать *ему*, «чьи это были глаза»! Но он выбежал из воксала и очнулся только пред лавкой ножовщика в ту минуту, как стоял и оценивал в шестьдесят копеек один предмет, с оленьим черенком. Странный и ужасный демон привязался к нему окончательно и уже не хотел оставлять его более. Этот демон шепнул ему в Летнем саду, когда он сидел, забывшись, под липой, что если Рогожину так надо было следить за ним с самого утра и ловить его на каждом шагу, то, узнав, что он не поедет в Павловск (что уже, конечно, было роковым для Рогожина сведением), Рогожин непременно пойдет *туда*, к тому дому, на Петербургской, и будет непременно сторожить там его, князя, давшего ему еще утром честное слово, что «не увидит ее» и что «не затем он в Петербург приехал». И вот князь судорожно устремляется к тому дому, и что же в том, что действительно он там встречает Рогожина? Он увидел только несчастного человека, душевное настроение которого мрачно, но очень понятно. Этот несчастный человек даже и не скрывался теперь. Да, Рогожин давеча почему-то заперся и солгал, но в воксале он стоял почти не скрываясь. Скорей даже он, князь, скрывался, а не Рогожин. А теперь, у дома, он стоял по другой стороне улицы, в шагах в пятидесяти наискось, на противоположном тротуаре, скрестив руки, и ждал. Тут уже он был совсем на виду и, кажется, нарочно хотел быть на виду. Он стоял как обличитель и как судья, а не как... А не как кто?

А почему же он, князь, не подошел теперь к нему сам и повернул от него, как бы ничего не заметив, хотя глаза их и встретились? (Да, глаза их встретились! и они посмотрели друг на друга.) Ведь он же сам хотел давеча взять его за руку и пойти *туда* вместе с ним? Ведь он сам же хотел завтра идти к нему и сказать, что он был у нее? Ведь отрекся же он сам от своего демона, еще идя туда, на половине дороги, когда радость вдруг наполнила его душу? Или в самом деле было что-то такое в Рогожине, то есть в целом *сегодняшнем* образе этого человека, во всей совокупности его слов, движений, поступков, взглядов, что могло оправдывать ужасные предчувствия князя и возмущающие нашептывания его демона? Нечто такое, что видится само собой, но что трудно анализировать и рассказать, невозможно оправдать достаточными причинами, но что, однако же, производит, несмотря на всю эту трудность и невозможность, совершенно цельное и неотразимое впечатление, невольно переходящее в полнейшее убеждение?..

Убеждение – в чем? (О, как мучила князя чудовищность, «унизительность» этого убеждения, «этого низкого предчувствия», и как обвинял он себя самого!) «Скажи же, если смеешь, в чем? – говорил он беспрерывно себе с упреком и с вызовом, – формулируй, осмелься выразить всю свою мысль, ясно, точно, без колебания! О, я бесчестен! – повторял он с негодованием и с краской в лице. – Какими же глазами буду я смотреть теперь всю жизнь на этого человека! О, что за день! О боже, какой кошмар!»

Была минута, в конце этого длинного и мучительного пути с Петербургской стороны, когда вдруг неотразимое желание захватило князя – пойти сейчас к Рогожину, дождаться его, обнять его со стыдом, со слезами, сказать ему всё и кончить всё разом. Но он стоял уже у своей гостиницы... Как не понравились ему давеча эта гостиница, эти коридоры, весь этот дом, его номер, не понравились с первого взгляду; он несколько раз в этот день с каким-то особенным отвращением припоминал, что надо будет сюда воротиться... «Да что это я, как больная женщина, верю сегодня во всякое предчувствие!» – подумал он с раздражительною насмешкой, останавливаясь в воротах. Новый, нестерпимый прилив стыда, почти отчаяния, приковал его на месте, при самом входе в ворота. Он остановился на минуту. Так иногда бывает с людьми: нестерпимые внезапные воспоминания, особенно сопряженные со стыдом, обыкновенно останавливают, на одну минуту, на месте. «Да, я человек без сердца и трус!» – повторил он мрачно и порывисто двинулся идти, но... опять остановился.

В этих воротах, и без того темных, в эту минуту было очень темно: надвинувшаяся грозовая туча поглотила вечерний свет, и в то самое время, как князь подходил к дому, туча вдруг разверзлась и пролилась. В то же время, когда он порывисто двинулся с места после мгновенной остановки, он находился в самом начале ворот, у самого входа под ворота с улицы. И вдруг он увидел в глубине ворот, в полутемноте, у самого входа на лестницу, одного человека. Человек этот как будто чего-то выжидал, но быстро промелькнул и исчез. Человека этого князь не мог разглядеть ясно и, конечно, никак бы не мог сказать наверно: кто он таков? К тому же тут так много могло проходить людей; тут была гостиница, и беспрерывно проходили и пробегали в коридоры и обратно. Но он вдруг почувствовал самое полное и неотразимое убеждение, что он этого человека узнал и что этот человек непременно Рогожин. Мгновение спустя князь бросился вслед за ним на лестницу. Сердце его замерло. «Сейчас всё разрешится!» — с странным убеждением проговорил он про себя.

Лестница, на которую князь взбежал из-под ворот, вела в коридоры первого и второго этажей, по которым и были расположены номера гостиницы. Эта лестница, как во всех давно строенных домах, была каменная, темная, узкая и вилась около толстого каменного столба. На первой забежной площадке в этом столбе оказалось углубление, вроде ниши, не более одного шага ширины и в полшага глубины. Человек, однако же, мог бы тут поместиться. Как ни было темно, но, взбежав на площадку, князь тотчас же различил, что тут, в этой нише, прячется зачем-то человек. Князю вдруг захотелось пройти мимо и не глядеть направо. Он ступил уже один шаг, но не выдержал и обернулся.

Два давешние глаза, *те же самые*, вдруг встретились с его взглядом. Человек, таившийся в нише, тоже успел уже ступить из нее один шаг. Одну секунду оба стояли друг перед другом почти вплоть. Вдруг князь схватил его за плечи и повернул назад, к лестнице, ближе к свету: он яснее хотел видеть лицо.

Глаза Рогожина засверкали, и бешеная улыбка исказила его лицо. Правая рука его поднялась, и что-то блеснуло в ней, князь не думал ее останавливать. Он помнил только, что, кажется, крикнул:

— Парфен, не верю!..

Затем вдруг как бы что-то разверзлось пред ним: необычайный *внутренний* свет озарил его душу. Это мгновение продолжалось, может быть, полсекунды; но он, однако же, ясно и сознательно помнил начало, самый первый звук своего страшного вопля, который вырвался из груди его сам собой и который никакою силой он не мог бы остановить. Затем сознание его угасло мгновенно, и наступил полный мрак.

С ним случился припадок эпилепсии, уже очень давно оставившей его. Известно, что припадки эпилепсии, собственно самая *падучая*, приходят мгновенно. В это мгновение вдруг чрезвычайно искажается лицо, особенно взгляд. Конвульсии и судороги овладевают всем телом и всеми чертами лица. Страшный, невообразимый и ни на что не похожий вопль вырывается из груди; в этом вопле вдруг исчезает как бы всё человеческое, и никак невозможно, по крайней мере очень трудно, наблюдателю вообразить и допустить, что это кричит этот же самый человек. Представляется даже, что кричит как бы кто-то другой, находящийся внутри этого человека. Многие, по крайней мере, изъясняли так свое впечатление, на многих же вид человека в падучей производит решительный и невыносимый ужас, имеющий в себе даже нечто мистическое. Надо предположить, что такое впечатление внезапного ужаса, сопряженного со всеми другими страшными впечатлениями той минуты, – вдруг оцепенили Рогожина на месте и тем спасли князя от неизбежного удара ножом, на него уже падавшего. Затем, еще не успев догадаться о припадке и увидев, что князь отшатнулся от него и вдруг упал навзничь, прямо вниз по лестнице, с размаху ударившись затылком о каменную ступень, Рогожин стремглав бросился вниз, обежал лежавшего и почти без памяти выбежал из гостиницы.

От конвульсий, биения и судорог тело больного спустилось по ступенькам, которых было не более пятнадцати, до самого конца лестницы. Очень скоро, не более как минут через пять, заметили лежавшего, и собралась толпа. Целая лужица крови около головы вселяла недоумение: сам ли человек расшибся, или «был какой грех». Скоро, однако же, некоторые различили падучую; один из номерных признал в князе давешнего постояльца. Смятение разрешилось наконец весьма счастливо по одному счастливому обстоятельству.

Коля Иволгин, обещавшийся быть к четырем часам в «Весах» и поехавший вместо того в Павловск, по одному внезапному соображению отказался «откушать» у генеральши Епанчиной, а приехал обратно в Петербург и поспешил в «Весы», куда и явился около семи часов вечера. Узнав, по оставленной ему записке, что князь в городе, он устремился к нему по сообщенному в записке адресу. Известившись в гостинице, что князь вышел, он спустился вниз, в буфетные комнаты, и стал дожидаться, кушая чай и слушая орган. Случайно услышав разговор о приключившемся с кем-то припадке, он бросился на место, по верному предчувствию, и узнал князя. Тотчас же были приняты надлежащие меры. Князя перенесли в его номер; он хоть и очнулся, но в полное сознание довольно долго не приходил. Доктор, приглашенный для осмотра разбитой головы, дал примочку и объявил, что опасности от ушибов нет ни малейшей. Когда же, уже чрез час, князь довольно хорошо стал понимать окружающее, Коля перевез его в карете из гостиницы к Лебедеву. Лебедев принял больного с необыкновенным жаром и с поклонами. Для него же ускорил и переезд на дачу; на третий день все уже были в Павловске.

VI

Дача Лебедева была небольшая, но удобная и даже красивая. Часть ее, назначавшаяся внаем, была особенно изукрашена. На террасе, довольно поместительной, при входе с улицы в комнаты было наставлено несколько померанцевых, лимонных и жасминных деревьев в больших зеленых деревянных кадках, что и составляло, по расчету Лебедева, самый обольщающий вид. Несколько из этих деревьев он приобрел вместе с дачей и до того прельстился эффектом, который они производили на террасе, что решился, благодаря случаю, прикупить для комплекту таких же деревьев в кадках на аукционе. Когда все деревья были наконец свезены на дачу и расставлены, Лебедев несколько раз в тот день сбегал по ступенькам террасы на улицу и с улицы любовался на свое владение, каждый раз мысленно надбавляя сумму, которую предполагал запросить с будущего своего дачного жильца. Расслабленному, тоскующему и разбитому телом князю дача очень понравилась. Впрочем, в день переезда в Павловск, то есть на третий день после припадка, князь уже имел по наружности вид почти здорового человека, хотя внутренне чувствовал себя всё еще не оправившимся. Он был рад всем, кого видел кругом себя в эти три дня, рад Коле, почти от него не отходившему, рад всему семейству Лебедева (без племянника, куда-то исчезнувшего), рад самому Лебедеву; даже с удовольствием принял посетившего его еще в городе генерала Иволгина. В самый день переезда, состоявшегося уже к вечеру, вокруг него на террасе собралось довольно много гостей: сперва пришел Ганя, которого князь едва узнал, — так он за всё это время переменился и похудел. Затем явились Варя и Птицын, тоже павловские дачники. Генерал же Иволгин находился у Лебедева на квартире почти бессменно, даже, кажется, вместе с ним переехал. Лебедев старался не пускать его к князю и держать при себе; обращался он с ним по-приятельски; по-видимому, они уже давно были знакомы. Князь заметил, что все эти три дня они вступали иногда друг с другом в длинные разговоры, нередко кричали и спорили, даже, кажется, об ученых предметах, что, по-видимому, доставляло удовольствие Лебедеву. Подумать можно было, что он даже нуждался в генерале. Но те же самые предосторожности, как относительно князя, Лебедев стал соблюдать и относительно своего семейства с самого переезда на дачу: под предлогом, чтобы не беспокоить князя, он не пускал к нему никого, топал ногами, бросался и гонялся за своими дочерьми, не исключая и Веры с ребенком, при первом подозрении, что они идут на террасу, где находился князь, несмотря на все просьбы князя не отгонять никого.

– Во-первых, никакой не будет почтительности, если их так распустить; а во-вторых, им даже и неприлично… – объяснил он наконец на прямой вопрос князя.

– Да почему же? – усовещивал князь. – Право, вы меня всеми этими наблюдениями и сторожением только мучаете. Мне одному скучно, я вам несколько раз говорил, а сами вы вашим беспрерывным маханием рук и хождением на цыпочках еще больше тоску нагоняете.

Князь намекал на то, что Лебедев хоть и разгонял всех домашних под видом спокойствия, необходимого больному, но сам входил к князю во все эти три дня чуть не поминутно, и каждый раз сначала растворял дверь, просовывал голову, оглядывал комнату, точно увериться хотел, тут ли? не убежал ли? и потом уже на цыпочках, медленно, крадущимися шагами подходил к креслу, так что иногда невзначай пугал своего жильца. Беспрерывно осведомлялся, не нужно ли ему чего, и когда князь стал ему наконец замечать, чтоб он оставил его в покое, послушно и безмолвно оборачивался, пробирался обратно на цыпочках к двери и всё время, пока шагал, махал руками, как бы давая знать, что он только так, что он не промолвит ни слова, и что вот он уж и вышел, и не придет, и, однако ж, чрез десять минут или по крайней мере чрез четверть часа являлся опять. Коля, имевший свободный вход к князю, возбуждал тем самым в Лебедеве глубочайшее огорчение и даже обидное негодование. Коля заметил, что Лебедев по получасу простаивает у двери и подслушивает, что они говорят с князем, о чем, разумеется, и известил князя.

– Вы точно меня себе присвоили, что держите под замком, – протестовал князь, – по крайней мере на дачето я хочу, чтобы было иначе, и будьте уверены, что буду принимать кого угодно и выходить куда угодно.

– Без самомалейшего сомнения, – замахал руками Лебедев.

Князь пристально оглядел его с головы до ног.

– А что, Лукьян Тимофеевич, вы свой шкапчик, который у вас над кроватью в головах висел, перевезли сюда?

– Нет, не перевез.

– Неужели там оставили?

– Невозможно везти, выламывать из стены надо... Крепко, крепко.

– Да, может, здесь точно такой же есть?

– Даже лучше, даже лучше, с тем и дачу купил.

– А-а. Это кого вы давеча ко мне не пускали? Час назад.

– Это... это генерала-с. Действительно не пускал, и ему к вам не стать. Я, князь, человека этого глубоко уважаю; это... это великий человек-с; вы не верите? Ну, вот увидите, а все-таки... лучше бы, сиятельнейший князь, вам не принимать его у себя-с.

– А почему бы так, позвольте вас спросить? И почему, Лебедев, вы стоите теперь на цыпочках, а подходите ко мне всегда, точно желаете секрет на ухо сообщить?

– Низок, низок, чувствую, – неожиданно отвечал Лебедев, с чувством постукивая себя в грудь, – а генерал для вас не слишком ли будет гостеприимен-с?

– Слишком будет гостеприимен?

– Гостеприимен-с. Во-первых, он уж и жить у меня собирается; это бы пусть-с, да азартен, в родню тотчас лезет. Мы с ним родней уже несколько раз сосчитались, оказалось, что свояки. Вы тоже ему по матери племянником двоюродным оказываетесь, еще вчера мне разъяснял. Если вы племянник, стало быть, и мы с вами, сиятельнейший князь, родня. Это бы ничего-с, маленькая слабость, но сейчас уверял, что всю его жизнь, с самого прапорщичьего чина и до самого одиннадцатого июня прошлого года, у него каждый день меньше двухсот персон за стол не садилось. Дошел наконец до того, что и не вставало, так что и обедали, и ужинали, и чай пили часов до пятнадцати в сутки лет тридцать сряду без малейшего перерыва, едва время было скатерть переменить. Один встает, уходит, другой приходит, а в табельные и царские дни и до трехсот человек доходило. А в день тысячелетия России так семьсот человек начел. Это ведь страсть-с; этакие известия – признак очень дурной-с; этаких гостеприимцев и принимать даже у себя страшно, я и подумал: не слишком ли для нас с вами будет этакой гостеприимен?

– Но вы, кажется, с ним в весьма хороших отношениях?

– По-братски и принимаю за шутку; пусть мы свояки: мне что, – больше чести. Я в нем даже и сквозь двухсот персон и тысячелетие России замечательнейшего человека различаю. Искренно говорю-с. Вы, князь, сейчас о секретах заговорили-с, будто бы, то есть, я приближаюсь, точно секрет сообщить желаю, а секрет, как нарочно, и есть: известная особа сейчас дала знать, что желала бы очень с вами секретное свидание иметь.

– Для чего же секретное? Отнюдь. Я у ней буду сам, хоть сегодня.

– Отнюдь, отнюдь нет, – замахал Лебедев, – и не того боится, чего бы вы думали. Кстати: изверг ровно каждый день приходит о здоровье вашем наведываться, известно ли вам?

– Вы что-то очень часто извергом его называете, это мне очень подозрительно.

– Никакого подозрения иметь не можете, никакого, – поскорее отклонил Лебедев, – я хотел только объяснить, что особа известная не его, а совершенно другого боится, совершенно другого.

– Да чего же, говорите скорей, – допрашивал князь с нетерпением, смотря на таинственные кривляния Лебедева.

– В том и секрет.

И Лебедев усмехнулся.

– Чей секрет?

– Ваш секрет. Сами вы запретили мне, сиятельнейший князь, при вас говорить... – пробормотал Лебедев и, насладившись тем, что довел любопытство своего слушателя до болезненного нетерпения, вдруг заключил: – Аглаи Ивановны боится.

Князь поморщился и с минуту помолчал.

– Ей-богу, Лебедев, я брошу вашу дачу, – сказал он вдруг. – Где Гаврила Ардалионович и Птицыны? У вас? Вы их тоже к себе переманили.

– Идут-с, идут-с. И даже генерал вслед за ними. Все двери отворю и дочерей созову всех, всех, сейчас, сейчас, – испуганно шептал Лебедев, махая руками и кидаясь от одной двери к другой.

В эту минуту Коля появился на террасе, войдя с улицы, и объявил, что вслед за ним идут гости, Лизавета Прокофьевна с тремя дочерьми.

– Пускать или не пускать Птицыных и Гаврилу Ардалионовича? Пускать или не пускать генерала? – подскочил Лебедев, пораженный известием.

– Отчего же нет? Всех, кому угодно! Уверяю вас, Лебедев, что вы что-то не так поняли в моих отношениях в самом начале; у вас какая-то беспрерывная ошибка. Я не имею ни малейших причин от кого-нибудь таиться и прятаться, – засмеялся князь.

Глядя на него, почел за долг засмеяться и Лебедев. Лебедев, несмотря на свое чрезвычайное волнение, был тоже, видимо, чрезвычайно доволен.

Известие, сообщенное Колей, было справедливо; он опередил Епанчиных только несколькими шагами, чтоб их возвестить, так что гости явились вдруг с обеих сторон: с террасы – Епанчины, а из комнат – Птицыны, Ганя и генерал Иволгин.

Епанчины узнали о болезни князя и о том, что он в Павловске, только сейчас, от Коли, до того же времени генеральша была в тяжелом недоумении. Еще третьего дня генерал сообщил своему семейству карточку князя;

эта карточка возбудила в Лизавете Прокофьевне непременную уверенность, что и сам князь прибудет в Павловск для свидания с ними немедленно вслед за этою карточкой. Напрасно девицы уверяли, что человек, не писавший полгода, может быть, далеко не будет так тороплив и теперь и что, может быть, у него и без них много хлопот в Петербурге, – почем знать его дела? Генеральша решительно осердилась на эти замечания и готова была биться об заклад, что князь явится по крайней мере на другой же день, хотя «это уже будет и поздно». На другой день она прождала целое утро; ждали к обеду, к вечеру, и когда уже совершенно смерклось, Лизавета Прокофьевна рассердилась на всё и перессорилась со всеми, разумеется в мотивах ссоры ни слова не упоминая о князе. Ни слова о нем не было упомянуто и во весь третий день. Когда у Аглаи сорвалось невзначай за обедом, что maman сердится, потому что князь не едет, на что генерал тотчас же заметил, что «ведь он в этом не виноват», – Лизавета Прокофьевна встала и во гневе вышла из-за стола. Наконец к вечеру явился Коля со всеми известиями и с описанием всех приключений князя, какие он знал. В результате Лизавета Прокофьевна торжествовала, но во всяком случае Коле крепко досталось: «То по целым дням здесь вертится и не выживешь, а тут хоть бы знать-то дал, если уж сам не рассудил пожаловать». Коля тотчас же хотел было рассердиться за слово «не выживешь», но отложил до другого раза, и если бы только самое слово не было уж слишком обидно, то, пожалуй, и совсем извинил бы его: до того понравилось ему волнение и беспокойство Лизаветы Прокофьевны при известии о болезни князя. Она долго настаивала на необходимости немедленно отправить нарочного в Петербург, чтобы поднять какую-то медицинскую знаменитость первой величины и примчать ее с первым поездом. Но дочери отговорили; они, впрочем, не захотели отстать от мамаши, когда та мигом собралась, чтобы посетить больного.

– Он на смертном одре, – говорила, суетясь, Лизавета Прокофьевна, – а мы тут будем еще церемонии наблюдать? Друг он нашего дома иль нет?

– Да и соваться, не спросясь броду, не следует, – заметила было Аглая.

– Ну, так и не ходи, и хорошо даже сделаешь: Евгений Павлыч приедет, некому будет принять.

После этих слов Аглая, разумеется, тотчас же отправилась вслед за всеми, что, впрочем, намерена была и без этого сделать. Князь Щ., сидевший с Аделаидой, по ее просьбе, немедленно согласился сопровождать дам. Он еще и прежде, в начале своего знакомства с Епанчиными, чрезвычайно заинтересовался, когда услышал от них о князе. Оказалось, что он с ним был знаком, что они познакомились где-то недавно и недели две жили вместе в каком-то городке. Это было назад тому месяца с три. Князь Щ. даже много о князе рассказывал и вообще отзывался о нем весьма симпатично, так что теперь с искренним удовольствием шел навестить старого знакомого. Генерала Ивана Федоровича на этот раз не было дома. Евгений Павлович тоже еще не приезжал.

До дачи Лебедева от Епанчиных было не более трехсот шагов. Первое неприятное впечатление Лизаветы Прокофьевны у князя – было застать кругом него целую компанию гостей, не говоря уже о том, что в этой компании были два-три лица ей решительно ненавистные; второе – удивление при виде совершенно на взгляд здорового, щеголевато одетого и смеющегося молодого человека, ступившего им навстречу, вместо умирающего на смертном одре, которого она ожидала найти. Она даже остановилась в недоумении, к чрезвычайному удовольствию Коли, который, конечно, мог бы отлично объяснить, еще когда она и не трогалась с своей дачи, что никто ровно не умирает и никакого смертного одра нет, но не объяснил, лукаво предчувствуя будущий комический гнев генеральши, когда она, по его расчетам, непременно рассердится за то, что застанет князя, своего искреннего друга, здоровым. Коля был даже так неделикатен, что вслух высказал свою догадку, чтоб окончательно раздразнить Лизавету Прокофьевну, с которою постоянно и иногда очень злобно пикировался, несмотря на связавшую их дружбу.

– Подожди, любезный, не торопись, не испорти свое торжество! – отвечала Лизавета Прокофьевна, усаживаясь в подставленные ей князем кресла.

Лебедев, Птицын, генерал Иволгин бросились подавать стулья девицам. Аглае подал стул генерал. Лебедев подставил стул и князю Щ., причем даже в сгибе своей поясницы успел изобразить необыкновенную почтительность. Варя, по обыкновению, с восторгом и шепотом здоровалась с барышнями.

– Это правда, что я думала, князь, тебя чуть не в постели застать, так со страху преувеличила, и, ни за что лгать не стану, досадно мне стало сейчас ужасно на твое счастливое лицо, но божусь тебе, это всего минута, пока еще не успела размыслить. Я, как размыслю, всегда умнее поступаю и говорю; я думаю, и ты тоже. А по-настоящему, выздоровлению родного сына, если б он был, была бы, может быть, меньше рада, чем твоему; и если ты мне в этом не поверишь, то срам тебе, а не мне. А этот злобный мальчишка позволяет со мной и не такие шутки шутить. Ты, кажется, его протежируешь; так я предупреждаю тебя, что в одно прекрасное утро, поверь мне, откажу себе в дальнейшем удовольствии пользоваться честью его знакомства.

– Да чем же я виноват? – кричал Коля. – Да сколько б я вас ни уверял, что князь почти уже здоров, вы бы не захотели поверить, потому что представить его на смертном одре было гораздо интереснее.

– Надолго ли к нам? – обратилась к князю Лизавета Прокофьевна.

– На всё лето и, может быть, дольше.

– Ты ведь один? Не женат?

– Нет, не женат, – улыбнулся князь наивности пущенной шпильки.

— Улыбаться нечего; это бывает. Я про дачу: зачем не к нам переехал? У нас целый флигель пустой, впрочем, как хочешь. Это у него нанимаешь? У этого? — прибавила она вполголоса, кивнув на Лебедева. — Что он всё кривляется?

В эту минуту из комнат вышла на террасу Вера, по своему обыкновению, с ребенком на руках. Лебедев, извивавшийся около стульев и решительно не знавший, куда девать себя, но ужасно не хотевший уйти, вдруг набросился на Веру, замахал на нее руками, гоня прочь с террасы, и даже, забывшись, затопал ногами.

— Он сумасшедший? — прибавила вдруг генеральша.

— Нет, он...

— Пьян, может быть? Некрасива же твоя компания, — отрезала она, захватив в своем взгляде и остальных гостей, — а впрочем, какая милая девушка! Кто такая?

— Это Вера Лукьяновна, дочь этого Лебедева.

— А!.. Очень милая. Я хочу с ней познакомиться.

Но Лебедев, расслышавший похвалы Лизаветы Прокофьевны, уже сам тащил дочь, чтобы представить ее.

— Сироты, сироты! — таял он, подходя. — И этот ребенок на руках ее — сирота, сестра ее, дочь Любовь, и рождена в наизаконнейшем браке от новопреставленной Елены, жены моей, умершей тому назад шесть недель, в родах, по соизволению Господню... да-с... вместо матери, хотя только сестра и не более как сестра... не более, не более...

— А ты, батюшка, не более как дурак, извини меня. Ну, довольно, сам понимаешь, я думаю, — отрезала вдруг Лизавета Прокофьевна в чрезвычайном негодовании.

— Истинная правда! — почтительнейше и глубоко поклонился Лебедев.

— Послушайте, господин Лебедев, правду про вас говорят, что вы Апокалипсис толкуете? — спросила Аглая.

— Истинная правда... пятнадцатый год.

— Я о вас слышала. О вас и в газетах печатали, кажется?

– Нет, это о другом толкователе, о другом-с, и тот помер, а я за него остался, – вне себя от радости проговорил Лебедев.

– Сделайте одолжение, растолкуйте мне когда-нибудь на днях, по соседству. Я ничего не понимаю в Апокалипсисе.

– Не могу не предупредить вас, Аглая Ивановна, что всё это с его стороны одно шарлатанство, поверьте, – быстро ввернул вдруг генерал Иволгин, ждавший точно на иголочках и желавший изо всех сил как-нибудь начать разговор; он уселся рядом с Аглаей Ивановной, – конечно, дача имеет свои права, – продолжал он, – и свои удовольствия, и прием такого необычайного интруса для толкования Апокалипсиса есть затея, как и другая, и даже затея замечательная по уму, но я... Вы, кажется, смотрите на меня с удивлением? Генерал Иволгин, имею честь рекомендоваться. Я вас на руках носил, Аглая Ивановна.

– Очень рада. Мне знакомы Варвара Ардалионовна и Нина Александровна, – пробормотала Аглая, всеми силами крепясь, чтобы не расхохотаться.

Лизавета Прокофьевна вспыхнула. Что-то давно накопившееся в ее душе вдруг потребовало исхода. Она терпеть не могла генерала Иволгина, с которым когда-то была знакома, только очень давно.

– Лжешь, батюшка, по своему обыкновению, никогда ты ее на руках не носил, – отрезала она ему в негодовании.

– Вы забыли, maman, ей-богу, носил, в Твери, – вдруг подтвердила Аглая. – Мы тогда жили в Твери. Мне тогда лет шесть было, я помню. Он мне стрелку и лук сделал, и стрелять научил, и я одного голубя убила. Помните, мы с вами голубя вместе убили?

– А мне тогда каску из картона принес и шпагу деревянную, и я помню! – вскричала Аделаида.

– И я это помню, – подтвердила Александра. – Вы еще тогда за раненого голубя перессорились, и вас по углам расставили; Аделаида так и стояла в каске и со шпагой.

Генерал, объявивший Аглае, что он ее на руках носил, сказал это *так*, чтобы только начать разговор, и единственно потому, что он почти всегда так начинал разговор со всеми молодыми людьми, если находил нужным с ними познакомиться. Но на этот раз случилось, как нарочно, что он сказал правду и, как нарочно, правду эту он и сам забыл. Так что, когда Аглая вдруг подтвердила теперь, что она с ним вдвоем застрелила голубя, память его разом осветилась, и он вспомнил обо всем об этом сам до последней подробности, как нередко вспоминается в летах преклонных что-нибудь из далекого прошлого. Трудно передать, что в этом воспоминании так сильно могло подействовать на бедного и, по обыкновению, несколько хмельного генерала; но он был вдруг необыкновенно растроган.

– Помню, всё помню! – вскричал он. – Я был тогда штабс-капитаном. Вы – такая крошка, хорошенькая. Нина Александровна... Ганя... Я был у вас... принят. Иван Федорович...

– И вот, видишь, до чего ты теперь дошел! – подхватила генеральша. – Значит, все-таки не пропил своих благородных чувств, когда так подействовало! А жену измучил. Чем бы детей руководить, а ты в долговом сидишь. Ступай, батюшка, отсюда, зайди куда-нибудь, стань за дверь в уголок и поплачь, вспомни свою прежнюю невинность, авось Бог простит. Поди-ка, поди, я тебе серьезно говорю. Ничего нет лучше для исправления, как прежнее с раскаянием вспомнить.

Но повторять о том, что говорят серьезно, было нечего: генерал, как и все постоянно хмельные люди, был очень чувствителен и, как все слишком упавшие хмельные люди, нелегко переносил воспоминания из счастливого прошлого. Он встал и смиренно направился к дверям, так что Лизавете Прокофьевне сейчас же и жалко стало его.

— Ардалион Александрович, батюшка! — крикнула она ему вслед, — остановись на минутку; все мы грешны; когда будешь чувствовать, что совесть тебя меньше укоряет, приходи ко мне, посидим, поболтаем о прошлом-то. Я ведь еще, может, сама тебя в пятьдесят раз грешнее; ну, а теперь прощай, ступай, нечего тебе тут... — испугалась она вдруг, что он воротится.

— Вы бы пока не ходили за ним, — остановил князь Колю, который побежал было вслед за отцом. — А то через минуту он подосадует, и вся минута испортится.

— Это правда, не тронь его; через полчаса поди, — решила Лизавета Прокофьевна.

— Вот что значит хоть раз в жизни правду сказать, до слез подействовало! — осмелился вклеить Лебедев.

— Ну уж и ты-то, батюшка, должно быть, хорош, коли правда то, что я слышала, — осадила его сейчас же Лизавета Прокофьевна.

Взаимное положение всех гостей, собравшихся у князя, мало-помалу определилось. Князь, разумеется, в состоянии был оценить и оценил всю степень участия к нему генеральши и ее дочерей и, конечно, сообщил им искренно, что и сам он сегодня же, еще до посещения их, намерен был непременно явиться к ним, несмотря ни на болезнь свою, ни на поздний час. Лизавета Прокофьевна, поглядывая на гостей его, ответила, что это и сейчас можно исполнить. Птицын, человек вежливый и чрезвычайно уживчивый, очень скоро встал и отретировался во флигель к Лебедеву, весьма желая увести с собой и самого Лебедева. Тот обещал прийти скоро; тем временем Варя разговорилась с девицами и осталась. Она и Ганя были весьма рады отбытию генерала; сам Ганя тоже скоро отправился вслед за Птицыным. В те же несколько минут, которые он пробыл на террасе при Епанчиных, он держал себя скромно, с достоинством и нисколько не потерялся от решительных взглядов Лизаветы Прокофьевны, два раза оглядевшей его с головы до ног. Действительно, можно было подумать знавшим его прежде, что он очень изменился. Это очень понравилось Аглае.

– Ведь это Гаврила Ардалионович вышел? – спросила она вдруг, как любила иногда делать, громко, резко, прерывая своим вопросом разговор других и ни к кому лично не обращаясь.

– Он, – ответил князь.

– Едва узнала его. Он очень изменился и... гораздо к лучшему.

– Я очень рад за него, – сказал князь.

– Он был очень болен, – прибавила Варя с радостным соболезнованием.

– Чем это изменился к лучшему? – в гневливом недоумении и чуть не перепугавшись спросила Лизавета Прокофьевна. – Откуда взяла? Ничего нет лучшего. Что именно тебе кажется лучшего?

– Лучше «рыцаря бедного» ничего нет лучшего! – провозгласил вдруг Коля, стоявший всё время у стула Лизаветы Прокофьевны.

– Это я сам тоже думаю, – сказал князь Щ. и засмеялся.

– Я совершенно того же мнения, – торжественно провозгласила Аделаида.

– Какого «рыцаря бедного»? – спрашивала генеральша, с недоумением и досадой оглядывая всех говоривших, но, увидев, что Аглая вспыхнула, с сердцем прибавила: – Вздор какой-нибудь! Какой такой «рыцарь бедный»?

– Разве в первый раз мальчишке этому, фавориту вашему, чужие слова коверкать! – с надменным негодованием ответила Аглая.

В каждой гневливой выходке Аглаи (а она гневалась очень часто) почти каждый раз, несмотря на всю видимую ее серьезность и неумолимость, проглядывало столько еще чего-то детского, нетерпеливо школьного и плохо припрятанного, что не было возможности иногда, глядя на нее, не засмеяться, к чрезвычайной, впрочем, досаде Аглаи, не понимавшей, чему смеются и «как могут, как смеют они смеяться». Засмеялись и теперь сестры, князь Щ., и даже улыбнулся сам князь Лев Николаевич, тоже почему-то покрасневший. Коля хохотал и торжествовал. Аглая рассердилась не на шутку и вдвое похорошела. К ней чрезвычайно шло ее смущение и тут же досада на самое себя за это смущение.

– Мало он ваших-то слов перековеркал, – прибавила она.

– Я на собственном вашем восклицании основываюсь! – прокричал Коля. – Месяц назад вы «Дон-Кихота» перебирали и воскликнули эти слова, что нет лучше «рыцаря бедного». Не знаю, про кого вы тогда говорили: про Дон-Кихота, или про Евгения Павлыча, или еще про одно лицо, но только про кого-то говорили, и разговор шел длинный...

– Ты, я вижу, уж слишком много позволяешь себе, мой милый, с своими догадками, – с досадой остановила его Лизавета Прокофьевна.

– Да разве я один? – не умолкал Коля. – Все тогда говорили, да и теперь говорят; вот сейчас князь Щ., и Аделаида Ивановна, и все объявили, что стоят за «рыцаря бедного», стало быть, «рыцарь-то бедный» существует и непременно есть, а по-моему, если бы только не Аделаида Ивановна, так все бы мы давно уж знали, кто такой «рыцарь бедный».

– Я-то чем виновата, – смеялась Аделаида.

– Портрет не хотели нарисовать – вот чем виноваты! Аглая Ивановна просила вас тогда нарисовать портрет «рыцаря бедного» и рассказала даже весь сюжет картины, который сама и сочинила, помните сюжет-то? Вы не хотели...

– Да как же бы я нарисовала, кого? По сюжету выходит, что этот «рыцарь бедный»

С лица стальной решетки
Ни пред кем не подымал.

Какое же тут лицо могло выйти? Что нарисовать: решетку? Аноним?

— Ничего не понимаю, какая там решетка! — раздражалась генеральша, начинавшая очень хорошо понимать про себя, кто такой подразумевался под названием (и, вероятно, давно уже условленным) «рыцаря бедного». Но особенно взорвало ее, что князь Лев Николаевич тоже смутился и наконец совсем сконфузился, как десятилетний мальчик. — Да что, кончится или нет эта глупость? Растолкуют мне или нет этого «рыцаря бедного»? Секрет, что ли, какой-нибудь такой ужасный, что и подступиться нельзя?

Но все только продолжали смеяться.

— Просто-запросто есть одно странное русское стихотворение, — вступился наконец князь Щ., очевидно желая поскорее замять и переменить разговор, — про «рыцаря бедного», отрывок без начала и конца. С месяц назад как-то раз смеялись все вместе после обеда и искали, по обыкновению, сюжета для будущей картины Аделаиды Ивановны. Вы знаете, что общая семейная задача давно уже в том, чтобы сыскать сюжет для картины Аделаиды Ивановны. Тут и напали на «рыцаря бедного», кто первый, не помню...

— Аглая Ивановна! — вскричал Коля.

— Может быть, согласен, только я не помню, — продолжал князь Щ. — Одни над этим сюжетом смеялись, другие провозглашали, что ничего не может быть и выше, но чтоб изобразить «рыцаря бедного», во всяком случае надо было лицо; стали перебирать лица всех знакомых, ни одно не пригодилось, на этом дело и стало; вот и всё; не понимаю, почему Николаю Ардалионовичу вздумалось всё это припомнить и вывести? Что смешно было прежде и кстати, то совсем неинтересно теперь.

— Потому что новая глупость какая-нибудь подразумевается, язвительная и обидная, — отрезала Лизавета Прокофьевна.

– Никакой нет глупости, кроме глубочайшего уважения, – совершенно неожиданно важным и серьезным голосом вдруг произнесла Аглая, успевшая совершенно поправиться и подавить свое прежнее смущение. Мало того, по некоторым признакам можно было подумать, глядя на нее, что она сама теперь радуется, что шутка заходит всё дальше и дальше, и весь этот переворот произошел в ней именно в то мгновение, когда слишком явно заметно стало возраставшее всё более и более и достигшее чрезвычайной степени смущение князя.

– То хохочут как угорелые, а тут вдруг глубочайшее уважение явилось! Бешеные! Почему уважение? Говори сейчас, почему у тебя, ни с того ни с сего, так вдруг глубочайшее уважение явилось?

– Потому глубочайшее уважение, – продолжала так же серьезно и важно Аглая в ответ почти на злобный вопрос матери, – потому, что в стихах этих прямо изображен человек, способный иметь идеал, во-вторых, раз поставив себе идеал, поверить ему, а поверив, слепо отдать ему всю свою жизнь. Это не всегда в нашем веке случается. Там, в стихах этих, не сказано, в чем, собственно, состоял идеал «рыцаря бедного», но видно, что это был какой-то светлый образ, «образ чистой красоты», и влюбленный рыцарь вместо шарфа даже четки себе повязал на шею. Правда, есть еще там какой-то темный, недоговоренный девиз, буквы А. Н. Б., которые он начертал на щите своем...

– А. Н. Д., – поправил Коля.

– А я говорю А. Н. Б., и так хочу говорить, – с досадой перебила Аглая, – как бы то ни было, а ясное дело, что этому «бедному рыцарю» уже всё равно стало: кто бы ни была и что бы ни сделала его дама. Довольно того, что он ее выбрал и поверил ее «чистой красоте», а затем уже преклонился пред нею навеки; в том-то и заслуга, что если б она потом хоть воровкой была, то он все-таки должен был ей верить и за ее чистую красоту копья ломать. Поэту хотелось, кажется, совокупить в один чрезвычайный образ всё огромное понятие средневековой рыцарской платонической любви какого-нибудь чистого и высокого рыцаря; разумеется, всё это идеал. В «рыцаре же бедном» это чувство дошло уже до последней степени, до аскетизма; надо признаться, что способность к такому чувству много обозначает и что такие чувства оставляют по себе черту глубокую и весьма, с одной стороны, похвальную, не говоря уже о Дон-Кихоте. «Рыцарь бедный» — тот же Дон-Кихот, но только серьезный, а не комический. Я сначала не понимала и смеялась, а теперь люблю «рыцаря бедного», а главное, уважаю его подвиги.

Так кончила Аглая, и, глядя на нее, даже трудно было поверить, серьезно она говорит или смеется.

— Ну, дурак какой-нибудь и он, и его подвиги! — решила генеральша. — Да и ты, матушка, завралась, целая лекция; даже не годится, по-моему, с твоей стороны. Во всяком случае непозволительно. Какие стихи? Прочти, верно, знаешь! Я непременно хочу знать эти стихи. Всю жизнь терпеть не могла стихов, точно предчувствовала. Ради Бога, князь, потерпи, нам с тобой, видно, вместе терпеть приходится, — обратилась она к князю Льву Николаевичу. Она была очень раздосадована.

Князь Лев Николаевич хотел было что-то сказать, но ничего не мог выговорить от продолжавшегося смущения. Одна только Аглая, так много позволившая себе в своей «лекции», не сконфузилась нимало, даже как будто рада была. Она тотчас же встала, всё по-прежнему серьезно и важно, с таким видом, как будто заранее к тому готовилась и только ждала приглашения, вышла на средину террасы и стала напротив князя, продолжавшего сидеть в своих креслах. Все с некоторым удивлением смотрели на нее, и почти все, князь Щ., сестры, мать, с неприятным чувством смотрели на эту новую приготовлявшуюся шалость, во всяком случае несколько далеко зашедшую. Но видно было, что Аглае нравилась именно вся эта аффектация, с которою она начинала церемонию чтения стихов. Лизавета Прокофьевна чуть было не прогнала ее на место, но в ту самую минуту, как только было Аглая начала декламировать известную балладу, два новые гостя, громко говоря, вступили с улицы на террасу. Это были генерал Иван Федорович Епанчин и вслед за ним один молодой человек. Произошло маленькое волнение.

VII

Молодой человек, сопровождавший генерала, был лет двадцати восьми, высокий, стройный, с прекрасным и умным лицом, с блестящим, полным остроумия и насмешки взглядом больших черных глаз. Аглая даже и не оглянулась на него и продолжала чтение стихов, с аффектацией продолжая смотреть на одного только князя и обращаясь только к нему одному. Князю стало явно, что всё это она делает с каким-то особенным расчетом. Но по крайней мере новые гости несколько поправили его неловкое положение. Завидев их, он привстал, любезно кивнул издали головой генералу, подал знак, чтобы не прерывали чтения, а сам успел отретироваться за кресла, где, облокотясь левою рукой на спинку, продолжал слушать балладу уже, так сказать, в более удобном и не в таком «смешном» положении, как сидя в креслах. С своей стороны, Лизавета Прокофьевна повелительным жестом махнула два раза входившим, чтоб они остановились. Князь, между прочим, слишком интересовался новым своим гостем, сопровождавшим генерала; он ясно угадал в нем Евгения Павловича Радомского, о котором уже много слышал и не раз думал. Его сбивало одно только штатское платье его; он слышал, что Евгений Павлович военный. Насмешливая улыбка бродила на губах нового гостя во всё время чтения стихов, как будто и он уже слышал кое-что про «рыцаря бедного».

«Может быть, сам и выдумал», — подумал князь про себя.

Но совсем другое было с Аглаей. Всю первоначальную аффектацию и напыщенность, с которою она выступила читать, она прикрыла такою серьезностью и таким проникновением в дух и смысл поэтического произведения, с таким смыслом произносила каждое слово стихов, с такою высшею простотой проговаривала их, что в конце чтения не только увлекла всеобщее внимание, но передачей высокого духа баллады как бы и оправдала отчасти ту усиленную, аффектированную важность, с которою она так торжественно вышла на средину террасы. В этой важности можно было видеть теперь только безграничность и, пожалуй, даже наивность ее уважения к тому, что она взяла на себя передать. Глаза ее блистали, и легкая, едва заметная судорога вдохновения и восторга раза два прошла по ее прекрасному лицу. Она прочла:

Жил на свете рыцарь бедный,
Молчаливый и простой,
С виду сумрачный и бледный,
Духом смелый и прямой.

Он имел одно виденье,
Непостижное уму, —
И глубоко впечатленье
В сердце врезалось ему.

С той поры, сгорев душою,
Он на женщин не смотрел,
Он до гроба ни с одною
Молвить слова не хотел.

Он себе на шею четки
Вместо шарфа навязал,
И с лица стальной решетки
Ни пред кем не подымал.

Полон чистою любовью,
Верен сладостной мечте,
A. M. D. своею кровью
Начертал он на щите.

И в пустынях Палестины,
Между тем как по скалам
Мчались в битву паладины,
Именуя громко дам,

Lumen coeli, sancta Rosa![1]
Восклицал он, дик и рьян,
И как гром его угроза
Поражала мусульман.

Возвратясь в свой замок дальний,
Жил он, строго заключен,
Всё безмолвный, всё печальный,
Как безумец умер он.

Припоминая потом всю эту минуту, князь долго в чрезвычайном смущении мучился одним неразрешимым для него вопросом: как можно было соединить такое истинное, прекрасное чувство с такою явною и злобною насмешкой? Что была насмешка, в том он не сомневался; он ясно это понял и имел на то причины: во время чтения Аглая позволила себе переменить буквы *A. M. D.* в буквы *Н. Ф. Б.* Что тут была не ошибка и не ослышка с его стороны – в том он сомневаться не мог (впоследствии это было доказано). Во всяком случае выходка Аглаи, – конечно, шутка, хоть слишком резкая и легкомысленная, – была преднамеренная. О «рыцаре бедном» все говорили (и «смеялись») еще месяц назад. А между тем, как ни припоминал потом князь, выходило, что Аглая произнесла эти буквы не только без всякого вида шут-

1 Свет небес, святая Роза! (*лат.*)

ки, или какой-нибудь усмешки, или даже какого-нибудь напирания на эти буквы, чтобы рельефнее выдать их затаенный смысл, но, напротив, с такою неизменною серьезностью, с такою невинною и наивною простотой, что можно было подумать, что эти самые буквы и были в балладе и что так было в книге напечатано. Что-то тяжелое и неприятное как бы уязвило князя. Лизавета Прокофьевна, конечно, не поняла и не заметила ни подмены букв, ни намека. Генерал Иван Федорович понял только, что декламировали стихи. Из остальных слушателей очень многие поняли и удивились и смелости выходки и намерению, но смолчали и старались не показывать виду. Но Евгений Павлович (князь даже об заклад готов был побиться) не только понял, но даже старался и вид показать, что понял: он слишком насмешливо улыбнулся.

– Экая прелесть какая! – воскликнула генеральша в истинном упоении, только кончилось чтение. – Чьи стихи?

– Пушкина, maman, не стыдите нас, это совестно! – воскликнула Аделаида.

– Да с вами и не такой еще дурой сделаешься! – горько отозвалась Лизавета Прокофьевна. – Срам! Сейчас как придем, подайте мне эти стихи Пушкина!

– Да у нас, кажется, совсем нет Пушкина.

– С незапамятных времен, – прибавила Александра, – два какие-то растрепанные тома валяются.

– Тотчас же послать купить в город, Федора иль Алексея, с первым поездом, – лучше Алексея. Аглая, поди сюда! Поцелуй меня, ты прекрасно прочла, но – если ты искренно прочла, – прибавила она почти шепотом, – то я о тебе жалею; если ты в насмешку ему прочла, то я твои чувства не одобряю, так что во всяком случае лучше бы было и совсем не читать. Понимаешь? Ступай, сударыня, я еще с тобой поговорю, а мы тут засиделись.

Между тем князь здоровался с генералом Иваном Федоровичем, а генерал представлял ему Евгения Павловича Радомского.

– На дороге захватил, он только что с поездом; узнал, что я сюда и все наши тут...

– Узнал, что и вы тут, – перебил Евгений Павлович, – и так как давно уж и непременно предположил себе искать не только вашего знакомства, но и вашей дружбы, то и не хотел терять времени. Вы нездоровы? Я сейчас только узнал...

– Совсем здоров и очень рад вас узнать, много слышал и даже говорил о вас с князем Щ., – ответил Лев Николаевич, подавая руку.

Взаимные вежливости были произнесены, оба пожали друг другу руку и пристально заглянули друг другу в глаза. В один миг разговор сделался общим. Князь заметил (а он замечал теперь всё быстро и жадно и даже, может, и то, чего совсем не было), что штатское платье Евгения Павловича производило всеобщее и какое-то необыкновенно сильное удивление, до того, что даже все остальные впечатления на время забылись и изгладились. Можно было подумать, что в этой перемене костюма заключалось что-то особенно важное. Аделаида и Александра с недоумением расспрашивали Евгения Павловича. Князь Щ., его родственник, даже с большим беспокойством; генерал говорил почти с волнением. Одна Аглая любопытно, но совершенно спокойно поглядела с минуту на Евгения Павловича, как бы желая только сравнить, военное или штатское платье ему более к лицу, но чрез минуту отворотилась и уже не глядела на него более. Лизавета Прокофьевна тоже ни о чем не захотела спрашивать, хотя, может быть, и она несколько беспокоилась. Князю показалось, что Евгений Павлович как будто у ней не в милости.

– Удивил, изумил! – твердил Иван Федорович в ответ на все вопросы. – Я верить не хотел, когда еще давеча его в Петербурге встретил. И зачем так вдруг, вот задача? Сам первым делом кричит, что не надо стулья ломать.

Из поднявшихся разговоров оказалось, что Евгений Павлович возвещал об этой отставке уже давным-давно;

но каждый раз говорил так несерьезно, что и поверить ему было нельзя. Да он и о серьезных-то вещах говорил всегда с таким шутливым видом, что никак его разобрать нельзя, особенно если сам захочет, чтобы не разобрали.

– Я ведь на время, на несколько месяцев, самое большее год в отставке пробуду, – смеялся Радомский.

– Да надобности нет никакой, сколько я по крайней мере знаю ваши дела, – всё еще горячился генерал.

– А поместья объехать? Сами советовали; а я и за границу к тому же хочу...

Разговор, впрочем, скоро переменился; но слишком особенное и всё еще продолжавшееся беспокойство всетаки выходило, по мнению наблюдавшего князя, из мерки, и что-то тут, наверно, было особенное.

– Значит, «бедный рыцарь» опять на сцене? – спросил было Евгений Павлович, подходя к Аглае.

К изумлению князя, та оглядела его в недоумении и вопросительно, точно хотела дать ему знать, что и речи между ними о «рыцаре бедном» быть не могло и что она даже не понимает вопроса.

– Да поздно, поздно теперь в город посылать за Пушкиным, поздно! – спорил Коля с Лизаветой Прокофьевной, выбиваясь изо всех сил, – три тысячи раз говорю вам: поздно.

– Да, действительно, посылать теперь в город поздно, – подвернулся и тут Евгений Павлович, поскорее оставляя Аглаю, – я думаю, что и лавки в Петербурге заперты, девятый час, – подтвердил он, вынимая часы.

– Столько ждали, не хватились, можно до завтра перетерпеть, – ввернула Аделаида.

– Да и неприлично, – прибавил Коля, – великосветским людям очень-то литературой интересоваться. Спросите у Евгения Павлыча. Гораздо приличнее желтым шарабаном с красными колесами.

– Опять вы из книжки, Коля, – заметила Аделаида.

– Да он иначе и не говорит, как из книжек, – подхватил Евгений Павлович, – целыми фразами из критических обозрений выражается. Я давно имею удовольствие знать разговор Николая Ардалионовича, но на этот раз он говорит не из книжки. Николай Ардалионович явно намекает на мой желтый шарабан с красными колесами. Только я уж его променял, вы опоздали.

Князь прислушивался к тому, что говорил Радомский... Ему показалось, что он держит себя прекрасно, скромно, весело и особенно понравилось, что он с таким совершенным равенством и по-дружески говорит с задиравшим его Колей.

– Что это? – обратилась Лизавета Прокофьевна к Вере, дочери Лебедева, которая стояла пред ней с несколькими книгами в руках, большого формата, превосходно переплетенными и почти новыми.

– Пушкин, – сказала Вера. – Наш Пушкин. Папаша велел мне вам поднести.

– Как так? Как это можно? – удивилась Лизавета Прокофьевна.

– Не в подарок, не в подарок! Не посмел бы! – выскочил из-за плеча дочери Лебедев. – За свою цену-с. Это собственный, семейный, фамильный наш Пушкин, издание Анненкова, которое теперь и найти нельзя, – за свою цену-с. Подношу с благоговением, желая продать и тем утолить благородное нетерпение благороднейших литературных чувств вашего превосходительства.

– А, продаешь, так и спасибо. Своего не потеряешь небось; только не кривляйся, пожалуйста, батюшка. Слышала я о тебе, ты, говорят, преначитанный, когда-нибудь потолкуем; сам, что ли, снесешь ко мне?

– С благоговением и... почтительностью! – кривлялся необыкновенно довольный Лебедев, выхватывая книги у дочери.

– Ну, мне только не растеряй, снеси, хоть и без почтительности, но только с уговором, – прибавила, она, пристально его оглядывая, – до порога только и допущу, а принять сегодня тебя не намерена. Дочь Веру присылай хоть сейчас, мне она очень нравится.

— Что же вы про тех-то не скажете? — нетерпеливо обратилась Вера к отцу. — Ведь они, коли так, сами войдут: шуметь начали. Лев Николаевич, — обратилась она к князю, который взял уже свою шляпу, — там к вам давно уже какие-то пришли, четыре человека, ждут у нас и бранятся, да папаша к вам не допускает.

— Какие гости? — спросил князь.

— По делу, говорят, только ведь они такие, что не пустить их теперь, так они и дорогой остановят. Лучше, Лев Николаевич, пустить, а потом уж и с плеч их долой. Их там Гаврила Ардалионович и Птицын уговаривают, не слушаются.

— Сын Павлищева! Сын Павлищева! Не стоит, не стоит! — махал руками Лебедев. — Их и слушать не стоит-с; и беспокоить вам себя, сиятельнейший князь, для них неприлично. Вот-с. Не стоят они того...

— Сын Павлищева! Боже мой! — вскричал князь в чрезвычайном смущении. — Я знаю... но ведь я... я поручил это дело Гавриле Ардалионовичу. Сейчас Гаврила Ардалионович мне говорил...

Но Гаврила Ардалионович вышел уже из комнат на террасу; за ним следовал Птицын. В ближайшей комнате заслышался шум и громкий голос генерала Иволгина, как бы желавшего перекричать несколько голосов. Коля тотчас же побежал на шум.

— Это очень интересно! — заметил вслух Евгений Павлович.

«Стало быть, знает дело!» — подумал князь.

— Какой сын Павлищева? И... какой может быть сын Павлищева? — с недоумением спрашивал генерал Иван Федорович, с любопытством оглядывая все лица и с удивлением замечая, что эта новая история только ему одному неизвестна.

В самом деле, возбуждение и ожидание было всеобщее. Князь глубоко удивился, что такое совершенно личное дело его уже успело так сильно всех здесь заинтересовать.

– Это будет очень хорошо, если вы сейчас же и *сами* это дело окончите, – сказала Аглая, с какою-то особенною серьезностию подходя к князю, – а нам всем позволите быть вашими свидетелями. Вас хотят замарать, князь, вам надо торжественно оправдать себя, и я заранее ужасно рада за вас.

– Я тоже хочу, чтобы кончилась наконец эта гнусная претензия, – вскричала генеральша, – хорошенько их, князь, не щади! Мне уши этим делом прожужжали, и я много крови из-за тебя испортила. Да и поглядеть любопытно. Позови их, а мы сядем. Аглая хорошо придумала. Вы об этом что-нибудь слышали, князь? – обратилась она к князю Щ.

– Конечно, слышал, у вас же. Но мне особенно на этих молодых людей поглядеть хочется, – ответил князь Щ.

– Это самые и есть нигилисты, что ли?

– Нет-с, они не то чтобы нигилисты, – шагнул вперед Лебедев, который тоже чуть не трясся от волнения, – это другие-с, особенные, мой племянник говорил, что они дальше нигилистов ушли-с. Вы напрасно думаете их вашим свидетельством сконфузить, ваше превосходительство; они не сконфузятся-с. Нигилисты все-таки иногда народ сведущий, даже ученый, а эти – дальше пошли-с, потому что прежде всего деловые-с. Это, собственно, некоторое последствие нигилизма, но не прямым путем, а понаслышке и косвенно, и не в статейке какой-нибудь журнальной заявляют себя, а уж прямо на деле-с; не о бессмысленности, например, какого-нибудь там Пушкина дело идет, и не насчет, например, необходимости распадения на части России: нет-с, а теперь уже считается прямо за право, что если очень чего-нибудь захочется, то уж ни пред какими преградами не останавливаться, хотя бы пришлось укокошить при этом восемь персон-с. Но, князь, я все-таки вам не советовал бы...

Но князь уже шел отворять дверь гостям.

– Вы клевещете, Лебедев, – проговорил он, улыбаясь, – вас очень огорчил ваш племянник. Не верьте ему,

Лизавета Прокофьевна. Уверяю вас, что Горские и Даниловы только случаи, а эти только... ошибаются... Только мне бы не хотелось здесь, при всех. Извините, Лизавета Прокофьевна, они войдут, я их вам покажу, а потом уведу. Пожалуйте, господа!

Его скорее беспокоила другая мучительная для него мысль. Ему мерещилось: уж не подведено ли кем это дело теперь, именно к этому часу и времени, заранее, именно к этим свидетелям и, может быть, для ожидаемого срама его, а не торжества? Но ему слишком грустно было за свою «чудовищную и злобную мнительность». Он умер бы, кажется, если бы кто-нибудь узнал, что у него такая мысль на уме, и в ту минуту, как вошли его новые гости, он искренно готов был считать себя, из всех, которые были кругом его, последним из последних в нравственном отношении.

Вошло пять человек, четыре человека новых гостей и пятый вслед за ними генерал Иволгин, разгоряченный, в волнении и в сильнейшем припадке красноречия. «Этот-то за меня непременно!» — с улыбкой подумал князь. Коля проскользнул вместе со всеми: он горячо говорил с Ипполитом, бывшим в числе посетителей; Ипполит слушал и усмехался.

Князь рассадил гостей. Все они были такой молоденький, такой даже несовершеннолетний народ, что можно было подивиться и случаю и всей происшедшей от него церемонии. Иван Федорович Епанчин, например, ничего не знавший и не понимавший в этом «новом деле», даже вознегодовал, смотря на такую юность, и наверно как-нибудь протестовал бы, если бы не остановила его странная для него горячность его супруги к партикулярным интересам князя. Он, впрочем, остался отчасти из любопытства, отчасти по доброте сердца, надеясь даже помочь и во всяком случае пригодиться авторитетом; но поклон ему издали вошедшего генерала Иволгина привел его снова в негодование; он нахмурился и решился упорно молчать.

В числе четырех молоденьких посетителей один, впрочем, был лет тридцати, отставной «поручик из рогожинской компании, боксер и сам дававший по пятнадцати целковых просителям». Угадывалось, что он сопровождает остальных для куража, в качестве искреннего друга и, буде окажется надобность, для поддержки. Между остальными же первое место и первую роль занимал тот, за которым числилось название «сына Павлищева», хоть он и рекомендовался Антипом Бурдовским. Это был молодой человек, бедно и неряшливо одетый, в сюртуке с засаленными до зеркального лоску рукавами, с жирною, застегнутою доверху жилеткой, с исчезнувшим куда-то бельем, с черным шелковым замасленным донельзя и скатанным в жгут шарфом, с немытыми руками, с чрезвычайно угреватым лицом, белокурый и, если можно так выразиться, с невинно-нахальным взглядом. Он был не низкого роста, худощавый, лет двадцати двух. Ни малейшей иронии, ни малейшей рефлексии не выражалось в лице его; напротив, полное, тупое упоение собственным правом и в то же время нечто доходившее до странной и беспрерывной потребности быть и чувствовать себя постоянно обиженным. Говорил он с волнением, торопясь и запинаясь, как будто не совсем выговаривая слова, точно был косноязычный или даже иностранец, хотя, впрочем, был происхождения совершенно русского.

Сопровождал его, во-первых, известный читателям племянник Лебедева, а во-вторых, Ипполит. Ипполит был очень молодой человек, лет семнадцати, может быть и восемнадцати, с умным, но постоянно раздраженным выражением лица, на котором болезнь положила ужасные следы. Он был худ как скелет, бледно-желт, глаза его сверкали, и два красных пятна горели на щеках. Он беспрерывно кашлял; каждое слово его, почти каждое дыхание сопровождалось хрипом. Видна была чахотка в весьма сильной степени. Казалось, что ему оставалось жить не более двух-трех недель. Он очень устал и прежде всех опустился на стул. Остальные при входе несколько зацеремонились и чуть не сконфузились, смотрели, однако же, важно и видимо боялись как-нибудь уронить достоинство, что странно не гармонировало с их репутацией отрицателей всех бесполезных светских мелочей, предрассудков и чуть ли не всего на свете, кроме собственных интересов.

– Антип Бурдовский, – торопясь и запинаясь, провозгласил «сын Павлищева».

– Владимир Докторенко, – ясно, отчетливо и как бы даже хвалясь, что он Докторенко, отрекомендовался племянник Лебедева.

– Келлер! – пробормотал отставной поручик.

– Ипполит Терентьев, – неожиданно визгливым голосом провизжал последний. Все наконец расселись в ряд на стульях напротив князя, все, отрекомендовавшись, тотчас же нахмурились и для бодрости переложили из одной руки в другую свои фуражки, все приготовились говорить, и все, однако ж, молчали, чего-то выжидая с вызывающим видом, в котором так и читалось: «Нет, брат, врешь, не надуешь!» Чувствовалось, что стоит только кому-нибудь для началу произнести одно только первое слово, и тотчас же все они заговорят вместе, перегоняя и перебивая друг друга.

VIII

– Господа, я никого из вас не ожидал, – начал князь, – сам я до сего дня был болен, а дело ваше (обратился он к Антипу Бурдовскому) я еще месяц назад поручил Гавриле Ардалионовичу Иволгину, о чем тогда же вас и уведомил. Впрочем, я не удаляюсь от личного объяснения, только, согласитесь, такой час... я предлагаю пойти со мной в другую комнату, если ненадолго... Здесь теперь мои друзья, и поверьте...

– Друзья... сколько угодно, но, однако же, позвольте, – перебил вдруг весьма наставительным тоном, хотя всё еще не возвышая очень голоса, племянник Лебедева, – позвольте же и нам заявить, что вы могли бы с нами поступить поучтивее, а не заставлять нас два часа прождать в вашей лакейской...

– И, конечно... и я... и это по-княжески! И это... вы, стало быть, генерал! И я вам не лакей! И я, я... – забормотал вдруг в необыкновенном волнении Антип Бурдовский, с дрожащими губами, с разобиженным дрожаньем в голосе, с брызгами, летевшими изо рта, точно весь лопнул или прорвался, но так вдруг заторопился, что с десяти слов его уж и понять нельзя было.

– Это было по-княжески! – прокричал визгливым, надтреснутым голосом Ипполит.

– Если б это было со мной, – проворчал боксер, – то есть если б это прямо ко мне относилось, как к благородному человеку, то я бы на месте Бурдовского... я...

– Господа, я всего с минуту узнал, что вы здесь, ей-богу, – повторил опять князь.

– Мы не боимся, князь, ваших друзей, кто бы они ни были, потому что мы в своем праве, – заявил опять племянник Лебедева.

– Какое, однако ж, позвольте вас спросить, имели вы право, – провизжал опять Ипполит, но уже чрезвычайно разгорячаясь, – выставлять дело Бурдовского на суд ваших друзей? Да мы, может, и не желаем суда ваших друзей; слишком понятно, что может значить суд ваших друзей!..

– Но ведь если вы, наконец, господин Бурдовский, не желаете здесь говорить, – удалось наконец вклеить князю, чрезвычайно пораженному таким началом, – то, говорю вам, пойдемте сейчас в другую комнату, а о вас всех, повторяю вам, сию минуту только услышал...

– Но права не имеете, права не имеете, права не имеете!.. ваших друзей... Вот!.. – залепетал вдруг снова Бурдовский, дико и опасливо осматриваясь кругом и тем более горячась, чем больше не доверял и дичился, – вы не имеете права! – и, проговорив это, резко остановился, точно оборвал, и, безмолвно выпучив близорукие, чрезвычайно выпуклые, с красными толстыми жилками глаза, вопросительно уставился на князя, наклонившись вперед всем своим корпусом. На этот раз князь до того удивился, что и сам замолчал и тоже смотрел на него, выпучив глаза и ни слова не говоря.

– Лев Николаевич! – позвала вдруг Лизавета Прокофьевна, – вот прочти это сейчас, сию же минуту, это прямо до твоего дела касается.

Она торопливо протянула ему одну еженедельную газету из юмористических и указала пальцем статью. Лебедев, когда еще входили гости, подскочил сбоку к Лизавете Прокофьевне, за милостями которой ухаживал, и, ни слова не говоря, вынув из бокового своего кармана эту газету, подставил ей прямо на глаза, указывая отчеркнутый столбец. То, что уже успела прочесть Лизавета Прокофьевна, поразило и взволновало ее ужасно.

– Не лучше ли, однако, не вслух, – пролепетал князь, очень смущенный, – я бы прочел один... после...

– Так прочти же лучше ты, читай сейчас, вслух! вслух! – обратилась Лизавета Прокофьевна к Коле, с нетерпением выхватив из рук князя газету, до которой тот едва еще успел дотронуться, – всем вслух, чтобы каждому было слышно.

Лизавета Прокофьевна была дама горячая и увлекающаяся, так что вдруг и разом, долго не думая, подымала иногда все якоря и пускалась в открытое море, не справляясь с погодой. Иван Федорович с беспокойством пошевелился. Но покамест все в первую минуту поневоле остановились и ждали в недоумении, Коля развернул газету и начал вслух с показанного ему подскочившим Лебедевым места:

«*Пролетарии и отпрыски, эпизод из дневных и вседневных грабежей! П р о г р е с с! Р е ф о р м а! С п р а в е д л и в о с т ъ!*

Странные дела случаются на нашей так называемой святой Руси, в наш век реформ и компанейских инициатив, век национальности и сотен миллионов, вывозимых каждый год за границу, век поощрения промышленности и паралича рабочих рук! и т. д., и т. д., всего не перечтешь, господа, а потому прямо к делу. Случился странный анекдот с одним из отпрысков миновавшего помещичьего нашего барства (de profundis!), из тех, впрочем, отпрысков, которых еще деды проигрались окончательно на рулетках, отцы принуждены были служить в юнкерах и поручиках и, по обыкновению, умирали под судом за какой-нибудь невинный прочет в казенной сумме, а дети которых, подобно герою нашего рассказа, или растут идиотами, или попадаются даже в уголовных делах, за что, впрочем, в видах назидания и исправления, оправдываются присяжными; или, наконец, кончают тем, что отпускают один из тех анекдотов, которые дивят публику и позорят и без того уже довольно зазорное время наше. Наш отпрыск, назад тому с полгода, обутый в штиблеты по-иностранному и дрожа в ничем не подбитой шинелишке, воротился зимой в Россию из Швейцарии, где лечился от идиотизма (sic!). Надо признаться, что ему везло-таки счастье, так что он, уж и не говоря об интересной болезни своей, от которой лечился в Швейцарии (ну, можно ли лечиться от идиотизма, представьте себе это?!!), мог бы доказать собою верность русской пословицы: известному разряду людей – счастье! Рассудите сами: оставшись еще грудным ребенком по смерти отца, говорят, поручика, умершего под судом за внезапное исчезновение в картишках всей ротной суммы, а может быть, и за пересыпанную с излишком дачу розог подчиненному (старое-то время помните, господа!), наш барон взят был из милости на воспитание одним из очень богатых русских помещиков. Этот русский помещик, – назовем его хоть П., – владетель в прежнее золотое время четырех тысяч крепостных душ (крепостные души! понимаете ли вы, господа, такое выражение? Я не понимаю. Надо справляться с толковым словарем: «свежо предание, а верится с трудом»), был, по-видимому, один из тех русских лежебок и тунеядцев, что проводили свою праздную жизнь за границей, летом на водах, а зимой в парижском Шато-де-Флёре, где и оставили в свой век необъятные суммы. Можно было положительно сказать, что по крайней мере одна треть оброка всего прежнего крепостного состояния получалась содержателем парижского Шато-де-Флёра (то-то счастливый-то человек!). Как бы то ни было, а беспечный П. воспитал сиротку-барчонка по-княжески, нанимал ему гувернеров и гувернанток (без сомнения, хорошеньких), которых, кстати, сам привозил из Парижа. Но последний в роде барский отпрыск был идиот. Шатодефлёрские гувернантки не помогли, и до двадцати лет наш воспитанник не научился даже говорить ни на каком языке, не исключая и русского. Последнее, впрочем, простительно. Наконец в русскую крепостниковую голову П. зашла фантазия, что идиота можно научить уму в Швейцарии, – фантазия, впрочем, логическая: тунеядец и проприетер, естественно, мог вообразить, что за деньги даже и ум на рынке можно купить, тем более в Швейцарии. Прошло пять лет лечения в Швейцарии у известного какого-то профессора, и денег истрачены были тысячи: идиот, разумеется, умным не сделался, но на человека, говорят, все-таки стал походить, без сомнения, с грехом пополам. Вдруг П. умирает скоропостижно. Завещания, разумеется, никакого, дела, по обыкновению, в беспорядке, наследников жадных куча, и которым уже нет ни малейшего дела до последних в роде отпрысков, лечимых из милости от родового идиотизма в Швейцарии. Отпрыск, хоть и идиот, а все-таки попробовал было надуть своего профессора и два года, говорят, успел пролечиться у него даром, скрывая от него смерть своего благодетеля. Но профессор был сам шарлатан порядочный; испугавшись наконец безденежья, а пуще всего аппетита своего двадцатипятилетнего тунеядца, он обул его в свои старые штиблетики, подарил ему свою истрепанную шинель и отправил его из милости, в третьем классе, nach Russland[1], – с плеч долой из Швейцарии. Казалось бы, счастье повернулось к нашему герою задом. Не тут-то было-с: фортуна, убивающая голодною смертью целые губернии, проливает все свои дары разом на аристократика, как крыловская *Туча*, пронесшаяся над иссохшим полем и разлившаяся над океаном. Почти в самое то мгновение, как явился он из Швейцарии в Петербург, умирает в Москве один из родственников его матери (бывшей, разумеется, из купчих), старый бездетный бобыль, купец, бородач и раскольник, и оставляет несколько миллионов наследства, бесспорного, круглого, чистого, наличного – и (вот бы нам с вами, читатель!) всё это нашему отпрыску, всё это нашему барону, лечившемуся от идиотизма в Швейцарии! Ну, тут уже музыка заиграла не та. Около нашего барона в штиблетах, приударившего было за одною известною красавицей-содержанкой, собралась вдруг целая толпа друзей и приятелей, нашлись даже родственники, а пуще всего целые толпы благородных дев, алчущих и жаждущих законного брака, и чего же лучше: аристократ, миллионер, идиот – все качества разом, такого мужа и с фонарем не отыщешь, и на заказ не сделаешь!..»

– Это... это уж я не понимаю! – вскричал Иван Федорович в высочайшей степени негодования.

– Перестаньте, Коля! – вскричал князь умоляющим голосом. Раздались восклицания со всех сторон.

– Читать! Читать во что бы то ни стало! – отрезала Лизавета Прокофьевна, видимо с чрезвычайным усилием себя сдерживая. – Князь! если оставят читать – мы поссоримся.

Нечего было делать, Коля, разгоряченный, красный, в волнении, взволнованным голосом стал продолжать чтение:

«Но между тем как скороспелый миллионер наш находился, так сказать, в эмпиреях, произошло совершен-

1 в Россию (*нем.*).

но постороннее обстоятельство. В одно прекрасное утро является к нему один посетитель, с спокойным и строгим лицом, с вежливою, но достойною и справедливою речью, одетый скромно и благородно, с видимым прогрессивным оттенком в мысли, и в двух словах объясняет причину своего визита: он — известный адвокат; ему поручено одно дело одним молодым человеком; он является от его имени. Этот молодой человек есть ни более ни менее как сын покойного П., хотя носит другое имя. Сладострастный П., обольстив в своей молодости одну честную, бедную девушку из дворовых, но европейски воспитанную (причем, разумеется, примешались баронские права миновавшего крепостного состояния), и заметив неминуемое, но ближайшее последствие своей связи, выдал ее поскорее замуж за одного промышляющего и даже служащего человека с благородным характером, уже давно любившего эту девушку. Сначала он помогал новобрачным, но скоро ему в принятии от него помощи было отказано благородным характером ее мужа. Прошло несколько времени, и П. мало-помалу успел забыть и о девушке, и о прижитом с нею сыне своем, а потом, как известно, и умер без распоряжений. Между тем его сын, родившийся уже в законном браке, но возросший под другою фамилией и совершенно усыновленный благородным характером мужа его матери, тем не менее в свое время умершим, остался совершенно при одних своих средствах и с болезненною, страдающею, без ног, матерью в одной из отдаленных губерний; сам же в столице добывал деньги ежедневным благородным трудом от купеческих уроков и тем содержал себя сначала в гимназии, а потом слушателем полезных ему лекций, имея в виду дальнейшую цель. Но много ли получишь от русского купца за уроки по гривеннику, да еще с болезненною, без ног, матерью, которая, наконец, и своею смертью в отдаленной губернии совсем почти не облегчила его? Теперь вопрос: как по справедливости должен был рассудить наш отпрыск? Вы, конечно, думаете, читатель, что он сказал себе так: «Я всю жизнь мою пользовался всеми дарами П.; на воспитание мое, на гувернанток и на излечение от идиотизма пошли десятки тысяч в Швейцарию; и вот я теперь с миллионами, а благородный характер сына П., ни в чем не виноватого в проступках своего легкомысленного и позабывшего его отца, погибает на уроках. Всё то, что пошло на меня, по справедливости должно было пойти на него. Эти громадные суммы, на меня истраченные, в сущности не мои. Это была только слепая ошибка фортуны; они следовали сыну П. На него должны были быть употреблены, а не на меня – порождение фантастической прихоти легкомысленного и забывчивого П. Если б я был вполне благороден, деликатен, справедлив, то я должен бы был отдать его сыну половину всего моего наследства; но так как я прежде всего человек расчетливый и слишком хорошо понимаю, что это дело не юридическое, то я половину моих миллионов не дам. Но по крайней мере уж слишком низко и бесстыдно (отпрыск забыл, что и не расчетливо) будет с моей стороны, если я не возвращу теперь тех десятков тысяч, которые пошли на мой идиотизм от П., его сыну. Тут одна только совесть и справедливость! Ибо что бы со мной было, если бы П. не взял меня на воспитание, а вместо меня заботился бы о своем сыне?».

Но нет, господа! Наши отпрыски рассуждают не так. Как ни представлял ему адвокат молодого человека, взявшийся хлопотать за него единственно из дружбы и почти против его воли, почти насильно, как ни выставлял пред ним обязанности чести, благородства, справедливости и даже простого расчета, швейцарский воспитанник остался непреклонен, и что ж? Это всё бы еще ничего, а вот что уже действительно непростительно и никакою интересною болезнью неизвинимо: этот едва вышедший из штиблет своего профессора миллионер не мог даже и того смекнуть, что не милости и не вспоможения просит от него благородный характер молодого человека, убивающий себя на уроках, а своего права и своего должного, хотя бы и не юридического, и даже не просит, а за него только друзья ходатайствуют. С величественным видом и упоением от полученной возможности безнаказанно давить людей своими миллионами наш отпрыск вынимает пятидесятирублевую бумажку и посылает благородному молодому человеку в виде наглого подаяния. Вы не верите, господа? Вы возмущены, вы оскорблены, вы прорываетесь криком негодования; но он сделал это, однако же! Разумеется, деньги тотчас же были ему возвращены, так сказать, брошены обратно в лицо. Чем же остается разрешить это дело! Дело не юридическое, остается одна только гласность! Мы передаем анекдот этот публике, ручаясь за его достоверность. Говорят, один из известнейших юмористов наших обмолвился при этом восхитительною эпиграммой, достойною занять место не только в губернских, но и в столичных очерках наших нравов:

Лева[1] Шнейдера[2] шинелью
Пятилетие играл
И обычной канителью
Время наполнял.

Возвратясь в штиблетах узких,
Миллион наследства взял,
Богу молится по-русски,
А студентов обокрал».

Когда Коля кончил, то передал поскорей газету князю и, ни слова не говоря, бросился в угол, плотно уткнулся в него и закрыл руками лицо. Ему было невыносимо стыдно, и его детская, еще не успевшая привыкнуть к грязи впечатлительность была возмущена даже сверх меры. Ему казалось, что произошло что-то необычайное,

1 Уменьшительное имя отпрыска.
2 Имя швейцарского профессора.

всё разом разрушившее, и что чуть ли уж и сам он тому не причиной, уж тем одним, что вслух прочел это.

Но и все, казалось, ощущали нечто в этом же роде.

Девицам было очень неловко и стыдно. Лизавета Прокофьевна сдерживала в себе чрезвычайный гнев и тоже, может быть, горько раскаивалась, что ввязалась в дело; теперь она молчала. С князем происходило то же, что часто бывает в подобных случаях с слишком застенчивыми людьми: он до того застыдился чужого поступка, до того ему стало стыдно за своих гостей, что в первое мгновение он и поглядеть на них боялся. Птицын, Варя, Ганя, даже Лебедев – все имели как бы несколько сконфуженный вид. Страннее всего, что Ипполит и «сын Павлищева» были тоже как бы чем-то изумлены; племянник Лебедева был тоже видимо недоволен. Один боксер сидел совершенно спокойный, покручивая усы, с видом важным и несколько опустив глаза, но не от смущения, а, напротив, казалось, как бы из благородной скромности и от слишком очевидного торжества. По всему видно было, что статья ему чрезвычайно нравится.

– Это черт знает что такое, – проворчал вполголоса Иван Федорович, – точно пятьдесят лакеев вместе собирались сочинять и сочинили.

– А па-азвольте спросить, милостивый государь, как можете вы оскорблять подобными предположениями? – заявил и весь затрепетал Ипполит.

– Это, это, это для благородного человека... согласитесь сами, генерал, если благородный человек, то это уж оскорбительно! – проворчал боксер, тоже вдруг с чего-то встрепенувшись, покручивая усы и подергивая плечами и корпусом.

– Во-первых, я вам не «милостивый государь», а во-вторых, я вам никакого объяснения давать не намерен, – резко ответил ужасно разгорячившийся Иван Федорович, встал с места и, не говоря ни слова, отошел к выходу с террасы и стал на верхней ступеньке спиной к публике, – в величайшем негодовании на Лизавету Прокофьевну, даже и теперь не думавшую трогаться с своего места.

— Господа, господа, позвольте же наконец, господа, говорить, — в тоске и в волнении восклицал князь, — и сделайте одолжение, будемте говорить так, чтобы понимать друг друга. Я ничего, господа, насчет статьи, пускай, только ведь это, господа, всё неправда, что в статье напечатано; я потому говорю, что вы сами это знаете; даже стыдно. Так что я решительно удивляюсь, если это из вас кто-нибудь написал.

— Я ничего до этой самой минуты не знал про эту статью, — заявил Ипполит, — я не одобряю эту статью.

— Я хотя и знал, что она написана, но... я тоже не советовал бы печатать, потому что рано, — прибавил племянник Лебедева.

— Я знал, но я имею право... я... — забормотал «сын Павлищева».

— Как! Вы сами всё это сочинили? — спросил князь, с любопытством смотря на Бурдовского. — Да быть же не может!

— Можно, однако же, и не признавать вашего права к подобным вопросам, — вступился племянник Лебедева.

— Я ведь только удивился, что господину Бурдовскому удалось... но... я хочу сказать, что если вы уже предали это дело гласности, то почему же вы давеча так обиделись, когда я при друзьях моих об этом же деле заговорил?

— Наконец-то! — пробормотала в негодовании Лизавета Прокофьевна.

— И даже, князь, вы изволили позабыть, — проскользнул вдруг между стульями неутерпевший Лебедев, чуть не в лихорадке, — изволили позабыть-с, что одна только добрая воля ваша и беспримерная доброта вашего сердца была их принять и прослушать и что никакого они права не имеют так требовать, тем более что вы дело это уже поручили Гавриле Ардалионовичу, да и то тоже по чрезмерной доброте вашей так поступили, а что теперь, сиятельнейший князь, оставаясь среди избранных друзей ваших, вы не можете жертвовать такою компанией для этих господ-с и могли бы всех этих господ, так сказать, сей же час проводить с крыльца-с, так что я в качестве хозяина дома с чрезвычайным даже удовольствием-с...

– Совершенно справедливо! – прогремел вдруг из глубины комнаты генерал Иволгин.

– Довольно, Лебедев, довольно, довольно... – начал было князь, но целый взрыв негодования покрыл его слова.

– Нет, извините, князь, извините, теперь уж этого не довольно! – почти перекричал всех племянник Лебедева. – Теперь надо дело ясно и твердо постановить, потому что его видимо не понимают. Тут юридические крючки замешались, и на основании этих крючков нам угрожают вытолкать нас с крыльца! Да неужели же, князь, вы почитаете нас до такой уже степени дураками, что мы и сами не понимаем, до какой степени наше дело не юридическое, и что если разбирать юридически, то мы и одного целкового с вас не имеем права потребовать по закону? Но мы именно понимаем, что если тут нет права юридического, то зато есть право человеческое, натуральное, право здравого смысла и голоса совести, и пусть это право наше не записано ни в каком гнилом человеческом кодексе, но благородный и честный человек, то есть всё равно что здравомыслящий человек, обязан оставаться благородным и честным человеком даже и в тех пунктах, которые не записаны в кодексах. Потому-то мы и вошли сюда, не боясь, что нас сбросят с крыльца (как вы угрожали сейчас) за то только, что мы *не просим*, а *требуем*, и за неприличие визита в такой поздний час (хотя мы пришли и не в поздний час, а вы же нас в лакейской прождать заставили), потому-то, говорю, и пришли, ничего не боясь, что предположили в вас именно человека с здравым смыслом, то есть с честью и совестью. Да, это правда, мы вошли не смиренно, не как прихлебатели и искатели ваши, а подняв голову, как свободные люди, и отнюдь не с просьбой, а с свободным и гордым требованием (слышите, не с просьбой, а требованием, зарубите себе это!). Мы с достоинством и прямо ставим пред вами вопрос: признаете ли вы себя в деле Бурдовского правым или неправым? Признаете ли вы себя облагодетельствованным и даже, может быть, спасенным от смерти Павлищевым? Если признаете (что очевидно), то намерены ли вы, или находите ли вы справедливым по совести, в свою очередь получив миллионы, вознаградить нуждающегося сына Павлищева, хотя бы он и носил имя Бурдовского? Да или нет? Если *да*, то есть, другими словами, если в вас есть то, что вы называете на языке вашем честью и совестью и что мы точнее обозначаем названием здравого смысла, то удовлетворите нас, и дело с концом. Удовлетворите без просьб и без благодарностей с нашей стороны, не ждите их от нас, потому что вы делаете не для нас, а для справедливости. Если же вы не захотите нас удовлетворить, то есть ответите: *нет*, то мы сейчас уходим, и дело прекращается; вам же в глаза говорим, при всех ваших свидетелях, что вы человек с умом грубым и с развитием низким; что называться впредь человеком с честью и совестью вы не смеете и не имеете права, что это право вы слишком дешево хотите купить. Я кончил. Я постановил вопрос. Гоните же теперь нас с крыльца, если смеете. Вы можете это сделать, вы в силе. Но вспомните, что мы все-таки требуем, а не просим. Требуем, а не просим!..

Племянник Лебедева, очень разгорячившийся, остановился.

— Требуем, требуем, требуем, а не просим!.. — залепетал Бурдовский и покраснел как рак.

После слов племянника Лебедева последовало некоторое всеобщее движение и поднялся даже ропот, хотя во всем обществе все видимо избегали вмешиваться в дело, кроме разве одного только Лебедева, бывшего точно в лихорадке. (Странное дело: Лебедев, очевидно стоявший за князя, как будто ощущал теперь некоторое удовольствие фамильной гордости после речи своего племянника; по крайней мере, с некоторым особенным видом довольства оглядел всю публику.)

– По моему мнению, – начал князь довольно тихо, – по моему мнению, вы, господин Докторенко, во всем том, что сказали сейчас, наполовину совершенно правы, даже я согласен, что на гораздо большую половину, и я бы совершенно был с вами согласен, если бы вы не пропустили чего-то в ваших словах. Что именно вы тут пропустили, я не в силах и не в состоянии вам точно выразить, но для полной справедливости в ваших словах, конечно, чего-то недостает. Но обратимся лучше к делу, господа, скажите, для чего напечатали вы эту статью? Ведь тут что ни слово, то клевета; так что вы, господа, по-моему, сделали низость.

– Позвольте!..

– Милостивый государь!..

– Это... это... это... – послышалось разом со стороны взволнованных гостей.

– Насчет статьи, – визгливо подхватил Ипполит, – насчет этой статьи я уже вам сказал, что я и другие не одобряем ее! Написал ее вот он (он указал на рядом сидевшего с ним боксера), написал неприлично, согласен, написал безграмотно и слогом, которым пишут такие же, как и он, отставные. Он глуп и, сверх того, промышленник, я согласен, я это прямо ему и в глаза каждый день говорю, но все-таки наполовину он был в своем праве: гласность есть законное право всякого, а стало быть, и Бурдовского. За нелепости же свои пусть сам отвечает. Что же касается до того, что я от лица всех протестовал давеча насчет присутствия ваших друзей, то считаю нужным вам, милостивые государи, объяснить, что я протестовал, единственно чтобы заявить наше право, но что, в сущности, мы даже желаем, чтобы были свидетели, и давеча, еще не входя сюда, мы все четверо в этом согласились. Кто бы ни были ваши свидетели, хотя бы и ваши друзья, но так как они не могут не согласиться с правом Бурдовского (потому что оно, очевидно, математическое), то даже еще и лучше, что эти свидетели — ваши друзья; еще очевиднее представится истина.

— Это правда, мы так согласились, — подтвердил племянник Лебедева.

— Так из-за чего же давеча с первых слов такой крик и шум вышел, если вы так и хотели! — удивился князь.

— А насчет статьи, князь, — ввернул боксер, ужасно желавший вставить свое словцо и приятно оживляясь (можно было подозревать, что на него видимо и сильно действовало присутствие дам), — насчет статьи, то, признаюсь, что действительно автор я, хотя болезненный мой приятель, которому я привык прощать по его расслаблению, сейчас и раскритиковал ее. Но сочинял я и напечатал в журнале искреннего друга, в виде корреспонденции. Одни только стихи действительно не мои, и действительно принадлежат перу известного юмориста. Бурдовскому я только прочел, и то не всё, и тотчас от него получил согласие напечатать, но согласитесь, что я мог печатать и без согласия. Гласность есть право всеобщее, благородное и благодетельное. Надеюсь, что вы сами, князь, до того прогрессивны, что не станете этого отрицать...

— Ничего не стану отрицать, но согласитесь, что в вашей статье...

— Резко, хотите сказать? Но ведь тут, так сказать, польза обществу, согласитесь сами, и, наконец, возможно ли пропустить вызывающий случай? Тем хуже виновным, но польза общества прежде всего. Что же касается до некоторых неточностей, так сказать гипербол, то согласитесь и в том, что прежде всего инициатива важна, прежде всего цель и намерение; важен благодетельный пример, а уже потом будем разбирать частные случаи, и, наконец, тут слог, тут, так сказать, юмористическая задача, и, наконец, — все так пишут, согласитесь сами! Ха-ха!

— Да совершенно ложная дорога! Уверяю вас, господа, — вскричал князь, — вы напечатали статью в том предположении, что я ни за что не соглашусь удовлетворить господина Бурдовского, а стало быть, чтобы меня за это напугать и чем-нибудь отмстить. Но почему вы знали: я, может быть, и решил удовлетворить Бурдовского. Я вам прямо, при всех теперь заявляю, что я удовлетворю...

— Вот наконец умное и благородное слово умного и благороднейшего человека! — провозгласил боксер.

— Господи! — вырвалось у Лизаветы Прокофьевны.

— Это невыносимо! — пробормотал генерал.

— Позвольте же, господа, позвольте, я изложу дело, — умолял князь, — недель пять назад ко мне явился в З. уполномоченный и ходатай ваш, господин Бурдовский, Чебаров. Вы его уж очень лестно описали, господин Келлер, в вашей статье, — обратился князь, вдруг засмеявшись, к боксеру, — но он мне совсем не понравился. Я только понял с первого разу, что в этом Чебарове всё главное дело и заключается, что, может быть, он-то и подучил вас, господин Бурдовский, воспользовавшись вашею простотой, начать это всё, если говорить откровенно.

— Это вы не имеете права... я... не простой... это... — залепетал в волнении Бурдовский.

— Вы не имеете никакого права делать такие предположения, — назидательно вступился племянник Лебедева.

— Это в высшей степени обидно! — завизжал Ипполит. — Предположение обидное, ложное и не идущее к делу!

— Виноват, господа, виноват, — торопливо повинился князь, — пожалуйста, извините; это потому, что мне подумалось, что не лучше ли нам быть совершенно откровенными друг с другом, но ваша воля, как хотите. Я Чебарову сказал, что так как я не в Петербурге, то немедленно уполномочиваю приятеля повести это дело, а вас, господин Бурдовский, о том извещу. Я прямо вам скажу, господа, что мне показалось это дело самым мошенническим, именно потому что тут Чебаров... Ох, не обижайтесь, господа! Ради бога, не обижайтесь! — испуганно вскричал князь, видя снова проявление обидного смятения Бурдовского, волнение и протест в его друзьях. – Это не может до вас относиться лично, если я говорю, что считал это дело мошенническим! Ведь я никого из вас не знал тогда лично, и фамилий ваших не знал; я судил по одному Чебарову; я говорю вообще, потому что... если бы вы знали только, как меня ужасно обманывали с тех пор, как я получил наследство!

– Князь, вы ужасно наивны, – насмешливо заметил племянник Лебедева.

– И при этом – князь и миллионер! При вашем, может быть, и в самом деле добром и простоватом сердце вы все-таки не можете, конечно, избавиться от общего закона, – провозгласил Ипполит.

– Может быть, очень может быть, господа, – торопился князь, – хоть я и не понимаю, про какой вы общий закон говорите; но я продолжаю, не обижайтесь только напрасно; клянусь, я не имею ни малейшего желания вас обидеть. И что это в самом деле, господа: ни одного-то слова нельзя сказать искренно, тотчас же вы обижаетесь! Но, во-первых, меня ужасно поразило, что существует «сын Павлищева», и существует в таком ужасном положении, как объяснил мне Чебаров. Павлищев мой благодетель и друг моего отца. (Ах, зачем вы такую неправду написали, господин Келлер, в вашей статье про моего отца? Никакой растраты ротной суммы и никаких обид подчиненным не было, – в этом я положительно убежден, – и как у вас рука поднялась такую клевету написать?) А то, что вы написали про Павлищева, то уж совершенно невыносимо: вы называете этого благороднейшего человека сладострастным и легкомысленным так смело, так положительно, как будто вы и в самом деле говорите правду, а между тем это был самый целомудренный человек, какие были на свете! Это был даже замечательный ученый; он был корреспондентом многих уважаемых людей в науке и много денег в помощь науки употребил. Что же касается до его сердца, до его добрых дел, о, конечно, вы справедливо написали, что я тогда был почти идиотом и ничего не мог понимать (хотя я по-русски все-таки говорил и мог понимать), но ведь могу же я оценить всё, что теперь припоминаю...

– Позвольте, – визжал Ипполит, – не слишком ли это будет чувствительно? Мы не дети. Вы хотели идти прямо к делу, десятый час, это вспомните.

– Извольте, извольте, господа, – тотчас же согласился князь, – после первой недоверчивости я решил, что я могу ошибаться и что Павлищев действительно мог иметь сына. Но меня поразило ужасно, что этот сын так легко, то есть, я хочу сказать, так публично выдает секрет своего рождения и, главное, позорит свою мать. Потому что Чебаров уже и тогда пугал меня гласностию...

– Какая глупость! – закричал племянник Лебедева.

– Вы не имеете права... не имеете права! – вскричал Бурдовский.

– Сын не отвечает за развратный поступок отца, а мать не виновата, – с жаром провизжал Ипполит.

– Тем скорее, казалось бы, надо было щадить... – робко проговорил князь.

– Вы, князь, не только наивны, но, может быть, еще и подальше пошли, – злобно усмехнулся племянник Лебедева.

– И какое право имели вы!.. – завизжал самым неестественным голосом Ипполит.

– Никакого, никакого! – поспешно перебил князь. – В этом вы правы, признаюсь, но это было невольно, и я тотчас же сказал себе тогда же, что мои личные чувства не должны иметь влияния на дело, потому что если я сам себя признаю уже обязанным удовлетворить требования господина Бурдовского, во имя чувств моих к Павлищеву, то должен удовлетворить в каком бы то ни было случае, то есть уважал бы или не уважал бы я господина Бурдовского. Я потому только, господа, начал об этом, что мне все-таки показалось неестественным, что сын так публично открывает секрет своей матери... Одним словом, я, главное, поэтому и убедился, что Чебаров должен быть каналья и сам наустил господина Бурдовского, обманом, на такое мошенничество.

– Но ведь это уж невыносимо! – раздалось со стороны его гостей, из которых некоторые даже повскакали со стульев.

– Господа! Да я потому-то и решил, что несчастный господин Бурдовский должен быть человек простой, беззащитный, человек, легко подчиняющийся мошенникам, стало быть, тем пуще я обязан был помочь ему, как «сыну Павлищева», – во-первых, противодействием господину Чебарову, во-вторых, моею преданностью и дружбой, чтоб его руководить, а в третьих, назначил выдать ему десять тысяч рублей, то есть всё, что, по расчету моему, мог истратить на меня Павлищев деньгами...

– Как! Только десять тысяч! – закричал Ипполит.

– Ну, князь, вы очень не сильны в арифметике, или уж очень сильны, хоть и представляетесь простячком! – вскричал племянник Лебедева.

– Я на десять тысяч не согласен, – сказал Бурдовский.

– Антип! Согласись! – скорым и явственным шепотом подсказал боксер, перегнувшись сзади чрез спинку стула Ипполита, – согласись, а потом после увидим!

– Па-аслушайте, господин Мышкин, – визжал Ипполит, – поймите, что мы не дураки, не пошлые дураки, как думают, вероятно, о нас все ваши гости и эти дамы, которые с таким негодованием на нас усмехаются, и особенно этот великосветский господин (он указал на Евгения Павловича), которого я, разумеется, не имею чести знать, но о котором, кажется, кое-что слышал...

– Позвольте, позвольте, господа, вы опять меня не поняли! – в волнении обратился к ним князь. – Во-первых, вы, господин Келлер, в вашей статье чрезвычайно неточно обозначили мое состояние: никаких миллионов я не получал: у меня, может быть, только восьмая или десятая доля того, что вы у меня предполагаете; во-вторых, никаких десятков тысяч на меня в Швейцарии истрачено не было: Шнейдер получал по шестисот рублей в год, да и то всего только первые три года, а за хорошенькими гувернантками в Париж Павлищев никогда не ездил; это опять клевета. По-моему, на меня далеко еще меньше десяти тысяч всего истрачено, но я положил десять тысяч, и, согласитесь сами, что, отдавая долг, я никак не мог предлагать господину Бурдовскому более, даже если б я его ужасно любил, и не мог уже по одному чувству деликатности, именно потому, что отдавал ему долг, а не посылал ему подаяние. Я не знаю, господа, как вы этого не понимаете! Но я всё это хотел вознаградить потом моею дружбой, моим деятельным участием в судьбе несчастного господина Бурдовского, очевидно обманутого, потому что не мог же он сам, без обмана, согласиться на такую низость, как например сегодняшняя огласка в этой статье господина Келлера про его мать... Да что же вы, наконец, опять выходите из себя, господа! Ведь, наконец, мы совершенно не будем понимать друг друга! Ведь вышло же на мое! Я теперь собственными глазами убедился, что моя догадка была справедлива, – убеждал разгоряченный князь, желая утишить волнение и не замечая того, что только его увеличивал.

– Как? В чем убедились? – приступали к нему чуть не с остервенением.

– Да помилуйте, во-первых, я успел сам отлично разглядеть господина Бурдовского, я ведь вижу сам теперь, каков он... Это человек невинный, но которого все обманывают! Человек беззащитный... и потому-то я и должен его щадить, а во-вторых, Гаврила Ардалионович, которому поручено было дело и от которого я давно не получал известий, так как был в дороге и три дня потом болен в Петербурге, – вдруг теперь, всего час назад, при первом нашем свидании, сообщает мне, что намерения Чебарова он все раскусил, имеет доказательства, и что Чебаров именно то, чем я его предположил. Я ведь знаю же, господа, что меня многие считают идиотом, и Чебаров по репутации моей, что я деньги отдаю легко, думал очень легко меня обмануть, и именно рассчитывая на мои чувства к Павлищеву. Но главное то, – да дослушайте же, господа, дослушайте! – главное то, что теперь вдруг оказывается, что господин Бурдовский вовсе и не сын Павлищева! Сейчас Гаврила Ардалионович сообщил мне это и уверяет, что достал доказательства положительные. Ну, как вам это покажется, ведь поверить невозможно после всего того, что уже натворили! И слушайте: положительные доказательства! Я еще не верю, сам не верю, уверяю вас; я еще сомневаюсь, потому что Гаврила Ардалионович не успел еще сообщить мне всех подробностей, но что Чебаров каналья, то в этом уже нет теперь никакого сомнения! Он и несчастного господина Бурдовского и вас всех, господа, которые благородно пришли поддержать вашего друга (так как он в поддержке очевидно нуждается, ведь я понимаю же это!), он всех вас надул и всех вас запутал в случай мошеннический, потому что ведь это, в сущности, плутовство-мошенничество!

– Как мошенничество!.. Как не «сын Павлищева»?.. Как это можно!.. – раздавались восклицания. Вся компания Бурдовского была в невыразимом смятении.

– Да разумеется, мошенничество! Ведь если господин Бурдовский окажется теперь не «сын Павлищева», то ведь в таком случае требование господина Бурдовского выходит прямое мошенническое (то есть, разумеется, если б он знал истину!), но ведь в том-то и дело, что его обманули, потому-то я и настаиваю, чтоб его оправдать; потому-то я и говорю, что он достоин сожаления, по своей простоте, и не может быть без поддержки; иначе ведь он тоже выйдет по этому делу мошенником. Да ведь я уже сам убежден, что он ничего не понимает! Я сам тоже был в таком положении до отъезда в Швейцарию, так же лепетал бессвязные слова, – хочешь выразиться и не можешь... Я это понимаю; я могу очень сочувствовать, потому что я сам почти такой же, мне позволительно говорить! И, наконец, я все-таки, – несмотря на то что уже нет теперь «сына Павлищева» и что всё это оказывается мистификацией, – я все-таки не изменяю своего решения и готов возвратить десять тысяч, в память Павлищева. Я ведь хотел же до господина Бурдовского эти десять тысяч на школу употребить, в память Павлищева, но ведь теперь это всё равно будет, что на школу, что господину Бурдовскому, потому что господин Бурдовский, если и не «сын Павлищева», то ведь почти как «сын Павлищева»: потому что ведь его самого так злобно обманули; он сам искренно считал себя сыном Павлищева! Выслушайте же, господа, Гаврилу Ардалионовича, кончим это, не сердитесь, не волнуйтесь, садитесь! Гаврила Ардалионович сейчас нам всё это объяснит, и я, признаюсь, чрезвычайно желаю сам узнать все подробности. Он говорит, что ездил даже в Псков к вашей матушке, господин Бурдовский, которая вовсе не умирала, как вас заставили в статье написать... Садитесь, господа, садитесь!

Князь сел и успел опять посадить повскакавшую с мест компанию господина Бурдовского. В последние десять или двадцать минут он говорил разгорячившись, громко, нетерпеливою скороговоркой, увлекшись, стараясь всех переговорить, перекричать, и, уж конечно, пришлось ему потом горько раскаяться в иных вырвавшихся у него теперь словечках и предположениях. Если бы не разгорячили и не вывели его почти из себя, – не позволил бы он себе так обнаженно и торопливо высказать вслух иные догадки свои и излишние откровенности. Но только что сел он на место, как одно жгучее раскаяние до боли пронзило его сердце. Кроме уж того, что он «обидел» Бурдовского, так гласно предположив и в нем ту же болезнь, от которой сам лечился в Швейцарии, – кроме того, предложение десяти тысяч вместо школы было сделано, по его мнению, грубо и неосторожно, как подаяние, и именно тем, что при людях вслух было высказано. «Надо было бы переждать и предложить завтра наедине, – тотчас же подумал князь, – а теперь, пожалуй, уж не поправишь! Да, я идиот, истинный идиот!» – решил он про себя в припадке стыда и чрезвычайного огорчения.

Между тем Гаврила Ардалионович, до сих пор державшийся в стороне и молчавший упорно, вышел по приглашению князя вперед, стал подле него и спокойно и ясно принялся излагать отчет по порученному ему князем делу. Все разговоры умолкли мгновенно. Все слушали с чрезвычайным любопытством, особенно вся компания Бурдовского.

IX

– Вы не станете, конечно, отрицать, – начал Гаврила Ардалионович, прямо обращаясь к слушавшему его изо всех сил Бурдовскому, выкатившему на него от удивления глаза и, очевидно, бывшему в сильном смятении, – вы не станете, да и не захотите, конечно, отрицать серьезно, что вы родились ровно два года спустя после законного брака уважаемой матушки вашей с коллежским секретарем господином Бурдовским, отцом вашим. Время рождения вашего слишком легко доказать фактически, так что слишком обидное для вас и для матушки вашей искажение этого факта в статье господина Келлера объясняется одною только игривостью собственной фантазии господина Келлера, полагавшего усилить этим очевидность вашего права и тем помочь интересам вашим. Господин Келлер говорит, что предварительно читал вам статью, хоть и не всю... без всякого сомнения, он не дочитал вам до этого места...

– Не дочитал, действительно, – прервал боксер, – но все факты сообщены были мне компетентным лицом, и я...

– Извините, господин Келлер, – остановил его Гаврила Ардалионович, – позвольте мне говорить. Уверяю вас, что до вашей статьи дойдет дело в свою очередь, тогда вы и заявите ваше объяснение, а теперь будем лучше продолжать по порядку. Совершенно случайно, при помощи сестры моей, Варвары Ардалионовны Птицыной, я достал от короткой приятельницы ее, Веры Алексеевны Зубковой, помещицы и вдовы, одно письмо покойного Николая Андреевича Павлищева, писанное к ней от него двадцать четыре года назад из-за границы. Сблизившись с Верой Алексеевной, я, по ее указанию, обратился к отставному полковнику Тимофею Федоровичу Вязовкину, дальнему родственнику и большому в свое время приятелю с господином Павлищевым. От него мне удалось достать еще два письма Николая Андреевича, тоже писанные из-за границы. По этим трем письмам, по числам и по фактам, в них обозначенным, доказывается математически, безо всякой возможности опровержения и даже сомнения, что Николай Андреевич выехал тогда за границу (где и пробыл сряду три года) ровно за полтора года до вашего рождения, господин Бурдовский. Ваша матушка, как известно вам, никогда из России не выезжала... В настоящую минуту я не стану читать этих писем. Теперь уже поздно; я только заявляю, во всяком случае, факт. Но если вам угодно, господин Бурдовский, назначить хоть завтра же утром у меня свидание и привести ваших свидетелей (в каком угодно числе) и экспертов для сличения почерка, то для меня нет никакого сомнения, что вам нельзя будет не убедиться в очевидной истине сообщенного мною факта. Если же так, то, разумеется, всё это дело падает и само собою прекращается.

Опять последовало всеобщее движение и глубокое волнение. Сам Бурдовский вдруг встал со стула.

– Если так, то я был обманут, обманут, но не Чебаровым, а давно-давно; не хочу экспертов, не хочу свидания, я верю, я отказываюсь... десять тысяч не согласен... прощайте...

Он взял фуражку и отодвинул стул, чтоб уйти.

– Если можете, господин Бурдовский, – тихо и сладко остановил его Гаврила Ардалионович, – то останьтесь еще минут хоть на пять. По этому делу обнаруживается еще несколько чрезвычайно важных фактов, особенно для вас, во всяком случае весьма любопытных. По мнению моему, вам нельзя не познакомиться с ними, и самим вам, может быть, приятнее станет, если дело будет совершенно разъяснено...

Бурдовский уселся молча, немного опустив голову и как бы в сильной задумчивости. Уселся вслед за ним и племянник Лебедева, тоже вставший было его сопровождать; этот хоть и не потерял головы и смелости, но, видимо, был озадачен сильно. Ипполит был нахмурен, грустен и как бы очень удивлен. В эту минуту, впрочем, он до того сильно закашлялся, что даже замарал свой платок кровью. Боксер был чуть не в испуге.

— Эх, Антип! — крикнул он с горечью. — Ведь говорил я тебе тогда... третьего дня, что ты, может, и в самом деле не сын Павлищева!

Раздался сдержанный смех, двое-трое рассмеялись громче других.

— Факт, сию минуту сообщенный вами, господин Келлер, — подхватил Гаврила Ардалионович, — весьма драгоценен. Тем не менее я имею полное право, по самым точным данным, утверждать, что господину Бурдовскому хотя, конечно, и была слишком хорошо известна эпоха его рождения, но совершенно не было известно обстоятельство этого пребывания Павлищева за границей, где господин Павлищев провел большую часть жизни, возвращаясь в Россию всегда на малые сроки. Кроме того, и самый этот факт тогдашнего отъезда весьма не замечателен сам по себе, чтоб о нем помнить, после двадцати с лишком лет, даже знавшим близко Павлищева, не говоря уже о господине Бурдовском, который тогда и не родился. Конечно, навести теперь справки оказалось не невозможным; но я должен признаться, что справки, полученные мною, достались мне совершенно случайно и очень могли не достаться; так что для господина Бурдовского и даже Чебарова эти справки были действительно почти невозможны, если бы даже им и вздумалось их навести. Но ведь им могло и не вздуматься...

— Позвольте, господин Иволгин, — раздражительно прервал его вдруг Ипполит, — к чему вся эта галиматья (извините меня)? Дело теперь объяснилось, главному факту мы соглашаемся верить, зачем же тянуть далее тяжелую и обидную канитель? Вы, может быть, желаете похвалиться ловкостью ваших изысканий, выставить пред нами и пред князем, какой вы хороший следователь, сыщик? Или уж не намерены ли предпринять извинение и оправдание Бурдовского тем, что он ввязался в дело по неведению? Но это дерзко, милостивый государь! В оправданиях ваших и извинениях Бурдовский не нуждается, было бы вам известно! Ему обидно, ему и без того теперь тяжело, он в неловком положении, вы должны были угадать, понять это...

— Довольно, господин Терентьев, довольно, — удалось перебить Гавриле Ардалионовичу, — успокойтесь, не раздражайте себя; вы, кажется, очень нездоровы? Я вам сочувствую. В таком случае, если хотите, я кончил, то есть принужден буду сообщить только вкратце те факты, которые, по моему убеждению, не лишнее было бы узнать во всей полноте, — прибавил он, заметив некоторое всеобщее движение, похожее на нетерпение. — Я желаю только сообщить, с доказательствами, для сведения всех заинтересованных в деле, что ваша матушка, господин Бурдовский, потому единственно пользовалась расположением и заботливостью о ней Павлищева, что была родною сестрой той дворовой девушки, в которую Николай Андреевич Павлищев был влюблен в самой первой своей молодости, но до того, что непременно бы женился на ней, если б она не умерла скоропостижно. Я имею доказательства, что этот семейный факт, совершенно точный и верный, весьма малоизвестен, даже совсем забыт. Далее я бы мог объяснить, как ваша матушка еще десятилетним ребенком была взята господином Павлищевым на воспитание вместо родственницы, что ей отложено было значительное приданое и что все эти заботы породили чрезвычайно тревожные слухи между многочисленною родней Павлищева; думали даже, что он женится на своей воспитаннице, но кончилось тем, что она вышла по склонности (и это я точнейшим образом мог бы доказать) за межевого чиновника, господина Бурдовского, на двадцатом году своего возраста. Тут у меня собрано несколько точнейших фактов, для доказательства, как отец ваш, господин Бурдовский, совершенно не деловой человек, получив пятнадцать тысяч в приданое за вашею матушкой, бросил службу, вступил в коммерческие предприятия, был обманут, потерял капитал, не выдержал горя, стал пить, отчего заболел и наконец преждевременно умер, на восьмом году после брака с вашею матушкой. Затем, по собственному свидетельству матушки вашей, она осталась в нищете и совсем погибла бы без постоянной и великодушной помощи Павлищева, выдававшего ей до шестисот рублей в год вспоможения. Затем есть бесчисленные свидетельства, что вас, ребенка, он полюбил чрезвычайно. По этим свидетельствам и опять-таки по подтверждению матушки вашей выходит, что полюбил он вас потому преимущественно, что вы имели в детстве вид косноязычного, вид калеки, вид жалкого, несчастного ребенка (а у Павлищева, как я вывел по точным доказательствам, была всю жизнь какая-то особая нежная склонность ко всему угнетенному и природой обиженному, особенно в детях, – факт, по моему убеждению, чрезвычайно важный для нашего дела). Наконец, я могу похвалиться точнейшими изысканиями о том главном факте, как эта чрезвычайная привязанность к вам Павлищева (стараниями которого вы поступили в гимназию и учились под особым надзором) породила, наконец, мало-помалу, между родственниками и домашними Павлищева мысль, что вы сын его и что ваш отец был только обманутый муж. Но главное в том, что мысль эта укрепилась до точного и всеобщего убеждения только в последние годы жизни Павлищева, когда все испугались за завещание и когда первоначальные факты были забыты, а справки невозможны. Без сомнения, мысль эта дошла и до вас, господин Бурдовский, и завладела вами вполне. Ваша матушка, с которою я имел честь познакомиться лично, хоть и знала про все эти слухи, но даже и до сих пор не знает (я тоже скрыл от нее), что и вы, ее сын, находились под обаянием этого слуха. Многоуважаемую матушку вашу, господин Бурдовский, я застал в Пскове в болезнях и в самой крайней бедности, в которую впала она по смерти Павлищева. Она со слезами благодарности сообщила мне, что только чрез вас и чрез помощь вашу и живет на свете; она много ожидает от вас в будущем и горячо верит в будущие ваши успехи...

— Это, наконец, невыносимо! — громко и нетерпеливо заявил вдруг племянник Лебедева. — К чему весь этот роман?

— Омерзительно неприлично! — сильно пошевелился Ипполит. Но Бурдовский ничего не заметил и даже не шевельнулся.

— К чему? Зачем? — лукаво удивился Гаврила Ардалионович, ядовито готовясь изложить свое заключение. — Да во-первых, господин Бурдовский теперь может быть вполне убежден, что господин Павлищев любил его из великодушия, а не как сына. Уж один этот факт необходимо было узнать господину Бурдовскому, подтвердившему и одобрившему господина Келлера давеча, после чтения статьи. Говорю так потому, что считаю вас за благородного человека, господин Бурдовский. Во-вторых, оказывается, что тут вовсе не было ни малейшего воровства-мошенничества даже со стороны Чебарова; это важный пункт даже и для меня, потому что князь давеча, разгорячившись, упомянул, будто и я того же мнения о воровстве-мошенничестве в этом несчастном деле. Тут, напротив, было полное убеждение со всех сторон, и хоть Чебаров, может быть, и действительно большой мошенник, но в этом деле он высказывается не более как крючок, подьячий, промышленник. Он надеялся нажить большие деньги как адвокат, и расчет его был не только тонкий и мастерской, но вернейший: он основывался на легкости, с которою князь дает деньги, и на благодарно-почтительном чувстве его к покойному Павлищеву; он основывался, наконец (что важнее всего), на известных рыцарских взглядах князя насчет обязанностей чести и совести. Что же касается собственно господина Бурдовского, то можно даже сказать, что он, благодаря некоторым убеждениям своим, до того был настроен Чебаровым и окружающею его компанией, что начал дело почти совсем и не из интересу, а почти как служение истине, прогрессу и человечеству. Теперь, после сообщенных фактов, всем, стало быть, и ясно, что господин Бурдовский человек чистый, несмотря на все видимости, и князь теперь скорее и охотнее давешнего может предложить ему и свое дружеское содействие, и ту деятельную помощь, о которой он упоминал давеча, говоря о школах и о Павлищеве.

– Остановитесь, Гаврила Ардалионович, остановитесь! – крикнул князь в настоящем испуге, но было уже поздно.

– Я сказал, я уже три раза говорил, – раздражительно крикнул Бурдовский, – что не хочу денег! Я не приму... зачем... не хочу... вон!..

И он чуть не побежал с террасы. Но племянник Лебедева схватил его за руку и что-то шепнул ему. Тот быстро воротился и, вынув из кармана незапечатанный письменный конверт большого формата, бросил его на столик, стоявший подле князя.

– Вот деньги!.. Вы не смели... не смели!.. Деньги!..

– Двести пятьдесят рублей, которые вы осмелились прислать ему в виде подаяния чрез Чебарова, – пояснил Докторенко.

– В статье сказано пятьдесят! – крикнул Коля.

– Я виноват! – сказал князь, подходя к Бурдовскому, – я очень виноват перед вами, Бурдовский, но я не как подаяние послал, поверьте. Я и теперь виноват... я давеча виноват. (Князь был очень расстроен, имел вид усталый и слабый, и слова его были несвязны.) Я сказал о мошенничестве... но это не про вас, я ошибся. Я сказал, что вы... такой же, как я, – больной. Но вы не такой же, как я, вы... даете уроки, вы мать содержите. Я сказал, что вы ославили вашу мать, но вы ее любите; она сама говорит... я не знал... Гаврила Ардалионович мне давеча не договорил... я виноват. Я осмелился вам предложить десять тысяч, но я виноват, я должен был сделать это не так, а теперь... нельзя, потому что вы меня презираете...

– Да это сумасшедший дом! – вскричала Лизавета Прокофьевна.

– Конечно, дом сумасшедших! – не вытерпела и резко проговорила Аглая, но слова ее пропали в общем шуме; все уже громко говорили, все рассуждали, кто спорил, кто смеялся. Иван Федорович Епанчин был в последней степени негодования и, с видом оскорбленного достоинства, поджидал Лизавету Прокофьевну. Племянник Лебедева ввернул последнее словечко:

– Да, князь, вам надо отдать справедливость, вы таки умеете пользоваться вашею... ну, болезнию (чтобы выразиться приличнее); вы в такой ловкой форме сумели предложить вашу дружбу и деньги, что теперь благородному человеку принять их ни в каком случае невозможно. Это или уж слишком невинно, или уж слишком ловко... вам, впрочем, известнее.

– Позвольте, господа, – вскричал Гаврила Ардалионович, развернувший между тем пакет с деньгами, – тут вовсе не двести пятьдесят рублей, а всего только сто. Я для того, князь, чтобы не вышло какого недоумения.

– Оставьте, оставьте, – замахал руками князь Гавриле Ардалионовичу.

– Нет, не «оставьте»! – прицепился сейчас же племянник Лебедева. – Нам оскорбительно ваше «оставьте», князь. Мы не прячемся, мы заявляем открыто: да, тут только сто рублей, а не все двести пятьдесят, но разве это не всё равно...

– Н-нет, не всё равно, – с видом наивного недоумения успел ввернуть Гаврила Ардалионович.

— Не перебивайте меня; мы не такие дураки, как вы думаете, господин адвокат, — с злобною досадой воскликнул племянник Лебедева, — разумеется, сто рублей не двести пятьдесят рублей, и не всё равно, но важен принцип; тут инициатива важна, а что недостает ста пятидесяти рублей, это только частность. Важно то, что Бурдовский не принимает вашего подаяния, ваше сиятельство, что он бросает его вам в лицо, а в этом смысле всё равно, что сто, что двести пятьдесят. Бурдовский не принял десяти тысяч: вы видели; не принес бы и ста рублей, если бы был бесчестен! Эти сто пятьдесят рублей пошли в расход Чебарову на его поездку к князю. Смейтесь скорее над нашею неловкостию, над нашим неуменьем вести дела; вы и без того нас всеми силами постарались сделать смешными; но не смейте говорить, что мы бесчестны. Эти сто пятьдесят рублей, милостивый государь, мы все вместе внесем князю; мы хоть по рублю будем возвращать и возвратим с процентами. Бурдовский беден, у Бурдовского нет миллионов, а Чебаров после поездки представил счет. Мы надеялись выиграть... Кто бы на его месте поступил иначе?

— Как кто? — воскликнул князь Щ.

— Я тут с ума сойду! — крикнула Лизавета Прокофьевна.

— Это напоминает, — засмеялся Евгений Павлович, долго стоявший и наблюдавший, — недавнюю знаменитую защиту адвоката, который, выставляя как извинение бедность своего клиента, убившего разом шесть человек, чтоб ограбить их, вдруг заключил в этом роде: «Естественно, говорит, что моему клиенту по бедности пришло в голову совершить это убийство шести человек, да и кому же на его месте не пришло бы это в голову?». В этом роде что-то, только очень забавное.

— Довольно! — провозгласила вдруг, чуть не дрожа от гнева, Лизавета Прокофьевна, — пора прервать эту галиматью!..

Она была в ужаснейшем возбуждении; она грозно закинула голову и с надменным, горячим и нетерпеливым вызовом обвела своим сверкающим взглядом всю компанию, вряд ли различая в эту минуту друзей от врагов. Это была та точка долго сдерживаемого, но разразившегося наконец гнева, когда главным побуждением становится немедленный бой, немедленная потребность на кого-нибудь поскорее накинуться. Знавшие Лизавету Прокофьевну тотчас почувствовали, что с нею совершилось что-то особенное. Иван Федорович говорил на другой же день князю Щ., что «с ней это бывает, но в такой степени, как вчера, даже и с нею редко бывает, так года в три по одному разу, но уж никак не чаще! никак не чаще!» – прибавил он вразумительно.

– Довольно, Иван Федорович! Оставьте меня! – восклицала Лизавета Прокофьевна. – Чего вы мне вашу руку теперь подставляете? Не умели давеча вывести; вы муж, вы глава семейства; вы должны были меня, дуру, за ухо вывести, если бы я вас не послушалась и не вышла. Хоть для дочерей-то позаботились бы! А теперь без вас дорогу найдем, на целый год стыда хватит... Подождите, я еще князя хочу отблагодарить!.. Спасибо, князь, за угощение! А я-то расселась молодежь послушать... Это низость, низость! Это хаос, безобразие, этого во сне не увидишь! Да неужто их много таких?.. Молчи, Аглая! Молчи, Александра! Не ваше дело!.. Не вертитесь подле меня, Евгений Павлыч, надоели вы мне!.. Так ты, миленький, у них же и прощения просишь, – подхватила она опять, обращаясь к князю, – «виноват, дескать, что осмелился вам капитал предложить»... а ты чего, фанфаронишка, изволишь смеяться! – накинулась она вдруг на племянника Лебедева, – «мы, дескать, от капитала отказываемся, мы требуем, а не просим!». А точно того и не знает, что этот идиот завтра же к ним опять потащится свою дружбу и капиталы им предлагать! Ведь пойдешь? Пойдешь или нет?

– Пойду, – тихим и смиренным голосом проговорил князь.

— Слышали! Так ведь на это-то ты и рассчитываешь, — обернулась она опять к Докторенке, — ведь уж деньги теперь у тебя всё равно что в кармане лежат, вот ты и фанфаронишь, чтобы нам пыли задать... Нет, голубчик, других дураков найди, а я вас насквозь вижу... всю игру вашу вижу!

— Лизавета Прокофьевна! — воскликнул князь.

— Пойдемте отсюда, Лизавета Прокофьевна, слишком пора, да и князя с собой уведем, — как можно спокойнее и улыбаясь проговорил князь Щ.

Девицы стояли в стороне, почти испуганные, генерал был положительно испуган; все вообще были в удивлении. Некоторые, подальше стоявшие, украдкой усмехались и перешептывались; лицо Лебедева изображало последнюю степень восторга.

— Безобразие и хаос везде, сударыня, найдешь, — проговорил, значительно, впрочем, озадаченный, племянник Лебедева.

— Да не такие! Не такие, батюшка, как теперь у вас, не такие! — с злорадством, как бы в истерике, подхватила Лизавета Прокофьевна. — Да оставите ли вы меня, — закричала она на уговаривавших ее, — нет, коли вы уж даже сами, Евгений Павлыч, заявили сейчас, что даже сам защитник на суде объявлял, что ничего нет естественнее, как по бедности шесть человек укокошить, так уж и впрямь последние времена пришли. Этого я еще не слыхивала. Теперь мне всё объяснилось! Да этот косноязычный, разве он не зарежет (она указала на Бурдовского, смотревшего на нее с чрезвычайным недоумением)? Да побьюсь об заклад, что зарежет! Он денег твоих, десяти тысяч, пожалуй, не возьмет, пожалуй, и по совести не возьмет, а ночью придет и зарежет, да и вынет их из шкатулки. По совести вынет! Это у него не бесчестно! Это «благородного отчаяния порыв», это «отрицание», или там черт знает что... Тьфу! всё навыворот, все кверху ногами пошли. Девушка в доме растет, вдруг среди улицы прыг на дрожки: «Маменька, я на днях за такого-то Карлыча или Иваныча замуж вышла, прощайте!» Так это и хорошо так, по-вашему, поступать? Уважения достойно, естественно? Женский вопрос? Этот вот мальчишка (она указала на Колю), и тот уж намедни спорил, что это-то и значит «женский вопрос». Да пусть мать дура была, да ты все-таки будь с ней человек!.. Чего вы давеча задравши головы-то вошли? «Не смейте подступаться»: мы идем. «Нам все права подавай, а ты и заикнуться пред нами не смей. Нам все почтения отдавай, каких и не бывает-то даже, а тебя мы хуже чем последнего лакея третировать будем!» Истины ищут, на праве стоят, а сами как басурмане его в статье расклеветали. «Требуем, а не просим, и никакой благодарности от нас не услышите, потому что вы для удовлетворения своей собственной совести делаете!» Экая мораль: да ведь коли от тебя никакой благодарности не будет, так ведь и князь может сказать тебе в ответ, что он к Павлищеву не чувствует никакой благодарности, потому что и Павлищев делал добро для удовлетворения собственной совести. А ведь ты только на эту благодарность его к Павлищеву и рассчитывал: ведь не у тебя же он взаймы деньги брал, не тебе он должен, на что же ты рассчитывал, как не на благодарность? Как же сам-то от нее отказываешься? Сумасшедшие! Диким и бесчеловечным общество признают за то, что оно позорит обольщенную девушку. Да ведь коли бесчеловечным общество признаешь, стало быть, признаешь, что этой девушке от этого общества больно. А коли больно, так как же ты сам-то ее в газетах перед этим же обществом выводишь и требуешь, чтоб это ей было не больно? Сумасшедшие! Тщеславные! В Бога не веруют, в Христа не веруют! Да ведь вас до того тщеславие и гордость проели, что кончится тем, что вы друг друга переедите, это я вам предсказываю. И не сумбур это, и не хаос, и не безобразие это? И после этого этот срамник еще прощения у них же лезет просить! Да много ли вас таких? Чего усмехаетесь: что я себя осрамила с вами? Да ведь уж осрамила, уж нечего больше делать!.. А ты у меня не усмехайся, пачкун! (накинулась она вдруг на Ипполита) сам еле дышит, а других развращает. Ты у меня этого мальчишку развратил (она опять указала на Колю); он про тебя только и бредит, ты его атеизму учишь, ты в Бога не веруешь, а тебя еще высечь можно, милостивый государь, да тьфу с вами!.. Так пойдешь, князь Лев Николаевич, к ним завтра, пойдешь? – спросила она опять князя, почти задыхаясь.

– Пойду.

– Знать же тебя не хочу после этого! – Она было быстро повернулась уходить, но вдруг опять воротилась. – И к этому атеисту пойдешь? – указала она на Ипполита. – Да чего ты на меня усмехаешься! – как-то неестественно вскрикнула она и бросилась вдруг к Ипполиту, не вынеся его едкой усмешки.

– Лизавета Прокофьевна! Лизавета Прокофьевна! Лизавета Прокофьевна! – послышалось разом со всех сторон.

– Maman, это стыдно! – громко вскричала Аглая.

– Не беспокойтесь, Аглая Ивановна, – спокойно отвечал Ипполит, которого подскочившая к нему Лизавета Прокофьевна схватила и неизвестно зачем крепко держала за руку; она стояла пред ним и как бы впилась в него своим бешеным взглядом, – не беспокойтесь, ваша maman разглядит, что нельзя бросаться на умирающего человека... я готов разъяснить, почему я смеялся... очень буду рад позволению...

Тут он вдруг ужасно закашлялся и целую минуту не мог унять кашель.

– Ведь уж умирает, а всё ораторствует! – воскликнула Лизавета Прокофьевна, выпустив его руку и чуть не с ужасом смотря, как он вытирал кровь с своих губ. – Да куда тебе говорить! Тебе просто идти ложиться надо.

– Так и будет, – тихо, хрипло и чуть не шепотом ответил Ипполит, – я, как ворочусь сегодня, тотчас и лягу, чрез две недели я, как мне известно, умру... Мне на прошлой неделе сам Б–н объявил... Так если позволите, я бы вам на прощанье два слова сказал.

— Да ты с ума сошел, что ли? Вздор! Лечиться надо, какой теперь разговор! Ступай, ступай, ложись!.. — испуганно крикнула Лизавета Прокофьевна.

— Лягу, так ведь и не встану до самой смерти, — улыбнулся Ипполит, — я и вчера уже хотел было так лечь, чтоб уж и не вставать до смерти, да решил отложить до послезавтра, пока еще ноги носят... чтобы вот с ними сегодня сюда прийти... только устал уж очень...

— Да садись, садись, чего стоишь! Вот тебе стул, — вскинулась Лизавета Прокофьевна и сама подставила ему стул.

— Благодарю вас, — тихо продолжал Ипполит, — а вы садитесь напротив, вот и поговорим... мы непременно поговорим, Лизавета Прокофьевна, теперь уж я на этом стою... — улыбнулся он ей опять. — Подумайте, что сегодня я в последний раз и на воздухе и с людьми, а чрез две недели наверно в земле. Значит, это вроде прощания будет и с людьми и с природой. Я хоть и не очень чувствителен, а, представьте себе, очень рад, что это всё здесь в Павловске приключилось: все-таки хоть на дерево в листьях посмотришь.

— Да какой теперь разговор, — всё больше и больше пугалась Лизавета Прокофьевна, — ты весь в лихорадке. Давеча визжал да пищал, а теперь чуть дух переводишь, задохся!

— Сейчас отдохну. Зачем вы хотите отказать мне в последнем желании?.. А знаете ли, я давно уже мечтал с вами как-нибудь сойтись, Лизавета Прокофьевна; я о вас много слышал... от Коли; он ведь почти один меня и не оставляет... Вы оригинальная женщина, эксцентрическая женщина, я и сам теперь видел... знаете ли, что я вас даже немножко любил.

— Господи, а я было, право, чуть его не ударила.

— Вас удержала Аглая Ивановна, ведь я не ошибаюсь? Это ведь ваша дочь Аглая Ивановна? Она так хороша, что я давеча с первого взгляда угадал ее, хоть и никогда не видал. Дайте мне хоть на красавицу-то в последний раз в жизни посмотреть, – какою-то неловкою, кривою улыбкой улыбнулся Ипполит, – вот и князь тут, и супруг ваш, и вся компания. Отчего вы мне отказываете в последнем желании?

– Стул! – крикнула Лизавета Прокофьевна, но схватила сама и села напротив Ипполита. – Коля, – приказала она, – отправишься с ним немедленно, проводи его, а завтра я непременно сама...

– Если вы позволите, то я попросил бы у князя чашку чаю... Я очень устал. Знаете что, Лизавета Прокофьевна, вы хотели, кажется, князя к себе вести чай пить; останьтесь-ка здесь, проведемте время вместе, а князь наверно нам всем чаю даст. Простите, что я так распоряжаюсь... Но ведь я знаю вас, вы добрая, князь тоже... мы все до комизма предобрые люди...

Князь всполошился, Лебедев бросился со всех ног из комнаты, за ним побежала Вера.

– И правда, – резко решила генеральша, – говори, только потише и не увлекайся. Разжалобил ты меня... Князь! Ты не стоил бы, чтоб я у тебя чай пила, да уж так и быть, остаюсь, хотя ни у кого не прошу прощенья! Ни у кого! Вздор!.. Впрочем, если я тебя разбранила, князь, то прости, – если, впрочем, хочешь. Я, впрочем, никого не задерживаю, – обратилась она вдруг с видом необыкновенного гнева к мужу и дочерям, как будто они-то и были в чем-то ужасно пред ней виноваты, – я и одна домой сумею дойти...

Но ей не дали договорить. Все подошли и окружили ее с готовностью. Князь тотчас же стал всех упрашивать остаться пить чай и извинялся, что до сих пор не догадался об этом. Даже генерал был так любезен, что пробормотал что-то успокоительное и любезно спросил Лизавету Прокофьевну: не свежо ли ей, однако же, на террасе? Он даже чуть было не спросил Ипполита: давно ли он в университете, но не спросил. Евгений Павлович и князь Щ. стали вдруг чрезвычайно любезными и веселыми, на лицах Аделаиды и Александры выражалось, сквозь продолжавшееся удивление, даже удовольствие, одним словом, все были видимо рады, что миновал кризис с Лизаветой Прокофьевной. Одна Аглая была нахмурена и молча села поодаль. Осталось и всё остальное общество; никто не хотел уходить, даже генерал Иволгин, которому Лебедев, впрочем, что-то шепнул мимоходом, вероятно не совсем приятное, потому что генерал тотчас же стушевался куда-то в угол. Князь подходил с приглашением и к Бурдовскому с компанией, не обходя никого. Они пробормотали, с натянутым видом, что подождут Ипполита, и тотчас же удалились в самый дальний угол террасы, где и уселись опять все рядом. Вероятно, чай уже был давно приготовлен у Лебедева для себя, потому что тотчас же и явился. Пробило одиннадцать часов.

X

Ипполит помочил свои губы в чашке чаю, поданной ему Верой Лебедевой, поставил чашку на столик и вдруг, точно законфузился, почти в смущении осмотрелся кругом.

– Посмотрите, Лизавета Прокофьевна, эти чашки, – как-то странно заторопился он, – эти фарфоровые чашки, и, кажется, превосходного фарфора, стоят у Лебедева всегда в шифоньерке под стеклом, запертые, никогда не подаются... как водится, это в приданое за женой его было... у них так водится... и вот он их нам подал, в честь вас, разумеется, до того обрадовался...

Он хотел было еще что-то прибавить, но не нашелся.

– Сконфузился-таки, я так и ждал! – шепнул вдруг Евгений Павлович на ухо князю. – Это ведь опасно, а? Вернейший признак, что теперь, со зла, такую какую-нибудь эксцентричность выкинет, что и Лизавета Прокофьевна, пожалуй, не усидит.

Князь вопросительно посмотрел на него.

– Вы эксцентричности не боитесь? – прибавил Евгений Павлович. – Ведь и я тоже, даже желаю; мне, собственно, только чтобы наша милая Лизавета Прокофьевна была наказана, и непременно сегодня же, сейчас же; без того и уходить не хочу. У вас, кажется, лихорадка.

— После, не мешайте. Да, я нездоров, — рассеянно и даже нетерпеливо ответил князь. Он услышал свое имя, Ипполит говорил про него.

— Вы не верите? — истерически смеялся Ипполит. — Так и должно быть, а князь так с первого разу поверит и нисколько не удивится.

— Слышишь, князь? — обернулась к нему Лизавета Прокофьевна, — слышишь?

Кругом смеялись. Лебедев суетливо выставлялся вперед и вертелся пред самою Лизаветой Прокофьевной.

— Он говорит, что этот вот кривляка, твой-то хозяин... тому господину статью поправлял, вот что давеча на твой счет прочитали.

Князь с удивлением посмотрел на Лебедева.

— Что ж ты молчишь? — даже топнула ногой Лизавета Прокофьевна.

— Что же, — пробормотал князь, продолжая рассматривать Лебедева, — я уж вижу, что он поправлял.

— Правда? — быстро обернулась Лизавета Прокофьевна к Лебедеву.

— Истинная правда, ваше превосходительство! — твердо и непоколебимо ответил Лебедев, приложив руку к сердцу.

— Точно хвалится! — чуть не привскочила она на стуле.

— Низок, низок! — забормотал Лебедев, начиная ударять себя в грудь и всё ниже и ниже наклоняя голову.

— Да что мне в том, что ты низок! Он думает, что скажет «низок», так и вывернется. И не стыдно тебе, князь, с такими людишками водиться, еще раз говорю? Никогда не прощу тебе!

— Меня простит князь! — с убеждением и умилением проговорил Лебедев.

— Единственно из благородства, — громко и звонко заговорил вдруг подскочивший Келлер, обращаясь прямо к Лизавете Прокофьевне, — единственно из благородства, сударыня, и чтобы не выдать скомпрометированного приятеля, я давеча утаил о поправках, несмотря на то что он же нас с лестницы спустить предлагал, как сами изволили слышать. Для восстановления истины признаюсь, что я действительно обратился к нему, за шесть целковых, но отнюдь не для слога, а, собственно, для узнания фактов, мне большею частью неизвестных, как к компетентному лицу. Насчет штиблетов, насчет аппетита у швейцарского профессора, насчет пятидесяти рублей вместо двухсот пятидесяти, одним словом, вся эта группировка, всё это принадлежит ему, за шесть целковых, но слог не поправляли.

– Я должен заметить, – с лихорадочным нетерпением и каким-то ползучим голосом перебил его Лебедев, при распространявшемся всё более и более смехе, – что я поправлял одну только первую половину статьи, но так как в средине мы не сошлись и за одну мысль поссорились, то я вторую половину уж и не поправлял-с, так что всё, что там безграмотно (а там безграмотно!), так уж это мне не приписывать-с...

– Вот он о чем хлопочет! – вскричала Лизавета Прокофьевна.

– Позвольте спросить, – обратился Евгений Павлович к Келлеру, – когда поправляли статью?

– Вчера утром, – отрапортовал Келлер, – мы имели свидание с обещанием честного слова сохранить секрет с обеих сторон.

– Это когда он ползал-то перед тобой и уверял тебя в преданности! Ну, людишки! Не надо мне твоего Пушкина, и чтобы дочь твоя ко мне не являлась!

Лизавета Прокофьевна хотела было встать, но вдруг раздражительно обратилась к смеющемуся Ипполиту:

– Что ж ты, милый, на смех, что ли, вздумал меня здесь выставлять!

– Сохрани Господи, – криво улыбался Ипполит, – но меня больше всего поражает чрезвычайная эксцентричность ваша, Лизавета Прокофьевна; я, признаюсь, нарочно подвел про Лебедева, я знал, как на вас подействует, на вас одну, потому что князь действительно простит, и, уж наверно, простил... даже, может, извинение в уме подыскал, ведь так, князь, не правда ли?

Он задыхался, странное волнение его возрастало с каждым словом.

— Ну?.. — гневно проговорила Лизавета Прокофьевна, удивляясь его тону, — ну?

— Про вас я уже много слышал, в этом же роде... с большою радостию... чрезвычайно научился вас уважать, — продолжал Ипполит.

Он говорил одно, но так, как будто бы этими самыми словами хотел сказать совсем другое. Говорил с оттенком насмешки и в то же время волновался несоразмерно, мнительно оглядывался, видимо путался и терялся на каждом слове, так что всё это, вместе с его чахоточным видом и с странным, сверкающим и как будто исступленным взглядом, невольно продолжало привлекать к нему внимание.

— Я бы удивился, совсем, впрочем, не зная света (я сознаюсь в этом), тому, что вы не только сами остались в обществе давешней нашей компании, для вас неприличной, но и оставили этих... девиц выслушивать дело скандальное, хотя они уже всё прочли в романах. Я, может быть, впрочем, не знаю... потому что сбиваюсь, но во всяком случае кто, кроме вас, мог остаться... по просьбе мальчика (ну да, мальчика, я опять сознаюсь) провести с ним вечер и принять... во всем участие и... с тем... что на другой день стыдно... (я, впрочем, согласен, что не так выражаюсь), я всё это чрезвычайно хвалю и глубоко уважаю, хотя уже по лицу одному его превосходительства вашего супруга видно, как всё это для него неприятно... Хи-хи! — захихикал он, совсем спутавшись, и вдруг так закашлялся, что минуты две не мог продолжать.

— Даже задохся! — холодно и резко произнесла Лизавета Прокофьевна, с строгим любопытством рассматривая его. — Ну, милый мальчик, довольно с тобою. Пора!

— Позвольте же и мне, милостивый государь, с своей стороны вам заметить, — раздражительно вдруг заговорил Иван Федорович, потерявший последнее терпение, — что жена моя здесь у князя Льва Николаевича, нашего общего друга и соседа, и что во всяком случае не вам, молодой человек, судить о поступках Лизаветы Прокофьевны, равно как выражаться вслух и в глаза о том, что написано на моем лице. Да-с. И если жена моя здесь осталась, — продолжал он, раздражаясь почти с каждым словом всё более и более, — то скорее, сударь, от удивления и от понятного всем современного любопытства посмотреть странных молодых людей. Я и сам остался, как останавливаюсь иногда на улице, когда вижу что-нибудь, на что можно взглянуть, как... как... как...

— Как на редкость, — подсказал Евгений Павлович.

— Превосходно и верно, — обрадовался его превосходительство, немного запутавшийся в сравнении, — именно как на редкость. Но во всяком случае мне всего удивительнее и даже огорчительнее, если только можно так выразиться грамматически, что вы, молодой человек, и того даже не умели понять, что Лизавета Прокофьевна теперь осталась с вами потому, что вы больны, — если вы только в самом деле умираете, — так сказать, из сострадания, из-за ваших жалких слов, сударь, и что никакая грязь ни в каком случае не может пристать к ее имени, качествам и значению... Лизавета Прокофьевна! — заключил раскрасневшийся генерал, — если хочешь идти, то простимся с нашим добрым князем и...

— Благодарю вас за урок, генерал, — серьезно и неожиданно прервал Ипполит, задумчиво смотря на него.

— Пойдемте, maman, долго ли еще будет!.. — нетерпеливо и гневно произнесла Аглая, вставая со стула.

— Еще две минуты, милый Иван Федорович, если позволишь, — с достоинством обернулась к своему супругу Лизавета Прокофьевна, — мне кажется, он весь в лихорадке и просто бредит; я в этом убеждена по его глазам; его так оставить нельзя. Лев Николаевич! мог бы он у тебя ночевать, чтоб его в Петербург не тащить сегодня? Cher prince,[1] вы скучаете? – с чего-то обратилась она вдруг к князю Щ. – Поди сюда, Александра, поправь себе волосы, друг мой.

Она поправила ей волосы, которые нечего было поправлять, и поцеловала ее; затем только и звала.

– Я вас считал способною к развитию… – опять заговорил Ипполит, выходя из своей задумчивости. – Да! вот что я хотел сказать, – обрадовался он, как бы вдруг вспомнив: – вот Бурдовский искренно хочет защитить свою мать, не правда ли? А выходит, что он же ее срамит. Вот князь хочет помочь Бурдовскому, от чистого сердца предлагает ему свою нежную дружбу и капитал и, может быть, один из всех вас не чувствует к нему отвращения, и вот они-то и стоят друг пред другом как настоящие враги… Ха-ха-ха! Вы ненавидите все Бурдовского за то, что он, по-вашему, некрасиво и неизящно относится к своей матери, ведь так? так? так? Ведь вы ужасно все любите красивость и изящество форм, за них только и стоите, не правда ли? (Я давно подозревал, что только за них!) Ну, так и знайте же, что ни один из вас, может, не любил так свою мать, как Бурдовский! Вы, князь, я знаю, послали потихоньку денег, с Ганечкой, матери Бурдовского, и вот об заклад же побьюсь (хи-хи-хи! – истерически хохотал он), об заклад побьюсь, что Бурдовский же и обвинит вас теперь в неделикатности форм и в неуважении к его матери, ей-богу так, ха-ха-ха!

Тут он опять задохся и закашлялся.

– Ну, всё? Всё теперь, всё сказал? Ну, и иди теперь спать, у тебя лихорадка, – нетерпеливо перебила Лизавета Прокофьевна, не сводившая с него своего беспокойного взгляда. – Ах, господи! Да он и еще говорит!

– Вы, кажется, смеетесь? Что вы всё надо мною смеетесь? Я заметил, что вы всё надо мною смеетесь? –

1 Дорогой князь (*фр.*).

беспокойно и раздражительно обратился он вдруг к Евгению Павловичу; тот действительно смеялся.

– Я только хотел спросить вас, господин... Ипполит... извините, я забыл вашу фамилию.

– Господин Терентьев, – сказал князь.

– Да, Терентьев, благодарю вас, князь, давеча говорили, но у меня вылетело... я хотел вас спросить, господин Терентьев, правду ли я слышал, что вы того мнения, что стоит вам только четверть часа в окошко с народом поговорить, и он тотчас же с вами во всем согласится и тотчас же за вами пойдет?

– Очень может быть, что говорил... – ответил Ипполит, как бы что-то припоминая. – Непременно говорил! – прибавил он вдруг, опять оживляясь и твердо посмотрев на Евгения Павловича. – Что ж из этого?

– Ничего ровно; я только к сведению, чтобы дополнить.

Евгений Павлович замолчал, но Ипполит всё еще смотрел на него в нетерпеливом ожидании.

– Ну что ж, кончил, что ли? – обратилась к Евгению Павловичу Лизавета Прокофьевна. – Кончай скорей, батюшка, ему спать пора. Или не умеешь? (Она была в ужасной досаде.)

– Я, пожалуй, и очень не прочь прибавить, – улыбаясь продолжал Евгений Павлович, – что всё, что я выслушал от ваших товарищей, господин Терентьев, и всё, что вы изложили сейчас, и с таким несомненным талантом, сводится, по моему мнению, к теории восторжествования права, прежде всего и мимо всего, и даже с исключением всего прочего, и даже, может быть, прежде исследования, в чем и право-то состоит? Может быть, я ошибаюсь?

– Конечно, ошибаетесь, я даже вас не понимаю, дальше?

В углу тоже раздался ропот. Племянник Лебедева что-то пробормотал вполголоса.

— Да почти ничего дальше, — продолжал Евгений Павлович, — я только хотел заметить, что от этого дело может прямо перескочить на право силы, то есть на право единичного кулака и личного захотения, как, впрочем, и очень часто кончалось на свете. Остановился же Прудон на праве силы. В американскую войну многие самые передовые либералы объявили себя в пользу плантаторов, в том смысле, что негры суть негры, ниже белого племени, а стало быть, право силы за белыми...

— Ну?

— То есть, стало быть, вы не отрицаете права силы?

— Дальше?

— Вы таки консеквентны; я хотел только заметить, что от права силы до права тигров и крокодилов и даже до Данилова и Горского недалеко.

— Не знаю; дальше?

Ипполит едва слушал Евгения Павловича, которому если и говорил «ну» и «дальше», то, казалось, больше по старой, усвоенной привычке в разговорах, а не от внимания и любопытства.

— Да ничего дальше... всё.

— Я, впрочем, на вас не сержусь, — совершенно неожиданно заключил вдруг Ипполит и, едва ли вполне сознавая, протянул руку, даже с улыбкой. Евгений Павлович удивился сначала, но с самым серьезным видом прикоснулся к протянутой ему руке, точно как бы принимая прощение.

— Не могу не прибавить, — сказал он тем же двусмысленно почтительным тоном, — моей вам благодарности за внимание, с которым вы меня допустили говорить, потому что, по моим многочисленным наблюдениям, никогда наш либерал не в состоянии позволить иметь кому-нибудь свое особое убеждение и не ответить тотчас же своему оппоненту ругательством или даже чемнибудь хуже...

— Это вы совершенно верно, — заметил генерал Иван Федорович и, заложив руки за спину, с скучнейшим видом отретировался к выходу с террасы, где с досады и зевнул.

— Ну, довольно с тебя, батюшка, — вдруг объявила Евгению Павловичу Лизавета Прокофьевна, — надоели вы мне...

— Пора, — озабоченно и чуть не с испугом поднялся вдруг Ипполит, в замешательстве смотря кругом, — я вас задержал; я хотел вам всё сказать... я думал, что всё... в последний раз... это была фантазия...

Видно было, что он оживлялся порывами, из настоящего почти бреда выходил вдруг, на несколько мгновений, с полным сознанием вдруг припоминал и говорил, большею частью отрывками, давно уже, может быть, надуманными и заученными, в долгие, скучные часы болезни, на кровати, в уединении, в бессонницу.

— Ну, прощайте! — резко проговорил он вдруг. — Вы думаете, мне легко сказать вам: прощайте? Ха-ха! — досадливо усмехнулся он сам на свой *неловкий* вопрос и вдруг, точно разозлясь, что ему всё не удается сказать что хочется, громко и раздражительно проговорил: — Ваше превосходительство! Имею честь просить вас ко мне на погребение, если только удостоите такой чести, и... всех, господа, вслед за генералом!..

Он опять засмеялся; но это был уже смех безумного. Лизавета Прокофьевна испуганно двинулась к нему и схватила его за руку. Он смотрел на нее пристально, с тем же смехом, но который уже не продолжался, а как бы остановился и застыл на его лице.

— Знаете ли, что я приехал сюда для того, чтобы видеть деревья? Вот эти... (он указал на деревья парка) это не смешно, а? Ведь тут ничего нет смешного? — серьезно спросил он Лизавету Прокофьевну и вдруг задумался; потом, чрез мгновение, поднял голову и любопытно стал искать глазами в толпе. Он искал Евгения Павловича, который стоял очень недалеко, направо, на том же самом месте, как и прежде, – но он уже забыл и искал кругом. – А, вы не ушли! – нашел он его наконец. – Вы давеча всё смеялись, что я в окно хотел говорить четверть часа... А знаете, что мне не восемнадцать лет: я столько пролежал на этой подушке, и столько просмотрел в это окно, и столько продумал... обо всех... что... У мертвого лет не бывает, вы знаете. Я еще на прошлой неделе это подумал, когда ночью проснулся... А знаете, чего вы боитесь больше всего? Вы искренности нашей боитесь больше всего, хоть и презираете нас! Я это тоже, тогда же, на подушке подумал ночью... Вы думаете, что я над вами смеяться хотел давеча, Лизавета Прокофьевна? Нет, я не смеялся над вами, я только похвалить хотел... Коля говорил, что вас князь ребенком назвал... это хорошо... Да, что бишь я... еще что-то хотел...

Он закрыл руками лицо и задумался.

– Вот что: когда вы давеча прощались, я вдруг подумал: вот эти люди, и никогда уже их больше не будет, и никогда! И деревья тоже, – одна кирпичная стена будет, красная, Мейерова дома... напротив в окно у меня... ну, и скажи им про всё это... попробуй-ка, скажи; вот красавица... ведь ты мертвый, отрекомендуйся мертвецом, скажи, что «мертвому можно всё говорить»... и что княгиня Марья Алексевна не забранит, ха-ха!.. Вы не смеетесь? – обвел он всех кругом недоверчиво. – А знаете, на подушке мне много мыслей приходило... знаете, я уверился, что природа очень насмешлива... Вы давеча сказали, что я атеист, а знаете, что эта природа... Зачем вы опять смеетесь? Вы ужасно жестокие! – с грустным негодованием произнес он вдруг, оглядывая всех. – Я не развращал Колю, – закончил он совершенно другим тоном, серьезным и убежденным, как бы вдруг тоже вспомнив.

– Никто, никто над тобой здесь не смеется, успокойся! – почти мучилась Лизавета Прокофьевна. – Завтра доктор новый приедет; тот ошибся; да садись, на ногах не стоишь! Бредишь... Ах, что теперь с ним делать! –

хлопотала она, усаживая его в кресла. Слезинка блеснула на ее щеке.

Ипполит остановился почти пораженный, поднял руку, боязливо протянул ее и дотронулся до этой слезинки. Он улыбнулся какою-то детскою улыбкой.

– Я... вас... – заговорил он радостно, – вы не знаете, как я вас... мне он в таком восторге всегда о вас говорил, вот он, Коля... я восторг его люблю. Я его не развращал! Я только его и оставляю... я всех хотел оставить, всех, – но их не было никого, никого не было... Я хотел быть деятелем, я имел право... О, как я много хотел! Я ничего теперь не хочу, ничего не хочу хотеть, я дал себе такое слово, чтоб уже ничего не хотеть; пусть, пусть без меня ищут истины! Да, природа насмешлива! Зачем она, – подхватил он вдруг с жаром, – зачем она создает самые лучшие существа с тем, чтобы потом насмеяться над ними? Сделала же она так, что единственное существо, которое признали на земле совершенством... сделала же она так, что, показав его людям, ему же и предназначила сказать то, из-за чего пролилось столько крови, что если б пролилась она вся разом, то люди бы захлебнулись, наверно! О, хорошо, что я умираю! Я бы тоже, пожалуй, сказал какую-нибудь ужасную ложь, природа бы так подвела!.. Я не развращал никого... Я хотел жить для счастья всех людей, для открытия и для возвещения истины... Я смотрел в окно на Мейерову стену и думал только четверть часа говорить и всех, всех убедить, а раз-то в жизни сошелся... с вами, если не с людьми! и что же вот вышло? Ничего! Вышло, что вы меня презираете! Стало быть, не нужен, стало быть, дурак, стало быть, пора! И никакого-то воспоминания не сумел оставить! Ни звука, ни следа, ни одного дела, не распространил ни одного убеждения!.. Не смейтесь над глупцом! Забудьте! Забудьте всё... забудьте, пожалуйста, не будьте так жестоки! Знаете ли вы, что, если бы не подвернулась эта чахотка, я бы сам убил себя...

Он, кажется, еще много хотел сказать, но не договорил, бросился в кресла, закрыл лицо руками и заплакал, как маленькое дитя.

– Ну, теперь что с ним прикажете делать? – воскликнула Лизавета Прокофьевна, подскочила к нему, схватила его голову и крепко-накрепко прижала к своей груди. Он рыдал конвульсивно. – Ну-ну-ну! Ну, не плачь же, ну, довольно, ты добрый мальчик, тебя Бог простит, по невежеству твоему; ну, довольно, будь мужествен... К тому же и стыдно тебе будет...

– У меня там, – говорил Ипполит, силясь приподнять свою голову, – у меня брат и сестры, дети, маленькие, бедные, невинные... *Она* развратит их! Вы – святая, вы... сами ребенок, – спасите их! Вырвите их от этой... она... стыд... О, помогите им, помогите, вам Бог воздаст за это сторицею, ради Бога, ради Христа!..

– Говорите же наконец, Иван Федорович, что теперь делать! – раздражительно крикнула Лизавета Прокофьевна, – сделайте одолжение, прервите ваше величавое молчание! Если вы не решите, то было бы вам известно, что я здесь сама ночевать остаюсь; довольно вы меня под вашим самовластьем тиранили!

Лизавета Прокофьевна спрашивала с энтузиазмом и с гневом и ожидала немедленного ответа. Но в подобных случаях большею частию присутствующие, если их даже и много, отвечают молчанием, пассивным любопытством, не желая ничего на себя принимать, и выражают свои мысли уже долго спустя. В числе присутствующих здесь были и такие, которые готовы были просидеть тут хоть до утра, не вымолвив ни слова, например Варвара Ардалионовна, сидевшая весь вечер поодаль, молчавшая и всё время слушавшая с необыкновенным любопытством, имевшая, может быть, на то и свои причины.

– Мое мнение, друг мой, – высказался генерал, – что тут нужна теперь, так сказать, скорее сиделка, чем наше волнение, и, пожалуй, благонадежный, трезвый человек на ночь. Во всяком случае, спросить князя и... немедленно дать покой. А завтра можно и опять принять участие.

— Сейчас двенадцать часов, мы едем. Едет он с нами или остается у вас? — раздражительно и сердито обратился Докторенко к князю.

— Если хотите — останьтесь и вы при нем, — сказал князь, — место будет.

— Ваше превосходительство, — неожиданно и восторженно подскочил к генералу господин Келлер, — если требуется удовлетворительный человек на ночь, я готов жертвовать для друга... это такая душа! Я давно уже считаю его великим, ваше превосходительство! Я, конечно, моим образованием манкировал, но если он критикует, то ведь это перлы, перлы сыплются, ваше превосходительство!..

Генерал с отчаянием отвернулся.

— Я очень рад, если он останется, конечно, ему трудно ехать, — объявлял князь на раздражительные вопросы Лизаветы Прокофьевны.

— Да ты спишь, что ли? Если не хочешь, батюшка, так ведь я его к себе переведу! Господи, да он и сам чуть на ногах стоит! Да ты болен, что ли?

Давеча Лизавета Прокофьевна, не найдя князя на смертном одре, действительно сильно преувеличила удовлетворительность состояния его здоровья, судя по наружному виду, но недавняя болезнь, тяжелые воспоминания, ее сопровождавшие, усталость от хлопотливого вечера, случай с «сыном Павлищева», теперешний случай с Ипполитом — всё это раздражило больную впечатлительность князя действительно почти до лихорадочного состояния. Но, кроме того, в глазах его теперь была еще и какая-то другая забота, даже боязнь; он опасливо глядел на Ипполита, как бы ожидая от него еще чего-то.

Вдруг Ипполит поднялся, ужасно бледный и с видом страшного, доходившего до отчаяния стыда на искаженном своем лице. Это выражалось преимущественно в его взгляде, ненавистно и боязливо глянувшем на собрание, и в потерянной, искривленной и ползучей усмешке на вздрагивавших губах. Глаза он тотчас же опустил и побрел, пошатываясь и всё так же улыбаясь, к Бурдовскому и Докторенку, которые стояли у выхода с террасы: он уезжал с ними.

– Ну, вот этого я и боялся! – воскликнул князь. – Так и должно было быть!

Ипполит быстро обернулся к нему с самою бешеною злобой, и каждая черточка на лице его, казалось, трепетала и говорила.

– А, вы этого и боялись! «Так и должно было быть», по-вашему? Так знайте же, что если я кого-нибудь здесь ненавижу, – завопил он с хрипом, с визгом, с брызгами изо рта (я вас всех, всех ненавижу!), – но вас, вас, иезуитская, паточная душонка, идиот, миллионер-благодетель, вас более всех и всего на свете! Я вас давно понял и ненавидел, когда еще слышал о вас, я вас ненавидел всею ненавистью души... Это вы теперь всё подвели! Это вы меня довели до припадка! Вы умирающего довели до стыда, вы, вы, вы виноваты в подлом моем малодушии! Я убил бы вас, если б остался жить! Не надо мне ваших благодеяний, ни от кого не приму, слышите, ни от кого, ничего! Я в бреду был, и вы не смеете торжествовать!.. Проклинаю всех вас раз навсегда!

Тут он совсем уж задохся.

– Слез своих застыдился! – прошептал Лебедев Лизавете Прокофьевне. – «Так и должно было быть!» Ай да князь! Насквозь прочитал...

Но Лизавета Прокофьевна не удостоила взглянуть на него. Она стояла гордо, выпрямившись, закинув голову, и с презрительным любопытством рассматривала «этих людишек». Когда Ипполит кончил, генерал вскинул было плечами; она гневно оглядела его с ног до головы, как бы спрашивая отчета в его движении, и тотчас оборотилась к князю.

– Спасибо вам, князь, эксцентрический друг нашего дома, за приятный вечер, который вы нам всем доставили. Небось ваше сердце радуется теперь, что удалось вам и нас прицепить к вашим дурачествам... Довольно, милый друг дома, спасибо, что хоть себя-то дали наконец разглядеть хорошенько!..

Она с негодованием стала оправлять свою мантилью, выжидая, когда «те» отправятся. К «тем» в эту минуту подкатили извозчичьи дрожки, за которыми еще четверть часа назад Докторенко распорядился послать сына Лебедева, гимназиста. Генерал тотчас же вслед за супругой ввернул и свое словцо:

– Действительно, князь, я даже не ожидал... после всего, после всех дружественных сношений... и, наконец, Лизавета Прокофьевна...

– Ну как, ну как это можно! – воскликнула Аделаида, быстро подошла к князю и подала ему руку.

Князь с потерянным видом улыбнулся ей. Вдруг горячий, скорый шепот как бы ожег его ухо.

– Если вы не бросите сейчас же этих мерзких людей, то я всю жизнь, всю жизнь буду вас одного ненавидеть! – прошептала Аглая; она была как бы в исступлении, но она отвернулась, прежде чем князь успел на нее взглянуть. Впрочем, ему уже нечего и некого было бросать: больного Ипполита тем временем успели кое-как усадить на извозчика, и дрожки отъехали.

– Что ж, долго будет это продолжаться, Иван Федорович? Как по-вашему? Долго я буду терпеть от этих злобных мальчишек?

– Да я, друг мой... я, разумеется, готов и... князь...

Иван Федорович протянул, однако же, князю руку, но не успел пожать и побежал за Лизаветой Прокофьевной, которая с шумом и гневом сходила с террасы. Аделаида, жених ее и Александра искренно и ласково простились с князем. Евгений Павлович был в том же числе, и один он был весел.

– По-моему сбылось! Только жаль, что и вы, бедненький, тут пострадали, – прошептал он с самою милою усмешкой.

Аглая ушла не простившись.

Но приключения этого вечера тем еще не кончились; Лизавете Прокофьевне пришлось вынести еще одну весьма неожиданную встречу.

Она не успела еще сойти с лестницы на дорогу (огибающую кругом парк), как вдруг блестящий экипаж, коляска, запряженная двумя белыми конями, промчалась мимо дачи князя. В коляске сидели две великолепные барыни. Но, проехав не более десяти шагов мимо, коляска вдруг остановилась; одна из дам быстро обернулась, точно внезапно усмотрев какого-то необходимого ей знакомого.

— Евгений Павлыч! Это ты? — крикнул вдруг звонкий, прекрасный голос, от которого вздрогнул князь и, может быть, еще кто-нибудь. — Ну, как я рада, что наконец разыскала! Я послала к тебе в город нарочного; двух! Целый день тебя ищут!

Евгений Павлович стоял на ступеньках лестницы как пораженный громом. Лизавета Прокофьевна тоже стала на месте, но не в ужасе и оцепенении, как Евгений Павлович: она посмотрела на дерзкую так же гордо и с таким же холодным презрением, как пять минут назад на «людишек», и тотчас же перевела свой пристальный взгляд на Евгения Павловича.

— Новость! — продолжал звонкий голос. — За Купферовы векселя не бойся; Рогожин скупил за тридцать, я уговорила. Можешь быть спокоен хоть месяца три еще. А с Бискупом и со всею этою дрянью наверно сладимся, по знакомству! Ну, так вот, всё, значит, благополучно. Будь весел. До завтра!

Коляска тронулась и быстро исчезла.

— Это помешанная! — крикнул наконец Евгений Павлович, покраснев от негодования и в недоумении оглядываясь кругом. — Я знать не знаю, что она говорила! Какие векселя? Кто она такая?

Лизавета Прокофьевна продолжала глядеть на него еще секунды две; наконец быстро и круто направилась к своей даче, а за нею все. Ровно через минуту на террасу к князю явился обратно Евгений Павлович в чрезвычайном волнении.

— Князь, по правде, вы не знаете, что это значит?

— Ничего не знаю, — ответил князь, бывший и сам в чрезвычайном и болезненном напряжении.

— Нет?

— Нет.

— И я не знаю, — засмеялся вдруг Евгений Павлович. — Ей-богу, никаких сношений по этим векселям не имел, ну, верите честному слову!.. Да что с вами, вы в обморок падаете?

— О нет, нет, уверяю вас, нет...

XI

Только на третий день Епанчины вполне умилостивились. Князь хоть и обвинил себя во многом, по обыкновению, и искренно ожидал наказания, но все-таки у него было сначала полное внутреннее убеждение, что Лизавета Прокофьевна не могла на него рассердиться серьезно, а рассердилась больше на себя самоё. Таким образом, такой долгий срок вражды поставил его к третьему дню в самый мрачный тупик. Поставили и другие обстоятельства, но одно из них преимущественно. Все три дня оно разрасталось прогрессивно в мнительности князя (а князь с недавнего времени винил себя в двух крайностях: в необычной «бессмысленной и назойливой» своей доверчивости и в то же время в «мрачной, низкой» мнительности). Одним словом, в конце третьего дня приключение с эксцентрическою дамой, разговаривавшею из своей коляски с Евгением Павловичем, приняло в уме его устрашающие и загадочные размеры. Сущность загадки, кроме других сторон дела, состояла для князя в скорбном вопросе: он ли именно виноват и в этой новой «чудовищности», или только... Но он недоговаривал, кто еще. Что же касается до букв Н. Ф. Б., то, на его взгляд, тут была одна только невинная шалость, самая даже детская шалость, так что и задумываться об этом сколько-нибудь было бы совестно и даже в одном отношении почти бесчестно.

Впрочем, в первый же день после безобразного «вечера», в беспорядках которого он был такою главною «причиной», князь имел поутру удовольствие принимать у себя князя Щ. с Аделаидой: «они зашли, *главное*, с тем, чтоб узнать о его здоровье», зашли с прогулки, вдвоем. Аделаида заметила сейчас в парке одно дерево, чудесное старое дерево, развесистое, с длинными, искривленными сучьями, всё в молодой зелени, с дуплом и трещиной; она непременно, непременно положила срисовать его! Так что почти об этом только говорила целые полчаса своего визита. Князь Щ. был любезен и мил, по обыкновению, спрашивал князя о прежнем, припоминал обстоятельства их первого знакомства, так что о вчерашнем почти ничего не было сказано. Наконец Аделаида не выдержала и, усмехнувшись, призналась, что они зашли incognito; но тем, однако же, признания и кончились, хотя из этого incognito уже можно было усмотреть, что родители, то есть, главное, Лизавета Прокофьевна, находятся в каком-то особенном нерасположении. Но ни о ней, ни об Аглае, ни даже об Иване Федоровиче Аделаида и князь Щ. не вымолвили в свое посещение ни единого слова. Уходя опять гулять, с собою князя не пригласили. О том же, чтобы звать к себе, и намека не было; на этот счет проскочило даже одно очень характерное словцо у Аделаиды: рассказывая об одной своей акварельной работе, она вдруг очень пожелала показать ее. «Как бы это сделать поскорее? Постойте! Я вам или с Колей сегодня пришлю, если зайдет, или завтра сама опять, как гулять с князем пойдем, занесу», — заключила она наконец свое недоумение, обрадовавшись, что так ловко и для всех удобно удалось ей разрешить эту задачу.

Наконец, уже почти простившись, князь Щ. точно вдруг вспомнил:

— Ах да, — спросил он, — не знаете ли хоть вы, милый Лев Николаевич, что это была за особа, что кричала вчера Евгению Павлычу из коляски?

— Это была Настасья Филипповна, — сказал князь, — разве вы еще не узнали, что это она? А с нею не знаю кто был.

— Знаю, слышал! — подхватил князь Щ. — Но что означал этот крик? Это такая, признаюсь, для меня загадка... для меня и для других.

Князь Щ. говорил с чрезвычайным и видимым изумлением.

— Она говорила о каких-то векселях Евгения Павловича, — очень просто отвечал князь, — которые попались от какого-то ростовщика к Рогожину, по ее просьбе, и что Рогожин подождет на Евгении Павлыче.

— Слышал, слышал, дорогой мой князь, да ведь этого быть не могло! Никаких векселей у Евгения Павлыча тут и быть не могло! При таком состоянии... Правда, ему случалось, по ветрености, прежде, и даже я его выручал... Но при таком состоянии давать векселя ростовщику и о них беспокоиться — невозможно. И не может он быть на *ты* и в таких дружеских отношениях с Настасьей Филипповной, — вот в чем главная задача. Он клянется, что ничего не понимает, и я ему вполне верю. Но дело в том, милый князь, что я хотел спросить вас, не знаете ли вы-то чего? То есть не дошел ли хоть до вас каким-нибудь чудом слух?

— Нет, ничего не знаю, и уверяю вас, что я в этом нисколько не участвовал.

— Ах, какой же вы, князь, стали! Я вас просто не узнаю сегодня. Разве я мог предположить вас в таком деле участником?.. Ну, да вы сегодня расстроены.

Он обнял и поцеловал его.

— То есть в каком же «таком» деле участником? Я не вижу никакого «такого» дела.

— Без сомнения, эта особа желала как-нибудь и в чем-нибудь помешать Евгению Павлычу, придав ему в глазах свидетелей качества, которых он не имеет и не может иметь, — ответил князь Щ. довольно сухо.

Князь Лев Николаевич смутился, но, однако же, пристально и вопросительно продолжал смотреть на князя; но тот замолчал.

— А не просто векселя? Не буквально ли так, как вчера? — пробормотал наконец князь в каком-то нетерпении.

— Да говорю же вам, судите сами, что может быть тут общего между Евгением Павлычем и... ею, и вдобавок с Рогожиным? Повторяю вам, состояние огромное, что мне совершенно известно; другое состояние, которого он ждет от дяди. Просто Настасья Филипповна...

Князь Щ. вдруг опять замолчал, очевидно, потому, что ему не хотелось продолжать князю о Настасье Филипповне.

— Стало быть, во всяком случае, она ему знакома? — спросил вдруг князь Лев Николаевич, помолчав с минуту.

— Это-то, кажется, было; ветреник! Но, впрочем, если было, то уж очень давно, еще прежде, то есть года два-три. Ведь он еще с Тоцким был знаком. Теперь же быть ничего не могло в этом роде, на *ты* они не могли быть никогда! Сами знаете, что и ее всё здесь не было; нигде не было. Многие еще и не знают, что она опять появилась. Экипаж я заметил дня три, не больше.

— Великолепный экипаж! — сказала Аделаида.

— Да, экипаж великолепный.

Оба удалились, впрочем, в самом дружеском, в самом братском, можно сказать, расположении к князю Льву Николаевичу.

А для нашего героя это посещение заключало в себе нечто даже капитальное. Положим, он и сам много подозревал, с самой вчерашней ночи (а может, и раньше), но до самого их визита он не решался оправдать свои опасения вполне. Теперь же становилось ясно: князь Щ., конечно, толковал событие ошибочно, но всё же бродил кругом истины, все-таки понял же тут — *интригу*.

(«Впрочем, он, может быть, и совершенно верно про себя понимает, — подумал князь, — а только не хочет высказаться и потому нарочно толкует ошибочно».) Яснее всего было то, что к нему теперь заходили (и именно князь Щ.) в надежде каких-нибудь разъяснений; если так, то его прямо считают участником в интриге. Кроме того, если это всё так и в самом деле важно, то, стало быть, у *ней* какая-то ужасная цель, какая же цель? Ужас! «Да и как *ее* остановишь? Остановить *ее* нет никакой возможности, когда она убеждена в своей цели!» Это уже князь знал по опыту. «Сумасшедшая. Сумасшедшая».

Но слишком, слишком много собралось в это утро и других неразрешимых обстоятельств, и всё к одному времени, и всё требовало разрешения немедленно, так что князь был очень грустен. Его развлекла немного Вера Лебедева, которая пришла к нему с Любочкой и, смеясь, что-то долго рассказывала. За нею последовала и сестра ее, раскрывавшая рот, за ними гимназист, сын Лебедева, который уверял, что «звезда Полынь» в Апокалипсисе, павшая на землю на источники вод, есть, по толкованию его отца, сеть железных дорог, раскинувшаяся по Европе. Князь не поверил, что Лебедев так толкует, решено было справиться у него самого при первом удобном случае. От Веры Лебедевой князь узнал, что Келлер прикочевал к ним еще со вчерашнего дня и, по всем признакам, долго от них не отстанет, потому что нашел компанию и дружески сошелся с генералом Иволгиным; впрочем, он объявил, что остается у них, единственно чтоб укомплектовать свое образование. Вообще дети Лебедева всё более и более с каждым днем начинали князю нравиться. Коли целый день не было: он спозаранку отправился в Петербург. (Лебедев тоже уехал чем свет по каким-то своим делишкам.) Но князь ждал с нетерпением посещения Гаврилы Ардалионовича, который непременно должен был сегодня же зайти к нему.

Он пожаловал в седьмом часу пополудни, тотчас после обеда. С первого взгляда на него князю подумалось, что по крайней мере этот господин должен знать всю подноготную безошибочно, — да и как не знать, имея таких помощников, как Варвара Ардалионовна и супруг ее? Но с Ганей у князя были отношения всё какие-то особенные. Князь, например, доверил ему вести дело Бурдовского и особенно просил его об этом; но, несмотря на эту доверенность и на кое-что бывшее прежде, между обоими постоянно оставались некоторые пункты, о которых как бы решено было взаимно ничего не говорить. Князю казалось иногда, что Ганя, может быть, и желал с своей стороны самой полной и дружеской искренности; теперь, например, чуть только он вошел, князю тотчас же показалось, что Ганя в высшей степени убежден, что в эту самую минуту настала пора разбить между ними лед на всех пунктах. (Гаврила Ардалионович, однако же, торопился; его ждала у Лебедева сестра; оба они спешили по какому-то делу.)

Но если Ганя и в самом деле ждал целого ряда нетерпеливых вопросов, невольных сообщений, дружеских излияний, то он, конечно, очень ошибся. Во все двадцать минут его посещения князь был даже очень задумчив, почти рассеян. Ожидаемых вопросов или, лучше сказать, одного главного вопроса, которого ждал Ганя, быть не могло. Тогда и Ганя решился говорить с большою выдержкой. Он, не умолкая, рассказывал все двадцать минут, смеялся, вел самую легкую, милую и быструю болтовню, но до главного не коснулся.

Ганя рассказал, между прочим, что Настасья Филипповна всего только дня четыре здесь, в Павловске, и уже обращает на себя общее внимание. Живет она где-то в какой-то Матросской улице, в небольшом, неуклюжем домике, у Дарьи Алексеевны, а экипаж ее чуть не первый в Павловске. Вокруг нее уже собралась целая толпа старых и молодых искателей; коляску сопровождают иногда верховые. Настасья Филипповна, как и прежде, очень разборчива, допускает к себе по выбору. А все-таки около нее целая команда образовалась, есть кому стать за нее в случае нужды. Один формальный жених, из дачников, уже поссорился из-за нее с своею невестой; один старичок генерал почти проклял своего сына. Она часто берет с собой кататься одну прелестную девочку, только что шестнадцати лет, дальнюю родственницу Дарьи Алексеевны; эта девочка хорошо поет, — так что по вечерам их домик обращает на себя внимание. Настасья Филипповна, впрочем, держит себя чрезвычайно порядочно, одевается не пышно, но с необыкновенным вкусом, и все дамы ее «вкусу, красоте и экипажу завидуют».

— Вчерашний эксцентрический случай, — промолвился Ганя, — конечно, преднамеренный и, конечно, не должен идти в счет. Чтобы придраться к ней в чем-нибудь, надо подыскаться нарочно или оклеветать, что, впрочем, не замедлит, — заключил Ганя, ожидавший, что князь непременно тут спросит: «Почему он называет вчерашний случай случаем преднамеренным? И почему не замедлит?» Но князь не спросил этого.

Насчет Евгения Павловича Ганя распространился опять-таки сам, без особых расспросов, что было очень странно, потому что он ввернул его в разговор безо всякого повода. По мнению Гаврилы Ардалионовича, Евгений Павлович не знал Настасьи Филипповны, он ее и теперь тоже чуть-чуть только знает, и именно потому, что дня четыре назад был ей кем-то представлен на прогулке, и вряд ли был хоть раз у нее в доме, вместе с прочими. Насчет векселей тоже быть могло (это Ганя знает даже наверно); у Евгения Павловича состояние, конечно, большое, но «некоторые дела по имению действительно находятся в некотором беспорядке». На этой любопытной материи Ганя вдруг оборвал. Насчет вчерашней выходки Настасьи Филипповны он не сказал ни единого слова, кроме сказанного вскользь выше. Наконец, за Ганей зашла Варвара Ардалионовна, пробыла минутку, объявила (тоже непрошенная), что Евгений Павлович сегодня, а может, и завтра пробудет в Петербурге, что и муж ее (Иван Петрович Птицын) тоже в Петербурге, и чуть ли тоже не по делам Евгения Павловича, что там действительно что-то вышло. Уходя, она прибавила, что Лизавета Прокофьевна сегодня в адском расположении духа, но что всего страннее, что Аглая перессорилась со всем семейством, не только с отцом и матерью, но даже с обеими сестрами, и «что это совсем нехорошо». Сообщив как бы вскользь это последнее (для князя чрезвычайно многозначительное) известие, братец и сестрица удалились. О деле с «сыном Павлищева» Ганечка тоже не упомянул ни слова, может быть от ложной скромности, может быть «щадя чувства князя», но князь все-таки еще раз поблагодарил его за старательное окончание дела.

Князь очень был рад, что его оставили наконец одного; он сошел с террасы, перешел чрез дорогу и вошел в парк; ему хотелось обдумать и разрешить один шаг. Но этот «шаг» был не из тех, которые обдумываются, а из тех, которые именно не обдумываются, а на которые просто решаются: ему ужасно вдруг захотелось оставить всё это здесь, а самому уехать назад, откуда приехал, куда-нибудь подальше, в глушь, уехать сейчас же и даже ни с кем не простившись. Он предчувствовал, что если только останется здесь хоть еще на несколько дней, то непременно втянется в этот мир безвозвратно, и этот же мир и выпадет ему впредь на долю. Но он не рассуждал и десяти минут и тотчас решил, что бежать «невозможно», что это будет почти малодушие, что пред ним стоят такие задачи, что не разрешить или по крайней мере не употребить всех сил к разрешению их он не имеет теперь никакого даже и права. В таких мыслях воротился он домой и вряд ли и четверть часа гулял. Он был вполне несчастен в эту минуту.

Лебедева всё еще не было дома, так что под вечер к князю успел ворваться Келлер, не хмельной, но с излияниями и признаниями. Он прямо объявил, что пришел рассказать князю всю свою жизнь и что для того и остался в Павловске. Выгнать его не было ни малейшей возможности: не пошел бы ни за что. Келлер приготовился было говорить очень долго и очень нескладно, но вдруг почти с первых слов перескочил к заключению и объявил, что он до того было потерял «всякий признак нравственности» («единственно от безверия во Всевышнего»), что даже воровал. – «Можете себе это представить!».

– Послушайте, Келлер, я бы на вашем месте лучше не признавался в этом без особой нужды, – начал было князь, – а впрочем, ведь вы, может быть, нарочно на себя наговариваете?

– Вам, единственно вам одному, и единственно для того, чтобы помочь своему развитию! Больше никому; умру и под саваном унесу мою тайну! Но, князь, если бы вы знали, если бы вы только знали, как трудно в наш век достать денег! Где же их взять, позвольте вас спросить после этого? Один ответ: неси золото и бриллианты, под них и дадим, то есть именно то, чего у меня нет, можете вы себе это представить? Я наконец рассердился, постоял-постоял. «А под изумруды, говорю, дадите?» – «И под изумруды, говорит, дам». – «Ну, и отлично, говорю», надел шляпу и вышел; черт с вами, подлецы вы этакие! Ей-богу!

– А у вас разве были изумруды?

– Какие у меня изумруды! О, князь, как вы еще светло и невинно, даже, можно сказать, пастушески смотрите на жизнь!

Князю стало наконец не то чтобы жалко, а так, как бы совестно. У него даже мелькнула мысль: «Нельзя ли что-нибудь сделать из этого человека чьим-нибудь хорошим влиянием?» Собственное свое влияние он считал по некоторым причинам весьма негодным, – не из самоумаления, а по некоторому особому взгляду на вещи. Мало-помалу они разговорились, и до того, что и разойтись не хотелось. Келлер с необыкновенною готовностью признавался в таких делах, что возможности не было представить себе, как это можно про такие дела рассказывать. Приступая к каждому рассказу, он уверял положительно, что кается и внутренне «полон слез», а между тем рассказывал так, как будто гордился поступком, и в то же время до того иногда смешно, что он и князь хохотали наконец как сумасшедшие.

— Главное то, что в вас какая-то детская доверчивость и необычайная правдивость, — сказал наконец князь, — знаете ли, что уж этим одним вы очень выкупаете?

— Благороден, благороден, рыцарски благороден! — подтвердил в умилении Келлер. — Но, знаете, князь, всё только в мечтах и, так сказать, в кураже, на деле же никогда не выходит! А почему так? И понять не могу.

— Не отчаивайтесь. Теперь утвердительно можно сказать, что вы мне всю подноготную вашу представили; по крайней мере, мне кажется, что к тому, что вы рассказали, теперь больше ведь уж ничего прибавить нельзя, ведь так?

— Нельзя?! — с каким-то сожалением воскликнул Келлер. — О, князь, до какой степени вы еще, так сказать, по-швейцарски понимаете человека.

— Неужели еще можно прибавить? — с робким удивлением выговорил князь. — Так чего же вы от меня ожидали, Келлер, скажите, пожалуйста, и зачем пришли с вашею исповедью?

— От вас? Чего ждал? Во-первых, на одно ваше простодушие посмотреть приятно; с вами посидеть и поговорить приятно; я по крайней мере знаю, что предо мной добродетельнейшее лицо, а во-вторых... во-вторых...

Он замялся.

— Может быть, денег хотели занять? — подсказал князь очень серьезно и просто, даже как бы несколько робко.

Келлера так и дернуло; он быстро, с прежним удивлением, взглянул князю прямо в глаза и крепко стукнул кулаком об стол.

— Ну, вот этим-то вы и сбиваете человека с последнего панталыку! Да помилуйте, князь: то уж такое простодушие, такая невинность, каких и в золотом веке не слыхано, и вдруг в то же время насквозь человека пронзаете, как стрела, такою глубочайшею психологией наблюдения. Но позвольте, князь, это требует разъяснения, потому что я... я просто сбит! Разумеется, в конце концов моя цель была занять денег, но вы меня о деньгах спросили так, как будто не находите в этом предосудительного, как будто так и быть должно?

— Да... от вас так и быть должно.

— И не возмущены?

— Да... чем же?

— Послушайте, князь, я остался здесь со вчерашнего вечера, во-первых, из особенного уважения к французскому архиепископу Бурдалу (у Лебедева до трех часов откупоривали), а во-вторых, и главное (и вот всеми крестами крещусь, что говорю правду истинную!), потому остался, что хотел, так сказать, сообщив вам мою полную, сердечную исповедь, тем самым способствовать собственному развитию; с этою мыслию и заснул в четвертом часу, обливаясь слезами. Верите ли вы теперь благороднейшему лицу: в тот самый момент, как я засыпал, искренно полный внутренних и, так сказать, внешних слез (потому что, наконец, я рыдал, я это помню!), пришла мне одна адская мысль: «А что, не занять ли у него в конце концов, после исповеди-то, денег?» Таким образом, я исповедь приготовил, так сказать, как бы какой-нибудь «фенезерф под слезами», с тем чтоб этими же слезами дорогу смягчить и чтобы вы, разластившись, мне сто пятьдесят рубликов отсчитали. Не низко это, по-вашему?

— Да ведь это ж, наверно, не правда, а просто одно с другим сошлось. Две мысли вместе сошлись, это очень часто случается. Со мной беспрерывно. Я, впрочем, думаю, что это нехорошо, и, знаете, Келлер, я в этом всего больше укоряю себя. Вы мне точно меня самого теперь рассказали. Мне даже случалось иногда думать, — продолжал князь очень серьезно, истинно и глубоко заинтересованный, — что и все люди так, так что я начал было и одобрять себя, потому что с этими *двойными* мыслями ужасно трудно бороться; я испытал. Бог знает, как они приходят и зарождаются. Но вот вы же называете это прямо низостью! Теперь и я опять начну этих мыслей бояться. Во всяком случае, я вам не судья. Но все-таки, по-моему, нельзя назвать это прямо низостью, как вы думаете? Вы схитрили, чтобы чрез слезы деньги выманить, но ведь сами же вы клянетесь, что исповедь ваша имела и другую цель, благородную, а не одну денежную; что же касается до денег, то ведь они вам на кутеж нужны, так ли? А это уж после такой исповеди, разумеется, малодушие. Но как тоже и от кутежа отстать в одну минуту? Ведь это невозможно. Что же делать? Лучше всего на собственную совесть вашу оставить, как вы думаете?

Князь с чрезвычайным любопытством глядел на Келлера. Вопрос о двойных мыслях видимо и давно уже занимал его.

– Ну, почему вас после этого называют идиотом, не понимаю! – вскричал Келлер.

Князь слегка покраснел.

– Проповедник Бурдалу, так тот не пощадил бы человека, а вы пощадили человека и рассудили меня по-человечески! В наказание себе и чтобы показать, что я тронут, не хочу ста пятидесяти рублей, дайте мне только двадцать пять рублей, и довольно! Вот всё, что мне надо по крайней мере на две недели. Раньше двух недель за деньгами не приду. Хотел Агашку побаловать, да не стоит она того. О, милый князь, благослови вас Господь!

Вошел наконец Лебедев, только что воротившийся, и, заметив двадцатипятирублевую в руках Келлера, поморщился. Но Келлер, очутившийся при деньгах, уже спешил вон и немедленно стушевался. Лебедев тотчас же начал на него наговаривать.

– Вы несправедливы, он действительно искренно раскаивался, – заметил наконец князь.

– Да ведь что в раскаянии-то! Точь-в-точь как и я вчера: «низок, низок», а ведь одни только слова-с!

– Так у вас только одни слова были? А я было думал...

— Ну, вот вам, одному только вам, объявлю истину, потому что вы проницаете человека: и слова, и дело, и ложь, и правда — всё у меня вместе, и совершенно искренно. Правда и дело состоят у меня в истинном раскаянии, верьте не верьте, вот поклянусь, а слова и ложь состоят в адской (и всегда присущей) мысли, как бы и тут уловить человека, как бы и чрез слезы раскаяния выиграть! Ей-богу, так! Другому не сказал бы — засмеется или плюнет; но вы, князь, вы рассудите по-человечески.

— Ну вот, точь-в-точь и он говорил мне сейчас, — вскричал князь, — и оба вы точно хвалитесь! Вы даже меня удивляете, только он искреннее вашего, а вы в решительное ремесло обратили. Ну, довольно, не морщитесь, Лебедев, и не прикладывайте руки к сердцу. Не скажете ли вы мне чего-нибудь? Вы даром не зайдете...

Лебедев закривлялся и закоробился.

— Я вас целый день поджидал, чтобы задать вам один вопрос; ответьте хоть раз в жизни правду с первого слова: участвовали вы сколько-нибудь в этой вчерашней коляске или нет?

Лебедев опять закривлялся, начал хихикать, потирал руки, даже, наконец, расчихался, но всё еще не решался что-нибудь выговорить.

— Я вижу, что участвовал.

— Но косвенно, единственно только косвенно! Истинную правду говорю! Тем только и участвовал, что дал своевременно знать известной особе, что собралась у меня такая компания и что присутствуют некоторые лица.

— Я знаю, что вы вашего сына *туда* посылали, он мне сам давеча говорил, но что ж это за интрига такая! — воскликнул князь в нетерпении.

— Не моя интрига, не моя, — отмахивался Лебедев, — тут другие, другие, и скорее, так сказать, фантазия, чем интрига.

— Да в чем же дело, разъясните, ради Христа? Неужели вы не понимаете, что это прямо до меня касается? Ведь тут чернят Евгения Павловича.

— Князь! Сиятельнейший князь! — закоробился опять Лебедев, — ведь вы не позволяете говорить всю правду; я ведь уже вам начинал о правде; не раз; вы не позволили продолжать...

Князь помолчал и подумал.

— Ну, хорошо; говорите правду, — тяжело проговорил он, видимо после большой борьбы.

— Аглая Ивановна... — тотчас же начал Лебедев.

— Молчите, молчите! — неистово закричал князь, весь покраснев от негодования, а может быть, и от стыда. — Быть этого не может, всё это вздор! Всё это вы сами выдумали или такие же сумасшедшие. И чтоб я никогда не слыхал от вас этого более!

Поздно вечером, часу уже в одиннадцатом, явился Коля с целым коробом известий. Известия его были двоякие: петербургские и павловские. Он наскоро рассказал главные из петербургских (преимущественно об Ипполите и о вчерашней истории), с тем чтоб опять перейти к ним потом, и поскорее перешел к павловским. Три часа тому назад воротился он из Петербурга и, не заходя к князю, прямо отправился к Епанчиным. «Там ужас что такое!» Разумеется, на первом плане коляска, но, наверно, тут что-то такое и еще случилось, что-то такое, им с князем неизвестное. «Я, разумеется, не шпионил и допрашивать никого не хотел; впрочем, приняли меня хорошо, так хорошо, что я даже не ожидал, но о вас, князь, ни слова!» Главнее и занимательнее всего то, что Аглая поссорилась давеча с своими за Ганю. В каких подробностях состояло дело — неизвестно, но только за Ганю (вообразите себе это!), и даже ужасно ссорятся, стало быть, что-то важное. Генерал приехал поздно, приехал нахмуренный, приехал с Евгением Павловичем, которого превосходно приняли, а сам Евгений Павлович удивительно весел и мил. Самое же капитальное известие в том, что Лизавета Прокофьевна, безо всякого шуму, позвала к себе Варвару Ардалионовну, сидевшую у девиц, и раз навсегда выгнала ее из дому, самым учтивейшим, впрочем, образом, – «от самой Вари слышал». Но когда Варя вышла от Лизаветы Прокофьевны и простилась с девицами, то те и не знали, что ей отказано от дому раз навсегда и что она в последний раз с ними прощается.

– Но Варвара Ардалионовна была у меня в семь часов? – спросил удивленный князь.

– А выгнали ее в восьмом или в восемь. Мне очень жаль Варю, жаль Ганю... у них, без сомнения, вечные интриги, без этого им невозможно. И никогда-то я не мог знать, что они замышляют, и не хочу узнавать. Но уверяю вас, милый, добрый мой князь, что в Гане есть сердце. Это человек во многих отношениях, конечно, погибший, но во многих отношениях в нем есть такие черты, которые стоит поискать, чтобы найти, и я никогда не прощу себе, что прежде не понимал его... Не знаю, продолжать ли мне теперь, после истории с Варей. Правда, я поставил себя с первого начала совершенно независимо и отдельно, но все-таки надо обдумать.

– Вы напрасно слишком жалеете брата, – заметил ему князь, – если уж до того дошло дело, стало быть, Гаврила Ардалионович опасен в глазах Лизаветы Прокофьевны, а стало быть, известные надежды его утверждаются.

– Как, какие надежды! – в изумлении вскричал Коля. – Уж не думаете ли вы, что Аглая... этого быть не может!

Князь промолчал.

– Вы ужасный скептик, князь, – минуты чрез две прибавил Коля, – я замечаю, что с некоторого времени вы становитесь чрезвычайный скептик; вы начинаете ничему не верить и всё предполагать... а правильно я употребил в этом случае слово «скептик»?

– Я думаю, что правильно, хотя, впрочем, наверно и сам не знаю.

– Но я сам от слова «скептик» отказываюсь, а нашел новое объяснение, – закричал вдруг Коля, – вы не скептик, а ревнивец! Вы адски ревнуете Ганю к известной гордой девице!

Сказав это, Коля вскочил и расхохотался так, как, может быть, никогда ему не удавалось смеяться. Увидав, что князь весь покраснел, Коля еще пуще захохотал; ему ужасно понравилась мысль, что князь ревнует к Аглае, но он умолк тотчас же, заметив, что тот искренно огорчился. Затем они очень серьезно и озабоченно проговорили еще час или полтора.

На другой день князь по одному неотлагаемому делу целое утро пробыл в Петербурге. Возвращаясь в Павловск уже в пятом часу пополудни, он сошелся в воксале железной дороги с Иваном Федоровичем. Тот быстро схватил его за руку, осмотрелся кругом, как бы в испуге, и потащил князя с собой в вагон первого класса, чтоб ехать вместе. Он сгорал желанием переговорить о чем-то важном.

– Во-первых, милый князь, на меня не сердись, и если было что с моей стороны – позабудь. Я бы сам еще вчера к тебе зашел, но не знал, как на этот счет Лизавета Прокофьевна... Дома у меня... просто ад, загадочный сфинкс поселился, а я хожу, ничего не понимаю. А что до тебя, то, по-моему, ты меньше всех нас виноват, хотя, конечно, чрез тебя много вышло. Видишь, князь, быть филантропом приятно, но не очень. Сам, может, уже вкусил плоды. Я, конечно, люблю доброту и уважаю Лизавету Прокофьевну, но....

Генерал долго еще продолжал в этом роде, но слова его были удивительно бессвязны. Видно было, что он потрясен и смущен чрезвычайно чем-то до крайности ему непонятным.

– Для меня нет сомнения, что ты тут ни при чем, – высказался наконец он яснее, – но не посещай нас некоторое время, прошу тебя дружески, впредь до перемены ветра. Что же касается до Евгения Павлыча, – вскричал он с необыкновенным жаром, – то всё это бессмысленная клевета, клевета из клевет! Это наговор, тут интрига, желание всё разрушить и нас поссорить. Видишь, князь, говорю тебе на ухо: между нами и Евгением Павлычем не сказано еще ни одного слова, понимаешь? Мы не связаны ничем, — но это слово может быть сказано, и даже скоро, и даже, может быть, очень скоро! Так вот чтобы повредить! А зачем, почему — не понимаю! Женщина удивительная, женщина эксцентрическая, до того ее боюсь, что едва сплю. И какой экипаж, белые кони, ведь это шик, ведь это именно то, что называется по-французски шик! Кто это ей? Ей-богу, согрешил, подумал третьего дня на Евгения Павлыча. Но оказывается, что и быть не может, а если быть не может, то для чего она хочет тут расстроить? Вот, вот задача! Чтобы сохранить при себе Евгения Павлыча? Но повторяю тебе, и вот тебе крест, что он с ней не знаком и что векселя эти — выдумка! И с такою наглостью ему *ты* кричит чрез улицу! Чистейший заговор! Ясное дело, что надо отвергнуть с презрением, а к Евгению Павлычу удвоить уважение. Так я и Лизавете Прокофьевне высказал. Теперь скажу тебе самую интимную мысль: я упорно убежден, что она это из личного мщения ко мне, помнишь, за прежнее, хотя я никогда и ни в чем пред нею виноват не был. Краснею от одного воспоминания. Теперь вот она опять появилась, я думал, исчезла совсем. Где же этот Рогожин сидит, скажите, пожалуйста? Я думал, *она* давно уже госпожа Рогожина...

Одним словом, человек был сильно сбит с толку. Весь почти час пути он говорил один, задавал вопросы, сам разрешал их, пожимал руку князя и по крайней мере в том одном убедил князя, что его он и не думает подозревать в чем-нибудь. Это было для князя важно. Кончил он рассказом о родном дяде Евгения Павлыча, начальнике какой-то канцелярии в Петербурге, — «на видном месте, семидесяти лет, вивер, гастроном и вообще повадливый старикашка... Ха-ха! Я знаю, что он слышал про Настасью Филипповну и даже добивался. Заезжал к нему давеча; не принимает, нездоров, но богат, богат, имеет значение и... дай ему бог много лет здравствовать, но опять-таки Евгению Павлычу всё достанется... Да, да... а я все-таки боюсь! Не понимаю чего, а боюсь... В воздухе как будто что-то носится, как будто летучая мышь, беда летает, и боюсь, боюсь!..»

И наконец только на третий день, как мы уже написали выше, последовало формальное примирение Епанчиных с князем Львом Николаевичем.

XII

Было семь часов пополудни; князь собирался идти в парк. Вдруг Лизавета Прокофьевна одна вошла к нему на террасу.

— *Во-первых*, и не смей думать, — начала она, — что я пришла к тебе прощения просить. Вздор! Ты кругом виноват.

Князь молчал.

— Виноват или нет?

— Столько же, сколько и вы. Впрочем, ни я, ни вы, мы оба ни в чем не виноваты умышленно. Я третьего дня себя виноватым считал, а теперь рассудил, что это не так.

— Так вот ты как! Ну хорошо; слушай же и садись, потому что я стоять не намерена.

Оба сели.

— *Во-вторых*: ни слова о злобных мальчишках! Я просижу и проговорю с тобой десять минут; я пришла к тебе справку сделать (а ты думал и бог знает что?), и если ты хоть одним словом заикнешься про дерзких мальчишек, я встаю и ухожу, и уже совсем с тобой разрываю.

— Хорошо, — ответил князь.

— Позволь тебя спросить: изволил ты прислать, месяца два или два с половиной тому, около святой, к Аглае письмо?

— Пи-писал.

— С какою же целью? Что было в письме? Покажи письмо!

Глаза Лизаветы Прокофьевны горели, она чуть не дрожала от нетерпения.

— У меня нет письма, — удивился и оробел князь ужасно, — если есть и цело еще, то у Аглаи Ивановны.

— Не финти! О чем писал?

— Я не финчу и ничего не боюсь. Я не вижу никакой причины, почему мне не писать...

— Молчи! Потом будешь говорить. Что было в письме? Почему покраснел?

Князь подумал.

— Я не знаю ваших мыслей, Лизавета Прокофьевна. Вижу только, что письмо это вам очень не нравится. Согласитесь, что я мог бы отказаться отвечать на такой вопрос; но чтобы показать вам, что я не боюсь за письмо и не сожалею, что написал, и отнюдь не краснею за него (князь покраснел еще чуть не вдвое более), я вам прочту это письмо, потому что, кажется, помню его наизусть.

Сказав это, князь прочел это письмо почти слово в слово, как оно было.

— Экая галиматья! Что же этот вздор может означать, по-твоему? — резко спросила Лизавета Прокофьевна, выслушав письмо с необыкновенным вниманием.

— Сам не знаю вполне; знаю, что чувство мое было искреннее. Там у меня бывали минуты полной жизни и чрезвычайных надежд.

— Каких надежд?

— Трудно объяснить, только не тех, про какие вы теперь, может быть, думаете, — надежд... ну, одним словом, надежд будущего и радости о том, что, может быть, я *там* не чужой, не иностранец. Мне очень вдруг на родине понравилось. В одно солнечное утро я взял перо и написал к ней письмо; почему к ней — не знаю. Иногда ведь хочется друга подле; и мне, видно, друга захотелось... — помолчав, прибавил князь.

— Влюблен ты, что ли?

— Н-нет. Я... я как сестре писал; я и подписался братом.

— Гм; нарочно; понимаю.

— Мне очень тяжело отвечать вам на эти вопросы, Лизавета Прокофьевна.

— Знаю, что тяжело, да мне-то дела нет никакого до того, что тебе тяжело. Слушай, отвечай мне правду, как пред Богом: лжешь ты мне или не лжешь?

— Не лгу.

— Верно говоришь, что не влюблен?

— Кажется, совершенно верно.

— Ишь ты, «кажется»! Мальчишка передавал?

— Я просил Николая Ардалионовича...

— Мальчишка! Мальчишка! — с азартом перебила Лизавета Прокофьевна. — Я знать не знаю, какой такой Николай Ардалионович! Мальчишка!

— Николай Ардалионович...

— Мальчишка, говорю тебе!

— Нет, не мальчишка, а Николай Ардалионович, — твердо, хотя и довольно тихо ответил наконец князь.

— Ну, хорошо, голубчик, хорошо! Это тебе я причту.

Минутку она пересиливала свое волнение и отдыхала.

— А что такое «рыцарь бедный»?

— Совсем не знаю; это без меня; шутка какая-нибудь.

— Приятно вдруг узнать! Только неужели же она могла заинтересоваться тобой? Сама же тебя «уродиком» и «идиотом» называла.

— Вы бы могли мне это и не пересказывать, — укоризненно, чуть не шепотом заметил князь.

— Не сердись. Девка самовластная, сумасшедшая, избалованная, — полюбит, так непременно бранить вслух будет и в глаза издеваться, я точно такая же была. Только, пожалуйста, не торжествуй, голубчик, не твоя; верить тому не хочу и никогда не будет! Говорю для того, чтобы ты теперь же и меры принял. Слушай, поклянись, что ты не женат на *этой*.

— Лизавета Прокофьевна, что вы, помилуйте? — чуть не привскочил князь от изумления.

— Да ведь чуть было не женился?

— Чуть было не женился, — прошептал князь и поник головой.

— Что ж, в *нее*, что ли, влюблен, коли так? Теперь для нее приехал? Для *этой*?

— Я приехал не для того, чтобы жениться, — ответил князь.

— Есть у тебя что-нибудь святое на свете?

— Есть.

— Поклянись, что не для того, чтобы жениться на *той*.

— Клянусь чем хотите!

— Верю, поцелуй меня. Наконец-то я вздохнула свободно, но знай: не любит тебя Аглая, меры прими, и не бывать ей за тобою, пока я на свете живу! Слышал?

— Слышал.

Князь до того краснел, что не мог прямо глядеть на Лизавету Прокофьевну.

— Заруби же. Я тебя как Провидение ждала (не стоил ты того!), я подушку мою слезами по ночам обливала, — не по тебе, голубчик, не беспокойся, у меня свое, другое горе, вечное и всегда одно и то же. Но вот зачем я с таким нетерпением ждала тебя: я всё еще верю, что сам Бог тебя мне как друга и как родного брата прислал. Нет при мне никого, кроме старухи Белоконской, да и та улетела, да вдобавок глупа, как баран, стала от старости. Теперь отвечай просто *да* или *нет*: знаешь ты, зачем *она* третьего дня из коляски кричала?

— Честное слово, что я тут не участвовал и ничего не знаю!

— Довольно, верю. Теперь и у меня другие мысли об этом, но еще вчера, утром, во всем винила Евгения Павлыча. Целые сутки третьего дня и вчера утром. Теперь, конечно, не могу не согласиться с ними: до очевидности, что над ним тут как над дураком насмеялись почему-то, зачем-то, для чего-то (уж одно это подозрительно! да и неблаговидно!), — но не бывать Аглае за ним, говорю тебе это! Пусть он хороший человек, а так оно будет. Я и прежде колебалась, теперь уж наверно решила: «Положите сперва меня в гроб и закопайте в землю, тогда выдавайте дочь», вот что я Ивану Федоровичу сегодня отчеканила. Видишь, что я тебе доверяю, видишь?

– Вижу и понимаю.

Лизавета Прокофьевна пронзительно всматривалась в князя; может быть, ей очень хотелось узнать, какое впечатление производит на него известие о Евгении Павлыче.

– О Гавриле Иволгине ничего не знаешь?

– То есть... много знаю.

– Знал или нет, что он в сношениях с Аглаей?

– Совсем не знал, – удивился и даже вздрогнул князь, – как, вы говорите, Гаврила Ардалионович в сношениях с Аглаей Ивановной? Быть не может!

– Недавно очень. Тут сестра всю зиму ему дорогу протачивала, как крыса работала.

– Я не верю, – твердо повторил князь после некоторого размышления и волнения. – Если б это было, я бы знал наверно.

– Небось он бы сам пришел да на груди твоей признался в слезах! Эх ты, простофиля, простофиля! Все-то тебя обманывают, как... как... И не стыдно тебе ему доверяться? Неужели ты не видишь, что он тебя кругом облапошил?

– Я хорошо знаю, что он меня иногда обманывает, – неохотно произнес князь вполголоса, – и он знает, что я это знаю... – прибавил он и не договорил.

– Знать и доверяться! Этого недоставало! Впрочем, от тебя так и быть должно. И я-то чему удивляюсь. Господи! Да был ли когда другой такой человек! Тьфу! А знаешь, что этот Ганька или эта Варька ее в сношения с Настасьей Филипповной поставили?

– Кого?! – воскликнул князь.

– Аглаю.

– Не верю! Быть того не может! С какою же целью?

Он вскочил со стула.

– И я не верю, хоть есть улики. Девка своевольная, девка фантастическая, девка сумасшедшая! Девка злая,

злая, злая! Тысячу лет буду утверждать, что злая! Все они теперь у меня такие, даже эта мокрая курица, Александра, но эта уж из рук вон выскочила. Но тоже не верю! Может быть, потому, что не хочу верить, – прибавила она как будто про себя. – Почему ты не приходил? – вдруг обернулась она опять к князю. – Все три дня почему не приходил? – нетерпеливо крикнула ему она другой раз.

Князь начал было рассказывать свои причины, но она опять перебила.

– Все-то тебя как дурака считают и обманывают! Ты вчера в город ездил; об заклад побьюсь, на коленях стоял, десять тысяч просил принять этого подлеца!

– Совсем нет, и не думал. Даже и не видал его, и, кроме того, он не подлец. Я от него письмо получил.

– Покажи письмо!

Князь достал из портфеля записку и подал Лизавете Прокофьевне. В записке было:

«Милостливый государь, я, конечно, не имею ни малейшего права, в глазах людей, иметь самолюбие. По людскому мнению, я слишком ничтожен для этого. Но это в глазах людей, а не в ваших. Я слишком убедился, что вы, милостивый государь, может быть, лучше других. Я не согласен с Докторенкой и расхожусь с ним в этом убеждении. Я от вас никогда не возьму ни копейки, но вы помогли моей матери, и за это я обязан быть вам благодарен, хотя и чрез слабость. Во всяком случае я смотрю на вас иначе и почел нужным вас известить. А затем полагаю, что между нами не может быть более никаких сношений.

Антип Бурдовский.

P. S. Недостающая до двухсот рублей сумма будет вам в течение времени верно выплачена».

– Экая бестолочь! – заключила Лизавета Прокофьевна, бросая назад записку, – не стоило и читать. Чего ты ухмыляешься?

– Согласитесь, что и вам приятно было прочесть.

— Как! Эту проеденную тщеславием галиматью! Да разве ты не видишь, что они все с ума спятили от гордости и тщеславия?

— Да, но все-таки он повинился, порвал с Докт-ренкой, и, чем он даже тщеславнее, тем дороже это стоило его тщеславию. О, какой же вы маленький ребенок, Лизавета Прокофьевна!

— Что ты от меня пощечину, что ли, получить, наконец, намерен?

— Нет, совсем не намерен. А потому, что вы рады записке, а скрываете это. Чего вы стыдитесь чувств ваших? Ведь это у вас во всем.

— Шагу теперь не смей ступить ко мне, — вскочила Лизавета Прокофьевна, побледнев от гнева, — чтоб и духу твоего у меня теперь с этой поры не было никогда!

— А чрез три дня сами придете и позовете к себе... Ну как вам не стыдно? Это ваши лучшие чувства, чего вы стыдитесь их? Ведь только сами себя мучаете.

— Умру не позову никогда! Имя твое позабуду! Позабыла!!

Она бросилась вон от князя.

— Мне и без вас уже запрещено ходить к вам! — крикнул князь ей вслед.

— Что-о? Кто тебе запретил?

Она мигом обернулась, точно ее укололи иголкой. Князь заколебался было ответить; он почувствовал, что нечаянно, но сильно проговорился.

— Кто запрещал тебе? — неистово крикнула Лизавета Прокофьевна.

— Аглая Ивановна запрещает...

— Когда? Да го-во-ри же!!!

— Давеча утром прислала, чтоб я никогда не смел к вам ходить.

Лизавета Прокофьевна стояла как остолбенелая, но она соображала.

— Что прислала? Кого прислала? Чрез мальчишку? На словах? — воскликнула она вдруг опять.

— Я записку получил, — сказал князь.

— Где? Давай! Сейчас!

Князь подумал с минуту, однако же вынул из жилетного кармана небрежный клочок бумаги, на котором было написано:

«Князь Лев Николаевич! Если, после всего, что было, вы намерены удивить меня посещением нашей дачи, то меня, будьте уверены, не найдете в числе обрадованных.

Аглая Епанчина».

Лизавета Прокофьевна обдумывала с минуту; потом вдруг бросилась к князю, схватила его за руку и потащила за собой.

— Сейчас! Иди! Нарочно сейчас, сию минуту! — вскричала она в припадке необычайного волнения и нетерпения.

— Но ведь вы меня подвергаете...

— Чему? Невинный простофиля! Точно даже и не мужчина! Ну теперь я сама всё увижу, своими глазами...

— Да шляпу-то по крайней мере захватить дайте...

— Вот твоя мерзкая шляпенка, идем! Фасону даже не умел со вкусом выбрать!.. Это она... это она после давешнего... это с горячки, — бормотала Лизавета Прокофьевна, таща за собою князя и ни на минуту не выпуская его руки, — давеча я за тебя заступилась, сказала вслух, что дурак, потому что не идешь... иначе не написала бы такую бестолковую записку! Неприличную записку! Неприличную благородной, воспитанной, умной, умной девушке!.. Гм, — продолжала она, — уж конечно, самой досадно было, что ты не идешь, только не рассчитала, что так к идиоту писать нельзя, потому что буквально примет, как и вышло. Ты чего подслушиваешь? — крикнула она, спохватившись, что проговорилась. — Ей шута надо такого, как ты, давно не видала, вот она зачем тебя просит! И я рада, рада, что она теперь тебя на зубок подымет! Того ты и стоишь. А она умеет, о, как она умеет!..

Часть третья

I

Поминутно жалуются, что у нас нет людей практических; что политических людей, например, много; генералов тоже много; разных управляющих, сколько бы ни понадобилось, сейчас можно найти каких угодно – а практических людей нет. По крайней мере все жалуются, что нет. Даже, говорят, прислуги на некоторых железных дорогах порядочной нет; администрации чуть-чуть сносной в какой-нибудь компании пароходов устроить, говорят, никак невозможно. Там, слышишь, на какой-нибудь новооткрытой дороге столкнулись или провалились на мосту вагоны, там, пишут, чуть не зазимовал поезд среди снежного поля: поехали на несколько часов, а пять дней простояли в снегу. Там, рассказывают, многие тысячи пудов товару гниют на одном месте по два и по три месяца, в ожидании отправки, а там, говорят (впрочем, даже и не верится), один администратор, то есть какой-то смотритель, какого-то купеческого приказчика, пристававшего к нему с отправкой своих товаров, вместо отправки администрировал по зубам да еще объяснил свой административный поступок тем, что он «погорячился». Кажется, столько присутственных мест в государственной службе, что и подумать страшно; все служили, все служат, все намерены служить, – так как бы, кажется, из такого материала не составить какой-нибудь приличной компанейской пароходной администрации?

На это дают иногда ответ чрезвычайно простой, – до того простой, что даже и не верится такому объяснению. Правда, говорят, у нас все служили или служат, и уже двести лет тянется это по самому лучшему немецкому образцу, от пращуров к правнукам, – но служащие-то люди и есть самые непрактические, и дошло до того, что отвлеченность и недостаток практического знания считались даже между самими служащими, еще недавно, чуть не величайшими добродетелями и рекомендацией. Впрочем, мы напрасно о служащих заговорили, мы хотели говорить, собственно, о людях практических. Тут уж сомнения нет, что робость и полнейший недостаток собственной инициативы постоянно считался у нас главнейшим и лучшим признаком человека практического, – даже и теперь считается. Но зачем винить только себя, – если только считать это мнение за обвинение? Недостаток оригинальности и везде, во всем мире, спокон века считался всегда первым качеством и лучшею рекомендацией человека дельного, делового и практического, и по крайней мере девяносто девять сотых людей (это-то уж по крайней мере) всегда состояли в этих мыслях, и только разве одна сотая людей постоянно смотрела и смотрит иначе.

Изобретатели и гении почти всегда при начале своего поприща (а очень часто и в конце) считались в обществе не более как дураками, – это уж самое рутинное замечание, слишком всем известное. Если, например, в продолжение десятков лет все тащили свои деньги в ломбард и натащили туда миллиарды по четыре процента, то, уж разумеется, когда ломбарда не стало и все остались при собственной инициативе, то большая часть этих миллионов должна была непременно погибнуть в акционерной горячке и в руках мошенников, – и это даже приличием и благонравием требовалось. Именно благонравием; если благонравная робость и приличный недостаток оригинальности составляли у нас до сих пор, по общепринятому убеждению, неотъемлемое качество человека дельного и порядочного, то уж слишком непорядочно и даже неприлично было бы так слишком вдруг измениться. Какая, например, мать, нежно любящая свое дитя, не испугается и не заболеет от страха, если ее сын или дочь чуть-чуть выйдут из рельсов: «Нет, уж лучше пусть будет счастлив и проживет в довольстве и без оригинальности», – думает каждая мать, закачивая свое дитя. А наши няньки, закачивая детей, спокон веку причитывают и припевают: «Будешь в золоте ходить, генеральский чин носить!» Итак, даже у наших нянек чин генерала считался за предел русского счастья и, стало быть, был самым популярным национальным идеалом спокойного, прекрасного блаженства. И в самом деле: посредственно выдержав экзамен и прослужив тридцать пять лет, – кто мог у нас не сделаться наконец генералом и не скопить известную сумму в ломбарде? Таким образом, русский человек, почти безо всяких усилий, достигал наконец звания человека дельного и практического. В сущности, не сделаться генералом мог у нас один только человек оригинальный, другими словами, беспокойный. Может быть, тут и есть некоторое недоразумение; но, говоря вообще, кажется, это верно, и общество наше было вполне справедливо, определяя свой идеал человека практического. Тем не менее мы все-таки наговорили много лишнего; хотели же, собственно, сказать несколько пояснительных слов о знакомом нам семействе Епанчиных. Эти люди, или по крайней мере наиболее рассуждающие члены в этом семействе, постоянно страдали от одного почти общего их фамильного качества, прямо противоположного тем добродетелям, о которых мы сейчас рассуждали выше. Не понимая факта вполне (потому что его трудно понять), они все-таки иногда подозревали, что у них в семействе както всё идет не так, как у всех. У всех гладко, у них шероховато; все катятся по рельсам, – они поминутно выскакивают из рельсов. Все поминутно и благонравно робеют, а они нет. Лизавета Прокофьевна, правда, слишком даже пугалась, но все-таки это была не та благонравная светская робость, по которой они тосковали. Впрочем, может быть, только одна Лизавета Прокофьевна и тревожилась: девицы были еще молоды, – хотя народ очень проницательный и иронический, – а генерал хоть и проницал (не без туготы, впрочем), но в затруднительных случаях говорил только «гм!» и в конце концов возлагал все упования на Лизавету Прокофьевну. Стало быть, на ней и лежала ответственность. И не то чтобы, например, семейство это отличалось какою-нибудь собственною инициативой или выпрыгивало из рельсов по сознательному влечению к оригинальности, что было бы уж совсем неприлично. О нет! Ничего этого, по-настоящему, не было, то есть никакой сознательно поставленной цели, а все-таки в конце концов выходило так, что семейство Епанчиных, хотя и очень почтенное, было всё же какое-то не такое, каким следует быть вообще всем почтенным семействам. В последнее время Лизавета Прокофьевна стала находить виноватою во всем одну себя и свой «несчастный» характер, – отчего и увеличились ее страдания. Она сама поминутно честила себя «глупою, неприличною чудачкой» и мучилась от мнительности, терялась беспрерывно, не находила выхода в каком-нибудь самом обыкновенном столкновении вещей и поминутно преувеличивала беду.

Еще в начале нашего рассказа мы упомянули, что Епанчины пользовались общим и действительным уважением. Даже сам генерал Иван Федорович, человек происхождения темного, был бесспорно и с уважением принят везде. Уважения он и заслуживал, во-первых, как человек богатый и «не последний» и, во-вторых, как человек вполне порядочный, хотя и недалекий. Но некоторая тупость ума, кажется, есть почти необходимое качество если не всякого деятеля, то по крайней мере всякого серьезного наживателя денег. Наконец, генерал имел манеры порядочные, был скромен, умел молчать и в то же время не давать наступать себе на ногу, — и не по одному своему генеральству, а и как честный и благородный человек. Важнее всего было то, что он был человек с сильною протекцией. Что же касается до Лизаветы Прокофьевны, то она, как уже объяснено выше, была и роду хорошего, хотя у нас на род смотрят не очень, если при этом нет необходимых связей. Но у нее оказались, наконец, и связи; ее уважали и, наконец, полюбили такие лица, что после них, естественно, все должны были ее уважать и принимать. Сомнения нет, что семейные мучения ее были неосновательны, причину имели ничтожную и до смешного были преувеличены; но если у кого бородавка на носу или на лбу, то ведь так и кажется, что всем только одно было и есть на свете, чтобы смотреть на вашу бородавку, над нею смеяться и осуждать вас за нее, хотя бы вы при этом открыли Америку. Сомнения нет и в том, что в обществе Лизавету Прокофьевну действительно почитали «чудачкой»; но при этом уважали ее бесспорно; а Лизавета Прокофьевна стала не верить наконец и в то, что ее уважают, — в чем и была вся беда. Смотря на дочерей своих, она мучилась подозрением, что беспрерывно чем-то вредит их карьере, что характер ее смешон, неприличен и невыносим, — за что, разумеется, беспрерывно обвиняла своих же дочерей и Ивана Федоровича и по целым дням с ними ссорилась, любя их в то же время до самозабвения и чуть не до страсти.

Всего более мучило ее подозрение, что и дочери ее становятся такие же точно «чудачки», как и она, и что таких девиц, как они, в свете не бывает, да и быть не должно. «Нигилистки растут, да и только!» — говорила она про себя поминутно. В последний год, и особенно в самое последнее время, эта грустная мысль стала всё более и более в ней укрепляться. «Во-первых, зачем они замуж не выходят?» — спрашивала она себя поминутно. «Чтобы мать мучить, — в этом они цель своей жизни видят, и это, конечно, так, потому что всё это новые идеи, всё это проклятый женский вопрос! Разве не вздумала было Аглая назад тому полгода обрезывать свои великолепные волосы? (Господи, да у меня даже не было таких волос в мое время!) Ведь уж ножницы были в руках, ведь уж на коленках только отмолила ее!.. Ну эта, положим, со злости делала, чтобы мать измучить, потому что девка злая, самовольная, избалованная, но, главное, злая, злая, злая! Но разве эта толстая Александра не потянулась за ней тоже свои космы обрезывать, и уже не по злости, не по капризу, а искренно, как дура, которую Аглая же и убедила, что без волос ей спать будет покойнее и голова не будет болеть? И сколько, сколько, сколько, – вот уже пять лет, – было у них женихов? И право же, были люди хорошие, даже прекраснейшие люди случались! Чего же они ждут, чего нейдут? Только чтобы матери досадить, – больше нет никакой причины! Никакой! Никакой!»

Наконец взошло было солнце и для ее материнского сердца; хоть одна дочь, хоть Аделаида будет наконец пристроена. «Хоть одну с плеч долой», – говорила Лизавета Прокофьевна, когда приходилось выражаться вслух (про себя она выражалась несравненно нежнее). И как хорошо, и как прилично обделалось всё дело, даже в свете с почтением заговорили. Человек известный, князь, с состоянием, человек хороший и ко всему тому пришелся ей по сердцу, чего уж, кажется, лучше? Но за Аделаиду она и прежде боялась менее, чем за других дочерей, хотя артистические ее наклонности и очень иногда смущали беспрерывно сомневающееся сердце Лизаветы Прокофьевны. «Зато характер веселый, и при этом много благоразумия, – не пропадет, стало быть, девка», – утешалась она в конце концов. За Аглаю она более всех пугалась. Кстати сказать, насчет старшей, Александры, Лизавета Прокофьевна и сама не знала, как быть: пугаться за нее или нет? То казалось ей, что уж совсем «пропала девка»; двадцать пять лет, – стало быть, и останется в девках. И «при такой красоте!..» Лизавета Прокофьевна даже плакала за нее по ночам, тогда как в те же самые ночи Александра Ивановна спала самым спокойным сном. «Да что же она такое, – нигилистка или просто дура?» Что не дура, – в этом, впрочем, и у Лизаветы Прокофьевны не было никакого сомнения: она чрезвычайно уважала суждения Александры Ивановны и любила с нею советоваться. Но что «мокрая курица» – в этом сомнения нет никакого: «Спокойна до того, что и растолкать нельзя! Впрочем, и «мокрые курицы» не спокойны, – фу! Сбилась я с ними совсем!». У Лизаветы Прокофьевны была какая-то необъяснимая сострадательная симпатия к Александре Ивановне, больше даже, чем к Аглае, которая была ее идолом. Но желчные выходки (чем, главное, и проявлялись ее материнские заботливость и симпатия), задирания, такие названия, как «мокрая курица», только смешили Александру. Доходило иногда до того, что самые пустейшие вещи сердили Лизавету Прокофьевну ужасно и выводили из себя. Александра Ивановна любила, например, очень подолгу спать и видела обыкновенно много снов; но сны ее отличались постоянно какою-то необыкновенною пустотой и невинностью, – семилетнему ребенку впору; так вот, даже эта невинность снов стала раздражать почему-то мамашу. Раз Александра Ивановна увидала во сне девять куриц, и из-за этого вышла формальная ссора между нею и матерью, – почему? – трудно и объяснить. Раз, только один раз удалось ей увидать во сне нечто как будто оригинальное, – она увидала монаха, одного, в темной какой-то комнате, в которую она всё пугалась войти. Сон был тотчас же передан с торжеством Лизавете Прокофьевне двумя хохотавшими сестрами; но мамаша опять рассердилась и всех трех обозвала дурами. «Гм! спокойна как дура, и ведь уж совершенно "мокрая курица", растолкать нельзя, а грустит, совсем иной раз грустно смотрит! О чем она горюет, о чем?» Иногда она задавала этот вопрос и Ивану Федоровичу, и, по обыкновению своему, истерически, грозно, с ожиданием немедленного ответа. Иван Федорович гумкал, хмурился, пожимал плечами и решал наконец, разводя свои руки:

– Мужа надо!

– Только дай ей бог не такого, как вы, Иван Федорыч, – разрывалась наконец, как бомба, Лизавета Прокофьевна, – не такого в своих суждениях и приговорах, как вы, Иван Федорыч; не такого грубого грубияна, как вы, Иван Федорыч...

Иван Федорович спасался немедленно, а Лизавета Прокофьевна успокаивалась после своего *разрыва.* Разумеется, в тот же день к вечеру она неминуемо становилась необыкновенно внимательна, тиха, ласкова и почтительна к Ивану Федоровичу, к «грубому своему грубияну» Ивану Федоровичу, к доброму и милому, обожаемому своему Ивану Федоровичу, потому что она всю жизнь любила и даже влюблена была в своего Ивана Федоровича, о чем отлично знал и сам Иван Федорович и бесконечно уважал за это свою Лизавету Прокофьевну.

Но главным и постоянным мучением ее была Аглая.

«Совершенно, совершенно как я, мой портрет во всех отношениях, – говорила про себя Лизавета Прокофьевна, – самовольный, скверный бесенок! Нигилистка, чудачка, безумная, злая, злая, злая! О, господи, как она будет несчастна!»

Но, как мы уже сказали, взошедшее солнце всё было смягчило и осветило на минуту. Был почти месяц в жизни Лизаветы Прокофьевны, в который она совершенно было отдохнула от всех беспокойств. По поводу близкой свадьбы Аделаиды заговорили в свете и об Аглае, и при этом Аглая держала себя везде так прекрасно, так ровно, так умно, так победительно, гордо немножко, но ведь это к ней так идет! Так ласкова, так приветлива была целый месяц к матери! («Правда, этого Евгения Павловича надо еще очень, очень рассмотреть, раскусить его надо, да и Аглая, кажется, не очень-то больше других его жалует!») Все-таки стала вдруг такая чудная девушка, – и как она хороша, Боже, как она хороша, день ото дня лучше! И вот...

И вот только что показался этот скверный князишка, этот дрянной идиотишка, и всё опять взбаламутилось, всё в доме вверх дном пошло!

Что же, однако, случилось?

Для других бы ничего не случилось, наверно. Но тем-то и отличалась Лизавета Прокофьевна, что в комбинации и в путанице самых обыкновенных вещей, сквозь присущее ей всегда беспокойство, – она успевала всегда разглядеть что-то такое, что пугало ее иногда до болезни, самым мнительным, самым необъяснимым страхом, а стало быть, и самым тяжелым. Каково же ей было, когда вдруг теперь, сквозь всю бестолочь смешных и неосновательных беспокойств, действительно стало проглядывать нечто как будто и в самом деле важное, нечто как будто и в самом деле стоившее и тревог, и сомнений, и подозрений.

«И как смели, как смели мне это проклятое анонимное письмо написать про эту *тварь*, что она с Аглаей в сношениях? – думала Лизавета Прокофьевна всю дорогу, пока тащила за собой князя, и дома, когда усадила его за круглым столом, около которого было в сборе всё семейство, – как смели подумать только об этом? Да я бы умерла со стыда, если бы поверила хоть капельку или Аглае это письмо показала! Этакие насмешки на нас, на Епанчиных! И всё, всё чрез Ивана Федорыча, всё чрез вас, Иван Федорыч! Ах, зачем не переехали на Елагин: я ведь говорила, что на Елагин! Это, может быть, Варька письмо написала, я знаю, или, может быть... во всем, во всем Иван Федорыч виноват! Это над ним эта *тварь* эту шутку выкинула, в память прежних связей, чтобы в дураки его выставить, точно так, как прежде над ним, как над дураком, хохотала, за нос водила, когда еще он ей жемчуги возил... А в конце концов все-таки мы замешаны, все-таки дочки ваши замешаны, Иван Федорыч, девицы, барышни, лучшего общества барышни, невесты; они тут находились, тут стояли, всё выслушали, да и в истории с мальчишками тоже замешаны, радуйтесь, тоже тут были и слушали! Не прощу же, не прощу же я этому князишке, никогда не прощу! И почему Аглая три дня в истерике, почему с сестрами чуть не перессорилась, даже с Александрой, у которой всегда целовала руки, как у матери, — так уважала? Почему она три дня всем загадки загадывает? Что тут за Гаврила Иволгин? Почему она вчера и сегодня Гаврилу Иволгина хвалить принималась и расплакалась? Почему про этого проклятого «рыцаря бедного» в этом анонимном письме упомянуто, тогда как она письмо от князя даже сестрам не показала? И почему... зачем, зачем я к нему, как угорелая кошка, теперь прибежала и сама же его притащила? Господи, с ума я сошла, что я теперь наделала! С молодым человеком про секреты дочери говорить, да еще... да еще про такие секреты, которые чуть не самого его касаются! Господи, хорошо еще, что он идиот и... и... друг дома! Только неужели ж Аглая прельстилась на такого уродика! Господи, что я плету! Тьфу! Оригиналы мы... под стеклом надо нас всех показывать, меня первую, по десяти копеек за вход. Не прощу я вам этого, Иван Федорыч, никогда не прощу! И почему она теперь его не шпигует? Обещалась шпиговать и вот не шпигует! Вон, вон, во все глаза на него смотрит, молчит, не уходит, стоит, а сама же не велела ему приходить... Он весь бледный сидит. И проклятый, проклятый этот болтун Евгений Павлыч, всем разговором один завладел! Ишь разливается, слова вставить не дает. Я бы сейчас про всё узнала, только бы речь навести...»

Князь и действительно сидел, чуть не бледный, за круглым столом и, казалось, был в одно и то же время в чрезвычайном страхе и, мгновениями, в непонятном ему самому и захватывающем душу восторге. О, как он боялся взглянуть в ту сторону, в тот угол, откуда пристально смотрели на него два знакомые черные глаза, и в то же самое время как замирал он от счастия, что сидит здесь опять между ними, услышит знакомый голос — после того, что́ она ему написала. «Господи, что-то она скажет перь!» Сам он не выговорил еще ни одного слова и с апряжением слушал «разливавшегося» Евгения Павловича, который редко бывал в таком довольном и возбужденном состоянии духа, как теперь, в этот вечер. Князь слушал его и долго не понимал почти ни слова. Кроме Ивана Федоровича, который не возвращался еще из Петербурга, все были в сборе. Князь Щ. был тоже тут. Кажется, сбирались немного погодя, до чаю, идти слушать музыку. Теперешний разговор завязался, по-видимому, до прихода князя. Скоро проскользнул на террасу вдруг откуда-то явившийся Коля. «Стало быть, его принимают здесь по-прежнему», — подумал князь про себя.

Дача Епанчиных была роскошная дача, во вкусе швейцарской хижины, изящно убранная со всех сторон цветами и листьями. Со всех сторон ее окружал небольшой, но прекрасный цветочный сад. Сидели все на террасе, как и у князя; только терраса была несколько обширнее и устроена щеголеватее.

Тема завязавшегося разговора, казалось, была не многим по сердцу; разговор, как можно было догадаться, начался из-за нетерпеливого спора, и, конечно, всем бы хотелось переменить сюжет, но Евгений Павлович, казалось, тем больше упорствовал и не смотрел на впечатление; приход князя как будто возбудил его еще более. Лизавета Прокофьевна хмурилась, хотя и не всё понимала. Аглая, сидевшая в стороне, почти в углу, не уходила, слушала и упорно молчала.

— Позвольте, — с жаром возражал Евгений Павлович, — я ничего и не говорю против либерализма. Либерализм не есть грех; это необходимая составная часть всего целого, которое без него распадется или замертвеет; либерализм имеет такое же право существовать, как и самый благонравный консерватизм; но я на русский либерализм нападаю, и опять-таки повторяю, что за то, собственно, и нападаю на него, что русский либерал не есть *русский* либерал, а есть *не русский* либерал.

Дайте мне русского либерала, и я его сейчас же при вас поцелую.

— Если только он захочет вас целовать, — сказала Александра Ивановна, бывшая в необыкновенном возбуждении. Даже щеки ее разрумянились более обыкновенного.

«Ведь вот, — подумала про себя Лизавета Прокофьевна, — то спит да ест, не растолкаешь, а то вдруг подымется раз в год и заговорит так, что только руки на нее разведешь».

Князь заметил мельком, что Александре Ивановне, кажется, очень не нравится, что Евгений Павлович говорит слишком весело, говорит на серьезную тему и как будто горячится, а в то же время как будто и шутит.

— Я утверждал сейчас, только что пред вашим приходом, князь, — продолжал Евгений Павлович, — что у нас до сих пор либералы были только из двух слоев: прежнего помещичьего (упраздненного) и семинарского. А так как оба сословия обратились наконец в совершенные касты, в нечто совершенно от нации особливое, и чем дальше, тем больше, от поколения к поколению, то, стало быть, и всё то, что они делали и делают, было совершенно не национальное...

— Как? Стало быть, всё, что сделано, — всё не русское? — возразил князь Щ.

— Не национальное; хоть и по-русски, но не национальное: и либералы у нас не русские, и консерваторы не русские, всё... И будьте уверены, что нация ничего не признает из того, что сделано помещиками и семинаристами, ни теперь, ни после...

— Вот это хорошо! Как можете вы утверждать такой парадокс, если только это серьезно? Я не могу допустить таких выходок насчет русского помещика; вы сами русский помещик, — горячо возражал князь Щ.

— Да ведь я и не в том смысле о русском помещике говорю, как вы принимаете. Сословие почтенное, хоть по тому уж одному, что я к нему принадлежу; особенно теперь, когда оно перестало существовать...

– Неужели и в литературе ничего не было национального? – перебила Александра Ивановна.

– Я в литературе не мастер, но и русская литература, по-моему, вся не русская, кроме разве Ломоносова, Пушкина и Гоголя.

– Во-первых, это немало, а во-вторых, один из народа, а другие два – помещики, – засмеялась Аделаида.

– Точно так, но не торжествуйте. Так как этим только троим до сих пор из всех русских писателей удалось сказать каждому нечто действительно *свое*, свое собственное, ни у кого не заимствованное, то тем самым эти трое и стали тотчас национальными. Кто из русских людей скажет, напишет или сделает что-нибудь свое, *свое* неотъемлемое и незаимствованное, тот неминуемо становится национальным, хотя бы он и по-русски плохо говорил. Это для меня аксиома. Но мы не об литературе начали говорить, мы заговорили о социалистах, и чрез них разговор пошел; ну, так я утверждаю, что у нас нет ни одного русского социалиста; нет и не было, потому что все наши социалисты тоже из помещиков или семинаристов. Все наши отъявленные, афишованные социалисты, как здешние, так и заграничные, больше ничего как либералы из помещиков времен крепостного права. Что вы смеетесь? Дайте мне их книги, дайте мне их учения, их мемуары, и я, не будучи литературным критиком, берусь написать вам убедительнейшую литературную критику, в которой докажу ясно как день, что каждая страница их книг, брошюр, мемуаров написана прежде всего прежним русским помещиком. Их злоба, негодование, остроумие – помещичьи (даже дофамусовские!); их восторг, их слезы – настоящие, может быть, искренние слезы, но – помещичьи! Помещичьи или семинарские... Вы опять смеетесь, и вы смеетесь, князь? Тоже не согласны?

Действительно, все смеялись, усмехнулся и князь.

– Я так прямо не могу еще сказать, согласен я или не согласен, – произнес князь, вдруг перестав усмехаться и вздрогнув с видом пойманного школьника, – но уверяю вас, что слушаю вас с чрезвычайным удовольствием...

Говоря это, он чуть не задыхался, и даже холодный пот выступил у него на лбу. Это были первые слова, произнесенные им с тех пор, как он тут сидел. Он попробовал было оглянуться кругом, но не посмел; Евгений Павлович поймал его жест и улыбнулся.

– Я вам, господа, скажу факт, – продолжал он прежним тоном, то есть как будто с необыкновенным увлечением и жаром и в то же время чуть не смеясь, может быть, над своими же собственными словами, – факт, наблюдение и даже открытие которого я имею честь приписывать себе, и даже одному себе; по крайней мере, об этом не было еще нигде сказано или написано. В факте этом выражается вся сущность русского либерализма того рода, о котором я говорю. Во-первых, что же и есть либерализм, если говорить вообще, как не нападение (разумное или ошибочное, это другой вопрос) на существующие порядки вещей? Ведь так? Ну, так факт мой состоит в том, что русский либерализм не есть нападение на существующие порядки вещей, а есть нападение на самую сущность наших вещей, на самые вещи, а не на один только порядок, не на русские порядки, а на самую Россию. Мой либерал дошел до того, что отрицает самую Россию, то есть ненавидит и бьет свою мать. Каждый несчастный и неудачный русский факт возбуждает в нем смех и чуть не восторг. Он ненавидит народные обычаи, русскую историю, всё. Если есть для него оправдание, так разве в том, что он не понимает, что делает, и свою ненависть к России принимает за самый плодотворный либерализм (о, вы часто встретите у нас либерала, которому аплодируют остальные и который, может быть, в сущности самый нелепый, самый тупой и опасный консерватор, и сам не знает того!). Эту ненависть к России, еще не так давно, иные либералы наши принимали чуть не за истинную любовь к отечеству и хвалились тем, что видят лучше других, в чем она должна состоять: но теперь уже стали откровеннее и даже сло́ва «любовь к отечеству» стали стыдиться, даже понятие изгнали и устранили, как вредное и ничтожное. Факт этот верный, я стою за это и... надобно же было высказать когда-нибудь правду вполне, просто и откровенно; но факт этот в то же время и такой, которого нигде и никогда, спокон веку и ни в одном народе, не бывало и не случалось, а стало быть, факт этот случайный и может пройти, я согласен. Такого не может быть либерала нигде, который бы самое отечество свое ненавидел. Чем же это всё объяснить у нас? Тем самым, что и прежде, – тем, что русский либерал есть покамест еще не русский либерал, больше ничем, по-моему.

– Я принимаю всё, что ты сказал, за шутку, Евгений Павлыч, – серьезно возразил князь Щ.

– Я всех либералов не видала и судить не берусь, – сказала Александра Ивановна, – но с негодованием вашу мысль выслушала: вы взяли частный случай и возвели в общее правило, а стало быть, клеветали.

– Частный случай? А-а! Слово произнесено, – подхватил Евгений Павлович. – Князь, как вы думаете, частный это случай или нет?

– Я тоже должен сказать, что я мало видел и мало был... с либералами, – сказал князь, – но мне кажется, что вы, может быть, несколько правы и что тот русский либерализм, о котором вы говорили, действительно отчасти наклонен ненавидеть самую Россию, а не одни только ее порядки вещей. Конечно, это только отчасти... конечно, это никак не может быть для всех справедливо...

Он замялся и не докончил. Несмотря на всё волнение свое, он был чрезвычайно заинтересован разговором. В князе была одна особенная черта, состоявшая в необыкновенной наивности внимания, с каким он всегда слушал что-нибудь его интересовавшее, и ответов, какие давал, когда при этом к нему обращались с вопросами. В его лице и даже в положении его корпуса как-то отражалась эта наивность, эта вера, не подозревающая ни насмешки, ни юмора. Но хоть Евгений Павлович и давно уже обращался к нему не иначе как с некоторою особенною усмешкой, но теперь, при ответе его, как-то очень серьезно посмотрел на него, точно совсем не ожидал от него такого ответа.

– Так... вот вы как, однако, странно, – проговорил он, – и вправду, вы серьезно отвечали мне, князь?

– Да разве вы не серьезно спрашивали? – возразил тот в удивлении.

Все засмеялись.

– Верьте ему, – сказала Аделаида, – Евгений Павлыч всегда и всех дурачит! Если бы вы знали, о чем он иногда пресерьезно рассказывает!

– По-моему, это тяжелый разговор, и не заводить бы его совсем, – резко заметила Александра, – хотели идти гулять...

– И пойдемте, вечер прелестный! – вскричал Евгений Павлович. – Но, чтобы доказать вам, что в этот раз я говорил совершенно серьезно, и, главное, чтобы доказать это князю (вы, князь, чрезвычайно меня заинтересовали, и клянусь вам, что я не совсем еще такой пустой человек, каким непременно должен казаться, – хоть я и в самом деле пустой человек!), и... если позволите, господа, я сделаю князю еще один последний вопрос, из собственного любопытства, им и кончим. Этот вопрос мне, как нарочно, два часа тому назад пришел в голову (видите, князь, я тоже иногда серьезные вещи обдумываю); я его решил, но посмотрим, что скажет князь. Сейчас сказали про «частный случай». Словцо это очень у нас знаменательное, его часто слышишь. Недавно все говорили и писали об этом ужасном убийстве шести человек этим... молодым человеком и о странной речи защитника, где говорится, что при бедном состоянии преступника ему *естественно* должно было прийти в голову убить этих шесть человек. Это не буквально, но смысл, кажется, тот или подходит к тому. По моему личному мнению, защитник, заявляя такую странную мысль, был в полнейшем убеждении, что он говорит самую либеральную, самую гуманную и прогрессивную вещь, какую только можно сказать в наше время. Ну так как, по-вашему, будет: это извращение понятий и убеждений, эта возможность такого кривого и замечательного взгляда на дело, есть ли это случай частный или общий?

Все захохотали.

– Частный; разумеется, частный, – засмеялись Александра и Аделаида.

– И позволь опять напомнить, Евгений Павлыч, – прибавил князь Щ., – что шутка твоя слишком уже износилась.

– Как вы думаете, князь? – не дослушал Евгений Павлович, поймав на себе любопытный и серьезный взгляд князя Льва Николаевича. – Как вам кажется: частный это случай или общий? Я, признаюсь, для вас и выдумал этот вопрос.

– Нет, не частный, – тихо, но твердо проговорил князь.

– Помилуйте, Лев Николаевич, – с некоторою досадой вскричал князь Щ., – разве вы не видите, что он вас ловит; он решительно смеется и именно вас предположил поймать на зубок.

– Я думал, что Евгений Павлыч говорил серьезно, – покраснел князь и потупил глаза.

– Милый князь, – продолжал князь Щ., – да вспомните, о чем мы с вами говорили один раз, месяца три тому назад; мы именно говорили о том, что в наших молодых новооткрытых судах можно указать уже на столько замечательных и талантливых защитников! А сколько в высшей степени замечательных решений присяжных? Как вы сами радовались, и как я на вашу радость тогда радовался... мы говорили, что гордиться можем... А эта неловкая защита, этот странный аргумент, конечно, случайность, единица между тысячами.

Князь Лев Николаевич подумал, но с самым убежденным видом, хотя тихо и даже как будто робко выговаривая, ответил:

– Я только хотел сказать, что искажение идей и понятий (как выразился Евгений Павлыч) встречается очень часто, есть гораздо более общий, чем частный случай, к несчастию. И до того, что если б это искажение не было таким общим случаем, то, может быть, не было бы и таких невозможных преступлений, как эти...

– Невозможных преступлений? Но уверяю же вас, что точно такие же преступления, и, может быть, еще ужаснее, и прежде бывали, и всегда были, и не только у нас, но и везде, и, по-моему, еще очень долго будут повторяться. Разница в том, что у нас прежде было меньше гласности, а теперь стали вслух говорить и даже писать о них, потому-то и кажется, что эти преступники теперь только и появились. Вот в чем ваша ошибка, чрезвычайно наивная ошибка, князь, уверяю вас, – насмешливо улыбнулся князь Щ.

– Я сам знаю, что преступлений и прежде было очень много, и таких же ужасных; я еще недавно в острогах был, и с некоторыми преступниками и подсудимыми мне удалось познакомиться. Есть даже страшнее преступники, чем этот, убившие по десяти человек, совсем не раскаиваясь. Но я вот что заметил при этом: что самый закоренелый и нераскаянный убийца все-таки знает, что он *преступник*, то есть по совести считает, что он нехорошо поступил, хоть и безо всякого раскаяния. И таков всякий из них; а эти ведь, о которых Евгений Павлыч заговорил, не хотят себя даже считать преступниками и думают про себя, что право имели и... даже хорошо поступили, то есть почти ведь так. Вот в этом-то и состоит, по-моему, ужасная разница. И заметьте, всё это молодежь, то есть именно такой возраст, в котором всего легче и беззащитнее можно подпасть под извращение идей.

Князь Щ. уже не смеялся и с недоумением выслушал князя. Александра Ивановича, давно уже хотевшая что-то заметить, замолчала, точно какая-то особенная мысль остановила ее. Евгений же Павлович смотрел на князя в решительном удивлении и на этот раз уже безо всякой усмешки.

– Да вы что так на него удивляетесь, государь мой, – неожиданно вступилась Лизавета Прокофьевна, – что он, глупее вас, что ли, что не мог по-вашему рассудить?

– Нет-с, я не про то, – сказал Евгений Павлович, – но только, как же вы, князь (извините за вопрос), если вы так это видите и замечаете, то как же вы (извините меня опять) в этом странном деле... вот что на днях было... Бурдовского, кажется... как же вы не заметили такого же извращения идей и нравственных убеждений? Точь-в-точь ведь такого же! Мне тогда показалось, что вы совсем не заметили?

– А вот что, батюшка, – разгорячилась Лизавета Прокофьевна, – мы вот все заметили, сидим здесь и хвалимся пред ним, а вот он сегодня письмо получил от одного из них, от самого-то главного, угреватого, помнишь, Александра? Он прощения в письме у него просит, хоть и по своему манеру, и извещает, что того товарища бросил, который его поджигал-то тогда, – помнишь, Александра? – и что князю теперь больше верит. Ну, а мы такого письма еще не получали, хоть нам и не учиться здесь нос-то пред ним подымать.

– А Ипполит тоже переехал к нам сейчас на дачу! – крикнул Коля.

– Как! уже здесь? – встревожился князь.

– Только что вы ушли с Лизаветой Прокофьевной – и пожаловал: я его перевез!

– Ну, бьюсь же об заклад, – так и вскипела вдруг Лизавета Прокофьевна, совсем забыв, что сейчас же князя хвалила, – об заклад бьюсь, что он ездил вчера к нему на чердак и прощения у него на коленях просил, чтоб эта злая злючка удостоила сюда переехать. Ездил ты вчера? Сам ведь признавался давеча. Так или нет? Стоял ты на коленках или нет?

— Совсем не стоял, — крикнул Коля, — а совсем напротив: Ипполит у князя руку вчера схватил и два раза поцеловал, я сам видел, тем и кончилось всё объяснение, кроме того, что князь просто сказал, что ему легче будет на даче, и тот мигом согласился переехать, как только станет легче.

— Вы напрасно, Коля... — пробормотал князь, вставая и хватаясь за шляпу, — зачем вы рассказываете, я...

— Куда это? — остановила Лизавета Прокофьевна.

— Не беспокойтесь, князь, — продолжал воспламененный Коля, — не ходите и не тревожьте его, он с дороги заснул; он очень рад; и знаете, князь, по-моему, гораздо лучше, если вы не нынче встретитесь, даже до завтра отложите, а то он опять сконфузится. Он давеча утром говорил, что уже целые полгода не чувствовал себя так хорошо и в силах; даже кашляет втрое меньше.

Князь заметил, что Аглая вдруг вышла из своего места и подошла к столу. Он не смел на нее посмотреть, но он чувствовал всем существом, что в это мгновение она на него смотрит, и, может быть, смотрит грозно, что в черных глазах ее непременно негодование и лицо вспыхнуло.

— А мне кажется, Николай Ардалионович, что вы его напрасно сюда перевезли, если это тот самый чахоточный мальчик, который тогда заплакал и к себе звал на похороны, — заметил Евгений Павлович, — он так красноречиво тогда говорил про стену соседнего дома, что ему непременно взгрустнется по этой стене, будьте уверены.

— Правду сказал: рассорится, подерется с тобой и уедет, вот тебе сказ!

И Лизавета Прокофьевна с достоинством придвинула к себе корзинку с своим шитьем, забыв, что уже все подымались на прогулку.

— Я припоминаю, что он стеной этой очень хвастался, — подхватил опять Евгений Павлович, — без этой стены ему нельзя будет красноречиво умереть, а ему очень хочется красноречиво умереть.

— Так что же? — пробормотал князь. — Если вы не захотите ему простить, так он и без вас помрет... Теперь он для деревьев переехал.

— О, с моей стороны я ему всё прощаю; можете ему это передать.

— Это не так надо понимать, — тихо и как бы нехотя ответил князь, продолжая смотреть в одну точку на полу и не подымая глаз, — надо так, чтоб и вы согласились принять от него прощение.

— Я-то в чем тут? В чем я пред ним виноват?

— Если не понимаете, так... но вы ведь понимаете: ему хотелось тогда... всех вас благословить и от вас благословение получить, вот и всё...

— Милый князь, — как-то опасливо подхватил поскорее князь Щ., переглянувшись кое с кем из присутствовавших, — рай на земле нелегко достается; а вы все-таки несколько на рай рассчитываете; рай — вещь трудная, князь, гораздо труднее, чем кажется вашему прекрасному сердцу. Перестанемте лучше, а то мы все опять, пожалуй, сконфузимся, и тогда...

— Пойдемте на музыку, — резко проговорила Лизавета Прокофьевна, сердито подымаясь с места.

За нею встали все.

II

Князь вдруг подошел к Евгению Павловичу.

— Евгений Павлыч, — сказал он с странною горячностью, схватив его за руку, — будьте уверены, что я вас считаю за самого благороднейшего и лучшего человека, несмотря ни на что; будьте в этом уверены...

Евгений Павлович даже отступил на шаг от удивления. Мгновение он удерживался от нестерпимого припадка смеха; но, приглядевшись ближе, он заметил, что князь был как бы не в себе, по крайней мере в каком-то особенном состоянии.

– Бьюсь об заклад, – вскричал он, – что вы, князь, хотели совсем не то сказать и, может быть, совсем и не мне... Но что с вами? Не дурно ли вам?

– Может быть, очень может быть, и вы очень тонко заметили, что, может быть, я не к вам хотел подойти!

Сказав это, он как-то странно и даже смешно улыбнулся, но вдруг, как бы разгорячившись, воскликнул:

– Не напоминайте мне про мой поступок три дня назад! Мне очень стыдно было эти три дня... Я знаю, что я виноват...

– Да... да что же вы такого ужасного сделали?

– Я вижу, что вам, может быть, за меня всех стыднее, Евгений Павлович; вы краснеете, это черта прекрасного сердца. Я сейчас уйду, будьте уверены.

– Да что это он? Припадки, что ли, у него так начинаются? – испуганно обратилась Лизавета Прокофьевна к Коле.

– Не обращайте внимания, Лизавета Прокофьевна, у меня не припадок; я сейчас уйду. Я знаю, что я... обижен природой. Я был двадцать четыре года болен, до двадцатичетырехлетнего возраста от рождения. Примите же как от больного и теперь. Я сейчас уйду, сейчас, будьте уверены. Я не краснею, – потому что ведь от этого странно же краснеть, не правда ли? – но в обществе я лишний... Я не от самолюбия... Я в эти три дня передумал и решил, что я вас искренно и благородно должен уведомить при первом случае. Есть такие идеи, есть высокие идеи, о которых я не должен начинать говорить, потому что я непременно всех насмешу; князь Щ. про это самое мне сейчас напомнил... У меня нет жеста приличного, чувства меры нет; у меня слова другие, а не соответственные мысли, а это унижение для этих мыслей. И потому я не имею права... к тому же я мнителен, я... я убежден, что в этом доме меня не могут обидеть и любят меня более, чем я стою, но я знаю (я ведь наверно знаю), что после двадцати лет болезни непременно должно было что-нибудь да остаться, так что нельзя не смеяться надо мной... иногда... ведь так?

Он как бы ждал ответа и решения, озираясь кругом. Все стояли в тяжелом недоумении от этой неожиданной, болезненной и, казалось бы, во всяком случае беспричинной выходки. Но эта выходка подала повод к странному эпизоду.

– Для чего вы это здесь говорите? – вдруг вскричала Аглая, – для чего вы это *им* говорите? Им! Им!

Казалось, она была в последней степени негодования: глаза ее метали искры. Князь стоял пред ней немой и безгласный и вдруг побледнел.

– Здесь ни одного нет, который бы стоил таких слов! – разразилась Аглая, – здесь все, все не стоят вашего мизинца, ни ума, ни сердца вашего! Вы честнее всех, благороднее всех, лучше всех, добрее всех, умнее всех! Здесь есть недостойные нагнуться и поднять платок, который вы сейчас уронили... Для чего же вы себя унижаете и ставите ниже всех? Зачем вы всё в себе исковеркали, зачем в вас гордости нет?

– Господи, можно ли было подумать? – всплеснула руками Лизавета Прокофьевна.

– Рыцарь бедный! Ура! – крикнул в упоении Коля.

– Молчите!.. Как смеют меня здесь обижать в вашем доме! – набросилась вдруг Аглая на Лизавету Прокофьевну, уже в том истерическом состоянии, когда не смотрят ни на какую черту и переходят всякое препятствие. – Зачем меня все, все до единого мучают! Зачем они, князь, все три дня пристают ко мне из-за вас? Я ни за что за вас не выйду замуж! Знайте, что ни за что и никогда! Знайте это! Разве можно выйти за такого смешного, как вы? Вы посмотрите теперь в зеркало на себя, какой вы стоите теперь!.. Зачем, зачем они дразнят меня, что я за вас выйду замуж? Вы должны это знать! Вы тоже в заговоре с ними!

– Никто никогда не дразнил! – пробормотала в испуге Аделаида.

— На уме ни у кого не было, слова такого не было сказано! — вскричала Александра Ивановна.

— Кто ее дразнил? Когда ее дразнили? Кто мог ей это сказать? Бредит она или нет? — трепеща от гнева, обращалась ко всем Лизавета Прокофьевна.

— Все говорили, все до одного, все три дня! Я никогда, никогда не выйду за него замуж!

Прокричав это, Аглая залилась горькими слезами, закрыла лицо платком и упала на стул.

— Да он тебя еще и не прос...

— Я вас не просил, Аглая Ивановна, — вырвалось вдруг у князя.

— Что-о? — в удивлении, в негодовании, в ужасе протянула вдруг Лизавета Прокофьевна, — что та-а-кое?

Она ушам своим не хотела верить.

— Я хотел сказать... я хотел сказать, — затрепетал князь, — я хотел только изъяснить Аглае Ивановне... иметь такую честь объяснить, что я вовсе не имел намерения... иметь честь просить ее руки... даже когда-нибудь... Я тут ни в чем не виноват, ей-богу, не виноват, Аглая Ивановна! Я никогда не хотел, и никогда у меня в уме не было, никогда не захочу, вы сами увидите: будьте уверены! Тут какой-нибудь злой человек меня оклеветал пред вами! Будьте спокойны!

Говоря это, он приблизился к Аглае. Она отняла платок, которым закрывала лицо, быстро взглянула на него и на всю его испуганную фигуру, сообразила его слова и вдруг разразилась хохотом прямо ему в глаза, — таким веселым и неудержимым хохотом, таким смешным и насмешливым хохотом, что Аделаида первая не выдержала, особенно когда тоже поглядела на князя, бросилась к сестре, обняла ее и захохотала таким же неудержимым, школьнически веселым смехом, как и та. Глядя на них, вдруг стал улыбаться и князь и с радостным и счастливым выражением стал повторять:

— Ну, слава богу, слава богу!

Тут уже не выдержала и Александра и захохотала от всего сердца. Казалось, этому хохоту всех трех и конца не будет.

– Ну, сумасшедшие! – пробормотала Лизавета Прокофьевна, – то напугают, а то…

Но смеялся уже и князь Щ., смеялся и Евгений Павлович, хохотал Коля без умолку, хохотал, глядя на всех, и князь.

– Пойдемте гулять, пойдемте гулять! – кричала Аделаида, – все вместе и непременно князь с нами; незачем вам уходить, милый вы человек! Что за милый он человек, Аглая! Не правда ли, мамаша? К тому же я непременно, непременно должна его поцеловать и обнять за… за его объяснение сейчас с Аглаей. Maman, милая, позвольте мне поцеловать его? Аглая! позволь мне поцеловать *твоего* князя! – крикнула шалунья и действительно подскочила к князю и поцеловала его в лоб. Тот схватил ее руки, крепко сжал, так что Аделаида чуть не вскрикнула, с бесконечною радостию поглядел на нее и вдруг быстро поднес ее руки к губам и поцеловал три раза.

– Идемте же! – звала Аглая. – Князь, вы меня поведете. Можно это, maman? Отказавшему мне жениху? Ведь вы уж от меня отказались навеки, князь? Да не так, не так подают руку даме, разве вы не знаете, как надо взять под руку даму? Вот так, пойдемте, мы пойдем впереди всех; хотите вы идти впереди всех, tête-à-tête?[1]

Она говорила без умолку, всё еще смеясь порывами.

– Слава богу! Слава богу! – твердила Лизавета Прокофьевна, сама не зная чему радуясь.

«Чрезвычайно странные люди!» – подумал князь Щ., может быть в сотый уже раз с тех пор, как сошелся с ними, но… ему нравились эти странные люди. Что же касается до князя, то, может быть, он ему и не слишком

1 наедине (*фр.*).

нравился; князь Щ. был несколько нахмурен и как бы озабочен, когда все вышли на прогулку.

Евгений Павлович, казалось, был в самом веселом расположении, всю дорогу до воксала смешил Александру и Аделаиду, которые с какою-то уже слишком особенною готовностию смеялись его шуткам, до того, что он стал мельком подозревать, что они, может быть, совсем его и не слушают. От этой мысли он вдруг и не объясняя причины расхохотался наконец чрезвычайно и совершенно искренно (таков уже был характер!). Сестры, бывшие, впрочем, в самом праздничном настроении, беспрерывно поглядывали на Аглаю и князя, шедших впереди; видно было, что младшая сестрица задала им большую загадку. Князь Щ. всё старался заговаривать с Лизаветой Прокофьевной о вещах посторонних, может быть, чтобы развлечь ее, и надоел ей ужасно. Она, казалось, была совсем с разбитыми мыслями, отвечала невпопад и не отвечала иной раз совсем. Но загадки Аглаи Ивановны еще не кончились в этот вечер. Последняя пришлась на долю уже одного князя. Когда отошли шагов сто от дачи, Аглая быстрым полушепотом сказала своему упорно молчавшему кавалеру:

– Поглядите направо.

Князь взглянул.

– Глядите внимательнее. Видите вы ту скамейку, в парке, вон где эти три большие дерева... зеленая скамейка?

Князь ответил, что видит.

– Нравится вам местоположение? Я иногда рано, часов в семь утра, когда все еще спят, сюда одна прихожу сидеть.

Князь пробормотал, что местоположение прекрасное.

– А теперь идите от меня, я не хочу больше идти под руку. Или лучше идите под руку, но не говорите со мной ни слова. Я хочу одна думать про себя...

Предупреждение во всяком случае напрасное: князь наверно не выговорил бы ни одного слова во всю дорогу и без приказания. Сердце его застучало ужасно, когда он выслушал о скамейке. Чрез минуту он одумался и со стыдом прогнал свою нелепую мысль.

В Павловском воксале по будням, как известно и как все по крайней мере утверждают, публика собирается «избраннее», чем по воскресеньям и по праздникам, когда наезжают «всякие люди» из города. Туалеты не праздничные, но изящные. На музыку сходиться принято. Оркестр, может быть действительно лучший из наших садовых оркестров, играет вещи новые. Приличие и чинность чрезвычайные, несмотря на некоторый общий вид семейственности и даже интимности. Знакомые, всё дачники, сходятся оглядывать друг друга. Многие исполняют это с истинным удовольствием и приходят только для этого, но есть и такие, которые ходят для одной музыки. Скандалы необыкновенно редки, хотя, однако же, бывают даже и в будни. Но без этого ведь невозможно.

На этот раз вечер был прелестный, да и публики было довольно. Все места около игравшего оркестра были заняты. Наша компания уселась на стульях несколько в стороне, близ самого левого выхода из воксала. Толпа, музыка несколько оживили Лизавету Прокофьевну и развлекли барышень; они успели переглянуться кое с кем из знакомых и издали любезно кивнуть кой-кому головой; успели оглядеть костюмы, заметить кой-какие странности, переговорить о них, насмешливо улыбнуться. Евгений Павлович тоже очень часто раскланивался. На Аглаю и князя, которые всё еще были вместе, кое-кто уже обратили внимание. Скоро к маменьке и к барышням подошли кое-кто из знакомых молодых людей; двое или трое остались разговаривать; все были приятели с Евгением Павловичем. Между ними находился один молодой и очень красивый собой офицер, очень веселый, очень разговорчивый; он поспешил заговорить с Аглаей и всеми силами старался обратить на себя ее внимание. Аглая была с ним очень милостива и чрезвычайно смешлива. Евгений Павлович попросил у князя позволения познакомить его с этим приятелем; князь едва понял, что с ним хотят делать, но знакомство состоялось, оба раскланялись и подали друг другу руки. Приятель Евгения Павловича сделал один вопрос, но князь, кажется, на него не ответил или до того странно промямлил что-то про себя, что офицер посмотрел на него очень пристально, взглянул потом на Евгения Павловича, тотчас понял, для чего тот выдумал это знакомство, чуть-чуть усмехнулся и обратился опять к Аглае. Один Евгений Павлович заметил, что Аглая внезапно при этом покраснела.

Князь даже и не замечал того, что другие разговаривают и любезничают с Аглаей, даже чуть не забывал минутами, что и сам сидит подле нее. Иногда ему хотелось уйти куда-нибудь, совсем исчезнуть отсюда, и даже ему бы нравилось мрачное, пустынное место, только чтобы быть одному с своими мыслями и чтобы никто не знал, где он находится. Или по крайней мере быть у себя дома, на террасе, но так, чтобы никого при этом не было, ни Лебедева, ни детей; броситься на свой диван, уткнуть лицо в подушку и пролежать таким образом день, ночь, еще день. Мгновениями ему мечтались и горы, и именно одна знакомая точка в горах, которую он всегда любил припоминать и куда он любил ходить, когда еще жил там, и смотреть оттуда вниз на деревню, на чуть мелькавшую внизу белую нитку водопада, на белые облака, на заброшенный старый замок. О, как бы он хотел очутиться теперь там и думать об одном, — о! всю жизнь об этом только — и на тысячу лет бы хватило! И пусть, пусть здесь совсем забудут его. О, это даже нужно, даже лучше, если б и совсем не знали его и всё это видение было бы в одном только сне. Да и не всё ли равно, что во сне, что наяву! Иногда вдруг он начинал приглядываться к Аглае и по пяти минут не отрывался взглядом от ее лица; но взгляд его был слишком странен: казалось, он глядел на нее как на предмет, находящийся от него за две версты, или как бы на портрет ее, а не на нее самоё.

– Что вы на меня так смотрите, князь? – сказала она вдруг, прерывая веселый разговор и смех с окружающими. – Я вас боюсь; мне всё кажется, что вы хотите протянуть вашу руку и дотронуться до моего лица пальцем, чтоб его пощупать. Не правда ли, Евгений Павлыч, он так смотрит?

Князь выслушал, казалось, в удивлении, что к нему обратились, сообразил, хотя, может быть, и не совсем понял, не ответил, но, видя, что она и все смеются, вдруг раздвинул рот и начал смеяться и сам. Смех кругом усилился; офицер, должно быть человек смешливый, просто прыснул со смеху. Аглая вдруг гневно прошептала про себя:

– Идиот!

– Господи! Да неужели она такого... неужели ж она совсем помешается! – проскрежетала про себя Лизавета Прокофьевна.

– Это шутка. Это та же шутка, что и тогда с «бедным рыцарем», – твердо прошептала ей на ухо Александра, – и ничего больше! Она, по-своему, его опять на зубок подняла. Только слишком далеко зашла эта шутка; это надо прекратить, maman! Давеча она как актриса коверкалась, нас из-за шалости напугала...

– Еще хорошо, что на такого идиота напала, – перешепнулась с ней Лизавета Прокофьевна. Замечание дочери все-таки облегчило ее.

Князь, однако же, слышал, как его назвали идиотом, и вздрогнул, но не оттого, что его назвали идиотом. «Идиота» он тотчас забыл. Но в толпе, недалеко от того места, где он сидел, откуда-то сбоку – он бы никак не указал, в каком именно месте и в какой точке, – мелькнуло одно лицо, бледное лицо, с курчавыми темными волосами, с знакомыми, очень знакомыми улыбкой и взглядом, – мелькнуло и исчезло. Очень могло быть, что это только вообразилось ему; от всего видения остались у него в впечатлении кривая улыбка, глаза и светло-зеленый франтовской шейный галстук, бывший на промелькнувшем господине. Исчез ли этот господин в толпе или прошмыгнул в воксал, князь тоже не мог бы определить.

Но минуту спустя он вдруг быстро и беспокойно стал озираться кругом: это первое видение могло быть предвестником и предшественником второго видения. Это должно было быть наверно. Неужели он забыл о возможной встрече, когда отправлялись в воксал? Правда, когда он шел в воксал, то, кажется, и не знал совсем, что идет сюда, — в таком он был состоянии. Если б он умел или мог быть внимательнее, то он еще четверть часа назад мог бы заметить, что Аглая изредка и тоже как бы с беспокойством мельком оглядывается, тоже точно ищет чего-то кругом себя. Теперь, когда беспокойство его стало сильно заметно, возросло волнение и беспокойство Аглаи, и лишь только он оглядывался назад, почти тотчас же оглядывалась и она. Разрешение тревоги скоро последовало.

Из того самого бокового выхода из воксала, близ которого помещались князь и вся компания Епанчиных, вдруг показалась целая толпа, человек по крайней мере в десять. Впереди толпы были три женщины; две из них были удивительно хороши собой, и не было ничего странного, что за ними двигается столько поклонников. Но и поклонники и женщины — всё это было нечто особенное, нечто совсем не такое, как остальная публика, собравшаяся на музыку. Их тотчас заметили почти все, но большею частию старались показывать вид, что совершенно их не видят, и только разве некоторые из молодежи улыбнулись на них, передавая друг другу что-то вполголоса. Не видеть их совсем было нельзя: они явно заявляли себя, говорили громко, смеялись. Можно было предположить, что между ними многие и хмельные, хотя на вид некоторые были в франтовских и изящных костюмах; но тут же были люди и весьма странного вида, в странном платье, с странно воспламененными лицами; между ними было несколько военных; были и не из молодежи; были комфортно одетые, в широко и изящно шитом платье, с перстнями и запонками, в великолепных смоляно-черных париках и бакенбардах и с особенно благородною, хотя несколько брезгливою осанкой в лице, но от которых, впрочем, сторонятся в обществе как от чумы. Между нашими загородными собраниями, конечно, есть и отличающиеся необыкновенною чинностию и имеющие особенно хорошую репутацию; но самый осторожный человек не может всякую минуту защититься от кирпича, падающего с соседнего дома. Этот кирпич готовился теперь упасть и на чинную публику, собравшуюся у музыки.

Чтобы перейти из воксала на площадку, где расположен оркестр, надобно сойти три ступеньки. У самых этих ступенек и остановилась толпа; сходить не решались, но одна из женщин выдвинулась вперед; за нею осмелились последовать только двое из ее свиты. Один был довольно скромного вида человек средних лет, с порядочною наружностью во всех отношениях, но имевший вид решительного бобыля, то есть из таких, которые никогда никого не знают и которых никто не знает. Другой, не отставший от своей дамы, был совсем оборванец, самого двусмысленного вида. Никто больше не последовал за эксцентричною дамой; но, сходя вниз, она даже и не оглянулась назад, как будто ей решительно всё равно было, следуют ли за ней или нет. Она смеялась и громко разговаривала по-прежнему; одета была с чрезвычайным вкусом и богато, но несколько пышнее, чем следовало. Она направилась мимо оркестра на другую сторону площадки, где близ дороги ждала кого-то чья-то коляска.

Князь не видал *ее* уже с лишком три месяца. Все эти дни по приезде в Петербург он собирался быть у нее; но, может быть, тайное предчувствие останавливало его. По крайней мере, он никак не мог угадать предстоящее ему впечатление при встрече с нею, а он со страхом старался иногда представить его. Одно было ясно ему, – что встреча будет тяжелая. Несколько раз припоминал он в эти шесть месяцев то первое ощущение, которое произвело на него лицо этой женщины, еще когда он увидал его только на портрете; но даже во впечатлении от портрета, припоминал он, было слишком много тяжелого. Тот месяц в провинции, когда он чуть не каждый день виделся с нею, произвел на него действие ужасное, до того, что князь отгонял иногда даже воспоминание об этом еще недавнем времени. В самом лице этой женщины всегда было для него что-то мучительное; князь, разговаривая с Рогожиным, перевел это ощущение ощущением бесконечной жалости, и это была правда: лицо это еще с портрета вызывало из его сердца целое страдание жалости; это впечатление сострадания и даже страдания за это существо не оставляло никогда его сердца, не оставило и теперь. О нет, даже было еще сильнее. Но тем, что он говорил Рогожину, князь остался недоволен; и только теперь, в это мгновение ее внезапного появления, он понял, может быть непосредственным ощущением, чего недоставало в его словах Рогожину. Недоставало слов, которые могли бы выразить ужас; да ужас! Он теперь, в эту минуту, вполне ощущал его; он был уверен, был вполне убежден, по своим особым причинам, что эта женщина – помешанная. Если бы, любя женщину более всего на свете или предвкушая возможность такой любви, вдруг увидеть ее на цепи, за железною решеткой, под палкой смотрителя, – то такое впечатление было бы несколько сходно с тем, что ощутил теперь князь.

– Что с вами? – быстро прошептала Аглая, оглядываясь на него и наивно дергая его за руку.

Он повернул к ней голову, поглядел на нее, взглянул в ее черные, непонятно для него сверкавшие в эту минуту глаза, попробовал усмехнуться ей, но вдруг, точно мгновенно забыв ее, опять отвел глаза направо и опять стал следить за своим чрезвычайным видением. Настасья Филипповна проходила в эту минуту мимо самых стульев барышень. Евгений Павлович продолжал рассказывать что-то, должно быть, очень смешное и интересное, Александре Ивановне, говорил быстро и одушевленно. Князь помнил, что Аглая вдруг произнесла полушепотом: «Какая...»

Слово неопределенное и недоговоренное; она мигом удержалась и не прибавила ничего более, но этого было уже довольно. Настасья Филипповна, проходившая как бы не примечая никого в особенности, вдруг обернулась в их сторону и как будто только теперь приметила Евгения Павловича.

– Б-ба! Да ведь вот он! – воскликнула она, вдруг останавливаясь. – То ни с какими курьерами не отыщешь, то как нарочно там сидит, где и не вообразишь... Я ведь думала, что ты там... у дяди!

Евгений Павлович вспыхнул, бешено посмотрел на Настасью Филипповну, но поскорей опять от нее отвернулся.

– Что?! Разве не знаешь? Он еще не знает, представьте себе! Застрелился! Давеча утром дядя твой застрелился! Мне еще давеча, в два часа, сказывали; да уж полгорода теперь знает; трехсот пятидесяти тысяч казенных нет, говорят, а другие говорят: пятисот. А я-то всё рассчитывала, что он тебе еще наследство оставит; всё просвистал. Развратнейший был старикашка... Ну, прощай, bonne chance![1] Так неужели не съездишь? То-то ты в отставку заблаговременно вышел, хитрец! Да вздор, знал, знал заране: может, вчера еще знал...

Хотя в наглом приставании, в афишевании знакомства и короткости, которых не было, заключалась непременно цель, и в этом уже не могло быть теперь никакого сомнения, – но Евгений Павлович думал сначала отделаться как-нибудь так и во что бы ни стало не заметить обидчицы. Но слова Настасьи Филипповны ударили в него как громом; услыхав о смерти дяди, он побледнел как платок и повернулся к вестовщице. В эту минуту Лизавета Прокофьевна быстро поднялась с места, под-

1 желаю успеха! (*фр.*)

няла всех за собой и чуть не побежала оттуда. Только князь Лев Николаевич остался на одну секунду на месте, как бы в нерешимости, да Евгений Павлович всё еще стоял, не опомнившись. Но Епанчины не успели отойти и двадцати шагов, как разразился страшный скандал.

Офицер, большой приятель Евгения Павловича, разговаривавший с Аглаей, был в высшей степени негодования.

– Тут просто хлыст надо, иначе ничем не возьмешь с этою тварью! – почти громко проговорил он. (Он, кажется, был и прежде конфидентом Евгения Павловича.)

Настасья Филипповна мигом обернулась к нему. Глаза ее сверкнули; она бросилась к стоявшему в двух шагах от нее и совсем незнакомому ей молодому человеку, державшему в руке тоненькую плетеную тросточку, вырвала ее у него из рук и изо всей силы хлестнула своего обидчика наискось по лицу. Всё это произошло в одно мгновение... Офицер, не помня себя, бросился на нее; около Настасьи Филипповны уже не было ее свиты: приличный господин средних лет уже успел стушеваться совершенно, а господин навеселе стоял в стороне и хохотал что было мочи. Через минуту, конечно, явилась бы полиция, но в эту минуту горько пришлось бы Настасье Филипповне, если бы не подоспела неожиданная помощь: князь, остановившийся тоже в двух шагах, успел схватить сзади за руки офицера. Вырывая свою руку, офицер сильно оттолкнул его в грудь; князь отлетел шага на три и упал на стул. Но у Настасьи Филипповны уже явились еще два защитника. Пред нападавшим офицером стоял боксер, автор знакомой читателю статьи и действительный член прежней рогожинской компании.

– Келлер! Поручик в отставке, – отрекомендовался он с форсом. – Угодно врукопашную, капитан, то, заменяя слабый пол, к вашим услугам; произошел весь английский бокс. Не толкайтесь, капитан; сочувствую *кровавой* обиде, но не могу позволить кулачного права с женщиной на глазах публики. Если же, как прилично блага-ароднейшему лицу на другой манер, то – вы меня, разумеется, понимать должны, капитан...

Но капитан уже опомнился и уже не слушал его. В эту минуту появившийся из толпы Рогожин быстро подхватил под руку Настасью Филипповну и повел ее за собой. С своей стороны, Рогожин казался потрясенным ужасно, был бледен и дрожал. Уводя Настасью Филипповну, он успел-таки злобно засмеяться в глаза офицеру и с видом торжествующего гостинодворца проговорить:

– Тью! Что, взял! Рожа-то в крови! Тью!

Опомнившись и совершенно догадавшись, с кем имеет дело, офицер вежливо (закрывая, впрочем, лицо платком) обратился к князю, уже вставшему со стула:

– Князь Мышкин, с которым я имел удовольствие познакомиться?

– Она сумасшедшая! Помешанная! Уверяю вас! – отвечал князь дрожащим голосом, протянув к нему для чего-то свои дрожащие руки.

– Я, конечно, не могу похвалиться такими сведениями; но мне надо знать ваше имя.

Он кивнул головой и отошел. Полиция подоспела ровно пять секунд спустя после того, как скрылись последние действующие лица. Впрочем, скандал продолжался никак не долее двух минут. Кое-кто из публики встали со стульев и ушли, другие только пересели с одних мест на другие; третьи были очень рады скандалу; четвертые сильно заговорили и заинтересовались. Одним словом, дело кончилось по обыкновению. Оркестр заиграл снова. Князь пошел вслед за Епанчиными. Если б он догадался или успел взглянуть налево, когда сидел на стуле, после того как его оттолкнули, то увидел бы Аглаю, шагах в двадцати от него, остановившуюся глядеть на скандальную сцену и не слушавшую призывов матери и сестер, отошедших уже далее. Князь Щ., подбежав к ней, уговорил ее наконец поскорее уйти. Лизавета Прокофьевна запомнила, что Аглая воротилась к ним в таком волнении, что вряд ли и слышала их призывы. Но ровно через две минуты, когда только вошли в парк, Аглая проговорила своим обыкновенным равнодушным и капризным голосом:

— Мне хотелось посмотреть, чем кончится комедия.

III

Происшествие в воксале поразило и мамашу и дочек почти ужасом. В тревоге и в волнении, Лизавета Прокофьевна буквально чуть не бежала с дочерьми из воксала всю дорогу домой. По ее взгляду и понятиям, слишком много произошло и обнаружилось в этом происшествии, так что в голове ее, несмотря на весь беспорядок и испуг, зарождались уже мысли решительные. Но и все понимали, что случилось нечто особенное и что, может быть еще и к счастию, начинает обнаруживаться какая-то чрезвычайная тайна. Несмотря на прежние заверения и объяснения князя Щ., Евгений Павлович «выведен был теперь наружу», обличен, открыт и «обнаружен формально в своих связях с этою тварью». Так думала Лизавета Прокофьевна и даже обе старшие дочери. Выигрыш из этого вывода был тот, что еще больше накопилось загадок. Девицы хоть и негодовали отчасти про себя на слишком уже сильный испуг и такое явное бегство мамаши, но в первое время сумятицы беспокоить ее вопросами не решались. Кроме того, почему-то казалось им, что сестрица их, Аглая Ивановна, может быть, знает в этом деле более, чем все они трое с мамашей. Князь Щ. был тоже мрачен как ночь и тоже очень задумчив. Лизавета Прокофьевна не сказала с ним во всю дорогу ни слова, а он, кажется, и не заметил того. Аделаида попробовала было у него спросить: «О каком это дяде сейчас говорили и что там такое в Петербурге случилось?» Но он пробормотал ей в ответ, с самою кислою миной, что-то очень неопределенное о каких-то справках и что всё это, конечно, одна нелепость. «В этом нет сомнения!» — ответила Аделаида и уже более ни о чем не спрашивала. Аглая же стала что-то необыкновенно спокойна и заметила только дорогой, что слишком уже скоро бегут. Раз она обернулась и увидела князя, который их догонял. Заметив его усилия их догнать, она насмешливо улыбнулась и уже более на него не оглядывалась.

Наконец, почти у самой дачи, повстречался шедший им навстречу Иван Федорович, только что воротившийся из Петербурга. Он тотчас же, с первого слова, осведомился об Евгении Павловиче. Но супруга грозно прошла мимо него, не ответив и даже не поглядев на него. По глазам дочерей и князя Щ. он тотчас же догадался, что в доме гроза. Но и без этого его собственное лицо отражало какое-то необыкновенное беспокойство. Он тотчас взял под руку князя Щ., остановил его у входа в дом и почти шепотом переговорил с ним несколько слов. По тревожному виду обоих, когда взошли потом на террасу и прошли к Лизавете Прокофьевне, можно было подумать, что они оба услыхали какое-нибудь чрезвычайное известие. Мало-помалу все собрались у Лизаветы Прокофьевны наверху, и на террасе остался наконец один только князь. Он сидел в углу, как бы ожидая чего-то, а впрочем, и сам не зная зачем; ему и в голову не приходило уйти, видя суматоху в доме; казалось, он забыл всю вселенную и готов был высидеть хоть два года сряду, где бы его ни посадили. Сверху слышались ему иногда отголоски тревожного разговора. Он сам бы не сказал, сколько просидел тут. Становилось поздно, и совсем смерклось. На террасу вдруг вышла Аглая; с виду она была спокойна, хотя несколько бледна. Увидев князя, которого «очевидно не ожидала» встретить здесь на стуле, в углу, Аглая улыбнулась как бы в недоумении.

— Что вы тут делаете? — подошла она к нему.

Князь что-то пробормотал, сконфузясь, и вскочил со стула; но Аглая тотчас же села подле него, уселся опять и он. Она вдруг, но внимательно его осмотрела, потом посмотрела в окно, как бы безо всякой мысли, потом опять на него. «Может быть, ей хочется засмеяться, — подумалось князю, — но нет, ведь она бы тогда засмеялась».

— Может быть, вы чаю хотите, так я велю, — сказала она после некоторого молчания.

— Н-нет... Я не знаю...

— Ну как про это не знать! Ах да, послушайте: если бы вас кто-нибудь вызвал на дуэль, что бы вы сделали? Я еще давеча хотела спросить.

— Да... кто же... меня никто не вызовет на дуэль...

— Ну если бы вызвали? Вы бы очень испугались?

— Я думаю, что я очень... боялся бы.

— Серьезно? Так вы трус?

— Н-нет; может, и нет. Трус тот, кто боится и бежит; а кто боится и не бежит, тот еще не трус, — улыбнулся князь, пообдумав.

— А вы не убежите?

— Может быть, и не убегу, — засмеялся он наконец вопросам Аглаи.

— Я хоть женщина, а ни за что бы не убежала, — заметила она чуть не обидчиво. — А впрочем, вы надо мной смеетесь и кривляетесь по вашему обыкновению, чтобы себе больше интересу придать; скажите: стреляют обыкновенно с двенадцати шагов? Иные и с десяти? Стало быть, это наверно быть убитым или раненым?

— На дуэлях, должно быть, редко попадают.

— Как редко? Пушкина же убили.

— Это, может быть, случайно.

— Совсем не случайно; была дуэль на смерть, его и убили.

— Пуля попала так низко, что, верно, Дантес целил куда-нибудь выше, в грудь или в голову; а так, как она попала, никто не целит, стало быть, скорее всего пуля попала в Пушкина случайно, уже с промаха. Мне это компетентные люди говорили.

— А мне это один солдат говорил, с которым я один раз разговаривала, что им нарочно, по уставу, велено целиться, когда они в стрелки рассыпаются, в полчеловека; так и сказано у них: «в полчеловека». Вот уже, стало быть, не в грудь и не в голову, а нарочно в полчеловека велено стрелять. Я спрашивала потом у одного офицера, он говорил, что это точно так и верно.

— Это верно, потому что с дальнего расстояния.

— А вы умеете стрелять?

— Я никогда не стрелял.

— Неужели и зарядить пистолет не умеете?

— Не умею. То есть я понимаю, как это сделать, но я никогда сам не заряжал.

— Ну так, значит, и не умеете, потому что тут нужна практика! Слушайте же и заучите: во-первых, купите хорошего пистолетного пороху, не мокрого (говорят, надо не мокрого, а очень сухого), какого-то мелкого, вы уже такого спросите, а не такого, которым из пушек палят. Пулю, говорят, сами как-то отливают. У вас пистолеты есть?

— Нет, и не надо, — засмеялся вдруг князь.

— Ах, какой вздор! Непременно купите, хороший, французский или английский, это, говорят, самые лучшие. Потом возьмите пороху с наперсток, может быть два наперстка, и всыпьте. Лучше уж побольше. Прибейте войлоком (говорят, непременно надо войлоком почему-то), это можно где-нибудь достать, из какого-нибудь тюфяка, или двери иногда обивают войлоком. Потом, когда всунете войлок, вложите пулю, — слышите же, пулю потом, а порох прежде, а то не выстрелит. Чего вы смеетесь? Я хочу, чтобы вы каждый день стреляли по нескольку раз и непременно бы научились в цель попадать. Сделаете?

Князь смеялся; Аглая в досаде топнула ногой. Ее серьезный вид, при таком разговоре, несколько удивил князя. Он чувствовал отчасти, что ему бы надо было что-то узнать, про что-то спросить, — во всяком случае, про что-то посерьезнее того, как пистолет заряжают. Но всё это вылетело у него из ума, кроме одного того, что пред ним сидит она, а он на нее глядит, а о чем бы она ни заговорила, ему в эту минуту было бы почти всё равно.

Сверху на террасу сошел наконец сам Иван Федорович; он куда-то отправлялся с нахмуренным, озабоченным и решительным видом.

– А, Лев Николаич, ты… Куда теперь? – спросил он, несмотря на то что Лев Николаевич и не думал двигаться с места. – Пойдем-ка, я тебе словцо скажу.

– До свидания, – сказала Аглая и протянула князю руку.

На террасе уже было довольно темно, князь не разглядел бы в это мгновение ее лица совершенно ясно. Чрез минуту, когда уже они с генералом выходили с дачи, он вдруг ужасно покраснел и крепко сжал свою правую руку.

Оказалось, что Ивану Федоровичу было с ним по пути; Иван Федорович, несмотря на поздний час, торопился с кем-то о чем-то поговорить. Но покамест он вдруг заговорил с князем, быстро, тревожно, довольно бессвязно, часто поминая в разговоре Лизавету Прокофьевну. Если бы князь мог быть в эту минуту внимательнее, то он, может быть, догадался бы, что Ивану Федоровичу хочется между прочим что-то и от него выведать или, лучше сказать, прямо и открыто о чем-то спросить его, но всё не удается дотронуться до самой главной точки. К стыду своему, князь был до того рассеян, что в самом начале даже ничего и не слышал, и когда генерал остановился пред ним с каким-то горячим вопросом, то он принужден был ему сознаться, что ничего не понимает.

Генерал пожал плечами.

– Странные вы всё какие-то люди стали, со всех сторон, – пустился он опять говорить. – Говорю тебе, что я совсем не понимаю идей и тревог Лизаветы Прокофьевны. Она в истерике, и плачет, и говорит, что нас осрамили и опозорили. Кто? Как? С кем? Когда и почему? Я, признаюсь, виноват (в этом я сознаюсь), много виноват, но домогательства этой… беспокойной женщины (и дурно ведущей себя вдобавок) могут быть ограничены, наконец, полицией, и я даже сегодня намерен кое с кем видеться и предупредить. Всё можно устроить тихо, кротко, ласково даже, по знакомству и отнюдь без скандала. Согласен тоже, что будущность чревата событиями и что много неразъясненного; тут есть и интрига; но если здесь ничего не знают, там опять ничего объяснить не умеют; если я не слыхал, ты не слыхал, тот не слыхал, пятый тоже ничего не слыхал, то кто же, наконец, и слышал, спрошу тебя? Чем же это объяснить, по-твоему, кроме того, что наполовину дело – мираж, не существует, вроде того, как, например, свет луны... или другие привидения.

– *Она* помешанная, – пробормотал князь, вдруг припомнив, с болью, всё давешнее.

– В одно слово, если ты про эту. Меня тоже такая же идея посещала отчасти, и я засыпал спокойно. Но теперь я вижу, что тут думают правильнее, и не верю помешательству. Женщина вздорная, положим, но при этом даже тонкая, не только не безумная. Сегодняшняя выходка насчет Капитона Алексеича это слишком доказывает. С ее стороны дело мошенническое, то есть по крайней мере иезуитское, для особых целей.

– Какого Капитона Алексеича?

– Ах, боже мой, Лев Николаич, ты ничего не слушаешь. Я с того и начал, что заговорил с тобой про Капитона Алексеича; поражен так, что даже и теперь руки-ноги дрожат. Для того и в городе промедлил сегодня. Капитон Алексеич Радомский, дядя Евгения Павлыча...

– Ну! – вскричал князь.

– Застрелился утром, на рассвете, в семь часов. Старичок почтенный, семидесяти лет, эпикуреец, – и точь-в-точь как она говорила, – казенная сумма, знатная сумма!

– Откуда же она...

– Узнала-то? Ха-ха! Да ведь кругом нее уже целый штаб образовался, только что появилась. Знаешь, какие лица теперь ее посещают и ищут этой «чести знакомства»? Натурально, давеча могла что-нибудь услышать от приходивших, потому что теперь весь Петербург уже знает и здесь пол-Павловска или и весь уже Павловск. Но какое же тонкое замечание ее насчет мундира-то, как мне пересказали, то есть насчет того, что Евгений Павлыч заблаговременно успел выйти в отставку! Этакий адский намек! Нет, это не выражает сумасшествия. Я, конечно, отказываюсь верить, что Евгений Павлыч мог знать заранее про катастрофу, то есть что такого-то числа, в семь часов, и так далее. Но он мог всё это предчувствовать. А я-то, а мы-то все и князь Щ. рассчитывали, что еще тот ему наследство оставит! Ужас! Ужас! Пойми, впрочем, я Евгения Павлыча не обвиняю ни в чем и спешу объяснить тебе, но все-таки, однако ж, подозрительно. Князь Щ. поражен чрезвычайно. Всё это как-то странно стряслось.

— Но что же в поведении Евгения Павлыча подозрительного?

— Ничего нет! Держал себя благороднейшим образом. Я и не намекал ни на что. Свое-то состояние, я думаю, у него в целости. Лизавета Прокофьевна, разумеется, и слышать не хочет... Но главное — все эти семейные катастрофы, или, лучше сказать, все эти дрязги, так что даже не знаешь, как и назвать... Ты, подлинно сказать, друг дома, Лев Николаич, и вообрази, сейчас оказывается, хоть, впрочем, и не точно, что Евгений Павлыч будто бы уже больше месяца назад объяснился с Аглаей и получил будто бы от нее формальный отказ.

— Быть не может! — с жаром вскричал князь.

— Да разве ты что-нибудь знаешь? Видишь, дражайший, — встрепенулся и удивился генерал, останавливаясь на месте как вкопанный, — я, может быть, тебе напрасно и неприлично проговорился, но ведь это потому, что ты... что ты... можно сказать, такой человек. Может быть, ты знаешь что-нибудь особенное?

— Я ничего не знаю... об Евгении Павлыче, — пробормотал князь.

— И я не знаю! Меня... меня, брат, хотят решительно закопать в землю и похоронить, и рассудить не хотят при этом, что это тяжело человеку и что я этого не вынесу. Сейчас такая сцена была, что ужас! Я как родному сыну тебе говорю. Главное, Аглая точно смеется над матерью. Про то, что она, кажется, отказала Евгению Павлычу с месяц назад и что было у них объяснение, довольно формальное, сообщили сестры, в виде догадки... впрочем, твердой догадки. Но ведь это такое самовольное и фантастическое создание, что и рассказать нельзя! Все великодушия, все блестящие качества сердца и ума — это всё, пожалуй, в ней есть, но при этом каприз, насмешки, — словом, характер бесовский и вдобавок с фантазиями. Над матерью сейчас насмеялась в глаза, над сестрами, над князем Щ.; про меня и говорить нечего, надо мной она редко когда не смеется, но ведь я что, я, знаешь, люблю ее, люблю даже, что она смеется, — и, кажется, бесенок этот меня за это особенно любит, то есть больше всех других, кажется. Побьюсь об заклад, что она и над тобой уже чем-нибудь насмеялась. Я вас сейчас застал в разговоре после давешней грозы наверху; она с тобой сидела как ни в чем не бывало.

Князь покраснел ужасно и сжал правую руку, но промолчал.

— Милый, добрый мой Лев Николаич! — с чувством и с жаром сказал вдруг генерал, — я... и даже сама Лизавета Прокофьевна (которая, впрочем, тебя опять начала честить, а вместе с тобой и меня за тебя, не понимаю только за что), мы все-таки тебя любим, любим искренно и уважаем, несмотря даже ни на что, то есть на все видимости. Но согласись, милый друг, согласись сам, какова вдруг загадка и какова досада слышать, когда вдруг этот хладнокровный бесенок (потому что она стояла пред матерью с видом глубочайшего презрения ко всем нашим вопросам, а к моим преимущественно, потому что я, черт возьми, сглупил, вздумал было строгость показать, так как я глава семейства, — ну, и сглупил), этот хладнокровный бесенок так вдруг и объявляет с усмешкой, что эта «помешанная» (так она выразилась, и мне странно, что она в одно слово с тобой: «Разве вы не могли, говорит, до сих пор догадаться»), что эта помешанная «забрала себе в голову во что бы то ни стало меня замуж за князя Льва Николаича выдать, а для того Евгения Павлыча из дому от нас выживает»... только и сказала; никакого больше объяснения не дала, хохочет себе, а мы рот разинули, хлопнула дверью и вышла. Потом мне рассказали о давешнем пассаже с нею и с тобой... и... и... послушай, милый князь, ты человек не обидчивый и очень рассудительный, я это в тебе заметил, но... не рассердись: ей-богу, она над тобой смеется. Как ребенок смеется, и потому ты на нее не сердись, но это решительно так. Не думай чего-нибудь, – она просто дурачит и тебя, и нас всех, от безделья. Ну, прощай! Ты знаешь наши чувства? Наши искренние к тебе чувства? Они неизменны, никогда и ни в чем... но... мне теперь сюда, до свиданья! Редко я до такой степени сидел плохо в тарелке (как это говорится-то?), как теперь сижу... Ай да дача!

Оставшись один на перекрестке, князь осмотрелся кругом, быстро перешел через улицу, близко подошел к освещенному окну одной дачи, развернул маленькую бумажку, которую крепко сжимал в правой руке во всё время разговора с Иваном Федоровичем, и прочел, ловя слабый луч света:

«Завтра в семь часов утра я буду на зеленой скамейке, в парке, и буду вас ждать. Я решилась говорить с вами об одном чрезвычайно важном деле, которое касается прямо до вас.

P. S. Надеюсь, вы никому не покажете этой записки. Хоть мне и совестно писать вам такое наставление, но я рассудила, что вы того стоите, и написала, – краснея от стыда за ваш смешной характер.

PP. SS. Это та самая зеленая скамейка, которую я вам давеча показала. Стыдитесь! Я принуждена была и это приписать».

Записка была написана наскоро и сложена кое-как, всего вероятнее пред самым выходом Аглаи на террасу. В невыразимом волнении, похожем на испуг, князь крепко зажал опять в руку бумажку и отскочил поскорей от окна, от света, точно испуганный вор; но при этом движении вдруг плотно столкнулся с одним господином, который очутился прямо у него за плечами.

— Я за вами слежу, князь, — проговорил господин.

— Это вы, Келлер? — вскричал князь в удивлении.

— Ищу вас, князь. Поджидал вас у дачи Епанчиных, — разумеется, не мог войти. Шел за вами, пока вы шли с генералом. К вашим услугам, князь, располагайте Келлером. Готов жертвовать и даже умереть, если понадобится.

— Да... зачем?

— Ну, уж наверно последует вызов. Этот поручик Моловцов, я его знаю, то есть не лично... он не перенесет оскорбления. Нашего брата, то есть меня да Рогожина, он, разумеется, наклонен почесть за шваль, и, может быть, заслуженно, — таким образом, в ответе вы один и приходитесь. Придется заплатить за бутылки, князь. Он про вас осведомлялся, я слышал, и уж наверно завтра его приятель к вам пожалует, а может, и теперь уже ждет. Если удостоите чести выбрать в секунданты, то за вас готов и под красную шапку; затем и искал вас, князь.

— Так и вы тоже про дуэль! — захохотал вдруг князь к чрезвычайному удивлению Келлера. Он хохотал ужасно. Келлер, действительно бывший чуть не на иголках до тех пор, пока не удовлетворился, предложив себя в секунданты, почти обиделся, смотря на такой развеселый смех князя.

— Вы, однако ж, князь, за руки его давеча схватили. Благородному лицу и при публике это трудно перенести.

— А он меня в грудь толкнул! — смеясь вскричал князь. — Не за что нам драться! Я у него прощения попрошу, вот и всё. А коли драться, так драться! Пусть стреляет; я даже хочу. Ха-ха! Я теперь умею пистолет заряжать! Знаете ли, что меня сейчас учили, как пистолет зарядить? Вы умеете пистолет заряжать, Келлер? Надо прежде пороху купить, пистолетного, не мокрого и не такого крупного, которым из пушек палят; а потом сначала пороху положить, войлоку откуда-нибудь из двери достать, и потом уже пулю вкатить, а не пулю прежде пороха, потому что не выстрелит. Слышите, Келлер: потому что не выстрелит. Ха-ха! Разве это не великолепнейший резон, друг Келлер? Ах, Келлер, знаете ли, что я вас сейчас обниму и поцелую. Ха-ха-ха! Как вы это давеча очутились так вдруг пред ним? Приходите ко мне как-нибудь поскорее пить шампанское. Все напьемся пьяны! Знаете ли вы, что у меня двенадцать бутылок шампанского есть, у Лебедева на погребе? Лебедев мне «по случаю» продал третьего дня, на другой же день, как я к нему переехал, я все и купил! Я всю компанию соберу! А что, вы будете спать эту ночь?

– Как и всякую, князь.

– Ну, так спокойных снов! Ха-ха!

Князь перешел через дорогу и исчез в парке, оставив в раздумье несколько озадаченного Келлера. Он еще не видывал князя в таком странном настроении, да и вообразить до сих пор не мог.

«Лихорадка, может быть, потому что нервный человек, и всё это подействовало, но, уж конечно, не струсит. Вот эти-то и не трусят, ей-богу! – думал про себя Келлер. – Гм, шампанское! Интересное, однако ж, известие. Двенадцать бутылок-с, дюжинка; ничего, порядочный гарнизон. А бьюсь об заклад, что Лебедев под заклад от кого-нибудь это шампанское принял. Гм... он, однако ж, довольно мил, этот князь; право, я люблю этаких; терять, однако же, времени нечего и... если шампанское, то самое время и есть...»

Что князь был как в лихорадке, это, разумеется, было справедливо.

Он долго бродил по темному парку и наконец «нашел себя» расхаживающим по одной аллее. В сознании его оставалось воспоминание, что по этой аллее он уже прошел, начиная от скамейки до одного старого дерева, высокого и заметного, всего шагов сотню, раз тридцать или сорок взад и вперед. Припомнить то, что он думал в этот, по крайней мере, целый час в парке, он бы никак не смог, если бы даже захотел. Он уловил себя, впрочем, на одной мысли, от которой покатился вдруг со смеху; хотя смеяться было и нечему, но ему всё хотелось смеяться. Ему вообразилось, что предположение о дуэли могло зародиться и не в одной голове Келлера и что, стало быть, история о том, как заряжают пистолет, могла быть и не случайная... «Ба! – остановился он вдруг, озаренный другою идеей, – давеча она сошла на террасу, когда я сидел в углу, и ужасно удивилась, найдя меня там, и – так смеялась... о чае заговорила; а ведь у ней в это время уже была эта бумажка в руках, стало быть, она непременно знала, что я сижу на террасе, так зачем же она удивилась? Ха-ха-ха!»

Он выхватил записку из кармана и поцеловал ее, но тотчас же остановился и задумался.

«Как это странно! Как это странно!» – проговорил он чрез минуту даже с какою-то грустью: в сильные минуты ощущения радости ему всегда становилось грустно, он сам не знал отчего. Он пристально осмотрелся кругом и удивился, что зашел сюда. Он очень устал, подошел к скамейке и сел на нее. Кругом была чрезвычайная тишина. Музыка уже кончилась в воксале. В парке уже, может быть, не было никого; конечно, было не меньше половины двенадцатого. Ночь была тихая, теплая, светлая – петербургская ночь начала июня месяца, но в густом, тенистом парке, в аллее, где он находился, было почти уже совсем темно.

Если бы кто сказал ему в эту минуту, что он влюбился, влюблен страстною любовью, то он с удивлением отверг бы эту мысль и, может быть, даже с негодованием. И если бы кто прибавил к тому, что записка Аглаи есть записка любовная, назначение любовного свидания, то он сгорел бы со стыда за того человека и, может быть, вызвал бы его на дуэль. Всё это было вполне искренно, и он ни разу не усомнился и не допустил ни малейшей «двойной» мысли о возможности любви к нему этой девушки или даже о возможности своей любви к этой девушке. Возможность любви к нему, «к такому человеку, как он», он почел бы делом чудовищным. Ему мерещилось, что это была просто шалость с ее стороны, если действительно тут что-нибудь есть; но он как-то слишком был равнодушен собственно к шалости и находил ее слишком в порядке вещей; сам же был занят и озабочен чем-то совершенно другим. Словам, проскочившим давеча у взволнованного генерала насчет того, что она смеется над всеми, а над ним, над князем, в особенности, он поверил вполне. Ни малейшего оскорбления не почувствовал он при этом; по его мнению, так и должно было быть. Всё состояло для него главным образом в том, что завтра он опять увидит ее, рано утром, будет сидеть с нею рядом на зеленой скамейке, слушать, как заряжают пистолет, и глядеть на нее. Больше ему ничего и не надо было. Вопрос о том, — что такое она ему намерена сказать и какое такое это важное дело, до него прямо касающееся? — раз или два тоже мелькнул в его голове. Кроме того, в действительном существовании этого «важного дела», по которому звали его, он не усомнился ни на одну минуту, но совсем почти не думал об этом важном деле теперь, до того, что даже не чувствовал ни малейшего побуждения думать о нем.

Скрип тихих шагов на песке аллеи заставил его поднять голову. Человек, лицо которого трудно было различить в темноте, подошел к скамейке и сел подле него. Князь быстро придвинулся к нему, почти вплоть, и различил бледное лицо Рогожина.

— Так и знал, что где-нибудь здесь бродишь, недолго и проискал, — пробормотал сквозь зубы Рогожин.

В первый раз сходились они после встречи их в коридоре трактира. Пораженный внезапным появлением Рогожина, князь некоторое время не мог собраться с мыслями, и мучительное ощущение воскресло в его сердце. Рогожин, видимо, понимал впечатление, которое производил; но хоть он и сбивался вначале, говорил как бы с видом какой-то заученной развязности, но князю скоро показалось, что в нем не было ничего заученного и даже никакого особенного смущения: если была какая неловкость в его жестах и разговоре, то разве только снаружи; в душе этот человек не мог измениться.

— Как ты... отыскал меня здесь? — спросил князь, чтобы что-нибудь выговорить.

— От Келлера слышал (я к тебе заходил), «в парк-де пошел»; ну, думаю, так оно и есть.

— Что такое «есть»? — тревожно подхватил князь выскочившее слово.

Рогожин усмехнулся, но объяснения не дал.

— Я получил твое письмо, Лев Николаич; ты это всё напрасно... и охота тебе!.. А теперь я к тебе от нее: беспременно велит тебя звать; что-то сказать тебе очень надо. Сегодня же и просила.

— Я приду завтра. Я сейчас домой иду; ты... ко мне?

— Зачем? Я тебе всё сказал; прощай.

— Не зайдешь разве? — тихо спросил его князь.

— Чуден ты человек, Лев Николаич, на тебя подивиться надо.

Рогожин язвительно усмехнулся.

— Почему? С чего у тебя такая злоба теперь на меня? — грустно и с жаром подхватил князь. — Ведь ты сам знаешь теперь, что всё, что ты думал, — неправда. А ведь я, впрочем, так и думал, что злоба в тебе до сих пор на меня не прошла, и знаешь почему? Потому что ты же на меня посягнул, оттого и злоба твоя не проходит. Говорю тебе, что помню одного того Парфена Рогожина, с которым я крестами в тот день побратался; писал я это тебе во вчерашнем письме, чтобы ты и думать обо всем этом бреде забыл и говорить об этом не зачинал со мной. Чего ты сторонишься от меня? Чего руку от меня прячешь? Говорю тебе, что всё это, что было тогда, за один только бред почитаю: я тебя наизусть во весь тогдашний день теперь знаю, как себя самого. То, что ты вообразил, не существовало и не могло существовать. Для чего же злоба наша будет существовать?

– Какая у тебя будет злоба! – засмеялся опять Рогожин в ответ на горячую, внезапную речь князя. Он действительно стоял, сторонясь от него, отступив шага на два и пряча свои руки.

– Теперь мне не стать к тебе вовсе ходить, Лев Николаич, – медленно и сентенциозно прибавил он в заключение.

– До того уж меня ненавидишь, что ли?

– Я тебя не люблю, Лев Николаич, так зачем я к тебе пойду? Эх, князь, ты точно как ребенок какой, захотелось игрушки – вынь да положь, а дела не понимаешь. Это ты всё точно так в письме отписал, что и теперь говоришь, да разве я не верю тебе? Каждому твоему слову верю и знаю, что ты меня не обманывал никогда и впредь не обманешь; а я тебя все-таки не люблю. Ты вот пишешь, что ты всё забыл и что одного только крестового брата Рогожина помнишь, а не того Рогожина, который на тебя тогда нож подымал. Да почему ты-то мои чувства знаешь? (Рогожин опять усмехнулся.) Да я, может, в том ни разу с тех пор и не покаялся, а ты уже свое братское прощение мне прислал. Может, я в тот же вечер о другом совсем уже думал, а об этом...

– И думать забыл! – подхватил князь. – Да еще бы! И бьюсь об заклад, что ты прямо тогда на чугунку и сюда в Павловск на музыку прикатил и в толпе ее точно так же, как и сегодня, следил да высматривал. Эк чем удивил! Да не был бы ты тогда в таком положении, что об одном только и способен был думать, так, может быть, и ножа бы на меня не поднял. Предчувствие тогда я с утра еще имел, на тебя глядя; ты знаешь ли, каков ты тогда был? Как крестами менялись, тут, может, и зашевелилась во мне эта мысль. Для чего ты меня к старушке тогда водил? Свою руку этим думал сдержать? Да и не может быть, чтобы подумал, а так только почувствовал, как и я... Мы тогда в одно слово почувствовали. Не подыми ты руку тогда на меня (которую Бог отвел), чем бы я теперь пред тобой оказался? Ведь я ж тебя всё равно в этом подозревал, один наш грех, в одно слово! (Да не морщись! Ну, и чего ты смеешься?) «Не каялся»! Да если б и хотел, то, может быть, не смог бы покаяться, потому что и не любишь меня вдобавок. И будь я как ангел пред тобою невинен, ты все-таки терпеть меня не будешь, пока будешь думать, что она не тебя, а меня любит. Вот это ревность, стало быть, и есть. А только вот что я в эту неделю надумал, Парфен, и скажу тебе: знаешь ли ты, что она тебя теперь, может, больше всех любит, и так даже, что, чем больше мучает, тем больше и любит. Она этого не скажет тебе, да надо видеть уметь. Для чего она в конце концов за тебя все-таки замуж идет? Когда-нибудь скажет это тебе самому. Иные женщины даже хотят, чтоб их так любили, а она именно такого характера! А твой характер и любовь твоя должны ее поразить! Знаешь ли, что женщина способна замучить человека жестокостями и насмешками и ни разу угрызения совести не почувствует, потому что про себя каждый раз будет думать, смотря на тебя: «Вот теперь я его измучаю до смерти, да зато потом ему любовью моею наверстаю...»

Рогожин захохотал, выслушав князя.

– Да что, князь, ты и сам как-нибудь к этакой не попал ли? Я кое-что слышал про тебя, если правда?

– Что, что ты мог слышать? – вздрогнул вдруг князь и остановился в чрезвычайном смущении.

Рогожин продолжал смеяться. Он не без любопытства и, может быть, не без удовольствия выслушал князя; радостное и горячее увлечение князя очень поразило и ободрило его.

– Да и не то что слышал, а и сам теперь вижу, что правда, – прибавил он, – ну когда ты так говорил, как теперь? Ведь этакой разговор точно и не от тебя. Не слышал бы я о тебе такого, так и не пришел бы сюда; да еще в парк, в полночь.

— Я тебя совсем не понимаю, Парфен Семеныч.

— Она-то давно еще мне про тебя разъясняла, а теперь я давеча и сам рассмотрел, как ты на музыке с тою сидел. Божилась мне, вчера и сегодня божилась, что ты в Аглаю Епанчину как кошка влюблен. Мне это, князь, всё равно, да и дело оно не мое: если ты ее разлюбил, так она еще не разлюбила тебя. Ты ведь знаешь, что она тебя с тою непременно повенчать хочет, слово такое дала, хе-хе! Говорит мне: «Без эфтого за тебя не выйду, они в церковь, и мы в церковь». Что тут такое, я понять не могу и ни разу не понимал: или любит тебя без предела, или... коли любит, так как же с другою тебя венчать хочет? Говорит: «Хочу его счастливым видеть», — значит, стало быть, любит.

— Я говорил и писал тебе, что она... не в своем уме, — сказал князь, с мучением выслушав Рогожина.

— Господь знает! Это ты, может, и ошибся... она мне, впрочем, день сегодня назначила, как с музыки привел ее: через три недели, а может и раньше, наверно, говорит, под венец пойдем; поклялась, образ сняла, поцеловала. За тобой, стало быть, князь, теперь дело, хе-хе!

— Это всё бред! Этому, что ты про меня говоришь, никогда, никогда не бывать! Завтра я к вам приду...

— Какая же сумасшедшая? — заметил Рогожин. — Как же она для всех прочих в уме, а только для тебя одного как помешанная? Как же она письма-то пишет туда? Коли сумасшедшая, так и там бы по письмам заметили.

— Какие письма? — спросил князь в испуге.

— Туда пишет, к *той*, а та читает. Аль не знаешь? Ну, так узнаешь; наверно, покажет тебе сама.

— Этому верить нельзя! — вскричал князь.

— Эх! Да ты, Лев Николаич, знать, не много этой дорожки еще прошел, сколько вижу, а только еще начинаешь. Пожди мало: будешь свою собственную полицию содержать, сам день и ночь дежурить и каждый шаг оттуда знать, коли только...

— Оставь и не говори про это никогда! — вскричал князь. — Слушай, Парфен, я вот сейчас пред тобой здесь ходил и вдруг стал смеяться, чему — не знаю, а только причиной было, что я припомнил, что завтрашний день — день моего рождения как нарочно приходится. Теперь чуть ли не двенадцать часов. Пойдем, встретим день! У меня вино есть, выпьем вина, пожелай мне того, чего я и сам не знаю теперь пожелать, и именно ты пожелай, а я тебе твоего счастья полного пожелаю. Не то подавай назад крест! Ведь не прислал же мне крест на другой-то день! Ведь на тебе? На тебе и теперь?

— На мне, — проговорил Рогожин.

— Ну, и пойдем. Я без тебя не хочу мою новую жизнь встречать, потому что новая моя жизнь началась! Ты не знаешь, Парфен, что моя новая жизнь сегодня началась?

— Теперь сам вижу и сам знаю, что началась; так и ей донесу. Не в себе ты совсем, Лев Николаич!

IV

С чрезвычайным удивлением заметил князь, подходя к своей даче с Рогожиным, что на его террасе, ярко освещенной, собралось шумное и многочисленное общество. Веселая компания хохотала, голосила; кажется, даже спорила до крику; подозревалось с первого взгляда самое радостное препровождение времени. И действительно, поднявшись на террасу, он увидел, что все пили, и пили шампанское, и, кажется, уже довольно давно, так что многие из пирующих успели весьма приятно одушевиться. Гости были всё знакомые князя, но странно было, что они собрались разом все, точно по зову, хотя князь никого не звал, а про день своего рождения он и сам только что вспомнил нечаянно.

– Объявил, знать, кому, что шампанского выставишь, вот они и сбежались, – пробормотал Рогожин, всходя вслед за князем на террасу, – мы эфтот пункт знаем; им только свистни... – прибавил он почти со злобой, конечно припоминая свое недавнее прошлое.

Все встретили князя криками и пожеланиями, окружили его. Иные были очень шумны, другие гораздо спокойнее, но все торопились поздравить, прослышав о дне рождения, и всякий ждал своей очереди. Присутствие некоторых лиц заинтересовало князя, например Бурдовского; но всего удивительнее было, что среди этой компании очутился вдруг и Евгений Павлович; князь почти верить себе не хотел и чуть не испугался, увидев его.

Тем временем Лебедев, раскрасневшийся и почти восторженный, подбежал с объяснениями; он был довольно сильно *готов*. Из болтовни его оказалось, что все собрались совершенно натурально и даже нечаянно. Прежде всех, перед вечером, приехал Ипполит и, чувствуя себя гораздо лучше, пожелал подождать князя на террасе. Он расположился на диване; потом к нему сошел Лебедев, затем всё его семейство, то есть генерал Иволгин и дочери. Бурдовский приехал с Ипполитом, сопровождая его. Ганя и Птицын зашли, кажется, недавно, проходя мимо (их появление совпадало с происшествием в воксале); затем явился Келлер, объявил о дне рождения и потребовал шампанского. Евгений Павлович зашел всего с полчаса назад. На шампанском и чтоб устроить праздник настаивал изо всех сил и Коля. Лебедев с готовностью подал вина.

– Но своего, своего! – лепетал он князю, – на собственное иждивение, чтобы прославить и поздравить, и угощение будет, закуска, и об этом дочь хлопочет; но князь, если бы вы знали, какая тема в ходу. Помните у Гамлета: «Быть или не быть?» Современная тема-с, современная! Вопросы и ответы... И господин Терентьев в высшей степени... спать не хочет! А шампанского он только глотнул, глотнул, не повредит... Приближьтесь, князь, и решите! Все вас ждали, все только и ждали вашего счастливого ума...

Князь заметил милый, ласковый взгляд Веры Лебедевой, тоже торопившейся пробраться к нему сквозь толпу. Мимо всех он протянул руку ей первой; она вспыхнула от удовольствия и пожелала ему «счастливой жизни *с этого самого дня*». Затем стремглав побежала на кухню; там она готовила закуску; но и до прихода князя, – только что на минуту могла оторваться от дела, – являлась на террасу и изо всех сил слушала горячие споры о самых отвлеченных и странных для нее вещах, не умолкавшие между подпившими гостями. Младшая сестра ее, разевавшая рот, заснула в следующей комнате, на сундуке, но мальчик, сын Лебедева, стоял подле Коли и Ипполита, и один вид его одушевленного лица показывал, что он готов простоять здесь на одном месте, наслаждаясь и слушая, хоть еще часов десять сряду.

– Я вас особенно ждал и ужасно рад, что вы пришли такой счастливый, – проговорил Ипполит, когда князь, тотчас после Веры, подошел пожать ему руку.

– А почему вы знаете, что я «такой счастливый»?

– По лицу видно. Поздоровайтесь с господами и присядьте к нам сюда поскорее. Я особенно вас ждал, – прибавил он, значительно напирая на то, что он ждал. На замечание князя: не повредило бы ему так поздно сидеть? – он отвечал, что сам себе удивляется, как это он три дня назад умереть хотел, и что никогда он не чувствовал себя лучше, как в этот вечер.

Бурдовский вскочил и пробормотал, что он «так...», что он с Ипполитом, «сопровождал», и что тоже рад; что в письме он «написал вздор», а теперь «рад просто...». Не договорив, он крепко сжал руку князя и сел на стул.

После всех князь подошел и к Евгению Павловичу. Тот тотчас же взял его под руку.

– Мне вам только два слова сказать, – прошептал он вполголоса, – и по чрезвычайно важному обстоятельству; отойдемте на минуту.

— Два слова, — прошептал другой голос в другое ухо князя, и другая рука взяла его с другой стороны под руку. Князь с удивлением заметил страшно взъерошенную, раскрасневшуюся, подмигивающую и смеющуюся фигуру, в которой в ту же минуту узнал Фердыщенка, бог знает откуда взявшегося.

— Фердыщенка помните? — спросил тот.

— Откуда вы взялись? — вскричал князь.

— Он раскаивается! — вскричал подбежавший Келлер. — Он спрятался, он не хотел к вам выходить, он там в углу спрятался, он раскаивается, князь, он чувствует себя виноватым.

— Да в чем же, в чем же?

— Это я его встретил, князь, я его сейчас встретил и привел; это редкий из моих друзей; но он раскаивается.

— Очень рад, господа; ступайте, садитесь туда ко всем, я сейчас приду, — отделался наконец князь, торопясь к Евгению Павловичу.

— Здесь у вас занимательно, — заметил тот, — и я с удовольствием прождал вас с полчаса. Вот что, любезнейший Лев Николаевич, я всё устроил с Курмышевым и зашел вас успокоить; вам нечего беспокоиться, он очень, очень рассудительно принял дело, тем более что, по-моему, скорее сам виноват.

— С каким Курмышевым?

— Да вот, которого вы за руки давеча схватили... Он был так взбешен, что хотел уже к вам завтра прислать за объяснениями.

— Полноте, какой вздор!

— Разумеется, вздор и вздором наверно бы кончилось; но у нас эти люди...

— Вы, может быть, и еще зачем-нибудь пришли, Евгений Павлович?

— О, разумеется, еще зачем-нибудь, — рассмеялся тот. — Я, милый князь, завтра чем свет еду по этому несчастному делу (ну, вот о дяде-то) в Петербург; представьте себе: всё это верно и все уже знают, кроме меня. Меня так это всё поразило, что я *туда* и не поспел зайти (к Епанчиным); завтра тоже не буду, потому что буду в Петербурге, понимаете? Может, дня три здесь не буду, – одним словом, дела мои захромали. Хоть дело и не бесконечно важное, но я рассудил, что мне нужно кое в чем откровеннейшим образом объясниться с вами, и не пропуская времени, то есть до отъезда. Я теперь посижу и подожду, если велите, пока разойдется компания; притом же мне некуда более деваться: я так взволнован, что и спать не лягу. Наконец, хотя бессовестно и непорядочно так прямо преследовать человека, но я вам прямо скажу: я пришел искать вашей дружбы, милый мой князь; вы человек бесподобнейший, то есть не лгущий на каждом шагу, а может быть, и совсем, а мне в одном деле нужен друг и советник, потому что я решительно теперь из числа несчастных...

Он опять засмеялся.

– Вот в чем беда, – задумался на минуту князь, – вы хотите подождать, пока они разойдутся, а ведь бог знает, когда это будет. Не лучше ли нам теперь сойти в парк; они, право, подождут; я извинюсь.

– Ни-ни, я имею свои причины, чтобы нас не заподозрили в экстренном разговоре с целью; тут есть люди, которые очень интересуются нашими отношениями, – вы не знаете этого, князь? И гораздо лучше будет, если увидят, что и без того в самых дружелюбнейших, а не в экстренных только отношениях, – понимаете? Они часа через два разойдутся; я у вас возьму минут двадцать, ну – полчаса...

– Да милости просим, пожалуйте; я слишком рад и без объяснений; а за ваше доброе слово о дружеских отношениях очень вас благодарю. Вы извините, что я сегодня рассеян; знаете, я как-то никак не могу быть в эту минуту внимательным.

– Вижу, вижу, – пробормотал Евгений Павлович с легкою усмешкой. Он был очень смешлив в этот вечер.

– Что вы видите? – встрепенулся князь.

— А вы и не подозреваете, милый князь, — продолжал усмехаться Евгений Павлович, не отвечая на прямой вопрос, — вы не подозреваете, что я просто пришел вас надуть и мимоходом от вас что-нибудь выпытать, а?

— Что вы пришли выпытать, в этом и сомнения нет, — засмеялся наконец и князь, — и даже, может быть, вы решили меня немножко и обмануть. Но ведь что ж, я вас не боюсь; притом же мне теперь как-то всё равно, поверите ли? И... и... и так как я прежде всего убежден, что вы человек все-таки превосходный, то ведь мы, пожалуй, и в самом деле кончим тем, что дружески сойдемся. Вы мне очень понравились, Евгений Павлыч, вы... очень, очень порядочный, по-моему, человек!

— Ну, с вами во всяком случае премило дело иметь, даже какое бы ни было, — заключил Евгений Павлович, — пойдемте, я за ваше здоровье бокал выпью; я ужасно доволен, что к вам пристал. А! — остановился он вдруг, — этот господин Ипполит к вам жить переехал?

— Да.

— Он ведь не сейчас умрет, я думаю?

— А что?

— Так, ничего; я полчаса здесь с ним пробыл...

Ипполит всё это время ждал князя и беспрерывно поглядывал на него и на Евгения Павловича, когда они разговаривали в стороне. Он лихорадочно оживился, когда они подошли к столу. Он был беспокоен и возбужден; пот выступал на его лбу. В сверкавших глазах его высказывалось, кроме какого-то блуждающего постоянного беспокойства, и какое-то неопределенное нетерпение; взгляд его переходил без цели с предмета на предмет, с одного лица на другое. Хотя во всеобщем шумном разговоре он принимал до сих пор большое участие, но одушевление его было только лихорадочное; собственно к разговору он был невнимателен; спор его был бессвязен, насмешлив и небрежно парадоксален; он не договаривал и бросал то, о чем за минуту сам начинал говорить с горячечным жаром. Князь с удивлением и сожалением узнал, что ему позволили в этот вечер беспрепятственно выпить полные два бокала шампанского и что початый стоявший перед ним бокал был уже третий. Но он узнал это только потом; в настоящую же минуту был не очень заметлив.

– А знаете, что я ужасно рад тому, что именно сегодня день вашего рождения? – прокричал Ипполит.

– Почему?

– Увидите; скорее усаживайтесь; во-первых, уж потому, что собрался весь этот ваш... народ. Я так и рассчитывал, что народ будет; в первый раз в жизни мне расчет удается! А жаль, что не знал о вашем рождении, а то бы приехал с подарком... Ха-ха! Да, может, я и с подарком приехал! Много ли до света?

– До рассвета и двух часов не осталось, – заметил Птицын, посмотрев на часы.

– Да зачем теперь рассвет, когда на дворе и без него читать можно? – заметил кто-то.

– Затем, что мне надо краешек солнца увидеть. Можно пить за здоровье солнца, князь, как вы думаете?

Ипполит спрашивал резко, обращаясь ко всем без церемонии, точно командовал, но, кажется, сам не замечал того.

– Выпьем, пожалуй; только вам бы успокоиться, Ипполит, а?

– Вы всё про спанье; вы, князь, моя нянька! Как только солнце покажется и «зазвучит» на небе (кто это сказал в стихах: «на небе солнце зазвучало»? бессмысленно, но хорошо!) – так мы и спать. Лебедев! Солнце ведь источник жизни? Что значат «источники жизни» в Апокалипсисе? Вы слыхали о «звезде Полынь», князь?

– Я слышал, что Лебедев признает эту «звезду Полынь» сетью железных дорог, распространившихся по Европе.

– Нет-с, позвольте-с, так нельзя-с! – закричал Лебедев, вскакивая и махая руками, как будто желая остановить начинавшийся всеобщий смех, – позвольте-с! С этими господами... эти все господа, – обернулся он вдруг к князю, – ведь это, в известных пунктах, вот что-с... – и он без церемонии постукал два раза по столу, отчего смех еще более усилился.

Лебедев был хотя и в обыкновенном «вечернем» состоянии своем, но на этот раз он был слишком уж возбужден и раздражен предшествовавшим долгим «ученым» спором, а в таких случаях к оппонентам своим он относился с бесконечным и в высшей степени откровенным презрением.

– Это не так-с! У нас, князь, полчаса тому составился уговор, чтобы не прерывать; чтобы не хохотать, покамест один говорит; чтоб ему свободно дали всё выразить, а потом уж пусть и атеисты, если хотят, возражают; мы генерала председателем посадили, вот-с! А то что же-с? Этак всякого можно сбить, на высокой идее-с, на глубокой идее-с...

– Да говорите, говорите: никто не сбивает! – раздались голоса.

– Говорите, да не заговаривайтесь.

– Что за «звезда Полынь» такая? – осведомился кто-то.

– Понятия не имею! – ответил генерал Иволгин, с важным видом занимая свое недавнее место председателя.

– Я удивительно люблю все эти споры и раздражения, князь, ученые, разумеется, – пробормотал между тем Келлер, в решительном упоении и нетерпении ворочаясь на стуле, – ученые и политические, – обратился он вдруг и неожиданно к Евгению Павловичу, сидевшему почти рядом с ним. – Знаете, я ужасно люблю в газетах читать про английские парламенты, то есть не в том смысле, про что они там рассуждают (я, знаете, не политик), а в том, как они между собой объясняются, ведут себя, так сказать, как политики: «благородный виконт, сидящий напротив», «благородный граф, разделяющий мысль мою», «благородный мой оппонент, удививший Европу своим предложением», то есть все вот эти выраженьица, весь этот парламентаризм свободного народа — вот что для нашего брата заманчиво! Я пленяюсь, князь. Я всегда был артист в глубине души, клянусь вам, Евгений Павлыч.

— Так что же после этого, — горячился в другом углу Ганя, — выходит, по-вашему, что железные дороги прокляты, что они гибель человечеству, что они язва, упавшая на землю, чтобы замутить «источники жизни»?

Гаврила Ардалионович был в особенно возбужденном настроении в этот вечер, и в настроении веселом, чуть не торжествующем, как показалось князю. С Лебедевым он, конечно, шутил, поджигая его, но скоро и сам разгорячился.

— Не железные дороги, нет-с! — возражал Лебедев, в одно и то же время и выходивший из себя, и ощущавший непомерное наслаждение. — Собственно одни железные дороги не замутят источников жизни, а всё это в целом-с проклято, всё это настроение наших последних веков, в его общем целом, научном и практическом, может быть, и действительно проклято-с.

— Наверно проклято или только может быть? Это ведь важно в этом случае, — справился Евгений Павлович.

— Проклято, проклято, наверно проклято! — с азартом подтвердил Лебедев.

— Не торопитесь, Лебедев, вы по утрам гораздо добрее, — заметил, улыбаясь, Птицын.

— А по вечерам зато откровеннее! По вечерам задушевнее и откровеннее! — с жаром обернулся к нему Лебедев, — простодушнее и определительнее, честнее и почтеннее, и хоть этим я вам и бок подставляю, но наплевать-с; я вас всех вызываю теперь, всех атеистов: чем вы спасете мир и нормальную дорогу ему в чем отыскали, — вы, люди науки, промышленности, ассоциаций, платы заработной и прочего? Чем? Кредитом? Что такое кредит? К чему приведет вас кредит?

— Эк ведь у вас любопытство-то! — заметил Евгений Павлович.

— А мое мнение то, что кто такими вопросами не интересуется, тот великосветский шенапан-с!

— Да хоть ко всеобщей солидарности и равновесию интересов приведет, — заметил Птицын.

— И только, только! Не принимая никакого нравственного основания, кроме удовлетворения личного эгоизма и материальной необходимости? Всеобщий мир, всеобщее счастье — из необходимости! Так ли-с, если смею спросить, понимаю я вас, милостивый мой государь?

— Да ведь всеобщая необходимость жить, пить и есть, а полнейшее, научное, наконец, убеждение в том, что вы не удовлетворите этой необходимости без всеобщей ассоциации и солидарности интересов, есть, кажется, достаточно крепкая мысль, чтобы послужить опорною точкой и «источником жизни» для будущих веков человечества, — заметил уже серьезно разгорячившийся Ганя.

— Необходимость пить и есть, то есть одно только чувство самосохранения...

— Да разве мало одного только чувства самосохранения? Ведь чувство самосохранения — нормальный закон человечества...

— Кто это вам сказал? — крикнул вдруг Евгений Павлович. — Закон — это правда, но столько же нормальный, сколько и закон разрушения, а пожалуй, и саморазрушения. Разве в самосохранении одном весь нормальный закон человечества?

— Эге! — вскрикнул Ипполит, быстро оборотясь к Евгению Павловичу и с диким любопытством оглядывая его; но увидев, что он смеется, засмеялся и сам, толкнул рядом стоящего Колю и опять спросил его, который час, даже сам притянул к себе серебряные часы Коли и жадно посмотрел на стрелку. Затем, точно всё забыв, он протянулся на диване, закинул руки за голову и стал смотреть в потолок; чрез полминуты он уже опять сидел за столом, выпрямившись и вслушиваясь в болтовню разгорячившегося до последней степени Лебедева.

– Мысль коварная и насмешливая, мысль шпигующая! – с жадностью подхватил Лебедев парадокс Евгения Павловича, – мысль, высказанная с целью подзадорить в драку противников, – но мысль верная! Потому что вы, светский пересмешник и кавалерист (хотя и не без способностей!), и сами не знаете, до какой степени ваша мысль есть глубокая мысль, есть верная мысль! Дас. Закон саморазрушения и закон самосохранения одинаково сильны в человечестве! Дьявол одинаково владычествует человечеством до предела времен, еще нам неизвестного. Вы смеетесь? Вы не верите в дьявола? Неверие в дьявола есть французская мысль, есть легкая мысль. Вы знаете ли, кто есть дьявол? Знаете ли, как ему имя? И не зная даже имени его, вы смеетесь над формой его, по примеру Вольтерову, над копытами, хвостом и рогами его, вами же изобретенными; ибо нечистый дух есть великий и грозный дух; а не с копытами и с рогами, вами ему изобретенными. Но не в нем теперь дело!..

– Почему вы знаете, что не в нем теперь дело? – крикнул вдруг Ипполит и захохотал как будто в припадке.

– Мысль ловкая и намекающая! – похвалил Лебедев. – Но опять-таки дело не в том, а вопрос у нас в том, что не ослабели ли «источники жизни» с усилением...

– Железных-то дорог? – крикнул Коля.

– Не железных путей сообщения, молодой, но азартный подросток, а всего того направления, которому железные дороги могут послужить, так сказать, картиной, выражением художественным. Спешат, гремят, стучат и торопятся для счастия, говорят, человечества! «Слишком шумно и промышленно становится в человечестве, мало спокойствия духовного», – жалуется один удалившийся мыслитель. «Пусть, но стук телег, подвозящих хлеб голодному человечеству, может быть, лучше спокойствия духовного», – отвечает тому победительно другой, разъезжающий повсеместно мыслитель, и уходит от него с тщеславием. Не верю я, гнусный Лебедев, телегам, подвозящим хлеб человечеству! Ибо телеги, подвозящие хлеб всему человечеству, без нравственного основания поступку, могут прехладнокровно исключить из наслаждения подвозимым значительную часть человечества, что уже и было...

– Это телеги-то могут прехладнокровно исключить? – подхватил кто-то.

– Что уже и было, – подтвердил Лебедев, не удостоивая вниманием вопроса, – уже был Мальтус, друг человечества. Но друг человечества с шатостию нравственных оснований есть людоед человечества, не говоря о его тщеславии; ибо оскорбите тщеславие которого-нибудь из сих бесчисленных друзей человечества, и он тотчас же готов зажечь мир с четырех концов из мелкого мщения, – впрочем, так же точно, как и всякий из нас, говоря по справедливости, как и я, гнуснейший из всех, ибо я-то, может быть, первый и дров принесу, а сам прочь убегу. Но не в том опять дело!

– Да в чем же, наконец?

– Надоел!

– Дело в следующем анекдоте из прошедших веков, ибо я в необходимости рассказать анекдот из прошедших веков. В наше время, в нашем отечестве, которое, надеюсь, вы любите одинаково со мной, господа, ибо я, с своей стороны, готов излить из себя даже всю кровь мою...

– Дальше! Дальше!

– В нашем отечестве, равно как и в Европе, всеобщие, повсеместные и ужасные голода посещают человечество, по возможному исчислению и сколько запомнить могу, не чаще теперь как один раз в четверть столетия, другими словами, однажды в каждое двадцатипятилетие. Не спорю за точную цифру, но весьма редко сравнительно.

– С чем сравнительно?

– С двенадцатым столетием и с соседними ему столетиями с той и с другой стороны. Ибо тогда, как пишут и утверждают писатели, всеобщие голода в человечестве посещали его в два года раз или по крайней мере в три года раз, так что при таком положении вещей человек прибегал даже к антропофагии, хотя и сохраняя секрет. Один из таких тунеядцев, приближаясь к старости, объявил сам собою и без всякого принуждения, что он в продолжение долгой и скудной жизни своей умертвил и съел лично и в глубочайшем секрете шестьдесят монахов и несколько светских младенцев, – штук шесть, но не более, то есть необыкновенно мало сравнительно с количеством съеденного им духовенства. До светских же взрослых людей, как оказалось, он с этою целью никогда не дотрагивался.

– Этого быть не может! – крикнул сам председатель, генерал, чуть даже не обиженным голосом. – Я часто с ним, господа, рассуждаю и спорю, и всё о подобных мыслях; но всего чаще он выставляет такие нелепости, что уши даже вянут, ни на грош правдоподобия!

– Генерал! Вспомни осаду Карса, а вы, господа, узнайте, что анекдот мой голая истина. От себя же замечу, что всякая почти действительность хотя и имеет непреложные законы свои, но почти всегда невероятна и неправдоподобна. И чем даже действительнее, тем иногда и неправдоподобнее.

– Да разве можно съесть шестьдесят монахов? – смеялись кругом.

– Хоть он и съел их не вдруг, что очевидно, а, может быть, в пятнадцать или в двадцать лет, что уже совершенно понятно и натурально...

– И натурально?

– И натурально! – с педантским упорством отгрызался Лебедев. – Да и кроме всего, католический монах уже по самой натуре своей повадлив и любопытен, и его слишком легко заманить в лес или в какое-нибудь укромное место и там поступить с ним по-вышесказанному, – но я все-таки не оспариваю, что количество съеденных лиц оказалось чрезвычайное, даже до невоздержности.

– Может быть, это и правда, господа, – заметил вдруг князь.

До сих пор он в молчании слушал споривших и не ввязывался в разговор; часто от души смеялся вслед за всеобщими взрывами смеха. Видно было, что он ужасно рад тому, что так весело, так шумно; даже тому, что они так много пьют. Может быть, он и ни слова бы не сказал в целый вечер, но вдруг как-то вздумал заговорить. Заговорил же с чрезвычайною серьезностию, так что все вдруг обратились к нему с любопытством.

– Я, господа, про то собственно, что тогда бывали такие частые голода. Про это и я слышал, хотя и плохо знаю историю. Но, кажется, так и должно было быть. Когда я попал в швейцарские горы, я ужасно дивился развалинам старых рыцарских замков, построенных на склонах гор, по крутым скалам, и по крайней мере на полверсте отвесной высоты (это значит несколько верст тропинками). Замок известно что: это целая гора камней. Работа ужасная, невозможная! И это, уж конечно, построили все эти бедные люди, вассалы. Кроме того, они должны были платить всякие подати и содержать духовенство. Где же тут было себя пропитать и землю обрабатывать? Их же тогда было мало, должно быть, ужасно умирали с голоду, и есть буквально, может быть, было нечего. Я иногда даже думал: как это не пресекся тогда совсем этот народ и что-нибудь с ним не случилось, как он мог устоять и вынести? Что были людоеды, и, может быть, очень много, то в этом Лебедев, без сомнения, прав; только вот я не знаю, почему именно он замешал тут монахов и что хочет этим сказать?

– Наверно, то, что в двенадцатом столетии только монахов и можно было есть, потому что только одни монахи и были жирны, – заметил Гаврила Ардалионович.

– Великолепнейшая и вернейшая мысль! – крикнул Лебедев, – ибо до светских он даже и не прикоснулся. Ни единого светского на шестьдесят нумеров духовенства, и это страшная мысль, историческая мысль, статистическая мысль, наконец, и из таких-то фактов и воссоздается история у умеющего; ибо до цифирной точности возводится, что духовенство по крайней мере в шестьдесят раз жило счастливее и привольнее, чем всё остальное тогдашнее человечество. И, может быть, по крайней мере в шестьдесят раз было жирнее всего остального человечества...

— Преувеличенье, преувеличенье, Лебедев! — хохотали кругом.

— Я согласен, что историческая мысль, но к чему вы ведете? — продолжал спрашивать князь. (Он говорил с такою серьезностию и с таким отсутствием всякой шутки и насмешки над Лебедевым, над которым все смеялись, что тон его, среди общего тона всей компании, невольно становился комическим; еще немного, и стали бы подсмеиваться и над ним, но он не замечал этого.)

— Разве вы не видите, князь, что это помешанный? — нагнулся к нему Евгений Павлович. — Мне давеча сказали здесь, что он помешался на адвокатстве и на речах адвокатских и хочет экзамен держать. Я жду славной пародии.

— Я веду к громадному выводу, — гремел между тем Лебедев. — Но разберем прежде всего психологическое и юридическое состояние преступника. Мы видим, что преступник, или, так сказать, мой клиент, несмотря на всю невозможность найти другое съедобное, несколько раз, в продолжение любопытной карьеры своей, обнаруживает желание раскаяться и отклоняет от себя духовенство. Мы видим это ясно из фактов: упоминается, что он все-таки съел же пять или шесть младенцев, сравнительно цифра ничтожная, но зато знаменательная в другом отношении. Видно, что, мучимый страшными угрызениями (ибо клиент мой — человек религиозный и совестливый, что я докажу) и чтоб уменьшить по возможности грех свой, он, в виде пробы, переменял шесть раз пищу монашескую на пищу светскую. Что в виде пробы, то это опять несомненно; ибо если бы только для гастрономической вариации, то цифра шесть была бы слишком ничтожною: почему только шесть нумеров, а не тридцать? (Я беру половину на половину.) Но если это была только проба, из одного отчаяния пред страхом кощунства и оскорбления церковного, то тогда цифра шесть становится слишком понятною; ибо шесть проб, чтоб удовлетворить угрызениям совести, слишком достаточно, так как пробы не могли же быть удачными. И, во-первых, по моему мнению, младенец слишком мал, то есть не крупен, так что за известное время светских младенцев потребовалось бы втрое, впятеро большая цифра, нежели духовных, так что и грех, если и уменьшался с одной стороны, то в конце концов увеличивался с другой, не качеством, так количеством. Рассуждая так, господа, я, конечно, снисхожу в сердце преступника двенадцатого столетия. Что же касается до меня, человека столетия девятнадцатого, то я, может быть, рассудил бы и иначе, о чем вас и уведомляю, так что нечего вам на меня, господа, зубы скалить, а вам, генерал, уж и совсем неприлично. Во-вторых, младенец, по моему личному мнению, непитателен, может быть, даже слишком сладок и приторен, так что, не удовлетворяя потребности, оставляет одни угрызения совести. Теперь заключение, финал, господа, финал, в котором заключается разгадка одного из величайших вопросов тогдашнего и нашего времени! Преступник кончает тем, что идет и доносит на себя духовенству и предает себя в руки правительству. Спрашивается, какие муки ожидали его по тогдашнему времени, какие колеса, костры и огни? Кто же толкал его идти доносить на себя? Почему не просто остановиться на цифре шестьдесят, сохраняя секрет до последнего своего издыхания? Почему не просто бросить монашество и жить в покаянии пустынником? Почему, наконец, не поступить самому в монашество? Вот тут и разгадка! Стало быть, было же нечто сильнейшее костров и огней и даже двадцатилетней привычки! Стало быть, была же мысль сильнейшая всех несчастий, неурожаев, истязаний, чумы, проказы и всего того ада, которого бы и не вынесло то человечество без той связующей, направляющей сердце и оплодотворяющей источники жизни мысли! Покажите же вы мне что-нибудь подобное такой силе в наш век пороков и железных дорог... то есть надо бы сказать: в наш век пароходов и железных дорог, но я говорю: в наш век пороков и железных дорог, потому что я пьян, но справедлив! Покажите мне связующую настоящее человечество мысль хоть вполовину такой силы, как в тех столетиях. И осмельтесь сказать, наконец, что не ослабели, не помутились источники жизни под этою «звездой», под этою сетью, опутавшею людей. И не пугайте меня вашим благосостоянием, вашими богатствами, редкостью голода и быстротой путей сообщения! Богатства больше, но силы меньше; связующей мысли не стало; всё размягчилось, всё упрело и все упрели! Все, все, все мы упрели!.. Но довольно, и не в том теперь дело, а в том, что не распорядиться ли нам, достопочтенный князь, насчет приготовленной для гостей закусочки?

Лебедев, чуть не доведший некоторых из слушателей до настоящего негодования (надо заметить, что бутылки всё время не переставали откупориваться), неожиданным заключением своей речи насчет закусочки примирил с собой тотчас же всех противников. Сам он называл такое заключение «ловким, адвокатским оборотом дела». Веселый смех поднялся опять, гости оживились; все встали из-за стола, чтобы расправить члены и пройтись по террасе. Только Келлер остался недоволен речью Лебедева и был в чрезвычайном волнении.

– Нападает на просвещение, проповедует изуверство двенадцатого столетия, кривляется, и даже безо всякой сердечной невинности: сам-то чем он дом нажил, позвольте спросить?– говорил он вслух, останавливая всех и каждого.

– Я видел настоящего толкователя Апокалипсиса, – говорил генерал в другом углу другим слушателям, и, между прочим, Птицыну, которого ухватил за пуговицу, – покойного Григория Семеновича Бурмистрова: тот, так сказать, прожигал сердца. И во-первых, надевал очки, развертывал большую старинную книгу в черном кожаном переплете, ну, и при этом седая борода, две медали за пожертвования. Начинал сурово и строго, пред ним склонялись генералы, а дамы в обморок падали, ну — а этот заключает закуской! Ни на что не похоже!

Птицын, слушавший генерала, улыбался и как будто собирался взяться за шляпу, но точно не решался или беспрерывно забывал о своем намерении. Ганя, еще до того времени, как встали из-за стола, вдруг перестал пить и отодвинул от себя бокал; что-то мрачное прошло по лицу его. Когда встали из-за стола, он подошел к Рогожину и сел с ним рядом. Можно было подумать, что они в самых приятельских отношениях. Рогожин, который вначале тоже несколько раз было собирался потихоньку уйти, сидел теперь неподвижно, потупив голову и как бы тоже забыв, что хотел уходить. Во весь вечер он не выпил ни одной капли вина и был очень задумчив; изредка только поднимал глаза и оглядывал всех и каждого. Теперь же можно было подумать, что он чего-то здесь ждет, чрезвычайно для него важного, и до времени решился не уходить.

Князь выпил всего два или три бокала и был только весел. Привстав из-за стола, он встретил взгляд Евгения Павловича, вспомнил о предстоящем между ними объяснении и улыбнулся приветливо. Евгений Павлович кивнул ему головой и вдруг показал на Ипполита, которого пристально наблюдал в эту самую минуту. Ипполит спал, протянувшись на диване.

— Зачем, скажите, затесался к вам этот мальчишка, князь?— сказал он вдруг с такою явною досадой и даже со злобой, что князь удивился. — Бьюсь об заклад, у него недоброе на уме!

— Я заметил, — сказал князь, — мне показалось, по крайней мере, что он вас слишком интересует сегодня, Евгений Павлыч; это правда?

— И прибавьте: при моих собственных обстоятельствах мне и самому есть о чем задуматься, так что я сам себе удивляюсь, что весь вечер не могу оторваться от этой противной физиономии!

— У него лицо красивое...

— Вот, вот, смотрите! — крикнул Евгений Павлович, дернув за руку князя, — вот!..

Князь еще раз с удивлением оглядел Евгения Павловича.

V

Ипполит, под конец диссертации Лебедева вдруг заснувший на диване, теперь вдруг проснулся, точно кто его толкнул в бок, вздрогнул, приподнялся, осмотрелся кругом и побледнел; в каком-то даже испуге озирался он кругом; но почти ужас выразился в его лице, когда он всё припомнил и сообразил.

— Что, они расходятся? Кончено? Всё кончено? Взошло солнце? — спрашивал он тревожно, хватая за руку князя. — Который час? Ради бога: час? Я проспал. Долго я спал? — прибавил он чуть не с отчаянным видом, точно он проспал что-то такое, от чего по крайней мере зависела вся судьба его.

— Вы спали семь или восемь минут, — ответил Евгений Павлович.

Ипполит жадно посмотрел на него и несколько мгновений соображал.

— А... только! Стало быть, я...

И он глубоко и жадно перевел дух, как бы сбросив с себя чрезвычайную тягость. Он догадался наконец, что ничего «не кончено», что еще не рассвело, что гости встали из-за стола только для закуски и что кончилась всего одна только болтовня Лебедева. Он улыбнулся, и чахоточный румянец, в виде двух ярких пятен, заиграл на щеках его.

— А вы уж и минуты считали, пока я спал, Евгений Павлыч, — подхватил он насмешливо, — вы целый вечер от меня не отрывались, я видел... А! Рогожин! Я видел его сейчас во сне, – прошептал он князю, нахмурившись и кивая на сидевшего у стола Рогожина, – ах да, – перескочил он вдруг опять, – где же оратор, где ж Лебедев? Лебедев, стало быть, кончил? О чем он говорил? Правда, князь, что вы раз говорили, что мир спасет «красота»? Господа, – закричал он громко всем, – князь утверждает, что мир спасет красота! А я утверждаю, что у него оттого такие игривые мысли, что он теперь влюблен. Господа, князь влюблен; давеча, только что он вошел, я в этом убедился. Не краснейте, князь, мне вас жалко станет. Какая красота спасет мир! Мне это Коля пересказал... Вы ревностный христианин? Коля говорит, вы сами себя называете христианином.

Князь рассматривал его внимательно и не ответил ему.

– Вы не отвечаете мне? Вы, может быть, думаете, что я вас очень люблю? – прибавил вдруг Ипполит, точно сорвал.

– Нет, не думаю. Я знаю, что вы меня не любите.

– Как! Даже после вчерашнего? Вчера я был искренен с вами?

– Я и вчера знал, что вы меня не любите.

– То есть, потому что я вам завидую, завидую? Вы всегда это думали и думаете теперь, но... но зачем я говорю вам об этом? Я хочу выпить еще шампанского; налейте мне, Келлер.

– Вам нельзя больше пить, Ипполит, я вам не дам.

И князь отодвинул от него бокал.

– И впрямь... – согласился он тотчас же, как бы задумываясь, – пожалуй, еще скажут... да черт ли мне в том, что они скажут! Не правда ли, не правда ли? Пускай их потом говорят, так ли, князь? И какое нам всем дело, что будет *потом*!.. Я, впрочем, спросонья. Какой я ужасный сон видел, теперь только припомнил... Я вам не желаю таких снов, князь, хоть я вас действительно, может быть, не люблю. Впрочем, если не любишь человека, зачем ему дурного желать, не правда ли? Что это я всё спрашиваю, всё-то я спрашиваю! Дайте мне вашу руку; я вам крепко пожму ее, вот так... Вы, однако ж, протянули мне руку? Стало быть, знаете, что я вам искренно ее пожимаю?.. Пожалуй, я не буду больше пить. Который час? Впрочем, не надо, я знаю который час. Пришел час! Теперь самое время. Что это, там в углу закуску ставят? Стало быть, этот стол свободен? Прекрасно! Господа, я... однако все эти господа и не слушают... я намерен прочесть одну статью, князь; закуска, конечно, интереснее, но...

И вдруг, совершенно неожиданно, вытащил из своего верхнего бокового кармана большой, канцелярского размера, пакет, запечатанный большою красною печатью. Он положил его на стол пред собой.

Эта неожиданность произвела эффект в не готовом к тому или, лучше сказать, в *готовом*, но не к тому обществе. Евгений Павлович даже привскочил на своем стуле; Ганя быстро придвинулся к столу; Рогожин тоже, но с какою-то брюзгливою досадой, как бы понимая, в чем дело. Случившийся вблизи Лебедев подошел с любопытными глазками и смотрел на пакет, стараясь угадать, в чем дело.

– Что это у вас? – спросил с беспокойством князь.

– С первым краешком солнца я улягусь, князь, я сказал; честное слово: увидите! – вскричал Ипполит. – Но... но... неужели вы думаете, что я не в состоянии распечатать этот пакет? – прибавил он, с каким-то вызовом обводя всех кругом глазами и как будто обращаясь ко всем безразлично. Князь заметил, что он весь дрожал.

– Мы никто этого и не думаем, – ответил князь за всех, – и почему вы думаете, что у кого-нибудь есть такая мысль, и что... что у вас за странная идея читать? Что у вас тут такое, Ипполит?

– Что тут такое? Что с ним опять приключилось? – спрашивали кругом. Все подходили, иные еще закусывая, пакет с красною печатью всех притягивал, точно магнит.

— Это я сам вчера написал, сейчас после того как дал вам слово, что приеду к вам жить, князь. Я писал это вчера весь день, потом ночь и кончил сегодня утром; ночью, под утро, я видел сон...

— Не лучше ли завтра? — робко перебил князь.

— Завтра «времени больше не будет»! — истерически усмехнулся Ипполит. — Впрочем, не беспокойтесь, я прочту в сорок минут, ну — в час... И видите, как все интересуются; все подошли; все на мою печать смотрят, и ведь не запечатай я статью в пакет, не было бы никакого эффекта! Ха-ха! Вот что она значит, таинственность! Распечатывать или нет, господа? — крикнул он, смеясь своим странным смехом и сверкая глазами. — Тайна! Тайна! А помните, князь, кто провозгласил, что «времени больше не будет»? Это провозглашает огромный и могучий ангел в Апокалипсисе.

— Лучше не читать! — воскликнул вдруг Евгений Павлович, но с таким нежданным в нем видом беспокойства, что многим показалось это странным.

— Не читайте! — крикнул и князь, положив на пакет руку.

— Какое чтение? теперь закуска, — заметил кто-то.

— Статья? В журнал, что ли? — осведомился другой.

— Может, скучно? — прибавил третий.

— Да что тут такое? — осведомлялись остальные. Но пугливый жест князя точно испугал и самого Ипполита.

— Так... не читать? — прошептал он ему как-то — опасливо, с кривившеюся улыбкой на посиневших губах, — не читать? — пробормотал он, обводя взглядом всю публику, все глаза и лица, и как будто цепляясь опять за всех с прежнею, точно набрасывающеюся на всех экспансивностью, — вы... боитесь? — повернулся он опять к князю.

— Чего? — спросил тот, всё более и более изменяясь.

— Есть у кого-нибудь двугривенный, двадцать копеек? — вскочил вдруг Ипполит со стула, точно его сдернули, — какая-нибудь монетка?

— Вот! — подал тотчас же Лебедев; у него мелькнула мысль, что больной Ипполит помешался.

— Вера Лукьяновна! — торопливо пригласил Ипполит, — возьмите, бросьте на стол: орел или решетка? Орел — так читать!

Вера испуганно посмотрела на монетку, на Ипполита, потом на отца и как-то неловко, закинув кверху голову, как бы в том убеждении, что уж ей самой не надо смотреть на монетку, бросила ее на стол. Выпал орел.

— Читать! — прошептал Ипполит, как будто раздавленный решением судьбы; он не побледнел бы более, если б ему прочли смертный приговор.— А впрочем, — вздрогнул он вдруг, помолчав с полминуты, — что это? Неужели я бросал сейчас жребий? — с тою же напрашивающеюся откровенностью осмотрел он всех кругом.— Но ведь это удивительная психологическая черта! — вскричал он вдруг, обращаясь к князю, в искреннем изумлении.— Это... это непостижимая черта, князь! — подтвердил он, оживляясь и как бы приходя в себя.— Это вы запишите, князь, запомните, вы ведь, кажется, собираете материалы насчет смертной казни... Мне говорили, ха-ха! О боже, какая бестолковая нелепость! — Он сел на диван, облокотился на стол обоими локтями и схватил себя за голову. — Ведь это даже стыдно!.. А черт ли мне в том, что стыдно, — поднял он почти тотчас же голову.— Господа! Господа, я распечатываю пакет, — провозгласил он с какою-то внезапною решимостию, — я... я, впрочем, не принуждаю слушать!..

Дрожащими от волнения руками он распечатал пакет, вынул из него несколько листочков почтовой бумаги, мелко исписанных, положил их пред собой и стал расправлять их.

— Да что это? Да что тут такое? Что будут читать? — мрачно бормотали некоторые; другие молчали. Но все уселись и смотрели с любопытством. Может быть, действительно ждали чего-то необыкновенного. Вера уцепилась за стул отца и от испуга чуть не плакала; почти в таком же испуге был и Коля. Уже усевшийся Лебедев вдруг приподнялся, схватился за свечки и приблизил их ближе к Ипполиту, чтобы светлее было читать.

– Господа, это... это вы увидите сейчас что такое, – прибавил для чего-то Ипполит и вдруг начал чтение: – «Необходимое объяснение»! Эпиграф «Après moi le déluge»...[1] Фу, черт возьми! – вскрикнул он, точно обжегшись, – неужели я мог серьезно поставить такой глупый эпиграф?.. Послушайте, господа!.. уверяю вас, что всё это в конце концов, может быть, ужаснейшие пустяки! Тут только некоторые мои мысли... Если вы думаете, что тут... что-нибудь таинственное или... запрещенное... одним словом...

– Читали бы без предисловий, – перебил Ганя.

– Завилял! – прибавил кто-то.

– Разговору много, – ввернул молчавший всё время Рогожин.

Ипполит вдруг посмотрел на него, и когда глаза их встретились, Рогожин горько и желчно осклабился и медленно произнес странные слова:

– Не так этот предмет надо обделывать, парень, не так...

Что хотел сказать Рогожин, конечно, никто не понял, но слова его произвели довольно странное впечатление на всех: всякого тронула краешком какая-то одна общая мысль. На Ипполита же слова эти произвели впечатление ужасное: он так задрожал, что князь протянул было руку, чтобы поддержать его, и он наверно бы вскрикнул, если бы видимо не оборвался вдруг его голос. Целую минуту он не мог выговорить слова, и, тяжело дыша, всё смотрел на Рогожина. Наконец, задыхаясь и с чрезвычайным усилием, выговорил:

– Так это вы... вы были... вы?

1 «После меня хоть потоп» (*фр.*).

— Что был? Что я? — ответил недоумевая Рогожин, но Ипполит, вспыхнув и почти с бешенством, вдруг его охватившим, резко и сильно вскричал:

— *Вы* были у меня на прошлой неделе, ночью, во втором часу, в тот день, когда я к вам приходил утром, *вы*!! Признавайтесь, вы?

— На прошлой неделе, ночью? Да не спятил ли ты и впрямь с ума, парень?

«Парень» опять с минуту помолчал, приставив указательный палец ко лбу и как бы соображая; но в бледной, всё так же кривившейся от страха улыбке его мелькнуло вдруг что-то как будто хитрое, даже торжествующее.

— Это были вы! — повторил он наконец чуть не шепотом, но с чрезвычайным убеждением. — *Вы* приходили ко мне и сидели молча у меня на стуле, у окна, целый час; больше; в первом и во втором часу пополуночи; вы потом встали и ушли в третьем часу... Это были вы, вы! Зачем вы пугали меня, зачем вы приходили мучить меня, — не понимаю, но это были вы!

И во взгляде его мелькнула вдруг бесконечная ненависть, несмотря на всё еще не унимавшуюся в нем дрожь от испуга.

— Вы сейчас, господа, всё это узнаете, я... я... слушайте...

Он опять, и ужасно торопясь, схватился за свои листочки; они расползлись и разрознились, он силился их сложить; они дрожали в его дрожавших руках; долго он не мог устроиться.

Чтение наконец началось. Вначале, минут с пять, автор неожиданной *статьи* всё еще задыхался и читал бессвязно и неровно; но потом голос его отвердел и стал вполне выражать смысл прочитанного. Иногда только довольно сильный кашель прерывал его; с половины статьи он сильно охрип; чрезвычайное одушевление, овладевавшее им всё более и более по мере чтения, под конец достигло высшей степени, как и болезненное впечатление на слушателей. Вот вся эта «статья».

«МОЕ НЕОБХОДИМОЕ ОБЪЯСНЕНИЕ

Après moi le déluge!

Вчера утром был у меня князь; между прочим, он уговорил меня переехать на свою дачу. Я так и знал, что он непременно будет на этом настаивать, и уверен был, что он так прямо и брякнет мне, что мне на даче будет "легче умирать между людьми и деревьями", как он выражается. Но сегодня он не сказал *умереть*, а сказал "будет легче прожить", что, однако же, почти всё равно для меня, в моем положении. Я спросил его, что он подразумевает под своими беспрерывными "деревьями" и почему он мне так навязывает эти "деревья", — и с удивлением узнал от него, что я сам будто бы на том вечере выразился, что приезжал в Павловск в последний раз посмотреть на деревья. Когда я заметил ему, что ведь всё равно умирать, что под деревьями, что смотря в окно на мои кирпичи, и что для двух недель нечего так церемониться, то он тотчас же согласился; но зелень и чистый воздух, по его мнению, непременно произведут во мне какую-нибудь физическую перемену и мое волнение и *мои сны* переменятся и, может быть, облегчатся. Я опять заметил ему смеясь, что он говорит как материалист. Он ответил мне с своею улыбкой, что он и всегда был материалист. Так как он никогда не лжет, то эти слова что-нибудь да означают. Улыбка его хороша; я разглядел его теперь внимательнее. Я не знаю, люблю или не люблю я его теперь; теперь мне некогда с этим возиться. Моя пятимесячная ненависть к нему, надо заметить, в последний месяц стала совсем утихать. Кто знает, может быть, я приезжал в Павловск, главное, чтоб его увидать. Но... зачем я оставлял тогда мою комнату? Приговоренный к смерти не должен оставлять своего угла; и если бы теперь я не принял окончательного решения, а решился бы, напротив, ждать до последнего часу, то, конечно, не оставил бы моей комнаты ни за что и не принял бы предложения переселиться к нему “умирать” в Павловск.

Мне нужно поспешить и кончить всё это “объяснение” непременно до завтра. Стало быть, у меня не будет времени перечитать и поправить; перечту завтра, когда буду читать князю и двум-трем свидетелям, которых намерен найти у него. Так как тут не будет ни одного слова лжи, а всё одна правда, последняя и торжественная, то мне заранее любопытно, какое впечатление она произведет на меня самого в тот час и в ту минуту, когда я стану перечитывать? Впрочем, я напрасно написал слова “правда последняя и торжественная”; для двух недель и без того лгать не стоит, потому что я напишу одну правду. (NB. Не забыть мысли: не сумасшедший ли я в эту минуту, то есть минутами? Мне сказали утвердительно, что чахоточные в последней степени иногда сходят с ума на время. Поверить это завтра за чтением по впечатлению на слушателей. Этот вопрос непременно разрешить в полной точности; иначе нельзя ни к чему приступить.)

Мне кажется, я написал сейчас ужасную глупость; но переправлять мне некогда, я сказал; кроме того, я даю себе слово нарочно не переправлять в этой рукописи ни одной строчки, даже если б я сам заметил, что противоречу себе чрез каждые пять строк. Я хочу именно определить завтра за чтением, правильно ли логическое течение моей мысли; замечаю ли я ошибки мои, и верно ли, стало быть, всё то, что я в этой комнате в эти шесть месяцев передумал, или только один бред.

Если б еще два месяца тому назад мне пришлось, как теперь, оставлять совсем мою комнату и проститься с Мейеровою стеной, то, я уверен, мне было бы грустно. Теперь же я ничего не ощущаю, а между тем завтра оставляю и комнату и стену, *навеки*! Стало быть, убеждение мое, что для двух недель не стоит уже сожалеть или предаваться каким-нибудь ощущениям, одолело моею природой и может уже теперь приказывать всем моим чувствам. Но правда ли это? Правда ли, что моя природа побеждена теперь совершенно? Если бы меня стали теперь пытать, то я бы стал, наверно, кричать и не сказал бы, что не стоит кричать и чувствовать боль, потому что две недели только осталось жить.

Но правда ли то, что мне только две недели жить остается, а не больше? Тогда в Павловске я солгал: Б–н мне ничего не говорил и никогда не видал меня; но с неделю назад ко мне приводили студента Кислородова; по убеждениям своим он материалист, атеист и нигилист, вот почему я именно его и позвал: мне надо было человека, чтобы сказал мне наконец голую правду, не нежничая и без церемонии. Так он и сделал, и не только с готовностию и без церемонии, но даже с видимым удовольствием (что, по-моему, уж и лишнее). Он брякнул мне прямо, что мне осталось около месяца; может быть, несколько больше, если будут хорошие обстоятельства; но, может быть, даже и гораздо раньше умру. По его мнению, я могу умереть и внезапно, даже, например, завтра: такие факты бывали, и не далее как третьего дня одна молодая дама, в чахотке и в положении, сходном с моим, в Коломне, собиралась идти на рынок покупать провизию, но вдруг почувствовала себя дурно, легла на диван, вздохнула и умерла. Всё это Кислородов сообщил мне даже с некоторою щеголеватостию бесчувствия и неосторожности и как будто делая мне тем честь, то есть показывая тем, что принимает и меня за такое же всеотрицающее высшее существо, как и сам он, которому умереть, разумеется, ничего не стоит. В конце концов все-таки факт облиневанный: месяц и никак не более! Что он не ошибся в том, я совершенно уверен.

Удивило меня очень, почему князь так угадал давеча, что я вижу "дурные сны"; он сказал буквально, что в Павловске "мое волнение и *сны*" переменятся. И почему же сны? Он или медик, или в самом деле необыкновенного ума и может очень многое угадывать. (Но что он в конце концов "идиот", в этом нет никакого сомнения.) Как нарочно, пред самым его приходом я видел один хорошенький сон (впрочем, из тех, которые мне теперь снятся сотнями). Я заснул, — я думаю, за час до его прихода, — и видел, что я в одной комнате (но не в моей). Комната больше и выше моей, лучше меблирована, светлая; шкаф, комод, диван и моя кровать, большая и широкая и покрытая зеленым шелковым стеганым одеялом. Но в этой комнате я заметил одно ужасное животное, какое-то чудовище. Оно было вроде скорпиона, но не скорпион, а гаже и гораздо ужаснее, и, кажется, именно тем, что таких животных в природе нет, и что оно *нарочно* у меня явилось, и что в этом самом заключается будто бы какая-то тайна. Я его очень хорошо разглядел: оно коричневое и скорлупчатое, пресмыкающийся гад, длиной вершка в четыре, у головы толщиной в два пальца, к хвосту постепенно тоньше, так что самый кончик хвоста толщиной не больше десятой доли вершка. На вершок от головы из туловища выходят, под углом в сорок пять градусов, две лапы, по одной с каждой стороны, вершка по два длиной, так что всё животное представляется, если смотреть сверху, в виде трезубца. Головы я не рассмотрел, но видел два усика, не длинные, в виде двух крепких игл, тоже коричневые. Такие же два усика на конце хвоста и на конце каждой из лап, всего, стало быть, восемь усиков. Животное бегало по комнате очень быстро, упираясь лапами и хвостом, и когда бежало, то и туловище и лапы извивались как змейки, с необыкновенною быстротой, несмотря на скорлупу, и на это было очень гадко смотреть. Я ужасно боялся, что оно меня ужалит; мне сказали, что оно ядовитое, но я больше всего мучился тем, кто его прислал в мою комнату, что хотят мне сделать и в чем тут тайна? Оно пряталось под комод, под шкаф, заползало в углы. Я сел на стул с ногами и поджал их под себя. Оно быстро перебежало наискось всю комнату и исчезло где-то около моего стула. Я в страхе осматривался, но так как я сидел поджав ноги, то и надеялся, что оно не всползет на стул. Вдруг я услышал сзади меня, почти у головы моей, какой-то трескучий шелест; я обернулся и увидел, что гад всползает по стене и уже наравне с моею головой и касается даже моих волос хвостом, который вертелся и извивался с чрезвычайною быстротой. Я вскочил, исчезло и животное. На кровать я боялся лечь, чтобы оно не заползло под подушку. В комнату пришли моя мать и какой-то ее знакомый. Они стали ловить гадину, но были спокойнее, чем я, и даже не боялись. Но они ничего не понимали. Вдруг гад выполз опять; он полз в этот раз очень тихо и как будто с каким-то особым намерением, медленно извиваясь, что было еще отвратительнее, опять наискось комнаты, к дверям. Тут моя мать отворила дверь и кликнула Норму, нашу собаку, — огромный тернёф, черный и лохматый; умерла пять лет тому назад. Она бросилась в комнату и стала над гадиной как вкопанная. Остановился и гад, но всё еще извиваясь и пощелкивая по полу концами лап и хвоста. Животные не могут чувствовать мистического испуга, если не ошибаюсь; но в эту минуту мне показалось, что в испуге Нормы было что-то как будто очень необыкновенное, как будто тоже почти мистическое, и что она, стало быть, тоже предчувствует, как и я, что в звере заключается что-то роковое и какая-то тайна. Она медленно отодвигалась назад перед гадом, тихо и осторожно ползшим на нее; он, кажется, хотел вдруг на нее броситься и ужалить. Но несмотря на весь испуг, Норма смотрела ужасно злобно, хоть и дрожала всеми членами. Вдруг она медленно оскалила свои страшные зубы, открыла всю свою огромную красную пасть, приноровилась, изловчилась, решилась и вдруг схватила гада зубами. Должно быть, гад сильно рванулся, чтобы выскользнуть, так что Норма еще раз поймала его, уже на лету, и два раза всею пастью вобрала его в себя, всё на лету, точно глотая. Скорлупа затрещала на ее зубах; хвостик животного и лапы, выходившие из пасти, шевелились с ужасною быстротой. Вдруг Норма жалобно взвизгнула: гадина успела-таки ужалить ей язык. С визгом и воем она раскрыла от боли рот, и я увидел, что разгрызенная гадина еще шевелилась у нее поперек рта, выпуская из своего полураздавленного туловища на ее язык множество белого сока, похожего на сок раздавленного черного таракана... Тут я проснулся, и вошел князь».

— Господа, — сказал Ипполит, вдруг отрываясь от чтения и даже почти застыдившись, — я не перечитывал, но, кажется, я действительно много лишнего написал. Этот сон...

— Есть-таки, — поспешил ввернуть Ганя.

— Тут слишком много личного, соглашаюсь, то есть собственно обо мне...

Говоря это, Ипполит имел усталый и расслабленный вид и обтирал пот с своего лба платком.

— Да-с, слишком уж собой интересуетесь, — прошипел Лебедев.

— Я, господа, никого не принуждаю, опять-таки; кто не хочет, тот может и удалиться.

— Прогоняет... из чужого дома, — чуть слышно проворчал Рогожин.

— А как мы все вдруг встанем и удалимся? — проговорил внезапно Фердыщенко, до сих пор, впрочем, не осмеливавшийся вслух говорить.

Ипполит вдруг опустил глаза и схватился за рукопись; но в ту же секунду поднял опять голову и, сверкая глазами, с двумя красными пятнами на щеках, проговорил, в упор смотря на Фердыщенка:

— Вы меня совсем не любите!

Раздался смех; впрочем, большинство не смеялось. Ипполит покраснел ужасно.

— Ипполит, — сказал князь, — закройте вашу рукопись и отдайте ее мне, а сами ложитесь спать здесь, в моей комнате. Мы поговорим пред сном и завтра; но с тем, чтоб уж никогда не развертывать эти листы. Хотите?

— Разве это возможно? — посмотрел на него Ипполит в решительном удивлении. — Господа! — крикнул он опять, лихорадочно оживляясь, — глупый эпизод, в котором я не умел вести себя. Более прерывать чтение не буду. Кто хочет слушать – слушай...

Он поскорей глотнул из стакана воды, поскорей облокотился на стол, чтобы закрыться от взглядов, и с упорством стал продолжать чтение. Стыд скоро, впрочем, прошел...

«Идея о том (продолжал он читать), что не стоит жить несколько недель, стала одолевать меня настоящим образом, я думаю, с месяц назад, когда мне оставалось жить еще четыре недели, но совершенно овладела мною только три дня назад, когда я возвратился с того вечера в Павловске. Первый момент полного, непосредственного проникновения этою мыслью произошел на террасе у князя, именно в то самое мгновение, когда я вздумал сделать последнюю пробу жизни, хотел видеть людей и деревья (пусть это я сам говорил), горячился, настаивал на праве Бурдовского, "моего ближнего", и мечтал, что все они вдруг растопырят руки, и примут меня в свои объятия, и попросят у меня в чем-то прощения, а я у них; одним словом, я кончил как бездарный дурак. И вот в эти-то часы и вспыхнуло во мне "последнее убеждение". Удивляюсь теперь, каким образом я мог жить целые шесть месяцев без этого "убеждения"! Я положительно знал, что у меня чахотка, и неизлечимая; я не обманывал себя и понимал дело ясно. Но чем яснее я его понимал, тем судорожнее мне хотелось жить; я цеплялся за жизнь и хотел жить во что бы то ни стало. Согласен, что я мог тогда злиться на темный и глухой жребий, распорядившийся раздавить меня как муху и, конечно, не зная зачем; но зачем же я не кончил одною злостью? Зачем я действительно *начинал* жить, зная, что мне уже нельзя начинать; пробовал, зная, что мне уже нечего пробовать? А между тем я даже книги не мог прочесть и перестал читать: к чему читать, к чему узнавать на шесть месяцев? Эта мысль заставляла меня не раз бросать книгу.

Да, эта Мейерова стена может много пересказать! Много я на ней записал. Не было пятна на этой грязной стене, которого бы я не заучил. Проклятая стена! А всетаки она мне дороже всех павловских деревьев, то есть должна бы быть всех дороже, если бы мне не было теперь всё равно.

Припоминаю теперь, с каким жадным интересом я стал следить тогда за *ихнею* жизнью; такого интереса прежде не бывало. Я с нетерпением и с бранью ждал иногда Колю, когда сам становился так болен, что не мог выходить из комнаты. Я до того вникал во все мелочи, интересовался всякими слухами, что, кажется, сделался сплетником. Я не понимал, например, как эти люди, имея столько жизни, не умеют сделаться богачами (впрочем, не понимаю и теперь). Я знал одного бедняка, про которого мне потом рассказывали, что он умер с голоду, и, помню, это вывело меня из себя: если бы можно было этого бедняка оживить, я бы, кажется, казнил его. Мне иногда становилось легче на целые недели, и я мог выходить на улицу; но улица стала наконец производить во мне такое озлобление, что я по целым дням нарочно сидел взаперти, хотя и мог выходить, как и все. Я не мог выносить этого шныряющего, суетящегося, вечно озабоченного, угрюмого и встревоженного народа, который сновал около меня по тротуарам. К чему их вечная печаль, вечная их тревога и суета; вечная угрюмая злость их (потому что они злы, злы, злы)? Кто виноват, что они несчастны и не умеют жить, имея впереди по шестидесяти лет жизни? Зачем Зарницын допустил себя умереть с голоду, имея у себя шестьдесят лет впереди? И каждый-то показывает свое рубище, свои рабочие руки, злится и кричит: "Мы работаем как волы, мы трудимся, мы голодны как собаки и бедны! Другие не работают и не трудятся, а они богаты!" (Вечный припев!) Рядом с ними бегает и суетится с утра до ночи какой-нибудь несчастный сморчок "из благородных", Иван Фомич Суриков, – в нашем доме, над нами живет, – вечно с продранными локтями, с обсыпавшимися пуговицами, у разных людей на посылках, по чьим-нибудь поручениям, да еще с утра до ночи. Разговоритесь с ним: "Беден, нищ и убог, умерла жена, лекарства купить было не на что, а зимой заморозили ребенка; старшая дочь на содержанье пошла..." – вечно хнычет, вечно плачется! О, никакой, никакой во мне не было жалости к этим дуракам, ни теперь, ни прежде, – я с гордостью это говорю! Зачем же он сам не Ротшильд? Кто виноват, что у него нет миллионов, как у Ротшильда, что у него нет горы золотых империалов и наполеондоров, такой горы, такой точно высокой горы, как на масленице под балаганами! Коли он живет, стало быть, всё в его власти! Кто виноват, что он этого не понимает?

О, теперь мне уже всё равно, теперь уже мне некогда злиться, но тогда, тогда, повторяю, я буквально грыз по ночам мою подушку и рвал мое одеяло от бешенства. О, как я мечтал тогда, как желал, как нарочно желал, чтобы меня, восемнадцатилетнего, едва одетого, едва прикрытого, выгнали вдруг на улицу и оставили совершенно одного, без квартиры, без работы, без куска хлеба, без родственников, без единого знакомого человека в огромнейшем городе, голодного, прибитого (тем лучше!), но здорового, и тут-то бы я показал...

Что показал?

О, неужели вы полагаете, что я не знаю, как унизил себя и без того уже моим "Объяснением"! Ну, кто же не сочтет меня за сморчка, не знающего жизни, забыв, что мне уже не восемнадцать лет; забыв, что так жить, как я жил в эти шесть месяцев, значит уже дожить до седых волос! Но пусть смеются и говорят, что всё это сказки. Я и вправду рассказывал себе сказки. Я наполнял ими целые ночи мои напролет; я их все припоминаю теперь.

Но неужели же мне их теперь опять пересказывать, – теперь, когда уж и для меня миновала пора сказок? И кому же! Ведь я тешился ими тогда, когда ясно видел, что мне даже и грамматику греческую запрещено изучать, как раз было мне и вздумалось: "Еще до синтаксиса не дойду, как помру", — подумал я с первой страницы и бросил книгу под стол. Она и теперь там валяется; я запретил Матрене ее подымать.

Пусть тот, кому попадется в руки мое "Объяснение" и у кого станет терпения прочесть его, сочтет меня за помешанного или даже за гимназиста, а вернее всего, за приговоренного к смерти, которому, естественно, стало казаться, что все люди, кроме него, слишком жизнью не дорожат, слишком дешево повадились тратить ее, слишком лениво, слишком бессовестно ею пользуются, а стало быть, все до единого недостойны ее! И что же? Я объявляю, что читатель мой ошибется и что убеждение мое совершенно независимо от моего смертного приговора. Спросите, спросите их только, как они все, сплошь до единого, понимают, в чем счастье? О, будьте уверены, что Колумб был счастлив не тогда, когда открыл Америку, а когда открывал ее; будьте уверены, что самый высокий момент его счастья был, может быть, ровно за три дня до открытия Нового Света, когда бунтующий экипаж в отчаянии чуть не поворотил корабля в Европу, назад! Не в Новом Свете тут дело, хотя бы он провалился. Колумб помер, почти не видав его и, в сущности, не зная, что́ он открыл. Дело в жизни, в одной жизни, — в открывании ее, беспрерывном и вечном, а совсем не в открытии! Но что говорить! Я подозреваю, что всё, что я говорю теперь, так похоже на самые общие фразы, что меня, наверно, сочтут за ученика низшего класса, представляющего свое сочинение на "восход солнца", или скажут, что я, может быть, и хотел что-то высказать, но при всем моем желании не сумел... "развиться". Но, однако ж, прибавлю, что во всякой гениальной или новой человеческой мысли, или просто даже во всякой серьезной человеческой мысли, зарождающейся в чьей-нибудь голове, всегда остается нечто такое, чего никак нельзя передать другим людям, хотя бы вы исписали целые томы и растолковывали вашу мысль тридцать пять лет; всегда останется нечто, что ни за что не захочет выйти из-под вашего черепа и останется при вас навеки; с тем вы и умрете, не передав никому, может быть, самого-то главного из вашей идеи. Но если и я теперь тоже не сумел передать всего того, что меня в эти шесть месяцев мучило, то по крайней мере поймут, что, достигнув моего теперешнего "последнего убеждения", я слишком, может быть, дорого заплатил за него; вот это-то я и считал необходимым, для известных мне целей, выставить на вид в моем "Объяснении".

Но, однако ж, я продолжаю».

VI

«Не хочу солгать: действительность ловила и меня на крючок в эти шесть месяцев и до того иногда увлекала, что я забывал о моем приговоре или, лучше, не хотел о нем думать и даже делал дела. Кстати, о тогдашней моей обстановке. Когда я, месяцев восемь назад, стал уж очень болен, то прекратил все мои сношения и оставил всех бывших моих товарищей. Так как я и всегда был человек довольно угрюмый, то товарищи легко забыли меня; конечно, они забыли бы меня и без этого обстоятельства. Обстановка моя дома, то есть "в семействе", была тоже уединенная. Месяцев пять назад я раз навсегда заперся изнутри и отделил себя от комнат семьи совершенно. Меня постоянно слушались, и никто не смел войти ко мне, кроме как в определенный час убрать комнату и принести мне обедать. Мать трепетала пред моими приказаниями и даже не смела предо мною нюнить, когда я решался иногда впускать ее к себе. Детей она постоянно за меня колотила, чтобы не шумели и меня не беспокоили; я таки часто на их крик жаловался; то-то, должно быть, они меня теперь любят! "Верного Колю", как я его прозвал, я тоже, думаю, мучил порядочно. В последнее время и он меня мучил: всё это было натурально, люди и созданы, чтобы друг друга мучить. Но я заметил, что он переносит мою раздражительность так, как будто заранее дал себе слово щадить больного. Естественно, это меня раздражало; но, кажется, он вздумал подражать князю в "христианском смирении", что было уже несколько смешно. Это мальчик молодой и горячий и, конечно, всему подражает; но мне казалось иногда, что ему пора бы жить и своим умом. Я его очень люблю. Мучил я тоже и Сурикова, жившего над нами и бегавшего с утра до ночи по чьим-то поручениям; я постоянно доказывал ему, что он сам виноват в своей бедности, так что он наконец испугался и ходить ко мне перестал. Это очень смиренный человек, смиреннейшее существо (NB. Говорят, смирение есть страшная сила; надо справиться об этом у князя, это его собственное выражение); но когда я, в марте месяце, поднялся к нему наверх, чтобы посмотреть, как они там "заморозили", по его словам, ребенка, и нечаянно усмехнулся над трупом его младенца, потому что стал опять объяснять Сурикову, что он "сам виноват", то у этого сморчка вдруг задрожали губы, и он, одною рукой схватив меня за плечо, другою показал мне дверь и тихо, то есть чуть не шепотом, проговорил мне: "Ступайте-с!" Я вышел, и мне это очень понравилось, понравилось тогда же, даже в ту самую минуту, как он меня выводил; но слова его долго производили на меня потом, при воспоминании, тяжелое впечатление какой-то странной, презрительной к нему жалости, которой бы я вовсе не хотел ощущать. Даже в минуту такого оскорбления (я ведь чувствую же, что я оскорбил его, хоть и не имел этого намерения), даже в такую минуту этот человек не мог разозлиться! Запрыгали у него тогда губы вовсе не от злости, я клятву даю: схватил он меня за руку и выговорил свое великолепное "ступайте-с" решительно не сердясь. Достоинство было, даже много, даже вовсе ему и не к лицу (так что, по правде, тут много было и комического), но злости не было. Может быть, он просто вдруг стал презирать меня. С той поры, раза два-три, как я встретил его на лестнице, он стал вдруг снимать предо мною шляпу, чего никогда прежде не делывал, но уже не останавливался, как прежде, а пробегал, сконфузившись, мимо. Если он и презирал меня, то все-таки по-своему; он "*смиренно* презирал". А может быть, он снимал свою шляпу просто из страха, как сыну своей кредиторши, потому что он матери моей постоянно должен и никак не в силах выкарабкаться из долгов. И даже это всего вероятнее. Я хотел было с ним объясниться, и знаю наверно, что он чрез десять минут стал бы просить у меня прощения; но я рассудил, что лучше его уж не трогать.

В это самое время, то есть около того времени, как Суриков "заморозил" ребенка, около половины марта, мне стало вдруг почему-то гораздо легче, и так продолжалось недели две. Я стал выходить, всего чаще под сумерки. Я любил мартовские сумерки, когда начинало морозить и когда зажигали газ; ходил иногда далеко. Раз, в Шестилавочной, меня обогнал в темноте какой-то "из благородных", я его не разглядел хорошенько: он нес что-то завернутое в бумаге и одет был в каком-то кургузом и безобразном пальтишке, – не по сезону легко. Когда он поравнялся с фонарем, шагах предо мной в десяти, я заметил, что у него что-то выпало из кармана. Я поспешил поднять – и было время, потому что уже подскочил какой-то в длинном кафтане, но, увидев вещь в моих руках, спорить не стал, бегло заглянул мне в руки и проскользнул мимо. Эта вещь была большой, сафьянный, старого устройства и туго набитый бумажник; но почему-то я с первого взгляда угадал, что в нем было что угодно, но только не деньги. Потерявший прохожий шел уже шагах в сорока предо мной и скоро за толпой пропал из виду. Я побежал и стал ему кричать; но так как кроме "эй!" мне нечего было крикнуть, то он и не обернулся. Вдруг он шмыгнул налево, в ворота одного дома. Когда я вбежал в ворота, под которыми было очень темно, уже никого не было. Дом был огромной величины, одна из тех громадин, которые строятся аферистами для мелких квартир; в иных из таких домов бывает иногда нумеров до ста.

Когда я пробежал ворота, мне показалось, что в правом, заднем углу огромного двора как будто идет человек, хотя в темноте я едва лишь мог различать. Добежав до угла, я увидел вход на лестницу; лестница была узкая, чрезвычайно грязная и совсем неосвещенная; но слышалось, что в высоте взбегал еще по ступенькам человек, и я пустился на лестницу, рассчитывая, что, покамест ему где-нибудь отопрут, я его догоню. Так и вышло. Лестницы были прекоротенькие, число их было бесконечное, так что я ужасно задохся; дверь отворили и затворили опять в пятом этаже, я это угадал еще тремя лестницами ниже. Покамест я взбежал, пока отдышался на площадке, пока искал звонка, прошло несколько минут. Мне отворила наконец одна баба, которая в крошечной кухне вздувала самовар; она выслушала молча мои вопросы, ничего, конечно, не поняла и молча отворила мне дверь в следующую комнату, тоже маленькую, ужасно низенькую, с скверною необходимою мебелью и с широкою огромною постелью под занавесками, на которой лежал "Терентьич" (так кликнула баба), мне показалось, хмельной. На столе догорал огарок в железном ночнике и стоял полуштоф, почти опорожненный. Терентьич что-то промычал мне лежа и махнул на следующую дверь, а баба ушла, так что мне ничего не оставалось, как отворить эту дверь. Я так и сделал и вошел в следующую комнату.

Эта комната была еще уже и теснее предыдущей, так что я не знал даже где повернуться; узкая, односпальная кровать в углу занимала ужасно много места; прочей мебели было всего три простые стула, загроможденные всякими лохмотьями, и самый простой кухонный деревянный стол пред стареньким клеенчатым диваном, так что между столом и кроватью почти уже нельзя было пройти. На столе горел такой же железный ночник с сальною свечкой, как и в той комнате, а на кровати пищал крошечный ребенок, всего, может быть, трехнедельный, судя по крику; его "переменяла", то есть перепеленывала, больная и бледная женщина, кажется молодая, в сильном неглиже и, может быть, только что начинавшая вставать после родов; но ребенок не унимался и кричал в ожидании тощей груди. На диване спал другой ребенок, трехлетняя девочка, прикрытая, кажется, фраком. У стола стоял господин в очень истрепанном сюртуке (он уже снял пальто, и оно лежало на кровати) и развертывал синюю бумагу, в которой было завернуто фунта два пшеничного хлеба и две маленькие колбасы. На столе, кроме того, был чайник с чаем и валялись куски черного хлеба. Из-под кровати высовывался незапертый чемодан и торчали два узла с каким-то тряпьем.

Одним словом, был страшный беспорядок. Мне показалось с первого взгляда, что оба они – и господин, и дама – люди порядочные, но доведенные бедностью до того унизительного состояния, в котором беспорядок одолевает наконец всякую попытку бороться с ним и даже доводит людей до горькой потребности находить в самом беспорядке этом, каждый день увеличивающемся, какое-то горькое и как будто мстительное ощущение удовольствия.

Когда я вошел, господин этот, тоже только что предо мною вошедший и развертывавший свои припасы, о чем-то быстро и горячо переговаривался с женой; та хоть и не кончила еще пеленания, но уже успела занюнить; известия были, должно быть, скверные, по обыкновению. Лицо этого господина, которому было лет двадцать восемь на вид, смуглое и сухое, обрамленное черными бакенбардами, с выбритым до лоску подбородком, показалось мне довольно приличным и даже приятным; оно было угрюмо, с угрюмым взглядом, но с каким-то болезненным оттенком гордости, слишком легко раздражающейся. Когда я вошел, произошла странная сцена.

Есть люди, которые в своей раздражительной обидчивости находят чрезвычайное наслаждение, и особенно когда она в них доходит (что случается всегда очень быстро) до последнего предела; в это мгновение им даже, кажется, приятнее быть обиженными, чем не обиженными. Эти раздражающиеся всегда потом ужасно мучатся раскаянием, если они умны, разумеется, и в состоянии сообразить, что разгорячились в десять раз более, чем следовало. Господин этот некоторое время смотрел на меня с изумлением, а жена с испугом, как будто в том была страшная диковина, что и к ним кто-нибудь мог войти; но вдруг он набросился на меня чуть не с бешенством; я не успел еще пробормотать двух слов, а он, особенно видя, что я одет порядочно, почел, должно быть, себя страшно обиженным тем, что я осмелился так бесцеремонно заглянуть в его угол и увидать всю безобразную обстановку, которой он сам так стыдился. Конечно, он обрадовался случаю сорвать хоть на ком-нибудь свою злость на все свои неудачи. Одну минуту я даже думал, что он бросится в драку; он побледнел, точно в женской истерике, и ужасно испугал жену.

– Как вы смели так войти? Вон! – кричал он, дрожа и даже едва выговаривая слова. Но вдруг он увидал в руках моих свой бумажник.

– Кажется, вы обронили, – сказал я как можно спокойнее и суше. (Так, впрочем, и следовало.)

Тот стоял предо мной в совершенном испуге и некоторое время как будто понять ничего не мог; потом быстро схватился за свой боковой карман, разинул рот от ужаса и ударил себя рукой по лбу.

– Боже! Где вы нашли? Каким образом?

Я объяснил в самых коротких словах и по возможности еще суше, как я поднял бумажник, как я бежал и звал его и как, наконец, по догадке и почти ощупью, взбежал за ним по лестнице.

– О боже! – вскрикнул он, обращаясь к жене, – тут все наши документы, тут мои последние инструменты, тут всё... о милостивый государь, знаете ли вы, что вы для меня сделали? Я бы пропал!

Я схватился между тем за ручку двери, чтобы, не отвечая, уйти; но я сам задыхался, и вдруг волнение мое разразилось таким сильнейшим припадком кашля, что я едва мог устоять. Я видел, как господин бросался во все стороны, чтобы найти мне порожний стул, как он схватил наконец с одного стула лохмотья, бросил их на пол и, торопясь, подал мне стул, осторожно меня усаживая. Но кашель мой продолжался и не унимался еще минуты три. Когда я очнулся, он уже сидел подле меня на другом стуле, с которого тоже, вероятно, сбросил лохмотья на пол, и пристально в меня всматривался.

– Вы, кажется... страдаете? – проговорил он тем тоном, каким обыкновенно говорят доктора, приступая к больному. – Я сам... медик (он не сказал: доктор), – и, проговорив это, он для чего-то указал мне рукой на комнату, как бы протестуя против своего теперешнего положения, – я вижу, что вы...

– У меня чахотка, – проговорил я как можно короче и встал.

Вскочил тотчас и он.

– Может быть, вы преувеличиваете и... приняв средства...

Он был очень сбит с толку и как будто всё еще не мог прийти в себя; бумажник торчал у него в левой руке.

– О, не беспокойтесь, – перебил я опять, хватаясь за ручку двери, – меня смотрел на прошлой неделе Б–н (опять я ввернул тут Б–на), – и дело мое решенное. Извините...

Я было опять хотел отворить дверь и оставить моего сконфузившегося, благодарного и раздавленного стыдом доктора, но проклятый кашель как раз опять захватил меня. Тут мой доктор настоял, чтоб я опять присел отдохнуть; он обратился к жене, и та, не оставляя своего места, проговорила мне несколько благодарных и приветливых слов. При этом она очень сконфузилась, так что даже румянец заиграл на ее бледно-желтых, сухих щеках. Я остался, но с таким видом, который каждую секунду показывал, что ужасно боюсь их стеснить (так и следовало). Раскаяние моего доктора наконец замучило его, я это видел.

— Если я... — начал он, поминутно обрывая и перескакивая, — я так вам благодарен и так виноват пред вами... я... вы видите... — он опять указал на комнату, — в настоящую минуту я нахожусь в таком положении...

— О, — сказал я, — нечего и видеть; дело известное; вы, должно быть, потеряли место и приехали объясняться и опять искать места?

— Почему... вы узнали? — спросил он с удивлением.

— С первого взгляда видно, — отвечал я поневоле насмешливо.— Сюда много приезжают из провинций с надеждами, бегают и так вот и живут.

Он вдруг заговорил с жаром, с дрожащими губами; он стал жаловаться, стал рассказывать и, признаюсь, увлек меня; я просидел у него почти час. Он рассказал мне свою историю, впрочем очень обыкновенную. Он был лекарем в губернии, имел казенное место, но тут начались какие-то интриги, в которые вмешали даже жену его. Он погордился, погорячился; произошла перемена губернского начальства в пользу врагов его; под него подкопались, пожаловались; он потерял место и на последние средства приехал в Петербург объясняться; в Петербурге, известно, его долго не слушали, потом выслушали, потом отвечали отказом, потом поманили обещаниями, потом отвечали строгостию, потом велели ему что-то написать в объяснение, потом отказались принять, что он написал, велели подать просьбу, — одним словом, он бегал уже пятый месяц, проел всё; последние женины тряпки были в закладе, а тут родился ребенок, и, и... “сегодня заключительный отказ на поданную просьбу, а у меня почти хлеба нет, ничего нет, жена родила. Я, я...”

Он вскочил со стула и отвернулся. Жена его плакала в углу, ребенок начал опять пищать. Я вынул мою записную книжку и стал в нее записывать. Когда я кончил и встал, он стоял предо мной и глядел с боязливым любопытством.

— Я записал ваше имя, — сказал я ему, — ну, и всё прочее: место служения, имя вашего губернатора, числа, месяцы. У меня есть один товарищ, еще по школе, Бахмутов, а у него дядя Петр Матвеевич Бахмутов, действительный статский советник и служит директором...

– Петр Матвеевич Бахмутов! – вскрикнул мой медик, чуть не задрожав.– Но ведь от него-то почти всё и зависит!

В самом деле, в истории моего медика и в развязке ее, которой я нечаянно способствовал, всё сошлось и уладилось, как будто нарочно было к тому приготовлено, решительно точно в романе. Я сказал этим бедным людям, чтоб они постарались не иметь никаких на меня надежд, что я сам бедный гимназист (я нарочно преувеличил унижение; я давно кончил курс и не гимназист) и что имени моего нечего им знать, но что я пойду сейчас же на Васильевский остров к моему товарищу Бахмутову, и так как я знаю наверно, что его дядя, действительный статский советник, холостяк и не имеющий детей, решительно благоговеет пред своим племянником и любит его до страсти, видя в нем последнюю отрасль своей фамилии, то, "может быть, мой товарищ и сможет сделать что-нибудь для вас и для меня, конечно, у своего дяди..."

– Мне бы только дозволили объясниться с его превосходительством! Только бы я возмог получить честь объяснить на словах! – воскликнул он, дрожа как в лихорадке и с сверкавшими глазами. Он так и сказал – "*возмог*". Повторив еще раз, что дело наверно лопнет и всё окажется вздором, я прибавил, что если завтра утром я к ним не приду, то, значит, дело кончено, и им нечего ждать. Они выпроводили меня с поклонами, они были почти не в своем уме. Никогда не забуду выражения их лиц. Я взял извозчика и тотчас же отправился на Васильевский остров.

С этим Бахмутовым в гимназии, в продолжение нескольких лет, я был в постоянной вражде. У нас он считался аристократом, по крайней мере я так называл его: прекрасно одевался, приезжал на своих лошадях, нисколько не фанфаронил, всегда был превосходный товарищ, всегда был необыкновенно весел и даже иногда очень остер, хотя ума был совсем не далекого, несмотря на то что всегда был первым в классе; я же никогда ни в чем не был первым. Все товарищи любили его, кроме меня одного. Он несколько раз в эти несколько лет подходил ко мне; но я каждый раз угрюмо и раздражительно от него отворачивался. Теперь я уже не видал его с год; он был в университете. Когда, часу в девятом, я вошел к нему (при больших церемониях: обо мне докладывали), он встретил меня сначала с удивлением, вовсе даже неприветливо, но тотчас повеселел и, глядя на меня, вдруг расхохотался.

— Да что это вздумалось вам прийти ко мне, Терентьев? — вскричал он со своею всегдашнею милою развязностию, иногда дерзкою, но никогда не оскорблявшею, которую я так в нем любил и за которую так его ненавидел. — Но что это, — вскричал он с испугом, — вы так больны!

Кашель меня замучил опять, я упал на стул и едва мог отдышаться.

— Не беспокойтесь, у меня чахотка, — сказал я, — я к вам с просьбой.

Он уселся с удивлением, и я тотчас же изложил ему всю историю доктора и объяснил, что сам он, имея чрезвычайное влияние на дядю, может быть, мог бы что-нибудь сделать.

— Сделаю, непременно сделаю, и завтра же нападу на дядю; и я даже рад, и вы так всё это хорошо рассказали... Но как это вам, Терентьев, вздумалось все-таки ко мне обратиться?

— От вашего дяди тут так много зависит, и притом мы, Бахмутов, всегда были врагами, а так как вы человек благородный, то я подумал, что вы врагу не откажете, — прибавил я с иронией.

— Как Наполеон обратился к Англии! — вскричал он захохотав. — Сделаю, сделаю! Сейчас даже пойду, если можно! – прибавил он поспешно, видя, что я серьезно и строго встаю со стула.

И действительно, это дело, самым неожиданным образом, обделалось у нас как не надо лучше. Чрез полтора месяца наш медик получил опять место в другой губернии, получил прогоны, даже вспоможение. Я подозреваю, что Бахмутов, который сильно повадился к ним ходить (тогда как я от этого нарочно перестал к ним ходить и принимал забегавшего ко мне доктора почти сухо), Бахмутов, как я подозреваю, склонил доктора даже принять от него взаймы. С Бахмутовым я виделся раза два в эти шесть недель, мы сошлись в третий раз, когда провожали доктора. Проводы устроил Бахмутов у себя же в доме, в форме обеда с шампанским, на котором присутствовала и жена доктора; она, впрочем, очень скоро уехала к ребенку. Это было в начале мая, вечер был ясный, огромный шар солнца опускался в залив. Бахмутов провожал меня домой; мы пошли по Николаевскому мосту; оба подпили. Бахмутов говорил о своем восторге, что дело это так хорошо кончилось, благодарил меня за что-то, объяснял, как приятно ему теперь после доброго дела, уверял, что вся заслуга принадлежит мне и что напрасно многие теперь учат и проповедуют, что единичное доброе дело ничего не значит. Мне тоже ужасно захотелось поговорить.

– Кто посягает на единичную "милостыню", – начал я, – тот посягает на природу человека и презирает его личное достоинство. Но организация "общественной милостыни" и вопрос о личной свободе – два вопроса различные и взаимно себя не исключающие. Единичное добро останется всегда, потому что оно есть потребность личности, живая потребность прямого влияния одной личности на другую. В Москве жил один старик, один "генерал", то есть действительный статский советник, с немецким именем; он всю свою жизнь таскался по острогам и по преступникам; каждая пересыльная партия в Сибирь знала заранее, что на Воробьевых горах ее посетит "старичок генерал". Он делал свое дело в высшей степени серьезно и набожно; он являлся, проходил по рядам ссыльных, которые окружали его, останавливался пред каждым, каждого расспрашивал о его нуждах, наставлений не читал почти никогда никому, звал их всех "голубчиками". Он давал деньги, присылал необходимые вещи – портянки, подвертки, холста, приносил иногда душеспасительные книжки и оделял ими каждого грамотного, с полным убеждением, что они будут их дорогой читать и что грамотный прочтет неграмотному. Про преступление он редко расспрашивал, разве выслушивал, если преступник сам начинал говорить. Все преступники у него были на равной ноге, различия не было. Он говорил с ними как с братьями, но они сами стали считать его под конец за отца. Если замечал какую-нибудь ссыльную женщину с ребенком на руках, он подходил, ласкал ребенка, пощелкивал ему пальцами, чтобы тот засмеялся. Так поступал он множество лет, до самой смерти; дошло до того, что его знали по всей России и по всей Сибири, то есть все преступники. Мне рассказывал один бывший в Сибири, что он сам был свидетелем, как самые закоренелые преступники вспоминали про генерала, а между тем, посещая партии, генерал редко мог раздать более двадцати копеек на брата. Правда, вспоминали его не то что горячо или как-нибудь там очень серьезно. Какой-нибудь из "несчастных", убивший каких-нибудь двенадцать душ, заколовший шесть штук детей, единственно для своего удовольствия (такие, говорят, бывали), вдруг ни с того ни с сего, когда-нибудь, и всего-то, может быть, один раз во все двадцать лет, вдруг вздохнет и скажет: "А что-то теперь старичок генерал, жив ли еще?" При этом, может быть, даже и усмехнется, – и вот и только всего-то. А почем вы знаете, какое семя заброшено в его душу навеки этим "старичком генералом", которого он не забыл в двадцать лет? Почем вы знаете, Бахмутов, какое значение будет иметь это приобщение одной личности к другой в судьбах приобщенной личности?.. Тут ведь целая жизнь и бесчисленное множество скрытых от нас разветвлений. Самый лучший шахматный игрок, самый острый из них может рассчитать только несколько ходов вперед, про одного французского игрока, умевшего рассчитать десять ходов вперед, писали как про чудо. Сколько же тут ходов и сколько нам неизвестного? Бросая ваше семя, бросая вашу “милостыню”, ваше доброе дело в какой бы то ни было форме, вы отдаете часть вашей личности и принимаете в себя часть другой; вы взаимно приобщаетесь один к другому; еще несколько внимания, и вы вознаграждаетесь уже знанием, самыми неожиданными открытиями. Вы непременно станете смотреть наконец на ваше дело как на науку; она захватит в себя всю вашу жизнь и может наполнить всю жизнь. С другой стороны, все ваши мысли, все брошенные вами семена, может быть уже забытые вами, воплотятся и вырастут; получивший от вас передаст другому. И почему вы знаете, какое участие вы будете иметь в будущем разрешении судеб человечества? Если же знание и целая жизнь этой работы вознесут вас наконец до того, что вы в состоянии будете бросить громадное семя, оставить миру в наследство громадную мысль, то... И так далее, я много тогда говорил.

– И подумать при этом, что вам-то и отказано в жизни! – с горячим упреком кому-то вскричал Бахмутов.

В ту минуту мы стояли на мосту, облокотившись на перила, и глядели на Неву.

– А знаете ли, что мне пришло в голову, – сказал я, нагнувшись еще более над перилами.

– Неужто броситься в воду? – вскричал Бахмутов чуть не в испуге. Может быть, он прочел мою мысль в моем лице.

– Нет, покамест одно только рассуждение, следующее: вот мне остается теперь месяца два-три жить, может четыре; но, например, когда будет оставаться всего только два месяца, и если б я страшно захотел сделать одно доброе дело, которое бы потребовало работы, беготни и хлопот, вот вроде дела нашего доктора, то в таком случае я ведь должен бы был отказаться от этого дела за недостатком остающегося мне времени и приискивать другое "доброе дело", помельче и которое в моих *средствах* (если уж так будет разбирать меня на добрые дела). Согласитесь, что это забавная мысль!

Бедный Бахмутов был очень встревожен за меня; он проводил меня до самого дома и был так деликатен, что не пустился ни разу в утешения и почти всё молчал. Прощаясь со мной, он горячо сжал мне руку и просил позволения навещать меня. Я отвечал ему, что если он будет приходить ко мне как "утешитель" (потому что если бы даже он и молчал, то все-таки приходил бы как утешитель, я это объяснил ему), то ведь этим он мне будет, стало быть, каждый раз напоминать еще больше о смерти. Он пожал плечами, но со мной согласился; мы расстались довольно учтиво, чего я даже не ожидал.

Но в этот вечер и в эту ночь брошено было первое семя моего "последнего убеждения". Я с жадностью схватился за эту *новую* мысль, с жадностью разбирал ее во всех ее излучинах, во всех видах ее (я не спал всю ночь), и чем более я в нее углублялся, чем более принимал ее в себя, тем более я пугался. Страшный испуг напал на меня наконец и не оставлял и в следующие за тем дни. Иногда, думая об этом постоянном испуге моем, я быстро леденел от нового ужаса: по этому испугу я ведь мог заключить, что "последнее убеждение" мое слишком серьезно засело во мне и непременно придет к своему разрешению. Но для разрешения мне недоставало решимости. Три недели спустя всё было кончено, и решимость явилась, но по весьма странному обстоятельству.

Здесь в моем объяснении я отмечаю все эти цифры и числа. Мне, конечно, всё равно будет, но *теперь* (и, может быть, только в эту минуту) я желаю, чтобы те, которые будут судить мой поступок, могли ясно видеть, из какой логической цепи выводов вышло мое "последнее убеждение". Я написал сейчас выше, что окончательная решимость, которой недоставало мне для исполнения моего "последнего убеждения", произошла во мне, кажется, вовсе не из логического вывода, а от какого-то странного толчка, от одного странного обстоятельства, может быть вовсе не связанного ничем с ходом дела. Дней десять назад зашел ко мне Рогожин, по одному своему делу, о котором здесь лишнее распространяться. Я никогда не видал Рогожина прежде, но слышал о нем очень многое. Я дал ему все нужные справки, и он скоро ушел, а так как он и приходил только за справками, то тем бы дело между нами и кончилось. Но он слишком заинтересовал меня, и весь этот день я был под влиянием странных мыслей, так что решился пойти к нему на другой день сам, отдать визит. Рогожин был мне очевидно не рад и даже "деликатно" намекнул, что нам нечего продолжать знакомство; но все-таки я провел очень любопытный час, как, вероятно, и он. Между нами был такой контраст, который не мог не сказаться нам обоим, особенно мне: я был человек, уже сосчитавший дни свои, а он – живущий самою полною, непосредственною жизнью, настоящею минутой, без всякой заботы о "последних" выводах, цифрах или о чем бы то ни было, не касающемся того, на чем... на чем... ну хоть на чем он помешан; пусть простит мне это выражение господин Рогожин, пожалуй хоть как плохому литератору, не умевшему выразить свою мысль. Несмотря на всю его нелюбезность, мне показалось, что он человек с умом и может многое понимать, хотя его мало что интересует из постороннего. Я не намекал ему о моем "последнем убеждении", но мне почему-то показалось, что он, слушая меня, угадал его. Он промолчал, он ужасно молчалив. Я намекнул ему, уходя, что, несмотря на всю между нами разницу и на все противоположности, – les extrêmités se touchent[1] (я растолковал ему это по-русски), так что, может быть, он и сам вовсе не так далек от моего "последнего убеждения", как кажется. На это он ответил мне очень угрюмою и кислою гримасой, встал, сам сыскал мне мою

1 противоположности сходятся (*фр.*).

фуражку, сделав вид, будто бы я сам ухожу, и просто-запросто вывел меня из своего мрачного дома под видом того, что провожает меня из учтивости. Дом его поразил меня; похож на кладбище, а ему, кажется, нравится, что, впрочем, понятно: такая полная, непосредственная жизнь, которою он живет, слишком полна сама по себе, чтобы нуждаться в обстановке.

Этот визит к Рогожину очень утомил меня. Кроме того, я еще с утра чувствовал себя нехорошо; к вечеру я очень ослабел и лег на кровать, а по временам чувствовал сильный жар и даже минутами бредил. Коля пробыл со мной до одиннадцати часов. Я помню, однако ж, всё, про что он говорил и про что мы говорили. Но когда минутами смыкались мои глаза, то мне всё представлялся Иван Фомич, будто бы получавший миллионы денег. Он всё не знал, куда их девать, ломал себе над ними голову, дрожал от страха, что их украдут, и наконец будто бы решил закопать их в землю. Я наконец посоветовал ему, вместо того чтобы закапывать такую кучу золота в землю даром, вылить из всей этой груды золотой гробик "замороженному" ребенку и для этого ребенка выкопать. Эту насмешку мою Суриков принял будто бы со слезами благодарности и тотчас же приступил к исполнению плана. Я будто бы плюнул и ушел от него. Коля уверял меня, когда я совсем очнулся, что я вовсе не спал и что всё это время говорил с ним о Сурикове. Минутами я был в чрезвычайной тоске и смятении, так что Коля ушел в беспокойстве. Когда я сам встал, чтобы запереть за ним дверь на ключ, мне вдруг припомнилась картина, которую я видел давеча у Рогожина, в одной из самых мрачных зал его дома, над дверями. Он сам мне ее показал мимоходом; я, кажется, простоял пред нею минут пять. В ней не было ничего хорошего в артистическом отношении; но она произвела во мне какое-то странное беспокойство.

На картине этой изображен Христос, только что снятый со креста. Мне кажется, живописцы обыкновенно повадились изображать Христа, и на кресте, и снятого со креста, всё еще с оттенком необыкновенной красоты в лице; эту красоту они ищут сохранить ему даже при самых страшных муках. В картине же Рогожина о красоте и слова нет; это в полном виде труп человека, вынесшего бесконечные муки еще до креста, раны, истязания, битье от стражи, битье от народа, когда он нес на себе крест и упал под крестом, и, наконец, крестную муку в продолжение шести часов (так, по крайней мере, по моему расчету). Правда, это лицо человека, *только что* снятого со креста, то есть сохранившее в себе очень много живого, теплого; ничего еще не успело закостенеть, так что на лице умершего даже проглядывает страдание, как будто бы еще и теперь им ощущаемое (это очень хорошо схвачено, артистом); но зато лицо не пощажено нисколько; тут одна природа, и воистину таков и должен быть труп человека, кто бы он ни был, после таких мук. Я знаю, что христианская церковь установила еще в первые века, что Христос страдал не образно, а действительно и что и тело его, стало быть, было подчинено на кресте закону природы вполне и совершенно. На картине это лицо страшно разбито ударами, вспухшее, со страшными, вспухшими и окровавленными синяками, глаза открыты, зрачки скосились; большие, открытые белки глаз блещут каким-то мертвенным, стеклянным отблеском. Но странно, когда смотришь на этот труп измученного человека, то рождается один особенный и любопытный вопрос: если такой точно труп (а он непременно должен был быть точно такой) видели все ученики его, его главные будущие апостолы, видели женщины, ходившие за ним и стоявшие у креста, все веровавшие в него и обожавшие его, то каким образом могли они поверить, смотря на такой труп, что этот мученик воскреснет? Тут невольно приходит понятие, что если так ужасна смерть и так сильны законы природы, то как же одолеть их? Как одолеть их, когда не победил их теперь даже тот, который побеждал и природу при жизни своей, которому она подчинялась, который воскликнул: “Талифа куми”, — и девица встала, “Лазарь, гряди вон", — и вышел умерший? Природа мерещится при взгляде на эту картину в виде какого-то огромного, неумолимого и немого зверя или, вернее, гораздо вернее сказать, хоть и странно, — в виде какой-нибудь громадной машины новейшего устройства, которая бессмысленно захватила, раздробила и поглотила в себя, глухо и бесчувственно, великое и бесценное существо — такое существо, которое одно стоило всей природы и всех законов ее, всей земли, которая и создавалась-то, может быть, единственно для одного только появления этого существа! Картиной этою как будто именно выражается это понятие о темной, наглой и бессмысленно-вечной силе, которой всё подчинено, и передается вам невольно. Эти люди, окружавшие умершего, которых тут нет ни одного на картине, должны были ощутить страшную тоску и смятение в тот вечер, раздробивший разом все их надежды и почти что верования. Они должны были разойтись в ужаснейшем страхе, хотя и уносили каждый в себе громадную мысль, которая уже никогда не могла быть из них исторгнута. И если б этот самый учитель мог увидать свой образ накануне казни, то так ли бы сам он взошел на крест и так ли бы умер, как теперь? Этот вопрос тоже невольно мерещится, когда смотришь на картину.

Всё это мерещилось и мне отрывками, может быть действительно между бредом, иногда даже в образах, целые полтора часа по уходе Коли. Может ли мерещиться в образе то, что не имеет образа? Но мне как будто казалось временами, что я вижу, в какой-то странной и невозможной форме, эту бесконечную силу, это глухое, темное и немое существо. Я помню, что кто-то будто бы повел меня за руку, со свечкой в руках, показал мне какого-то огромного и отвратительного тарантула и стал уверять меня, что это то самое темное, глухое и всесильное существо, и смеялся над моим негодованием. В моей комнате, пред образом, всегда зажигают на ночь лампадку, — свет тусклый и ничтожный, но, однако ж, разглядеть всё можно, а под лампадкой даже можно читать. Я думаю, что был уже час первый в начале; я совершенно не спал и лежал с открытыми глазами; вдруг дверь моей комнаты отворилась, и вошел Рогожин.

Он вошел, затворил дверь, молча посмотрел на меня и тихо прошел в угол к тому столу, который стоит почти под самою лампадкой. Я очень удивился и смотрел в ожидании; Рогожин облокотился на столик и стал молча глядеть на меня. Так прошло минуты две-три, и я помню, что его молчание очень меня обидело и раздосадовало. Почему же он не хочет говорить? То, что он пришел так поздно, мне показалось, конечно, странным, но помню, что я не был бог знает как изумлен собственно этим. Даже напротив: я хоть утром ему и не высказал ясно моей мысли, но я знаю, что он ее понял; а эта мысль была такого свойства, что по поводу ее, конечно, можно было прийти поговорить еще раз, хотя бы даже и очень поздно. Я так и думал, что он за этим пришел. Мы утром расстались несколько враждебно, и я даже помню, он раза два поглядел на меня очень насмешливо. Вот эту-то насмешку я теперь и прочел в его взгляде, она-то меня и обидела. В том же, что это действительно сам Рогожин, а не видение, не бред, я сначала нисколько не сомневался. Даже и мысли не было.

Между тем он продолжал всё сидеть и всё смотрел на меня с тою же усмешкой. Я злобно повернулся на постели, тоже облокотился на подушку и нарочно решился тоже молчать, хотя бы мы всё время так просидели. Я непременно почему-то хотел, чтоб он начал первый. Я думаю, так прошло минут с двадцать. Вдруг мне представилась мысль: что если это не Рогожин, а только видение?

Ни в болезни моей и никогда прежде я не видел еще ни разу ни одного привидения; но мне всегда казалось, еще когда я был мальчиком, и даже теперь, то есть недавно, что если я увижу хоть раз привидение, то тут же на месте умру, даже несмотря на то что я ни в какие привидения не верю. Но когда мне пришла мысль, что это не Рогожин, а только привидение, то, помню, я нисколько не испугался. Мало того, я на это даже злился. Странно еще и то, что разрешение вопроса: привидение ли это или сам Рогожин, как-то вовсе не так занимало меня и тревожило, как бы, кажется, следовало; мне кажется, что я о чем-то другом тогда думал. Меня, например, гораздо более занимало, почему Рогожин, который давеча был в домашнем шлафроке и в туфлях, теперь во фраке, в белом жилете и в белом галстуке? Мелькала тоже мысль: если это привидение и я его не боюсь, то почему же не встать, не подойти к нему и не удостовериться самому? Может быть, впрочем, я не смел и боялся. Но когда я только что успел подумать, что я боюсь, вдруг как будто льдом провели по всему моему телу; я почувствовал холод в спине, и колени мои вздрогнули. В самое это мгновение, точно угадав, что я боюсь, Рогожин отклонил свою руку, на которую облокачивался, выпрямился и стал раздвигать свой рот, точно готовясь смеяться; он смотрел на меня в упор. Бешенство охватило меня до того, что я решительно хотел на него броситься, но так как я поклялся, что не начну первый говорить, то и остался на кровати, тем более что я всё еще был не уверен, сам ли это Рогожин или нет?

Я не помню наверно, сколько времени это продолжалось; не помню тоже наверно, забывался ли я иногда минутами или нет? Только наконец Рогожин встал, так же медленно и внимательно осмотрел меня, как и прежде, когда вошел, но усмехаться перестал и тихо, почти на цыпочках, подошел к двери, отворил ее, притворил и вышел. Я не встал с постели; не помню, сколько времени я пролежал еще с открытыми глазами и всё думал; Бог знает, о чем я думал; не помню тоже, как я забылся. На другое утро я проснулся, когда стучались в мою дверь, в десятом часу. У меня так условлено, что если я сам не отворю дверь до десятого часу и не крикну, чтобы мне подали чаю, то Матрена сама должна постучать ко мне. Когда я отворил ей дверь, мне тотчас представилась мысль: как же мог он войти, когда дверь была заперта? Я справился и убедился, что настоящему Рогожину невозможно было войти, потому что все наши двери на ночь запираются на замок.

Вот этот особенный случай, который я так подробно описал, и был причиной, что я совершенно "решился". Окончательному решению способствовала, стало быть, не логика, не логическое убеждение, а отвращение. Нельзя оставаться в жизни, которая принимает такие странные, обижающие меня формы. Это привидение меня унизило. Я не в силах подчиняться темной силе, принимающей вид тарантула. И только тогда, когда я, уже в сумерки, ощутил наконец в себе окончательный момент полной решимости, мне стало легче. Это был только первый момент; за другим моментом я ездил в Павловск, но это уже довольно объяснено».

VII

«У меня был маленький карманный пистолет, я завел его, когда еще был ребенком, в тот смешной возраст, когда вдруг начинают нравиться истории о дуэлях, о нападениях разбойников, о том, как и меня вызовут на дуэль и как благородно я буду стоять под пистолетом. Месяц тому назад я его осмотрел и приготовил. В ящике, где он лежал, отыскались две пули, а в пороховом рожке пороху заряда на три. Пистолет этот дрянь, берет в сторону и бьет всего шагов на пятнадцать; но, уж конечно, может своротить череп на сторону, если приставить его вплоть к виску.

Я положил умереть в Павловске, на восходе солнца и сойдя в парк, чтобы не обеспокоить никого на даче. Мое "Объяснение" достаточно объяснит всё дело полиции. Охотники до психологии и те, кому надо, могут вывести из него всё, что им будет угодно. Я бы не желал, однако ж, чтоб эта рукопись предана была гласности. Прошу князя сохранить экземпляр у себя и сообщить другой экземпляр Аглае Ивановне Епанчиной. Такова моя воля. Завещаю мой скелет в Медицинскую академию для научной пользы.

Я не признаю судей над собою и знаю, что я теперь вне всякой власти суда. Еще недавно рассмешило меня предположение: что если бы мне вдруг вздумалось теперь убить кого угодно, хоть десять человек разом, или сделать что-нибудь самое ужасное, что только считается самым ужасным на этом свете, то в какой просак поставлен бы был предо мной суд с моими двумя-тремя неделями сроку и с уничтожением пыток и истязаний? Я умер бы комфортно в их госпитале, в тепле и с внимательным доктором, и, может быть, гораздо комфортнее и теплее, чем у себя дома. Не понимаю, почему людям в таком же, как я, положении не приходит такая же мысль в голову, хоть бы только для шутки? Может быть, впрочем, и приходит; веселых людей и у нас много отыщется.

Но если я и не признаю суда над собой, то все-таки знаю, что меня будут судить, когда я уже буду ответчиком глухим и безгласным. Не хочу уходить, не оставив слова в ответ, – слова свободного, а не вынужденного, – не для оправдания, – о нет! просить прощения мне не у кого и не в чем, – а так, потому что сам желаю того.

Тут, во-первых, странная мысль: кому, во имя какого права, во имя какого побуждения вздумалось бы оспаривать теперь у меня мое право на эти две-три недели моего срока? Какому суду тут дело? Кому именно нужно, чтоб я был не только приговорен, но и благонравно выдержал срок приговора? Неужели, в самом деле, кому-нибудь это надо? Для нравственности? Я еще понимаю, что если б я в цвете здоровья и сил посягнул на мою жизнь, которая "могла бы быть полезна моему ближнему" и т. д., то нравственность могла бы еще упрекнуть меня, по старой рутине, за то, что я распорядился моею жизнию без спросу, или там в чем сама знает. Но теперь, теперь, когда мне уже прочитан срок приговора? Какой нравственности нужно еще, сверх вашей жизни, и последнее хрипение, с которым вы отдадите последний атом жизни, выслушивая утешения князя, который непременно дойдет в своих христианских доказательствах до счастливой мысли, что, в сущности, оно даже и лучше, что вы умираете. (Такие, как он, христиане всегда доходят до этой идеи: это их любимый конек.) И чего им хочется с их смешными "павловскими деревьями"? Усладить последние часы моей жизни? Неужто им непонятно, что, чем более я забудусь, чем более отдамся этому последнему призраку жизни и любви, которым они хотят заслонить от меня мою Мейерову стену и всё, что на ней так откровенно и простодушно написано, тем несчастнее они меня сделают? Для чего мне ваша природа, ваш павловский парк, ваши восходы и закаты солнца, ваше голубое небо и ваши все довольные лица, когда весь этот пир, которому нет конца, начал с того, что одного меня счел за лишнего? Что мне во всей этой красоте, когда я каждую минуту, каждую секунду должен и принужден теперь знать, что вот даже эта крошечная мушка, которая жужжит теперь около меня в солнечном луче, и та даже во всем этом пире и хоре участница, место знает свое, любит его и счастлива, а я один выкидыш, и только по малодушию моему до сих пор не хотел понять это! О, я ведь знаю, как бы хотелось князю и всем им довести меня до того, чтоб и я, вместо всех этих "коварных и злобных" речей, пропел из благонравия и для торжества нравственности знаменитую и классическую строфу Мильвуа:

> O, puissent voir votre beauté sacrée
> Tant d'amis sourds à mes adieux!
> Qu'ils meurent pleins de jours, que leur mort soit pleurée,
> Qu'un ami leur ferme les yeux![1]

1 О, да увидят вашу святую красоту
Друзья, глухие к моему уходу!
Пусть они умрут на склоне дней своих,
пусть будет их смерть оплакана,
Пусть друг закроет им глаза! (*фр.*)

Но верьте, верьте, простодушные люди, что и в этой благонравной строфе, в этом академическом благословении миру во французских стихах засело столько затаенной желчи, столько непримиримой, самоусладившейся в рифмах злобы, что даже сам поэт, может быть, попал впросак и принял эту злобу за слезы умиления, с тем и помер; мир его праху! Знайте, что есть такой предел позора в сознании собственного ничтожества и слабосилия, дальше которого человек уже не может идти и с которого начинает ощущать в самом позоре своем громадное наслаждение... Ну, конечно, смирение есть громадная сила в этом смысле, я это допускаю, — хотя и не в том смысле, в каком религия принимает смирение за силу.

Религия! Вечную жизнь я допускаю и, может быть, всегда допускал. Пусть зажжено сознание волею высшей силы, пусть оно оглянулось на мир и сказало: "Я есмь!" — и пусть ему вдруг предписано этою высшею силой уничтожиться, потому что там так для чего-то, — и даже без объяснения для чего, — это надо, пусть, я всё это допускаю, но, опять-таки вечный вопрос: для чего при этом понадобилось смирение мое? Неужто нельзя меня просто съесть, не требуя от меня похвал тому, что меня съело? Неужели там и в самом деле кто-нибудь обидится тем, что я не хочу подождать двух недель? Не верю я этому; и гораздо уж вернее предположить, что тут просто понадобилась моя ничтожная жизнь, жизнь атома, для пополнения какой-нибудь всеобщей гармонии в целом, для какого-нибудь плюса и минуса, для какого-нибудь контраста и прочее, и прочее, точно так же, как ежедневно надобится в жертву жизнь множества существ, без смерти которых остальной мир не может стоять (хотя надо заметить, что это не очень великодушная мысль сама по себе). Но пусть! Я согласен, что иначе, то есть без беспрерывного поядения друг друга, устроить мир было никак невозможно; я даже согласен допустить, что ничего не понимаю в этом устройстве; но зато вот что я знаю наверно: если уже раз мне дали сознать, что «я есмь», то какое мне дело до того, что мир устроен с ошибками и что иначе он не может стоять? Кто же и за что меня после этого будет судить? Как хотите, всё это невозможно и несправедливо.

А между тем я никогда, несмотря даже на всё желание мое, не мог представить себе, что будущей жизни и Провидения нет. Вернее всего, что всё это есть, но что мы ничего не понимаем в будущей жизни и в законах ее. Но если это так трудно и совершенно даже невозможно понять, то неужели я буду отвечать за то, что не в силах был осмыслить непостижимое? Правда, они говорят, и, уже конечно, князь вместе с ними, что тут-то послушание и нужно, что слушаться нужно без рассуждений, из одного благонравия, и что за кротость мою я непременно буду вознагражден на том свете. Мы слишком унижаем Провидение, приписывая ему наши понятия, с досады, что не можем понять его. Но опять-таки, если понять его невозможно, то, повторяю, трудно и отвечать за то, что не дано человеку понять. А если так, то как же будут судить меня за то, что я не мог понять настоящей воли и законов Провидения? Нет, уж лучше оставим религию.

Да и довольно. Когда я дойду до этих строк, то, наверно, уж взойдет солнце и "зазвучит на небе", и польется громадная, неисчислимая сила по всей подсолнечной. Пусть! Я умру, прямо смотря на источник силы и жизни, и не захочу этой жизни! Если б я имел власть не родиться, то наверно не принял бы существования на таких насмешливых условиях. Но я еще имею власть умереть, хотя отдаю уже сочтенное. Не великая власть, не великий и бунт.

Последнее объяснение: я умираю вовсе не потому, что не в силах перенести эти три недели; о, у меня бы достало силы, и если б я захотел, то довольно уже был бы утешен одним сознанием нанесенной мне обиды; но я не французский поэт и не хочу таких утешений. Наконец, и соблазн: природа до такой степени ограничила мою деятельность своими тремя неделями приговора, что, может быть, самоубийство есть единственное дело, которое я еще могу успеть начать и окончить по собственной воле моей. Что ж, может быть, я и хочу воспользоваться последнею возможностью *дела*? Протест иногда не малое дело...»

«Объяснение» было окончено; Ипполит наконец остановился...

Есть в крайних случаях та степень последней цинической откровенности, когда нервный человек, раздраженный и выведенный из себя, не боится уже ничего и готов хоть на всякий скандал, даже рад ему; бросается на людей, сам имея при этом не ясную, но твердую цель непременно минуту спустя слететь с колокольни и тем разом разрешить все недоумения, если таковые при этом окажутся. Признаком этого состояния обыкновенно бывает и приближающееся истощение физических сил. Чрезвычайное, почти неестественное напряжение, поддерживавшее до сих пор Ипполита, дошло до этой последней степени. Сам по себе этот восемнадцатилетний, истощенный болезнью мальчик казался слаб, как сорванный с дерева дрожащий листик; но только что он успел обвести взглядом своих слушателей, – в первый раз в продолжение всего последнего часа, – то тотчас же самое высокомерное, самое презрительное и обидное отвращение выразилось в его взгляде и улыбке. Он спешил своим вызовом. Но и слушатели были в полном негодовании. Все с шумом и досадой вставали из-за стола. Усталость, вино, напряжение усиливали беспорядочность и как бы грязь впечатлений, если можно так выразиться.

Вдруг Ипполит быстро вскочил со стула, точно его сорвали с места.

– Солнце взошло! – вскричал он, увидев блестевшие верхушки деревьев и показывая на них князю точно на чудо, – взошло!

– А вы думали, не взойдет, что ли? – заметил Фердыщенко.

— Опять жарища на целый день, — с небрежною досадою бормотал Ганя, держа в руках шляпу, потягиваясь и зевая, — ну, как на месяц этакой засухи!.. Идем или нет, Птицын?

Ипполит прислушивался с удивлением, доходившим до столбняка; вдруг он страшно побледнел и весь затрясся.

— Вы очень неловко выделываете ваше равнодушие, чтобы меня оскорбить, — обратился он к Гане, смотря на него в упор, — вы негодяй!

— Ну, это уж черт знает что такое, этак расстегиваться! — заорал Фердыщенко. — Что за феноменальное слабосилие!

— Просто дурак, — сказал Ганя.

Ипполит несколько скрепился.

— Я понимаю, господа, — начал он, по-прежнему дрожа и осекаясь на каждом слове, — что я мог заслужить ваше личное мщение, и... жалею, что замучил вас этим бредом (он указал на рукопись), а впрочем, жалею, что совсем не замучил... (он глупо улыбнулся), замучил, Евгений Павлыч? — вдруг перескочил он к нему с вопросом, — замучил или нет? Говорите!

— Растянуто немного, а впрочем...

— Говорите всё! Не лгите хоть раз в вашей жизни! — дрожал и приказывал Ипполит.

— О, мне решительно всё равно! Сделайте одолжение, прошу вас, оставьте меня в покое, — брезгливо отвернулся Евгений Павлович.

— Покойной ночи, князь, — подошел к князю Птицын.

— Да он сейчас застрелится, что же вы! Посмотрите на него! — вскрикнула Вера и рванулась к Ипполиту в чрезвычайном испуге и даже схватила его за руки. — Ведь он сказал, что на восходе солнца застрелится, что же вы!

— Не застрелится! — с злорадством пробормотало несколько голосов, в том числе Ганя.

— Господа, берегитесь! — крикнул Коля, тоже схватив Ипполита за руку. — Вы только на него посмотрите! Князь! Князь, да что же вы!

Около Ипполита столпились Вера, Коля, Келлер и Бурдовский; все четверо схватились за него руками.

— Он имеет право, право!.. — бормотал Бурдовский, впрочем тоже совсем как потерянный.

— Позвольте, князь, какие ваши распоряжения? — подошел к князю Лебедев, хмельной и озлобленный до нахальства.

— Какие распоряжения?

— Нет-с; позвольте-с; я хозяин-с, хотя и не желаю манкировать вам в уважении... Положим, что и вы хозяин, но я не хочу, чтобы так в моем собственном доме... Так-с.

— Не застрелится; балует мальчишка! — с негодованием и с апломбом неожиданно прокричал генерал Иволгин.

— Ай да генерал! — подхватил Фердыщенко.

— Знаю, что не застрелится, генерал, многоуважаемый генерал, но все-таки... ибо я хозяин.

— Послушайте, господин Терентьев, — сказал вдруг Птицын, простившись с князем и протягивая руку Ипполиту, — вы, кажется, в своей тетрадке говорите про ваш скелет и завещаете его Академии? Это вы про ваш скелет, собственный ваш, то есть ваши кости завещаете?

— Да, мои кости...

— То-то. А то ведь можно ошибиться; говорят, уже был такой случай.

— Что вы его дразните? — вскричал вдруг князь.

— До слез довели, — прибавил Фердыщенко.

Но Ипполит вовсе не плакал. Он двинулся было с места, но четверо, его обступившие, вдруг разом схватили его за руки. Раздался смех.

— К тому и вел, что за руки будут держать; на то и тетрадку прочел, — заметил Рогожин. — Прощай, князь. Эк досиделись; кости болят.

— Если вы действительно хотели застрелиться, Терентьев, — засмеялся Евгений Павлович, — то уж я бы, после таких комплиментов, на вашем месте нарочно бы не застрелился, чтоб их подразнить.

— Им ужасно хочется видеть, как я застрелюсь! — вскинулся на него Ипполит.

Он говорил точно накидываясь.

— Им досадно, что не увидят.

— Так и вы думаете, что не увидят?

— Я вас не поджигаю; я, напротив, думаю, что очень возможно, что вы застрелитесь. Главное, не сердитесь... — протянул Евгений Павлович, покровительственно растягивая свои слова.

— Я теперь только вижу, что сделал ужасную ошибку, прочтя им эту тетрадь! — проговорил Ипполит, с таким внезапно доверчивым видом смотря на Евгения Павловича, как будто просил у друга дружеского совета.

— Положение смешное, но... право, не знаю, что вам посоветовать, — улыбаясь ответил Евгений Павлович.

Ипполит строго в упор смотрел на него, не отрываясь, и молчал. Можно было подумать, что минутами он совсем забывался.

— Нет-с, позвольте-с, манера-то ведь при этом какая-с, — проговорил Лебедев, — «застрелюсь, дескать, в парке, чтобы никого не обеспокоить»! Это он думает, что он никого не обеспокоит, что сойдет с лестницы три шага в сад.

— Господа... — начал было князь.

— Нет-с, позвольте-с, многоуважаемый князь, — с яростию ухватился Лебедев, — так как вы сами изволите видеть, что это не шутка, и так как половина ваших гостей по крайней мере того же мнения и уверены, что теперь, после произнесенных здесь слов, он уж непременно должен застрелиться из чести, то я хозяин-с и при свидетелях объявляю, что приглашаю вас способствовать!

— Что же надо сделать, Лебедев? Я готов вам способствовать!

– А вот что-с: во-первых, чтоб он тотчас же выдал свой пистолет, которым он хвастался пред нами, со всеми препаратами. Если выдаст, то я согласен на то, чтобы допустить его переночевать эту ночь в этом доме ввиду болезненного состояния его, с тем, конечно, что под надзором с моей стороны. Но завтра пусть непременно отправляется куда ему будет угодно; извините, князь! Если же не выдаст оружия, то я немедленно, сейчас же беру его за руки, я за одну, генерал за другую, и сей же час пошлю известить полицию, и тогда уже дело перейдет на рассмотрение полиции-с. Господин Фердыщенко, по знакомству, сходит-с.

Поднялся шум; Лебедев горячился и выходил уже из меры; Фердыщенко приготовлялся идти в полицию; Ганя неистово настаивал на том, что никто не застрелится. Евгений Павлович молчал.

– Князь, слетали вы когда-нибудь с колокольни? – прошептал ему вдруг Ипполит.

– Н-нет...– наивно ответил князь.

– Неужели вы думали, что я не предвидел всей этой ненависти! – прошептал опять Ипполит, засверкав глазами и смотря на князя, точно и в самом деле ждал от него ответа. – Довольно! – закричал он вдруг на всю публику. – Я виноват... больше всех! Лебедев, вот ключ (он вынул портмоне и из него стальное кольцо с тремя или четырьмя небольшими ключиками), вот этот, предпоследний... Коля вам укажет... Коля! Где Коля? – вскричал он, смотря на Колю и не видя его, – да... вот он вам укажет; он вместе со мной давеча укладывал сак. Сведите его, Коля; у князя в кабинете, под столом... мой сак.., этим ключиком, внизу, в сундучке... мой пистолет и рожок с порохом. Он сам укладывал давеча, господин Лебедев, он вам покажет; но с тем, что завтра рано, когда я поеду в Петербург, вы мне отдадите пистолет назад. Слышите? Я делаю это для князя; не для вас.

– Вот так-то лучше! – схватился за ключ Лебедев и, ядовито усмехаясь, побежал в соседнюю комнату.

Коля остановился, хотел было что-то заметить, но Лебедев утащил его за собой.

Ипполит смотрел на смеющихся гостей. Князь заметил, что зубы его стучат, как в самом сильном ознобе.

– Какие они все негодяи! – опять прошептал Ипполит князю в исступлении. Когда он говорил с князем, то всё наклонялся и шептал.

– Оставьте их; вы очень слабы...

– Сейчас, сейчас... сейчас уйду.

Вдруг он обнял князя.

– Вы, может быть, находите, что я сумасшедший? – посмотрел он на него, странно засмеявшись.

– Нет, но вы...

– Сейчас, сейчас, молчите; ничего не говорите; стойте... я хочу посмотреть в ваши глаза... Стойте так, я буду смотреть. Я с Человеком прощусь.

Он стоял и смотрел на князя неподвижно и молча секунд десять, очень бледный, со смоченными от пота висками и как-то странно хватаясь за князя рукой, точно боясь его выпустить.

– Ипполит, Ипполит, что с вами? – вскричал князь.

– Сейчас... довольно... я лягу. Я за здоровье солнца выпью один глоток... Я хочу, я хочу, оставьте!

Он быстро схватил со стола бокал, рванулся с места и в одно мгновение подошел к сходу с террасы. Князь побежал было за ним, но случилось так, что, как нарочно, в это самое мгновение Евгений Павлович протянул ему руку прощаясь. Прошла одна секунда, и вдруг всеобщий крик раздался на террасе. Затем наступила минута чрезвычайного смятения.

Вот что случилось:

Подойдя вплоть ко сходу с террасы, Ипполит остановился, держа в левой руке бокал и опустив правую руку в правый боковой карман своего пальто. Келлер уверял потом, что Ипполит еще и прежде всё держал эту руку в правом кармане, еще когда говорил с князем и хватал его левою рукой за плечо и за воротник, и что эта-то правая рука в кармане, уверял Келлер, и зародила в нем будто бы первое подозрение. Как бы там ни было, но некоторое беспокойство заставило и его побежать за Ипполитом. Но и он не поспел. Он видел только, как вдруг в правой руке Ипполита что-то блеснуло и как в ту же секунду маленький карманный пистолет очутился вплоть у его виска. Келлер бросился схватить его за руку, но в ту же секунду Ипполит спустил курок. Раздался резкий, сухой щелчок курка, но выстрела не последовало. Когда Келлер обхватил Ипполита, тот упал ему на руки, точно без памяти, может быть действительно воображая, что он уже убит. Пистолет был уже в руках Келлера. Ипполита подхватили, подставили стул, усадили его, и все столпились кругом, все кричали, все спрашивали. Все слышали щелчок курка и видели человека живого, даже не оцарапанного. Сам Ипполит сидел, не понимая, что происходит, и обводил всех кругом бессмысленным взглядом. Лебедев и Коля вбежали в это мгновение.

– Осечка? – спрашивали кругом.

– Может, и не заряжен? – догадывались другие.

– Заряжен! – провозгласил Келлер, осматривая пистолет, – но...

– Неужто осечка?

– Капсюля совсем не было, – возвестил Келлер.

Трудно и рассказать последовавшую жалкую сцену. Первоначальный и всеобщий испуг быстро начал сменяться смехом; некоторые даже захохотали, находили в этом злорадное наслаждение. Ипполит рыдал как в истерике, ломал себе руки, бросался ко всем, даже к Фердыщенке, схватил его обеими руками и клялся ему, что он забыл, «забыл совсем нечаянно, а не нарочно» положить капсюль, что «капсюли эти вот все тут, в жилетном его кармане, штук десять» (он показывал всем кругом), что он не насадил раньше, боясь нечаянного выстрела в кармане, что рассчитывал всегда успеть насадить, когда понадобится, и вдруг забыл. Он бросался к князю, к Евгению Павловичу, умолял Келлера, чтоб ему отдали назад пистолет, что он сейчас всем докажет, что «его честь, честь»... что он теперь «обесчещен навеки!..».

Он упал наконец в самом деле без чувств. Его унесли в кабинет князя, и Лебедев, совсем отрезвившийся, послал немедленно за доктором, а сам вместе с дочерью, сыном, Бурдовским и генералом остался у постели больного. Когда вынесли бесчувственного Ипполита, Келлер стал среди комнаты и провозгласил во всеуслышание, разделяя и отчеканивания каждое слово, в решительном вдохновении:

– Господа, если кто из вас еще раз, вслух, при мне, усомнится в том, что капсюль забыт нарочно, и станет утверждать, что несчастный молодой человек играл только комедию, – то таковой из вас будет иметь дело со мною.

Но ему не отвечали. Гости наконец разошлись, гурьбой и спеша. Птицын, Ганя и Рогожин отправились вместе.

Князь был очень удивлен, что Евгений Павлович изменил свое намерение и уходит не объяснившись.

– Ведь вы хотели со мной говорить, когда все разойдутся? – спросил он его.

– Точно так, – сказал Евгений Павлович, вдруг садясь на стул и усаживая князя подле себя, – но теперь я на время переменил намерение. Признаюсь вам, что я несколько смущен, да и вы тоже. У меня сбились мысли; кроме того, то, о чем мне хочется объясниться с вами, слишком для меня важная вещь, да и для вас тоже. Видите, князь, мне хоть раз в жизни хочется сделать совершенно честное дело, то есть совершенно без задней мысли, ну а я думаю, что теперь, в эту минуту, не совсем способен к совершенно честному делу, да и вы, может быть, тоже... то... и... ну, да мы потом объяснимся. Может, и дело выиграет в ясности, и для меня и для вас, если мы подождем дня три, которые я пробуду теперь в Петербурге.

Тут он опять поднялся со стула, так что странно было, зачем и садился. Князю показалось тоже, что Евгений Павлович недоволен и раздражен и смотрит враждебно, что в его взгляде совсем не то, что давеча.

— Кстати, вы теперь к страждущему?

— Да... я боюсь, — проговорил князь.

— Не бойтесь; проживет, наверно, недель шесть и даже, может, еще здесь и поправится. А лучше всего прогоните-ка его завтра.

— Может, я и вправду подтолкнул его под руку тем, что... не говорил ничего; он, может, подумал, что и я сомневаюсь в том, что он застрелится? Как вы думаете, Евгений Павлыч?

— Ни-ни. Вы слишком добры, что еще заботитесь. Я слыхивал об этом, но никогда не видывал в натуре, как человек нарочно застреливается из-за того, чтоб его похвалили, или со злости, что его не хвалят за это. Главное, этой откровенности слабосилия не поверил бы! А вы все-таки прогоните его завтра.

— Вы думаете, он застрелится еще раз?

— Нет, уж теперь не застрелится. Но берегитесь вы этих доморощенных Ласенеров наших! Повторяю вам, преступление слишком обыкновенное прибежище этой бездарной, нетерпеливой и жадной ничтожности.

— Разве это Ласенер?

— Сущность та же, хотя, может быть, и разные амплуа. Увидите, если этот господин не способен укокошить десять душ, собственно для одной «шутки», точь-в-точь как он сам нам прочел давеча в «Объяснении». Теперь мне эти слова его спать не дадут.

— Вы, может быть, слишком уж беспокоитесь.

— Вы удивительны, князь; вы не верите, что он способен убить *теперь* десять душ?

— Я боюсь вам ответить; это всё очень странно, но...

— Ну, как хотите, как хотите! — раздражительно закончил Евгений Павлович. — К тому же вы такой храбрый человек; не попадитесь только сами в число десяти.

— Всего вероятнее, что он никого не убьет, — сказал князь, задумчиво смотря на Евгения Павловича.

Тот злобно рассмеялся.

– До свидания, пора! А заметили вы, что он завещал копию с своей исповеди Аглае Ивановне?

– Да, заметил и... думаю об этом.

– То-то, в случае десяти-то душ, – опять засмеялся Евгений Павлович и вышел.

Час спустя, уже в четвертом часу, князь сошел в парк. Он пробовал было заснуть дома, но не мог, от сильного биения сердца. Дома, впрочем, всё было устроено и по возможности успокоено; больной заснул, и прибывший доктор объявил, что никакой нет особенной опасности. Лебедев, Коля, Бурдовский улеглись в комнате больного, чтобы чередоваться в дежурстве; опасаться, стало быть, было нечего.

Но беспокойство князя возрастало с минуты на минуту. Он бродил по парку, рассеянно смотря кругом себя, и с удивлением остановился, когда дошел до площадки пред воксалом и увидал ряд пустых скамеек и пюпитров для оркестра. Его поразило это место и показалось почему-то ужасно безобразным. Он поворотил назад и прямо по дороге, по которой проходил вчера с Епанчиными в воксал, дошел до зеленой скамейки, назначенной ему для свидания, уселся на ней и вдруг громко рассмеялся, отчего тотчас же пришел в чрезвычайное негодование. Тоска его продолжалась; ему хотелось куда-нибудь уйти... Он не знал куда. Над ним на дереве пела птичка, и он стал глазами искать ее между листьями; вдруг птичка вспорхнула с дерева, и в ту же минуту ему почему-то припомнилась та «мушка» в «горячем солнечном луче», про которую Ипполит написал, что и «она знает свое место и в общем хоре участница, а он один только выкидыш». Эта фраза поразила его еще давеча, он вспомнил об этом теперь. Одно давно забытое воспоминание зашевелилось в нем и вдруг разом выяснилось.

Это было в Швейцарии, в первый год лечения, даже в первые месяцы. Тогда он еще был совсем как идиот, даже говорить не умел хорошо, понимать иногда не мог, чего от него требуют. Он раз зашел в горы, в ясный солнечный день, и долго ходил с одною мучительною, но никак не воплощавшеюся мыслию. Пред ним было блестящее небо, внизу озеро, кругом горизонт светлый и бесконечный, которому конца-края нет. Он долго смотрел и терзался. Ему вспомнилось теперь, как простирал он руки свои в эту светлую, бесконечную синеву и плакал. Мучило его то, что всему этому он совсем чужой. Что же это за пир, что ж это за всегдашний великий праздник, которому нет конца и к которому тянет его давно, всегда, с самого детства, и к которому он никак не может пристать. Каждое утро восходит такое же светлое солнце; каждое утро на водопаде радуга; каждый вечер снеговая, самая высокая гора там, вдали, на краю неба, горит пурпуровым пламенем; каждая «маленькая мушка, которая жужжит около него в горячем солнечном луче, во всем этом хоре участница: место знает свое, любит его и счастлива»; каждая-то травка растет и счастлива! И у всего свой путь, и всё знает свой путь, с песнью отходит и с песнью приходит; один он ничего не знает, ничего не понимает, ни людей, ни звуков, всему чужой и выкидыш. О, он, конечно, не мог говорить тогда этими словами и высказать свой вопрос; он мучился глухо и немо; но теперь ему казалось, что он всё это говорил и тогда, все эти самые слова, и что про эту «мушку» Ипполит взял у него самого, из его тогдашних слов и слез. Он был в этом уверен, и его сердце билось почему-то от этой мысли...

Он забылся на скамейке, но тревога его продолжалась и во сне. Пред самым сном он вспомнил, что Ипполит убьет десять человек, и усмехнулся нелепости предположения. Вокруг него стояла прекрасная, ясная тишина, с одним только шелестом листьев, от которого, кажется, становится еще тише и уединеннее кругом. Ему приснилось очень много снов, и всё тревожных, от которых он поминутно вздрагивал. Наконец пришла к нему женщина; он знал ее, знал до страдания; он всегда мог назвать ее и указать, — но странно, — у ней было теперь как будто совсем не такое лицо, какое он всегда знал, и ему мучительно не хотелось признать ее за ту женщину. В этом лице было столько раскаяния и ужасу, что казалось — это была страшная преступница и только что сделала ужасное преступление. Слеза дрожала на ее бледной щеке; она поманила его рукой и приложила палец к губам, как бы предупреждая его идти за ней тише. Сердце его замерло; он ни за что, ни за что не хотел признать ее за преступницу; но он чувствовал, что тотчас же произойдет что-то ужасное, на всю его жизнь. Ей, кажется, хотелось ему что-то показать, тут же недалеко, в парке. Он встал, чтобы пойти за нею, и вдруг раздался подле него чей-то светлый, свежий смех; чья-то рука вдруг очутилась в его руке; он схватил эту руку, крепко сжал и проснулся. Пред ним стояла и громко смеялась Аглая.

VIII

Она смеялась, но она и негодовала.

— Спит! Вы спали! — вскричала она с презрительным удивлением.

— Это вы! — пробормотал князь, еще не совсем опомнившись и с удивлением узнавая ее. — Ах да! Это свидание... я здесь спал.

— Видела.

— Меня никто не будил, кроме вас? Никого здесь, кроме вас, не было? Я думал, здесь была... другая женщина...

— Здесь была другая женщина?!

Наконец он совсем очнулся.

— Это был только сон, — задумчиво проговорил он, — странно, что в этакую минуту такой сон... Садитесь.

Он взял ее за руку и посадил на скамейку; сел подле нее и задумался. Аглая не начинала разговора, а только пристально оглядывала своего собеседника. Он тоже взглядывал на нее, но иногда так, как будто совсем не видя ее пред собой. Она начала краснеть.

– Ах да! – вздрогнул князь, – Ипполит застрелился!

– Когда? У вас? – спросила она, но без большого удивления. – Ведь вчера вечером он был, кажется, еще жив? Как же вы могли тут спать после всего этого? – вскричала она, внезапно оживляясь.

– Да ведь он не умер, пистолет не выстрелил.

По настоянию Аглаи князь должен был рассказать тотчас же, и даже в большой подробности, всю историю прошлой ночи. Она торопила его в рассказе поминутно, но сама перебивала беспрерывными вопросами, и почти всё посторонними. Между прочим, она с большим любопытством выслушала о том, что говорил Евгений Павлович, и несколько раз даже переспросила.

– Ну, довольно, надо торопиться, – заключила она, выслушав всё, – всего нам только час здесь быть, до восьми часов, потому что в восемь часов мне надо непременно быть дома, чтобы не узнали, что я здесь сидела, а я за делом пришла; мне много нужно вам сообщить. Только вы меня совсем теперь сбили. Об Ипполите я думаю, что пистолет у него так и должен был не выстрелить, это к нему больше идет. Но вы уверены, что он непременно хотел застрелиться и что тут не было обману?

– Никакого обману.

– Это и вероятнее. Он так и написал, чтобы вы мне принесли его исповедь? Зачем же вы не принесли?

– Да ведь он не умер. Я у него спрошу.

– Непременно принесите, и нечего спрашивать. Ему, наверно, это будет очень приятно, потому что он, может быть, с тою целью и стрелял в себя, чтоб я исповедь потом прочла. Пожалуйста, прошу вас не смеяться над моими словами, Лев Николаич, потому что это очень может так быть.

– Я не смеюсь, потому что и сам уверен, что отчасти это очень может так быть.

— Уверены? Неужели вы тоже так думаете? — вдруг ужасно удивилась Аглая.

Она спрашивала быстро, говорила скоро, но как будто иногда сбивалась и часто не договаривала; поминутно торопилась о чем-то предупреждать; вообще она была в необыкновенной тревоге и хоть смотрела очень храбро и с каким-то вызовом, но, может быть, немного и трусила. На ней было самое буднишнее, простое платье, которое очень к ней шло. Она часто вздрагивала, краснела и сидела на краю скамейки. Подтверждение князя, что Ипполит застрелился для того, чтобы она прочла его исповедь, очень ее удивило.

— Конечно, — объяснил князь, — ему хотелось, чтобы, кроме вас, и мы все его похвалили...

— Как это похвалили?

— То есть это... как вам сказать? Это очень трудно сказать. Только ему, наверно, хотелось, чтобы все его обступили и сказали ему, что его очень любят и уважают, и все бы стали его очень упрашивать остаться в живых. Очень может быть, что он вас имел всех больше в виду, потому что в такую минуту о вас упомянул... хоть, пожалуй, и сам не знал, что имеет вас в виду.

— Этого уж я не понимаю совсем: имел в виду и не знал, что имел в виду. А впрочем, я, кажется, понимаю: знаете ли, что я сама раз тридцать, еще даже когда тринадцатилетнею девочкой была, думала отравиться, и всё это написать в письме к родителям, и тоже думала, как я буду в гробу лежать и все будут надо мною плакать, а себя обвинять, что были со мной такие жестокие... Чего вы опять улыбаетесь, — быстро прибавила она, нахмуривая брови, — вы-то об чем еще думаете про себя, когда один мечтаете? Может, фельдмаршалом себя воображаете и что Наполеона разбили?

— Ну вот честное слово, я об этом думаю, особенно когда засыпаю, — засмеялся князь, — только я не Наполеона, а всё австрийцев разбиваю.

– Я вовсе не желаю с вами шутить, Лев Николаич. С Ипполитом я увижусь сама; прошу вас предупредить его. А с вашей стороны я нахожу, что всё это очень дурно, потому что очень грубо так смотреть и судить душу человека, как вы судите Ипполита. У вас нежности нет: одна правда, стало быть, – несправедливо.

Князь задумался.

– Мне кажется, вы ко мне несправедливы, – сказал он, – ведь я ничего не нахожу дурного в том, что он так думал, потому что все склонны так думать; к тому же, может быть, он и не думал совсем, а только этого хотел... ему хотелось в последний раз с людьми встретиться, их уважение и любовь заслужить; это ведь очень хорошие чувства, только как-то всё тут не так вышло; тут болезнь и еще что-то! Притом же у одних всё всегда хорошо выходит, а у других ни на что не похоже...

– Это, верно, вы о себе прибавили? – заметила Аглая.

– Да, о себе, – ответил князь, не замечая никакого злорадства в вопросе.

– Только все-таки я бы никак не заснула на вашем месте; стало быть, вы, куда ни приткнетесь, так уж и спите; это очень нехорошо с вашей стороны.

– Да ведь я всю ночь не спал, а потом ходил, ходил, был на музыке...

– На какой музыке?

– Там, где играли вчера, а потом пришел сюда, сел, думал-думал и заснул.

– А, так вот как? Это изменяет в вашу пользу... А зачем вы на музыку ходили?

– Не знаю, так...

– Хорошо, хорошо, потом; вы всё меня перебиваете, и что мне за дело, что вы ходили на музыку? О какой это женщине вам приснилось?

– Это... об... вы ее видели...

– Понимаю, очень понимаю. Вы очень ее... Как она вам приснилась, в каком виде? А впрочем, я и знать ничего не хочу, – отрезала она вдруг с досадой. – Не перебивайте меня...

Она переждала немного, как бы собираясь с духом или стараясь разогнать досаду.

– Вот в чем всё дело, для чего я вас позвала: я хочу сделать вам предложение быть моим другом. Что вы так вдруг на меня уставились? – прибавила она почти с гневом.

Князь действительно очень вглядывался в нее в эту минуту, заметив, что она опять начала ужасно краснеть. В таких случаях, чем более она краснела, тем более, казалось, и сердилась на себя за это, что видимо выражалось в ее сверкавших глазах; обыкновенно минуту спустя она уже переносила свой гнев на того, с кем говорила, был или не был тот виноват, и начинала с ним ссориться. Зная и чувствуя свою дикость и стыдливость, она обыкновенно входила в разговор мало и была молчаливее других сестер, иногда даже уж слишком молчалива. Когда же, особенно в таких щекотливых случаях, непременно надо было заговорить, то начинала разговор с необыкновенным высокомерием и как будто с каким-то вызовом. Она всегда предчувствовала наперед, когда начинала или хотела начать краснеть.

– Вы, может быть, не хотите принять предложение, – высокомерно поглядела она на князя.

– О нет, хочу, только это совсем не нужно... то есть я никак не думал, что надо делать такое предложение, – сконфузился князь.

– А что же вы думали? Для чего же бы я сюда вас позвала? Что у вас на уме? Впрочем, вы, может, считаете меня маленькою дурой, как все меня дома считают?

– Я не знал, что вас считают дурой, я... я не считаю.

– Не считаете? Очень умно с вашей стороны. Особенно умно высказано.

– По-моему, вы даже, может быть, и очень умны иногда, – продолжал князь, – вы давеча вдруг сказали одно слово очень умное. Вы сказали про мое сомнение об Ипполите: «Тут одна только правда, а стало быть, и несправедливо». Это я запомню и обдумаю.

Аглая вдруг вспыхнула от удовольствия. Все эти перемены происходили в ней чрезвычайно откровенно и с необыкновенною быстротой. Князь тоже обрадовался и даже рассмеялся от радости, смотря на нее.

– Слушайте же, – начала она опять, – я долго ждала вас, чтобы вам всё это рассказать, с тех самых пор ждала, как вы мне то письмо оттуда написали, и даже раньше... Половину вы вчера от меня уже услышали: я вас считаю за самого честного и за самого правдивого человека, всех честнее и правдивее, и если говорят про вас, что у вас ум... то есть что вы больны иногда умом, то это несправедливо; я так решила и спорила, потому что хоть вы и в самом деле больны умом (вы, конечно, на это не рассердитесь, я с высшей точки говорю), то зато главный ум у вас лучше, чем у них у всех, такой даже, какой им и не снился, потому что есть два ума: главный и неглавный. Так? Ведь так?

– Может быть, и так, – едва проговорил князь; у него ужасно дрожало и стукало сердце.

– Я так и знала, что вы поймете, – с важностью продолжала она. – Князь Щ. и Евгений Павлыч ничего в этих двух умах не понимают, Александра тоже, а представьте себе: maman поняла.

– Вы очень похожи на Лизавету Прокофьевну.

– Как это? Неужели? – удивилась Аглая.

– Ей-богу, так.

– Я благодарю вас, – сказала она подумав, – я очень рада, что похожа на maman. Вы, стало быть, очень ее уважаете? – прибавила она, совсем не замечая наивности вопроса.

– Очень, очень, и я рад, что вы это так прямо поняли.

– И я рада, потому что я заметила, как над ней иногда... смеются. Но слушайте главное: я долго думала и наконец вас выбрала. Я не хочу, чтобы надо мной дома смеялись, я не хочу, чтобы меня считали за маленькую дуру;

я не хочу, чтобы меня дразнили... Я это всё сразу поняла и наотрез отказала Евгению Павлычу, потому что я не хочу, чтобы меня беспрерывно выдавали замуж! Я хочу... я хочу... ну, я хочу бежать из дому, а вас выбрала, чтобы вы мне способствовали.

– Бежать из дому! – вскричал князь.

– Да, да, да, бежать из дому! – вскричала она вдруг, воспламеняясь необыкновенным гневом.– Я не хочу, не хочу, чтобы там вечно заставляли меня краснеть. Я не хочу краснеть ни пред ними, ни пред князем Щ., ни пред Евгением Павлычем, ни перед кем, а потому и выбрала вас. С вами я хочу всё, всё говорить, даже про самое главное, когда захочу; с своей стороны, и вы не должны ничего скрывать от меня. Я хочу хоть с одним человеком обо всем говорить как с собой. Они вдруг стали говорить, что я вас жду и что я вас люблю. Это еще до вашего приезда было, а я им письма не показывала; а теперь уж все говорят. Я хочу быть смелою и ничего не бояться. Я не хочу по их балам ездить, я хочу пользу приносить. Я уж давно хотела уйти. Я двадцать лет как у них закупорена, и всё меня замуж выдают. Я еще четырнадцати лет думала бежать, хоть и дура была. Теперь я уже всё рассчитала и вас ждала, чтобы всё расспросить об загранице. Я ни одного собора готического не видала, я хочу в Риме быть, я хочу все кабинеты ученые осмотреть, я хочу в Париже учиться; я весь последний год готовилась и училась и очень много книг прочла; я все запрещенные книги прочла. Александра и Аделаида все книги читают, им можно, а мне не все дают, за мной надзор. Я с сестрами не хочу ссориться, но матери и отцу я давно уже объявила, что хочу совершенно изменить мое социальное положение. Я положила заняться воспитанием, и я на вас рассчитывала, потому что вы говорили, что любите детей. Можем мы вместе заняться воспитанием, хоть не сейчас, так в будущем? Мы вместе будем пользу приносить; я не хочу быть генеральскою дочкою... Скажите, вы очень ученый человек?

— О, совсем нет.

— Это жаль, а я думала... как же я это думала? Вы все-таки меня будете руководить, потому что я вас выбрала.

— Это нелепо, Аглая Ивановна.

— Я хочу, я хочу бежать из дому! — вскричала она, и опять глаза ее засверкали. — Если вы не согласитесь, так я выйду замуж за Гаврилу Ардалионовича. Я не хочу, чтобы меня дома мерзкою женщиной почитали и обвиняли бог знает в чем.

— В уме ли вы? — чуть не вскочил князь с места. — В чем вас обвиняют, кто вас обвиняет?

— Дома, все, мать, сестры, отец, князь Щ., даже мерзкий ваш Коля! Если прямо не говорят, то так думают. Я им всем в глаза это высказала, и матери, и отцу. Maman была больна целый день; а на другой день Александра и папаша сказали мне, что я сама не понимаю, что вру и какие слова говорю. А я им тут прямо отрезала, что я уже всё понимаю, все слова, что я уже не маленькая, что я еще два года назад нарочно два романа Поль де Кока прочла, чтобы про всё узнать. Maman, как услышала, чуть в обморок не упала.

У князя мелькнула вдруг странная мысль. Он посмотрел пристально на Аглаю и улыбнулся.

Ему даже не верилось, что пред ним сидит та самая высокомерная девушка, которая так гордо и заносчиво прочитала ему когда-то письмо Гаврилы Ардалионовича. Он понять не мог, как в такой заносчивой, суровой красавице мог оказаться такой ребенок, может быть действительно даже и *теперь* не понимающий *всех слов* ребенок.

— Вы всё дома жили, Аглая Ивановна? — спросил он, — я хочу сказать, вы никуда не ходили, в школу какую-нибудь, не учились в институте?

— Никогда и никуда не ходила; всё дома сидела, закупоренная как в бутылке, и из бутылки прямо замуж пойду; что вы опять усмехаетесь? Я замечаю, что вы тоже, кажется, надо мной смеетесь и их сторону держите, —

прибавила она, грозно нахмурившись, – не сердите меня, я и без того не знаю, что со мной делается... я убеждена, что вы пришли сюда в полной уверенности, что я в вас влюблена и позвала вас на свидание, – отрезала она раздражительно.

– Я действительно вчера боялся этого, – простодушно проболтался князь (он был очень смущен), – но сегодня я убежден, что вы...

– Как! – вскричала Аглая, и нижняя губка ее вдруг забежала, – вы боялись, что я... вы смели думать, что я... Господи! Вы подозревали, пожалуй, что я позвала вас сюда с тем, чтобы вас в сети завлечь и потом чтобы нас тут застали и принудили вас на мне жениться...

– Аглая Ивановна! как вам не совестно? Как могла такая грязная мысль зародиться в вашем чистом, невинном сердце? Бьюсь об заклад, что вы сами ни одному вашему слову не верите и... сами не знаете, что говорите!

Аглая сидела, упорно потупившись, точно сама испугавшись того, что сказала.

– Совсем мне не стыдно, – пробормотала она, – почему вы знаете, что у меня сердце невинное? Как смели вы тогда мне любовное письмо прислать?

– Любовное письмо? Мое письмо – любовное! Это письмо самое почтительное, это письмо из сердца моего вылилось в самую тяжелую минуту моей жизни! Я вспомнил тогда о вас как о каком-то свете... я...

– Ну, хорошо, хорошо, – перебила вдруг она, но совершенно не тем уже тоном, а в совершенном раскаянии и чуть ли не в испуге, даже наклонилась к нему, стараясь всё еще не глядеть на него прямо, хотела было тронуть его за плечо, чтоб еще убедительнее попросить не сердиться, – хорошо, – прибавила она, ужасно застыдившись, – я чувствую, что я очень глупое выражение употребила. Это я так... чтобы вас испытать. Примите, как будто и не было говорено. Если же я вас обидела, то простите. Не смотрите на меня, пожалуйста, прямо, отвернитесь. Вы сказали, что это очень грязная мысль: я нарочно сказала, чтобы вас уколоть. Иногда я сама боюсь того, что мне хочется сказать, да вдруг и скажу. Вы сказали сейчас, что написали это письмо в самую тяжелую минуту вашей жизни... Я знаю, в какую это минуту, – тихо проговорила она, опять смотря в землю.

– О, если бы вы могли всё знать!

– Я всё знаю! – вскричала она с новым волнением. – Вы жили тогда в одних комнатах, целый месяц, с этою мерзкою женщиной, с которою вы убежали...

Она уже не покраснела, а побледнела, выговаривая это, и вдруг встала с места, точно забывшись, но тотчас же, опомнившись, села; губка ее долго еще продолжала вздрагивать. Молчание продолжалось с минуту. Князь был ужасно поражен внезапностью выходки и не знал, чему приписать ее.

– Я вас совсем не люблю, – вдруг сказала она, точно отрезала.

Князь не ответил; опять помолчали с минуту.

– Я люблю Гаврилу Ардалионовича...– проговорила она скороговоркой, но чуть слышно и еще больше наклонив голову.

– Это неправда, – проговорил князь тоже почти шепотом.

– Стало быть, я лгу? Это правда; я дала ему слово, третьего дня, на этой самой скамейке.

Князь испугался и на мгновение задумался.

– Это неправда, – повторил он решительно, – вы всё это выдумали.

– Удивительно вежливо. Знайте, что он исправился; он любит меня более своей жизни. Он предо мной сжег свою руку, чтобы только доказать, что любит меня более своей жизни.

– Сжег свою руку?

– Да, свою руку. Верьте не верьте – мне всё равно.

Князь опять замолчал. В словах Аглаи не было шутки; она сердилась.

— Что ж, он приносил сюда с собой свечку, если это здесь происходило? Иначе я не придумаю...

— Да... свечку. Что же тут невероятного?

— Целую или в подсвечнике?

— Ну да... нет... половину свечки... огарок... целую свечку, — всё равно, отстаньте!.. И спички, если хотите, принес. Зажег свечку и целые полчаса держал палец на свечке; разве это не может быть?

— Я видел его вчера; у него здоровые пальцы.

Аглая вдруг прыснула со смеху, совсем как ребенок.

— Знаете, для чего я сейчас солгала? — вдруг обернулась она к князю с самою детскою доверчивостью и еще со смехом, дрожавшим на ее губах.— Потому что когда лжешь, то если ловко вставишь что-нибудь не совсем обыкновенное, что-нибудь эксцентрическое, ну, знаете, что-нибудь, что уж слишком редко или даже совсем не бывает, то ложь становится гораздо вероятнее. Это я заметила. У меня только дурно вышло, потому что я не сумела...

Вдруг она опять нахмурилась, как бы опомнившись.

— Если я тогда, — обратилась она к князю, серьезно и даже грустно смотря на него, — если я тогда и прочла вам про «бедного рыцаря», то этим хоть и хотела... похвалить вас за одно, но тут же хотела и заклеймить вас за поведение ваше и показать вам, что я всё знаю...

— Вы очень несправедливы ко мне... к той несчастной, о которой вы сейчас так ужасно выразились, Аглая.

— Потому что я всё знаю, всё, потому так и выразилась! Я знаю, как вы, полгода назад, при всех предложили ей вашу руку. Не перебивайте, вы видите, я говорю без комментариев. После этого она бежала с Рогожиным; потом вы жили с ней в деревне какой-то или в городе, и она от вас ушла к кому-то. (Аглая ужасно покраснела.) Потом она опять воротилась к Рогожину, который любит ее как... как сумасшедший. Потом вы, тоже очень умный человек, прискакали теперь за ней сюда, тотчас же как узнали, что она в Петербург воротилась. Вчера вечером вы бросились ее защищать, а сейчас во сне ее видели... Видите, что я всё знаю; ведь вы для нее, для нее сюда приехали?

– Да, для нее, – тихо ответил князь, грустно и задумчиво склонив голову и не подозревая, каким сверкающим взглядом глянула на него Аглая, – для нее, чтобы только узнать... Я не верю в ее счастье с Рогожиным, хотя... одним словом, я не знаю, что бы я мог тут для нее сделать и чем помочь, но я приехал.

Он вздрогнул и поглядел на Аглаю; та с ненавистью слушала его.

– Если приехали не зная зачем, стало быть, уж очень любите, – проговорила она наконец.

– Нет, – ответил князь, – нет, не люблю. О, если бы вы знали, с каким ужасом вспоминаю я то время, которое провел с нею!

Даже содрогание прошло по его телу при этих словах.

– Говорите всё, – сказала Аглая.

– Тут ничего нет такого, чего бы вы не могли выслушать. Почему именно вам хотел я всё это рассказать, и вам одной, – не знаю; может быть, потому, что вас в самом деле очень любил. Эта несчастная женщина глубоко убеждена, что она самое павшее, самое порочное существо из всех на свете. О, не позорьте ее, не бросайте камня. Она слишком замучила себя самое сознанием своего незаслуженного позора! И чем она виновата, о боже мой! О, она поминутно в исступлении кричит, что не признаёт за собой вины, что она жертва людей, жертва развратника и злодея, но, что бы она вам ни говорила, знайте, что она сама, первая, не верит себе и что она всею совестью своею верит, напротив, что она... сама виновна. Когда я пробовал разогнать этот мрак, то она доходила до таких страданий, что мое сердце никогда не заживет, пока я буду помнить об этом ужасном времени. У меня точно сердце прокололи раз навсегда. Она бежала от меня, знаете для чего? Именно чтобы доказать только мне, что она – низкая. Но всего тут ужаснее то, что она и сама, может быть, не знала того, что только мне хочет доказать это, а бежала потому, что ей непременно, внутренне хотелось сделать позорное дело, чтобы самой себе сказать тут же: «Вот ты сделала новый позор, стало быть, ты низкая тварь!» О, может быть, вы этого не поймете, Аглая! Знаете ли, что в этом беспрерывном сознании позора для нее, может быть, заключается какое-то ужасное, неестественное наслаждение, точно отмщение кому-то. Иногда я доводил ее до того, что она как бы опять видела кругом себя свет; но тотчас же опять возмущалась и до того доходила, что меня же с горечью обвиняла за то, что я высоко себя над нею ставлю (когда у меня и в мыслях этого не было), и прямо объявила мне наконец на предложение брака, что она ни от кого не требует ни высокомерного сострадания, ни помощи, ни «возвеличения до себя». Вы видели ее вчера; неужто вы думаете, что она счастлива с этою компанией, что это ее общество? Вы не знаете, как она развита и что она может понять! Она даже удивляла меня иногда!

– Вы и там читали ей такие же... проповеди?

– О нет, – задумчиво продолжал князь, не замечая тона вопроса, – я почти всё молчал. Я часто хотел говорить, но я, право, не знал, что сказать. Знаете, в иных случаях лучше совсем не говорить. О, я любил ее; о, очень любил... но потом... потом... потом она всё угадала.

– Что угадала?

– Что мне только жаль ее, а что я... уже не люблю ее.

– Почему вы знаете, может, она в самом деле влюбилась в того... помещика, с которым ушла?

– Нет, я всё знаю; она лишь насмеялась над ним.

– А над вами никогда не смеялась?

– Н-нет. Она смеялась со злобы; о, тогда она меня ужасно укоряла, в гневе, – и сама страдала! Но... потом... о, не напоминайте, не напоминайте мне этого!

Он закрыл себе лицо руками.

– А знаете ли вы, что она почти каждый день пишет ко мне письма?

– Стало быть, это правда! – вскричал князь в тревоге. – Я слышал, но всё еще не хотел верить.

– От кого слышали? – пугливо встрепенулась Аглая.

– Рогожин сказал мне вчера, только не совсем ясно.

– Вчера? Утром вчера? Когда вчера? Пред музыкой или после?

– После; вечером, в двенадцатом часу.

– А-а, ну коли Рогожин... А знаете, о чем она пишет мне в этих письмах?

– Я ничему не удивляюсь; она безумная.

– Вот эти письма (Аглая вынула из кармана три письма в трех конвертах и бросила их пред князем). Вот уже целую неделю она умоляет, склоняет, обольщает меня, чтоб я за вас вышла замуж. Она... ну да, она умна, хоть и безумная, и вы правду говорите, что она гораздо умнее меня... она пишет мне, что в меня влюблена, что каждый день ищет случая видеть меня хоть издали. Она пишет, что вы любите меня, что она это знает, давно заметила, и что вы с ней обо мне там говорили. Она хочет видеть вас счастливым; она уверена, что только я составлю ваше счастие... Она так дико пишет... странно... Я никому не показала писем, я вас ждала; вы знаете, что это значит? Ничего не угадываете?

– Это сумасшествие; доказательство ее безумия, – проговорил князь, и губы его задрожали.

– Вы уж не плачете ли?

– Нет, Аглая, нет, я не плачу, – посмотрел на нее князь.

– Что же мне тут делать? Что вы мне посоветуете? Не могу же я получать эти письма!

– О, оставьте ее, умоляю вас! – вскричал князь, – что вам делать в этом мраке; я употреблю все усилия, чтоб она вам не писала больше.

– Если так, то вы человек без сердца! – вскричала Аглая. – Неужели вы не видите, что не в меня она влюблена, а вас, вас одного она любит! Неужели вы всё в ней успели заметить, а этого не заметили? Знаете, что это такое, что означают эти письма? Это ревность; это больше чем ревность! Она... вы думаете, она в самом деле замуж за Рогожина выйдет, как она пишет здесь в письмах? Она убьет себя на другой день, только что мы обвенчаемся!

Князь вздрогнул; сердце его замерло. Но он в удивлении смотрел на Аглаю: странно ему было признать, что этот ребенок давно уже женщина.

– Бог видит, Аглая, чтобы возвратить ей спокойствие и сделать ее счастливою, я отдал бы жизнь мою, но... я уже не могу любить ее, и она это знает!

– Так пожертвуйте собой, это же так к вам идет! Вы ведь такой великий благотворитель. И не говорите мне «Аглая»... Вы и давеча сказали мне просто «Аглая»... Вы должны, вы обязаны воскресить ее, вы должны уехать с ней опять, чтоб умирять и успокоивать ее сердце. Да ведь вы же ее и любите!

– Я не могу так пожертвовать собой, хоть я и хотел один раз и... может быть, и теперь хочу. Но я знаю *наверно*, что она со мной погибнет, и потому оставляю ее. Я должен был ее видеть сегодня в семь часов; я, может быть, не пойду теперь. В своей гордости она никогда не простит мне любви моей, – и мы оба погибнем! Это неестественно, но тут всё неестественно. Вы говорите, она любит меня, но разве это любовь? Неужели может быть такая любовь, после того, что я уже вытерпел! Нет, тут другое, а не любовь!

– Как вы побледнели! – испугалась вдруг Аглая.

– Ничего; я мало спал; ослаб, я... мы действительно про вас говорили тогда, Аглая...

– Так это правда? Вы действительно *могли с нею обо мне* говорить и... и как могли вы меня полюбить, когда всего один раз меня видели?

– Я не знаю как. В моем тогдашнем мраке мне мечталась... мерещилась, может быть, новая заря. Я не знаю, как подумал о вас об первой. Я правду вам тогда написал, что не знаю. Всё это была только мечта, от тогдашнего ужаса... Я потом стал заниматься; я три года бы сюда не приехал...

– Стало быть, приехали для нее?

И что-то задрожало в голосе Аглаи.

– Да, для нее.

Прошло минуты две мрачного молчания с обеих сторон. Аглая поднялась с места.

– Если вы говорите, – начала она нетвердым голосом, – если вы сами верите, что эта... ваша женщина... безумная, то мне ведь дела нет до ее безумных фантазий... Прошу вас, Лев Николаич, взять эти три письма и бросить ей от меня! И если она, – вскричала вдруг Аглая, – если она осмелится еще раз мне прислать одну строчку, то скажите ей, что я пожалуюсь отцу и что ее сведут в смирительный дом...

Князь вскочил и в испуге смотрел на внезапную ярость Аглаи; и вдруг как бы туман упал пред ним...

– Вы не можете так чувствовать... это неправда! – бормотал он.

– Это правда! Правда! – вскричала Аглая, почти не помня себя.

– Что такое правда? Какая правда? – раздался подле них испуганный голос.

Пред ними стояла Лизавета Прокофьевна.

– То правда, что я за Гаврилу Ардалионовича замуж иду! Что я Гаврилу Ардалионовича люблю и бегу с ним завтра же из дому! – набросилась на нее Аглая.– Слышали вы? Удовлетворено ваше любопытство? Довольны вы этим?

И она побежала домой.

– Нет, уж вы, батюшка, теперь не уходите, – остановила князя Лизавета Прокофьевна, – сделайте одолжение, пожалуйте ко мне объясниться... Что же это за мука такая, я и так всю ночь не спала...

Князь пошел за нею.

IX

Войдя в свой дом, Лизавета Прокофьевна остановилась в первой же комнате; дальше она идти не могла и опустилась на кушетку, совсем обессиленная, позабыв даже пригласить князя садиться. Это была довольно большая зала, с круглым столом посредине, с камином, со множеством цветов на этажерках у окон и с другою стеклянною дверью в сад, в задней стене. Тотчас же вошли Аделаида и Александра, вопросительно и с недоумением смотря на князя и на мать.

Девицы обыкновенно вставали на даче около девяти часов; одна Аглая, в последние два-три дня, повадилась вставать несколько раньше и выходила гулять в сад, но все-таки не в семь часов, а в восемь или даже попозже. Лизавета Прокофьевна, действительно не спавшая ночь от разных своих тревог, поднялась около восьми часов, нарочно с тем, чтобы встретить в саду Аглаю, предполагая, что та уже встала; но ни в саду, ни в спальне ее не нашла. Тут она встревожилась окончательно и разбудила дочерей. От служанки узнали, что Аглая Ивановна еще в седьмом часу вышла в парк. Девицы усмехнулись новой фантазии их фантастической сестрицы и заметили мамаше, что Аглая, пожалуй, еще рассердится, если та пойдет в парк ее отыскивать, и что, наверно, она сидит теперь с книгой на зеленой скамейке, о которой она еще три дня назад говорила и за которую чуть не поссорилась с князем Щ., потому что тот не нашел в местоположении этой скамейки ничего особенного. Застав свидание и слыша странные слова дочери, Лизавета Прокофьевна была ужасно испугана, по многим причинам; но, приведя теперь с собой князя, струсила, что начала дело: «Почему ж Аглая не могла бы встретиться и разговориться с князем в парке, даже, наконец, если б это было и наперед условленное у них свидание?»

– Не подумайте, батюшка князь, – скрепилась она наконец, – что я вас допрашивать сюда притащила... Я, голубчик, после вчерашнего вечера, может, и встречаться-то с тобой долго не пожелала бы...

Она было немного осеклась.

— Но все-таки вам бы очень хотелось узнать, как мы встретились сегодня с Аглаей Ивановной? — весьма спокойно докончил князь.

— Ну что ж, и хотелось! — вспыхнула тотчас же Лизавета Прокофьевна. — Не струшу и прямых слов. Потому что никого не обижаю и никого не желала обидеть...

— Помилуйте, и без обиды, натурально, хочется узнать; вы мать. Мы сошлись сегодня с Аглаей Ивановной у зеленой скамейки ровно в семь часов утра вследствие ее вчерашнего приглашения. Она дала мне знать вчера вечером запиской, что ей надо видеть меня и говорить со мной о важном деле. Мы свиделись и проговорили целый час о делах, собственно одной Аглаи Ивановны касающихся; вот и всё.

— Конечно, всё, батюшка, и без всякого сомнения всё, — с достоинством произнесла Лизавета Прокофьевна.

— Прекрасно, князь! — сказала Аглая, вдруг входя в комнату, — благодарю вас от всего сердца, что сочли и меня неспособною унизиться здесь до лжи. Довольно с вас, maman, или еще намерены допрашивать?

— Ты знаешь, что мне пред тобой краснеть еще ни в чем до сих пор не приходилось... хотя ты, может, и рада бы была тому, — назидательно ответила Лизавета Прокофьевна. — Прощайте, князь, простите и меня, что обеспокоила. И надеюсь, вы останетесь уверены в неизменном моем к вам уважении.

Князь тотчас же откланялся на обе стороны и молча вышел. Александра и Аделаида усмехнулись и пошептались о чем-то промеж собой. Лизавета Прокофьевна строго на них поглядела.

— Мы только тому, maman, — засмеялась Аделаида, — что князь так чудесно раскланялся: иной раз совсем мешок, а тут вдруг, как... как Евгений Павлыч.

— Деликатности и достоинству само сердце учит, а не танцмейстер, — сентенциозно заключила Лизавета Прокофьевна и прошла к себе наверх, даже и не поглядев на Аглаю.

Когда князь воротился к себе, уже около девяти часов, то застал на террасе Веру Лукьяновну и служанку. Они вместе прибирали и подметали после вчерашнего беспорядка.

— Слава богу, успели покончить до приходу! — радостно сказала Вера.

— Здравствуйте; у меня немного голова кружится; я плохо спал; я бы заснул.

— Здесь на террасе, как вчера? Хорошо. Я скажу всем, чтобы вас не будили. Папаша ушел куда-то.

Служанка вышла; Вера отправилась было за ней, но воротилась и озабоченно подошла к князю.

— Князь, пожалейте этого... несчастного; не прогоняйте его сегодня.

— Ни за что не прогоню; как он сам хочет.

— Он ничего теперь не сделает, и... не будьте с ним строги.

— О нет, зачем же?

— И... не смейтесь над ним; вот это самое главное.

— О, отнюдь нет!

— Глупа я, что такому человеку, как вы, говорю об этом, — закраснелась Вера. — А хоть вы и устали, — засмеялась она, полуобернувшись, чтоб уйти, — а у вас такие славные глаза в эту минуту... счастливые.

— Неужто счастливые? — с живостью спросил князь и радостно рассмеялся.

Но Вера, простодушная и нецеремонная, как мальчик, вдруг что-то сконфузилась, покраснела еще больше и, продолжая смеяться, торопливо вышла из комнаты.

«Какая... славная...» — подумал князь и тотчас забыл о ней. Он зашел в угол террасы, где была кушетка и пред нею столик, сел, закрыл руками лицо и просидел минут десять; вдруг торопливо и тревожно опустил в боковой карман руку и вынул три письма.

Но опять отворилась дверь, и вошел Коля. Князь точно обрадовался, что пришлось положить назад в карман письма и удалить минуту.

– Ну, происшествие! – сказал Коля, усаживаясь на кушетке и прямо подходя к предмету, как и все ему подобные. – Как вы теперь смотрите на Ипполита? Без уважения?

– Почему же... но, Коля, я устал... Притом же об этом слишком грустно опять начинать... Что он, однако?

– Спит и еще два часа проспит. Понимаю; вы дома не спали, ходили в парке... конечно, волнение... еще бы!

– Почему вы знаете, что я ходил в парке и дома не спал?

– Вера сейчас говорила. Уговаривала не входить; я не утерпел, на минутку. Я эти два часа продежурил у постели; теперь Костю Лебедева посадил на очередь. Бурдовский отправился. Так ложитесь же, князь; спокойной... ну, спокойного дня! Только, знаете, я поражен!

– Конечно... всё это...

– Нет, князь, нет; я поражен исповедью. Главное, тем местом, где он говорит о Провидении и о будущей жизни. Там есть одна ги-гант-ская мысль!

Князь ласково посмотрел на Колю, который, конечно, затем и зашел, чтобы поскорей поговорить про гигантскую мысль.

– Но главное, главное не в одной мысли, а во всей обстановке! Напиши это Вольтер, Руссо, Прудон, я прочту, замечу, но не поражусь до такой степени. Но человек, который знает наверно, что ему остается десять минут, и говорит так, – ведь это гордо! Ведь это высшая независимость собственного достоинства, ведь это значит бравировать прямо... Нет, это гигантская сила духа! И после этого утверждать, что он нарочно не положил капсюля, – это низко, неестественно! А знаете, ведь он обманул вчера, схитрил: я вовсе никогда с ним сак не укладывал и никакого пистолета не видал; он сам всё укладывал, так что он меня вдруг с толку сбил. Вера говорит, что вы оставляете его здесь; клянусь, что не будет опасности, тем более что мы все при нем безотлучно.

– А кто из вас там был ночью?

– Я, Костя Лебедев, Бурдовский; Келлер побыл немного, а потом перешел спать к Лебедеву, потому что у нас не на чем было лечь. Фердыщенко тоже спал у Лебедева, в семь часов ушел. Генерал всегда у Лебедева, теперь тоже ушел... Лебедев, может быть, к вам придет сейчас; он, не знаю зачем, вас искал, два раза спрашивал. Пускать его или не пускать, коли вы спать ляжете? Я тоже спать иду. Ах да, сказал бы я вам одну вещь; удивил меня давеча генерал: Бурдовский разбудил меня в седьмом часу на дежурство, почти даже в шесть; я на минутку вышел, встречаю вдруг генерала, и до того еще хмельного, что меня не узнал: стоит предо мной как столб; так и накинулся на меня, как очнулся: «Что, дескать, больной? Я шел узнать про больного...» Я отрапортовал, ну – то, се. «Это всё хорошо, говорит, но я, главное, шел, затем и встал, чтобы тебя предупредить: я имею основание предполагать, что при господине Фердыщенке нельзя всего говорить и... надо удерживаться». Понимаете, князь?

– Неужто? Впрочем... для нас всё равно.

– Да, без сомнения, всё равно, мы не масоны! Так что я даже подивился, что генерал нарочно шел меня из-за этого ночью будить.

– Фердыщенко ушел, вы говорите?

– В семь часов; зашел ко мне мимоходом: я дежурю. Сказал, что идет доночевывать к Вилкину, – пьяница такой есть один, Вилкин. Ну, иду! А вот и Лукьян Тимофеич... Князь хочет спать, Лукьян Тимофеич; оглобли назад!

– Единственно на минуту, многоуважаемый князь, по некоторому значительному, в моих глазах, делу, – натянуто и каким-то проникнутым тоном вполголоса проговорил вошедший Лебедев и с важностию поклонился. Он только что воротился и даже к себе не успел зайти, так что и шляпу еще держал в руках. Лицо его было озабоченное и с особенным, необыкновенным оттенком собственного достоинства. Князь пригласил его садиться.

— Вы меня два раза спрашивали? Вы, может быть, всё беспокоитесь насчет вчерашнего...

— Насчет этого вчерашнего мальчика, предполагаете вы, князь? О нет-с; вчера мои мысли были в беспорядке... но сегодня я уже не предполагаю контрекарировать хотя бы в чем-нибудь ваши предположения.

— Контрека... как вы сказали?

— Я сказал: контрекарировать; слово французское, как и множество других слов, вошедших в состав русского языка; но особенно не стою за него.

— Что это вы сегодня, Лебедев, такой важный и чинный, и говорите как по складам, — усмехнулся князь.

— Николай Ардалионович! — чуть не умиленным голосом обратился Лебедев к Коле, — имея сообщить князю о деле, касающемся собственно...

— Ну да, разумеется, разумеется, не мое дело! До свидания, князь! — тотчас же удалился Коля.

— Люблю ребенка за понятливость, — произнес Лебедев, смотря ему вслед, — мальчик прыткий, хотя и назойливый. Чрезвычайное несчастие испытал я, многоуважаемый князь, вчера вечером или сегодня на рассвете... еще колеблюсь означить точное время.

— Что такое?

— Пропажа четырехсот рублей из бокового кармана, многоуважаемый князь; окрестили! — прибавил Лебедев с кислою усмешкой.

— Вы потеряли четыреста рублей? Это жаль.

— И особенно бедному, благородно живущему своим трудом человеку.

— Конечно, конечно; как так?

— Вследствие вина-с. Я к вам, как к Провидению, многоуважаемый князь. Сумму четырехсот рублей серебром получил я вчера в пять часов пополудни от одного должника и с поездом воротился сюда. Бумажник имел в кармане. Переменив вицмундир на сюртук, переложил деньги в сюртук, имея в виду держать при себе, рассчитывая вечером же выдать их по одной просьбе... ожидая поверенного.

— Кстати, Лукьян Тимофеич, правда, что вы в газетах публиковались, что даете деньги под золотые и серебряные вещи?

— Чрез поверенного; собственного имени моего не означено, ниже адреса. Имея ничтожный капитал и в видах приращения фамилии, согласитесь сами, что честный процент...

— Ну да, ну да; я только чтоб осведомиться; извините, что прервал.

— Поверенный не явился. Тем временем привезли несчастного; я уже был в форсированном расположении, пообедав; зашли эти гости, выпили... чаю, и... я повеселел к моей пагубе. Когда же, уже поздно, вошел этот Келлер и возвестил о вашем торжественном дне и о распоряжении насчет шампанского, то я, дорогой и многоуважаемый князь, имея сердце (что вы уже, вероятно, заметили, ибо я заслуживаю), имея сердце, не скажу чувствительное, но благодарное, чем и горжусь, — я, для пущей торжественности изготовляемой встречи и во ожидании лично поздравить вас, вздумал пойти переменить старую рухлядь мою на снятый мною по возвращении моем вицмундир, что и исполнил, как, вероятно, князь, вы и заметили, видя меня в вицмундире весь вечер. Переменяя одежду, забыл в сюртуке бумажник... Подлинно, когда Бог восхощет наказать, то прежде всего восхитит разум. И только сегодня, уже в половине восьмого, пробудясь, вскочил как полоумный, схватился первым делом за сюртук, — один пустой карман! Бумажника и след простыл.

— Ах, это неприятно!

— Именно неприятно; и вы с истинным тактом нашли сейчас надлежащее выражение, — не без коварства прибавил Лебедев.

— Как же, однако...— затревожился князь, задумываясь, — ведь это серьезно.

— Именно серьезно — еще другое отысканное вами слово, князь, для обозначения...

— Ах, полноте, Лукьян Тимофеич, что тут отыскивать? Важность не в словах... Полагаете вы, что вы могли в пьяном виде выронить из кармана?

— Мог. Всё возможно в пьяном виде, как вы с искренностью выразились, многоуважаемый князь! Но прошу рассудить-с: если я вытрусил бумажник из кармана, переменяя сюртук, то вытрушенный предмет должен был лежать тут же на полу. Где же этот предмет-с?

— Не заложили ли вы куда-нибудь в ящик, в стол?

— Всё переискал, везде перерыл, тем более что никуда не прятал и никакого ящика не открывал, о чем ясно помню.

— В шкапчике смотрели?

— Первым делом-с, и даже несколько раз уже сегодня... Да и как бы мог я заложить в шкапчик, истинноуважаемый князь?

— Признаюсь, Лебедев, это меня тревожит. Стало быть, кто-нибудь нашел на полу?

— Или из кармана похитил! Две альтернативы-с.

— Меня это очень тревожит, потому что кто именно... Вот вопрос!

— Безо всякого сомнения, в этом главный вопрос; вы удивительно точно находите слова и мысли и определяете положения, сиятельнейший князь.

— Ах, Лукьян Тимофеич, оставьте насмешки, тут...

— Насмешки! — вскричал Лебедев, всплеснув руками.

— Ну-ну-ну, хорошо, я ведь не сержусь; тут совсем другое... Я за людей боюсь. Кого вы подозреваете?

— Вопрос труднейший и... сложнейший! Служанку подозревать не могу: она в своей кухне сидела. Детей родных тоже...

— Еще бы.

— Стало быть, кто-нибудь из гостей-с.

— Но возможно ли это?

— Совершенно и в высшей степени невозможно, но непременно так должно быть. Согласен, однако же, допустить, и даже убежден, что если была покража, то совершилась не вечером, когда все были в сборе, а уже ночью или даже под утро кем-нибудь из заночевавших.

— Ах, боже мой!

— Бурдовского и Николая Ардалионовича я, естественно, исключаю; они и не входили ко мне-с.

— Еще бы, да если бы даже и входили! Кто у вас ночевал?

— Считая со мной, ночевало нас четверо, в двух смежных комнатах: я, генерал, Келлер и господин Фердыщенко. Один, стало быть, из нас четверых-с!

— Из трех то есть; но кто же?

— Я причел и себя для справедливости и для порядку; но согласитесь, князь, что я обокрасть себя сам не мог, хотя подобные случаи и бывали на свете...

— Ах, Лебедев, как это скучно! — нетерпеливо вскричал князь.— К делу, чего вы тянете!..

— Остаются, стало быть, трое-с, и во-первых, господин Келлер, человек непостоянный, человек пьяный и в некоторых случаях либерал, то есть насчет кармана-с; в остальном же с наклонностями, так сказать, более древнерыцарскими, чем либеральными. Он заночевал сначала здесь, в комнате больного, и уже ночью лишь перебрался к нам, под предлогом, что на голом полу жестко спать.

— Вы подозреваете его?

— Подозревал-с. Когда я в восьмом часу утра вскочил как полоумный и хватил себя по лбу рукой, то тотчас же разбудил генерала, спавшего сном невинности. Приняв в соображение странное исчезновение Фердыщенка, что уже одно возбудило в нас подозрение, оба мы тотчас же решились обыскать Келлера, лежавшего как... как... почти подобно гвоздю-с. Обыскали совершенно: в карманах ни одного сантима, и даже ни одного кармана не дырявого не нашлось. Носовой платок синий, клетчатый, бумажный, в состоянии неприличном-с. Далее любовная записка одна, от какой-то горничной, с требованием денег и угрозами, и клочки известного вам фельетона-с. Генерал решил, что невинен. Для полнейших сведений мы его самого разбудили, насилу дотолкались; едва понял, в чем дело; разинул рот, вид пьяный, выражение лица нелепое и невинное, даже глупое, — не он-с!

— Ну, как я рад! — радостно вздохнул князь. — Я таки за него боялся!

— Боялись? Стало быть, уже имели основания к тому? — прищурился Лебедев.

— О нет, я так, — осекся князь, — я ужасно глупо сказал, что боялся. Сделайте одолжение, Лебедев, не передавайте никому...

— Князь, князь! Слова ваши в моем сердце... в глубине моего сердца! Там могила-с!.. — восторженно проговорил Лебедев, прижимая шляпу к сердцу.

— Хорошо, хорошо!.. Стало быть, Фердыщенко? То есть, я хочу сказать, вы подозреваете Фердыщенка?

— Кого же более? — тихо произнес Лебедев, пристально смотря на князя.

— Ну да, разумеется... кого же более... то есть, опять-таки, какие же улики?

— Улики есть-с. Во-первых, исчезновение в семь часов или даже в седьмом часу утра.

— Знаю, мне Коля говорил, что он заходил к нему и сказал, что идет доночевывать к... забыл к кому, к своему приятелю.

— Вилкину-с. Так, стало быть, Николай Ардалионович говорил уже вам?

— Он ничего не говорил о покраже.

— Он и не знает, ибо я держу дело в секрете. Итак, идет к Вилкину; казалось бы, что мудреного, что пьяный человек идет к такому же, как и он сам, пьяному человеку, хотя бы даже и чем свет и безо всякого повода-с? Но вот здесь-то и след открывается: уходя, он оставляет адрес... Теперь следите, князь, вопрос: зачем он оставил адрес?.. Зачем он заходит нарочно к Николаю Ардалионовичу, делая крюк-с, и передает ему, что «иду, дескать, доночевывать к Вилкину». И кто станет интересоваться тем, что он уходит, и даже именно к Вилкину? К чему возвещать? Нет, тут тонкость-с, воровская тонкость! Это значит: «Вот, дескать, нарочно не утаиваю следов моих, какой же я вор после этого? Разве бы вор возвестил, куда он уходит?» Излишняя заботливость отвести подозрения и, так сказать, стереть свои следы на песке... Поняли вы меня, многоуважаемый князь?

— Понял, очень хорошо понял, но ведь этого мало?

— Вторая улика-с: след оказывается ложный, а данный адрес неточный. Час спустя, то есть в восемь часов, я уже стучался к Вилкину; он тут в Пятой улице-с, и даже знаком-с. Никакого не оказалось Фердыщенка. Хоть и добился от служанки, совершенно глухой-с, что назад тому час действительно кто-то стучался, и даже довольно сильно, так что и колокольчик сорвал. Но служанка не отворила, не желая будить господина Вилкина, а может быть, и сама не желая подняться. Это бывает-с.

— И тут все ваши улики? Этого мало.

— Князь, но кого же подозревать-с, рассудите? — умилительно заключил Лебедев, и что-то лукавое проглянуло в его усмешке.

— Осмотрели бы вы еще раз комнаты и в ящиках! — озабоченно произнес князь после некоторой задумчивости.

— Осматривал-с! — еще умилительнее вздохнул Лебедев.

— Гм!.. и зачем, зачем вам было переменять этот сюртук! — воскликнул князь, в досаде стукнув по столу.

— Вопрос из одной старинной комедии-с. Но, благодушнейший князь! Вы уже слишком принимаете к сердцу несчастье мое! Я не стою того. То есть я один не стою того; но вы страдаете и за преступника... за ничтожного господина Фердыщенка?

— Ну да, да, вы действительно меня озаботили, — рассеянно и с неудовольствием прервал его князь. — Итак, что же вы намерены делать... если вы так уверены, что это Фердыщенко?

— Князь, многоуважаемый князь, кто же другой-с? — с возраставшим умилением извивался Лебедев. — Ведь неимение другого на кого помыслить и, так сказать, совершенная невозможность подозревать кого-либо, кроме господина Фердыщенка, ведь это, так сказать, еще улика против господина Фердыщенка, уже третья улика! Ибо опять-таки, кто же другой? Ведь не господина же Бурдовского мне заподозрить, хе-хе-хе?

— Ну вот, вздор какой!

— Не генерала же, наконец, хе-хе-хе?

— Что за дичь? — почти сердито проговорил князь, нетерпеливо поворачиваясь на месте.

— Еще бы не дичь! Хе-хе-хе! И насмешил же меня человек, то есть генерал-то-с! Идем мы с ним давеча по горячим следам к Вилкину-с... а надо вам заметить, что генерал был еще более моего поражен, когда я, после пропажи, первым делом его разбудил, даже так, что в лице изменился, покраснел, побледнел и наконец вдруг в такое ожесточенное и благородное негодование вошел, что я даже и не ожидал такой степени-с. Наиблагороднейший человек! Лжет он беспрерывно, по слабости, но человек высочайших чувств, человек при этом малосмысленный-с, внушающий полнейшее доверие своею невинностью. Я вам уже говорил, многоуважаемый князь, что имею к нему не только слабость, а даже любовь-с. Вдруг останавливается посредине улицы, распахивает сюртук, открывает грудь: «Обыскивай меня, говорит, ты Келлера обыскивал, зачем же ты меня не обыскиваешь? Того требует, говорит, справедливость!» У самого и руки и ноги трясутся, даже весь побледнел, грозный такой. Я засмеялся и говорю: «Слушай, говорю, генерал, если бы кто другой мне это сказал про тебя, то я бы тут же собственными руками мою голову снял, положил бы ее на большое блюдо и сам бы поднес ее на блюде всем сомневающимся: "Вот, дескать, видите эту голову, так вот этою собственною своею головой я за него поручусь, и не только голову, но даже в огонь". Вот как я, говорю, за тебя ручаться готов!» Тут он бросился мне в объятия, всё среди улицы-с, прослезился, дрожит и так крепко прижал меня к груди, что я едва даже откашлялся: «Ты, говорит, единственный друг, который остался мне в несчастиях моих!» Чувствительный человек-с! Ну, разумеется, тут же дорогой и анекдот к случаю рассказал о том, что его тоже будто бы раз, еще в юности, заподозрили в покраже пятисот тысяч рублей, но что он на другой же день бросился в пламень горевшего дома и вытащил из огня подозревавшего его графа и Нину Александровну, еще бывшую в девицах. Граф его обнял, и таким образом произошел брак его с Ниной Александровной, а на другой же день в пожарных развалинах нашли и шкатулку с пропавшими деньгами; была она железная, английского устройства, с секретным замком, и как-то под пол провалилась, так что никто и не заметил, и только чрез этот пожар отыскалась. Совершенная ложь-с. Но когда о Нине Александровне заговорил, то даже захныкал. Благороднейшая особа Нина Александровна, хоть на меня и сердита.

– Вы незнакомы?

– Почти что нет-с, но всею душой желал бы, хотя бы только для того, чтобы пред нею оправдаться. Нина Александровна в претензии на меня, что я будто бы развращаю теперь ее супруга пьянством. Но я не только не развращаю, но скорее укрощаю его; я его, может быть, отвлекаю от компании пагубнейшей. Притом же он мне друг-с, и я, признаюсь вам, теперь уж не оставлю его-с, то есть даже так-с: куда он, туда и я, потому что с ним только чувствительностию одною и возьмешь. Теперь он даже совсем не посещает свою капитаншу, хотя втайне и рвется к ней, и даже иногда стонет по ней, особенно каждое утро, вставая и надевая сапоги, не знаю уж почему в это именно время. Денег у него нет-с, вот беда, а к той без денег явиться никак нельзя-с. Не просил он денег у вас, многоуважаемый князь?

— Нет, не просил.

— Стыдится. Он было и хотел: даже мне признавался, что хочет вас беспокоить, но стыдлив-с, так как вы еще недавно его одолжили, и, сверх того, полагает, что вы не дадите. Он мне как другу это излил.

— А вы ему денег не даете?

— Князь! Многоуважаемый князь! Не только деньги, но за этого человека я, так сказать, даже жизнью... нет, впрочем, преувеличивать не хочу, — не жизнью, но если, так сказать, лихорадку, нарыв какой-нибудь или даже кашель, — то, ей-богу, готов буду перенести, если только за очень большую нужду; ибо считаю его за великого, но погибшего человека! Вот-с; не только деньги-с!

— Стало быть, деньги даете?

— Н-нет-с; денег я не давал-с, и он сам знает, что я и не дам-с, но ведь единственно в видах воздержания и исправления его. Теперь увязался со мной в Петербург; я в Петербург ведь еду-с, чтобы застать господина Фердыщенка по самым горячим следам, ибо наверно знаю, что он уже там-с. Генерал мой так и кипит-с; но подозреваю, что в Петербурге улизнет от меня, чтобы посетить капитаншу. Я, признаюсь, даже нарочно его от себя отпущу, как мы уже и условились по приезде тотчас же разойтись в разные стороны, чтоб удобнее изловить господина Фердыщенка. Так вот я его отпущу, а потом вдруг, как снег на голову, и застану его у капитанши, — собственно чтоб его пристыдить, как семейного человека и как человека вообще говоря.

– Только не делайте шуму, Лебедев, ради бога, не делайте шуму, – вполголоса и в сильном беспокойстве проговорил князь.

– О нет-с, собственно лишь чтобы пристыдить и посмотреть, какую он физиономию сделает, – ибо многое можно по физиономии заключить, многоуважаемый князь, и особенно в таком человеке! Ах, князь! Хоть и велика моя собственная беда, но не могу даже и теперь не подумать о нем и об исправлении его нравственности. Чрезвычайная просьба у меня к вам, многоуважаемый князь, даже, признаюсь, затем, собственно, и пришел-с: с их домом вы уже знакомы и даже жили у них-с; то если бы вы, благодушнейший князь, решились мне в этом способствовать, собственно лишь для одного генерала и для счастия его...

Лебедев даже руки сложил, как бы в мольбе.

– Что же? Как же способствовать? Будьте уверены, что я весьма желаю вас вполне понять, Лебедев.

– Единственно в сей уверенности я к вам и явился! Чрез Нину Александровну можно бы подействовать; наблюдая и, так сказать, следя за его превосходительством постоянно, в недрах собственного его семейства. Я, к несчастию, незнаком-с... к тому же тут и Николай Ардалионович, обожающий вас, так сказать, всеми недрами своей юной души, пожалуй, мог бы помочь...

– Н-нет... Нину Александровну в это дело... Боже сохрани! Да и Колю... Я, впрочем, вас еще, может быть, и не понимаю, Лебедев.

– Да тут и понимать совсем нечего! – даже привскочил на стуле Лебедев. – Одна, одна чувствительность и нежность – вот всё лекарство для нашего больного. Вы, князь, позволяете мне считать его за больного?

– Это даже показывает вашу деликатность и ум.

– Объясню вам примером, для ясности взятым из практики. Видите, какой это человек-с: тут у него теперь одна слабость к этой капитанше, к которой без денег ему являться нельзя и у которой я сегодня намерен накрыть его, для его же счастия-с; но, положим, что не одна капитанша, а соверши он даже настоящее преступление, ну, там, бесчестнейший проступок какой-нибудь (хотя он и вполне не способен к тому), то и тогда, говорю я, одною благородною, так сказать, нежностью с ним до всего дойдешь, ибо чувствительнейший человек-с! Поверьте, что пяти дней не выдержит, сам проговорится, заплачет и во всем сознается, – и особенно если действовать ловко и благородно, чрез семейный и ваш надзор за всеми, так сказать, чертами и стопами его... О благодушнейший князь! – вскочил Лебедев, даже в каком-то вдохновении, – я ведь и не утверждаю, что он наверно... Я, так сказать, всю кровь мою за него готов хоть сейчас излить, хотя согласитесь, что невоздержание, и пьянство, и капитанша, и всё это, вместе взятое, могут до всего довести.

– Такой цели я, конечно, всегда готов способствовать, – сказал князь, вставая, – только, признаюсь вам, Лебедев, я в беспокойстве ужасном; скажите, ведь вы всё еще... одним словом, сами же вы говорите, что подозреваете господина Фердыщенка.

– Да кого же более? Кого же более, искреннейший князь? – опять умилительно сложил руки Лебедев, умиленно улыбаясь.

Князь нахмурился и поднялся с места.

– Видите, Лукьян Тимофеич, тут страшное дело в ошибке. Этот Фердыщенко... я бы не желал говорить про него дурного... но этот Фердыщенко... то есть, кто знает, может быть, это и он!.. Я хочу сказать, что, может быть, он и в самом деле способнее к тому, чем... чем другой.

Лебедев навострил глаза и уши.

– Видите, – запутывался и всё более и более нахмуривался князь, расхаживая взад и вперед по комнате и стараясь не взглядывать на Лебедева, – мне дали знать... мне сказали про господина Фердыщенка, что будто бы он, кроме всего, такой человек, при котором надо воздерживаться и не говорить ничего... лишнего, – понимаете? Я к тому, что, может быть, и действительно он был способнее, чем другой... чтобы не ошибиться, — вот в чем главное, понимаете?

— А кто вам сообщил это про господина Фердыщенка? — так и вскинулся Лебедев.

— Так, мне шепнули; я, впрочем, сам этому не верю... мне ужасно досадно, что я принужден был это сообщить, уверяю вас, я сам этому не верю... это какой-нибудь вздор... Фу, как я глупо сделал!

— Видите, князь, — весь даже затрясся Лебедев, — это важно, это слишком важно теперь, то есть не насчет господина Фердыщенка, а насчет того, как к вам дошло это известие. (Говоря это, Лебедев бегал вслед за князем взад и вперед, стараясь ступать с ним в ногу.) Вот что, князь, и я теперь сообщу: давеча генерал, когда мы с ним шли к этому Вилкину, после того как уже он мне рассказал о пожаре и, кипя, разумеется, гневом, вдруг начал мне намекать то же самое про господина Фердыщенка, но так нескладно и неладно, что я поневоле сделал ему некоторые вопросы и вследствие того убедился вполне, что всё это известие единственно одно вдохновение его превосходительства... Собственно, так сказать, из одного благодушия. Ибо он и лжет единственно потому, что не может сдержать умиления. Теперь изволите видеть-с: если он солгал, а я в этом уверен, то каким же образом и вы могли об этом услышать? Поймите, князь, ведь это было в нем вдохновение минуты, — то кто же, стало быть, вам-то сообщил? Это важно-с, это... это очень важно-с и... так сказать...

— Мне сказал это сейчас Коля, а ему сказал давеча отец, которого он встретил в шесть часов, в седьмом, в сенях, когда вышел зачем-то.

И князь рассказал всё в подробности.

— Ну вот-с, это, что называется, след-с, — потирая руки, неслышно смеялся Лебедев, — так я и думал-с! Это значит, что его превосходительство нарочно прерывали свой сон невинности, в шестом часу, чтоб идти разбудить любимого сына и сообщить о чрезвычайной опасности соседства с господином Фердыщенком! Какой же после того опасный человек господин Фердыщенко, и каково родительское беспокойство его превосходительства, хе-хе-хе!..

— Послушайте, Лебедев, — смутился князь окончательно, — послушайте, действуйте тихо! Не делайте шуму! Я вас прошу, Лебедев, я вас умоляю... В таком случае, клянусь, я буду содействовать, но чтобы никто не знал; чтобы никто не знал!

— Будьте уверены, благодушнейший, искреннейший и благороднейший князь, — вскричал Лебедев в решительном вдохновении, — будьте уверены, что всё сие умрет в моем благороднейшем сердце! Тихими стопами-с, вместе! Тихими стопами-с, вместе! Я же всю даже кровь мою... Сиятельнейший князь, я низок и душой и духом, но спросите всякого, даже подлеца, не только низкого человека: с кем ему лучше дело иметь, с таким ли, как он, подлецом, или с наиблагороднейшим человеком, как вы, искреннейший князь? Он ответит, что с наиблагороднейшим человеком, и в том торжество добродетели! До свидания, многоуважаемый князь! Тихими стопами... тихими стопами и... вместе-с.

X

Князь понял наконец, почему он холодел каждый раз, когда прикасался к этим трем письмам, и почему он отдалял минуту прочесть их до самого вечера. Когда он, еще давеча утром, забылся тяжелым сном на своей кушетке, всё еще не решаясь раскрыть который-нибудь из этих трех кувертов, ему опять приснился тяжелый сон, и опять приходила к нему та же «преступница». Она опять смотрела на него со сверкавшими слезами на длинных ресницах, опять звала его за собой, и опять он пробудился, как давеча, с мучением припоминая ее лицо. Он хотел было пойти к *ней* тотчас же, но не мог; наконец, почти в отчаянии, развернул письма и стал читать.

Эти письма тоже походили на сон. Иногда снятся странные сны, невозможные и неестественные; пробудясь, вы припоминаете их ясно и удивляетесь странному факту: вы помните прежде всего, что разум не оставлял вас во всё продолжение вашего сновидения; вспоминаете даже, что вы действовали чрезвычайно хитро и логично во всё это долгое, долгое время, когда вас окружали убийцы, когда они с вами хитрили, скрывали свое намерение, обращались с вами дружески, тогда как у них уже было наготове оружие и они лишь ждали какого-то знака; вы вспоминаете, как хитро вы их наконец обманули, спрятались от них; потом вы догадались, что они наизусть знают весь ваш обман и не показывают вам только вида, что знают, где вы спрятались; но вы схитрили и обманули их опять, всё это вы припоминаете ясно. Но почему же в то же самое время разум ваш мог помириться с такими очевидными нелепостями и невозможностями, которыми, между прочим, был сплошь наполнен ваш сон? Один из ваших убийц в ваших глазах обратился в женщину, а из женщины в маленького, хитрого, гадкого карлика, – и вы всё это допустили тотчас же, как совершившийся факт, почти без малейшего недоумения, и именно в то самое время, когда, с другой стороны, ваш разум был в сильнейшем напряжении, выказывал чрезвычайную силу, хитрость, догадку, логику? Почему тоже, пробудясь от сна и совершенно уже войдя в действительность, вы чувствуете почти каждый раз, а иногда с необыкновенною силой впечатления, что вы оставляете вместе со сном что-то для вас неразгаданное? Вы усмехаетесь нелепости вашего сна и чувствуете в то же время, что в сплетении этих нелепостей заключается какая-то мысль, но мысль уже действительная, нечто принадлежащее к вашей настоящей жизни, нечто существующее и всегда существовавшее в вашем сердце; вам как будто было сказано вашим сном что-то новое, пророческое, ожидаемое вами; впечатление ваше сильно, оно радостное или мучительное, но в чем оно заключается и что было сказано вам — всего этого вы не можете ни понять, ни припомнить.

Почти то же было и после этих писем. Но еще и не развертывая их, князь почувствовал, что самый уже факт существования и возможности их похож на кошмар. Как решилась *она ей* писать, спрашивал он, бродя вечером один (иногда даже сам не помня, где ходит). Как могла она *об этом* писать, и как могла такая безумная мечта зародиться в ее голове? Но мечта эта была уже осуществлена, и всего удивительнее для него было то, что, пока он читал эти письма, он сам почти верил в возможность и даже в оправдание этой мечты. Да, конечно, это был сон, кошмар и безумие; но тут же заключалось и что-то такое, что было мучительно-действительное и страдальчески-справедливое, что оправдывало и сон, и кошмар, и безумие. Несколько часов сряду он как будто бредил тем, что прочитал, припоминал поминутно отрывки, останавливался на них, вдумывался в них. Иногда ему даже хотелось сказать себе, что он всё это предчувствовал и предугадывал прежде; даже казалось ему, что как будто он уже читал это всё, когда-то давно-давно, и всё, о чем он тосковал с тех пор, всё, чем он мучился и чего боялся, — всё это заключалось в этих давно уже прочитанных им письмах.

«Когда вы развернете это письмо (так начиналось первое послание), вы прежде всего взглянете на подпись. Подпись всё вам скажет и всё разъяснит, так что мне нечего пред вами оправдываться и нечего вам разъяснять. Будь я хоть сколько-нибудь вам равна, вы бы могли еще обидеться такою дерзостью; но кто я и кто вы? Мы две такие противоположности, и я до того пред вами из ряду вон, что я уже никак не могу вас обидеть, даже если б и захотела».

Далее в другом месте она писала:

«Не считайте моих слов больным восторгом больного ума, но вы для меня — совершенство! Я вас видела, я вижу вас каждый день. Ведь я не сужу вас; я не рассудком дошла до того, что вы совершенство; я просто уверовала. Но во мне есть и грех пред вами: я вас люблю. Совершенство нельзя ведь любить; на совершенство можно только смотреть как на совершенство, не так ли? А между тем я в вас влюблена. Хоть любовь и равняет людей, но, не беспокойтесь, я вас к себе не приравнивала, даже в самой затаенной мысли моей. Я вам написала "не беспокойтесь"; разве вы можете беспокоиться?.. Если бы было можно, я бы целовала следы ваших ног. О, я не равняюсь с вами... Смотрите на подпись, скорее смотрите на подпись!».

«Я, однако же, замечаю (писала она в другом письме), что я вас с ним соединяю, и ни разу не спросила еще, любите ли вы его? Он вас полюбил, видя вас только однажды. Он о вас как о "свете" вспоминал; это его собственные слова, я их от него слышала. Но я и без слов поняла, что вы для него свет. Я целый месяц подле него прожила и тут поняла, что и вы его любите; вы и он для меня одно».

«Что это (пишет она еще), вчера я прошла мимо вас, и вы как будто покраснели? Не может быть, это мне так показалось. Если вас привести даже в самый грязный вертеп и показать вам обнаженный порок, то вы не должны краснеть; вы никак не можете негодовать из-за обиды. Вы можете ненавидеть всех подлых и низких, но не за себя, а за других, за тех, кого они обижают. Вас же никому нельзя обидеть. Знаете, мне кажется, вы даже должны любить меня. Для меня вы то же, что и для него: светлый дух; ангел не может ненавидеть, не может и не любить. Можно ли любить всех, всех людей, всех своих ближних, — я часто задавала себе этот вопрос? Конечно, нет, и даже неестественно. В отвлеченной любви к человечеству любишь почти всегда одного себя. Но это нам невозможно, а вы другое дело: как могли бы вы не любить хоть кого-нибудь, когда вы ни с кем себя не можете сравнивать и когда вы выше всякой обиды, выше всякого личного негодования? Вы одни можете любить без эгоизма, вы одни можете любить не для себя самой, а для того, кого вы любите. О, как горько было бы мне узнать, что вы чувствуете из-за меня стыд или гнев! Тут ваша погибель: вы разом сравняетесь со мной...

Вчера я, встретив вас, пришла домой и выдумала одну картину. Христа пишут живописцы всё по евангельским сказаниям; я бы написала иначе: я бы изобразила его одного, – оставляли же его иногда ученики одного. Я оставила бы с ним только одного маленького ребенка. Ребенок играл подле него; может быть, рассказывал ему что-нибудь на своем детском языке, Христос его слушал, но теперь задумался; рука его невольно, забывчиво осталась на светлой головке ребенка. Он смотрит в даль, в горизонт; мысль, великая, как весь мир, покоится в его взгляде; лицо грустное. Ребенок замолк, облокотился на его колена и, подперши ручкой щеку, поднял головку и задумчиво, как дети иногда задумываются, пристально на него смотрит. Солнце заходит... Вот моя картина! Вы невинны, и в вашей невинности всё совершенство ваше. О, помните только это! Что вам за дело до моей страсти к вам? Вы теперь уже моя, я буду всю жизнь около вас... Я скоро умру».

Наконец, в самом последнем письме было:

«Ради бога, не думайте обо мне ничего; не думайте тоже, что я унижаю себя тем, что так пишу вам, или что я принадлежу к таким существам, которым наслаждение себя унижать, хотя бы даже и из гордости. Нет, у меня свои утешения; но мне трудно вам разъяснить это. Мне трудно было бы даже и себе сказать это ясно, хоть я и мучаюсь этим. Но я знаю, что не могу себя унизить даже и из припадка гордости. А к самоунижению от чистоты сердца я не способна. А стало быть, я вовсе не унижаю себя.

Почему я вас хочу соединить: для вас или для себя? Для себя, разумеется, тут все разрешения мои, я так сказала себе давно... Я слышала, что ваша сестра, Аделаида, сказала тогда про мой портрет, что с такою красотой можно мир перевернуть. Но я отказалась от мира; вам смешно это слышать от меня, встречая меня в кружевах и бриллиантах, с пьяницами и негодяями? Не смотрите на это, я уже почти не существую и знаю это; Бог знает, что вместо меня живет во мне. Я читаю это каждый день в двух ужасных глазах, которые постоянно на меня смотрят, даже и тогда, когда их нет предо мной. Эти глаза теперь *молчат* (они всё молчат), но я знаю их тайну. У него дом мрачный, скучный, и в нем тайна. Я уверена, что у него в ящике спрятана бритва, обмотанная шелком, как и у того московского убийцы; тот тоже жил с матерью в одном доме и тоже перевязал бритву шелком, чтобы перерезать одно горло. Всё время, когда я была у них в доме, мне всё казалось, что где-нибудь, под половицей, еще отцом его, может быть, спрятан мертвый и накрыт клеенкой, как и тот московский, и так же обставлен кругом стклянками со ждановскою жидкостью, я даже показала бы вам угол. Он всё молчит; но ведь я знаю, что он до того меня любит, что уже не мог не возненавидеть меня. Ваша свадьба и моя свадьба — вместе: так мы с ним назначили. У меня тайн от него нет. Я бы его убила со страху... Но он меня убьет прежде... он засмеялся сейчас и говорит, что я брежу; он знает, что я к вам пишу».

И много, много было такого же бреду в этих письмах. Одно из них, второе, было на двух почтовых листах, мелко исписанных, большого формата.

Князь вышел наконец из темного парка, в котором долго скитался, как и вчера. Светлая, прозрачная ночь показалась ему еще светлее обыкновенного; «неужели еще так рано?» — подумал он. (Часы он забыл захватить.) Где-то будто послышалась ему отдаленная музыка; «в воксале, должно быть, — подумал он опять, — конечно, они не пошли туда сегодня». Сообразив это, он увидал, что стоит у самой их дачи; он так и знал, что должен был непременно очутиться наконец здесь, и, замирая сердцем, ступил на террасу. Никто его не встретил, терраса была пуста. Он подождал и отворил дверь в залу. «Эта дверь никогда у них не затворялась», – мелькнуло в нем, но и зала была пуста; в ней было совсем почти темно. Он стал среди комнаты в недоумении. Вдруг отворилась дверь, и вошла Александра Ивановна со свечой в руках. Увидев князя, она удивилась и остановилась пред ним, как бы спрашивая. Очевидно, она проходила только чрез комнату, из одной двери в другую, совсем не думая застать кого-нибудь.

– Как вы здесь очутились? – проговорила она наконец.

– Я... зашел...

– Maman не совсем здорова, Аглая тоже. Аделаида ложится спать, я тоже иду. Мы сегодня весь вечер дома одни просидели. Папаша и князь в Петербурге.

– Я пришел... я пришел к вам... теперь...

– Вы знаете, который час?

– Н-нет...

– Половина первого. Мы всегда в час ложимся.

– Ах, я думал, что... половина десятого.

– Ничего! – засмеялась она.– А зачем вы давеча не пришли? Вас, может быть, и ждали.

– Я... думал... – лепетал он, уходя.

– До свиданья! Завтра всех насмешу.

Он пошел по дороге, огибающей парк, к своей даче. Сердце его стучало, мысли путались, и всё кругом него как бы походило на сон. И вдруг, так же как и давеча, когда он оба раза проснулся на одном и том же видении, то же видение опять предстало ему. Та же женщина вышла из парка и стала пред ним, точно ждала его тут. Он вздрогнул и остановился; она схватила его руку и крепко сжала ее. «Нет, это не видение!»

И вот наконец она стояла пред ним лицом к лицу, в первый раз после их разлуки; она что-то говорила ему, но он молча смотрел на нее; сердце его переполнилось и заныло от боли. О, никогда потом не мог он забыть эту встречу с ней и вспоминал всегда с одинаковою болью. Она опустилась пред ним на колена, тут же на улице, как исступленная; он отступил в испуге, а она ловила его руку, чтобы целовать ее, и точно так же, как и давеча в его сне, слезы блистали теперь на ее длинных ресницах.

— Встань, встань! — говорил он испуганным шепотом, подымая ее, — встань скорее!

— Ты счастлив? Счастлив? — спрашивала она. — Мне только одно слово скажи, счастлив ты теперь? Сегодня, сейчас? У ней? Что она сказала?

Она не подымалась, она не слушала его; она спрашивала спеша и спешила говорить, как будто за ней была погоня.

— Я еду завтра, как ты приказал. Я не буду... В последний ведь раз я тебя вижу, в последний! Теперь уж совсем ведь в последний раз!

— Успокойся, встань! — проговорил он в отчаянии.

Она жадно всматривалась в него, схватившись за его руки.

— Прощай! — сказала она наконец, встала и быстро пошла от него, почти побежала. Князь видел, что подле нее вдруг очутился Рогожин, подхватил ее под руку и повел.

— Подожди, князь, — крикнул Рогожин, — я через пять минут ворочусь на время.

Через пять минут он пришел действительно; князь ждал его на том же месте.

— В экипаж посадил, — сказал он, — там на углу с десяти часов коляска ждала. Она так и знала, что ты у той весь вечер пробудешь. Давешнее, что ты мне написал, в точности передал. Писать она к той больше не станет; обещалась; и отсюда, по желанию твоему, завтра уедет. Захотела тебя видеть напоследях, хоть ты и отказался; тут на этом месте тебя и поджидали, как обратно пойдешь, вот там, на той скамье.

— Она сама тебя с собой взяла?

— А что ж? — осклабился Рогожин.— Увидел то, что и знал. Письма-то прочитал, знать?

— А ты разве их вправду читал? — спросил князь, пораженный этою мыслью.

— Еще бы; всякое письмо мне сама показывала. Про бритву-то помнишь, хе-хе!

— Безумная! — вскричал князь, ломая свои руки.

— Кто про то знает, может, и нет, — тихо проговорил Рогожин, как бы про себя.

Князь не ответил.

— Ну, прощай, — сказал Рогожин, — ведь и я завтра поеду; лихом не поминай! А что, брат, — прибавил он, быстро обернувшись, — что ж ты ей в ответ ничего не сказал? «Ты-то счастлив или нет?»

— Нет, нет, нет! — воскликнул князь с беспредельною скорбью.

— Еще бы сказал «да»! — злобно рассмеялся Рогожин и пошел не оглядываясь.

Часть четвертая

I

Прошло с неделю после свидания двух лиц нашего рассказа на зеленой скамейке. В одно светлое утро, около половины одиннадцатого, Варвара Ардалионовна Птицына, вышедшая посетить кой-кого из своих знакомых, возвратилась домой в большой и прискорбной задумчивости.

Есть люди, о которых трудно сказать что-нибудь такое, что представило бы их разом и целиком, в их самом типическом и характерном виде; это те люди, которых обыкновенно называют людьми «обыкновенными», «большинством» и которые действительно составляют огромное большинство всякого общества. Писатели в своих романах и повестях большею частию стараются брать типы общества и представлять их образно и художественно, – типы, чрезвычайно редко встречающиеся в действительности целиком и которые тем не менее почти действительнее самой действительности. Подколесин в своем типическом виде, может быть, даже и преувеличение, но отнюдь не небывальщина. Какое множество умных людей, узнав от Гоголя про Подколесина, тотчас же стали находить, что десятки и сотни их добрых знакомых и друзей ужасно похожи на Подколесина. Они и до Гоголя знали, что эти друзья их такие, как Подколесин, но только не знали еще, что они именно так называются. В действительности женихи ужасно редко прыгают из окошек пред своими свадьбами, потому что это, не говоря уже о прочем, даже и неудобно; тем не менее сколько женихов, даже людей достойных и умных, пред венцом сами себя в глубине совести готовы были признать Подколесиными. Не все тоже мужья кричат на каждом шагу: «Tu l'as voulu, George Dandin!»[1] Но, боже, сколько миллионов и биллионов раз повторялся мужьями целого света этот сердечный крик после их медового месяца, а, кто знает, может быть, и на другой же день после свадьбы.

Итак, не вдаваясь в более серьезные объяснения, мы скажем только, что в действительности типичность лиц как бы разбавляется водой и все эти Жорж Дандены и Подколесины существуют действительно, снуют и бегают пред нами ежедневно, но как бы несколько в разжиженном состоянии. Оговорившись, наконец, в том, для полноты истины, что и весь Жорж Данден целиком, как его создал Мольер, тоже может встретиться в действительности, хотя и редко, мы тем закончим наше рассуждение, которое начинает становиться похожим на журнальную критику. Тем не менее все-таки пред нами остается вопрос: что делать романисту с людьми ординарными, совершенно «обыкновенными», и как выставить их перед читателем, чтобы сделать их сколько-нибудь интересными? Совершенно миновать их в рассказе никак нельзя, потому что ординарные люди поминутно и в большинстве необходимое звено в связи житейских событий; миновав их, стало быть, нарушим правдоподобие. Наполнять романы одними типами или даже просто, для интереса, людьми странными и небывалыми было бы неправдоподобно, да, пожалуй, и неинтересно. По-нашему, писателю надо стараться отыскивать интересные и поучительные оттенки даже и между ординарностями. Когда же, например, самая сущность некоторых ординарных лиц именно заключается в их всегдаш-

1 «Ты этого хотел, Жорж Данден!» (*фр.*)

ней и неизменной ординарности, или, что еще лучше, когда, несмотря на все чрезвычайные усилия этих лиц выйти во что бы то ни стало из колеи обыкновенности и рутины, они все-таки кончают тем, что остаются неизменно и вечно одною только рутиной, тогда такие лица получают даже некоторую своего рода и типичность, – как ординарность, которая ни за что не хочет остаться тем, что она есть, и во что бы то ни стало хочет стать оригинальною и самостоятельною, не имея ни малейших средств к самостоятельности.

К этому-то разряду «обыкновенных», или «ординарных», людей принадлежат и некоторые лица нашего рассказа, доселе (сознаюсь в том) мало разъясненные читателю. Таковы именно Варвара Ардалионовна Птицына, супруг ее, господин Птицын, Гаврила Ардалионович, ее брат.

В самом деле, нет ничего досаднее, как быть, например, богатым, порядочной фамилии, приличной наружности, недурно образованным, неглупым, даже добрым, и в то же время не иметь никакого таланта, никакой особенности, никакого даже чудачества, ни одной своей собственной идеи, быть решительно «как и все». Богатство есть, но не Ротшильдово; фамилия честная, но ничем никогда себя не ознаменовавшая; наружность приличная, но очень мало выражающая; образование порядочное, но не знаешь, на что его употребить; ум есть, но без *своих идей*, сердце есть, но без великодушия, и т. д., и т. д. во всех отношениях. Таких людей на свете чрезвычайное множество и даже гораздо более, чем кажется; они разделяются, как и все люди, на два главные разряда: одни ограниченные, другие «гораздо поумнее». Первые счастливее. Ограниченному «обыкновенному» человеку нет, например, ничего легче, как вообразить себя человеком необыкновенным и оригинальным и усладиться тем без всяких колебаний. Стоило некоторым из наших барышень остричь себе волосы, надеть синие очки и наименоваться нигилистками, чтобы тотчас же убедиться, что, надев очки, они немедленно стали иметь свои собственные «убеждения». Стоило иному только капельку почувствовать в сердце своем что-нибудь из какого-нибудь общечеловеческого и доброго ощущения, чтобы немедленно убедиться, что уж никто так не чувствует, как он, что он передовой в общем развитии. Стоило иному на слово принять какую-нибудь мысль или прочитать страничку чего-нибудь без начала и конца, чтобы тотчас поверить, что это «свои собственные мысли» и в его собственном мозгу зародились. Наглость наивности, если можно так выразиться, в таких случаях доходит до удивительного; всё это невероятно, но встречается поминутно. Эта наглость наивности, эта несомневаемость глупого человека в себе и в своем таланте, превосходно выставлена Гоголем в удивительном типе поручика Пирогова. Пирогов даже и не сомневается в том, что он гений, даже выше всякого гения; до того не сомневается, что даже и вопроса себе об этом ни разу не задает; впрочем, вопросов для него и не существует. Великий писатель принужден был его наконец высечь для удовлетворения оскорбленного нравственного чувства своего читателя, но, увидев, что великий человек только встряхнулся и для подкрепления сил после истязания съел слоеный пирожок, развел в удивлении руки и так оставил своих читателей. Я всегда горевал, что великий Пирогов взят Гоголем в таком маленьком чине, потому что Пирогов до того самоудовлетворим, что ему нет ничего легче, как вообразить себя, по мере толстеющих и крутящихся на нем с годами и «по линии» эполет, чрезвычайным, например, полководцем; даже и не вообразить, а просто не сомневаться в этом: произвели в генералы, как же не полководец? И сколько из таких делают потом ужасные фиаско на поле брани? А сколько было пироговых между нашими литераторами, учеными, пропагандистами? Я говорю «было», но, уж конечно, есть и теперь...

Действующее лицо нашего рассказа, Гаврила Ардалионович Иволгин, принадлежал к другому разряду; он принадлежал к разряду людей «гораздо поумнее», хотя весь, с ног до головы, был заражен желанием оригинальности. Но этот разряд, как мы уже и заметили выше, гораздо несчастнее первого. В том-то и дело, что *умный* «обыкновенный» человек, даже если б и воображал себя мимоходом (а пожалуй, и во всю свою жизнь) человеком гениальным и оригинальнейшим, тем не менее сохраняет в сердце своем червячка сомнения, который доводит до того, что умный человек кончает иногда совершенным отчаянием; если же и покоряется, то уже совершенно отравившись вогнанным внутрь тщеславием. Впрочем, мы во всяком случае взяли крайность: в огромном большинстве этого *умного* разряда людей дело происходит вовсе не так трагически; портится разве под конец лет печенка, более или менее, вот и всё. Но все-таки, прежде чем смириться и покориться, эти люди чрезвычайно долго иногда куролесят, начиная с юности до покоряющегося возраста, и всё из желания оригинальности. Встречаются даже странные случаи: из-за желания оригинальности иной честный человек готов решиться даже на низкое дело; бывает даже и так, что иной из этих несчастных не только честен, но даже и добр, Провидение своего семейства, содержит и питает своими трудами даже чужих, не только своих, и что же? всю-то жизнь не может успокоиться! Для него нисколько не успокоительна и не утешительна мысль, что он так хорошо исполнил свои человеческие обязанности; даже, напротив, она-то и раздражает его: «Вот, дескать, на что ухлопал я всю мою жизнь, вот что связало меня по рукам и по ногам, вот что помешало мне открыть порох! Не было бы этого, я, может быть, непременно бы открыл либо порох, либо Америку, — наверно еще не знаю что, но только непременно бы открыл!» Всего характернее в этих господах то, что они действительно всю жизнь свою никак не могут узнать наверно, что именно им так надо открыть и что именно они всю жизнь наготове открыть: порох или Америку? Но страдания, тоски по открываемому, право, достало бы в них на долю Колумба или Галилея.

Гаврила Ардалионович именно начинал в этом роде; но только что еще начинал. Долго еще предстояло ему куролесить. Глубокое и беспрерывное самоощущение своей бесталанности и в то же время непреодолимое желание убедиться в том, что он человек самостоятельнейший, сильно поранили его сердце, даже чуть ли еще не с отроческого возраста. Это был молодой человек с завистливыми и порывистыми желаниями и, кажется, даже так и родившийся с раздраженными нервами. Порывчатость своих желаний он принимал за их силу. При своем страстном желании отличиться он готов был иногда на самый безрассудный скачок; но только что дело доходило до безрассудного скачка, герой наш всегда оказывался слишком умным, чтобы на него решиться. Это убивало его. Может быть, он даже решился бы, при случае, и на крайне низкое дело, лишь бы достигнуть чего-нибудь из мечтаемого; но, как нарочно, только что доходило до черты, он всегда оказывался слишком честным для крайне низкого дела. (На маленькое низкое дело он, впрочем, всегда готов был согласиться.) С отвращением и с ненавистью смотрел он на бедность и на упадок своего семейства. Даже с матерью обращался свысока и презрительно, несмотря на то что сам очень хорошо понимал, что репутация и характер его матери составляли покамест главную опорную точку и его карьеры. Поступив к Епанчину, он немедленно сказал себе: «Коли подличать, так уж подличать до конца, лишь бы выиграть», и почти никогда не подличал до конца. Да и почему он вообразил, что ему непременно надо будет подличать? Аглаи он просто тогда испугался, но не бросил с нею дела, а тянул его, на всякий случай, хотя никогда не верил серьезно, что она снизойдет до него. Потом, во время своей истории с Настасьей Филипповной, он вдруг вообразил себе, что достижение *всего* в деньгах. «Подличать, так подличать», — повторял он себе тогда каждый день с самодовольствием, но и с некоторым страхом; «уж коли подличать, так уж доходить до верхушки, – ободрял он себя поминутно, – рутина в этих случаях оробеет, а мы не оробеем!» Проиграв Аглаю и раздавленный обстоятельствами, он совсем упал духом и действительно принес князю деньги, брошенные ему тогда сумасшедшею женщиной, которой принес их тоже сумасшедший человек. В этом возвращении денег он потом тысячу раз раскаивался, хотя и непрестанно этим тщеславился. Он действительно плакал три дня, пока князь оставался тогда в Петербурге, но в эти три дня он успел и возненавидеть князя за то, что тот смотрел на него слишком уж сострадательно, тогда как факт, что он возвратил такие деньги, «не всякий решился бы сделать». Но благородное самопризнание в том, что вся тоска его есть только одно беспрерывно раздавливаемое тщеславие, ужасно его мучило. Только уже долгое время спустя разглядел он и убедился, как серьезно могло бы обернуться у него дело с таким невинным и странным существом, как Аглая. Раскаяние грызло его; он бросил службу и погрузился в тоску и уныние. Он жил у Птицына на его содержании, с отцом и матерью, и презирал Птицына открыто, хотя в то же время слушался его советов и был настолько благоразумен, что всегда почти спрашивал их у него. Гаврила Ардалионович сердился, например, и на то, что Птицын не загадывает быть Ротшильдом и не ставит себе этой цели. «Коли уж ростовщик, так уж иди до конца, жми людей, чекань из них деньги, стань характером, стань королем иудейским!» Птицын был скромен и тих; он только улыбался, но раз нашел даже нужным объясниться с Ганей серьезно и исполнил это даже с некоторым достоинством. Он доказал Гане, что ничего не делает бесчестного и что напрасно тот называет его жидом; что если деньги в такой цене, то он не виноват; что он действует правдиво и честно, и, по-настоящему, он только агент по «этим» делам, и, наконец, что благодаря его аккуратности в делах он уже известен с весьма хорошей точки людям превосходнейшим, и дела его расширяются. «Ротшильдом не буду, да и не для чего, — прибавил он смеясь, — а дом на Литейной буду иметь, даже, может, и два, и на этом кончу». «А кто знает, может, и три!» — думал он про себя, но никогда не договаривал вслух и скрывал мечту. Природа любит и ласкает таких людей: она вознаградит Птицына не тремя, а четырьмя домами наверно, и именно за то, что он с самого детства уже знал, что Ротшильдом никогда не будет. Но зато дальше четырех домов природа ни за что не пойдет, и с Птицыным тем дело и кончится.

Совершенно другая особа была сестрица Гаврилы Ардалионовича. Она тоже была с желаниями сильными, но более упорными, чем порывистыми. В ней было много благоразумия, когда дело доходило до последней черты, но оно же не оставляло ее и до черты. Правда, и она была из числа «обыкновенных» людей, мечтающих об оригинальности, но зато она очень скоро успела сознать, что в ней нет ни капли особенной оригинальности, и горевала об этом не слишком много, — кто знает, может быть, из особого рода гордости. Она сделала свой первый практический шаг с чрезвычайною решимостью, выйдя замуж за господина Птицына; но, выходя замуж, она вовсе не говорила себе: «Подличать, так уж подличать, лишь бы цели достичь», — как не преминул бы выразиться при таком случае Гаврила Ардалионович (да чуть ли и не выразился даже при ней самой, когда одобрял ее решение как старший брат). Совсем даже напротив: Варвара Ардалионовна вышла замуж после того, как уверилась основательно, что будущий муж ее человек скромный, приятный, почти образованный и большой подлости ни за что никогда не сделает. О мелких подлостях Варвара Ардалионовна не справлялась, как о мелочах; да где же и нет таких мелочей? Не идеала же искать! К тому же она знала, что, выходя замуж, дает тем угол своей матери, отцу, братьям. Видя брата в несчастии, она захотела помочь ему, несмотря на все прежние семейные недоумения. Птицын гнал иногда Ганю, дружески разумеется, на службу. «Ты вот презираешь и генералов и генеральство, – говорил он ему иногда шутя, – а посмотри, все “они” кончат тем, что будут в свою очередь генералами; доживешь, так увидишь». «Да с чего они берут, что я презираю генералов и генеральство?» – саркастически думал про себя Ганя. Чтобы помочь брату, Варвара Ардалионовна решилась расширить круг своих действий: она втерлась к Епанчиным, чему много помогли детские воспоминания; и она и брат еще в детстве играли с Епанчиными. Заметим здесь, что если бы Варвара Ардалионовна преследовала какую-нибудь необычайную мечту, посещая Епанчиных, то она, может быть, сразу вышла бы тем самым из того разряда людей, в который сама заключила себя; но преследовала она не мечту; тут был даже довольно основательный расчет с ее стороны: она основывалась на характере этой семьи. Характер же Аглаи она изучала без устали. Она задала себе задачу обернуть их обоих, брата и Аглаю, опять друг к другу. Может быть, она кое-чего и действительно достигла; может быть, и впадала в ошибки, рассчитывая, например, слишком много на брата и ожидая от него того, чего он никогда и никоим образом не мог бы дать. Во всяком случае, она действовала у Епанчиных довольно искусно: по неделям не упоминала о брате, была всегда чрезвычайно правдива и искренна, держала себя просто, но с достоинством. Что же касается глубины своей совести, то она не боялась в нее заглянуть и совершенно ни в чем не упрекала себя. Это-то и придавало ей силу. Одно только иногда замечала в себе, что и она, пожалуй, злится, что и в ней очень много самолюбия и чуть ли даже не раздавленного тщеславия; особенно замечала она это в иные минуты, почти каждый раз, как уходила от Епанчиных.

И вот теперь она возвращалась от них же и, как мы уже сказали, в прискорбной задумчивости. В этом прискорбии проглядывало кое-что и горько-насмешливое.

Птицын проживал в Павловске в невзрачном, но поместительном деревянном доме, стоявшем на пыльной улице и который скоро должен был достаться ему в полную собственность, так что он уже его в свою очередь начинал продавать кому-то. Подымаясь на крыльцо, Варвара Ардалионовна услышала чрезвычайный шум в верху дома и различила кричавшие голоса своего брата и папаши. Войдя в залу и увидев Ганю, бегавшего взад и вперед по комнате, бледного от бешенства и чуть не рвавшего на себе волосы, она поморщилась и опустилась с усталым видом на диван, не снимая шляпки. Очень хорошо понимая, что если она еще промолчит с минуту и не спросит брата, зачем он так бегает, то тот непременно рассердится, Варя поспешила наконец произнести в виде вопроса:

– Всё прежнее?

– Какое тут прежнее! – воскликнул Ганя.– Прежнее! Нет, уж тут черт знает что такое теперь происходит, а не прежнее! Старик до бешенства стал доходить... мать ревет. Ей-богу, Варя, как хочешь, я его выгоню из дому или... или сам от вас выйду, – прибавил он, вероятно вспомнив, что нельзя же выгонять людей из чужого дома.

– Надо иметь снисхождение, – пробормотала Варя.

– К чему снисхождение? К кому? – вспыхнул Ганя, – к его мерзостям? Нет, уж как хочешь, этак нельзя! Нельзя, нельзя, нельзя! И какая манера: сам виноват и еще пуще куражится. «Не хочу в ворота, разбирай забор!..» Что ты такая сидишь? На тебе лица нет!

– Лицо как лицо, – с неудовольствием ответила Варя.

Ганя попристальнее поглядел на нее.

– Там была? – спросил он вдруг.

– Там.

– Стой, опять кричат! Этакой срам, да еще в такое время!

– Какое такое время? Никакого такого особенного времени нет.

Ганя еще пристальнее оглядел сестру.

– Что-нибудь узнала? – спросил он.

– Ничего неожиданного, по крайней мере. Узнала, что всё это верно. Муж был правее нас обоих; как предрек с самого начала, так и вышло. Где он?

– Нет дома. Что вышло?

– Князь – жених формальный, дело решенное. Мне старшие сказали. Аглая согласна; даже и скрываться перестали. (Ведь там всё такая таинственность была до сих пор.) Свадьбу Аделаиды опять оттянут, чтобы вместе обе свадьбы разом сделать, в один день, – поэзия какая! На стихи похоже. Вот сочини-ка стихи на бракосочетание, чем даром-то по комнате бегать. Сегодня вечером у них Белоконская будет; кстати приехала; гости будут. Его Белоконской представят, хоть он уже с ней и знаком; кажется, вслух объявят. Боятся только, чтоб он чего не уронил и не разбил, когда в комнату при гостях войдет, или сам бы не шлепнулся; от него станется.

Ганя выслушал очень внимательно, но, к удивлению сестры, это поразительное для него известие, кажется, вовсе не произвело на него такого поражающего действия.

– Что ж, это ясно было, – сказал он, подумав, – конец, значит! – прибавил он с какою-то странною усмешкой, лукаво заглядывая в лицо сестры и всё еще продолжая ходить взад и вперед по комнате, но уже гораздо потише.

– Хорошо еще, что ты принимаешь философом; я, право, рада, – сказала Варя.

– Да с плеч долой; с твоих по крайней мере.

– Я, кажется, тебе искренно служила, не рассуждая и не докучая; я не спрашивала тебя, какого ты счастья хотел у Аглаи искать.

– Да разве я... счастья у Аглаи искал?

– Ну, пожалуйста, не вдавайся в философию! Конечно, так. Конечно, и довольно с нас: в дураках. Я на это дело, признаюсь тебе, никогда серьезно не могла смотреть; только «на всякий случай» взялась за него, на смешной ее характер рассчитывая, а главное, чтобы тебя потешить; девяносто шансов было, что лопнет. Я даже до сих пор сама не знаю, чего ты и добивался-то.

— Теперь пойдете вы с мужем меня на службу гнать; лекции про упорство и силу воли читать: малым не пренебрегать и так далее, наизусть знаю, — захохотал Ганя.

«Что-нибудь новое у него на уме!» — подумала Варя.

— Что ж там — рады, отцы-то? — спросил вдруг Ганя.

— Н-нет, кажется. Впрочем, сам заключить можешь; Иван Федорович доволен; мать боится; и прежде с отвращением на него как на жениха смотрела; известно.

— Я не про то; жених невозможный и немыслимый, это ясно. Я про теперешнее спрашиваю, теперь-то там как? Формальное дала согласие?

— Она не сказала до сих пор «нет», — вот и всё, но иначе и не могло от нее быть. Ты знаешь, до какого сумасбродства она до сих пор застенчива и стыдлива; в детстве она в шкап залезала и просиживала в нем часа по два, по три, чтобы только не выходить к гостям; дылда выросла, а ведь и теперь то же самое. Знаешь, я почему-то думаю, что там действительно что-то серьезное, даже с ее стороны. Над князем она, говорят, смеется изо всех сил, с утра до ночи, чтобы виду не показать, но уж наверно умеет сказать ему каждый день что-нибудь потихоньку, потому что он точно по небу ходит, сияет... Смешон, говорят, ужасно. От них же и слышала. Мне показалось тоже, что они надо мной в глаза смеялись, старшие-то.

Ганя наконец стал хмуриться; может, Варя и нарочно углублялась в эту тему, чтобы проникнуть в его настоящие мысли. Но раздался опять крик наверху.

— Я его выгоню! — так и рявкнул Ганя, как будто обрадовавшись сорвать досаду.

— И тогда он пойдет опять нас повсеместно срамить, как вчера.

— Как — как вчера? Что такое: как вчера? Да разве... — испугался вдруг ужасно Ганя.

— Ах, боже мой, разве ты не знаешь? — спохватилась Варя.

— Как... так неужели правда, что он там был? — воскликнул Ганя, вспыхнув от стыда и бешенства. — Боже, да ведь ты оттуда! Узнала ты что-нибудь? Был там старик? Был или нет?

И Ганя бросился к дверям; Варя кинулась к нему и схватила его обеими руками.

— Что ты? Ну, куда ты? — говорила она.— Выпустишь его теперь, он еще хуже наделает, по всем пойдет!..

— Что он там наделал? Что говорил?

— Да они и сами не умели рассказать и не поняли; только всех напугал. Пришел к Ивану Федоровичу, — того не было; потребовал Лизавету Прокофьевну. Сначала места просил у ней, на службу поступить, а потом стал на нас жаловаться, на меня, на мужа, на тебя особенно... много чего наговорил.

— Ты не могла узнать? — трепетал как в истерике Ганя.

— Да где уж тут! Он и сам-то вряд ли понимал, что говорил, а может, мне и не передали всего.

Ганя схватился за голову и побежал к окну; Варя села у другого окна.

— Смешная Аглая, — заметила она вдруг, — останавливает меня и говорит: «Передайте от меня особенное, личное уважение вашим родителям; я, наверно, найду на днях случай видеться с вашим папашей». И этак серьезно говорит. Странно ужасно...

— Не в насмешку? Не в насмешку?

— То-то и есть, что нет; тем-то и странно.

— Знает она или не знает про старика, как ты думаешь?

— Что в доме у них не знают, так в этом нет для меня и сомнения; но ты мне мысль подал: Аглая, может быть, и знает. Одна она и знает, потому что сестры были тоже удивлены, когда она так серьезно передавала поклон отцу. И с какой стати именно ему? Если знает, так ей князь передал!

— Не хитро узнать, кто передал! Вор! Этого еще недоставало. Вор в нашем семействе, «глава семейства»!

— Ну, вздор! — крикнула Варя, совсем рассердившись, — пьяная история, больше ничего. И кто это выдумал? Лебедев, князь... сами-то они хороши; ума палата. Я вот во столечко это ценю.

— Старик вор и пьяница, — желчно продолжал Ганя, — я нищий, муж сестры ростовщик, — было на что позариться Аглае! Нечего сказать, красиво!

— Этот муж сестры, ростовщик, тебя...

— Кормит, что ли? Ты не церемонься, пожалуйста.

— Чего ты злишься? — спохватилась Варя.— Ничего-то не понимаешь, точно школьник. Ты думаешь, всё это могло повредить тебе в глазах Аглаи? Не знаешь ты ее характера; она от первейшего жениха отвернется, а к студенту какому-нибудь умирать с голоду, на чердак, с удовольствием бы побежала, — вот ее мечта! Ты никогда и понять не мог, как бы ты в ее глазах интересен стал, если бы с твердостию и гордостию умел переносить нашу обстановку. Князь ее на удочку тем и поймал, что, во-первых, совсем и не ловил, а во-вторых, что он, на глаза всех, идиот. Уж одно то, что она семью из-за него перемутит, — вот что ей теперь любо. Э-эх, ничего-то вы не понимаете!

— Ну, еще увидим, понимаем или не понимаем, — загадочно пробормотал Ганя, — только я все-таки бы не хотел, чтоб она узнала о старике. Я думал, князь удержится и не расскажет. Он и Лебедева сдержал: он и мне не хотел всего выговорить, когда я пристал...

— Стало быть, сам видишь, что и мимо его всё уже известно. Да и чего тебе теперь? Чего надеешься? А если б и оставалась еще надежда, то это бы только страдальческий вид тебе в ее глазах придало.

— Ну, скандалу-то и она бы струсила, несмотря на весь романизм. Всё до известной черты, и все до известной черты; все вы таковы.

— Аглая-то бы струсила? — вспылила Варя, презрительно поглядев на брата.— А низкая, однако же, у тебя душонка! Не стоите вы все ничего. Пусть она смешная и чудачка, да зато благороднее всех нас в тысячу раз.

– Ну, ничего, ничего, не сердись, – самодовольно пробормотал опять Ганя.

– Мне мать только жаль, – продолжала Варя, – боюсь, чтоб эта отцовская история до нее не дошла, ах, боюсь!

– И наверно дошла, – заметил Ганя.

Варя было встала, чтоб отправиться наверх к Нине Александровне, но остановилась и внимательно посмотрела на брата.

– Кто же ей мог сказать?

– Ипполит, должно быть. Первым удовольствием, я думаю, почел матери это отрапортовать, как только к нам переехал.

– Да почему он-то знает, скажи мне, пожалуйста? Князь и Лебедев никому решили не говорить, Коля даже ничего не знает.

– Ипполит-то? Сам узнал. Представить не можешь, до какой степени это хитрая тварь; какой он сплетник, какой у него нос, чтоб отыскать чутьем всё дурное, всё, что скандально. Ну, верь не верь, а я убежден, что он Аглаю успел в руки взять! А не взял, так возьмет. Рогожин с ним тоже в сношения вошел. Как это князь не замечает! И уж как ему теперь хочется меня подсидеть! За личного врага меня почитает, я это давно раскусил, и с чего, что ему тут, ведь умрет, – я понять не могу! Но я его надую; увидишь, что не он меня, а я его подсижу.

– Зачем же ты переманил его, когда так ненавидишь? И стоит он того, чтоб его подсиживать?

– Ты же переманить его к нам посоветовала.

– Я думала, что он будет полезен; а знаешь, что он сам теперь влюбился в Аглаю и писал к ней? Меня расспрашивали... чуть ли он к Лизавете Прокофьевне не писал.

– В этом смысле не опасен! – сказал Ганя, злобно засмеявшись. – Впрочем, верно что-нибудь да не то. Что он влюблен, это очень может быть, потому что мальчишка! Но... он не станет анонимные письма старухе писать.

Это такая злобная, ничтожная, самодовольная посредственность!.. Я убежден, я знаю наверно, что он меня пред нею интриганом выставил, с того и начал. Я, признаюсь, как дурак ему проговорился сначала; я думал, что он из одного мщения к князю в мои интересы войдет; он такая хитрая тварь! О, я раскусил его теперь совершенно. А про эту покражу он от своей же матери слышал, от капитанши. Старик если и решился на это, так для капитанши. Вдруг мне, ни с того ни с сего, сообщает, что «генерал» его матери четыреста рублей обещал, и совершенно этак ни с того ни с сего, безо всяких церемоний. Тут я всё понял. И так мне в глаза и заглядывает, с наслаждением с каким-то; мамаше он, наверно, тоже сказал, единственно из удовольствия сердце ей разорвать. И чего он не умирает, скажи мне, пожалуйста? Ведь обязался чрез три недели умереть, а здесь еще потолстел! Перестает кашлять; вчера вечером сам говорил, что другой уже день кровью не кашляет.

– Выгони его.

– Я не ненавижу его, а презираю, – гордо произнес Ганя. – Ну да, да, пусть я его ненавижу, пусть! – вскричал он вдруг с необыкновенною яростью. – И я ему выскажу это в глаза, когда он даже умирать будет, на своей подушке! Если бы ты читала его исповедь, – боже, какая наивность наглости! Это поручик Пирогов, это Ноздрев в трагедии, а главное – мальчишка! О, с каким бы наслаждением я тогда его высек, именно чтоб удивить его. Теперь он всем мстит за то, что тогда не удалось... Но что это? Там опять шум! Да что это, наконец, такое? Я этого, наконец, не потерплю. Птицын! – вскричал он входящему в комнату Птицыну, – что это, до чего у нас дело дойдет, наконец? Это... это...

Но шум быстро приближался, дверь вдруг распахнулась, и старик Иволгин, в гневе, багровый, потрясенный, вне себя, тоже набросился на Птицына. За стариком следовали Нина Александровна, Коля и сзади всех Ипполит.

II

Ипполит уже пять дней как переселился в дом Птицына. Это случилось как-то натурально, без особых слов и без всякой размолвки между ним и князем; они не только не поссорились, но с виду как будто даже расстались друзьями. Гаврила Ардалионович, так враждебный к Ипполиту на тогдашнем вечере, сам пришел навестить его, уже на третий, впрочем, день после происшествия, вероятно руководимый какою-нибудь внезапною мыслью. Почему-то и Рогожин стал тоже приходить к больному. Князю в первое время казалось, что даже и лучше будет для «бедного мальчика», если он переселится из его дома. Но и во время своего переселения Ипполит уже выражался, что он переселяется к Птицыну, «который так добр, что дает ему угол», и ни разу, точно нарочно, не выразился, что переезжает к Гане, хотя Ганя-то и настоял, чтоб его приняли в дом. Ганя это тогда же заметил и обидчиво заключил в свое сердце.

Он был прав, говоря сестре, что больной поправился. Действительно, Ипполиту было несколько лучше прежнего, что заметно было с первого на него взгляда. Он вошел в комнату не торопясь, позади всех, с насмешливою и недоброю улыбкой. Нина Александровна вошла очень испуганная. (Она сильно переменилась в эти полгода, похудела; выдав замуж дочь и переехав к ней жить, она почти перестала вмешиваться наружно в дела своих детей.) Коля был озабочен и как бы в недоумении; он многого не понимал в «сумасшествии генерала», как он выражался, конечно не зная основных причин этой новой сумятицы в доме. Но ему ясно было, что отец до того уже вздорит, ежечасно и повсеместно, и до того вдруг переменился, что как будто совсем стал не тот человек, как прежде. Беспокоило его тоже, что старик в последние три дня совсем даже перестал пить. Он знал, что он разошелся и даже поссорился с Лебедевым и с князем. Коля только что воротился домой с полуштофом водки, который приобрел на собственные деньги.

— Право, мамаша, — уверял он еще наверху Нину Александровну, — право, лучше пусть выпьет. Вот уже три дня как не прикасался; тоска, стало быть. Право, лучше; я ему и в долговое носил...

Генерал растворил дверь наотлет и стал на пороге, как бы дрожа от негодования.

— Милостивый государь! — закричал он громовым голосом Птицыну, — если вы действительно решились пожертвовать молокососу и атеисту почтенным стариком, отцом вашим, то есть по крайней мере отцом жены вашей, заслуженным у государя своего, то нога моя с сего же часу перестанет быть в доме вашем. Избирайте, сударь, избирайте немедленно: или я, или этот... винт! Да, винт! Я сказал нечаянно, но это — винт! Потому что он винтом сверлит мою душу, и безо всякого уважения... винтом!

— Не штопор ли? — вставил Ипполит.

— Нет, не штопор, ибо я пред тобой генерал, а не бутылка. Я знаки имею, знаки отличия... а ты шиш имеешь. Или он, или я! Решайте, сударь, сейчас же, сей же час! — крикнул он опять в исступлении Птицыну. Тут Коля подставил ему стул, и он опустился на него почти в изнеможении.

— Право бы, вам лучше... заснуть, — пробормотал было ошеломленный Птицын.

— Он же еще и угрожает! — проговорил сестре вполголоса Ганя.

— Заснуть! — крикнул генерал.— Я не пьян, милостивый государь, и вы меня оскорбляете. Я вижу, — продолжал он, вставая опять, — я вижу, что здесь всё против меня, всё и все. Довольно! Я ухожу... Но знайте, милостивый государь, знайте...

Ему не дали договорить и усадили опять; стали упрашивать успокоиться. Ганя в ярости ушел в угол. Нина Александровна трепетала и плакала.

– Да что я сделал ему? На что он жалуется! – вскричал Ипполит, скаля зубы.

– А разве не сделали? – заметила вдруг Нина Александровна. – Уж вам-то особенно стыдно и... бесчеловечно старика мучить... да еще на вашем месте.

– Во-первых, какое такое мое место, сударыня! Я вас очень уважаю, вас именно, лично, но...

– Это винт! – кричал генерал. – Он сверлит мою душу и сердце! Он хочет, чтоб я атеизму поверил! Знай, молокосос, что еще ты не родился, а я уже был осыпан почестями; а ты только завистливый червь, перерванный надвое, с кашлем... и умирающий от злобы и от неверия... И зачем тебя Гаврила перевел сюда? Все на меня, от чужих до родного сына!

– Да полноте, трагедию завел! – крикнул Ганя. – Не срамили бы нас по всему городу, так лучше бы было!

– Как, я срамлю тебя, молокосос! Тебя? Я честь только сделать могу тебе, а не обесчестить тебя!

Он вскочил, и его уже не могли сдержать; но и Гаврила Ардалионович, видимо, прорвался.

– Туда же, о чести! – крикнул он злобно.

– Что ты сказал? – загремел генерал, бледнея и шагнув к нему шаг.

– А то, что мне стоит только рот открыть, чтобы... – завопил вдруг Ганя и не договорил. Оба стояли друг пред другом, не в меру потрясенные, особенно Ганя.

– Ганя, что ты! – крикнула Нина Александровна, бросаясь останавливать сына.

– Экой вздор со всех сторон! – отрезала в негодовании Варя. – Полноте, мамаша, – схватила она ее.

– Только для матери и щажу, – трагически произнес Ганя.

– Говори! – ревел генерал в совершенном исступлении, – говори, под страхом отцовского проклятия... говори!

– Ну вот, так я и испугался вашего проклятия! И кто в том виноват, что вы восьмой день как помешанный?

Восьмой день, видите, я по числам знаю... Смотрите, не доведите меня до черты: всё скажу... Вы зачем к Епанчиным вчера потащились? Еще стариком называется, седые волосы, отец семейства! Хорош!

— Молчи, Ганька! — закричал Коля, — молчи, дурак!

— Да чем я-то, я-то чем его оскорбил? — настаивал Ипполит, но всё как будто тем же насмешливым тоном. Зачем он меня винтом называет, вы слышали? Сам ко мне пристал; пришел сейчас и заговорил о каком-то капитане Еропегове. Я вовсе не желаю вашей компании, генерал; избегал и прежде, сами знаете. Что мне за дело до капитана Еропегова, согласитесь сами? Я не для капитана Еропегова сюда переехал. Я только выразил ему вслух мое мнение, что, может, этого капитана Еропегова совсем никогда не существовало. Он и поднял дым коромыслом.

— Без сомнения, не существовало! — отрезал Ганя.

Но генерал стоял как ошеломленный и только бессмысленно озирался кругом. Слова сына поразили его своею чрезвычайною откровенностью. В первое мгновение он не мог даже и слов найти. И наконец, только когда Ипполит расхохотался на ответ Гани и прокричал: «Ну вот, слышали, собственный ваш сын тоже говорит, что никакого капитана Еропегова не было», — старик проболтал, совсем сбившись:

— Капитона Еропегова, а не капитана... Капитона... подполковник в отставке, Еропегов... Капитон.

— Да и Капитона не было! — совсем уж разозлился Ганя.

— По... почему не было? — пробормотал генерал, и краска бросилась ему в лицо.

— Да полноте! — унимали Птицын и Варя.

— Молчи, Ганька! — крикнул опять Коля.

Но заступничество как бы опамятовало и генерала.

— Как не было? Почему не существовало? — грозно вскинулся он на сына.

— Так, потому что не было. Не было, да и только, да совсем и не может быть! Вот вам. Отстаньте, говорю вам.

– И это сын... это мой родной сын, которого я... о боже! Еропегова, Ерошки Еропегова не было!

– Ну вот, то Ерошки, то Капитошки! – ввернул Ипполит.

– Капитошки, сударь, Капитошки, а не Ерошки! Капитон, Капитан Алексеевич, то бишь Капитон... подполковник... в отставке... женился на Марье... на Марье Петровне Су... Су... друг и товарищ... Сутуговой... с самого даже юнкерства. Я за него пролил... я заслонил... убит. Капитошки Еропегова не было! Не существовало!

Генерал кричал в азарте, но так, что можно было подумать, что дело шло об одном, а крик шел о другом. Правда, в другое время он, конечно, вынес бы что-нибудь и гораздо пообиднее известия о совершенном небытии Капитона Еропегова, покричал бы, затеял бы историю, вышел бы из себя, но все-таки в конце концов удалился бы к себе наверх спать. Но теперь, по чрезвычайной странности сердца человеческого, случилось так, что именно подобная обида, как сомнение в Еропегове, и должна была переполнить чашу. Старик побагровел, поднял руки и прокричал:

– Довольно! Проклятие мое... прочь из этого дома! Николай, неси мой сак, иду... прочь!

Он вышел, торопясь и в чрезвычайном гневе. За ним бросились Нина Александровна, Коля и Птицын.

– Ну, что ты наделал теперь! – сказала Варя брату. – Он опять, пожалуй, туда потащится. Сраму-то, сраму-то!

– А не воруй! – крикнул Ганя, чуть не захлебываясь от злости; вдруг взгляд его встретился с Ипполитом; Ганя чуть не затрясся.– А вам, милостивый государь, – крикнул он, – следовало бы помнить, что вы все-таки в чужом доме и... пользуетесь гостеприимством, а не раздражать старика, который очевидно с ума сошел...

Ипполита тоже как будто передернуло, но он мигом сдержал себя.

– Я не совсем с вами согласен, что ваш папаша с ума сошел, – спокойно ответил он, – мне кажется, напротив, что ему ума даже прибыло в последнее время, ей-богу; вы не верите? Такой стал осторожный, мнительный, всё-то выведывает, каждое слово взвешивает... Об этом Капитошке он со мной ведь с целью заговорил; представьте, он хотел навести меня на...

— Э, черт ли мне в том, на что он хотел вас навести! Прошу вас не хитрить и не вилять со мной, сударь! — взвизгнул Ганя. — Если вы тоже знаете настоящую причину, почему старик в таком состоянии (а вы так у меня шпионили в эти пять дней, что наверно знаете), то вам вовсе бы не следовало раздражать... несчастного и мучить мою мать преувеличением дела, потому что всё это дело вздор, одна только пьяная история, больше ничего, ничем даже не доказанная, и я вот во столечко ее не ценю... Но вам надо язвить и шпионить, потому что вы... вы...

— Винт, — усмехнулся Ипполит.

— Потому что вы дрянь, полчаса мучили людей, думая испугать их, что застрелитесь вашим незаряженным пистолетом, с которым вы так постыдно сбрендили, манкированный самоубийца, разлившаяся желчь... на двух ногах. Я вам гостеприимство дал, вы потолстели, кашлять перестали, и вы же платите...

— Два слова только, позвольте-с; я у Варвары Ардалионовны, а не у вас; вы мне не давали никакого гостеприимства, и я даже думаю, что вы сами пользуетесь гостеприимством господина Птицына. Четыре дня тому я просил мою мать отыскать в Павловске для меня квартиру и самой переехать, потому что я действительно чувствую себя здесь легче, хотя вовсе не потолстел и все-таки кашляю. Мать уведомила меня вчера вечером, что квартира готова, а я спешу вас уведомить с своей стороны, что, отблагодарив вашу маменьку и сестрицу, сегодня же переезжаю к себе, о чем и решил еще вчера вечером. Извините, я вас прервал; вам, кажется, хотелось еще много сказать.

— О, если так...— задрожал Ганя.

– А если так, то позвольте мне сесть, – прибавил Ипполит, преспокойно усаживаясь на стуле, на котором сидел генерал, – я ведь все-таки болен; ну, теперь готов вас слушать, тем более что это последний наш разговор и даже, может быть, последняя встреча.

Гане вдруг стало совестно.

– Поверьте, что я не унижусь до счетов с вами, – сказал он, – и если вы...

– Напрасно вы так свысока, – прервал Ипполит, – я, с своей стороны, еще в первый день переезда моего сюда, дал себе слово не отказать себе в удовольствии отчеканить вам всё, и совершенно откровеннейшим образом, когда мы будем прощаться. Я намерен это исполнить именно теперь, после вас, разумеется.

– А я прошу вас оставить эту комнату.

– Лучше говорите, ведь будете раскаиваться, что не высказались.

– Перестаньте, Ипполит; всё это ужасно стыдно; сделайте одолжение, перестаньте! – сказала Варя.

– Разве только для дамы, – рассмеялся Ипполит, вставая. – Извольте, Варвара Ардалионовна, для вас я готов сократить, но только сократить, потому что некоторое объяснение между мной и вашим братцем стало совершенно необходимым, а я ни за что не решусь уйти, оставив недоумения.

– Просто-запросто вы сплетник, – вскричал Ганя, – оттого и не решаетесь без сплетен уйти.

– Вот видите, – хладнокровно заметил Ипполит, – вы уж и не удержались. Право, будете раскаиваться, что не высказались. Еще раз уступаю вам слово. Я подожду.

Гаврила Ардалионович молчал и смотрел презрительно.

– Не хотите. Выдержать характер намерены, – воля ваша. С своей стороны, буду краток по возможности. Два или три раза услышал я сегодня упрек в гостеприимстве; это несправедливо. Приглашая меня к себе, вы сами меня ловили в сети; вы рассчитывали, что я хочу отмстить князю. Вы услышали к тому же, что Аглая Ивановна изъявила ко мне участие и прочла мою исповедь. Рассчитывая почему-то, что я весь так и передамся в ваши интересы, вы надеялись, что, может быть, найдете во мне подмогу. Я не объясняюсь подробнее! С вашей стороны тоже не требую ни признания, ни подтверждения; довольно того, что я вас оставляю с вашею совестью и что мы отлично понимаем теперь друг друга.

— Но вы бог знает что из самого обыкновенного дела делаете! — вскричала Варя.

— Я сказал тебе: сплетник и мальчишка, — промолвил Ганя.

— Позвольте, Варвара Ардалионовна, я продолжаю. Князя я, конечно, не могу ни любить, ни уважать; но это человек решительно добрый, хотя и... смешной. Но ненавидеть мне его было бы совершенно не за что; я не подал виду вашему братцу, когда он сам подстрекал меня против князя; я именно рассчитывал посмеяться при развязке. Я знал, что ваш брат мне проговорится и промахнется в высшей степени. Так и случилось... Я готов теперь пощадить его, но единственно из уважения к вам, Варвара Ардалионовна. Но, разъяснив вам, что меня не так-то легко поймать на удочку, я разъясню вам и то, почему мне так хотелось поставить вашего братца пред собой в дураки. Знайте, что я исполнил это из ненависти, сознаюсь откровенно. Умирая (потому что я все-таки умру, хоть и потолстел, как вы уверяете), умирая, я почувствовал, что уйду в рай несравненно спокойнее, если успею одурачить хоть одного представителя того бесчисленного сорта людей, который преследовал меня всю мою жизнь, который я ненавидел всю мою жизнь и которого таким выпуклым изображением служит многоуважаемый брат ваш. Ненавижу я вас, Гаврила Ардалионович, единственно за то, — вам это, может быть, покажется удивительным, — *единственно* за то, что вы тип и воплощение, олицетворение и верх самой наглой, самой самодовольной, самой пошлой и гадкой ординарности! Вы ординарность напыщенная, ординарность несомневающаяся и олимпически успокоенная; вы рутина из рутин! Ни малейшей собственной идее не суждено воплотиться ни в уме, ни в сердце вашем никогда. Но вы завистливы бесконечно; вы твердо убеждены, что вы величайший гений, но сомнение все-таки посещает вас иногда в черные минуты, и вы злитесь и завидуете. О, у вас есть еще черные точки на горизонте; они пройдут, когда вы поглупеете окончательно, что недалеко; но все-таки вам предстоит длинный и разнообразный путь, не скажу веселый, и этому рад. Во-первых, предрекаю вам, что вы не достигнете известной особы...

– Ну, это невыносимо! – вскричала Варя.– Кончите ли вы, противная злючка?

Ганя побледнел, дрожал и молчал. Ипполит остановился, пристально и с наслаждением посмотрел на него, перевел свои глаза на Варю, усмехнулся, поклонился и вышел, не прибавив более ни единого слова.

Гаврила Ардалионович справедливо мог бы пожаловаться на судьбу и неудачу. Некоторое время Варя не решалась заговорить с ним, даже не взглянула на него, когда он шагал мимо нее крупными шагами; наконец он отошел к окну и стал к ней спиной. Варя думала о русской пословице: палка о двух концах. Наверху опять послышался шум.

– Идешь? – обернулся к ней вдруг Ганя, заслышав, что она встает с места. – Подожди; посмотри-ка это.

Он подошел и кинул пред нею на стул маленькую бумажку, сложенную в виде маленькой записочки.

– Господи! – вскричала Варя и всплеснула руками.

В записке было ровно семь строк:

«Гаврила Ардалионович! Убедившись в вашем добром расположении ко мне, решаюсь спросить вашего совета в одном важном для меня деле. Я желала бы встретить вас завтра, ровно в семь часов утра, на зеленой скамейке. Это недалеко от нашей дачи. Варвара Ардалионовна, которая *непременно* должна сопровождать вас, очень хорошо знает это место.

А. Е.».

– Поди считайся с ней после этого! – развела руками Варвара Ардалионовна.

Как ни хотелось пофанфаронить в эту минуту Гане, но не мог же он не выказать своего торжества, да еще после таких унизительных предреканий Ипполита. Самодовольная улыбка откровенно засияла на его лице, да и Варя сама вся просветлела от радости.

– И это в тот самый день, когда у них объявляют о помолвке! Поди считайся с ней после этого!

– Как ты думаешь, о чем она завтра говорить собирается? – спросил Ганя.

– Это всё равно, главное, видеться пожелала после шести месяцев в первый раз. Слушай же меня, Ганя: что бы там ни было, как бы ни обернулось, знай, что это *важно*! Слишком это важно! Не фанфаронь опять, не дай опять промаха, но и не струсь, смотри! Могла ли она не раскусить, зачем я полгода таскалась туда? И представь: ни слова мне не сказала сегодня, виду не подала. Я ведь и зашла-то к ним контрабандой, старуха не знала, что я сижу, а то, пожалуй, и прогнала бы. На риск для тебя ходила, во что бы ни стало узнать...

Опять крик и шум послышались сверху; несколько человек сходили с лестницы.

– Ни за что теперь этого не допускать! – вскричала Варя впопыхах и испуганная, – чтоб и тени скандала не было! Ступай, прощения проси!

Но отец семейства был уже на улице. Коля тащил за ним сак. Нина Александровна стояла на крыльце и плакала; она хотела было бежать за ним, но Птицын удержал ее.

— Вы только еще более поджигаете его этим, — говорил он ей, — некуда ему идти, чрез полчаса его опять приведут, я с Колей уже говорил; дайте подурачиться.

— Что куражитесь-то, куда пойдете-то! — закричал Ганя из окна, — и идти-то вам некуда!

— Воротитесь, папаша! — крикнула Варя. — Соседи слышат.

Генерал остановился, обернулся, простер свою руку и воскликнул:

— Проклятие мое дому сему!

— И непременно на театральный тон! — пробормотал Ганя, со стуком запирая окно.

Соседи действительно слушали. Варя побежала из комнаты.

Когда Варя вышла, Ганя взял со стола записку, поцеловал ее, прищелкнул языком и сделал антраша.

III

Суматоха с генералом во всякое другое время кончилась бы ничем. И прежде бывали с ним случаи внезапной блажни в этом же роде, хотя и довольно редко, потому что, вообще говоря, это был человек очень смирный и с наклонностями почти добрыми. Он сто раз, может быть, вступал в борьбу с овладевшим им в последние годы беспорядком. Он вдруг вспоминал, что он «отец семейства», мирился с женой, плакал искренно. Он до обожания уважал Нину Александровну за то, что она так много и молча прощала ему и любила его даже в его шутовском и унизительном виде. Но великодушная борьба с беспорядком обыкновенно продолжалась недолго; генерал был тоже человек слишком «порывчатый», хотя и в своем роде; он обыкновенно не выносил покаянного и праздного житья в своем семействе и кончал бунтом; впадал в азарт, в котором сам, может быть, в те же самые минуты и упрекал себя, но выдержать не мог: ссорился, начинал говорить пышно и красноречиво, требовал безмерного и невозможного к себе почтения и в конце концов исчезал из дому, иногда даже на долгое время. В последние два года про дела своего семейства он знал разве только вообще или понаслышке; подробнее же перестал в них входить, не чувствуя к тому ни малейшего призвания.

Но на этот раз в «суматохе с генералом» проявилось нечто необыкновенное: все как будто про что-то знали и все как будто боялись про что-то сказать. Генерал «формально» явился в семейство, то есть к Нине Александровне, всего только три дня назад, но как-то не смиренно и не с покаянием, как это случалось всегда при прежних «явках», а напротив – с необыкновенною раздражительностью. Он был говорлив, беспокоен, заговаривал со всеми встречавшимися с ним с жаром и как будто так и набрасываясь на человека, но всё о предметах до того разнообразных и неожиданных, что никак нельзя было добиться, что, в сущности, его так теперь беспокоит. Минутами бывал весел, но чаще задумывался, сам, впрочем, не зная, о чем именно; вдруг начинал о чем-то рассказывать – о Епанчиных, о князе и Лебедеве, – и вдруг обрывал и переставал совсем говорить, а на дальнейшие вопросы отвечал только тупою улыбкой, впрочем даже и не замечая, что его спрашивают, а он улыбается. Последнюю ночь он провел охая и стоная и измучил Нину Александровну, которая всю ночь грела ему для чего-то припарки; под утро вдруг заснул, проспал четыре часа и проснулся в сильнейшем и беспорядочном припадке ипохондрии, который и кончился ссорой с Ипполитом и «проклятием дому сему». Заметили тоже, что в эти три дня он беспрерывно впадал в сильнейшее честолюбие, а вследствие того и в необыкновенную обидчивость. Коля же настаивал, уверяя мать, что всё это тоска по хмельном, а может, и по Лебедеве, с которым генерал необыкновенно сдружился в последнее время. Но три дня тому назад с Лебедевым он вдруг поссорился и разошелся в ужасной ярости; даже с князем была какая-то сцена. Коля просил у князя объяснения и стал наконец подозревать, что и тот чего-то как бы не хочет сказать ему. Если и происходил, как предполагал с совершенною вероятностью Ганя, какой-нибудь особенный разговор между Ипполитом и Ниной Александровной, то странно, что этот злой господин, которого Ганя так прямо назвал сплетником, не нашел удовольствия вразумить таким же образом и Колю. Очень может быть, что это был не такой уже злой «мальчишка», каким его очерчивал Ганя, говоря с сестрой, а злой какого-нибудь другого сорта; да и Нине Александровне вряд ли он сообщил какое-нибудь свое наблюдение единственно для того только, чтобы «разорвать ей сердце». Не забудем, что причины действий человеческих обыкновенно бесчисленно сложнее и разнообразнее, чем мы их всегда потом объясняем, и редко определенно очерчиваются. Всего лучше иногда рассказчику ограничиваться простым изложением событий. Так и поступим мы при дальнейшем разъяснении теперешней катастрофы с генералом; ибо как мы ни бились, а поставлены в решительную необходимость уделить и этому второстепенному лицу нашего рассказа несколько более внимания и места, чем до сих пор предполагали.

События эти следовали одно за другим в таком порядке:

Когда Лебедев, после поездки своей в Петербург для разыскания Фердыщенки, воротился в тот же день назад, вместе с генералом, то ничего особенного не сообщил князю. Если бы князь не был в то время слишком отвлечен и занят другими важными для него впечатлениями, то он мог бы скоро заметить, что и в следовавшие затем два дня Лебедев не только не представил ему никаких разъяснений, но даже, напротив, как бы сам избегал почему-то встречи с ним. Обратив наконец на это внимание, князь подивился, что в эти два дня, при случайных встречах с Лебедевым, он припоминал его не иначе как в самом сияющем расположении духа, и всегда почти вместе с генералом. Оба друга не расставались уже ни на минуту. Князь слышал иногда доносившиеся к нему сверху громкие и быстрые разговоры, хохотливый, веселый спор; даже раз, очень поздно вечером, донеслись к нему звуки внезапно и неожиданно раздавшейся военно-вакхической песни, и он тотчас же узнал сиплый бас генерала. Но раздавшаяся песня не состоялась и вдруг смолкла. Затем около часа еще продолжался сильно одушевленный и по всем признакам пьяный разговор. Угадать можно было, что забавлявшиеся наверху друзья обнимались и кто-то наконец заплакал. Затем вдруг последовала сильная ссора, тоже быстро и скоро замолкшая. Всё это время Коля был в какомто особенно озабоченном настроении. Князь большею частью не бывал дома и возвращался к себе иногда очень поздно; ему всегда докладывали, что Коля весь день искал его и спрашивал. Но при встречах Коля ничего не мог сказать особенного, кроме того, что решительно «недоволен» генералом и теперешним его поведением: «Таскаются, пьянствуют здесь недалеко в трактире, обнимаются и бранятся на улице, поджигают друг друга и расстаться не могут». Когда князь заметил ему, что и прежде то же самое чуть не каждый день было, то Коля решительно не знал, что на это ответить и как объяснить, в чем именно заключается настоящее его беспокойство.

Наутро, после вакхической песни и ссоры, когда князь, часов около одиннадцати, выходил из дому, пред ним вдруг явился генерал, чрезвычайно чем-то взволнованный, почти потрясенный.

— Давно искал чести и случая встретить вас, многоуважаемый Лев Николаевич, давно, очень давно, — пробормотал он, чрезвычайно крепко, почти до боли сжимая руку князя, — очень, очень давно.

Князь попросил садиться.

– Нет, не сяду, к тому же я вас задерживаю, я в другой раз. Кажется, я могу при этом поздравить с... исполнением... желаний сердца.

– Каких желаний сердца?

Князь смутился. Ему, как и очень многим в его положении, казалось, что решительно никто ничего не видит, не догадывается и не понимает.

– Будьте покойны, будьте покойны! Не потревожу деликатнейших чувств. Сам испытывал и сам знаю, когда чужой... так сказать, нос... по пословице... лезет туда, куда его не спрашивают. Я это каждое утро испытываю. Я по другому делу пришел, по важному. По очень важному делу, князь.

Князь еще раз попросил сесть и сел сам.

– Разве на одну секунду... Я пришел за советом. Я, конечно, живу без практических целей, но, уважая самого себя и... деловитость, в которой так манкирует русский человек, говоря вообще... желаю поставить себя, и жену мою, и детей моих в положение... одним словом, князь, я ищу совета.

Князь с жаром похвалил его намерение.

– Ну, это всё вздор, – быстро прервал генерал, – я, главное, не о том, я о другом, и о важном. И именно решился разъяснить вам, Лев Николаевич, как человеку, в искренности приема и в благородстве чувств которого я уверен, как... как... Вы не удивляетесь моим словам, князь?

Князь если не с особенным удивлением, то с чрезвычайным вниманием и любопытством следил за своим гостем. Старик был несколько бледен, губы его иногда слегка вздрагивали, руки как бы не могли найти спокойного места. Он сидел только несколько минут и уже раза два успел для чего-то вдруг подняться со стула и вдруг опять сесть, очевидно не обращая ни малейшего внимания на свои маневры. На столе лежали книги; он взял одну, продолжая говорить, заглянул в развернутую страницу, тотчас же опять сложил и положил на стол, схватил другую книгу, которую уже не развертывал, а продержал всё остальное время в правой руке, беспрерывно махая ею по воздуху.

— Довольно! — вскричал он вдруг. — Вижу, что я вас сильно обеспокоил.

— Да нисколько же, помилуйте, сделайте одолжение, я, напротив, вслушиваюсь и желаю догадаться...

— Князь! Я желаю поставить себя в положение уважаемое... я желаю уважать самого себя и... права мои.

— Человек с таким желанием уже тем одним достоин всякого уважения.

Князь высказал свою фразу из прописей в твердой уверенности, что она произведет прекрасное действие. Он как-то инстинктивно догадался, что какою-нибудь подобною пустозвонною, но приятною фразой, сказанною кстати, можно вдруг покорить и умирить душу такого человека и особенно в таком положении, как генерал. Во всяком случае, надо было отпустить такого гостя с облегченным сердцем, и в том была задача.

Фраза польстила, тронула и очень понравилась: генерал вдруг расчувствовался, мгновенно переменил тон и пустился в восторженно-длинные объяснения. Но как ни напрягался князь, как ни вслушивался, он буквально ничего не мог понять. Генерал говорил минут десять, горячо, быстро, как бы не успевая выговаривать свои теснившиеся толпой мысли; даже слезы заблистали под конец в его глазах, но все-таки это были одни фразы без начала и конца, неожиданные слова и неожиданные мысли, быстро и неожиданно прорывавшиеся и перескакивавшие одна чрез другую.

— Довольно! Вы меня поняли, и я спокоен, — заключил он вдруг, вставая, — сердце, как ваше, не может не понять страждущего. Князь, вы благородны, как идеал! Что пред вами другие? Но вы молоды, и я благословляю вас. В конце концов я пришел вас просить назначить мне час для важного разговора, и вот в чем главнейшая надежда моя. Я ищу одной дружбы и сердца, князь; я никогда не мог сладить с требованиями моего сердца.

– Но почему же не сейчас? Я готов выслушать...

– Нет, князь, нет! – горячо прервал генерал, – не сейчас! Сейчас есть мечта! Это слишком, слишком важно, слишком важно! Этот час разговора будет часом окончательной судьбы. Это будет час *мой*, и я бы не желал, чтобы нас мог прервать в такую святую минуту первый вошедший, первый наглец, и нередко такой наглец, – нагнулся он вдруг к князю со странным, таинственным и почти испуганным шепотом, – такой наглец, который не стоит каблука... с ноги вашей, возлюбленный князь! О, я не говорю: с моей ноги! Особенно заметьте себе, что я не упоминал про мою ногу; ибо слишком уважаю себя, чтобы высказать это без обиняков; но только вы один и способны понять, что, отвергая в таком случае и мой каблук, я выказываю, может быть, чрезвычайную гордость достоинства. Кроме вас, никто другой не поймет, а *он* во главе всех других. *Он* ничего не понимает, князь; совершенно, совершенно не способен понять! Нужно иметь сердце, чтобы понять!

Под конец князь почти испугался и назначил генералу свидание на завтра в этот же час. Тот вышел с бодростью, чрезвычайно утешенный и почти успокоенный. Вечером, в седьмом часу, князь послал попросить к себе на минутку Лебедева.

Лебедев явился с чрезвычайною поспешностью, «за честь почитая», как он тотчас же и начал при входе; как бы и тени не было того, что он три дня точно прятался и видимо избегал встречи с князем. Он сел на край стула, с гримасами, с улыбками, со смеющимися и выглядывающими глазками, с потиранием рук и с видом наивнейшего ожидания что-нибудь услышать вроде какого-нибудь капитального сообщения, давно ожидаемого и всеми угаданного. Князя опять покоробило; ему становилось ясным, что все вдруг стали чего-то ждать от него, что все взглядывают на него, как бы желая его с чем-то поздравить, с намеками, улыбками и подмигиваниями. Келлер уже раза три забегал на минутку, и тоже с видимым желанием поздравить: начинал каждый раз восторженно и неясно, ничего не оканчивал и быстро стушевывался. (Он где-то особенно сильно запил в последние дни и гремел в какой-то биллиардной.) Даже Коля, несмотря на свою грусть, тоже начинал раза два о чем-то неясно заговаривать с князем.

Князь прямо и несколько раздражительно спросил Лебедева, что думает он о теперешнем состоянии генерала и почему тот в таком беспокойстве? В нескольких словах он рассказал ему давешнюю сцену.

– Всякий имеет свое беспокойство, князь, и... особенно в наш странный и беспокойный век-с; так-с, – с некоторою сухостью ответил Лебедев и обиженно замолк, с видом человека, сильно обманутого в своих ожиданиях.

– Какая философия! – усмехнулся князь.

– Философия нужна-с, очень бы нужна была-с в нашем веке, в практическом приложении, но ею пренебрегают-с, вот что-с. С моей стороны, многоуважаемый князь, я хоть и бывал почтен вашею ко мне доверчивостью в некотором известном вам пункте-с, но до известной лишь степени и никак не далее обстоятельств, касавшихся собственно одного того пункта... Это я понимаю и нисколько не жалуюсь.

– Лебедев, вы как будто за что-то сердитесь?

– Нисколько, нимало, многоуважаемый и лучезарнейший князь, нимало! – восторженно вскричал Лебедев, прикладывая руку к сердцу, – а, напротив, именно и тотчас постиг, что ни положением в свете, ни развитием ума и сердца, ни накоплением богатств, ни прежним поведением моим, ниже познаниями, – ничем вашей почтенной и высоко предстоящей надеждам моим доверенности не заслуживаю; а что если и могу служить вам, то как раб и наемщик, не иначе... я не сержусь, а грущу-с.

– Лукьян Тимофеич, помилуйте!

– Не иначе! Так и теперь, так и в настоящем случае! Встречая вас и следя за вами сердцем и мыслью, говорил сам себе: дружеских сообщений я недостоин, но в качестве хозяина квартиры, может быть, и могу получить в надлежащее время, к ожидаемому сроку, так сказать, предписание, или много что уведомление, ввиду известных предстоящих и ожидаемых изменений...

Выговаривая это, Лебедев так и впился своими востренькими глазками в глядевшего на него с изумлением князя; он всё еще был в надежде удовлетворить свое любопытство.

– Решительно ничего не понимаю, – вскричал князь чуть ли не с гневом, – и... вы ужаснейший интриган! – рассмеялся он вдруг самым искренним смехом.

Мигом рассмеялся и Лебедев, и просиявший взгляд его так и выразил, что надежды его прояснились и даже удвоились.

– И знаете, что я вам скажу, Лукьян Тимофеич? Вы только на меня не сердитесь, а я удивляюсь вашей наивности, да и не одной вашей! Вы с такою наивностью чего-то от меня ожидаете, вот именно теперь, в эту минуту, что мне даже совестно и стыдно пред вами, что у меня нет ничего, чтоб удовлетворить вас; но клянусь же вам, что решительно нет ничего, можете себе это представить!

Князь опять засмеялся.

Лебедев приосанился. Это правда, что он бывал иногда даже слишком наивен и назойлив в своем любопытстве; но в то же время это был человек довольно хитрый и извилистый, а в некоторых случаях даже слишком коварно-молчаливый; беспрерывными отталкиваниями князь почти приготовил в нем себе врага. Но отталкивал его князь не потому, что его презирал, а потому, что тема любопытства его была деликатна. На некоторые мечты свои князь смотрел еще назад тому несколько дней как на преступление, а Лукьян Тимофеич принимал отказы князя за одно лишь личное к себе отвращение и недоверчивость, уходил с сердцем уязвленным и ревновал к князю не только Колю и Келлера, но даже собственную дочь свою, Веру Лукьяновну. Даже в самую эту минуту он, может быть, мог бы и желал искренно сообщить князю одно в высшей степени интересное для князя известие, но мрачно замолк и не сообщил.

— Чем же, собственно, могу услужить вам, многоуважаемый князь, так как все-таки вы меня теперь... кликнули? — проговорил он наконец после некоторого молчания.

— Да вот я, собственно, о генерале, — встрепенулся князь, тоже на минутку задумавшийся, — и... насчет вашей этой покражи, о которой вы мне сообщили...

— Это насчет чего же-с?

— Ну вот, точно вы теперь меня и не понимаете! Ах, боже, что, Лукьян Тимофеич, у вас всё за роли! Деньги, деньги, четыреста рублей, которые вы тогда потеряли, в бумажнике, и про которые приходили сюда рассказывать, поутру, отправляясь в Петербург, — поняли наконец?

— Ах, это вы про те четыреста рублей! — протянул Лебедев, точно лишь сейчас только догадался. — Благодарю вас, князь, за ваше искреннее участие; оно слишком для меня лестно, но... я их нашел-с, и давно уже.

— Нашли! Ах, слава богу!

— Восклицание с вашей стороны благороднейшее, ибо четыреста рублей — слишком немаловажное дело для бедного, живущего тяжким трудом человека, с многочисленным семейством сирот...

— Да я ведь не про то! Конечно, я и тому рад, что вы нашли, — поправился поскорее князь, — но... как же вы нашли?

— Чрезвычайно просто-с, нашел под стулом, на котором был повешен сюртук, так что, очевидно, бумажник скользнул из кармана на пол.

— Как под стул? Не может быть, ведь вы же мне говорили, что во всех углах обыскивали; как же вы в этом самом главном месте просмотрели?

— То-то и есть что смотрел-с! Слишком, слишком хорошо помню, что смотрел-с! На карачках ползал, щупал на этом месте руками, отставив стул, собственным глазам своим не веруя: и вижу, что нет ничего, пустое и гладкое место, вот как моя ладонь-с, а все-таки продолжаю щупать. Подобное малодушие-с всегда повторяется с человеком, когда уж очень хочется отыскать... при значительных и печальных пропажах-с: и видит, что нет ничего, место пустое, а все-таки раз пятнадцать в него заглянет.

– Да, положим; только как же это, однако?.. Я всё не понимаю, – бормотал князь, сбитый с толку, – прежде, вы говорили, тут не было, и вы на этом месте искали, а тут вдруг очутилось?

– А тут вдруг и очутилось-с.

Князь странно посмотрел на Лебедева.

– А генерал? – вдруг спросил он.

– То есть что же-с генерал-с? – не понял опять Лебедев.

– Ах, боже мой! Я спрашиваю, что сказал генерал, когда вы отыскали под стулом бумажник? Ведь вы же вместе прежде отыскивали.

– Прежде вместе-с. Но в этот раз я, признаюсь, промолчал-с и предпочел не объявлять ему, что бумажник уже отыскан мною, наедине.

– По... почему же? А деньги целы?

– Я раскрывал бумажник; все целы, до единого даже рубля-с.

– Хоть бы мне-то пришли сказать, – задумчиво заметил князь.

– Побоялся лично обеспокоить, князь, при ваших личных и, может быть, чрезвычайных, так сказать, впечатлениях; а кроме того, я и сам-то-с принял вид, что как бы и не находил ничего. Бумажник развернул, осмотрел, потом закрыл да и опять под стул положил.

– Да для чего же?

– Т-так-с; из дальнейшего любопытства-с, – хихикнул вдруг Лебедев, потирая руки.

– Так он и теперь там лежит, с третьего дня?

– О нет-с; пролежал только сутки. Я, видите ли, отчасти хотел, чтоб и генерал отыскал-с. Потому что, если я наконец нашел, так почему же и генералу не заметить предмет, так сказать бросающийся в глаза, торчащий из-под стула. Я несколько раз поднимал этот стул и переставлял, так что бумажник уже совсем на виду оказывался, но генерал никак не замечал, и так продолжалось целые сутки. Очень уж он, видно, рассеян теперь, и не разберешь; говорит, рассказывает, смеется, хохочет, а то вдруг ужасно на меня рассердится, не знаю почему-с. Стали мы наконец выходить из комнаты, я дверь нарочно отпертою и оставляю; он таки поколебался, хотел что-то сказать, вероятно за бумажник с такими деньгами испугался, но ужасно вдруг рассердился и ничего не сказал-с; двух шагов по улице не прошли, он меня бросил и ушел в другую сторону. Вечером только в трактире сошлись.

– Но наконец вы все-таки взяли из-под стула бумажник?

– Нет-с; в ту же ночь он из-под стула пропал-с.

– Так где же он теперь-то?

– Да здесь-с, – засмеялся вдруг Лебедев, подымаясь во весь рост со стула и приятно смотря на князя, – очутился вдруг здесь, в поле собственного моего сюртука. Вот, извольте сами посмотреть, ощупайте-с.

Действительно, в левой поле сюртука, прямо спереди, на самом виду, образовался как бы целый мешок, и на ощупь тотчас же можно было угадать, что тут кожаный бумажник, провалившийся туда из прорвавшегося кармана.

– Вынимал и смотрел-с, всё цело-с. Опять опустил и так со вчерашнего утра и хожу, в поле ношу, по ногам даже бьет.

– А вы и не примечаете?

– А я и не примечаю-с, хе-хе! И представьте себе, многоуважаемый князь, – хотя предмет и недостоин такого особенного внимания вашего, – всегда-то карманы у меня целехоньки, а тут вдруг в одну ночь такая дыра!

Стал высматривать любопытнее, — как бы перочинным ножичком кто прорезал; невероятно почти-с?

— А... генерал?

— Целый день сердился, и вчера и сегодня; ужасно недоволен-с; то радостен и вакхичен даже до льстивости, то чувствителен даже до слез, а то вдруг рассердится, да так, что я даже и струшу-с, ей-богу-с; я, князь, все-таки человек не военный-с. Вчера в трактире сидим, а у меня как бы невзначай пола выставилась на самый вид, гора горой; косится он, сердится. Прямо в глаза он мне теперь давно уже не глядит-с, разве когда уж очень хмелен или расчувствуется; но вчера раза два так поглядел, что просто мороз по спине прошел. Я, впрочем, завтра намерен бумажник найти, а до завтра еще с ним вечерок погуляю.

— За что вы так его мучаете? — вскричал князь.

— Не мучаю, князь, не мучаю, — с жаром подхватил Лебедев, — я искренно его люблю-с и... уважаю-с; а теперь, вот верьте не верьте, он еще дороже мне стал-с; еще более стал ценить-с!

Лебедев проговорил всё это до того серьезно и искренно, что князь пришел даже в негодование.

— Любите, а так мучаете! Помилуйте, да уж тем одним, что он так на вид положил вам пропажу, под стул да в сюртук, уж этим одним он вам прямо показывает, что не хочет с вами хитрить, а простодушно у вас прощения просит. Слышите: прощения просит! Он на деликатность чувств ваших, стало быть, надеется; стало быть, верит в дружбу вашу к нему. А вы до такого унижения доводите такого... честнейшего человека!

— Честнейшего, князь, честнейшего! — подхватил Лебедев, сверкая глазами, — и именно только вы одни, благороднейший князь, в состоянии были такое справедливое слово сказать! За это-то я и предан вам даже до обожания-с, хоть и прогнил от разных пороков! Решено! Отыскиваю бумажник теперь же, сейчас же, а не завтра; вот, вынимаю его в ваших глазах-с; вот он; вот и деньги все налицо; вот, возьмите, благороднейший князь, возьмите и сохраните до завтра. Завтра или послезавтра возьму-с; а знаете, князь, очевидно, что у меня где-нибудь в садике, под камушком, пролежали в первую-то ночь пропажи-с; как вы думаете?

— Смотрите же, не говорите ему так прямо в глаза, что бумажник нашли. Пусть просто-запросто он увидит, что в поле больше нет ничего, и поймет.

— Так ли-с? Не лучше ли сказать, что нашел-с, и притвориться, что до сих пор не догадывался?

— Н-нет, — задумался князь, — н-нет, теперь уже поздно; это опаснее; право, лучше не говорите! А с ним будьте ласковы, но... не слишком делайте вид, и... и... знаете...

— Знаю, князь, знаю, то есть знаю, что, пожалуй, и не выполню; ибо тут надо сердце такое, как ваше, иметь. Да к тому же и сам раздражителен и повадлив, слишком уж он свысока стал со мной иногда теперь обращаться; то хнычет и обнимается, а то вдруг начнет унижать и презрительно издеваться; ну, тут я возьму да нарочно полу-то и выставлю, хе-хе! До свиданья, князь, ибо очевидно задерживаю и мешаю, так сказать, интереснейшим чувствам...

— Но, ради бога, прежний секрет!

— Тихими стопами-с, тихими стопами-с!

Но хоть дело было и кончено, а князь остался озабочен чуть ли не более прежнего. Он с нетерпением ждал завтрашнего свидания с генералом.

IV

Назначенный час был двенадцатый, но князь совершенно неожиданно опоздал. Воротясь домой, он застал у себя ожидавшего его генерала. С первого взгляда заметил он, что тот недоволен, и, может быть, именно тем, что пришлось подождать. Извинившись, князь поспешил сесть, но как-то странно робея, точно гость его был фарфоровый, а он поминутно боялся его разбить. Прежде он никогда не робел с генералом, да и в ум не приходило робеть. Скоро князь разглядел, что это совсем другой человек, чем вчера: вместо смятения и рассеянности проглядывала какая-то необыкновенная сдержанность; можно было заключить, что это человек, на что-то решившийся окончательно. Спокойствие, впрочем, было более наружное, чем на самом деле. Но во всяком случае, гость был даже благородно-развязен, хотя и со сдержанным достоинством; даже вначале обращался с князем как бы с видом некоторого снисхождения, — именно так, как бывают иногда благородно-развязны иные гордые, но несправедливо обиженные люди. Говорил ласково, хотя и не без некоторого прискорбия в выговоре.

— Ваша книга, которую я брал у вас намедни, — значительно кивнул он на принесенную им и лежащую на столе книгу, — благодарен.

— Ах да; прочли вы эту статью, генерал? Как вам понравилась? Ведь любопытна? — обрадовался князь возможности поскорее начать разговор попостороннее.

— Любопытно, пожалуй, но грубо и, конечно, вздорно. Может, и ложь на каждом шагу.

Генерал говорил с апломбом и даже немного растягивая слова.

— Ах, это такой простодушный рассказ; рассказ старого солдата-очевидца о пребывании французов в Москве; некоторые вещи прелесть. К тому же всякие записки очевидцев драгоценность, даже кто бы ни был очевидец. Не правда ли?

— На месте редактора я бы не напечатал; что же касается вообще до записок очевидцев, то поверят скорее грубому лгуну, но забавнику, чем человеку достойному и заслуженному. Я знаю некоторые записки о двенадцатом годе, которые... Я принял решение, князь, я оставляю этот дом — дом господина Лебедева.

Генерал значительно поглядел на князя.

— Вы имеете свою квартиру, в Павловске, у... у дочери вашей... — проговорил князь, не зная, что сказать. Он вспомнил, что ведь генерал пришел за советом по чрезвычайному делу, от которого зависит судьба его.

– У моей жены; другими словами, у себя и в доме моей дочери.

– Извините, я...

– Я оставляю дом Лебедева потому, милый князь, потому, что с этим человеком порвал; порвал вчера вечером, с раскаянием, что не раньше. Я требую уважения, князь, и желаю получать его даже и от тех лиц, которым дарю, так сказать, мое сердце. Князь, я часто дарю мое сердце и почти всегда бываю обманут. Этот человек был недостоин моего подарка.

– В нем много беспорядка, – сдержанно заметил князь, – и некоторые черты... но среди всего этого замечается сердце, хитрый, а иногда и забавный ум.

Утонченность выражений, почтительный тон видимо польстили генералу, хотя он всё еще иногда взглядывал со внезапною недоверчивостью. Но тон князя был так натурален и искренен, что невозможно было усомниться.

– Что в нем есть и хорошие качества, – подхватил генерал, – то я первый заявил об этом, чуть не подарив этому индивидууму дружбу мою. Не нуждаюсь же я в его доме и в его гостеприимстве, имея собственное семейство. Я свои пороки не оправдываю; я невоздержан; я пил с ним вино и теперь, может быть, плачу об этом. Но ведь не для одного же питья (извините, князь, грубость откровенности в человеке раздраженном), не для одного же питья я связался с ним? Меня именно прельстили, как вы говорите, качества. Но всё до известной черты, даже и качества; и если он вдруг, в глаза, имеет дерзость уверять, что в двенадцатом году, еще ребенком, в детстве, он лишился левой своей ноги и похоронил ее на Ваганьковском кладбище, в Москве, то уж это заходит за пределы, являет неуважение, показывает наглость...

– Может быть, это была только шутка для веселого смеха.

— Понимаю-с. Невинная ложь для веселого смеха, хотя бы и грубая, не обижает сердца человеческого. Иной и лжет-то, если хотите, из одной только дружбы, чтобы доставить тем удовольствие собеседнику; но если просвечивает неуважение, если именно, может быть, подобным неуважением хотят показать, что тяготятся связью, то человеку благородному остается лишь отвернуться и порвать связь, указав обидчику его настоящее место.

Генерал даже покраснел, говоря.

— Да Лебедев и не мог быть в двенадцатом году в Москве, он слишком молод для этого; это смешно.

— Во-первых, это; но, положим, он тогда уже мог родиться; но как же уверять в глаза, что французский шассёр навел на него пушку и отстрелил ему ногу, так, для забавы; что он ногу эту поднял и отнес домой, потом похоронил ее на Ваганьковском кладбище и говорит, что поставил над нею памятник с надписью с одной стороны: «Здесь погребена нога коллежского секретаря Лебедева», а с другой: «Покойся, милый прах, до радостного утра», и что, наконец, служит ежегодно по ней панихиду (что уже святотатство) и для этого ежегодно ездит в Москву. В доказательство же зовет в Москву, чтобы показать и могилу, и даже ту самую французскую пушку в Кремле, попавшую в плен; уверяет, что одиннадцатая от ворот, французский фальконет прежнего устройства.

— И притом же ведь у него обе ноги целы, на виду! — засмеялся князь. — Уверяю вас, что это невинная шутка; не сердитесь.

— Но позвольте же и мне понимать-с; насчет ног на виду, — то это еще, положим, не совсем невероятно; уверяет, что нога черносвитовская...

— Ах да, с черносвитовскою ногой, говорят, танцевать можно.

— Совершенно знаю-с; Черносвитов, изобретя свою ногу, первым делом тогда забежал ко мне показать. Но черносвитовская нога изобретена несравненно позже... И к тому же уверяет, что даже покойница жена его в продолжение всего их брака не знала, что у него, у мужа ее, деревянная нога. «Если ты, говорит, когда я заметил ему все нелепости, – если ты в двенадцатом году был у Наполеона в камер-пажах, то и мне позволь похоронить ногу на Ваганьковском».

– А разве вы... – начал было князь и смутился.

Генерал посмотрел на князя решительно свысока и чуть не с насмешкой.

– Договаривайте, князь, – особенно плавно протянул он, – договаривайте. Я снисходителен, говорите всё: признайтесь, что вам смешна даже мысль видеть пред собой человека в настоящем его унижении и... бесполезности и в то же время слышать, что этот человек был личным свидетелем... великих событий. *Он* ничего еще не успел вам... насплетничать?

– Нет; я ничего не слыхал от Лебедева, – если вы говорите про Лебедева...

– Гм, я полагал напротив. Собственно, и разговор-то зашел вчера между нами всё по поводу этой... странной статьи в «Архиве». Я заметил ее нелепость, и так как я сам был личным свидетелем... вы улыбаетесь, князь, вы смотрите на мое лицо?

– Н-нет, я...

– Я моложав на вид, – тянул слова генерал, – но я несколько старее годами, чем кажусь в самом деле. В двенадцатом году я был лет десяти или одиннадцати. Лет моих я и сам хорошенько не знаю. В формуляре убавлено; я же имел слабость убавлять себе года и сам в продолжение жизни.

– Уверяю вас, генерал, что совсем не нахожу странным, что в двенадцатом году вы были в Москве, и... конечно, вы можете сообщить... так же как и все бывшие. Один из наших автобиографов начинает свою книгу именно тем, что в двенадцатом году его, грудного ребенка, в Москве, кормили хлебом французские солдаты.

— Вот видите, — снисходительно одобрил генерал, — случай со мной, конечно, выходит из обыкновенных, но не заключает в себе и ничего необычайного. Весьма часто правда кажется невозможною. Камер-паж! Странно слышать, конечно. Но приключение с десятилетним ребенком, может быть, именно объясняется его возрастом. С пятнадцатилетним того уже не было бы, и это непременно так, потому что пятнадцатилетний я бы не убежал из нашего деревянного дома, в Старой Басманной, в день вшествия Наполеона в Москву, от моей матери, опоздавшей выехать из Москвы и трепетавшей от страха. Пятнадцати лет и я бы струсил, а десяти я ничего не испугался и пробился сквозь толпу к самому даже крыльцу дворца, когда Наполеон слезал с лошади.

— Без сомнения, вы отлично заметили, что именно десяти лет можно было не испугаться...— поддакнул князь, робея и мучаясь мыслью, что сейчас покраснеет.

— Без сомнения, и всё произошло так просто и натурально, как только может происходить в самом деле; возьмись за это дело романист, он наплетет небылиц и невероятностей.

— О, это так! — вскричал князь. — Эта мысль и меня поражала, и даже недавно. Я знаю одно истинное убийство за часы, оно уже теперь в газетах. Пусть бы выдумал это сочинитель, — знатоки народной жизни и критики тотчас же крикнули бы, что это невероятно; а прочтя в газетах как факт, вы чувствуете, что из таких-то именно фактов поучаетесь русской действительности. Вы это прекрасно заметили, генерал! — с жаром закончил князь, ужасно обрадовавшись, что мог ускользнуть от явной краски в лице.

— Не правда ли? Не правда ли? — вскричал генерал, засверкав даже глазами от удовольствия. — Мальчик, ребенок, не понимающий опасности, пробирается сквозь толпу, чтоб увидеть блеск, мундиры, свиту и, наконец, великого человека, о котором так много накричали ему. Потому что тогда все, несколько лет сряду, только и кричали о нем. Мир был наполнен этим именем; я, так сказать, с молоком всосал. Наполеон, проходя в двух шагах, нечаянно различает мой взгляд; я же был в костюме барчонка, меня одевали хорошо. Один я такой, в этой толпе, согласитесь сами...

— Без сомнения, это должно было его поразить и доказало ему, что не все выехали и что остались и дворяне с детьми.

— Именно, именно! Он хотел привлечь бояр! Когда он бросил на меня свой орлиный взгляд, мои глаза, должно быть, сверкнули в ответ ему. «Voilà un garçon bien éveillé! Qui est ton père?»[1] Я тотчас отвечал ему, почти задыхаясь от волнения: «Генерал, умерший на полях своего отечества».— «Le fils d'un boyard et d'un brave par-dessus le marché! J'aime les boyards. M'aimes-tu, petit?»[2] На этот быстрый вопрос я так же быстро ответил: «Русское сердце в состоянии даже в самом враге своего отечества отличить великого человека!» То есть, собственно, не помню, буквально ли я так выразился... я был ребенок... но смысл наверно был тот! Наполеон был поражен, он подумал и сказал своей свите: «Я люблю гордость этого ребенка! Но если все русские мыслят, как это дитя, то...» — он не договорил и вошел во дворец. Я тотчас же вмешался в свиту и побежал за ним. В свите уже расступались предо мной и смотрели на меня как на фаворита. Но всё это только мелькнуло... Помню только, что, войдя в первую залу, император вдруг остановился пред портретом императрицы Екатерины, долго смотрел на него в задумчивости и наконец произнес: «Это была великая женщина!» — и прошел мимо. Чрез два дня меня все уже знали во дворце и в Кремле и звали «le petit boyard». Я только ночевать уходил домой. Дома чуть с ума не сошли. Еще чрез два дня умирает камер-паж Наполеона, барон

1 «Какой бойкий мальчик! Кто твой отец?» (*фр.*)
2 «Сын боярина, и к тому же храброго. Я люблю бояр. Любишь ли ты меня, малыш?» (*фр.*)

де Базанкур, не вынесший похода. Наполеон вспомнил обо мне; меня взяли, привели, не объясняя дела, примерили на меня мундир покойного, мальчика лет двенадцати, и, когда уже привели меня в мундире к императору и он кивнул на меня головой, объявили мне, что я удостоен милостью и произведен в камер-пажи его величества. Я был рад, я действительно чувствовал к нему, и давно уже, горячую симпатию... ну, и кроме того, согласитесь, блестящий мундир, что для ребенка составляет многое... Я ходил в темно-зеленом фраке, с длинными и узкими фалдами; золотые пуговицы, красные опушки на рукавах с золотым шитьем, высокий, стоячий, открытый воротник, шитый золотом, шитье на фалдах; белые лосинные панталоны в обтяжку, белый шелковый жилет, шелковые чулки, башмаки с пряжками... а во время прогулок императора на коне, и если я участвовал в свите, высокие ботфорты. Хотя положение было не блестящее и предчувствовались уже огромные бедствия, но этикет соблюдался по возможности, и даже тем пунктуальнее, чем сильнее предчувствовались эти бедствия.

– Да, конечно...– пробормотал князь почти с потерянным видом, – ваши записки были бы... чрезвычайно интересны.

Генерал, конечно, передавал уже то, что еще вчера рассказывал Лебедеву, и передавал, стало быть, плавно; но тут опять недоверчиво покосился на князя.

– Мои записки, – произнес он с удвоенною гордостью, – написать мои записки? Не соблазнило меня это, князь! Если хотите, мои записки уже написаны, но... лежат у меня в пюпитре. Пусть, когда засыплют мне глаза землей, пусть тогда появятся и, без сомнения, переведутся и на другие языки, не по литературному их достоинству, нет, но по важности громаднейших фактов, которых я был очевидным свидетелем, хотя и ребенком; но тем паче: как ребенок, я проникнул в самую интимную, так сказать, спальню «великого человека»! Я слышал по ночам стоны этого «великана в несчастии», он не мог совеститься стонать и плакать пред ребенком, хотя я уже и понимал, что причина его страданий – молчание императора Александра.

– Да, ведь он писал письма... с предложениями о мире... – робко поддакнул князь.

– Собственно, нам неизвестно, с какими именно предложениями он писал, но писал каждый день, каждый час, и письмо за письмом! Волновался ужасно. Однажды ночью, наедине, я бросился к нему со слезами (о, я любил его!): «Попросите, попросите прощения у императора Александра!» – закричал я ему. То есть мне надо бы было выразиться: «Помиритесь с императором Александром», но, как ребенок, я наивно высказал всю мою мысль. «О дитя мое! – отвечал он, – он ходил взад и вперед по комнате, – о дитя мое! – он как бы не замечал тогда, что мне десять лет, и даже любил разговаривать со мной, – о дитя мое, я готов целовать ноги императора Александра, но зато королю прусскому, но зато австрийскому императору, о, этим вечная ненависть, и... наконец... ты ничего не смыслишь в политике!» Он как бы вспомнил вдруг, с кем говорит, и замолк, но глаза его еще долго метали искры. Ну, опиши я эти все факты, – а я бывал свидетелем и величайших фактов, – издай я их теперь, и все эти критики, все эти литературные тщеславия, все эти зависти, партии и... нет-с, слуга покорный!

– Насчет партий вы, конечно, справедливо заметили, и я с вами согласен, – тихо ответил князь, капельку помолчав, – я вот тоже очень недавно прочел книгу Шарраса о Ватерлооской кампании. Книга, очевидно, серьезная, и специалисты уверяют, что с чрезвычайным знанием дела написана. Но проглядывает на каждой странице радость в унижении Наполеона, и если бы можно было оспорить у Наполеона даже всякий признак таланта и в других кампаниях, то Шаррас, кажется, был бы этому чрезвычайно рад; а это уж нехорошо в таком серьезном сочинении, потому что это дух партии. Очень вы были заняты тогда вашею службой у... императора?

Генерал был в восторге. Замечание князя своею серьезностью и простодушием рассеяло последние остатки его недоверчивости.

– Шаррас! О, я был сам в негодовании! Я тогда же написал к нему, но... я, собственно, не помню теперь... Вы спрашиваете, занят ли я был службой? О нет! Меня назвали камер-пажом, но я уже и тогда не считал это серьезным. Притом же Наполеон очень скоро потерял всякую надежду приблизить к себе русских и, уж конечно, забыл бы и обо мне, которого приблизил из политики, если бы... если б он не полюбил меня лично, я смело говорю это теперь. Меня же влекло к нему сердце. Служба не спрашивалась: надо было являться иногда во дворец и... сопровождать верхом императора на прогулках, вот и всё. Я ездил верхом порядочно. Выезжал он пред обедом, в свите обыкновенно бывали Даву, я, мамелюк Рустан...

– Констан, – выговорилось с чего-то вдруг у князя.

– Н-нет, Констана тогда не было; он ездил тогда с письмом... к императрице Жозефине; но вместо него два ординарца, несколько польских улан... ну, вот и вся свита, кроме генералов, разумеется, и маршалов, которых Наполеон брал с собой, чтоб осматривать с ними местность, расположение войск, советоваться... Всего чаще находился при нем Даву, как теперь помню: огромный, полный, хладнокровный человек в очках, с странным взглядом. С ним чаще всего советовался император. Он ценил его мысли. Помню, они совещались уже несколько дней; Даву приходил и утром, и вечером, часто даже спорили; наконец Наполеон как бы стал соглашаться. Они были вдвоем в кабинете, я третий, почти не замеченный ими. Вдруг взгляд Наполеона случайно падает на меня, странная мысль мелькает в глазах его. «Ребенок! – говорит он мне вдруг, – как ты думаешь: если я приму православие и освобожу ваших рабов, пойдут за мной русские или нет?» – «Никогда!» – вскричал я в негодовании. Наполеон был поражен. «В заблиставших патриотизмом глазах этого ребенка, – сказал он, – я прочел мнение всего русского народа. Довольно, Даву! Всё это фантазии! Изложите ваш другой проект».

– Да, но и этот проект была сильная мысль! – сказал князь, видимо интересуясь. – Так вы приписываете этот проект Даву?

– По крайней мере они совещались вместе. Конечно, мысль была наполеоновская, орлиная мысль, но и другой проект был тоже мысль... Это тот самый знаменитый «conseil du lion»,[1] как сам Наполеон назвал этот совет Даву. Он состоял в том, чтобы затвориться в Кремле со всем войском, настроить бараков, окопаться укреплениями, расставить пушки, убить по возможности более лошадей и посолить их мясо; по возможности более достать и намародерничать хлеба и прозимовать до весны; а весной пробиться чрез русских. Этот проект сильно увлек Наполеона. Мы ездили каждый день кругом кремлевских стен, он указывал, где ломать, где строить, где люнет, где равелин, где ряд блокгаузов, – взгляд, быстрота, удар! Всё было наконец решено; Даву приставал за окончательным решением. Опять они были наедине, и я третий. Опять Наполеон ходил по комнате, скрестя руки. Я не мог оторваться от его лица, сердце мое билось. «Я иду», – сказал Даву. «Куда?» – спросил Наполеон. «Солить лошадей», – сказал Даву. Наполеон вздрогнул, решалась судьба. «Дитя! – сказал он мне вдруг, – что ты думаешь о нашем намерении?» Разумеется, он спросил у меня так, как иногда человек величайшего ума, в последнее мгновение, обращается к орлу или решетке. Вместо Наполеона я обращаюсь к Даву и говорю как бы во вдохновении: «Улепетывайте-ка, генерал, восвояси!» Проект был разрушен. Даву пожал плечами и, выходя, сказал шепотом: «Bah! Il devient superstitieux!»[2] А назавтра же было объявлено выступление.

1 «совет льва» (*фр.*).
2 «Ба! Он становится суеверным!» (*фр.*)

— Всё это чрезвычайно интересно, — произнес князь ужасно тихо, — если это всё так и было... то есть, я хочу сказать... — поспешил было он поправиться.

— О князь! — вскричал генерал, упоенный своим рассказом до того, что, может быть, уже не мог бы остановиться даже пред самою крайнею неосторожностью, — вы говорите: «Всё это было!» Но было более, уверяю вас, что было гораздо более! Всё это только факты мизерные, политические. Но повторяю же вам, я был свидетелем ночных слез и стонов этого великого человека; а этого уж никто не видел, кроме меня! Под конец, правда, он уже не плакал, слез не было, но только стонал иногда; но лицо его всё более и более подергивалось как бы мраком. Точно вечность уже осеняла его мрачным крылом своим. Иногда, по ночам, мы проводили целые часы одни, молча, — мамелюк Рустан храпит, бывало, в соседней комнате; ужасно крепко спал этот человек. «Зато он верен мне и династии», — говорил про него Наполеон. Однажды мне было страшно больно, и вдруг он заметил слезы на глазах моих; он посмотрел на меня с умилением: «Ты жалеешь меня! — вскричал он, — ты, дитя, да еще, может быть, пожалеет меня и другой ребенок, мой сын, le roi de Rome[1]; остальные все, все меня ненавидят, а братья первые продадут меня в несчастии!» Я зарыдал и бросился к нему; тут и он не выдержал; мы обнялись, и слезы наши смешались. «Напишите, напишите письмо к императрице Жозефине!» — прорыдал я ему. Наполеон вздрогнул, подумал и сказал мне: «Ты напомнил мне о третьем сердце, которое меня любит; благодарю тебя, друг мой!» Тут же сел и написал то письмо к Жозефине, с которым назавтра же был отправлен Констан.

— Вы сделали прекрасно, — сказал князь, — среди злых мыслей вы навели его на доброе чувство.

— Именно, князь, и как прекрасно вы это объясняете, сообразно с собственным вашим сердцем! — востор-

1 Римский король (*фр.*).

женно вскричал генерал, и, странно, настоящие слезы заблистали в глазах его. – Да, князь, да, это было великое зрелище! И знаете ли, я чуть не уехал за ним в Париж и, уж конечно, разделил бы с ним «знойный остров заточенья», но увы! судьбы наши разделились! Мы разошлись: он – на знойный остров, где хотя раз, в минуту ужасной скорби, вспомнил, может быть, о слезах бедного мальчика, обнимавшего и простившего его в Москве; я же был отправлен в кадетский корпус, где нашел одну муштровку, грубость товарищей и... Увы! Всё пошло прахом! «Я не хочу тебя отнять у твоей матери и не беру с собой! – сказал он мне в день ретирады, – но я желал бы что-нибудь для тебя сделать». Он уже садился на коня. «Напишите мне что-нибудь в альбом моей сестры на память», – произнес я, робея, потому что он был очень расстроен и мрачен. Он вернулся, спросил перо, взял альбом. «Каких лет твоя сестра?» – спросил он меня, уже держа перо. «Трех лет», – отвечал я. «Petite fille alors»[2]. И черкнул в альбом:

«Ne mentez jamais! –
Napoléon, voire ami sincère»[1].

Такой совет и в такую минуту, согласитесь, князь!

– Да, это знаменательно.

– Этот листок, в золотой рамке, под стеклом, всю жизнь провисел у сестры моей в гостиной, на самом видном месте, до самой смерти ее – умерла в родах; где он теперь – не знаю... но... ах, боже мой! Уже два часа! Как задержал я вас, князь! Это непростительно.

Генерал встал со стула.

– О, напротив! – промямлил князь.– Вы так меня заняли и... наконец... это так интересно; я вам так благодарен!

1 «Еще совсем девочка» (*фр.*).
2 «Никогда не лгите! Наполеон, ваш искренний друг» (*фр.*).

– Князь! – сказал генерал, опять сжимая до боли его руку и сверкающими глазами пристально смотря на него, как бы сам вдруг опомнившись и точно ошеломленный какою-то внезапною мыслию, – князь! Вы до того добры, до того простодушны, что мне становится даже вас жаль иногда. Я с умилением смотрю на вас; о, благослови вас Бог! Пусть жизнь ваша начнется и процветет… в любви. Моя же кончена! О, простите, простите!

Он быстро вышел, закрыв лицо руками. В искренности его волнения князь не мог усомниться. Он понимал также, что старик вышел в упоении от своего успеха; но ему все-таки предчувствовалось, что это был один из того разряда лгунов, которые хотя и лгут до сладострастия и даже до самозабвения, но и на самой высшей точке своего упоения все-таки подозревают про себя, что ведь им не верят, да и не могут верить. В настоящем положении своем старик мог опомниться, не в меру устыдиться, заподозрить князя в безмерном сострадании к нему, оскорбиться. «Не хуже ли я сделал, что довел его до такого вдохновения?» – тревожился князь и вдруг не выдержал и расхохотался ужасно, минут на десять. Он было стал укорять себя за этот смех; но тут же понял, что не в чем укорять, потому что ему бесконечно было жаль генерала.

Предчувствия его сбылись. Вечером же он получил странную записку, краткую, но решительную. Генерал уведомлял, что он и с ним расстается навеки, что уважает его и благодарен ему, но даже и от него не примет «знаков сострадания, унижающих достоинство и без того уже несчастного человека». Когда князь услышал, что старик заключился у Нины Александровны, то почти успокоился за него. Но мы уже видели, что генерал наделал каких-то бед и у Лизаветы Прокофьевны. Здесь мы не можем сообщить подробностей, но заметим вкратце, что сущность свидания состояла в том, что генерал испугал Лизавету Прокофьевну, а горькими намеками на Ганю привел ее в негодование. Он был выведен с позором. Вот почему он и провел такую ночь и такое утро, свихнулся окончательно и выбежал на улицу чуть ли не в помешательстве.

Коля всё еще не понимал дела вполне и даже надеялся взять строгостью.

– Ну, куда мы теперь потащимся, как вы думаете, генерал? – сказал он.– К князю не хотите, с Лебедевым рассорились, денег у вас нет, у меня никогда не бывает: вот и сели теперь на бобах, среди улицы.

– Приятнее сидеть с бобами, чем на бобах, – пробормотал генерал, – этим... каламбуром я возбудил восторг... в офицерском обществе... сорок четвертого... тысяча... восемьсот... сорок четвертого года, да!.. Я не помню... О, не напоминай, не напоминай! «Где моя юность, где моя свежесть!» Как вскричал... кто это вскричал, Коля?

– Это у Гоголя, в «Мертвых душах», папаша, – ответил Коля и трусливо покосился на отца.

– Мертвые души! О да, мертвые! Когда похоронишь меня, напиши на могиле: «Здесь лежит мертвая душа!»

Позор преследует меня!

Это кто сказал, Коля?

– Не знаю, папаша.

– Еропегова не было! Ерошки Еропегова!.. – вскричал он в исступлении, приостанавливаясь на улице. – И это сын, родной сын! Еропегов, человек, заменявший мне одиннадцать месяцев брата, за которого я на дуэль... Ему князь Выгорецкий, наш капитан, говорит за бутылкой: «Ты, Гриша, где свою Анну получил, вот что скажи?» – «На полях моего отечества, вот где получил!» Я кричу: «Браво, Гриша!» Ну, тут и вышла дуэль, а потом повенчался... с Марьей Петровной Су... Сутугиной и был убит на полях... Пуля отскочила от моего креста на груди и прямо ему в лоб. «Ввек не забуду!» – крикнул и пал на месте. Я... я служил честно, Коля; я служил благородно, но позор – «позор преследует меня!». Ты и Нина придете ко мне на могилку... «Бедная Нина!» Я прежде ее так называл, Коля, давно, в первое время еще, и она так любила... Нина, Нина! Что сделал я с твоею участью! За что ты можешь любить меня, терпеливая душа! У твоей матери душа ангельская, Коля, слышишь ли, ангельская!

– Это я знаю, папаша. Папаша, голубчик, воротимтесь домой к мамаше! Она бежала за нами! Ну что вы стали? Точно не понимаете... Ну чего вы-то плачете?

Коля сам плакал и целовал у отца руки.

– Ты целуешь мне руки, мне!

– Ну да, вам, вам. Ну что ж удивительного? Ну чего вы ревете-то среди улицы, а еще генерал называется, военный человек, ну, пойдемте!

– Благослови тебя Бог, милый мальчик, за то, что почтителен был к позорному, – да! к позорному старикашке, отцу своему... да будет и у тебя такой же мальчик... le roi de Rome... О, «проклятие, проклятие дому сему!».

– Да что ж это в самом деле здесь происходит! – закипел вдруг Коля.– Что такое случилось? Почему вы не хотите вернуться домой теперь? Чего вы с ума-то сошли?

– Я объясню, я объясню тебе... я всё скажу тебе; не кричи, услышат... le roi de Rome... О, тошно мне, грустно мне!

Няня, где твоя могила!

Это кто воскликнул, Коля?

– Не знаю, не знаю, кто воскликнул! Пойдемте домой сейчас, сейчас! Я Ганьку исколочу, если надо... да куда ж вы опять?

Но генерал тянул его на крыльцо одного ближнего дома.

– Куда вы? Это чужое крыльцо!

Генерал сел на крыльцо и за руку всё притягивал к себе Колю.

— Нагнись, нагнись! — бормотал он, — я тебе всё скажу... позор... нагнись... ухом, ухом; я на ухо скажу...

— Да чего вы! — испугался ужасно Коля, подставляя, однако же, ухо.

— Le roi de Rome... — прошептал генерал, тоже как будто весь дрожа.

— Чего?.. Да какой вам дался le roi de Rome?.. Что?

— Я... я...— зашептал опять генерал, всё крепче и крепче цепляясь за плечо «своего мальчика», — я... хочу... я тебе... всё, Марья, Марья... Петровна Су-су-су...

Коля вырвался, схватил сам генерала за плечи и как помешанный смотрел на него. Старик побагровел, губы его посинели, мелкие судороги пробегали еще по лицу. Вдруг он склонился и начал тихо падать на руку Коли.

— Удар! — вскричал тот на всю улицу, догадавшись наконец, в чем дело.

V

По правде, Варвара Ардалионовна в разговоре с братом несколько преувеличила точность своих известий о сватовстве князя за Аглаю Епанчину. Может быть, как прозорливая женщина, она предугадала то, что должно было случиться в близком будущем; может быть, огорчившись из-за разлетевшейся дымом мечты (в которую и сама, по правде, не верила), она, как человек, не могла отказать себе в удовольствии преувеличением беды подлить еще более яду в сердце брата, впрочем, искренно и сострадательно ею любимого. Но во всяком случае она не могла получить от подруг своих, Епанчиных, таких точных известий; были только намеки, недосказанные слова, умолчания, загадки. А может быть, сестры Аглаи и намеренно в чем-нибудь проболтались, чтоб и самим что-нибудь узнать от Варвары Ардалионовны; могло быть, наконец, и то, что и они не хотели отказать себе в женском удовольствии немного подразнить подругу, хотя бы и детства: не могли же они не усмотреть во столько времени хоть маленького краешка ее намерений.

С другой стороны, и князь, хотя и совершенно был прав, уверяя Лебедева, что ничего не может сообщить ему и что с ним ровно ничего не случилось особенного, тоже, может быть, ошибался. Действительно, со всеми произошло как бы нечто очень странное: ничего не случилось и как будто в то же время и очень много случилось. Последнее-то и угадала Варвара Ардалионовна своим верным женским инстинктом.

Как вышло, однако же, что у Епанчиных все вдруг разом задались одною и согласною мыслию о том, что с Аглаей произошло нечто капитальное и что решается судьба ее, – это очень трудно изложить в порядке. Но только что блеснула эта мысль, разом у всех, как тотчас же все разом и стали на том, что давно уже всё разглядели и всё это ясно предвидели; что всё ясно было еще с «бедного рыцаря», даже и раньше, только тогда еще не хотели верить в такую нелепость. Так утверждали сестры; конечно, и Лизавета Прокофьевна раньше всех всё предвидела и узнала, и давно уже у ней «болело сердце», но – давно ли, нет ли – теперь мысль о князе вдруг стала ей слишком не по нутру, собственно потому, что сбивала ее с толку. Тут предстоял вопрос, который надо было немедленно разрешить; но не только разрешить его нельзя было, а даже и вопроса-то бедная Лизавета Прокофьевна не могла поставить пред собой в полной ясности, как ни билась. Дело было трудное: «Хорош или не хорош князь? Хорошо всё это или не хорошо? Если не хорошо (что несомненно), то чем же именно не хорошо? А если, может быть, и хорошо (что тоже возможно), то чем же, опять, хорошо?» Сам отец семейства, Иван Федорович, был, разумеется, прежде всего удивлен, но потом вдруг сделал признание, что ведь, «ей-богу, и ему что-то в этом же роде всё это время мерещилось, нет-нет и вдруг как будто и померещится!». Он тотчас же умолк под грозным взглядом своей супруги, но умолк он утром, а вечером, наедине с супругой и принужденный опять говорить, вдруг и как бы с особенною бодростью выразил несколько неожиданных мыслей: «Ведь, в сущности, что ж?..» (Умолчание.) «Конечно, всё это очень странно, если только правда, и что он не спорит, но...» (Опять умолчание.) «А с другой стороны, если глядеть на вещи прямо, то князь ведь, ей-богу, чудеснейший парень, и... и, и – ну, наконец, имя же, родовое наше имя, всё это будет иметь вид, так сказать, поддержки родового имени, находящегося в унижении, в глазах света, то есть, смотря с этой точки зрения, то есть, потому... конечно, свет; свет есть свет; но всё же и князь не без состояния, хотя бы только даже и некоторого. У него есть... и... и... и...» (Продолжительное умолчание и решительная осечка.) Выслушав супруга, Лизавета Прокофьевна вышла из всяких границ.

По ее мнению, всё происшедшее было «непростительным и даже преступным вздором, фантастическая картина, глупая и нелепая!». Прежде всего уж то, что «этот князишка – больной идиот, второе – дурак, ни света не знает, ни места в свете не имеет: кому его покажешь, куда приткнешь? Демократ какой-то непозволительный, даже и чинишка-то нет, и... и... что скажет Белоконская? Да и такого ли, такого ли мужа воображали и прочили мы Аглае?». Последний аргумент был, разумеется, самый главный. Сердце матери дрожало от этого помышления, кровью обливалось и слезами, хотя в то же время что-то и шевелилось внутри этого сердца, вдруг говорившее ей: «А чем бы князь не такой, какого вам надо?» Ну, вот эти-то возражения собственного сердца и были всего хлопотливее для Лизаветы Прокофьевны.

Сестрам Аглаи почему-то понравилась мысль о князе; даже казалась не очень и странною; одним словом, они вдруг могли очутиться даже совсем на его стороне. Но обе они решились молчать. Раз навсегда замечено было в семействе, что, чем упорнее и настойчивее возрастали иногда, в каком-нибудь общем и спорном семейном пункте, возражения и отпоры Лизаветы Прокофьевны, тем более это могло служить для всех признаком, что она, может быть, уж и соглашается с этим пунктом. Но Александре Ивановне нельзя было, впрочем, совершенно умолкнуть. Давно уже признав ее за свою советницу, мамаша поминутно призывала ее теперь и требовала ее мнений, а главное – воспоминаний, то есть: «Как же это всё случилось? Почему этого никто не видал? Почему тогда не говорили? Что означал тогда этот скверный «бедный рыцарь»? Почему она одна, Лизавета Прокофьевна, осуждена обо всех заботиться, всё замечать и предугадывать, а все прочие одних ворон считать?» и пр., и пр. Александра Ивановна сначала была осторожна и заметила только, что ей кажется довольно верною идея папаши о том, что, в глазах света, может показаться очень удовлетворительным выбор князя Мышкина в мужья для одной из Епанчиных. Мало-помалу, разгорячившись, она прибавила даже, что князь вовсе не «дурачок» и никогда таким не был, а насчет значения, – то ведь еще бог знает, в чем будет полагаться, через несколько лет, значение порядочного человека у нас в России: в прежних ли обязательных успехах по службе или в чем другом? На всё это мамаша немедленно отчеканила, что Александра «вольнодумка и что всё это их проклятый женский вопрос». Затем чрез полчаса отправилась в город, а оттуда на Каменный остров, чтобы застать Белоконскую, как нарочно в то время случившуюся в Петербурге, но скоро, впрочем, отъезжавшую. Белоконская была крестною матерью Аглаи.

«Старуха» Белоконская выслушала все лихорадочные и отчаянные признания Лизаветы Прокофьевны и нисколько не тронулась слезами сбитой с толку матери семейства, даже посмотрела на нее насмешливо. Это была страшная деспотка; в дружбе, даже в самой старинной, не могла терпеть равенства, а на Лизавету Прокофьевну смотрела решительно как на свою protégée, как и тридцать пять лет назад, и никак не могла примириться с резкостью и самостоятельностью ее характера. Она заметила между прочим, что, «кажется, они там все, по своей всегдашней привычке, слишком забежали вперед и из мухи сочинили слона; что сколько она ни вслушивалась, не убедилась, чтоб у них действительно произошло что-нибудь серьезное; что не лучше ли подождать, пока что-нибудь еще выйдет; что князь, по ее мнению, порядочный молодой человек, хотя больной, странный и слишком уж незначительный. Хуже всего, что он любовницу открыто содержит». Лизавета Прокофьевна очень хорошо поняла, что Белоконская немного сердита за неуспех Евгения Павловича, ею отрекомендованного. Воротилась она к себе в Павловск еще в большем раздражении, чем когда поехала, и тотчас же всем досталось, главное, за то, что «с ума сошли», что ни у кого решительно так не ведутся дела, только у них одних; «чего заторопились? Что вышло? Сколько я ни всматриваюсь, никак не могу заключить, что действительно что-нибудь вышло! Подождите, пока еще выйдет! Мало ли что Ивану Федоровичу могло померещиться, не из мухи же делать слона?» и пр., и пр.

Выходило, стало быть, что надобно успокоиться, смотреть хладнокровно и ждать. Но увы, спокойствие не продержалось и десяти минут. Первый удар хладнокровию был нанесен известиями о том, что произошло во время отсутствия мамаши на Каменный остров. (Поездка Лизаветы Прокофьевны происходила на другое же утро после того, как князь, накануне, приходил в первом часу вместо десятого.) Сестры на нетерпеливые расспросы мамаши отвечали очень подробно, и, во-первых, что «ровно ничего, кажется, без нее не случилось», что князь приходил, что Аглая долго к нему не выходила, с полчаса, потом вышла и, как вышла, тотчас же предложила князю играть в шахматы; что в шахматы князь и ступить не умеет, и Аглая его тотчас же победила; стала очень весела и ужасно стыдила князя за его неуменье, ужасно смеялась над ним, так что на князя жалко стало смотреть. Потом предложила играть в карты, в дураки. Но тут вышло совсем наоборот: князь оказался в дураки такой силы, как... как профессор; играл мастерски; уж Аглая и плутовала, и карты подменяла, и в глазах у него же взятки воровала, а все-таки он каждый раз оставлял ее в дурах; раз пять сряду. Аглая взбесилась ужасно, даже совсем забылась; наговорила князю таких колкостей и дерзостей, что он уже перестал и смеяться, и совсем побледнел, когда она сказала ему наконец, что «нога ее не будет в этой комнате, пока он тут будет сидеть, и что даже бессовестно с его стороны к ним ходить, да еще по ночам, в первом часу, *после всего, что случилось*». Затем хлопнула дверью и вышла. Князь ушел как с похорон, несмотря на все их утешения. Вдруг, четверть часа спустя как ушел князь, Аглая сбежала сверху на террасу, и с такою поспешностью, что даже глаз не вытерла, а глаза у ней были заплаканы; сбежала же потому, что пришел Коля и принес ежа. Все они стали смотреть ежа; на вопросы их Коля объяснил, что еж не его, а что он идет теперь вместе с товарищем, другим гимназистом, Костей Лебедевым, который остался на улице и стыдится войти, потому что несет топор; что и ежа и топор они купили сейчас у встречного мужика. Ежа мужик продавал и взял за него пятьдесят копеек, а топор они уже сами уговорили его продать, потому что кстати, да и очень уж хороший топор. Тут вдруг Аглая начала ужасно приставать к Коле, чтоб он ей сейчас же продал ежа, из себя выходила, даже «милым» назвала Колю. Коля долго не соглашался, но наконец не выдержал и позвал Костю Лебедева, который действительно вошел с топором и очень сконфузился. Но тут вдруг оказалось, что еж вовсе не их, а принадлежит какому-то третьему мальчику, Петрову, который дал им обоим денег, чтобы купили ему у какого-то четвертого мальчика «Историю» Шлоссера, которую тот, нуждаясь в деньгах, выгодно продавал; что они пошли покупать «Историю» Шлоссера, но не утерпели и купили ежа, так что, стало быть, и еж и топор принадлежат тому третьему мальчику, которому они их теперь и несут вместо «Истории» Шлоссера. Но Аглая так приставала, что наконец решились и продали ей ежа. Как только Аглая получила ежа, тотчас же уложила его с помощью Коли в плетеную корзинку, накрыла салфеткой и стала просить Колю, чтоб он сейчас же, и никуда не заходя, отнес ежа к князю, от ее имени, с просьбой принять в «знак глубочайшего ее уважения». Коля с радостию согласился и дал слово, что доставит, но стал немедленно приставать: «Что означает еж и подобный подарок?» Аглая отвечала ему, что не его дело. Он отвечал, что, убежден, тут заключается аллегория. Аглая рассердилась и отрезала ему, что он мальчишка, и больше ничего. Коля тотчас же возразил ей, что если б он не уважал в ней женщину и, сверх того, свои убеждения, то немедленно доказал бы ей, что умеет ответить на подобное оскорбление. Кончилось, впрочем, тем, что Коля все-таки с восторгом пошел относить ежа, а за ним бежал и Костя Лебедев; Аглая не вытерпела и, видя, что Коля слишком махает корзинкой, закричала ему вслед с террасы: «Пожалуйста, Коля, не выроните, голубчик!» – точно с ним и не бранилась сейчас; Коля остановился и тоже, точно и не бранился, закричал с величайшею готовностью: «Нет, не выроню, Аглая Ивановна. Будьте совершенно покойны!» – и побежал опять сломя голову. Аглая после того расхохоталась ужасно, и побежала к себе чрезвычайно довольная, и весь день потом была очень веселая.

Такое известие совершенно ошеломило Лизавету Прокофьевну. Кажется, что бы? Но уж такое, видно, пришло настроение. Тревога ее была возбуждена в чрезвычайной степени, и главное – еж; что означает еж? Что тут условлено? Что тут подразумевается? Какой это знак? Что за телеграмма? К тому же бедный Иван Федорович, случившийся тут же при допросе, совершенно испортил всё дело ответом. По его мнению, телеграммы тут не было никакой, а что еж – «просто еж, и только, – разве означает, кроме того, дружество, забвение обид и примирение, одним словом, всё это шалость, но во всяком случае невинная и простительная».

В скобках заметим, что он угадал совершенно. Князь, воротившись домой от Аглаи, осмеянный и изгнанный ею, сидел уже с полчаса в самом мрачном отчаянии, когда вдруг явился Коля с ежом. Тотчас же прояснилось небо; князь точно из мертвых воскрес; расспрашивал Колю, висел над каждым словом его, переспрашивал по десяти раз, смеялся как ребенок и поминутно пожимал руки обоим смеющимся и ясно смотревшим на него мальчикам. Выходило, стало быть, что Аглая прощает и князю опять можно идти к ней сегодня же вечером, а для него это было не только главное, а даже и всё.

– Какие мы еще дети, Коля! и... и... как это хорошо, что мы дети! – с упоением воскликнул он наконец.

– Просто-запросто она в вас влюблена, князь, и больше ничего! – с авторитетом и внушительно ответил Коля.

Князь вспыхнул, но на этот раз не сказал ни слова, а Коля только хохотал и хлопал в ладоши; минуту спустя рассмеялся и князь, а потом до самого вечера каждые пять минут смотрел на часы, много ли прошло и много ли до вечера остается.

Но настроение взяло верх: Лизавета Прокофьевна наконец не выдержала и поддалась истерической минуте. Несмотря на все возражения супруга и дочерей, она немедленно послала за Аглаей, с тем чтоб уж задать ей последний вопрос и от нее получить самый ясный и последний ответ. «Чтобы всё это разом и покончить, и с плеч долой, так чтоб уж и не поминать!» «Иначе, – объявила она, – я и до вечера не доживу!» И тут только все догадались, до какой бестолковщины довели дело. Кроме притворного удивления, негодования, хохота и насмешек над князем и надо всеми допрашивавшими, – ничего от Аглаи не добились. Лизавета Прокофьевна слегла в постель и вышла только к чаю, к тому времени, когда ожидали князя. Князя она ожидала с трепетом, и, когда он явился, с нею чуть не сделалась истерика.

А князь и сам вошел робко, чуть не ощупью, странно улыбаясь, засматривая всем в глаза и всем как бы задавая вопрос, потому что Аглаи опять не было в комнате, чего он тотчас же испугался. В этот вечер никого не было посторонних, одни только члены семейства. Князь Щ. был еще в Петербурге, по поводу дела о дяде Евгения Павловича. «Хоть бы он-то случился и что-нибудь сказал», – горевала о нем Лизавета Прокофьевна. Иван Федорович сидел с чрезвычайно озабоченною миной; сестры были серьезны и, как нарочно, молчали. Лизавета Прокофьевна не знала, с чего начать разговор. Наконец вдруг энергически выбранила железную дорогу и посмотрела на князя с решительным вызовом.

Увы! Аглая не выходила, и князь пропадал. Чуть лепеча и потерявшись, он было выразил мнение, что починить дорогу чрезвычайно полезно, но Аделаида вдруг засмеялась, и князь опять уничтожился. В это-то самое мгновение и вошла Аглая спокойно и важно, церемонно отдала князю поклон и торжественно заняла самое видное место у круглого стола. Она вопросительно посмотрела на князя. Все поняли, что настало разрешение всех недоумений.

– Получили вы моего ежа? – твердо и почти сердито спросила она.

– Получил, – ответил князь краснея и замирая.

– Объясните же немедленно, что вы об этом думаете? Это необходимо для спокойствия мамаши и всего нашего семейства.

– Послушай, Аглая... – забеспокоился вдруг генерал.

– Это, это из всяких границ! – испугалась вдруг чего-то Лизавета Прокофьевна.

– Никаких всяких границ тут нету, maman, – строго и тотчас же ответила дочка.– Я сегодня послала князю ежа и желаю знать его мнение. Что же, князь?

– То есть какое мнение, Аглая Ивановна?

– Об еже.

– То есть... я думаю, Аглая Ивановна, что вы хотите узнать, как я принял... ежа... или, лучше сказать, как я взглянул... на эту присылку... ежа, то есть... в таком случае, я полагаю, что... одним словом...

Он задохся и умолк.

– Ну, не много сказали, – подождала секунд пять Аглая. – Хорошо, я согласна оставить ежа; но я очень рада, что могу наконец покончить все накопившиеся недоумения. Позвольте наконец узнать от вас самого и лично: сватаетесь вы за меня или нет?

– Ах, господи! – вырвалось у Лизаветы Прокофьевны.

Князь вздрогнул и отшатнулся; Иван Федорович остолбенел; сестры нахмурились.

– Не лгите, князь, говорите правду. Из-за вас меня преследуют странными допросами; имеют же эти допросы какое-нибудь основание? Ну!

– Я за вас не сватался, Аглая Ивановна, – проговорил князь, вдруг оживляясь, – но... вы знаете сами, как я люблю вас и верю в вас... даже теперь...

– Я вас спрашивала: просите вы моей руки или нет?

– Прошу, – замирая ответил князь.

Последовало общее и сильное движение.

– Всё это не так, милый друг, – проговорил Иван Федорович, сильно волнуясь, – это... это почти невозможно, если это так, Глаша... Извините, князь, извините, дорогой мой!.. Лизавета Прокофьевна! – обратился он к супруге за помощью, – надо бы... вникнуть...

– Я отказываюсь, я отказываюсь! – замахала руками Лизавета Прокофьевна.

– Позвольте же, maman, и мне говорить; ведь я и сама в таком деле что-нибудь значу: решается чрезвычайная минута судьбы моей (Аглая именно так и выразилась), и я хочу узнать сама, и, кроме того, рада, что при всех... Позвольте же спросить вас, князь, если вы «питаете такие намерения», то чем же вы именно полагаете составить мое счастье?

— Я не знаю, право, Аглая Ивановна, как вам ответить; тут... тут что же отвечать? Да и... надо ли?

— Вы, кажется, сконфузились и задыхаетесь; отдохните немного и соберитесь с новыми силами; выпейте стакан воды; впрочем, вам сейчас чаю дадут.

— Я вас люблю, Аглая Ивановна, я вас очень люблю; я одну вас люблю и... не шутите, пожалуйста, я вас очень люблю.

— Но, однако же, это дело важное; мы не дети, и надо взглянуть положительно... Потрудитесь теперь объяснить, в чем заключается ваше состояние?

— Ну-ну-ну, Аглая. Что ты! Это не так, не так... — испуганно бормотал Иван Федорович.

— Позор! — громко прошептала Лизавета Прокофьевна.

— С ума сошла! — также громко прошептала Александра.

— Состояние... то есть деньги? — удивился князь.

— Именно.

— У меня... у меня теперь сто тридцать пять тысяч, — пробормотал князь закрасневшись.

— Только-то? — громко и откровенно удивилась Аглая, нисколько не краснея. — Впрочем, ничего; особенно если с экономией... Намерены служить?

— Я хотел держать экзамен на домашнего учителя...

— Очень кстати; конечно, это увеличит наши средства. Полагаете вы быть камер-юнкером?

— Камер-юнкером? Я никак этого не воображал, но...

Но тут не утерпели обе сестры и прыснули со смеху. Аделаида давно уже заметила в подергивающихся чертах лица Аглаи признаки быстрого и неудержимого смеха, который она сдерживала покамест изо всей силы. Аглая грозно было посмотрела на рассмеявшихся сестер, но и секунды сама не выдержала и залилась самым сумасшедшим, почти истерическим хохотом; наконец вскочила и выбежала из комнаты.

– Я так и знала, что один только смех, и больше ничего! – вскричала Аделаида, – с самого начала, с ежа.

– Нет, вот этого уж не позволю, не позволю! – вскипела вдруг гневом Лизавета Прокофьевна и быстро устремилась вслед за Аглаей. За нею тотчас же побежали и сестры. В комнате остались только князь и отец семейства.

– Это, это... мог ты вообразить что-нибудь подобное, Лев Николаич? – резко вскричал генерал, видимо сам не понимая, что хочет сказать, – нет, серьезно, серьезно говоря?

– Я вижу, что Аглая Ивановна надо мной смеялась, – грустно ответил князь.

– Подожди, брат; я пойду, а ты подожди... потому... объясни мне хоть ты, Лев Николаич, хоть ты: как всё это случилось и что всё это означает, во всем, так сказать, его целом? Согласись, брат, сам, – я отец; все-таки ведь отец же, потому я ничего не понимаю; так хоть ты-то объясни!

– Я люблю Аглаю Ивановну; она это знает и... давно, кажется, знает.

Генерал вскинул плечами.

– Странно, странно... и очень любишь?

– Очень люблю.

– Странно, странно это мне всё. То есть такой сюрприз и удар, что... Видишь ли, милый, я не насчет состояния (хоть и ожидал, что у тебя побольше), но... мне счастье дочери... наконец... способен ли ты, так сказать, составить это... счастье-то? И... и... что это: шутка или правда с ее-то стороны? То есть не с твоей, а с ее стороны?

Из-за дверей раздался голос Александры Ивановны: звали папашу.

– Подожди, брат, подожди! Подожди и обдумай, а я сейчас... – проговорил он второпях и почти испуганно устремился на зов Александры.

Он застал супругу и дочку в объятиях одну у другой и обливавших друг друга слезами. Это были слезы счастья, умиления и примирения. Аглая целовала у матери руки, щеки, губы; обе горячо прижимались друг к дружке.

– Ну вот, погляди на нее, Иван Федорыч, вот она вся теперь! – сказала Лизавета Прокофьевна.

Аглая отвернула свое счастливое и заплаканное личико от мамашиной груди, взглянула на папашу, громко рассмеялась, прыгнула к нему, крепко обняла его и несколько раз поцеловала. Затем опять бросилась к мамаше и совсем уже спряталась лицом на ее груди, чтоб уж никто не видал, и тотчас опять заплакала. Лизавета Прокофьевна прикрыла ее концом своей шали.

– Ну, что же, что же ты с нами-то делаешь, жестокая ты девочка после этого, вот что! – проговорила она, но уже радостно, точно ей дышать стало вдруг легче.

– Жестокая! да, жестокая! – подхватила вдруг Аглая. – Дрянная! Избалованная! Скажите это папаше. Ах, да ведь он тут. Папа, вы тут? Слышите! – рассмеялась она сквозь слезы.

– Милый друг, идол ты мой! – целовал ее руку весь просиявший от счастья генерал. (Аглая не отнимала руки). – Так ты, стало быть, любишь этого... молодого человека?..

– Ни-ни-ни! Терпеть не могу... вашего молодого человека, терпеть не могу! – вдруг вскипела Аглая и подняла голову. – И если вы, папа, еще раз осмелитесь... я вам серьезно говорю; слышите: серьезно говорю!

И она действительно говорила серьезно: вся даже покраснела и глаза блистали. Папаша осекся и испугался, но Лизавета Прокофьевна сделала ему знак из-за Аглаи, и он понял в нем: «Не расспрашивай».

– Если так, ангел мой, то ведь, как хочешь, воля твоя, он там ждет один; не намекнуть ли ему деликатно, чтоб он уходил?

Генерал в свою очередь мигнул Лизавете Прокофьевне.

— Нет, нет, это уж лишнее; особенно если «деликатно»; выйдите к нему сами; я выйду потом, сейчас. Я хочу у этого... молодого человека извинения попросить, потому что я его обидела.

— И очень обидела, — серьезно подтвердил Иван Федорович.

— Ну, так... оставайтесь лучше вы все здесь, а я пойду сначала одна, вы же сейчас за мной, в ту же секунду приходите; так лучше.

Она уже дошла до дверей, но вдруг воротилась.

— Я рассмеюсь! Я умру со смеху! — печально сообщила она.

Но в ту же секунду повернулась и побежала к князю.

— Ну, что ж это такое? Как ты думаешь? — наскоро проговорил Иван Федорович.

— Боюсь и выговорить, — также наскоро ответила Лизавета Прокофьевна, — а по-моему, ясно.

— И по-моему, ясно. Ясно как день. Любит.

— Мало того, что любит, влюблена! — отозвалась Александра Ивановна. — Только в кого бы, кажется?

— Благослови ее Бог, коли ее такая судьба! — набожно перекрестилась Лизавета Прокофьевна.

— Судьба, значит, — подтвердил генерал, — и от судьбы не уйдешь!

И все пошли в гостиную, а там опять ждал сюрприз.

Аглая не только не расхохоталась, подойдя к князю, как опасалась того, но даже чуть не с робостью сказала ему:

— Простите глупую, дурную, избалованную девушку (она взяла его за руку) и будьте уверены, что все мы безмерно вас уважаем. А если я осмелилась обратить в насмешку ваше прекрасное... доброе простодушие, то простите меня как ребенка за шалость; простите, что я настаивала на нелепости, которая, конечно, не может иметь ни малейших последствий...

Последние слова Аглая выговорила с особенным ударением.

Отец, мать и сестры, все поспели в гостиную, чтобы всё это видеть и выслушать, и всех поразила «нелепость, которая не может иметь ни малейших последствий», а еще более серьезное настроение Аглаи, с каким она высказалась об этой нелепости. Все переглянулись вопросительно; но князь, кажется, не понял этих слов и был на высшей степени счастья.

– Зачем вы так говорите, – бормотал он, – зачем вы... просите... прощения...

Он хотел даже выговорить, что он недостоин, чтоб у него просили прощения. Кто знает, может, он и заметил значение слов о «нелепости, которая не может иметь ни малейших последствий», но, как странный человек, может быть, даже обрадовался этим словам. Бесспорно, для него составляло уже верх блаженства одно то, что он опять будет беспрепятственно приходить к Аглае, что ему позволят с нею говорить, с нею сидеть, с нею гулять, и, кто знает, может быть, этим одним он остался бы доволен на всю свою жизнь! (Вот этого-то довольства, кажется, и боялась Лизавета Прокофьевна про себя; она угадывала его; многого она боялась про себя, чего и выговорить сама не умела.)

Трудно представить, до какой степени князь оживился и ободрился в этот вечер. Он был весел так, что уж на него глядя становилось весело, – так выражались потом сестры Аглаи. Он разговорился, а этого с ним еще не повторялось с того самого утра, когда, полгода назад, произошло его первое знакомство с Епанчиными; по возвращении же в Петербург он был заметно и намеренно молчалив и очень недавно, при всех, проговорился князю Щ., что ему надо сдерживать себя и молчать, потому что он не имеет права унижать мысль, сам излагая ее. Почти он один и говорил во весь этот вечер, много рассказывал; ясно, с радостью и подробно отвечал на вопросы. Но ничего, впрочем, похожего на любезный разговор не проглядывало в словах его. Всё это были такие серьезные, такие даже мудреные иногда мысли. Князь изложил даже несколько своих взглядов, своих собственных затаенных наблюдений, так что всё это было бы даже смешно, если бы не было так «хорошо изложено», как согласились потом все слушавшие. Генерал хоть и любил серьезные разговорные темы, но и он и Лизавета Прокофьевна нашли про себя, что уж слишком много учености, так что стали под конец вечера даже грустны. Впрочем, князь до того дошел под конец, что рассказал несколько пресмешных анекдотов, которым сам же первый и смеялся, так что другие смеялись более уже на его радостный смех, чем самим анекдотам. Что же касается Аглаи, то она почти даже и не говорила весь вечер; зато, не отрываясь, слушала Льва Николаевича, и даже не столько слушала его, сколько смотрела на него.

— Так и глядит, глаз не сводит; над каждым-то словечком его висит; так и ловит, так и ловит! — говорила потом Лизавета Прокофьевна своему супругу. — А скажи ей, что любит, так и святых вон понеси!

— Что делать — судьба! — вскидывал плечами генерал, и долго еще он повторял это полюбившееся ему словечко. Прибавим, что, как деловому человеку, ему тоже многое чрезвычайно не понравилось в настоящем положении всех этих вещей, а главное — неясность дела; но до времени он тоже решился молчать и глядеть... в глаза Лизавете Прокофьевне.

Радостное настроение семейства продолжалось недолго. На другой же день Аглая опять поссорилась с князем, и так продолжалось беспрерывно, во все следующие дни. По целым часам она поднимала князя на смех и обращала его чуть не в шута. Правда, они просиживали иногда по часу и по два в их домашнем садике, в беседке, но заметили, что в это время князь почти всегда читает Аглае газеты или какую-нибудь книгу.

— Знаете ли, — сказала ему раз Аглая, прерывая газету, — я заметила, что вы ужасно необразованны; вы ничего хорошенько не знаете, если справляться у вас: ни кто именно, ни в котором году, ни по какому трактату? Вы очень жалки.

— Я вам сказал, что я небольшой учености, — ответил князь.

— Что же в вас после этого? Как же я могу вас уважать после этого? Читайте дальше; а впрочем, не надо, перестаньте читать.

И опять в тот же вечер промелькнуло что-то очень для всех загадочное с ее стороны. Воротился князь Щ. Аглая была к нему очень ласкова, много расспрашивала об Евгении Павловиче. (Князь Лев Николаевич еще не приходил.) Вдруг князь Щ. как-то позволил себе намекнуть на «близкий и новый переворот в семействе», на несколько слов, проскользнувших у Лизаветы Прокофьевны, что, может быть, придется опять оттянуть свадьбу Аделаиды, чтоб обе свадьбы пришлись вместе. Невозможно было и вообразить, как вспылила Аглая на «все эти глупые предположения»; и, между прочим, у ней вырвались слова, что «она еще не намерена замещать собой ничьих любовниц».

Эти слова поразили всех, но преимущественно родителей. Лизавета Прокофьевна настаивала в тайном совете с мужем, чтоб объясниться с князем решительно насчет Настасьи Филипповны.

Иван Федорович клялся, что всё это одна только «выходка» и произошла от Аглаиной «стыдливости»; что если б князь Щ. не заговорил о свадьбе, то не было бы и выходки, потому что Аглая и сама знает, знает достоверно, что всё это одна клевета недобрых людей и что Настасья Филипповна выходит за Рогожина; что князь тут не состоит ни при чем, не только в связях; и даже никогда и не состоял, если уж говорить всю правду-истину.

А князь все-таки ничем не смущался и продолжал блаженствовать. О, конечно, и он замечал иногда что-то как бы мрачное и нетерпеливое во взглядах Аглаи; но он более верил чему-то другому, и мрак исчезал сам собой. Раз уверовав, он уже не мог поколебаться ничем. Может быть, он уже слишком был спокоен; так, по крайней мере, казалось и Ипполиту, однажды случайно встретившемуся с ним в парке.

– Ну, не правду ли я вам сказал тогда, что вы влюблены, – начал он, сам подойдя к князю и остановив его. Тот протянул ему руку и поздравил его с «хорошим видом». Больной казался и сам ободренным, что так свойственно чахоточным.

Он с тем и подошел к князю, чтобы сказать ему что-нибудь язвительное насчет его счастливого вида, но тотчас же сбился и заговорил о себе. Он стал жаловаться, жаловался много и долго и довольно бессвязно.

– Вы не поверите, – заключил он, – до какой степени они все там раздражительны, мелочны, эгоистичны, тщеславны, ординарны; верите ли, что они взяли меня не иначе как с тем условием, чтоб я как можно скорее помер, и вот все в бешенстве, что я не помираю и что мне, напротив, легче. Комедия! Бьюсь об заклад, что вы мне не верите?

Князю не хотелось возражать.

– Я даже иногда думаю опять к вам переселиться, – небрежно прибавил Ипполит. – Так вы, однако, не считаете их способными принять человека с тем, чтоб он непременно и как можно скорее помер?

– Я думал, они пригласили вас в каких-нибудь других видах.

– Эге! Да вы таки совсем не так просты, как вас рекомендуют! Теперь не время, а то бы я вам кое-что открыл про этого Ганечку и про надежды его. Под вас подкапываются, князь, безжалостно подкапываются, и... даже жалко, что вы так спокойны. Но увы, – вы не можете иначе!

– Вот о чем пожалели! – засмеялся князь. – Что ж, по-вашему, я был бы счастливее, если б был беспокойнее?

– Лучше быть несчастным, но *знать*, чем счастливым и жить... в дураках. Вы, кажется, нисколько не верите, что с вами соперничают и... с той стороны?

— Ваши слова о соперничестве несколько циничны, Ипполит; мне жаль, что я не имею права отвечать вам. Что же касается Гаврилы Ардалионовича, то, согласитесь сами, может ли он оставаться спокойным после всего, что он потерял, если вы только знаете его дела хоть отчасти? Мне кажется, что с этой точки зрения лучше взглянуть. Он еще успеет перемениться; ему много жить, а жизнь богата... а впрочем... впрочем, — потерялся вдруг князь, — насчет подкопов... я даже и не понимаю, про что вы говорите; оставим лучше этот разговор, Ипполит.

— Оставим до времени; к тому же ведь нельзя и без благородства с вашей-то стороны. Да, князь, вам нужно самому пальцем пощупать, чтоб опять не поверить, ха-ха! А очень вы меня презираете теперь, как вы думаете?

— За что? За то, что вы больше нас страдали и страдаете?

— Нет, а за то, что недостоин своего страдания.

— Кто мог страдать больше, стало быть, и достоин страдать больше. Аглая Ивановна, когда прочла вашу исповедь, хотела вас видеть, но...

— Откладывает... ей нельзя, понимаю, понимаю... — перебил Ипполит, как бы стараясь поскорее отклонить разговор.— Кстати, говорят, вы сами читали ей всю эту галиматью вслух; подлинно в бреду написано и... сделано. И не понимаю, до какой степени надо быть, — не скажу жестоким (это для меня унизительно), но детски тщеславным и мстительным, чтоб укорять меня этою исповедью и употреблять ее против меня же как оружие! Не беспокойтесь, я не на ваш счет говорю...

— Но мне жаль, что вы отказываетесь от этой тетрадки, Ипполит, она искренна, и, знаете что, даже самые смешные стороны ее, а их много (Ипполит сильно поморщился), искуплены страданием, потому что признаваться в них было тоже страдание и... может быть, большое мужество. Мысль, вас подвигшая, имела непременно благородное основание, что бы там ни казалось. Чем далее, тем яснее я это вижу, клянусь вам. Я вас не сужу, я говорю, чтобы высказаться, и мне жаль, что я тогда молчал...

Ипполит вспыхнул. У него было мелькнула мысль, что князь притворяется и ловит его; но, вглядевшись в лицо его, он не мог не поверить его искренности; лицо его прояснилось.

– А вот все-таки умирать! – проговорил он, чуть не прибавив: – такому человеку, как я! – И вообразите, как меня допекает ваш Ганечка; он выдумал, в виде возражения, что, может быть, из тех, кто тогда слушал мою тетрадку, трое-четверо умрут, пожалуй, раньше меня! Каково! Он думает, что это утешение, ха-ха! Во-первых, еще не умерли; да если бы даже эти люди и перемерли, то какое же в этом утешение, согласитесь сами! Он по себе судит; впрочем, он еще дальше пошел, он теперь просто ругается, говорит, что порядочный человек умирает в таком случае молча и что во всем этом с моей стороны был один только эгоизм! Каково! Нет, каков эгоизм с его-то стороны! Какова утонченность или, лучше сказать, какова в то же время воловья грубость их эгоизма, которого они все-таки никак не могут заметить в себе!.. Читали вы, князь, про одну смерть, одного Степана Глебова, в восемнадцатом столетии? Я случайно вчера прочел...

– Какого Степана Глебова?

– Был посажен на кол при Петре.

– Ах, боже мой, знаю! Просидел пятнадцать часов на коле, в мороз, в шубе, и умер с чрезвычайным великодушием; как же, читал... а что?

– Дает же Бог такие смерти людям, а нам таки нет! Вы, может быть, думаете, что я не способен умереть так, как Глебов?

– О, совсем нет, – сконфузился князь, – я хотел только сказать, что вы... то есть не то, что вы не походили бы на Глебова, но... что вы... что вы скорее были бы тогда...

– Угадываю: Остерманом, а не Глебовым, – вы это хотите сказать?

– Каким Остерманом? – удивился князь.

— Остерманом, дипломатом Остерманом, петровским Остерманом, — пробормотал Ипполит, вдруг несколько сбившись. Последовало некоторое недоумение.

— О, н-н-нет! Я не то хотел сказать, — протянул вдруг князь после некоторого молчания, — вы, мне кажется... никогда бы не были Остерманом...

Ипполит нахмурился.

— Впрочем, я ведь почему это так утверждаю, — вдруг подхватил князь, видимо желая поправиться, — потому что тогдашние люди (клянусь вам, меня это всегда поражало) совсем точно и не те люди были, как мы теперь, не то племя было, какое теперь, в наш век, право, точно порода другая... Тогда люди были как-то об одной идее, а теперь нервнее, развитее, сенситивнее, как-то о двух, о трех идеях зараз... теперешний человек шире, — и, клянусь, это-то и мешает ему быть таким односоставным человеком, как в тех веках... Я... я это единственно к тому сказал, а не...

— Понимаю; за наивность, с которою вы не согласились со мной, вы теперь лезете утешать меня, ха-ха! Вы совершенное дитя, князь. Однако ж я замечаю, что вы всё третируете меня как... как фарфоровую чашку... Ничего, ничего, я не сержусь. Во всяком случае, у нас очень смешной разговор вышел; вы совершенное иногда дитя, князь. Знайте, впрочем, что я, может быть, и получше желал быть чем-нибудь, чем Остерманом; для Остермана не стоило бы воскресать из мертвых... А впрочем, я вижу, что мне надо как можно скорее умирать, не то я сам... Оставьте меня. До свидания! Ну, хорошо, ну, скажите мне сами, ну, как, по-вашему: как мне всего лучше умереть?.. Чтобы вышло как можно... добродетельнее то есть? Ну, говорите!

— Пройдите мимо нас и простите нам наше счастье! — проговорил князь тихим голосом.

— Ха-ха-ха! Так я и думал! Непременно чего-нибудь ждал в этом роде! Однако же вы... однако же вы... Ну, ну! Красноречивые люди! До свиданья, до свиданья!

VI

О вечернем собрании на даче Епанчиных, на которое ждали Белоконскую, Варвара Ардалионовна тоже совершенно верно сообщила брату; гостей ждали именно в тот же день вечером; но опять-таки она выразилась об этом несколько резче, чем следовало. Правда, дело устроилось слишком поспешно и даже с некоторым, совсем бы ненужным, волнением, и именно потому, что в этом семействе «всё делалось так, как ни у кого». Всё объяснялось нетерпеливостью «не желавшей более сомневаться» Лизаветы Прокофьевны и горячими содроганиями обоих родительских сердец о счастии любимой дочери. К тому же Белоконская и в самом деле скоро уезжала; а так как ее протекция действительно много значила в свете и так как надеялись, что она к князю будет благосклонна, то родители и рассчитывали, что «свет» примет жениха Аглаи прямо из рук всемощной «старухи», а стало быть, если и будет в этом что-нибудь странное, то под таким покровительством покажется гораздо менее странным. В том-то и состояло всё дело, что родители никак не были в силах сами решить: «Есть ли, и на сколько именно во всем этом деле есть странного? Или нет совсем странного?» Дружеское и откровенное мнение людей авторитетных и компетентных именно годилось бы в настоящий момент, когда, благодаря Аглае, еще ничто не было решено окончательно. Во всяком же случае, рано или поздно князя надо было ввести в свет, о котором он не имел ни малейшего понятия. Короче, его намерены были «показать». Вечер проектировался, однако же, запросто: ожидались одни только «друзья дома», в самом малом числе. Кроме Белоконской, ожидали одну даму, жену весьма важного барина и сановника. Из молодых людей рассчитывали чуть ли не на одного Евгения Павловича; он должен был явиться, сопровождая Белоконскую.

О том, что будет Белоконская, князь услыхал еще чуть ли не за три дня до вечера; о званом же вечере узнал только накануне. Он, разумеется, заметил и хлопотливый вид членов семейства и даже, по некоторым намекающим и озабоченным с ним заговариваниям, проник, что боятся за впечатление, которое он может произвести. Но у Епанчиных, как-то у всех до единого, составилось понятие, что он, по простоте своей, ни за что не в состоянии сам догадаться о том, что за него так беспокоятся. Потому, глядя на него, все внутренне тосковали. Впрочем, он и в самом деле почти не придавал никакого значения предстоящему событию; он был занят совершенно другим: Аглая с каждым часом становилась всё капризнее и мрачнее – это его убивало. Когда он узнал, что ждут и Евгения Павловича, то очень обрадовался и сказал, что давно желал его видеть. Почему-то эти слова никому не понравились; Аглая вышла в досаде из комнаты и только поздно вечером, часу в двенадцатом, когда князь уже уходил, она улучила случай сказать ему несколько слов наедине, провожая его.

– Я бы желала, чтобы вы завтра весь день не приходили к нам, а пришли бы вечером, когда уже соберутся эти... гости. Вы знаете, что будут гости?

Она заговорила нетерпеливо и усиленно сурово; в первый раз она заговорила об этом «вечере». Для нее тоже мысль о гостях была почти нестерпима; все это заметили. Может быть, ей и ужасно хотелось бы поссориться за это с родителями, но гордость и стыдливость помешали заговорить. Князь тотчас же понял, что и она за него боится (и не хочет признаться, что боится), и вдруг сам испугался.

– Да, я приглашен, – ответил он.

Она видимо затруднялась продолжением.

– С вами можно говорить о чем-нибудь серьезно? Хоть раз в жизни? – рассердилась она вдруг чрезвычайно, не зная за что и не в силах сдержать себя.

— Можно, и я вас слушаю; я очень рад, — бормотал князь.

Аглая промолчала опять с минуту и начала с видимым отвращением:

— Я не захотела с ними спорить об этом; в иных случаях их не вразумишь. Отвратительны мне были всегда правила, какие иногда у maman бывают. Я про папашу не говорю, с него нечего и спрашивать. Maman, конечно, благородная женщина; осмельтесь ей предложить что-нибудь низкое, и увидите. Ну, а пред этою... дрянью преклоняется! Я не про Белоконскую одну говорю: дрянная старушонка и дрянная характером, да умна и их всех в руках умеет держать, — хоть тем хороша. О, низость! И смешно: мы всегда были люди среднего круга, самого среднего, какого только можно быть; зачем же лезть в тот великосветский круг? Сестры туда же; это князь Щ. всех смутил. Зачем вы радуетесь, что Евгений Павлыч будет?

— Послушайте, Аглая, — сказал князь, — мне кажется, вы за меня очень боитесь, чтоб я завтра не срезался... в этом обществе?

— За вас? Боюсь? — вся вспыхнула Аглая. — Отчего мне бояться за вас, хоть бы вы... хоть бы вы совсем осрамились? Что мне? И как вы можете такие слова употреблять? Что значит «срезался»? Это дрянное слово, пошлое.

— Это... школьное слово.

— Ну да, школьное слово! Дрянное слово! Вы намерены, кажется, говорить завтра всё такими словами. Подыщите еще побольше дома в вашем лексиконе таких слов: то-то эффект произведете! Жаль, что вы, кажется, умеете войти хорошо; где это вы научились? Вы сумеете взять и выпить прилично чашку чаю, когда на вас все будут нарочно смотреть?

— Я думаю, что сумею.

— Это жаль; а то бы я посмеялась. Разбейте по крайней мере китайскую вазу в гостиной! Она дорого стоит; пожалуйста; разбейте; она дареная, мамаша с ума сойдет и при всех заплачет, — так она ей дорога. Сделайте какой-нибудь жест, как вы всегда делаете, ударьте и разбейте. Сядьте нарочно подле.

— Напротив, постараюсь сесть как можно дальше: спасибо, что предупреждаете.

— Стало быть, заранее боитесь, что будете большие жесты делать. Я бьюсь об заклад, что вы о какой-нибудь «теме» заговорите, о чем-нибудь серьезном, ученом, возвышенном? Как это будет... прилично!

— Я думаю, это было бы глупо... если некстати.

— Слушайте, раз навсегда, — не вытерпела наконец Аглая, — если вы заговорите о чем-нибудь вроде смертной казни, или об экономическом состоянии России, или о том, что «мир спасет красота», то... я, конечно, порадуюсь и посмеюсь очень, но... предупреждаю вас заранее: не кажитесь мне потом на глаза! Слышите: я серьезно говорю! На этот раз я уж серьезно говорю!

Она действительно *серьезно* проговорила свою угрозу, так что даже что-то необычайное послышалось в ее словах и проглянуло в ее взгляде, чего прежде никогда не замечал князь и что, уж конечно, не походило на шутку.

— Ну, вы сделали так, что я теперь непременно «заговорю» и даже... может быть... и вазу разобью. Давеча я ничего не боялся, а теперь всего боюсь. Я непременно срежусь.

— Так молчите. Сидите и молчите.

— Нельзя будет; я уверен, что я от страха заговорю и от страха разобью вазу. Может быть, я упаду на гладком полу, или что-нибудь в этом роде выйдет, потому что со мной уж случалось; мне это будет сниться всю ночь сегодня; зачем вы заговорили!

Аглая мрачно на него посмотрела.

— Знаете что: я лучше завтра совсем не приду! Отрапортуюсь больным, и кончено! — решил он наконец.

Аглая топнула ногой и даже побледнела от гнева.

— Господи! Да видано ли где-нибудь это! Он не придет, когда нарочно для него же и... о боже! Вот удовольствие иметь дело с таким... бестолковым человеком, как вы!

— Ну, я приду, приду! — поскорее перебил князь. — И даю вам честное слово, что просижу весь вечер ни слова не говоря. Уж я так сделаю.

— Прекрасно сделаете. Вы сейчас сказали «отрапортуюсь больным»; откуда вы берете в самом деле этакие выражения? Что у вас за охота говорить со мной такими словами? Дразните вы меня, что ли?

— Виноват; это тоже школьное слово; не буду. Я очень хорошо понимаю, что вы... за меня боитесь... (да не сердитесь же!), и я ужасно рад этому. Вы не поверите, как я теперь боюсь и — как радуюсь вашим словам. Но весь этот страх, клянусь вам, всё это мелочь и вздор. Ей-богу, Аглая! А радость останется. Я ужасно люблю, что вы такой ребенок, такой хороший и добрый ребенок! Ах, как вы прекрасны можете быть, Аглая!

Аглая конечно бы рассердилась, и уже хотела, но вдруг какое-то неожиданное для нее самой чувство захватило всю ее душу в одно мгновение.

— А вы не попрекнете меня за теперешние грубые слова... когда-нибудь... после? — вдруг спросила она.

— Что вы, что вы! И чего вы опять вспыхнули? Вот и опять смотрите мрачно! Вы слишком мрачно стали иногда смотреть, Аглая, как никогда не смотрели прежде. Я знаю, отчего это...

— Молчите, молчите!

— Нет, лучше сказать. Я давно хотел сказать; я уже сказал, но... этого мало, потому что вы мне не поверили. Между нами все-таки стоит одно существо...

— Молчите, молчите, молчите, молчите! — вдруг перебила Аглая, крепко схватив его за руку и чуть не в ужасе смотря на него. В эту минуту ее кликнули; точно обрадовавшись, она бросила его и убежала.

Князь был всю ночь в лихорадке. Странно, уже несколько ночей сряду с ним была лихорадка. В этот же раз, в полубреду, ему пришла мысль: что, если завтра, при всех, с ним случится припадок? Ведь бывали же с ним припадки наяву? Он леденел от этой мысли; всю ночь он представлял себя в каком-то чудном и неслыханном обществе, между какими-то странными людьми. Главное то, что он «заговорил»; он знал, что не надо говорить, но он всё время говорил, он в чем-то их уговаривал. Евгений Павлович и Ипполит были тоже в числе гостей и казались в чрезвычайной дружбе.

Он проснулся в девятом часу с головною болью, с беспорядком в мыслях, с странными впечатлениями. Ему ужасно почему-то захотелось видеть Рогожина; видеть и много говорить с ним, — о чем именно, он и сам не знал; потом он уже совсем решился было пойти зачем-то к Ипполиту. Что-то смутное было в его сердце, до того, что приключения, случившиеся с ним в это утро, произвели на него хотя и чрезвычайно сильное, но все-таки какое-то неполное впечатление. Одно из этих приключений состояло в визите Лебедева.

Лебедев явился довольно рано, в начале десятого, и почти совсем хмельной. Хоть и не заметлив был князь в последнее время, но ему как-то в глаза бросилось, что со времени переселения от них генерала Иволгина, вот уже три дня, Лебедев очень дурно повел себя. Он стал как-то вдруг чрезвычайно сален и запачкан, галстук его сбивался на сторону, а воротник сюртука был надорван. У себя он даже бушевал, и это было слышно через дворик; Вера приходила раз в слезах и что-то рассказывала. Представ теперь, он как-то очень странно заговорил, бия себя в грудь, и в чем-то винился...

— Получил... получил возмездие за измену и подлость мою... Пощечину получил! — заключил он наконец трагически.

— Пощечину! От кого?.. И так спозаранку?

— Спозаранку? — саркастически улыбнулся Лебедев. — Время тут ничего не значит... даже и для возмездия физического... но я нравственную... нравственную пощечину получил, а не физическую!

Он вдруг уселся без церемонии и начал рассказывать. Рассказ его был очень бессвязен; князь было поморщился и хотел уйти, но вдруг несколько слов поразили его. Он остолбенел от удивления... Странные вещи рассказал господин Лебедев.

Сначала дело шло, по-видимому, о каком-то письме; произнесено было имя Аглаи Ивановны. Потом вдруг Лебедев с горечью начал обвинять самого князя; можно было понять, что он обижен князем. Сначала, дескать, князь почтил его своею доверенностью в делах с известным «персонажем» (с Настасьей Филипповной); но потом совсем разорвал с ним и отогнал его от себя со срамом, и даже до такой обидной степени, что в последний раз с грубостью будто бы отклонил «невинный вопрос о ближайших переменах в доме». С пьяными слезами признавался Лебедев, что «после этого он уже никак не мог перенести, тем паче что многое знал... очень многое... и от Рогожина, и от Настасьи Филипповны, и от приятельницы Настасьи Филипповны, и от Варвары Ардалионовны... самой-с... и от... и от самой даже Аглаи Ивановны, можете вы это вообразить-с, чрез посредство Веры-с, через дочь мою любимую Веру, единородную... да-с... а впрочем, не единородную, ибо у меня их три. А кто уведомлял письмами Лизавету Прокофьевну, даже в наиглубочайшем секрете-с, хе-хе! Кто отписывал ей про все отношения и... про движения персонажа Настасьи Филипповны, хе-хе-хе! Кто, кто сей аноним, позвольте спросить?»

— Неужто вы? — вскричал князь.

— Именно, — с достоинством ответил пьяница, — и сегодня же в половине девятого, всего полчаса... нет-с, три четверти уже часа, как известил благороднейшую мать, что имею ей передать одно приключение... значительное. Запиской известил, чрез девушку, с заднего крыльца-с. Приняла.

— Вы видели сейчас Лизавету Прокофьевну? — спросил князь, едва веря ушам своим.

— Видел сейчас и получил пощечину... нравственную. Воротила письмо назад, даже шваркнула, нераспечатанное... а меня прогнала в три шеи... впрочем, только нравственно, а не физически... а впрочем, почти что и физически, немного недостало!

— Какое письмо она вам шваркнула нераспечатанное?

— А разве... хе-хе-хе! Да ведь я еще вам не сказал! А я думал, что уже сказал... Я одно такое письмецо получил, для передачи-с...

— От кого? Кому?

Но некоторые «объяснения» Лебедева чрезвычайно трудно было разобрать и хоть что-нибудь в них понять. Князь, однако же, сообразил, сколько мог, что письмо было передано рано утром, чрез служанку, Вере Лебедевой, для передачи по адресу... «так же как и прежде... так же как и прежде, известному персонажу и от того же лица-с... (ибо одну из них я обозначаю названием «лица»-с, а другую лишь только «персонажа», для унижения и для различия; ибо есть великая разница между невинною и высокоблагородною генеральскою девицей и... камелией-с), итак, письмо было от «лица»-с, начинающегося с буквы *А*...»

— Как это можно? Настасье Филипповне? Вздор! — вскричал князь.

— Было, было-с, а не ей, так Рогожину-с, всё равно, Рогожину-с... и даже господину Терентьеву было, для передачи, однажды-с, от лица с буквы А, — подмигнул и улыбнулся Лебедев.

Так как он часто сбивался с одного на другое и позабывал, о чем начинал говорить, то князь затих, чтобы дать ему высказаться. Но все-таки было чрезвычайно неясно: чрез него ли именно шли письма или чрез Веру? Если он сам уверял, что «к Рогожину всё равно что к Настасье Филипповне», то, значит, вернее, что не чрез него шли они, если только были письма. Случай же, каким образом попалось к нему теперь письмо, остался решительно необъясненным; вернее всего надо было предположить, что он как-нибудь похитил его у Веры...

тихонько украл и отнес с каким-то намерением к Лизавете Прокофьевне. Так сообразил и понял наконец князь.

— Вы с ума сошли! — вскричал он в чрезвычайном смятении.

— Не совсем, многоуважаемый князь, — не без злости ответил Лебедев, — правда, я хотел было вам вручить, вам, в ваши собственные руки, чтоб услужить... но рассудил лучше там услужить и обо всем объявить благороднейшей матери... так как и прежде однажды письмом известил, анонимным; и когда написал давеча на бумажке, предварительно, прося приема, в восемь часов двадцать минут, тоже подписался: «ваш тайный корреспондент»; тотчас допустили, немедленно, даже с усиленною поспешностью, задним ходом... к благороднейшей матери.

— Ну?..

— А там уже известно-с, чуть не прибила-с; то есть чуть-чуть-с, так что даже, можно считать, почти что и прибила-с. А письмо мне шваркнула. Правда, хотела было у себя удержать, — видел, заметил, — но раздумала и шваркнула: «Коли тебе, такому, доверили передать, так и передай...» Обиделась даже. Уж коли предо мной не постыдилась сказать, то, значит, обиделась. Характером вспыльчивы!

— Где же письмо-то теперь?

— Да всё у меня же, вот-с.

И он передал князю записку Аглаи к Гавриле Ардалионовичу, которую тот с торжеством, в это же утро два часа спустя, показал сестре.

— Это письмо не может оставаться у вас.

— Вам, вам! Вам и приношу-с, — с жаром подхватил Лебедев, — теперь опять ваш, весь ваш, с головы до сердца, слуга-с, после мимолетной измены-с! Казните сердце, пощадите бороду, как сказал Томас Морус... в Англии и в Великобритании-с. Mea culpa, mea culpa[1], как гово-

1 Согрешил, согрешил (*лат.*).

рит римская папа... то есть он римский папа, а я его называю «римская папа».

— Это письмо должно быть сейчас отослано, — захлопотал князь, — я передам.

— А не лучше ли, а не лучше ли, благовоспитаннейший князь, а не лучше ли-с... эфтово-с!

Лебедев сделал странную, умильную гримасу; он ужасно завозился вдруг на месте, точно его укололи вдруг иголкой, и, лукаво подмигивая глазами, делал и показывал что-то руками.

— Что такое? — грозно спросил князь.

— Предварительно бы вскрыть-с! — прошептал он умилительно и как бы конфиденциально.

Князь вскочил в такой ярости, что Лебедев пустился было бежать; но, добежав до двери, приостановился, выжидая, не будет ли милости.

— Эх, Лебедев! Можно ли, можно ли доходить до такого низкого беспорядка, до которого вы дошли? — вскричал князь горестно. Черты Лебедева прояснились.

— Низок, низок! — приблизился он тотчас же, со слезами бия себя в грудь.

— Ведь это мерзости!

— Именно мерзости-с. Настоящее слово-с!

— И что у вас за повадка так... странно поступать? Ведь вы... просто шпион! Почему вы писали анонимом и тревожили... такую благороднейшую и добрейшую женщину? Почему, наконец, Аглая Ивановна не имеет права писать кому ей угодно? Что, вы жаловаться, что ли, ходили сегодня? Что вы надеялись получить? Что подвинуло вас доносить?

— Единственно из приятного любопытства и... из услужливости благородной души, да-с! — бормотал Лебедев. — Теперь же весь ваш, весь опять! Хоть повесьте!

— Вы таким, как теперь, и являлись к Лизавете Прокофьевне? — с отвращением полюбопытствовал князь.

— Нет-с... свежее-с... и даже приличнее-с; это я уже после унижения достиг... сего вида-с.

— Ну, хорошо, оставьте меня.

Впрочем, эту просьбу надо было повторить несколько раз, прежде чем гость решился наконец уйти. Уже совсем отворив дверь, он опять воротился, дошел до средины комнаты на цыпочках и снова начал делать знаки руками, показывая, как вскрывают письмо; проговорить же свой совет словами он не осмелился; затем вышел, тихо и ласково улыбаясь.

Всё это было чрезвычайно тяжело услышать. Из всего выставлялся один главный и чрезвычайный факт: то, что Аглая была в большой тревоге, в большой нерешимости, в большой муке почему-то («от ревности», — прошептал про себя князь). Выходило тоже, что ее, конечно, смущали и люди недобрые, и уж очень странно было, что она им так доверялась. Конечно, в этой неопытной, но горячей и гордой головке созревали какие-то особенные планы, может быть и пагубные и... ни на что не похожие. Князь был чрезвычайно испуган и в смущении своем не знал, на что решиться. Надо было непременно что-то предупредить, он это чувствовал. Он еще раз поглядел на адрес запечатанного письма: о, тут для него не было сомнений и беспокойств, потому что он верил; его другое беспокоило в этом письме: он не верил Гавриле Ардалионовичу. И однако же, он сам было решился передать ему это письмо, лично, и уже вышел для этого из дому, но на дороге раздумал. Почти у самого дома Птицына, как нарочно, попался Коля, и князь поручил ему передать письмо в руки брата, как бы прямо от самой Аглаи Ивановны. Коля не расспрашивал и доставил, так что Ганя и не воображал, что письмо прошло чрез столько станций. Воротясь домой, князь попросил к себе Веру Лукьяновну, рассказал ей, что надо, и успокоил ее, потому что она до сих пор всё искала письмо и плакала. Она пришла в ужас, когда узнала, что письмо унес отец. (Князь узнал от нее уже потом, что она не раз служила в секрете Рогожину и Аглае Ивановне; ей и в голову не приходило, что тут могло быть что-нибудь во вред князю...)

А князь стал, наконец, до того расстроен, что когда, часа два спустя, к нему прибежал посланный от Коли с известием о болезни отца, то в первую минуту он почти не мог понять, в чем дело. Но это же происшествие и восстановило его, потому что сильно отвлекло. Он пробыл у Нины Александровны (куда, разумеется, перенесли больного) почти вплоть до самого вечера. Он не принес почти никакой пользы, но есть люди, которых почему-то приятно видеть подле себя в иную тяжелую минуту. Коля был ужасно поражен, плакал истерически, но, однако же, всё время был на побегушках: бегал за доктором и сыскал троих, бегал в аптеку, в цирюльню. Генерала оживили, но не привели в себя; доктора выражались, что «во всяком случае пациент в опасности». Варя и Нина Александровна не отходили от больного; Ганя был смущен и потрясен, но не хотел всходить наверх и даже боялся увидеть больного; он ломал себе руки, и в бессвязном разговоре с князем ему удалось выразиться, что вот, дескать, «такое несчастье и, как нарочно, в такое время!». Князю показалось, что он понимает, про какое именно время тот говорит. Ипполита князь уже не застал в доме Птицына. К вечеру прибежал Лебедев, который, после утреннего «объяснения», спал до сих пор без просыпу. Теперь он был почти трезв и плакал над больным настоящими слезами, точно над родным своим братом. Он винился вслух, не объясняя, однако же, в чем дело, и приставал к Нине Александровне, уверяя ее поминутно, что «это он, он сам причиной, и никто как он... единственно из приятного любопытства... и что «усопший» (так он почему-то упорно называл еще живого генерала) был даже гениальнейший человек!». Он особенно серьезно настаивал на гениальности, точно от этого могла произойти в эту минуту какая-нибудь необыкновенная польза. Нина Александровна, видя искренние слезы его, проговорила ему наконец, безо всякого упрека и чуть ли даже не с лаской: «Ну, Бог с вами, ну, не плачьте, ну, Бог вас простит!» Лебедев был до того поражен этими словами и тоном их, что во весь этот вечер не хотел уже и отходить от Нины Александровны (и во все следующие дни, до самой смерти генерала, он почти с утра до ночи проводил время в их доме). В продолжение дня два раза приходил к Нине Александровне посланный от Лизаветы Прокофьевны узнать о здоровье больного. Когда же вечером, в девять часов, князь явился в гостиную Епанчиных, уже наполненную гостями, Лизавета Прокофьевна тотчас же начала расспрашивать его о больном, с участием и подробно, и с важностью ответила Белоконской на ее вопрос: «Кто таков больной и кто такая Нина Александровна?» Князю это очень понравилось. Сам он, объясняясь с Лизаветой Прокофьевной, говорил «прекрасно», как выражались потом сестры Аглаи: «скромно, тихо, без лишних слов, без жестов, с достоинством; вошел прекрасно; одет был превосходно» и не только не «упал на гладком полу», как боялся накануне, но видимо произвел на всех даже приятное впечатление.

С своей стороны, усевшись и осмотревшись, он тотчас же заметил, что всё это собрание отнюдь не походило на вчерашние призраки, которыми его напугала Аглая, или на кошмары, которые ему снились ночью. В первый раз в жизни он видел уголок того, что называется страшным именем «света». Он давно уже вследствие некоторых особенных намерений, соображений и влечений своих жаждал проникнуть в этот заколдованный круг людей и потому был сильно заинтересован первым впечатлением. Это первое впечатление его было даже очаровательное. Как-то тотчас и вдруг ему показалось, что все эти люди как будто так и родились, чтоб быть вместе; что у Епанчиных нет никакого «вечера» в этот вечер и никаких званых гостей, что всё это самые «свои люди» и что он сам как будто давно уже был их преданным другом и единомышленником и воротился к ним теперь после недавней разлуки. Обаяние изящных манер, простоты и кажущегося чистосердечия было почти волшебное. Ему и в мысль не могло прийти, что всё это простосердечие и благородство, остроумие и высокое собственное достоинство есть, может быть, только великолепная художественная выделка. Большинство гостей состояло даже, несмотря на внушающую наружность, из довольно пустых людей, которые, впрочем, и сами не знали, в самодовольстве своем, что многое в них хорошее — одна выделка, в которой притом они не виноваты, ибо она досталась им бессознательно и по наследству. Этого князь даже и подозревать не хотел под обаянием прелести своего первого впечатления. Он видел, например, что этот старик, этот важный сановник, который по летам годился бы ему в деды, даже прерывает свой разговор, чтобы выслушать его, такого молодого и неопытного человека, и не только выслушивает его, но видимо ценит его мнение, так ласков с ним, так искренно добродушен, а между тем они чужие и видятся всего в первый раз. Может быть, на горячую восприимчивость князя подействовала наиболее утонченность этой вежливости. Может быть, он и заранее был слишком расположен и даже подкуплен к счастливому впечатлению.

А между тем все эти люди, — хотя, конечно, были «друзьями дома» и между собой, — были, однако же, далеко не такими друзьями ни дому, ни между собой, какими принял их князь, только что его представили и познакомили с ними. Тут были люди, которые никогда и ни за что не признали бы Епанчиных хоть сколько-нибудь себе равными. Тут были люди даже совершенно ненавидевшие друг друга; старуха Белоконская всю жизнь свою «презирала» жену «старичка сановника», а та в свою очередь далеко не любила Лизавету Прокофьевну. Этот «сановник», муж ее, почему-то покровитель Епанчиных с самой их молодости, председательствовавший тут же, был до того громадным лицом в глазах Ивана Федоровича, что тот, кроме благоговения и страху, ничего не мог ощущать в его присутствии и даже презирал бы себя искренно, если бы хоть одну минуту почел себя ему равным, а его не Юпитером Олимпийским. Были тут люди, не встречавшиеся друг с другом по нескольку лет и не ощущавшие друг к другу ничего, кроме равнодушия, если не отвращения, но встретившиеся теперь, как будто вчера еще только виделись в самой дружеской и приятной компании. Впрочем, собрание было немногочисленное. Кроме Белоконской и «старичка сановника», в самом деле важного лица, кроме его супруги, тут был, во-первых, один очень солидный военный генерал, барон или граф, с немецким именем, – человек чрезвычайной молчаливости, с репутацией удивительного знания правительственных дел и чуть ли даже не с репутацией учености, – один из тех олимпийцев-администраторов, которые знают всё, «кроме разве самой России», человек, говорящий в пять лет по одному «замечательному по глубине своей» изречению, но, впрочем, такому, которое непременно входит в поговорку и о котором узнается даже в самом чрезвычайном кругу; один из тех начальствующих чиновников, которые обыкновенно после чрезвычайно продолжительной (даже до странности) службы умирают в больших чинах, на прекрасных местах и с большими деньгами, хотя и без больших подвигов и даже с некоторою враждебностью к подвигам. Этот генерал был непосредственный начальник Ивана Федоровича по службе и которого тот, по горячности своего благодарного сердца и даже по особенному самолюбию, тоже считал своим благодетелем, но который отнюдь не считал себя благодетелем Ивана Федоровича, относился к нему совершенно спокойно, хотя и с удовольствием пользовался многоразличными его услугами, и сейчас же заместил бы его другим чиновником, если б это потребовалось какими-нибудь соображениями, даже вовсе и не высшими. Тут был еще один пожилой, важный барин, как будто даже и родственник Лизаветы Прокофьевны, хотя это было решительно несправедливо; человек в хорошем чине и звании, человек богатый и родовой, плотный собою и очень хорошего здоровья, большой говорун и даже имевший репутацию человека недовольного (хотя, впрочем, в самом позволительном смысле слова), человека даже желчного (но и это в нем было приятно), с замашками английских аристократов и с английскими вкусами (относительно, например, кровавого ростбифа, лошадиной упряжи, лакеев и пр.). Он был большим другом «сановника», развлекал его, и, кроме того, Лизавета Прокофьевна почему-то питала одну странную мысль, что этот пожилой господин (человек несколько легкомысленный и отчасти любитель женского пола) вдруг да и вздумает осчастливить Александру своим предложением. За этим, самым высшим и солидным, слоем собрания следовал слой более молодых гостей, хотя и блестящих тоже весьма изящными качествами. Кроме князя Щ. и Евгения Павловича, к этому слою принадлежал и известный очаровательный князь N., бывший обольститель и победитель женских сердец во всей Европе, человек теперь уже лет сорока пяти, всё еще прекрасной наружности, удивительно умевший рассказывать, человек с состоянием, несколько, впрочем, расстроенным, и, по привычке, проживавший более за границей. Тут были, наконец, люди, как будто составлявшие даже третий особенный слой и которые не принадлежали сами по себе к «заповедному кругу» общества, но которых, так же как и Епанчиных, можно было иногда встретить почему-то в этом «заповедном» круге. По некоторому такту, принятому ими за правило, Епанчины любили смешивать, в редких случаях бывавших у них званых собраний, общество высшее с людьми слоя более низшего, с избранными представителями «среднего рода людей». Епанчиных даже хвалили за это и относились об них, что они понимают свое место и люди с тактом, а Епанчины гордились таким об них мнением. Одним из представителей этого среднего рода людей был в этот вечер один техник, полковник, серьезный человек, весьма близкий приятель князю Щ. и им же введенный к Епанчиным, человек, впрочем, в обществе молчаливый и носивший на большом указательном пальце правой руки большой и видный перстень, по всей вероятности пожалованный. Тут был, наконец, даже один литератор-поэт, из немцев, но русский поэт, и, сверх того, совершенно приличный, так что его можно было без опасения ввести в хорошее общество. Он был счастливой наружности, хотя почему-то несколько отвратительной, лет тридцати восьми, одевался безукоризненно, принадлежал к семейству немецкому, в высшей степени буржуазному, но и в высшей степени почтенному; умел пользоваться разными случаями, пробиться в покровительство высоких людей и удержаться в их благосклонности. Когда-то он перевел с немецкого какое-то важное сочинение какого-то важного немецкого поэта, в стихах умел посвятить свой перевод, умел похвастаться дружбой с одним знаменитым, но умершим русским поэтом (есть целый слой писателей, чрезвычайно любящих приписываться печатно в дружбу к великим, но умершим писателям) и введен был очень недавно к Епанчиным женой «старичка сановника». Эта барыня слыла за покровительницу литераторов и ученых и действительно одному или двум писателям доставила даже пенсион, чрез посредство высокопоставленных лиц, у которых имела значение. А значение в своем роде она имела. Это была дама лет сорока пяти (стало быть, весьма молодая жена для такого старого старичка, как ее муж), бывшая красавица, любившая и теперь, по мании, свойственной многим сорокапятилетним дамам, одеваться слишком уже пышно; ума была небольшого, а знания литературы весьма сомнительного. Но покровительство литераторам было в ней такого же рода манией, как пышно одеваться. Ей посвящалось много сочинений и переводов; два-три писателя, с ее позволения, напечатали свои, писанные ими к ней письма о чрезвычайно важных предметах... И вот всё-то это общество князь принял за самую чистую монету, за чистейшее золото, без лигатуры. Впрочем, все эти люди были тоже, как нарочно, в самом счастливом настроении в этот вечер и весьма довольны собой. Все они до единого знали, что делают Епанчиным своим посещением великую честь. Но, увы, князь и не подозревал таких тонкостей. Он не подозревал, например, что Епанчины, имея в предположении такой важный шаг, как решение судьбы их дочери, и не посмели бы не показать его, князя Льва Николаевича, старичку сановнику, признанному покровителю их семейства. Старичок же сановник, хотя, с своей стороны, совершенно спокойно бы перенес известие даже о самом ужасном несчастии с Епанчиными, — непременно бы обиделся, если б Епанчины помолвили свою дочь без его совета и, так сказать, без его спросу. Князь N., этот милый, этот бесспорно остроумный и такого высокого чистосердечия человек, был на высшей степени убеждения, что он — нечто вроде солнца, взошедшего в эту ночь над гостиной Епанчиных. Он считал их бесконечно ниже себя, и именно эта простодушная и благородная мысль и порождала в нем его удивительно милую развязность и дружелюбность к этим же самым Епанчиным. Он знал очень хорошо, что в этот вечер должен непременно что-нибудь рассказать, для очарования общества, и готовился к этому даже с некоторым вдохновением. Князь Лев Николаевич, выслушав потом этот рассказ, сознавал, что не слыхал никогда ничего подобного такому блестящему юмору и такой удивительной веселости и наивности, почти трогательной в устах такого Дон-Жуана, как князь N. А между тем, если б он только ведал, как этот самый рассказ стар, изношен; как заучен наизусть и как уже истрепался и надоел во всех гостиных, и только у невинных Епанчиных являлся опять за новость, за внезапное, искреннее и блестящее воспоминание блестящего и прекрасного человека! Даже, наконец, немчик-поэтик, хоть и держал себя необыкновенно любезно и скромно, но и тот чуть не считал себя делающим честь этому дому своим посещением. Но князь не заметил оборотной стороны, не замечал никакой подкладки. Этой беды Аглая и не предвидела. Сама она была удивительно хороша собой в этот вечер. Все три барышни были приодеты, хоть и не очень пышно, и даже как-то особенно причесаны.

Аглая сидела с Евгением Павловичем и необыкновенно дружески с ним разговаривала и шутила. Евгений Павлович держал себя как бы несколько солиднее, чем в другое время, тоже, может быть, из уважения к сановникам. Его, впрочем, в свете уже давно знали; это был там уже свой человек, хотя и молодой человек. В этот вечер он явился к Епанчиным с крепом на шляпе, и Белоконская похвалила его за этот креп: другой светский племянник, при подобных обстоятельствах, может быть, и не надел бы по таком дяде крепа. Лизавета Прокофьевна тоже была этим довольна, но вообще она казалась как-то уж слишком озабоченною. Князь заметил, что Аглая раза два на него внимательно посмотрела и, кажется, осталась им довольною. Мало-помалу он становился ужасно счастлив. Давешние «фантастические» мысли и опасения его (после разговора с Лебедевым) казались ему теперь, при внезапных, но частых припоминаниях, таким несбыточным, невозможным и даже смешным сном! (И без того первым, хотя и бессознательным, желанием и влечением его, давеча и во весь день, было как-нибудь сделать так, чтобы не поверить этому сну!) Говорил он мало, и то только на вопросы, и наконец совсем замолк, сидел и всё слушал, но видимо утопая в наслаждении. Мало-помалу в нем самом подготовилось нечто вроде какого-то вдохновения, готового вспыхнуть при случае... Заговорил же он случайно, тоже отвечая на вопрос, и, казалось, вовсе без особых намерений...

VII

Пока он с наслаждением засматривался на Аглаю, весело разговаривавшую с князем N. и Евгением Павловичем, вдруг пожилой барин-англоман, занимавший «сановника» в другом углу и рассказывавший ему о чем-то с одушевлением, произнес имя Николая Андреевича Павлищева. Князь быстро повернулся в их сторону и стал слушать.

Дело шло о нынешних порядках и о каких-то беспорядках по помещичьим имениям в –ской губернии. Рассказы англомана заключали в себе, должно быть, что-нибудь и веселое, потому что старичок начал наконец смеяться желчному задору рассказчика. Он рассказывал, плавно и как-то брюзгливо растягивая слова, с нежными ударениями на гласные буквы, почему он принужден был, и именно теперешними порядками, продать одно великолепное свое имение в–ской губернии, и даже, не нуждаясь особенно в деньгах, за полцены, и в то же время сохранить имение разоренное, убыточное и с процессом, и даже за него приплатить. «Чтоб избежать еще процесса и с павлищенским участком, я от них убежал. Еще одно или два такие наследства, и ведь я разорен. Мне там, впрочем, три тысячи десятин превосходной земли доставалось!»

– Ведь вот... Иван-то Петрович покойному Николаю Андреевичу Павлищеву родственник... ты ведь искал, кажется, родственников-то, – проговорил вполголоса князю Иван Федорович, вдруг очутившийся подле и заметивший чрезвычайное внимание князя к разговору. До сих пор он занимал своего генерала-начальника, но давно уже замечал исключительное уединение Льва Николаевича и стал беспокоиться; ему захотелось ввести его до известной степени в разговор и таким образом второй раз показать и отрекомендовать «высшим лицам».

– Лев Николаич – воспитанник Николая Андреича Павлищева, после смерти своих родителей, – ввернул он, встретив взгляд Ивана Петровича.

– О-чень при-ятно, – заметил тот, – и очень помню даже. Давеча, когда нас Иван Федорыч познакомил, я вас тотчас признал, и даже в лицо. Вы, право, мало изменились на вид, хоть я вас видел только ребенком, лет десяти или одиннадцати вы были. Что-то этакое напоминающее в чертах...

— Вы меня видели ребенком? — спросил князь с каким-то необыкновенным удивлением.

— О, очень уже давно, — продолжал Иван Петрович, — в Златоверховом, где вы проживали тогда у моих кузин. Я прежде довольно часто заезжал в Златоверхово, — вы меня не помните? О-чень может быть, что не помните... Вы были тогда... в какой-то болезни были тогда, так что я даже раз на вас подивился...

— Ничего не помню! — с жаром подтвердил князь.

Еще несколько слов объяснения, крайне спокойного со стороны Ивана Петровича и удивительно взволнованного со стороны князя, и оказалось, что две барыни, пожилые девушки, родственницы покойного Павлищева, проживавшие в его имении Златоверховом и которым князь поручен был на воспитание, были в свою очередь кузинами Ивану Петровичу. Иван Петрович тоже, как и все, почти ничего не мог объяснить из причин, по которым Павлищев так заботился о маленьком князе, своем приемыше. «Да и забыл тогда об этом поинтересоваться», но все-таки оказалось, что у него превосходная память, потому что он даже припомнил, как строга была к маленькому воспитаннику старшая кузина, Марфа Никитишна, «так, что я с ней даже побранился раз из-за вас за систему воспитания, потому что всё розги и розги больному ребенку — ведь это... согласитесь сами...» — и как, напротив, нежна была к бедному мальчику младшая кузина, Наталья Никитишна... «Обе они теперь, — пояснил он дальше, — проживают уже в — ской губернии (вот не знаю только, живы ли теперь?), где им от Павлищева досталось весьма и весьма порядочное маленькое имение. Марфа Никитишна, кажется, в монастырь хотела пойти; впрочем, не утверждаю; может, я о другом о ком слышал... да, это я про докторшу намедни слышал...».

Князь выслушал это с глазами, блестевшими от восторга и умиления. С необыкновенным жаром возвестил он в свою очередь, что никогда не простит себе, что в эти шесть месяцев поездки своей во внутренние губернии он не улучил случая отыскать и навестить своих бывших воспитательниц. «Он каждый день хотел ехать и всё был отвлечен обстоятельствами.... но что теперь он дает себе слово... непременно... хотя бы в – скую губернию... Так вы знаете Наталью Никитишну? Какая прекрасная, какая святая душа! Но и Марфа Никитишна... простите меня, но вы, кажется, ошибаетесь в Марфе Никитишне! Она была строга, но... ведь нельзя же было не потерять терпение... с таким идиотом, каким я тогда был (хи-хи!). Ведь я был тогда совсем идиот, вы не поверите (ха-ха!). Впрочем... впрочем, вы меня тогда видели и... Как же это я вас не помню, скажите, пожалуйста? Так вы... ах, боже мой, так неужели же вы в самом деле родственник Николаю Андреичу Павлищеву?»

– У-ве-ряю вас, – улыбнулся Иван Петрович, оглядывая князя.

– О, я ведь не потому сказал, чтоб я... сомневался... и, наконец, в этом разве можно сомневаться (хе-хе!)... хоть сколько-нибудь? То есть даже хоть сколько-нибудь!! (Хе-хе!) Но я к тому, что покойный Николай Андреич Павлищев был такой превосходный человек! Великодушнейший человек, право, уверяю вас!

Князь не то чтобы задыхался, а, так сказать, «захлебывался от прекрасного сердца», как выразилась об этом на другой день утром Аделаида, в разговоре с женихом своим, князем Щ.

– Ах, боже мой! – рассмеялся Иван Петрович, – почему же я не могу быть родственником даже и ве-ли-кодушному человеку?

– Ах, боже мой! – вскричал князь, конфузясь, торопясь и воодушевляясь всё больше и больше, – я... я опять сказал глупость, но... так и должно было быть, потому что я... я... я, впрочем, опять не к тому! Да и что теперь во мне, скажите, пожалуйста, при таких интересах... при таких огромных интересах! И в сравнении с таким великодушнейшим человеком, – потому что ведь, ей-богу, он был великодушнейший человек, не правда ли? Не правда ли?

Князь даже весь дрожал. Почему он вдруг так растревожился, почему пришел в такой умиленный восторг, совершенно ни с того ни с сего и, казалось, нисколько не в меру с предметом разговора, – это трудно было бы решить. В таком уж он был настроении и даже чуть ли не ощущал в эту минуту, к кому-то и за что-то, самой горячей и чувствительной благодарности, – может быть, даже к Ивану Петровичу, а чуть ли и не ко всем гостям вообще. Слишком уж он «рассчастливился». Иван Петрович стал на него, наконец, заглядываться гораздо пристальнее; пристально очень рассматривал его и «сановник». Белоконская устремила на князя гневный взор и сжала губы. Князь N., Евгений Павлович, князь Щ., девицы – все прервали разговор и слушали. Казалось, Аглая была испугана, Лизавета же Прокофьевна просто струсила. Странны были и они, дочки с маменькой: они же предположили и решили, что князю бы лучше просидеть вечер молча; но только что увидали его в углу, в полнейшем уединении и совершенно довольного своею участью, как тотчас же и растревожились. Александра уж хотела пойти к нему и осторожно, через всю комнату, присоединиться к их компании, то есть к компании князя N., подле Белоконской. И вот только что князь сам заговорил, они еще более растревожились.

– Что превосходнейший человек, то вы правы, – внушительно и уже не улыбаясь произнес Иван Петрович, – да, да... это был человек прекрасный! Прекрасный и достойный, – прибавил он, помолчав.– Достойный даже, можно сказать, всякого уважения, – прибавил он еще внушительнее после третьей остановки, – и... и очень даже приятно видеть с вашей стороны...

– Не с этим ли Павлищевым история вышла какая-то... странная... с аббатом... с аббатом... забыл, с каким аббатом, только все тогда что-то рассказывали, – произнес, как бы припоминая, «сановник».

— С аббатом Гуро, иезуитом, — напомнил Иван Петрович, — да-с, вот-с превосходнейшие-то люди наши и достойнейшие-то! Потому что все-таки человек был родовой, с состоянием, камергер и если бы... продолжал служить... И вот бросает вдруг службу и всё, чтобы перейти в католицизм и стать иезуитом, да еще чуть не открыто, с восторгом каким-то. Право, кстати умер... да; тогда все говорили...

Князь был вне себя.

— Павлищев... Павлищев перешел в католицизм? Быть этого не может! — вскричал он в ужасе.

— Ну, «быть не может»! — солидно прошамкал Иван Петрович, — это уж много сказать, и согласитесь, мой милый князь, сами... Впрочем, вы так цените покойного... действительно, человек был добрейший, чему я и приписываю, в главных чертах, успех этого пройдохи Гуро. Но вы меня спросите, меня, сколько хлопот и возни у меня потом было по этому делу... и именно с этим самым Гуро! Представьте, — обратился он вдруг к старичку, — они даже претензии по завещанию хотели выставить, и мне даже приходилось тогда прибегать к самым то есть энергическим мерам... чтобы вразумить... потому что мастера дела! У-ди-вительные! Но, слава богу, это происходило в Москве, я тотчас к графу, и мы их... вразумили...

— Вы не поверите, как вы меня огорчили и поразили! — вскричал опять князь.

— Жалею; но, в сущности, всё это, собственно говоря, пустяки и пустяками бы кончилось, как и всегда; я уверен. Прошлым летом, — обратился он опять к старичку, — графиня К. тоже, говорят, пошла в какой-то католический монастырь за границей; наши как-то не выдерживают, если раз поддадутся этим... пронырам... особенно за границей.

— Это всё от нашей, я думаю... усталости, — авторитетно промямлил старичок, — ну, и манера у них проповедовать... изящная, своя... и напугать умеют. Меня тоже в тридцать втором году, в Вене, напугали, уверяю вас; только я не поддался и убежал от них, ха-ха!

– Я слышала, что ты тогда, батюшка, с красавицей графиней Левицкой из Вены в Париж убежал, свой пост бросил, а не от иезуита, – вставила вдруг Белоконская.

– Ну, да ведь от иезуита же, все-таки выходит, что от иезуита! – подхватил старичок, рассмеявшись при приятном воспоминании. – Вы, кажется, очень религиозны, что так редко встретишь теперь в молодом человеке, – ласково обратился он к князю Льву Николаевичу, слушавшему раскрыв рот и всё еще пораженному; старичку видимо хотелось разузнать князя ближе; по некоторым причинам он стал очень интересовать его.

– Павлищев был светлый ум и христианин, истинный христианин, – произнес вдруг князь, – как же мог он подчиниться вере... нехристианской?.. Католичество – всё равно что вера нехристианская! – прибавил он вдруг, засверкав глазами и смотря пред собой, как-то вообще обводя глазами всех вместе.

– Ну, это слишком, – пробормотал старичок и с удивлением поглядел на Ивана Федоровича.

– Как так это, католичество вера нехристианская? – повернулся на стуле Иван Петрович. – А какая же?

– Нехристианская вера, во-первых! – в чрезвычайном волнении и не в меру резко заговорил опять князь, – это во-первых, а во-вторых, католичество римское даже хуже самого атеизма, таково мое мнение! Да! таково мое мнение! Атеизм только проповедует нуль, а католицизм идет дальше: он искаженного Христа проповедует, им же оболганного и поруганного, Христа противоположного! Он антихриста проповедует, клянусь вам, уверяю вас! Это мое личное и давнишнее убеждение, и оно меня самого измучило... Римский католицизм верует, что без всемирной государственной власти церковь не устоит на земле, и кричит: «Non possumus!»[1] По-моему, римс-

1 «Не можем!» (*лат.*)

кий католицизм даже и не вера, а решительно продолжение Западной Римской империи, и в нем всё подчинено этой мысли, начиная с веры. Папа захватил землю, земной престол и взял меч; с тех пор всё так и идет, только к мечу прибавили ложь, пронырство, обман, фанатизм, суеверие, злодейство, играли самыми святыми, правдивыми, простодушными, пламенными чувствами народа, всё, всё променяли за деньги, за низкую земную власть. И это не учение антихристово?! Как же было не выйти от них атеизму? Атеизм от них вышел, из самого римского католичества! Атеизм прежде всего с них самих начался: могли ли они веровать себе сами? Он укрепился из отвращения к ним; он порождение их лжи и бессилия духовного! Атеизм! У нас не веруют еще только сословия исключительные, как великолепно выразился намедни Евгений Павлович, корень потерявшие; а там, в Европе, уже страшные массы самого народа начинают не веровать, — прежде от тьмы и от лжи, а теперь уже из фанатизма, из ненависти к церкви и ко христианству!

Князь остановился перевести дух. Он ужасно скоро говорил. Он был бледен и задыхался. Все переглядывались; но наконец старичок откровенно рассмеялся. Князь N. вынул лорнет и, не отрываясь, рассматривал князя. Немчик-поэт выполз из угла и подвинулся поближе к столу, улыбаясь зловещею улыбкой.

— Вы очень пре-у-вели-чиваете, — протянул Иван Петрович с некоторою скукой и даже как будто чего-то совестясь, — в тамошней церкви тоже есть представители, достойные всякого уважения и до-бро-детельные...

— Я никогда и не говорил об отдельных представителях церкви. Я о римском католичестве в его сущности говорил, я о Риме говорю. Разве может церковь совершенно исчезнуть? Я никогда этого не говорил!

— Согласен, но всё это известно и даже — не нужно и... принадлежит богословию...

— О нет, о нет! Не одному богословию, уверяю вас, что нет! Это гораздо ближе касается нас, чем вы думаете. В этом-то вся и ошибка наша, что мы не можем еще видеть, что это дело не исключительно одно только богословское! Ведь и социализм – порождение католичества и католической сущности! Он тоже, как и брат его атеизм, вышел из отчаяния, в противоположность католичеству в смысле нравственном, чтобы заменить собой потерянную нравственную власть религии, чтоб утолить жажду духовную возжаждавшего человечества и спасти его не Христом, а тоже насилием! Это тоже свобода чрез насилие, это тоже объединение чрез меч и кровь! «Не смей веровать в Бога, не смей иметь собственности, не смей иметь личности, fraternité ou la mort[1], два миллиона голов!» По делам их вы узнаете их – это сказано! И не думайте, чтоб это было всё так невинно и бесстрашно для нас; о, нам нужен отпор, и скорей, скорей! Надо, чтобы воссиял в отпор Западу наш Христос, которого мы сохранили и которого они и не знали! Не рабски попадаясь на крючок иезуитам, а нашу русскую цивилизацию им неся, мы должны теперь стать пред ними, и пусть не говорят у нас, что проповедь их изящна, как сейчас сказал кто-то...

– Но позвольте же, позвольте же, – забеспокоился ужасно Иван Петрович, озираясь кругом и даже начиная трусить, – все ваши мысли, конечно, похвальны и полны патриотизма, но всё это в высшей степени преувеличено и... даже лучше об этом оставить...

– Нет, не преувеличено, а скорей уменьшено; именно уменьшено, потому что я не в силах выразиться, но...

– По-зволь-те же!

Князь замолчал. Он сидел, выпрямившись на стуле, и неподвижно, огненным взглядом глядел на Ивана Петровича.

– Мне кажется, что вас слишком уже поразил случай с вашим благодетелем, – ласково и не теряя спокойствия заметил старичок, – вы воспламенены... может быть,

1 братство или смерть (*фр.*).

уединением. Если бы вы пожили больше с людьми, а в свете, я надеюсь, вам будут рады, как замечательному молодому человеку, то, конечно, успокоите ваше одушевление и увидите, что всё это гораздо проще... и к тому же такие редкие случаи... происходят, по моему взгляду, отчасти от нашего пресыщения, а отчасти от... скуки...

— Именно, именно так, — вскричал князь, — великолепнейшая мысль! Именно «от скуки, от нашей скуки», не от пресыщения, а, напротив, от жажды... не от пресыщения, вы в этом ошиблись! Не только от жажды, но даже от воспаления, от жажды горячешной! И... и не думайте, что это в таком маленьком виде, что можно только смеяться; извините меня, надо уметь предчувствовать! Наши как доберутся до берега, как уверуют, что это берег, то уж так обрадуются ему, что немедленно доходят до последних столпов; отчего это? Вы вот дивитесь на Павлищева, вы всё приписываете его сумасшествию или доброте, но это не так! И не нас одних, а всю Европу дивит в таких случаях русская страстность наша: у нас коль в католичество перейдет, то уж непременно иезуитом станет, да еще из самых подземных; коль атеистом станет, то непременно начнет требовать искоренения веры в Бога насилием, то есть, стало быть, и мечом! Отчего это, отчего разом такое исступление? Неужто не знаете? Оттого, что он отечество нашел, которое здесь просмотрел, и обрадовался; берег, землю нашел и бросился ее целовать! Не из одного ведь тщеславия, не всё ведь от одних скверных тщеславных чувств происходят русские атеисты и русские иезуиты, а и из боли духовной, из жажды духовной, из тоски по высшему делу, по крепкому берегу, по родине, в которую веровать перестали, потому что никогда ее и не знали! Атеистом же так легко сделаться русскому человеку, легче чем всем остальным во всем мире! И наши не просто становятся атеистами, а непременно *уверуют* в атеизм, как бы в новую веру, никак и не замечая, что уверовали в нуль. Такова наша жажда! «Кто почвы под собой не имеет, тот и Бога не имеет». Это не мое выражение. Это выражение одного купца из старообрядцев, с которым я встретился, когда ездил. Он, правда, не так выразился, он сказал: «Кто от родной земли отказался, тот и от Бога своего отказался». Ведь подумать только, что у нас образованнейшие люди в хлыстовщину даже пускались... Да и чем, впрочем, в таком случае хлыстовщина хуже, чем нигилизм, иезуитизм, атеизм? Даже, может, и поглубже еще! Но вот до чего доходила тоска!.. Откройте жаждущим и воспаленным Колумбовым спутникам берег Нового Света, откройте русскому человеку русский Свет, дайте отыскать ему это золото, это сокровище, сокрытое от него в земле! Покажите ему в будущем обновление всего человечества и воскресение его, может быть, одною только русскою мыслью, русским богом и Христом, и увидите, какой исполин могучий и правдивый, мудрый и кроткий вырастет пред изумленным миром, изумленным и испуганным, потому что они ждут от нас одного лишь меча, меча и насилия, потому что они представить себе нас не могут, судя по себе, без варварства. И это до сих пор, и это чем дальше, тем больше! И...

Но тут вдруг случилось одно событие, речь оратора прервалась самым неожиданным образом.

Вся эта горячешная тирада, весь этот наплыв страстных и беспокойных слов и восторженных мыслей, как бы толкавшихся в какой-то суматохе и перескакивавших одна через другую, всё это предрекало что-то опасное, что-то особенное в настроении так внезапно вскипевшего, по-видимому ни с того ни с сего, молодого человека. Из присутствовавших в гостиной все знавшие князя боязливо (а иные и со стыдом) дивились его выходке, столь не согласовавшейся со всегдашнею и даже робкою его сдержанностью, с редким и особенным тактом его в иных случаях и с инстинктивным чутьем высших приличий. Понять не могли, отчего это вышло: не известие же о Павлищеве было причиной. В дамском углу смотрели на него как на помешавшегося, а Белоконская призналась потом, что «еще минуту, и она уже хотела спасаться». «Старички» почти потерялись от первого изумления; генерал-начальник недовольно и строго смотрел с своего стула. Техник-полковник сидел в совершенной неподвижности. Немчик даже побледнел, но всё еще улыбался своею фальшивой улыбкой, поглядывая на других: как другие отзовутся? Впрочем, всё это и «весь скандал» могли бы разрешиться самым обыкновенным и естественным способом, может быть, даже чрез минуту; удивленный чрезвычайно, но раньше прочих спохватившийся Иван Федорович уже несколько раз пробовал было остановить князя; не достигнув успеха, он пробирался теперь к нему с целями твердыми и решительными. Еще минута, и если уж так бы понадобилось, то он, может быть, решился бы дружески вывести князя, под предлогом его болезни, что, может быть, и действительно было правда и чему очень верил про себя Иван Федорович... Но дело обернулось другим образом.

Еще вначале, как только князь вошел в гостиную, он сел как можно дальше от китайской вазы, которою так напугала его Аглая. Можно ли поверить, что после вчерашних слов Аглаи в него вселилось какое-то неизгладимое убеждение, какое-то удивительное и невозможное предчувствие, что он непременно и завтра же разобьет эту вазу, как бы ни сторонился от нее, как бы ни избегал беды? Но это было так. В продолжение вечера другие сильные, но светлые впечатления стали наплывать в его душу; мы уже говорили об этом. Он забыл свое предчувствие. Когда он услышал о Павлищеве и Иван Федорович подвел и показал его снова Ивану Петровичу, он пересел ближе к столу и прямо попал на кресло подле огромной, прекрасной китайской вазы, стоявшей на пьедестале, почти рядом с его локтем, чуть-чуть позади.

При последних словах своих он вдруг встал с места, неосторожно махнул рукой, как-то двинул плечом — и... раздался всеобщий крик! Ваза покачнулась, сначала как бы в нерешимости: не упасть ли на голову которому-нибудь из старичков, но вдруг склонилась в противоположную сторону, в сторону едва отскочившего в ужасе немчика, и рухнула на пол. Гром, крик, драгоценные осколки, рассыпавшиеся по ковру, испуг, изумление, – о, что было с князем, то трудно да почти и не надо изображать! Но не можем не упомянуть об одном странном ощущении, поразившем его именно в это самое мгновение и вдруг ему выяснившемся из толпы всех других смутных и странных ощущений: не стыд, не скандал, не страх, не внезапность поразили его больше всего, а сбывшееся пророчество! Что именно было в этой мысли такого захватывающего, он не мог бы и разъяснить себе; он только чувствовал, что поражен до сердца, и стоял в испуге, чуть не мистическом. Еще мгновение, и как будто всё пред ним расширилось, вместо ужаса – свет и радость, восторг; стало спирать дыхание, и... но мгновение прошло. Слава богу, это было не то! Он перевел дух и осмотрелся кругом.

Он долго как бы не понимал суматохи, кипевшей кругом него, то есть понимал совершенно и всё видел, но стоял как бы особенным человеком, ни в чем не принимавшим участия и который, как невидимка в сказке, пробрался в комнату и наблюдает посторонних, но интересных ему людей. Он видел, как убирали осколки, слышал быстрые разговоры, видел Аглаю, бледную и странно смотревшую на него, очень странно: в глазах ее совсем не было ненависти, нисколько не было гнева; она смотрела на него испуганным, но таким симпатичным взглядом, а на других таким сверкающим взглядом... сердце его вдруг сладко заныло. Наконец он увидел со странным изумлением, что все уселись и даже смеются, точно ничего и не случилось! Еще минута, и смех увеличился: смеялись уже на него глядя, на его остолбенелое онемение, но смеялись дружески, весело; многие с ним заговаривали и говорили так ласково, во главе всех Лизавета Прокофьевна: она говорила смеясь и что-то очень, очень доброе. Вдруг он почувствовал, что Иван Федорович дружески треплет его по плечу; Иван Петрович тоже смеялся; но еще лучше, еще привлекательнее и симпатичнее был старичок; он взял князя за руку и, слегка пожимая, слегка ударяя по ней ладонью другой руки, уговаривал его опомниться, точно маленького испуганного мальчика, что ужасно понравилось князю, и наконец посадил его вплоть возле себя. Князь с наслаждением вглядывался в его лицо и всё еще не в силах был почему-то заговорить, ему дух спирало; лицо старика ему так нравилось.

– Как? – пробормотал он наконец, – вы прощаете меня в самом деле? И... вы, Лизавета Прокофьевна?

Смех усилился, у князя выступили на глазах слезы; он не верил себе и был очарован.

– Конечно, ваза была прекрасная. Я ее помню здесь уже лет пятнадцать, да... пятнадцать... – произнес было Иван Петрович.

– Ну, вот беда какая! И человеку конец приходит, а тут из-за глиняного горшка! – громко сказала Лизавета Прокофьевна. – Неужто уж ты так испугался, Лев Николаич? – даже с боязнью прибавила она.– Полно, голубчик, полно; пугаешь ты меня в самом деле.

– И за *всё* прощаете? За *всё*, кроме вазы? – встал было князь вдруг с места, но старичок тотчас же опять притянул его за руку. Он не хотел упускать его.

– C'est très curieux et c'est très sérieux![1] – шепнул он через стол Ивану Петровичу, впрочем довольно громко; князь, может, и слышал.

– Так я вас никого не оскорбил? Вы не поверите, как я счастлив от этой мысли; но так и должно быть! Разве мог я здесь кого-нибудь оскорбить? Я опять оскорблю вас, если так подумаю.

– Успокойтесь, мой друг, это преувеличение. И вам вовсе не за что так благодарить; это чувство прекрасное, но преувеличенное.

1 Это очень любопытно и очень серьезно! (*фр.*)

– Я вас не благодарю, я только... любуюсь вами, я счастлив, глядя на вас; может быть, я говорю глупо, но – мне говорить надо, надо объяснить... даже хоть из уважения к самому себе.

Всё в нем было порывисто, смутно и лихорадочно; очень может быть, что слова, которые он выговаривал, были часто не те, которые он хотел сказать. Взглядом он как бы спрашивал: можно ли ему говорить? Взгляд его упал на Белоконскую.

– Ничего, батюшка, продолжай, продолжай, только не задыхайся, – заметила она, – ты и давеча с одышки начал и вот до чего дошел; а говорить не бойся: эти господа и почудней тебя видывали, не удивишь, а ты еще и не бог знает как мудрен, только вот вазу-то разбил да напугал.

Князь, улыбаясь, ее выслушал.

– Ведь это вы, – обратился он вдруг к старичку, – ведь это вы студента Подкумова и чиновника Швабрина три месяца назад от ссылки спасли?

Старичок даже покраснел немного и пробормотал, что надо бы успокоиться.

– Ведь это я про вас слышал, – обратился он тотчас же к Ивану Петровичу, – в–ской губернии, что вы погоревшим мужикам вашим, уже вольным и наделавшим вам неприятностей, даром дали лесу обстроиться?

– Ну, это пре-у-ве-личение, – пробормотал Иван Петрович, впрочем приятно приосанившись; но на этот раз он был совершенно прав, что «это преувеличение»: это был только неверный слух, дошедший до князя.

– А вы, княгиня, – обратился он вдруг к Белоконской со светлою улыбкой, – разве не вы, полгода назад, приняли меня в Москве как родного сына, по письму Лизаветы Прокофьевны, и действительно как родному сыну один совет дали, который я никогда не забуду. Помните?

– Что ты на стены-то лезешь? – досадливо проговорила Белоконская.– Человек ты добрый, да смешной:

два гроша тебе дадут, а ты благодаришь, точно жизнь спасли. Ты думаешь, это похвально, ан это противно.

Она было уже совсем рассердилась, но вдруг рассмеялась, и на этот раз добрым смехом. Просветлело лицо и Лизаветы Прокофьевны; просиял и Иван Федорович.

– Я говорил, что Лев Николаич человек... человек... одним словом, только бы вот не задыхался, как княгиня заметила... – пробормотал генерал в радостном упоении, повторяя поразившие его слова Белоконской.

Одна Аглая была как-то грустна; но лицо ее всё еще пылало, может быть и негодованием.

– Он, право, очень мил, – пробормотал опять старичок Ивану Петровичу.

– Я вошел сюда с мукой в сердце, – продолжал князь, всё с каким-то возраставшим смятением, всё быстрее и быстрее, всё чуднее и одушевленнее, – я... я боялся вас, боялся и себя. Всего более себя. Возвращаясь сюда, в Петербург, я дал себе слово непременно увидеть наших первых людей, старших, исконных, к которым сам принадлежу, между которыми сам из первых по роду. Ведь я теперь с такими же князьями, как сам, сижу, ведь так? Я хотел вас узнать, и это было надо; очень, очень надо!.. Я всегда слышал про вас слишком много дурного, больше, чем хорошего, о мелочности и исключительности ваших интересов, об отсталости, о мелкой образованности, о смешных привычках, – о, ведь так много о вас пишут и говорят! Я с любопытством шел сюда сегодня, со смятением: мне надо было видеть самому и лично убедиться: действительно ли весь этот верхний слой русских людей уж никуда не годится, отжил свое время, иссяк исконною жизнью и только способен умереть, но всё еще в мелкой, завистливой борьбе с людьми... будущими, мешая им, не замечая, что сам умирает? Я и прежде не верил этому мнению вполне, потому что у нас и сословия-то высшего никогда не бывало, разве придворное, по мундиру, или... по случаю, а теперь уж и совсем исчезло, ведь так, ведь так?

— Ну, это вовсе не так, — язвительно рассмеялся Иван Петрович.

— Ну, опять застучал! — не утерпела и проговорила Белоконская.

— Laissez le dire,[1] он весь даже дрожит, — предупредил опять старичок вполголоса.

Князь был решительно вне себя.

— И что ж? Я увидел людей изящных, простодушных, умных; я увидел старца, который ласкает и выслушивает мальчика, как я; вижу людей, способных понимать и прощать, людей русских и добрых, почти таких же добрых и сердечных, каких я встретил там, почти не хуже. Судите же, как радостно я был удивлен! О, позвольте мне это высказать! Я много слышал и сам очень верил, что в свете всё манера, всё дряхлая форма, а сущность иссякла; но ведь я сам теперь вижу, что этого быть не может у нас; это где-нибудь, а только не у нас. Неужели же вы все теперь иезуиты и обманщики? Я слышал, как давеча рассказывал князь N.: разве это не простодушный, не вдохновенный юмор, разве это не истинное добродушие? Разве такие слова могут выходить из уст человека... мертвого, с иссохшим сердцем и талантом? Разве мертвецы могли бы обойтись со мной, как вы обошлись? Разве это не материал... для будущего, для надежд? Разве такие люди могут не понять и отстать?

— Еще раз прошу, успокойтесь, мой милый, мы обо всем этом в другой раз, и я с удовольствием... — усмехнулся «сановник».

Иван Петрович крякнул и поворотился в своих креслах; Иван Федорович зашевелился; генерал-начальник разговаривал с супругой сановника, не обращая уже ни малейшего внимания на князя; но супруга сановника часто вслушивалась и поглядывала.

— Нет, знаете, лучше уж мне говорить! — с новым лихорадочным порывом продолжал князь, как-то особенно

1 Дайте ему говорить (*фр.*).

доверчиво и даже конфиденциально обращаясь к старичку. – Мне Аглая Ивановна запретила вчера говорить и даже темы назвала, о которых нельзя говорить; она знает, что я в них смешон! Мне двадцать седьмой год, а ведь я знаю, что я как ребенок. Я не имею права выражать мою мысль, я это давно говорил; я только в Москве, с Рогожиным, говорил откровенно... Мы с ним Пушкина читали, всего прочли; он ничего не знал, даже имени Пушкина... Я всегда боюсь моим смешным видом скомпрометировать мысль и *главную идею*. Я не имею жеста. Я имею жест всегда противоположный, а это вызывает смех и унижает идею. Чувства меры тоже нет, а это главное; это даже самое главное... Я знаю, что мне лучше сидеть и молчать. Когда я упрусь и замолчу, то даже очень благоразумным кажусь, и к тому же обдумываю. Но теперь мне лучше говорить. Я потому заговорил, что вы так прекрасно на меня глядите; у вас прекрасное лицо! Я вчера Аглае Ивановне слово дал, что весь вечер буду молчать.

– Vraiment?[1] – улыбнулся старичок.

– Но я думаю минутами, что я и не прав, что так думаю: искренность ведь стоит жеста, так ли? Так ли?

– Иногда.

– Я хочу всё объяснить, всё, всё, всё! О да! Вы думаете, я утопист? Идеолог? О нет, у меня, ей-богу, всё такие простые мысли... Вы не верите? Вы улыбаетесь? Знаете, что я подл иногда, потому что веру теряю; давеча я шел сюда и думал: «Ну, как я с ними заговорю? С какого слова надо начать, чтоб они хоть что-нибудь поняли?». Как я боялся, но за вас я боялся больше, ужасно, ужасно! А между тем мог ли я бояться, не стыдно ли было бояться? Что в том, что на одного передового такая бездна отсталых и недобрых? В том-то и радость моя, что я теперь убежден, что вовсе не бездна, а всё живой материал! Нечего смущаться и тем, что мы смешны, не правда ли? Ведь это действительно так, мы смешны, легкомысленны, с дурными

1 Неужели? (*фр.*)

привычками, скучаем, глядеть не умеем, понимать не умеем, мы ведь все таковы, все, и вы, и я, и они! Ведь вы вот не оскорбляетесь же тем, что я в глаза говорю вам, что вы смешны? А коли так, то разве вы не материал? Знаете, помоему, быть смешным даже иногда хорошо, да и лучше: скорее простить можно друг другу, скорее и смириться; не всё же понимать сразу, не прямо же начинать с совершенства! Чтобы достичь совершенства, надо прежде многого не понимать! А слишком скоро поймем, так, пожалуй, и не хорошо поймем. Это я вам говорю, вам, которые уже так много умели понять и... не понять. Я теперь не боюсь за вас; вы ведь не сердитесь, что вам такие слова говорит такой мальчик? Вы смеетесь, Иван Петрович. Вы думаете: я за *тех* боялся, *их* адвокат, демократ, равенства оратор? – засмеялся он истерически (он поминутно смеялся коротким и восторженным смехом). – Я боюсь за вас, за вас всех и за всех нас вместе. Я ведь сам князь исконный и с князьями сижу. Я, чтобы спасти всех нас, говорю, чтобы не исчезло сословие даром, в потемках, ни о чем не догадавшись, за всё бранясь и всё проиграв. Зачем исчезать и уступать другим место, когда можно остаться передовыми и старшими? Будем передовыми, так будем и старшими. Станем слугами, чтоб быть старшинами.

Он стал порываться вставать с кресла, но старичок его постоянно удерживал, с возраставшим, однако ж, беспокойством смотря на него.

– Слушайте! Я знаю, что говорить нехорошо: лучше просто пример, лучше просто начать... я уже начал... и – и неужели в самом деле можно быть несчастным? О, что такое мое горе и моя беда, если я в силах быть счастливым? Знаете, я не понимаю, как можно проходить мимо дерева и не быть счастливым, что видишь его? Говорить с человеком и не быть счастливым, что любишь его! О, я только не умею высказать... а сколько вещей на каждом шагу таких прекрасных, которые даже самый потерявшийся человек находит прекрасными? Посмотрите на ребенка, посмотрите на Божию зарю, посмотрите на травку, как она растет, посмотрите в глаза, которые на вас смотрят и вас любят…

Он давно уже стоял, говоря. Старичок уже испуганно смотрел на него. Лизавета Прокофьевна вскрикнула: «Ах, боже мой!», прежде всех догадавшись, и всплеснула руками. Аглая быстро подбежала к нему, успела принять его в свои руки и с ужасом, с искаженным болью лицом услышала дикий крик «духа, сотрясшего и повергшего» несчастного. Больной лежал на ковре. Кто-то успел поскорее подложить ему под голову подушку.

Этого никто не ожидал. Чрез четверть часа князь N., Евгений Павлович, старичок попробовали оживить опять вечер, но еще чрез полчаса уже все разъехались. Было высказано много сочувственных слов, много сетований, несколько мнений. Иван Петрович выразился, между прочим, что «молодой человек сла-вя-нофил или в этом роде, но что, впрочем, это не опасно». Старичок ничего не высказал. Правда, уже потом, на другой и на третий день, все несколько и посердились; Иван Петрович даже обиделся, но немного. Начальник-генерал некоторое время был несколько холоден к Ивану Федоровичу. «Покровитель» семейства, сановник, тоже кое-что промямлил с своей стороны отцу семейства в назидание, причем лестно выразился, что очень и очень интересуется судьбой Аглаи. Он был человек и в самом деле несколько добрый; но в числе причин его любопытства относительно князя, в течение вечера, была и давнишняя история князя с Настасьей Филипповной; об этой истории он кое-что слышал и очень даже интересовался, хотел бы даже и расспросить.

Белоконская, уезжая с вечера, сказала Лизавете Прокофьевне:

– Что ж, и хорош и дурен; а коли хочешь мое мнение знать, то больше дурен. Сама видишь, какой человек, больной человек!

Лизавета Прокофьевна решила про себя окончательно, что жених «невозможен», и за ночь дала себе слово, что, «покамест она жива, не быть князю мужем ее Аглаи». С этим и встала поутру. Но поутру же, в первом часу, за завтраком, она впала в удивительное противоречие самой себе.

На один, чрезвычайно, впрочем, осторожный, спрос сестер Аглая вдруг ответила холодно, но заносчиво, точно отрезала:

– Я никогда никакого слова не давала ему, никогда в жизни не считала его моим женихом. Он мне такой же посторонний человек, как и всякий.

Лизавета Прокофьевна вдруг вспыхнула.

– Этого я не ожидала от тебя, – проговорила она с огорчением, – жених он невозможный, я знаю, и слава богу что так сошлось; но от тебя-то я таких слов не ждала! Я думала, другое от тебя будет. Я бы тех всех вчерашних прогнала, а его оставила, вот он какой человек!..

Тут она вдруг остановилась, испугавшись сама того, что сказала. Но если бы знала она, как была несправедлива в эту минуту к дочери! Уже всё было решено в голове Аглаи; она тоже ждала своего часа, который должен был всё решить, и всякий намек, всякое неосторожное прикосновение глубокою раной раздирали ей сердце.

VIII

И для князя это утро началось под влиянием тяжелых предчувствий; их можно было объяснить его болезненным состоянием, но он был слишком неопределенно грустен, и это было для него всего мучительнее. Правда, пред ним стояли факты яркие, тяжелые и язвительные, но грусть его заходила дальше всего, что он припоминал и соображал; он понимал, что ему не успокоить себя одному. Мало-помалу в нем укоренилось ожидание, что сегодня же с ним случится что-то особенное и окончательное. Припадок, бывший с ним накануне, был из легких; кроме ипохондрии, некоторой тягости в голове и боли в членах, он не ощущал никакого другого расстройства. Голова его работала довольно отчетливо, хотя душа и была больна. Встал он довольно поздно и тотчас же ясно припомнил вчерашний вечер; хоть и не совсем отчетливо, но все-таки припомнил и то, как через полчаса после припадка его довели домой. Он узнал, что уже являлся к нему посланный от Епанчиных узнать о его здоровье. В половине двенадцатого явился другой; это было ему приятно. Вера Лебедева из первых пришла навестить его и прислужить ему. В первую минуту, как она его увидала, она вдруг заплакала, но когда князь тотчас же успокоил ее, — рассмеялась. Его как-то вдруг поразило сильное сострадание к нему этой девушки; он схватил ее руку и поцеловал. Вера вспыхнула.

— Ах, что вы, что вы! — воскликнула она в испуге, быстро отняв свою руку.

Она скоро ушла в каком-то странном смущении. Между прочим, она успела рассказать, что отец ее сегодня, еще чем свет, побежал к «покойнику», как называл он генерала, узнать, не помер ли он за ночь, и что слышно, говорят, наверно, скоро помрет. В двенадцатом часу явился домой и к князю и сам Лебедев, но, собственно, «на минуту, чтоб узнать о драгоценном здоровье» и т. д. и, кроме того, наведаться в «шкапчик». Он больше ничего, как ахал и охал, и князь скоро отпустил его, но все-таки тот попробовал порасспросить о вчерашнем припадке, хотя и видно было, что об этом он уже знает в подробностях. За ним забежал Коля, тоже на минуту; этот в самом деле торопился и был в сильной и мрачной тревоге. Он начал с того, что прямо и настоятельно попросил у князя разъяснения всего, что от него скрывали, примолвив, что уже почти всё узнал во вчерашний же день. Он был сильно и глубоко потрясен.

Со всем возможным сочувствием, к какому только был способен, князь рассказал всё дело, восстановив факты в полной точности, и поразил бедного мальчика как громом. Он не мог вымолвить ни слова и молча заплакал. Князь почувствовал, что это было одно из тех впечатлений, которые остаются навсегда и составляют перелом в жизни юноши навеки. Он поспешил передать ему свой взгляд на дело, прибавив, что, по его мнению, может быть, и смерть-то старика происходит, главное, от ужаса, оставшегося в его сердце после поступка, и что к этому не всякий способен. Глаза Коли засверкали, когда он выслушал князя:

– Негодные Ганька, и Варя, и Птицын! Я с ними не буду ссориться, но у нас разные дороги с этой минуты! Ах, князь, я со вчерашнего очень много почувствовал нового; это мой урок! Мать я тоже считаю теперь прямо на моих руках; хотя она и обеспечена у Вари, но это всё не то...

Он вскочил, вспомнив, что его ждут, наскоро спросил о состоянии здоровья князя и, выслушав ответ, вдруг с поспешностью прибавил:

– Нет ли и другого чего? Я слышал, вчера... (впрочем, я не имею права), но если вам когда-нибудь и в чем-нибудь понадобится верный слуга, то он перед вами. Кажется, мы оба не совсем-то счастливы, ведь так? Но... я не расспрашиваю, не расспрашиваю...

Он ушел, а князь еще больше задумался: все пророчествуют несчастия, все уже сделали заключения, все глядят, как бы что-то знают, и такое, чего он не знает; Лебедев выспрашивает, Коля прямо намекает, а Вера плачет. Наконец он в досаде махнул рукой: «Проклятая болезненная мнительность», – подумал он. Лицо его просветлело, когда, во втором часу, он увидел Епанчиных, входящих навестить его, «на минутку». Эти уже действительно зашли на минуту. Лизавета Прокофьевна, встав от завтрака, объявила, что гулять пойдут все сейчас и все вместе. Уведомление было дано в форме приказания, отрывисто, сухо, без объяснений. Все вышли, то есть маменька, девицы, князь Щ. Лизавета Прокофьевна прямо направилась в сторону, противоположную той, в которую направлялись каждодневно. Все понимали, в чем дело, и все молчали, боясь раздражить мамашу, а она, точно прячась от упрека и возражений, шла впереди всех, не оглядываясь. Наконец Аделаида заметила, что на прогулке нечего так бежать и что за мамашей не поспеешь.

– Вот что, – обернулась вдруг Лизавета Прокофьевна, – мы теперь мимо него проходим. Как бы там ни думала Аглая и что бы там ни случилось потом, а он нам не чужой, а теперь еще вдобавок и в несчастии и болен; я по крайней мере зайду навестить. Кто хочет со мной, тот иди, кто не хочет – проходи мимо; путь не загорожен.

Все вошли, разумеется. Князь, как следует, поспешил еще раз попросить прощения за вчерашнюю вазу и... скандал.

– Ну, это ничего, – ответила Лизавета Прокофьевна, – вазы не жаль, жаль тебя. Стало быть, сам теперь примечаешь, что был скандал: вот что значит «на другое-то утро...», но и это ничего, потому что всякий теперь видит, что с тебя нечего спрашивать. Ну, до свиданья, однако ж; если в силах, так погуляй и опять засни – мой совет. А вздумаешь, заходи по-прежнему; уверен будь, раз навсегда, что, что бы ни случилось, что бы ни вышло, ты все-таки останешься другом нашего дома: моим по крайней мере. За себя-то по крайней мере ответить могу...

На вызов ответили все и подтвердили мамашины чувства. Они ушли, но в этой простодушной поспешности сказать что-нибудь ласковое и ободряющее таилось много жестокого, о чем и не спохватилась Лизавета Прокофьевна. В приглашении приходить «по-прежнему» и в словах «моим по крайней мере» опять зазвучало что-то предсказывающее. Князь стал припоминать Аглаю; правда, она ему удивительно улыбнулась, при входе и при прощанье, но не сказала ни слова, даже и тогда, когда все заявляли свои уверения в дружбе, хотя раза два пристально на него посмотрела. Лицо ее было бледнее обыкновенного, точно она худо проспала ночь. Князь решил вечером же идти к ним непременно «по-прежнему» и лихорадочно взглянул на часы. Вошла Вера, ровно три минуты спустя по уходе Епанчиных.

– Мне, Лев Николаевич, Аглая Ивановна сейчас словечко к вам потихоньку передала.

Князь так и задрожал.

– Записка?

– Нет-с, на словах; и то едва успела. Просит вас очень весь сегодняшний день ни на одну минуту не отлучаться со двора, вплоть до семи часов повечеру или даже до девяти, не совсем я тут расслышала.

– Да... для чего же это? Что это значит?

– Ничего этого я не знаю; только велела накрепко передать.

– Так и сказала «накрепко»?

– Нет-с, прямо не сказала: едва успела, отвернувшись, выговорить, благо я уж сама подскочила. Но уж по лицу видно было, как приказывала: накрепко или нет. Так на меня посмотрела, что у меня сердце замерло...

Несколько расспросов еще, и князь хотя ничего больше не узнал, но зато еще пуще встревожился. Оставшись один, он лег на диван и стал опять думать. «Может, там кто-нибудь будет у них до девяти часов, и она опять за меня боится, чтоб я чего при гостях не накуролесил», – выдумал он наконец и опять стал нетерпеливо ждать вечера и глядеть на часы. Но разгадка последовала гораздо раньше вечера и тоже в форме нового визита, разгадка в форме новой, мучительной загадки: ровно полчаса по уходе Епанчиных к нему вошел Ипполит, до того усталый и изнуренный, что, войдя и ни слова не говоря, как бы без памяти, буквально упал в кресла и мгновенно погрузился в нестерпимый кашель. Он докашлялся до крови. Глаза его сверкали, и красные пятна зарделись на щеках. Князь пробормотал ему что-то, но тот не ответил и еще долго, не отвечая, отмахивался только рукой, чтоб его покамест не беспокоили. Наконец он очнулся.

— Ухожу! — через силу произнес он наконец хриплым голосом.

— Хотите, я вас доведу, — сказал князь, привстав с места, и осекся, вспомнив недавний запрет уходить со двора.

Ипполит засмеялся.

— Я не от вас ухожу, — продолжал он с беспрерывною одышкой и перхотой, — я, напротив, нашел нужным к вам прийти, и за делом... без чего не стал бы беспокоить. Я *туда* ухожу; и в этот раз, кажется, серьезно. Капут! Я не для сострадания, поверьте... я уж и лег сегодня, с десяти часов, чтоб уж совсем не вставать до самого *того* времени, да вот раздумал и встал еще раз, чтобы к вам идти... стало быть, надо.

— Жаль на вас смотреть; вы бы кликнули меня лучше, чем самим трудиться.

— Ну, вот и довольно. Пожалели, стало быть, и довольно для светской учтивости... Да, забыл: ваше-то как здоровье?

— Я здоров. Я вчера был... не очень...

— Слышал, слышал. Вазе досталось китайской; жаль, что меня не было! Я за делом. Во-первых, я сегодня имел удовольствие видеть Гаврилу Ардалионовича на свидании с Аглаей Ивановной, у зеленой скамейки. Подивился на то, до какой степени человеку можно иметь глупый вид. Заметил это самой Аглае Ивановне по уходе Гаврилы Ардалионовича... Вы, кажется, ничему не удивляетесь, князь, — прибавил он, недоверчиво смотря на спокойное лицо князя, — ничему не удивляться, говорят, есть признак большого ума; по-моему, это в равной же мере могло бы служить и признаком большой глупости... Я, впрочем, не на вас намекаю, извините... Я очень несчастлив сегодня в моих выражениях.

— Я еще вчера знал, что Гаврила Ардалионович... — осекся князь, видимо смутившись, хотя Ипполит и досадовал, зачем он не удивляется.

— Знали! Вот это новость! А впрочем, пожалуй, и не рассказывайте... А свидетелем свидания сегодня не были?

— Вы видели, что меня там не было, коли сами там были.

— Ну, может, за кустом где-нибудь просидели. Впрочем, во всяком случае я рад, за вас разумеется, а то я думал уже, что Гавриле Ардалионовичу — предпочтение!

— Я вас прошу не говорить об этом со мной, Ипполит, и в таких выражениях.

— Тем более что уже всё знаете.

— Вы ошибаетесь. Я почти ничего не знаю, и Аглая Ивановна знает наверно, что я ничего не знаю. Я даже и про свидание это ничего ровно не знал... Вы говорите, было свидание? Ну, и хорошо, и оставим это...

— Да как же это, то знали, то не знали? Вы говорите: хорошо, и оставим? Ну, нет, не будьте так доверчивы! Особенно коли ничего не знаете. Вы и доверчивы потому, что не знаете. А знаете ли вы, какие расчеты у этих двух лиц, у братца с сестрицей? Это-то, может быть, подозреваете?.. Хорошо, хорошо, я оставлю...— прибавил он, заметив нетерпеливый жест князя, — но я пришел за собственным делом и про это хочу... объясниться. Черт возьми, никак нельзя умереть без объяснений; ужас как я много объясняюсь. Хотите выслушать?

— Говорите, я слушаю.

— И однако ж, я опять переменяю мнение: я все-таки начну с Ганечки. Можете себе представить, что и мне сегодня назначено было тоже прийти на зеленую скамейку. Впрочем, лгать не хочу: я сам настоял на свидании, напросился, тайну открыть обещал. Не знаю, пришел ли я слишком рано (кажется, действительно рано пришел), но только что я занял мое место, подле Аглаи Ивановны, смотрю, являются Гаврила Ардалионович и Варвара Ардалионовна, оба под ручку, точно гуляют. Кажется, оба были очень поражены, меня встретив, не того ожидали, даже сконфузились. Аглая Ивановна вспыхнула и, верьте не верьте, немножко даже потерялась, оттого ли, что я тут был, или просто увидав Гаврилу Ардалионовича, потому что уж ведь слишком хорош, но только вся вспыхнула и дело кончила в одну секунду, очень смешно: привстала, ответила на поклон Гаврилы Ардалионовича, на заигрывающую улыбку Варвары Ардалионовны и вдруг отрезала: «Я только затем, чтобы вам выразить лично мое удовольствие за ваши искренние и дружелюбные чувства, и если буду в них нуждаться, то, поверьте...» Тут она откланялась, и оба они ушли, — не знаю, в дураках или с торжеством; Ганечка, конечно, в дураках; он ничего не разобрал и покраснел как рак (удивительное у него иногда выражение лица!), но Варвара Ардалионовна, кажется, поняла, что надо поскорее улепетывать и что уж и этого слишком довольно от Аглаи Ивановны, и утащила брата. Она умнее его и, я уверен, теперь торжествует. Я же приходил поговорить с Аглаей Ивановной, чтоб условиться насчет свидания с Настасьей Филипповной!

— С Настасьей Филипповной! — вскричал князь.

— Ага! Вы, кажется, теряете хладнокровие и начинаете удивляться? Очень рад, что вы на человека хотите походить. За это я вас потешу. Вот что значит услуживать молодым и высоким душой девицам: я сегодня от нее пощечину получил!

— Нр-нравственную? — невольно как-то спросил князь.

— Да, не физическую. Мне кажется, ни у кого рука не подымется на такого, как я, даже и женщина теперь не ударит; даже Ганечка не ударит! Хоть одно время вчера я так и думал, что он на меня наскочит... Бьюсь об заклад, что знаю, о чем вы теперь думаете. Вы думаете: «Положим, его не надо бить, зато задушить его можно подушкой или мокрой тряпкой во сне, — даже должно...»

У вас на лице написано, что вы это думаете, в эту самую секунду.

— Никогда я этого не думал! — с отвращением проговорил князь.

— Не знаю, мне ночью снилось сегодня, что меня задушил мокрой тряпкой... один человек... ну, я вам скажу кто: представьте себе — Рогожин! Как вы думаете, можно задушить мокрой тряпкой человека?

— Не знаю.

— Я слышал, что можно. Хорошо, оставим. Ну, за что же я сплетник? За что она сплетником меня обругала сегодня? И заметьте себе, когда уже всё до последнего словечка выслушала и даже переспросила... Но таковы женщины! Для нее же я в сношения с Рогожиным вошел, с интересным человеком; для ее же интереса ей личное свидание с Настасьей Филипповной устроил. Уж не за то ли, что я самолюбие задел, намекнув, что она «объедкам» Настасьи Филипповны обрадовалась? Да я это в ее же интересах всё время ей толковал, не отпираюсь, два письма ей написал в этом роде, и вот сегодня третье, свидание... Я ей давеча с того и начал, что это унизительно с ее стороны... Да к тому же и слово-то об «объедках», собственно, не мое, а чужое; по крайней мере, у Ганечки все говорили; да она же и сама подтвердила. Ну, так за что же я у ней сплетник? Вижу, вижу: вам ужасно смешно теперь, на меня глядя, и бьюсь об заклад, что вы ко мне глупые стихи примериваете:

И может быть, на мой закат печальный
Блеснет любовь улыбкою прощальной.

Ха-ха-ха! — залился он вдруг истерическим смехом и закашлялся.— Заметьте себе, — прохрипел он сквозь кашель, — каков Ганечка: говорит про «объедки», а сам-то теперь чем желает воспользоваться!

Князь долго молчал; он был в ужасе.

— Вы сказали про свиданье с Настасьей Филипповной? — пробормотал он наконец.

— Э, да неужели и вправду вам неизвестно, что сегодня будет свидание Аглаи Ивановны с Настасьей Филипповной, для чего Настасья Филипповна и выписана из Петербурга нарочно, чрез Рогожина, по приглашению Аглаи Ивановны и моими стараниями, и находится теперь, вместе с Рогожиным, весьма недалеко от вас, в прежнем доме, у той госпожи, у Дарьи Алексеевны... очень двусмысленной госпожи, подруги своей, и туда-то, сегодня, в этот двусмысленный дом, и направится Аглая Ивановна для приятельского разговора с Настасьей Филипповной и для разрешения разных задач. Арифметикой заниматься хотят. Не знали? Честное слово?

— Это невероятно!

— Ну и хорошо, коли невероятно; впрочем, откуда же вам знать? Хотя здесь муха пролетит — и уже известно: таково местечко! Но я вас, однако же, предупредил, и вы можете быть мне благодарны. Ну, до свиданья — на том свете, вероятно. Да вот еще что: я хоть и подличал пред вами, потому... для чего же я стану свое терять, рассудите на милость? В вашу пользу, что ли? Ведь я ей исповедь мою посвятил (вы этого не знали?). Да еще как приняла-то! Хе-хе! Но уж пред нею-то я не подличал, пред ней-то уж ни в чем не виноват; она же меня осрамила и подвела... А впрочем, и пред вами не виноват ничем; если там и упоминал насчет этих «объедков» и всё в этом смысле, то зато теперь вам и день, и час, и адрес свидания сообщаю, и всю эту игру открываю... с досады, разумеется, а не из великодушия. Прощайте, я болтлив, как заика или как чахоточный; смотрите же, принимайте меры, и скорее, если вы только стоите названия человеческого. Свидание сегодня повечеру, это верно.

Ипполит направился к двери, но князь крикнул ему, и тот остановился в дверях.

— Стало быть, Аглая Ивановна, по-вашему, сама придет сегодня к Настасье Филипповне? — спросил князь. Красные пятна выступили на щеках и на лбу его.

— В точности не знаю, но, вероятно, так, — ответил Ипполит, полуоглядываясь, — да иначе, впрочем, и не может быть. Не Настасья же Филипповна к ней? Да и не у Ганечки же; у того у самого почти покойник. Генерал-то каков?

— Уж по одному этому быть не может! — подхватил князь. — Как же она выйдет, если бы даже и хотела? Вы не знаете... обычаев в этом доме: она не может отлучиться одна к Настасье Филипповне; это вздор!

— Вот видите, князь: никто не прыгает из окошек, а случись пожар, так, пожалуй, и первейший джентльмен и первейшая дама выпрыгнет из окошка. Коли уж придет нужда, так нечего делать, и к Настасье Филипповне наша барышня отправится. А разве их там никуда не выпускают, ваших барышень-то?

— Нет, я не про то...

— А не про то, так ей стоит только сойти с крыльца и пойти прямо, а там хоть и не возвращаться домой. Есть случаи, что и корабли сжигать иногда можно, и домой можно даже не возвращаться: жизнь не из одних завтраков, да обедов, да князей Щ. состоит. Мне кажется, вы Аглаю Ивановну за барышню или за пансионерку какую-то принимаете; я уже про это ей говорил; она, кажется, согласилась. Ждите часов в семь или в восемь... Я бы на вашем месте послал туда посторожить, чтоб уж так ровно ту минуту улучить, когда она с крыльца сойдет. Ну, хоть Колю пошлите; он с удовольствием пошпионит, будьте уверены, для вас то есть... потому что всё ведь это относительно... Ха-ха!

Ипполит вышел. Князю не для чего было просить кого-нибудь шпионить, если бы даже он был и способен на это. Приказание ему Аглаи сидеть дома теперь почти объяснялось: может быть, она хотела за ним зайти. Правда, может быть, она именно не хотела, чтоб он туда попал, а потому и велела ему дома сидеть... Могло быть и это. Голова его кружилась; вся комната ходила кругом. Он лег на диван и закрыл глаза.

Так или этак, а дело было решительное, окончательное. Нет, князь не считал Аглаю за барышню или за пансионерку; он чувствовал теперь, что давно уже боялся, и именно чего-нибудь в этом роде; но для чего она хочет ее видеть? Озноб проходил по всему телу его; опять он был в лихорадке.

Нет, он не считал ее за ребенка! Его ужасали иные взгляды ее в последнее время, иные слова. Иной раз ему казалось, что она как бы уж слишком крепилась, слишком сдерживалась, и он припоминал, что это его пугало. Правда, во все эти дни он старался не думать об этом, гнал тяжелые мысли, но что таилось в этой душе? Этот вопрос давно его мучил, хотя он и верил в эту душу. И вот всё это должно было разрешиться и обнаружиться сегодня же. Мысль ужасная! И опять – «эта женщина»! Почему ему всегда казалось, что эта женщина явится именно в самый последний момент и разорвет всю судьбу его, как гнилую нитку? Что ему всегда казалось это, в этом он готов был теперь поклясться, хотя был почти в полубреду. Если он старался забыть о *ней* в последнее время, то единственно потому, что боялся ее. Что же: любил он эту женщину или ненавидел? Этого вопроса он ни разу не задал себе сегодня; тут сердце его было чисто: он знал, кого он любил... Он не столько свидания их обеих боялся, не странности, не причины этого свидания, ему неизвестной, не разрешения его чем бы то ни было, – он самой Настасьи Филипповны боялся. Он вспомнил уже потом, чрез несколько дней, что в эти лихорадочные часы почти всё время представлялись ему ее глаза, ее взгляд, слышались ее слова – странные какие-то слова, хоть и немного потом осталось у него в памяти после этих лихорадочных и тоскливых часов. Едва запомнил он, например, как Вера принесла ему обедать и он обедал, не помнил, спал ли он после обеда или нет? Он знал только, что начал совершенно ясно всё отличать в этот вечер только с той минуты, когда Аглая вдруг вошла к нему на террасу и он вскочил с дивана и вышел на средину комнаты ее встретить: было четверть восьмого. Аглая была одна-одинешенька, одета просто и как бы наскоро, в легоньком бурнусике. Лицо ее было бледно, как и давеча, а глаза сверкали ярким и сухим блеском; такого выражения глаз он никогда не знал у нее. Она внимательно его оглядела.

— Вы совершенно готовы, — заметила она тихо и как бы спокойно, — одеты и шляпа в руках; стало быть, вас предупредили, и я знаю кто: Ипполит?

— Да, он мне говорил...— пробормотал князь почти полумертвый.

— Пойдемте же: вы знаете, что вы должны меня сопровождать непременно. Вы ведь настолько в силах, я думаю, чтобы выйти?

— Я в силах, но... разве это возможно?

Он оборвался в одно мгновение и уже ничего не мог вымолвить более. Это была единственная попытка его остановить безумную, а затем он сам пошел за нею, как невольник. Как ни были смутны его мысли, он все-таки понимал, что она и без него пойдет *туда*, а стало быть, он во всяком случае должен был идти за нею. Он угадывал, какой силы ее решимость; не ему было остановить этот дикий порыв. Они шли молчаливо, всю дорогу почти не сказали ни слова. Он только заметил, что она хорошо знает дорогу, и когда хотел было обойти одним переулком подальше, потому что там дорога была пустыннее, и предложил ей это, она выслушала, как бы напрягая внимание, и отрывисто ответила: «Всё равно!» Когда они уже почти вплоть подошли к дому Дарьи Алексеевны (большому и старому деревянному дому), с крыльца вышла одна пышная барыня и с нею молодая девица; обе сели в ожидавшую у крыльца великолепную коляску, громко смеясь и разговаривая, и ни разу даже и не взглянули на подходивших, точно и не приметили.

Только что коляска отъехала, дверь тотчас же отворилась в другой раз, и поджидавший Рогожин впустил князя и Аглаю и запер за ними дверь.

— Во всем доме никого теперь, кроме нас вчетвером, — заметил он вслух и странно посмотрел на князя.

В первой же комнате ждала и Настасья Филипповна, тоже одетая весьма просто и вся в черном; она встала навстречу, но не улыбнулась и даже князю не подала руки.

Пристальный и беспокойный ее взгляд нетерпеливо устремился на Аглаю. Обе сели поодаль одна от другой: Аглая на диване в углу комнаты, Настасья Филипповна у окна. Князь и Рогожин не садились, да их и не пригласили садиться. Князь с недоумением и как бы с болью опять поглядел на Рогожина, но тот улыбался всё прежнею своею улыбкой. Молчание продолжалось еще несколько мгновений.

Какое-то зловещее ощущение прошло наконец по лицу Настасьи Филипповны; взгляд ее становился упорен, тверд и почти ненавистен, ни на одну минуту не отрывался он от гостьи. Аглая видимо была смущена, но не робела. Войдя, она едва взглянула на свою соперницу и покамест всё время сидела потупив глаза, как бы в раздумье. Раза два, как бы нечаянно, она окинула взглядом комнату: отвращение видимо изобразилось в ее лице, точно она боялась здесь замараться. Она машинально оправляла свою одежду и даже с беспокойством переменила однажды место, подвигаясь к углу дивана. Вряд ли она и сама сознавала все свои движения; но бессознательность еще усиливала их обиду. Наконец она твердо и прямо поглядела в глаза Настасьи Филипповны и тотчас же ясно прочла всё, что сверкало в озлобившемся взгляде ее соперницы. Женщина поняла женщину; Аглая вздрогнула.

— Вы, конечно, знаете, зачем я вас приглашала, — выговорила она наконец, но очень тихо и даже остановившись раза два на этой коротенькой фразе.

— Нет, ничего не знаю, — ответила Настасья Филипповна сухо и отрывисто.

Аглая покраснела. Может быть, ей вдруг показалось ужасно странно и невероятно, что она сидит теперь с «этою женщиной», в доме «этой женщины» и нуждается в ее ответе. При первых звуках голоса Настасьи Филипповны как бы содрогание прошло по ее телу. Всё это, конечно, очень хорошо заметила «эта женщина».

— Вы всё понимаете... но вы нарочно делаете вид, будто не понимаете, — почти прошептала Аглая, угрюмо смотря в землю.

— Для чего же бы это? — чуть-чуть усмехнулась Настасья Филипповна.

— Вы хотите воспользоваться моим положением... что я у вас в доме, — смешно и неловко продолжала Аглая.

— В этом положении виноваты вы, а не я! — вспыхнула вдруг Настасья Филипповна. — Не вы мною приглашены, а я вами, и до сих пор не знаю зачем.

Аглая надменно подняла голову:

— Удержите ваш язык; я не этим вашим оружием пришла с вами сражаться...

— А! Стало быть, вы все-таки пришли «сражаться»? Представьте, я, однако же, думала, что вы... остроумнее...

Обе смотрели одна на другую, уже не скрывая злобы. Одна из этих женщин была та самая, которая еще так недавно писала к другой такие письма. И вот всё рассеялось от первой встречи и с первых слов. Что же? В эту минуту, казалось, никто из всех четверых находившихся в этой комнате и не находил этого странным. Князь, который еще вчера не поверил бы возможности увидеть это даже во сне, теперь стоял, смотрел и слушал, как бы всё это он давно уже предчувствовал. Самый фантастический сон обратился вдруг в самую яркую и резко обозначившуюся действительность. Одна из этих женщин до того уже презирала в это мгновение другую и до того желала ей это высказать (может быть, и приходила-то только для этого, как выразился на другой день

Рогожин), что, как ни фантастична была эта другая, с своим расстроенным умом и больною душой, никакая заранее предвзятая идея не устояла бы, казалось, против ядовитого, чисто женского презрения ее соперницы. Князь был уверен, что Настасья Филипповна не заговорит сама о письмах; по сверкающим взглядам ее он догадался, чего могут ей стоить теперь эти письма; но отдал бы полжизни, чтобы не заговаривала о них теперь и Аглая.

Но Аглая вдруг как бы скрепилась и разом овладела собой.

— Вы не так поняли, — сказала она, — я с вами не пришла... ссориться, хотя я вас не люблю. Я... я пришла к вам... с человеческою речью. Призывая вас, я уже решила, о чем буду вам говорить, и от решения не отступлюсь, хотя бы вы и совсем меня не поняли. Тем для вас будет хуже, а не для меня. Я хотела вам ответить на то, что вы мне писали, и ответить лично, потому что мне это казалось удобнее. Выслушайте же мой ответ на все ваши письма: мне стало жаль князя Льва Николаевича в первый раз в тот самый день, когда я с ним познакомилась и когда потом узнала обо всем, что произошло на вашем вечере. Мне потому его стало жаль, что он такой простодушный человек и по простоте своей поверил, что может быть счастлив... с женщиной... такого характера. Чего я боялась за него, то и случилось: вы не могли его полюбить, измучили его и кинули. Вы потому его не могли любить, что слишком горды... нет, не горды, я ошиблась, а потому, что вы тщеславны... даже и не это: вы себялюбивы до... сумасшествия, чему доказательством служат и ваши письма ко мне. Вы его, такого простого, не могли полюбить, и даже, может быть, про себя презирали и смеялись над ним, могли полюбить только один свой позор и беспрерывную мысль о том, что вы опозорены и что вас оскорбили. Будь у вас меньше позору или не будь его вовсе, вы были бы несчастнее... (Аглая с наслаждением выговаривала эти слишком уж поспешно выскакивавшие, но давно уже приготовленные и обдуманные слова, тогда еще обдуманные, когда и во сне не представлялось теперешнего свидания; она ядовитым взглядом следила за эффектом их на искаженном от волнения лице Настасьи Филипповны.) Вы помните, — продолжала она, — тогда он написал мне письмо; он говорит, что вы про это письмо знаете и даже читали его? По этому письму я всё поняла, и верно поняла; он недавно мне подтвердил это сам, то есть всё, что я теперь вам говорю, слово в слово даже. После письма я стала ждать. Я угадала, что вы должны приехать сюда, потому что вам нельзя же быть без Петербурга: вы еще слишком молоды и хороши собой для провинции... Впрочем, это тоже не мои слова, — прибавила она, ужасно покраснев, и с этой минуты краска уже не сходила с ее лица, вплоть до самого окончания речи. — Когда я увидала опять князя, мне стало ужасно за него больно и обидно. Не смейтесь; если вы будете смеяться, то вы недостойны это понять...

— Вы видите, что я не смеюсь, — грустно и строго проговорила Настасья Филипповна.

— Впрочем, мне всё равно, смейтесь, как вам угодно. Когда я стала его спрашивать сама, он мне сказал, что давно уже вас не любит, что даже воспоминание о вас ему мучительно, но что ему вас жаль и что когда он припоминает о вас, то его сердце точно «пронзено навеки». Я вам должна еще сказать, что я ни одного человека не встречала в жизни подобного ему по благородному простодушию и безграничной доверчивости. Я догадалась после его слов, что всякий, кто захочет, тот и может его обмануть, и кто бы ни обманул его, он потом всякому простит, и вот за это-то я его и полюбила...

Аглая остановилась на мгновение, как бы пораженная, как бы самой себе не веря, что она могла выговорить такое слово; но в то же время почти беспредельная гордость засверкала в ее взгляде; казалось, ей теперь было уже всё равно, хотя бы даже «эта женщина» засмеялась сейчас над вырвавшимся у нее признанием.

— Я вам всё сказала, и, уж конечно, вы теперь поняли, чего я от вас хочу?

— Может быть, и поняла; но скажите сами, — тихо ответила Настасья Филипповна.

Гнев загорелся в лице Аглаи.

— Я хотела от вас узнать, — твердо и раздельно произнесла она, — по какому праву вы вмешиваетесь в его чувства ко мне? По какому праву вы осмелились ко мне писать письма? По какому праву вы заявляете поминутно, ему и мне, что вы его любите, после того как сами же его кинули и от него с такою обидой и... позором убежали?

— Я не заявляла ни ему, ни вам, что его люблю, — с усилием выговорила Настасья Филипповна, — и... вы правы, я от него убежала... — прибавила она едва слышно.

— Как не заявляли «ни ему, ни мне»? — вскричала Аглая. — А письма-то ваши? Кто вас просил нас сватать и меня уговаривать идти за него? Разве это не заявление? Зачем вы к нам напрашиваетесь? Я сначала было подумала, что вы хотите, напротив, отвращение во мне к нему поселить тем, что к нам замешались, и чтоб я его бросила, и потом только догадалась, в чем дело: вам просто вообразилось, что вы высокий подвиг делаете всеми этими кривляниями... Ну могли ли вы его любить, если так любите свое тщеславие? Зачем вы просто не уехали отсюда, вместо того чтобы мне смешные письма писать? Зачем вы не выходите теперь за благородного человека, который вас так любит и сделал вам честь, предложив свою руку? Слишком ясно зачем: выйдете за Рогожина, какая же тогда обида останется? Даже слишком уж много чести получите! Про вас Евгений Павлыч сказал, что вы слишком много поэм прочли и «слишком много образованны для вашего... положения»; что вы книжная женщина и белоручка; прибавьте ваше тщеславие, вот и все ваши причины...

— А вы не белоручка?

Слишком поспешно, слишком обнаженно дошло дело до такой неожиданной точки, неожиданной, потому что Настасья Филипповна, отправляясь в Павловск, еще мечтала о чем-то, хотя, конечно, предполагала скорее дурное, чем хорошее; Аглая же решительно была увлечена порывом в одну минуту, точно падала с горы, и не могла удержаться пред ужасным наслаждением мщения. Настасье Филипповне даже странно было так увидеть Аглаю; она смотрела на нее, и точно себе не верила, и решительно не нашлась в первое мгновение. Была ли она женщина, прочитавшая много поэм, как предположил Евгений Павлович, или просто была сумасшедшая, как уверен был князь, во всяком случае эта женщина, — иногда с такими циническими и дерзкими приемами, — на самом деле была гораздо стыдливее, нежнее и доверчивее, чем бы можно было о ней заключить. Правда, в ней было много книжного, мечтательного, затворившегося в себе и фантастического, но зато сильного и глубокого... Князь понимал это; страдание выразилось в лице его. Аглая это заметила и задрожала от ненависти.

— Как вы смеете так обращаться ко мне? — проговорила она с невыразимым высокомерием, отвечая на замечание Настасьи Филипповны.

— Вы, вероятно, ослышались, — удивилась Настасья Филипповна. — Как обращалась я к вам?

— Если вы хотели быть честною женщиной, так отчего вы не бросили тогда вашего обольстителя, Тоцкого, просто... без театральных представлений? — сказала вдруг Аглая ни с того ни с сего.

— Что вы знаете о моем положении, чтобы сметь судить меня? — вздрогнула Настасья Филипповна, ужасно побледнев.

— Знаю то, что вы не пошли работать, а ушли с богачом Рогожиным, чтобы падшего ангела из себя представить. Не удивляюсь, что Тоцкий от падшего ангела застрелиться хотел!

— Оставьте! — с отвращением и как бы чрез боль проговорила Настасья Филипповна.— Вы так же меня поняли, как... горничная Дарьи Алексеевны, которая с женихом своим намедни у мирового судилась. Та бы лучше вас поняла...

— Вероятно, честная девушка и живет своим трудом. Почему вы-то с таким презрением относитесь к горничной?

— Я не к труду с презрением отношусь, а к вам, когда вы об труде говорите.

— Захотела быть честною, так в прачки бы шла.

Обе поднялись и бледные смотрели друг на друга.

— Аглая, остановитесь! Ведь это несправедливо, — вскричал князь как потерянный. Рогожин уже не улыбался, но слушал, сжав губы и скрестив руки.

— Вот, смотрите на нее, — говорила Настасья Филипповна, дрожа от озлобления, — на эту барышню! И я ее за ангела почитала! Вы без гувернантки ко мне пожаловали, Аглая Ивановна?.. А хотите... хотите, я вам скажу сейчас прямо, без прикрас, зачем вы ко мне пожаловали? Струсили, оттого и пожаловали.

— Вас струсила? — спросила Аглая, вне себя от наивного и дерзкого изумления, что та смела с нею так заговорить.

— Конечно, меня! Меня боитесь, если решились ко мне прийти. Кого боишься, того не презираешь. И подумать, что я вас уважала, даже до этой самой минуты! А знаете, почему вы боитесь меня и в чем теперь ваша главная цель? Вы хотели сами лично удостовериться: больше ли он меня, чем вас, любит, или нет, потому что вы ужасно ревнуете...

— Он мне уже сказал, что вас ненавидит... — едва пролепетала Аглая.

— Может быть; может быть, я и не стою его, только... только солгали вы, я думаю! Не может он меня ненавидеть, и не мог он так сказать! Я, впрочем, готова вам простить... во внимание к вашему положению... только все-таки я о вас лучше думала; думала, что вы и умнее, да и получше даже собой, ей-богу!.. Ну, возьмите же ваше сокровище... вот он, на вас глядит, опомниться не может, берите его себе, но под условием: ступайте сейчас же прочь! Сию же минуту!..

Она упала в кресла и залилась слезами. Но вдруг что-то новое заблистало в глазах ее; она пристально и упорно посмотрела на Аглаю и встала с места:

– А хочешь, я сейчас... при-ка-жу, слышишь ли? только ему при-ка-жу, и он тотчас же бросит тебя и останется при мне навсегда, и женится на мне, а ты побежишь домой одна? Хочешь, хочешь? – крикнула она как безумная, может быть почти сама не веря, что могла выговорить такие слова.

Аглая в испуге бросилась было к дверям, но остановилась в дверях, как бы прикованная, и слушала.

– Хочешь, я прогоню Рогожина? Ты думала, что я уж и повенчалась с Рогожиным для твоего удовольствия? Вот сейчас при тебе крикну: «Уйди, Рогожин!», а князю скажу: «Помнишь, что ты обещал?» Господи! Да для чего же я себя так унизила пред ними? Да не ты ли же, князь, меня сам уверял, что пойдешь за мною, что бы ни случилось со мной, и никогда меня не покинешь; что ты меня любишь, и всё мне прощаешь, и меня у... ува... Да, ты и это говорил! И я, чтобы только тебя развязать, от тебя убежала, а теперь не хочу! За что она со мной как с беспутной поступила? Беспутная ли я, спроси у Рогожина, он тебе скажет! Теперь, когда она опозорила меня, да еще в твоих же глазах, и ты от меня отвернешься, а ее под ручку с собой уведешь? Да будь же ты проклят после того за то, что я в тебя одного поверила. Уйди, Рогожин, тебя не нужно! – кричала она почти без памяти, с усилием выпуская слова из груди, с исказившимся лицом и с запекшимися губами, очевидно сама не веря ни на каплю своей фанфаронаде, но в то же время хоть секунду еще желая продлить мгновение и обмануть себя. Порыв был так силен, что, может быть, она бы и умерла, так, по крайней мере, показалось князю. – Вот он, смотри! – прокричала она наконец Аглае, указывая рукой на князя. – Если он сейчас не подойдет ко мне, не возьмет меня и не бросит тебя, то бери же его себе, уступаю, мне его не надо!..

И она и Аглая остановились как бы в ожидании, и обе как помешанные смотрели на князя. Но он, может быть, и не понимал всей силы этого вызова, даже наверно можно сказать. Он только видел пред собой отчаянное, безумное лицо, от которого, как проговорился он раз Аглае, у него «пронзено навсегда сердце». Он не мог более вынести и с мольбой и упреком обратился к Аглае, указывая на Настасью Филипповну:

– Разве это возможно! Ведь она... такая несчастная!

Но только это и успел выговорить, онемев под ужасным взглядом Аглаи. В этом взгляде выразилось столько страдания и в то же время бесконечной ненависти, что он всплеснул руками, вскрикнул и бросился к ней, но уже было поздно! Она не перенесла даже и мгновения его колебания, закрыла руками лицо, вскрикнула: «Ах, боже мой!» и бросилась вон из комнаты, за ней Рогожин, чтоб отомкнуть ей задвижку у дверей на улицу.

Побежал и князь, но на пороге обхватили его руками. Убитое, искаженное лицо Настасьи Филипповны глядело на него в упор, и посиневшие губы шевелились, спрашивая:

– За ней? За ней?..

Она упала без чувств ему на руки. Он поднял ее, внес в комнату, положил в кресла и стал над ней в тупом ожидании. На столике стоял стакан с водой; воротившийся Рогожин схватил его и брызнул ей в лицо воды; она открыла глаза и с минуту ничего не понимала; но вдруг осмотрелась, вздрогнула, вскрикнула и бросилась к князю.

– Мой! Мой! – вскричала она. – Ушла гордая барышня? Ха-ха-ха! – смеялась она в истерике, – ха-ха-ха! Я его этой барышне отдавала! Да зачем? Для чего? Сумасшедшая! Сумасшедшая!.. Поди прочь. Рогожин, ха-ха-ха!

Рогожин пристально посмотрел на них, не сказал ни слова, взял свою шляпу и вышел. Чрез десять минут князь сидел подле Настасьи Филипповны, не отрываясь смотрел на нее и гладил ее по головке и по лицу обеими руками, как малое дитя. Он хохотал на ее хохот и готов был плакать на ее слезы. Он ничего не говорил, но пристально вслушивался в ее порывистый, восторженный и бессвязный лепет, вряд ли понимал что-нибудь, но тихо улыбался, и чуть только ему казалось, что она начинала опять тосковать или плакать, упрекать или жаловаться, тотчас же начинал ее опять гладить по головке и нежно водить руками по ее щекам, утешая и уговаривая ее, как ребенка.

IX

Прошло две недели после события, рассказанного в последней главе, и положение действующих лиц нашего рассказа до того изменилось, что нам чрезвычайно трудно приступать к продолжению без особых объяснений. И однако, мы чувствуем, что должны ограничиться простым изложением фактов, по возможности без особых объяснений, и по весьма простой причине: потому что сами, во многих случаях, затрудняемся объяснить происшедшее. Такое предуведомление с нашей стороны должно показаться весьма странным и неясным читателю: как рассказывать то, о чем не имеешь ни ясного понятия, ни личного мнения? Чтобы не ставить себя еще в более фальшивое положение, лучше постараемся объясниться на примере, и, может быть, благосклонный читатель поймет, в чем именно мы затрудняемся, тем более что этот пример не будет отступлением, а, напротив, прямым и непосредственным продолжением рассказа.

Две недели спустя, то есть уже в начале июля, и в продолжение этих двух недель история нашего героя, и особенно последнее приключение этой истории, обращаются в странный, весьма увеселительный, почти невероятный и в то же время почти наглядный анекдот, распространяющийся мало-помалу по всем улицам, соседним с дачами Лебедева, Птицына, Дарьи Алексеевны, Епанчиных, короче сказать, почти по всему городу и даже по окрестностям его. Почти всё общество – туземцы, дачники, приезжающие на музыку, – все принялись рассказывать одну и ту же историю, на тысячу разных вариаций, о том, как один князь, произведя скандал в честном и известном доме и отказавшись от девицы из этого дома, уже невесты своей, увлекся известною лореткой, порвал все прежние связи и, несмотря ни на что, несмотря на угрозы, несмотря на всеобщее негодование публики, намеревается обвенчаться на днях с опозоренною женщиной, здесь же в Павловске, открыто, публично, подняв голову и смотря всем прямо в глаза. Анекдот до того становился изукрашен скандалами, до того много вмешано было в него известных и значительных лиц, до того придано было ему разных фантастических и загадочных оттенков, а с другой стороны, он представлялся в таких неопровержимых и наглядных фактах, что всеобщее любопытство и сплетни были, конечно, очень извинительны. Самое тонкое, хитрое и в то же время правдоподобное толкование оставалось за несколькими серьезными сплетниками из того слоя разумных людей, которые всегда, в каждом обществе, спешат прежде всего уяснить другим событие, в чем находят свое призвание, а нередко и утешение. По их толкованию, молодой человек, хорошей фамилии, князь, почти богатый, дурачок, но демократ и помешавшийся на современном нигилизме, обнаруженном господином Тургеневым, почти не умеющий говорить по-русски, влюбился в дочь генерала Епанчина и достиг того, что его приняли в доме как жениха. Но подобно тому французу-семинаристу, о котором только что напечатан был анекдот и который нарочно допустил посвятить себя в сан священника, нарочно сам просил этого посвящения, исполнил все обряды, все поклонения, лобызания, клятвы и пр., чтобы на другой же день публично объявить письмом своему епископу, что он, не веруя в Бога, считает бесчестным обманывать народ и кормиться от него даром, а потому слагает с себя вчерашний сан, а письмо свое печатает в либеральных газетах, — подобно этому атеисту сфальшивил будто бы в своем роде и князь. Рассказывали, будто он нарочно ждал торжественного званого вечера у родителей своей невесты, на котором он был представлен весьма многим значительным лицам, чтобы вслух и при всех заявить свой образ мыслей, обругать почтенных сановников, отказаться от своей невесты, публично и с оскорблением, и, сопротивляясь выводившим его слугам, разбить прекрасную китайскую вазу. К этому прибавляли, в виде современной характеристики нравов, что бестолковый молодой человек действительно любил свою невесту, генеральскую дочь, но отказался от нее единственно из нигилизма и ради предстоящего скандала, чтобы не отказать себе в удовольствии жениться пред всем светом на потерянной женщине и тем доказать, что в его убеждении нет ни потерянных, ни добродетельных женщин, а есть только одна свободная женщина; что он в светское и старое разделение не верит, а верует в один только «женский вопрос». Что, наконец, потерянная женщина, в глазах его, даже еще несколько выше, чем непотерянная. Это объяснение показалось весьма вероятным и было принято большинством дачников, тем более что подтверждалось ежедневными фактами. Правда, множество вещей оставались неразъясненными: рассказывали, что бедная девушка до того любила своего жениха, по некоторым — «обольстителя», что прибежала к нему на другой же день, как он ее бросил и когда он сидел у своей любовницы; другие уверяли, напротив, что она им же была нарочно завлечена к любовнице, единственно из нигилизма, то есть для срама и оскорбления. Как бы то ни было, а интерес события возрастал ежедневно, тем более что не оставалось ни малейшего сомнения в том, что скандальная свадьба действительно совершится.

И вот, если бы спросили у нас разъяснения, — не насчет нигилистических оттенков события, а просто лишь насчет того, в какой степени удовлетворяет назначенная свадьба действительным желаниям князя, в чем именно состоят в настоящую минуту эти желания, как именно определить состояние духа нашего героя в настоящий момент и пр., и пр. в этом же роде, — то мы, признаемся, были бы в большом затруднении ответить. Мы знаем только одно, что свадьба назначена действительно и что сам князь уполномочил Лебедева, Келлера и какого-то знакомого Лебедева, которого тот представил князю на этот случай, принять на себя все хлопоты по этому делу, как церковные, так и хозяйственные; что денег велено было не жалеть, что торопила и настаивала на свадьбе Настасья Филипповна; что шафером князя назначен был Келлер, по собственной его пламенной просьбе, а к Настасье Филипповне — Бурдовский, принявший это назначение с восторгом, и что день свадьбы назначен был в начале июля. Но кроме этих, весьма точных, обстоятельств, нам известны и еще некоторые факты, которые решительно нас сбивают с толку, именно потому, что противоречат с предыдущими. Мы крепко подозреваем, например, что, уполномочив Лебедева и прочих принять на себя все хлопоты, князь чуть ли не забыл в тот же самый день, что у него есть и церемониймейстер, и шафера, и свадьба, и что если он и распорядился поскорее, передав другим хлопоты, то единственно для того, чтоб уж самому и не думать об этом и даже, может быть, поскорее забыть об этом. О чем же думал он сам в таком случае, о чем хотел помнить и к чему стремился? Сомнения нет тоже, что тут не было над ним никакого насилия (со стороны, например, Настасьи Филипповны), что Настасья Филипповна действительно непременно пожелала скорей свадьбы и что она свадьбу выдумала, а вовсе не князь; но князь согласился свободно; даже как-то рассеянно и вроде того, как если бы попросили у него какую-нибудь довольно обыкновенную вещь. Таких странных фактов пред нами очень много, но они не только не разъясняют, а, по нашему мнению, даже затемняют истолкование дела, сколько бы их ни приводили; но, однако, представим еще пример.

Так, нам совершенно известно, что в продолжение этих двух недель князь целые дни и вечера проводил вместе с Настасьей Филипповной; что она брала его с собой на прогулки, на музыку; что он разъезжал с нею каждый день в коляске; что он начинал беспокоиться о ней, если только час не видел ее (стало быть, по всем признакам, любил ее искренно); что слушал ее с тихою и кроткою улыбкой, о чем бы она ему ни говорила, по целым часам, и сам ничего почти не говоря. Но мы знаем также, что он в эти же дни, несколько раз и даже много раз, вдруг отправлялся к Епанчиным, не скрывая этого от Настасьи Филипповны, отчего та приходила чуть не в отчаяние. Мы знаем, что у Епанчиных, пока они оставались в Павловске, его не принимали, в свидании с Аглаей Ивановной ему постоянно отказывали; что он уходил ни слова не говоря, а на другой же день шел к ним опять, как бы совершенно позабыв о вчерашнем отказе, и, разумеется, получал новый отказ. Нам известно также, что час спустя после того, как Аглая Ивановна выбежала от Настасьи Филипповны, а может даже и раньше часу, князь уже был у Епанчиных, конечно в уверенности найти там Аглаю, и что появление его у Епанчиных произвело тогда чрезвычайное смущение и страх в доме, потому что Аглая домой еще не возвратилась и от него только в первый раз и услышали, что она уходила с ним к Настасье Филипповне. Рассказывали, что Лизавета Прокофьевна, дочери и даже князь Щ. обошлись тогда с князем чрезвычайно жестко, неприязненно и что тогда же и отказали ему, в горячих выражениях, и в знакомстве и в дружбе, особенно когда Варвара Ардалионовна вдруг явилась к Лизавете Прокофьевне и объявила, что Аглая Ивановна уже с час как у ней в доме, в положении ужасном, и домой, кажется, идти не хочет. Это последнее известие поразило Лизавету Прокофьевну более всего и было совершенно справедливо: выйдя от Настасьи Филипповны, Аглая действительно скорей согласилась бы умереть, чем показаться теперь на глаза своим домашним, и потому кинулась к Нине Александровне. Варвара же Ардалионовна тотчас нашла с своей стороны необходимым уведомить обо всем этом, нимало не медля, Лизавету Прокофьевну. И мать и дочери, все тотчас же бросились к Нине Александровне, за ними сам отец семейства, Иван Федорович, только что явившийся домой; за ними же поплелся и князь Лев Николаевич, несмотря на изгнание и жесткие слова; но, по распоряжению Варвары Ардалионовны, его и там не пустили к Аглае. Дело кончилось, впрочем, тем, что когда Аглая увидала мать и сестер, плачущих над нею и нисколько ее не упрекающих, то бросилась к ним в объятия и тотчас же воротилась с ними домой. Рассказывали, хотя слухи были и не совершенно точные, что Гавриле Ардалионовичу и тут ужасно не посчастливилось; что, улучив время, когда Варвара Ардалионовна бегала к Лизавете Прокофьевне, он, наедине с Аглаей, вздумал было заговорить о любви своей; что, слушая его, Аглая, несмотря на всю свою тоску и слезы, вдруг расхохоталась и вдруг предложила ему странный вопрос: сожжет ли он, в доказательство своей любви, свой палец сейчас же на свечке? Гаврила Ардалионович был, говорили, ошеломлен предложением и до того не нашелся, выразил до того чрезвычайное недоумение в своем лице, что Аглая расхохоталась на него как в истерике и убежала от него наверх к Нине Александровне, где уже и нашли ее родители. Этот анекдот дошел до князя чрез Ипполита, на другой день. Уже не встававший с постели Ипполит нарочно послал за князем, чтобы передать ему это известие.

Как дошел до Ипполита этот слух, нам неизвестно, но когда и князь услышал о свечке и о пальце, то рассмеялся так, что даже удивил Ипполита; потом вдруг задрожал и залился слезами... Вообще он был в эти дни в большом беспокойстве и в необыкновенном смущении, неопределенном и мучительном. Ипполит утверждал прямо, что находит его не в своем уме; но этого еще никак нельзя было сказать утвердительно.

Представляя все эти факты и отказываясь их объяснить, мы вовсе не желаем оправдать нашего героя в глазах наших читателей. Мало того, мы вполне готовы разделить и самое негодование, которое он возбудил к себе даже в друзьях своих. Даже Вера Лебедева некоторое время негодовала на него; даже Коля негодовал; негодовал даже Келлер, до того времени как выбран был в шафера, не говоря уже о самом Лебедеве, который даже начал интриговать против князя, и тоже от негодования, и даже весьма искреннего. Но об этом мы скажем после. Вообще же мы вполне и в высшей степени сочувствуем некоторым, весьма сильным и даже глубоким по своей психологии словам Евгения Павловича, которые тот прямо и без церемонии высказал князю в дружеском разговоре, на шестой или на седьмой день после события у Настасьи Филипповны. Заметим кстати, что не только сами Епанчины, но и все, принадлежавшие прямо или косвенно к дому Епанчиных, нашли нужным совершенно порвать с князем всякие отношения. Князь Щ., например, даже отвернулся, встретив князя, и не отдал ему поклона. Но Евгений Павлович не побоялся скомпрометировать себя, посетив князя, несмотря на то что опять стал бывать у Епанчиных каждый день и был принят даже с видимым усилением радушия. Он пришел к князю ровно на другой день после выезда всех Епанчиных из Павловска. Входя, он уже знал обо всех распространившихся в публике слухах, даже, может, и сам им отчасти способствовал. Князь ему ужасно обрадовался и тотчас же заговорил об Епанчиных; такое простодушное и прямое начало совершенно развязало и Евгения Павловича, так что и он без обиняков приступил прямо к делу.

Князь еще и не знал, что Епанчины выехали; он был поражен, побледнел; но чрез минуту покачал головой, в смущении и в раздумье, и сознался, что «так и должно было быть»; затем быстро осведомился, «куда же выехали?».

Евгений Павлович между тем пристально его наблюдал, и всё это, то есть быстрота вопросов, простодушие их, смущение и в то же время какая-то странная откровенность, беспокойство и возбуждение, – всё это немало удивило его. Он, впрочем, любезно и подробно сообщил обо всем князю: тот многого еще не знал, и это был первый вестник из дома. Он подтвердил, что Аглая действительно была больна и трое суток почти напролет не спала все ночи, в жару; что теперь ей легче и она вне всякой опасности, но в положении нервном, истерическом... «Хорошо еще, что в доме полнейший мир! О прошедшем стараются не намекать даже и промежду себя, не только при Аглае. Родители уже переговорили между собой о путешествии за границу, осенью, тотчас после свадьбы Аделаиды; Аглая молча приняла первые заговаривания об этом». Он, Евгений Павлович, тоже, может быть, за границу поедет. Даже князь Щ., может быть, соберется, месяца на два, с Аделаидой, если позволят дела. Сам генерал останется. Переехали все теперь в Колмино, их имение, верстах в двадцати от Петербурга, где поместительный господский дом. Белоконская еще не уезжала в Москву и даже, кажется, нарочно осталась. Лизавета Прокофьевна сильно настаивала на том, что нет возможности оставаться в Павловске после всего происшедшего; он, Евгений Павлович, сообщал ей каждодневно о слухах по городу. На елагинской даче тоже не нашли возможным поселиться.

– Ну, да и в самом деле, – прибавил Евгений Павлович, – согласитесь сами, можно ли выдержать... особенно зная всё, что у вас здесь ежечасно делается, в вашем доме, князь, и после ежедневных ваших посещений *туда*, несмотря на отказы...

– Да, да, да, вы правы, я хотел видеть Аглаю Ивановну... – закачал опять головою князь.

– Ах, милый князь, – воскликнул вдруг Евгений Павлович с одушевлением и с грустью, – как могли вы тогда допустить... всё, что произошло? Конечно, конечно, всё это было для вас так неожиданно... Я согласен, что вы должны были потеряться и... не могли же вы остановить безумную девушку, это было не в ваших силах! Но ведь должны же вы были понять, до какой степени серьезно и сильно эта девушка... к вам относилась. Она не захотела делиться с другой, и вы... и вы могли покинуть и разбить такое сокровище!

– Да, да, вы правы; да, я виноват, – заговорил опять князь в ужасной тоске, – и знаете: ведь она одна, одна только Аглая смотрела так на Настасью Филипповну... Остальные никто ведь так не смотрели.

– Да тем-то и возмутительно всё это, что тут и серьезного не было ничего! – вскричал Евгений Павлович, решительно увлекаясь. – Простите меня, князь, но... я... я думал об этом, князь; я много передумал; я знаю всё, что происходило прежде, я знаю всё, что было полгода назад, всё, и – всё это было несерьезно! Всё это было одно только головное увлечение, картина, фантазия, дым, и только одна испуганная ревность совершенно неопытной девушки могла принять это за что-то серьезное!

Тут Евгений Павлович, уже совершенно без церемонии, дал волю своему негодованию. Разумно и ясно, и, повторяем, с чрезвычайною даже психологией, развернул он пред князем картину всех бывших собственных отношений князя к Настасье Филипповне. Евгений Павлович и всегда владел даром слова; теперь же достиг даже красноречия. «С самого начала, – провозгласил он, – началось у вас ложью; что ложью началось, то ложью и должно было кончиться; это закон природы. Я не согласен, и даже в негодовании, когда вас, – ну там кто-нибудь, – называют идиотом; вы слишком умны для такого названия; но вы и настолько странны, чтобы не быть, как все люди, согласитесь сами. Я решил, что фундамент всего происшедшего составился, во-первых, из вашей, так сказать, врожденной неопытности (заметьте, князь, это слово: "врожденной"), потом из необычайного вашего простодушия, далее из феноменального отсутствия чувства меры (в чем вы несколько раз уже сознавались сами) – и, наконец, из огромной, наплывной массы головных убеждений, которые вы, со всею необычайною честностью вашею, принимаете до сих пор за убеждения истинные, природные и непосредственные! Согласитесь сами, князь, что в ваши отношения к Настасье Филипповне с самого начала легло нечто *условно-демократическое* (я выражаюсь для краткости), так сказать, обаяние "женского вопроса" (чтобы выразиться еще короче). Я ведь в точности знаю всю эту странную скандальную сцену, происшедшую у Настасьи Филипповны, когда Рогожин принес свои деньги. Хотите, я разберу вам вас самих как по пальцам, покажу вам вас же самого как в зеркале, до такой точности я знаю, в чем было дело и почему оно так обернулось! Вы, юноша, жаждали в Швейцарии родины, стремились в Россию как в страну неведомую, но обетованную; прочли много книг о России, книг, может быть, превосходных, но для вас вредных; явились с первым пылом жажды деятельности, так сказать, набросились на деятельность! И вот, в тот же день, вам передают грустную и подымающую сердце историю об обиженной женщине, передают вам, то есть рыцарю, девственнику, – и о женщине! В тот же день вы видите эту женщину; вы околдованы ее красотой, фантастическою, демоническою красотой (я ведь согласен, что она красавица). Прибавьте нервы, прибавьте вашу падучую, прибавьте нашу петербургскую, потрясающую нервы, оттепель; прибавьте весь этот день в незнакомом и почти фантастическом для вас городе, день встреч и сцен, день неожиданных знакомств, день самой неожиданной действительности, день трех красавиц Епанчиных и в их числе Аглаи; прибавьте усталость, головокружение; прибавьте гостиную Настасьи Филипповны и тон этой гостиной и... чего же вы могли ожидать от себя самого в ту минуту, как вы думаете?»

– Да, да; да, да, – качал головою князь, начиная краснеть, – да, это почти что ведь так; и, знаете, я действительно почти всю ночь накануне не спал, в вагоне, и всю запрошлую ночь, и очень был расстроен...

– Ну да, конечно, к чему же я и клоню? – продолжал горячась Евгений Павлович.– Ясное дело, что вы, так сказать в упоении восторга, набросились на возможность заявить публично великодушную мысль, что вы, родовой князь и чистый человек, не считаете бесчестною женщину, опозоренную не по ее вине, а по вине отвратительного великосветского развратника. О, господи, да ведь это понятно! Но не в том дело, милый князь, а в том, была ли тут правда, была ли истина в вашем чувстве, была ли натура или один только головной восторг? Как вы думаете: во храме прощена была женщина, такая же женщина, но ведь не сказано же ей было, что она хорошо делает, достойна всяких почестей и уважения? Разве не подсказал вам самим здравый смысл, чрез три месяца, в чем было дело? Да пусть она теперь невинна, – я настаивать не буду, потому что не хочу, – но разве все ее приключения могут оправдать такую невыносимую, бесовскую гордость ее, такой наглый, такой алчный ее эгоизм? Простите, князь, я увлекаюсь, но...

– Да, всё это может быть; может быть, вы и правы... – забормотал опять князь, – она действительно очень раздражена, и вы правы, конечно, но...

– Сострадания достойна? Это хотите вы сказать, добрый мой князь? Но ради сострадания и ради ее удовольствия разве можно было опозорить другую, высокую и чистую девушку, унизить ее в *тех* надменных, в тех ненавистных глазах? Да до чего же после того будет доходить сострадание? Ведь это невероятное преувеличение! Да разве можно, любя девушку, так унизить ее пред ее же соперницей, бросить ее для другой, в глазах той же другой, после того как уже сами сделали ей честное предложение... а ведь вы сделали ей предложение, вы высказали ей это при родителях и при сестрах! После этого честный ли вы человек, князь, позвольте вас спросить? И... и разве вы не обманули божественную девушку, уверив, что любили ее?

– Да, да, вы правы, ах, я чувствую, что я виноват! – проговорил князь в невыразимой тоске.

– Да разве этого довольно? – вскричал Евгений Павлович в негодовании, – разве достаточно только вскричать: «Ах, я виноват!» Виноваты, а сами упорствуете! И где у вас сердце было тогда, ваше «христианское»-то сердце! Ведь вы видели же ее лицо в ту минуту: что она, меньше ли страдала, чем *та*, чем *ваша* другая, разлучница? Как же вы видели и допустили? Как?

– Да... ведь я и не допускал...– пробормотал несчастный князь.

– Как не допускали?

– Я, ей-богу, ничего не допускал. Я до сих пор не понимаю, как всё это сделалось... я – я побежал тогда за Аглаей Ивановной, а Настасья Филипповна упала в обморок; а потом меня всё не пускают до сих пор к Аглае Ивановне.

– Всё равно! Вы должны были бежать за Аглаей, хотя бы другая и в обмороке лежала!

– Да.. да, я должен был... она ведь умерла бы! Она бы убила себя, вы ее не знаете, и... всё равно, я бы всё рассказал потом Аглае Ивановне и... Видите, Евгений Павлович, я вижу, что вы, кажется, всего не знаете. Скажите, зачем меня не пускают к Аглае Ивановне? Я бы ей всё объяснил. Видите: обе они говорили тогда не про то, совсем не про то, потому так у них и вышло... Я никак не могу вам этого объяснить; но я, может быть, и объяснил бы Аглае... Ах, боже мой, боже мой! Вы говорите про ее лицо в ту минуту, как она тогда выбежала... о, боже мой, я помню!.. Пойдемте, пойдемте! – потащил он вдруг за рукав Евгения Павловича, торопливо вскакивая с места.

– Куда?

– Пойдемте к Аглае Ивановне, пойдемте сейчас!..

– Да ведь ее же в Павловске нет, я говорил, и зачем идти?

– Она поймет, она поймет! – бормотал князь, складывая в мольбе свои руки, – она поймет, что всё это не *то*, а совершенно, совершенно другое!

– Как совершенно другое? Ведь вот вы все-таки женитесь? Стало быть, упорствуете... Женитесь вы или нет?

– Ну, да... женюсь; да, женюсь!

– Так как же не то?

– О нет, не то, не то! Это, это всё равно, что я женюсь, это ничего!

– Как всё равно и ничего? Не пустяки же ведь и это? Вы женитесь на любимой женщине, чтобы составить ее счастие, а Аглая Ивановна это видит и знает, так как же всё равно?

– Счастье? О нет! Я так только просто женюсь; она хочет; да и что в том, что я женюсь: я... Ну, да это всё равно! Только она непременно умерла бы. Я вижу теперь, что этот брак с Рогожиным был сумасшествие! Я теперь всё понял, чего прежде не понимал, и видите: когда они обе стояли тогда одна против другой, то я тогда лица Настасьи Филипповны не мог вынести... Вы не знаете, Евгений Павлович (понизил он голос таинственно), я этого никому не говорил, никогда, даже Аглае, но я не могу лица Настасьи Филипповны выносить... Вы давеча правду говорили про этот тогдашний вечер у Настасьи Филипповны; но тут было еще одно, что вы пропустили, потому что не знаете: я смотрел на *ее лицо*! Я еще утром, на портрете, не мог его вынести... Вот у Веры, у

Лебедевой, совсем другие глаза; я... я боюсь ее лица! — прибавил он с чрезвычайным страхом.

— Боитесь?

— Да; она — сумасшедшая! — прошептал он, бледнея.

— Вы наверно это знаете? — спросил Евгений Павлович с чрезвычайным любопытством.

— Да, наверно; теперь уже наверно; теперь, в эти дни, совсем уже наверно узнал!

— Что же вы над собой делаете? — в испуге вскричал Евгений Павлович. — Стало быть, вы женитесь с какого-то страху? Тут понять ничего нельзя... Даже и не любя, может быть?

— О, нет, я люблю ее всей душой! Ведь это... дитя; теперь она дитя, совсем дитя! О, вы ничего не знаете!

— И в то же время уверяли в своей любви Аглаю Ивановну?

— О да, да!

— Как же? Стало быть, обеих хотите любить?

— О да, да!

— Помилуйте князь, что вы говорите, опомнитесь!

— Я без Аглаи... я непременно должен ее видеть! Я... я скоро умру во сне; я думал, что я нынешнюю ночь умру во сне. О, если б Аглая знала, знала бы всё... то есть непременно всё. Потому что тут надо знать всё, это первое дело! Почему мы никогда не можем *всего* узнать про другого, когда это надо, когда этот другой виноват!.. Я, впрочем, не знаю, что говорю, я запутался; вы ужасно поразили меня... И неужели у ней и теперь такое лицо, как тогда, когда она выбежала? О да, я виноват! Вероятнее всего, что я во всем виноват! Я еще не знаю, в чем именно, но я виноват... Тут есть что-то такое, чего я не могу вам объяснить, Евгений Павлович, и слов не имею, но... Аглая Ивановна поймет! О, я всегда верил, что она поймет.

— Нет, князь, не поймет! Аглая Ивановна любила как женщина, как человек, а не как... отвлеченный дух. Знаете ли что, бедный мой князь: вернее всего, что вы ни ту, ни другую никогда не любили!

– Я не знаю... может быть, может быть; вы во многом правы, Евгений Павлович. Вы чрезвычайно умны, Евгений Павлович; ах, у меня голова начинает опять болеть, пойдемте к ней! Ради бога, ради бога!

– Да говорю же вам, что ее в Павловске нет, она в Колмине.

– Поедемте в Колмино, поедемте сейчас!

– Это не-воз-можно! – протянул Евгений Павлович, вставая.

– Послушайте, я напишу письмо; отвезите письмо!

– Нет, князь, нет! Избавьте от таких поручений, не могу!

Они расстались. Евгений Павлович ушел с убеждениями странными: и, по его мнению, выходило, что князь несколько не в своем уме. И что такое значит это *лицо*, которого он боится и которое так любит! И в то же время ведь он действительно, может быть, умрет без Аглаи, так что, может быть, Аглая никогда и не узнает, что он ее до такой степени любит! Ха-ха! И как это любить двух? Двумя разными любвями какими-нибудь? Это интересно... бедный идиот! И что с ним будет теперь?

X

Князь, однако же, не умер до своей свадьбы, ни наяву, ни «во сне», как предсказал Евгению Павловичу. Может, он и в самом деле спал нехорошо и видел дурные сны; но днем, с людьми, казался добрым и даже довольным, иногда только очень задумчивым, но это когда бывал один. Со свадьбой спешили; она пришлась около недели спустя после посещения Евгения Павловича. При такой поспешности даже самые лучшие друзья князя, если б он имел таковых, должны были бы разочароваться в своих усилиях «спасти» несчастного сумасброда. Ходили слухи, будто бы в визите Евгения Павловича были отчасти виновны генерал Иван Федорович и супруга его, Лизавета Прокофьевна. Но если б они оба, по безмерной доброте своего сердца, и могли пожелать спасти жалкого безумца от бездны, то, конечно, должны были ограничиться только одною этою слабою попыткой; ни положение их, ни даже, может быть, сердечное расположение (что натурально) не могли соответствовать более серьезным усилиям. Мы упоминали, что даже и окружавшие князя отчасти восстали против него. Вера Лебедева, впрочем, ограничилась одними слезами наедине да еще тем, что больше сидела у себя дома и меньше заглядывала к князю, чем прежде. Коля в это время хоронил своего отца; старик умер от второго удара, дней восемь спустя после первого. Князь принял большое участие в горе семейства и в первые дни по нескольку часов проводил у Нины Александровны; был на похоронах и в церкви. Многие заметили, что публика, бывшая в церкви, с невольным шепотом встречала и провожала князя; то же бывало и на улицах и в саду: когда он проходил или проезжал, раздавался говор, называли его, указывали, слышалось имя Настасьи Филипповны. Ее искали и на похоронах, но на похоронах ее не было. Не было на похоронах и капитанши, которую успел-таки остановить и сократить вовремя Лебедев. Отпевание произвело на князя впечатление сильное и болезненное; он шепнул Лебедеву еще в церкви, в ответ на какой-то его вопрос, что в первый раз присутствует при православном отпевании и только в детстве помнит еще другое отпевание в какой-то деревенской церкви.

— Да-с, точно ведь и не тот самый человек лежит, во гробе-то-с, которого мы еще так недавно к себе председателем посадили, помните-с? — шепнул Лебедев князю. — Кого ищете-с?

— Так, ничего, мне показалось...

— Не Рогожина?

– Разве он здесь?

– В церкви-с.

– То-то мне как будто его глаза показались, – пробормотал князь в смущении, – да что ж... зачем он? Приглашен?

– И не думали-с. Он ведь и не знакомый совсем-с. Здесь ведь всякие-с, публика-с. Да чего вы так изумились? Я его теперь часто встречаю; раза четыре уже в последнюю неделю здесь встречал, в Павловске.

– Я его ни разу еще не видал... с того времени, – пробормотал князь.

Так как Настасья Филипповна тоже ни разу еще не сообщала ему о том, что встречала «с тех пор» Рогожина, то князь и заключил теперь, что Рогожин нарочно почему-нибудь на глаза не кажется. Весь этот день он был в сильной задумчивости; Настасья же Филипповна была необыкновенно весела весь тот день и в тот вечер.

Коля, помирившийся с князем еще до смерти отца, предложил ему пригласить в шафера (так как дело было насущное и неотлагательное) Келлера и Бурдовского. Он ручался за Келлера, что тот будет вести себя прилично, а может быть, и «пригодится», а про Бурдовского и говорить было нечего, человек тихий и скромный. Нина Александровна и Лебедев замечали князю, что если уж решена свадьба, то по крайней мере зачем в Павловске, да еще в дачный, в модный сезон, зачем так публично? Не лучше ли в Петербурге и даже на дому? Князю слишком ясно было, к чему клонились все эти страхи; но он ответил коротко и просто, что таково непременное желание Настасьи Филипповны.

Назавтра явился к князю и Келлер, повещенный о том, что он шафер. Прежде чем войти, он остановился в дверях и, как только увидел князя, поднял кверху правую руку с разогнутым указательным пальцем и прокричал в виде клятвы:

– Не пью!

Затем подошел к князю, крепко сжал и потряс ему обе руки и объявил, что, конечно, он вначале, как услышал, был враг, что и провозгласил за бильярдом, и не почему другому, как потому, что прочил за князя и ежедневно, с нетерпением друга, ждал видеть за ним не иначе как принцессу де Роган; но теперь видит сам, что князь мыслит по крайней мере в двенадцать раз благороднее, чем все они «вместе взятые»! Ибо ему нужны не блеск, не богатство и даже не почесть, а только — истина! Симпатии высоких особ слишком известны, а князь слишком высок своим образованием, чтобы не быть высокою особой, говоря вообще! «Но сволочь и всякая шушера судят иначе; в городе, в домах, в собраниях, на дачах, на музыке, в распивочных, за бильярдами только и толку, только и крику, что о предстоящем событии. Слышал, что хотят даже шаривари устроить под окнами, и это, так сказать, в первую ночь! Если вам нужен, князь, пистолет честного человека, то с полдюжины благородных выстрелов готов обменять, прежде еще чем вы подниметесь на другое утро с медового ложа». Советовал тоже, в опасении большого прилива жаждущих, по выходе из церкви, пожарную трубу на дворе приготовить; но Лебедев воспротивился: «Дом, говорит, на щепки разнесут, в случае пожарной-то трубы».

— Этот Лебедев интригует против вас, князь, ей-богу! Они хотят вас под казенную опеку взять, можете вы себе это представить, со всем, со свободною волей и с деньгами, то есть с двумя предметами, отличающими каждого из нас от четвероногого! Слышал, доподлинно слышал! Одна правда истинная!

Князь припомнил, что как будто и сам он что-то в этом роде уже слышал, но, разумеется, не обратил внимания. Он и теперь только рассмеялся и тут же опять забыл. Лебедев действительно некоторое время хлопотал; расчеты этого человека всегда зарождались как бы по вдохновению и от излишнего жару усложнялись, разветвлялись и удалялись от первоначального пункта во все стороны; вот почему ему мало что и удавалось в его жизни. Когда он пришел потом, почти уже в день свадьбы, к князю каяться (у него была непременная привычка приходить всегда каяться к тем, против кого он интриговал, и особенно если не удавалось), то объявил ему, что он рожден Талейраном и неизвестно каким образом остался лишь Лебедевым. Затем обнаружил пред ним всю игру, причем заинтересовал князя чрезвычайно. По словам его, он начал с того, что принялся искать покровительства высоких особ, на которых бы в случае надобности ему опереться, и ходил к генералу Ивану Федоровичу. Генерал Иван Федорович был в недоумении, очень желал добра «молодому человеку», но объявил, что, «при всем желании спасти, ему здесь действовать неприлично». Лизавета Прокофьевна ни слышать, ни видеть его не захотела; Евгений Павлович и князь Щ. только руками отмахивались. Но он, Лебедев, духом не упал и советовался с одним тонким юристом, почтенным старичком, большим ему приятелем и почти благодетелем; тот заключил, что это дело совершенно возможное, лишь бы были свидетели компетентные умственного расстройства и совершенного помешательства, да при этом, главное, покровительство высоких особ. Лебедев не уныл и тут и однажды привел к князю даже доктора, тоже почтенного старичка, дачника, с Анной на шее, единственно для того, чтоб осмотреть, так сказать, самую местность, ознакомиться с князем и покамест не официально, но, так сказать, дружески сообщить о нем свое заключение. Князь помнил это посещение к нему доктора; он помнил, что Лебедев еще накануне приставал к нему, что он нездоров, и когда князь решительно отказался от медицины, то вдруг явился с доктором, под предлогом, что сейчас они оба от господина Терентьева, которому очень худо, и что доктор имеет кое-что сообщить о больном князю. Князь похвалил Лебедева и принял доктора с чрезвычайным радушием. Тотчас же разговорились о больном Ипполите; доктор попросил рассказать подробнее тогдашнюю сцену самоубийства, и князь совершенно увлек его своим рассказом и объяснением события. Заговорили о петербургском климате, о болезни самого князя, о Швейцарии, о Шнейдере. Изложением системы лечения Шнейдера и рассказами князь до того заинтересовал доктора, что тот просидел два часа; при этом курил превосходные сигары князя, а со стороны Лебедева явилась превкусная наливка, которую принесла Вера, причем доктор, женатый и семейный человек, пустился перед Верой в особые комплименты, чем и возбудил в ней глубокое негодование. Расстались друзьями. Выйдя от князя, доктор сообщил Лебедеву, что если всё таких брать в опеку, так кого же бы приходилось делать опекунами? На трагическое же изложение, со стороны Лебедева, предстоящего вскорости события доктор лукаво и коварно качал головой и наконец заметил, что, не говоря уже о том, «мало ли кто на ком женится», «обольстительная особа, сколько он, по крайней мере, слышал, кроме непомерной красоты, что уже одно может увлечь человека с состоянием, обладает и капиталами, от Тоцкого и от Рогожина, жемчугами и бриллиантами, шалями и мебелями, а потому предстоящий выбор не только не выражает со стороны дорогого князя, так сказать, особенной, бьющей в очи глупости, но даже свидетельствует о хитрости тонкого светского ума и расчета, а стало быть, способствует к заключению противоположному и для князя совершенно приятному...». Эта мысль поразила и Лебедева; с тем он и остался, и теперь, прибавил он князю, «теперь, кроме преданности и пролития крови, ничего от меня не увидите; с тем и явился».

Развлекал в эти последние дни князя и Ипполит; он слишком часто присылал за ним. Они жили недалеко, в маленьком домике; маленькие дети, брат и сестра Ипполита, были по крайней мере тем рады даче, что спасались от больного в сад; бедная же капитанша оставалась во всей его воле и вполне его жертвой; князь должен был их делить и мирить ежедневно, и больной продолжал называть его своею «нянькой», в то же время как бы не смея и не презирать его за роль примирителя. Он был в чрезвычайной претензии на Колю за то, что тот почти не ходил к нему, оставаясь сперва с умиравшим отцом, а потом с овдовевшею матерью. Наконец, он поставил целью своих насмешек ближайший брак князя с Настасьей Филипповной и кончил тем, что оскорбил князя и вывел его наконец из себя: тот перестал посещать его. Через два дня приплелась поутру капитанша и в слезах просила князя пожаловать к ним, не то *тот* ее сгложет. Она прибавила, что он желает открыть большой секрет. Князь пошел. Ипполит желал помириться, заплакал и после слез, разумеется, еще пуще озлобился, но только трусил выказать злобу. Он был очень плох, и по всему было видно, что теперь уже умрет скоро. Секрета не было никакого, кроме одних чрезвычайных, так сказать задыхающихся от волнения (может быть, выделанного), просьб «беречься Рогожина». «Это человек такой, который своего не уступит; это, князь, не нам с вами чета: этот если захочет, то уж не дрогнет...» и пр., и пр. Князь стал расспрашивать подробнее, желал добиться каких-нибудь фактов; но фактов не было никаких, кроме личных ощущений и впечатлений Ипполита. К чрезвычайному удовлетворению своему, Ипполит кончил тем, что напугал наконец князя ужасно. Сначала князь не хотел отвечать на некоторые особенные его вопросы и только улыбался на советы «бежать даже хоть за границу; русские священники есть везде, и там обвенчаться можно». Но наконец Ипполит кончил следующею мыслью: «Я ведь боюсь лишь за Аглаю Ивановну: Рогожин знает, как вы ее любите; любовь за любовь; вы у него отняли Настасью Филипповну, он убьет Аглаю Ивановну; хоть она теперь и не ваша, а все-таки ведь вам тяжело будет, не правда ли?» Он достиг цели: князь ушел от него сам не свой.

Эти предостережения о Рогожине пришлись уже накануне свадьбы. В этот же вечер, в последний раз пред венцом, виделся князь и с Настасьей Филипповной; но Настасья Филипповна не в состоянии была успокоить его, и даже, напротив, в последнее время всё более и более усиливала его смущение. Прежде, то есть несколько дней назад, она при свиданиях с ним употребляла все усилия, чтобы развеселить его, боялась ужасно его грустного вида: пробовала даже петь ему; всего же чаще рассказывала ему всё, что могла запомнить смешного. Князь всегда почти делал вид, что очень смеется, а иногда и в самом деле смеялся блестящему уму и светлому чувству, с которым она иногда рассказывала, когда увлекалась, а она увлекалась часто. Видя же смех князя, видя произведенное на него впечатление, она приходила в восторг и начинала гордиться собой. Но теперь грусть и задумчивость ее возрастали почти с каждым часом. Мнения его о Настасье Филипповне были установлены, не то, разумеется, всё в ней показалось бы ему теперь загадочным и непонятным. Но он искренно верил, что она может еще воскреснуть. Он совершенно справедливо сказал Евгению Павловичу, что искренно и вполне ее любит, и в любви его к ней заключалось действительно как бы влечение к какому-то жалкому и больному ребенку, которого трудно и даже невозможно оставить на свою волю. Он не объяснял никому своих чувств к ней и даже не любил говорить об этом, если и нельзя было миновать разговора; с самою же Настасьей Филипповной они никогда, сидя вместе, не рассуждали «о чувстве», точно оба слово себе такое дали. В их обыкновенном, веселом и оживленном разговоре мог всякий участвовать. Дарья Алексеевна рассказывала потом, что всё это время только любовалась и радовалась, на них глядя.

Но этот же взгляд его на душевное и умственное состояние Настасьи Филипповны избавлял его отчасти и от многих других недоумений. Теперь это была совершенно иная женщина, чем та, какую он знал месяца три назад. Он уже не задумывался теперь, например, почему она тогда бежала от брака с ним, со слезами, с проклятиями и упреками, а теперь настаивает сама скорее на свадьбе? «Стало быть, уж не боится, как тогда, что браком с ним составит его несчастье», — думал князь. Такая быстро возродившаяся уверенность в себе, на его взгляд, не могла быть в ней натуральною. Не из одной же ненависти к Аглае, опять-таки, могла произойти эта уверенность: Настасья Филипповна несколько глубже умела чувствовать. Не из страху же перед участью с Рогожиным? Одним словом, тут могли иметь участие и все эти причины вместе с прочим; но для него было всего яснее, что тут именно то, что он подозревает уже давно, и что бедная, больная душа не вынесла. Всё это, хоть и избавляло, в своем роде, от недоумений, не могло дать ему ни спокойствия, ни отдыха во всё это время. Иногда он как бы старался ни о чем не думать; на брак он, кажется, и в самом деле смотрел как бы на какую-то неважную формальность; свою собственную судьбу он слишком дешево ценил. Что же касается до возражений, до разговоров, вроде разговора с Евгением Павловичем, то тут он решительно бы ничего не мог ответить и чувствовал себя вполне некомпетентным, а потому и удалялся от всякого разговора в этом роде.

Он, впрочем, заметил, что Настасья Филипповна слишком хорошо знала и понимала, что значила для него Аглая. Она только не говорила, но он видел ее «лицо» в то время, когда она заставала его иногда, еще вначале, собирающимся к Епанчиным. Когда выехали Епанчины, она точно просияла. Как ни был он незаметлив и недогадлив, но его стала было беспокоить мысль, что Настасья Филипповна решится на какой-нибудь скандал, чтобы выжить Аглаю из Павловска. Шум и грохот по всем дачам о свадьбе был, конечно, отчасти поддержан Настасьей Филипповной для того, чтобы раздражить соперницу. Так как Епанчиных трудно было встретить, то Настасья Филипповна, посадив однажды в свою коляску князя, распорядилась проехать с ним мимо самых окон их дачи. Это было для князя ужасным сюрпризом; он спохватился, по своему обыкновению, когда уже нельзя было поправить дела и когда коляска уже проезжала мимо самых окон. Он не сказал ничего, но после этого был два дня сряду болен; Настасья Филипповна уже не повторяла более опыта. В последние дни пред свадьбой она сильно стала задумываться; она кончала всегда тем, что побеждала свою грусть и становилась опять весела, но как-то тише, не так шумно, не так счастливо весела, как прежде, еще так недавно. Князь удвоил свое внимание. Любопытно было ему, что она никогда не заговаривала с ним о Рогожине. Только раз, дней за пять до свадьбы, к нему вдруг прислали от Дарьи Алексеевны, чтоб он шел немедля, потому что с Настасьей Филипповной очень дурно. Он нашел ее в состоянии, похожем на совершенное помешательство: она вскрикивала, дрожала, кричала, что Рогожин спрятан в саду, у них же в доме, что она его сейчас видела, что он ее убьет ночью... зарежет! Целый день она не могла успокоиться. Но в тот же вечер, когда князь на минуту зашел к Ипполиту, капитанша, только что возвратившаяся из города, куда ездила по каким-то своим делишкам, рассказала, что к ней в Петербурге заходил сегодня на квартиру Рогожин и расспрашивал о Павловске. На вопрос князя, когда именно заходил Рогожин, капитанша назвала почти тот самый час, в который видела будто бы его сегодня в своем саду Настасья Филипповна. Дело объяснялось простым миражем; Настасья Филипповна сама ходила к капитанше подробнее справиться и была чрезвычайно утешена.

Накануне свадьбы князь оставил Настасью Филипповну в большом одушевлении: из Петербурга прибыли от модистки завтрашние наряды, венчальное платье, головной убор и пр., и пр. Князь и не ожидал, что она будет до такой степени возбуждена нарядами; сам он всё хвалил, и от похвал его она становилась еще счастливее. Но она проговорилась: она уже слышала, что в городе негодование и что действительно устраивается какими-то повесами шаривари, с музыкой и чуть ли не со стихами, нарочно сочиненными, и что всё это чуть ли не одобряется и остальным обществом. И вот ей именно захотелось теперь еще больше поднять пред ними голову, затмить всех вкусом и богатством своего наряда, — «пусть же кричат, пусть свистят, если осмелятся!». От одной мысли об этом у ней сверкали глаза. Была у ней еще одна тайная мечта, но вслух она ее не высказывала: ей мечталось, что Аглая, или по крайней мере кто-нибудь из посланных ею, будет тоже в толпе, инкогнито, в церкви, будет смотреть и видеть, и она про себя приготовлялась. Рассталась она с князем вся занятая этими мыслями, часов в одиннадцать вечера; но еще не пробило и полуночи, как прибежали к князю от Дарьи Алексеевны, чтобы «шел скорее, что очень худо». Князь застал невесту запертою в спальне, в слезах, в отчаянии, в истерике; она долго ничего не слыхала, что говорили ей сквозь запертую дверь, наконец отворила, впустила одного князя, заперла за ним дверь и пала пред ним на колени. (Так, по крайней мере, передавала потом Дарья Алексеевна, успевшая кое-что подглядеть.)

— Что я делаю! Что я делаю! Что я с тобой-то делаю! — восклицала она, судорожно обнимая его ноги.

Князь целый час просидел с нею; мы не знаем, про что они говорили. Дарья Алексеевна рассказывала, что они расстались через час примиренно и счастливо. Князь присылал еще раз в эту ночь осведомиться, но Настасья Филипповна уже заснула. Наутро, еще до пробуждения ее, являлись еще два посланные к Дарье Алексеевне от князя, и уже третьему посланному поручено было передать, что «около Настасьи Филипповны теперь целый рой модисток и парикмахеров из Петербурга, что вчерашнего и следу нет, что она занята, как только может быть занята своим нарядом такая красавица пред венцом, и что теперь, именно в сию минуту, идет чрезвычайный конгресс о том, что именно надеть из бриллиантов и как надеть?». Князь успокоился совершенно.

Весь последующий анекдот об этой свадьбе рассказывался людьми знающими следующим образом и, кажется, верно:

Венчание назначено было в восемь часов пополудни; Настасья Филипповна готова была еще в семь. Уже с шести часов начали мало-помалу собираться толпы зевак кругом дачи Лебедева, но особенно у дома Дарьи Алексеевны; с семи часов начала наполняться и церковь. Вера Лебедева и Коля были в ужаснейшем страхе за князя; у них, однако, было много хлопот дома: они распоряжались в комнатах князя приемом и угощением. Впрочем, после венца почти и не предполагалось никакого собрания; кроме необходимых лиц, присутствующих при бракосочетании, приглашены были Лебедевым Птицыны, Ганя, доктор с Анной на шее, Дарья Алексеевна. Когда князь полюбопытствовал у Лебедева, для чего он вздумал позвать доктора, «почти вовсе незнакомого», то Лебедев самодовольно отвечал: «Орден на шее, почтенный человек-с, для виду-с», – и рассмешил князя. Келлер и Бурдовский, во фраках и в перчатках, смотрели очень прилично; только Келлер всё еще смущал немного князя и своих доверителей некоторыми откровенными наклонностями к битве и смотрел на зевак, собиравшихся около дома, очень враждебно. Наконец, в половине восьмого, князь отправился в церковь, в карете. Заметим кстати, что он сам нарочно не хотел пропустить ни одного из принятых обычаев и обыкновений; всё делалось гласно, явно, открыто и «как следует». В церкви, пройдя коекак сквозь толпу, при беспрерывном шепоте и восклицаниях публики, под руководством Келлера, бросавшего направо и налево грозные взгляды, князь скрылся на время в алтаре, а Келлер отправился за невестой, где у крыльца дома Дарьи Алексеевны нашел толпу не только вдвое или втрое погуще, чем у князя, но даже, может быть, и втрое поразвязнее. Подымаясь на крыльцо, он услышал такие восклицания, что не мог выдержать и уже совсем было обратился к публике с намерением произнести надлежащую речь, но, к счастию, был остановлен Бурдовским и самою Дарьей Алексеевной, выбежавшею с крыльца; они подхватили и увели его силой в комнаты. Келлер был раздражен и торопился. Настасья Филипповна поднялась, взглянула еще раз в зеркало, заметила, с «кривою» улыбкой, как передавал потом Келлер, что она «бледна как мертвец», набожно поклонилась образу и вышла на крыльцо. Гул голосов приветствовал ее появление. Правда, в первое мгновение послышался смех, аплодисменты, чуть не свистки; но через мгновение же раздались и другие голоса:

— Экая красавица! — кричали в толпе.

— Не она первая, не она и последняя!

— Венцом всё прикрывается, дураки!

— Нет, вы найдите-ка такую раскрасавицу, ура! — кричали ближайшие.

— Княгиня! За такую княгиню я бы душу продал! — закричал какой-то канцелярист. — «Ценою жизни ночь мою!..»

Настасья Филипповна вышла действительно бледная как платок; но большие черные глаза ее сверкали на толпу как раскаленные угли; этого-то взгляда толпа и не вынесла; негодование обратилось в восторженные крики. Уже отворились дверцы кареты, уже Келлер подал невесте руку, как вдруг она вскрикнула и бросилась с крыльца прямо в народ. Все провожавшие ее оцепенели от изумления, толпа раздвинулась пред нею, и в пяти, в шести шагах от крыльца показался вдруг Рогожин. Его-то взгляд и поймала в толпе Настасья Филипповна. Она добежала до него как безумная и схватила его за обе руки:

— Спаси меня! Увези меня! Куда хочешь, сейчас!

Рогожин подхватил ее почти на руки и чуть не поднес к карете. Затем, в один миг, вынул из портмоне сторублевую и протянул ее к кучеру.

— На железную дорогу, а поспеешь к машине, так еще сторублевую!

И сам прыгнул в карету за Настасьей Филипповной и затворил дверцы. Кучер не сомневался ни одной минуты и ударил по лошадям. Келлер сваливал потом на нечаянность: «Еще одна секунда, и я бы нашелся, я бы не допустил!» — объяснял он, рассказывая приключение. Он было схватил с Бурдовским другой экипаж, тут же случившийся, и бросился было в погоню, но раздумал, уже дорогой, что «во всяком случае поздно! Силой не воротишь!».

— Да и князь не захочет! — решил потрясенный Бурдовский.

А Рогожин и Настасья Филипповна доскакали до станции вовремя. Выйдя из кареты, Рогожин, почти садясь на машину, успел еще остановить одну проходившую девушку в старенькой, но приличной темной мантильке и в фуляровом платочке, накинутом на голову.

— Угодно пятьдесят рублев за вашу мантилью! — протянул он вдруг деньги девушке. Покамест та успела изумиться, пока еще собиралась понять, он уже всунул ей в руку пятидесятирублевую, снял мантилью с платком и накинул всё на плечи и на голову Настасье Филипповне. Слишком великолепный наряд ее бросался в глаза, остановил бы внимание в вагоне, и потом только поняла девушка, для чего у нее купили, с таким для нее барышом, ее старую, ничего не стоившую рухлядь.

Гул о приключении достиг в церковь с необыкновенною быстротой. Когда Келлер проходил к князю, множество людей, совершенно ему незнакомых, бросались его расспрашивать. Шел громкий говор, покачиванья головами, даже смех; никто не выходил из церкви, все ждали, как примет известие жених. Он побледнел, но принял известие тихо, едва слышно проговорив: «Я боялся; но я все-таки не думал, что будет это...» — и потом, помолчав немного, прибавил: «Впрочем... в ее состоянии... это совершенно в порядке вещей». Такой отзыв уже сам Келлер называл потом «беспримерною философией». Князь вышел из церкви, по-видимому, спокойный и бодрый; так по крайней мере многие заметили и потом рассказывали. Казалось, ему очень хотелось добраться до дому и остаться поскорей одному; но этого ему не дали. Вслед за ним вошли в комнату некоторые из приглашенных, между прочими Птицын, Гаврила Ардалионович и с ними доктор, который тоже не располагал уходить. Кроме того, весь дом был буквально осажден праздною публикой. Еще с террасы услыхал князь, как Келлер и Лебедев вступили в жестокий спор с некоторыми, совершенно неизвестными, хотя на вид и чиновными людьми, во что бы то ни стало желавшими войти на террасу. Князь подошел к спорившим, осведомился в чем дело и, вежливо отстранив Лебедева и Келлера, деликатно обратился к одному уже седому и плотному господину, стоявшему на ступеньках крыльца во главе нескольких других желающих, и пригласил его сделать честь удостоить его своим посещением. Господин законфузился, но, однако ж, пошел; за ним другой, третий. Из всей толпы выискалось человек семь-восемь посетителей, которые и вошли, стараясь сделать это как можно развязнее; но более охотников не оказалось, и вскоре, в толпе же, стали осуждать выскочек. Вошедших усадили, начался разговор, стали подавать чай, — всё это чрезвычайно прилично, скромно, к некоторому удивлению вошедших. Было, конечно, несколько попыток подвеселить разговор и навести на «надлежащую» тему; произнесено было несколько нескромных вопросов, сделано несколько «лихих» замечаний. Князь отвечал всем так просто и радушно и в то же время с таким достоинством, с такою доверчивостью к порядочности своих гостей, что нескромные вопросы затихли сами собой. Мало-помалу разговор начал становиться почти серьезным. Один господин, привязавшись к слову, вдруг поклялся, в чрезвычайном негодовании, что не продаст имения, что бы там ни случилось; что, напротив, будет ждать и выждет и что «предприятия лучше денег»; «вот-с, милостивый государь, в чем состоит моя экономическая система-с, можете узнать-с». Так как он обращался к князю, то князь с жаром похвалил его, несмотря на то что Лебедев шептал ему на ухо, что у этого господина ни кола ни двора и никогда никакого имения не бывало. Прошел почти час, чай отпили, и после чаю гостям стало наконец совестно еще дольше сидеть. Доктор и седой господин с жаром простились с князем; да и все прощались с жаром и с шумом. Произносились пожелания и мнения, вроде того, что «горевать нечего и что, может быть, оно всё этак и к лучшему», и пр. Были, правда, попытки спросить шампанского, но старшие из гостей остановили младших. Когда все разошлись, Келлер нагнулся к Лебедеву и сообщил ему: «Мы бы с тобой затеяли крик, подрались, осрамились, притянули бы полицию; а он вон друзей себе приобрел новых, да еще каких; я их знаю!» Лебедев, который был довольно «готов», вздохнул и произнес: «Утаил от премудрых и разумных и открыл младенцам, я это говорил еще и прежде про него, но теперь прибавляю, что и самого младенца Бог сохранил, спас от бездны, он и все святые его!»

Наконец, около половины одиннадцатого, князя оставили одного, у него болела голова; всех позже ушел Коля, помогший ему переменить подвенечное одеяние на домашнее платье. Они расстались горячо. Коля не распространялся о событии, но обещался прийти завтра пораньше. Он же засвидетельствовал потом, что князь ни о чем не предупредил его в последнее прощанье, стало быть, и от него даже скрывал свои намерения. Скоро во всем доме почти никого не осталось: Бурдовский ушел к Ипполиту, Келлер и Лебедев куда-то отправились. Одна только Вера Лебедева оставалась еще некоторое время в комнатах, приводя их наскоро из праздничного в обыкновенный вид. Уходя, она заглянула к князю. Он сидел за столом, опершись на него обоими локтями и закрыв руками голову. Она тихо подошла к нему и тронула его за плечо; князь в недоумении посмотрел на нее и почти с минуту как бы припоминал; но припомнив и всё сообразив, он вдруг пришел в чрезвычайное волнение. Всё, впрочем, разрешилось чрезвычайною и горячею просьбой к Вере, чтобы завтра утром, с первой машиной, в семь часов, постучались к нему в комнату. Вера обещалась; князь начал с жаром просить ее никому об этом не сообщать; она пообещалась и в этом, и наконец, когда уже совсем отворила дверь, чтобы выйти, князь остановил ее еще в третий раз, взял за руки, поцеловал их, потом поцеловал ее самое в лоб и с каким-то «необыкновенным» видом выговорил ей: «До завтра!» Так, по крайней мере, передавала потом Вера. Она ушла в большом за него страхе. Поутру она несколько ободрилась, когда в восьмом часу, по уговору, постучалась в его дверь и возвестила ему, что машина в Петербург уйдет через четверть часа; ей показалось, что он отворил ей совершенно бодрый, и даже с улыбкой. Он почти не раздевался ночью, но, однако же, спал. По его мнению, он мог возвратиться сегодня же. Выходило, стало быть, что одной ей он нашел возможным и нужным сообщить в эту минуту, что отправляется в город.

XI

Час спустя он уже был в Петербурге, а в десятом часу звонил к Рогожину. Он вошел с парадного входа, и ему долго не отворяли. Наконец отворилась дверь из квартиры старушки Рогожиной, и показалась старенькая, благообразная служанка.

— Парфена Семеновича дома нет, — возвестила она из двери, — вам кого?

— Парфена Семеновича.

— Их дома нет-с.

Служанка осматривала князя с диким любопытством.

– По крайней мере скажите, ночевал ли он дома? И... один ли воротился вчера?

Служанка продолжала смотреть, но не отвечала.

– Не было ли с ним, вчера, здесь... ввечеру... Настасьи Филипповны?

– А позвольте спросить, вы кто таков сами изволите быть?

– Князь Лев Николаевич Мышкин, мы очень хорошо знакомы.

– Их нету дома-с.

Служанка потупила глаза.

– А Настасьи Филипповны?

– Ничего я этого не знаю-с.

– Постойте, постойте! Когда же воротится?

– И этого не знаем-с.

Двери затворились.

Князь решил зайти через час. Заглянув во двор, он повстречал дворника.

– Парфен Семенович дома?

– Дома-с.

– Как же мне сейчас сказали, что нет дома?

– У него сказали?

– Нет, служанка, от матушки ихней, а к Парфену Семеновичу я звонил, никто не отпер.

– Может, и вышел, – решил дворник, – ведь не сказывается. А иной раз и ключ с собой унесет, по три дня комнаты запертые стоят.

– Вчера ты наверно знаешь, что дома был?

– Был. Иной раз с парадного хода зайдет, и не увидишь.

– А Настасьи Филипповны с ним вчера не было ли?

– Этого не знаем-с. Жаловать-то не часто изволит; кажись бы, знамо было, кабы пожаловала.

Князь вышел и некоторое время ходил в раздумье по тротуару. Окна комнат, занимаемых Рогожиным, были все заперты; окна половины, занятой его матерью, почти все были отперты; день был ясный, жаркий; князь перешел через улицу на противоположный тротуар и остановился взглянуть еще раз на окна: не только они были заперты, но почти везде были опущены белые сторы.

Он стоял с минуту, и – странно – вдруг ему показалось, что край одной сторы приподнялся и мелькнуло лицо Рогожина, мелькнуло и исчезло в то же мгновение. Он подождал еще и уже решил было идти и звонить опять, но раздумал и отложил на час: «А кто знает, может, оно только померещилось...»

Главное, он спешил теперь в Измайловский полк, на бывшую недавно квартиру Настасьи Филипповны. Ему известно было, что она, переехав, по его просьбе, три недели назад из Павловска, поселилась в Измайловском полку у одной бывшей своей доброй знакомой, вдовы-учительши, семейной и почтенной дамы, которая отдавала от себя хорошую меблированную квартиру, чем почти и жила. Вероятнее всего, что Настасья Филипповна, переселяясь опять в Павловск, оставила квартиру за собой; по крайней мере весьма вероятно, что она ночевала в этой квартире, куда, конечно, доставил ее вчера Рогожин. Князь взял извозчика. Дорогой ему пришло в голову, что отсюда и следовало бы начать, потому что невероятно, чтоб она приехала прямо ночью к Рогожину. Тут припомнились ему и слова дворника, что Настасья Филипповна не часто изволила жаловать. Если и без того не часто, то с какой стати теперь останавливаться у Рогожина? Ободряя себя этими утешениями, князь приехал наконец в Измайловский полк ни жив ни мертв.

К совершенному поражению его, у учительши не только не слыхали ни вчера, ни сегодня о Настасье Филипповне, но на него самого выбежали смотреть как на чудо. Всё многочисленное семейство учительши, – всё девочки и погодки, начиная с пятнадцати до семи лет, – высыпало вслед за матерью и окружило его, разинув на него рты. За ними вышла тощая, желтая тетка их, в черном платке, и, наконец, показалась бабушка семейства, старенькая старушка в очках. Учительша очень просила войти и сесть, что князь и исполнил. Он тотчас догадался, что им совершенно известно, кто он такой, и что они отлично знают, что вчера должна была быть его свадьба, и умирают от желания расспросить и о свадьбе и о том чуде, что вот он спрашивает у них о той, которая должна бы быть теперь не иначе как с ним вместе, в Павловске, но деликатятся. В кратких чертах он удовлетворил их любопытство насчет свадьбы. Начались удивления, ахи и вскрикивания, так что он принужден был рассказать почти и всё остальное, в главных чертах разумеется. Наконец совет премудрых и волновавшихся дам решил, что надо непременно и прежде всего достучаться к Рогожину и узнать от него обо всем положительно. Если же его нет дома (о чем узнать наверно) или он не захочет сказать, то съездить в Семеновский полк, к одной даме, немке, знакомой Настасьи Филипповны, которая живет с матерью: может быть, Настасья Филипповна, в своем волнении и желая скрыться, заночевала у них. Князь встал совершенно убитый; они рассказывали потом, что он «ужасно как побледнел»; действительно, у него почти подсекались ноги. Наконец сквозь ужасную трескотню голосов он различил, что они уговариваются действовать вместе с ним и спрашивают его городской адрес. Адреса у него не оказалось; посоветовали где-нибудь остановиться в гостинице. Князь подумал и дал адрес своей прежней гостиницы, той самой, где с ним недель пять назад был припадок. Затем отправился опять к Рогожину.

На этот раз не только не отворили у Рогожина, но не отворилась даже и дверь в квартиру старушки. Князь сошел к дворнику и насилу отыскал его на дворе; дворник был чем-то занят и едва отвечал, едва даже глядел, но все-таки объявил положительно, что Парфен Семенович «вышел с самого раннего утра, уехал в Павловск и домой сегодня не будет».

– Я подожду; может, он к вечеру будет?

– А может, и неделю не будет, кто его знает.

– Стало быть, все-таки ночевал же сегодня?

– Ночевал-то он ночевал...

Всё это было подозрительно и нечисто. Дворник, очень могло быть, успел в этот промежуток получить новые инструкции: давеча даже был болтлив, а теперь просто отворачивается. Но князь решил еще раз зайти часа через два и даже постеречь у дома, если надо будет, а теперь оставалась еще надежда у немки, и он поскакал в Семеновский полк.

Но у немки его даже и не поняли. По некоторым промелькнувшим словечкам он даже мог догадаться, что красавица немка, недели две тому назад, рассорилась с Настасьей Филипповной, так что во все эти дни о ней ничего не слыхала, и всеми силами давала теперь знать, что и не интересуется слышать, «хотя бы она за всех князей в мире вышла». Князь поспешил выйти. Ему пришла, между прочим, мысль, что она, может быть, уехала, как тогда, в Москву, а Рогожин, разумеется, за ней, а может, и с ней. «По крайней мере хоть какие-нибудь следы отыскать!» Он вспомнил, однако, что ему нужно остановиться в трактире, и поспешил на Литейную: там тотчас же отвели ему нумер. Коридорный осведомился, не желает ли он закусить; он в рассеянии ответил, что желает, и, спохватившись, ужасно бесился на себя, что закуска задержала его лишних полчаса, и только потом догадался, что его ничто не связывало оставить поданную закуску и не закусывать. Странное ощущение овладело им в этом тусклом и душном коридоре, ощущение, мучительно стремившееся осуществиться в какую-то мысль; но он всё не мог догадаться, в чем состояла эта новая напрашивающаяся мысль. Он вышел наконец сам не свой из трактира; голова его кружилась; но – куда, однако же, ехать? Он бросился опять к Рогожину.

Рогожин не возвращался; на звон не отпирали; он позвонил к старушке Рогожиной; отперли и тоже объявили, что Парфена Семеновича нет и, может, дня три не будет. Смущало князя то, что его по-прежнему с таким диким любопытством осматривали. Дворника на этот раз он совсем не нашел. Он вышел, как давеча, на противоположный тротуар, смотрел на окна и ходил на мучительном зное с полчаса, может и больше; на этот раз ничего не шевельнулось; окна не отворились, белые сторы были неподвижны. Ему окончательно пришло в голову, что, наверно, и давеча ему только так померещилось, что даже и окна, по всему видно, были так тусклы и так давно не мыты, что трудно было бы различить, если бы даже и в самом деле посмотрел кто-нибудь сквозь стекла. Обрадовавшись этой мысли, он поехал опять в Измайловский полк к учительше.

Там его уже ждали. Учительша уже перебывала в трех, в четырех местах и даже заезжала к Рогожину: ни слуху ни духу. Князь выслушал молча, вошел в комнату, сел на диван и стал смотреть на всех, как бы не понимая, о чем ему говорят. Странно: то был он чрезвычайно заметлив, то вдруг становился рассеян до невозможности. Всё семейство заявляло потом, что это был «на удивление» странный человек в этот день, так что, «может, тогда уже всё и обозначилось». Он наконец поднялся и попросил, чтоб ему показали комнаты Настасьи Филипповны. Это были две большие, светлые, высокие комнаты, весьма порядочно меблированные и не дешево стоившие. Все эти дамы рассказывали потом, что князь осматривал в комнатах каждую вещь, увидал на столике развернутую книгу из библиотеки для чтения, французский роман «Madame Bovary», заметил, загнул страницу, на которой была развернута книга, попросил позволения взять ее с собой и тут же, не выслушав возражения, что книга из библиотеки, положил ее себе в карман. Сел у отворенного окна и, увидав ломберный столик, исписанный мелом, спросил: кто играл? Они рассказали ему, что играла Настасья Филипповна каждый вечер с Рогожиным в дураки, в преферанс, в мельники, в вист, в свои козыри — во все игры, и что карты завелись только в самое последнее время, по переезде из Павловска в Петербург, потому что Настасья Филипповна всё жаловалась, что скучно и что Рогожин сидит целые вечера, молчит и говорить ни о чем не умеет, и часто плакала; и вдруг на другой вечер Рогожин вынимает из кармана карты; тут Настасья Филипповна рассмеялась, и стали играть. Князь спросил: где карты, в которые играли? Но карт не оказалось; карты привозил всегда сам Рогожин в кармане, каждый день по новой колоде, и потом увозил с собой.

Эти дамы посоветовали съездить еще раз к Рогожину и еще раз покрепче постучаться, но не сейчас, а уже вечером: «Может, что и окажется». Сама же учительша вызвалась между тем съездить до вечера в Павловск к Дарье Алексеевне: не знают ли там чего? Князя просили пожаловать часов в десять вечера, во всяком случае, чтобы сговориться на завтрашний день. Несмотря на все утешения и обнадеживания, совершенное отчаяние овладело душой князя. В невыразимой тоске дошел он пешком до своего трактира. Летний, пыльный, душный Петербург давил его как в тисках; он толкался между суровым или пьяным народом, всматривался без цели в лица, может быть, прошел гораздо больше, чем следовало; был уже совсем почти вечер, когда он вошел в свой нумер. Он решил отдохнуть немного и потом идти опять к Рогожину, как советовали, сел на диван, облокотился обоими локтями на стол и задумался.

Бог знает, сколько времени, и бог знает, о чем он думал. Многого он боялся и чувствовал, больно и мучительно, что боится ужасно. Пришла ему в голову Вера Лебедева; потом подумалось, что, может, Лебедев и знает что-нибудь в этом деле, а если не знает, то может узнать и скорее, и легче его. Потом вспомнился ему Ипполит и то, что Рогожин к Ипполиту ездил. Потом вспомнился сам Рогожин: недавно на отпевании, потом в парке, потом — вдруг здесь в коридоре, когда он спрятался тогда в углу и ждал его с ножом. Глаза его теперь ему вспоминались, глаза, смотревшие тогда в темноте. Он вздрогнул: давешняя напрашивавшаяся мысль вдруг вошла ему теперь в голову.

Она состояла отчасти в том, что если Рогожин в Петербурге, то хотя бы он и скрывался на время, а все-таки непременно кончит тем, что придет к нему, к князю, с добрым или с дурным намерением, пожалуй, хоть как тогда. По крайней мере, если бы Рогожину почему-нибудь понадобилось прийти, то ему некуда больше идти, как сюда, опять в этот же коридор. Адреса он не знает; стало быть, очень может подумать, что князь в прежнем трактире остановился; по крайней мере попробует здесь поискать... если уж очень понадобится. А почем знать, может быть, ему и очень понадобится?

Так он думал, и мысль эта казалась ему почему-то совершенно возможною. Он ни за что бы не дал себе отчета, если бы стал углубляться в свою мысль: «Почему, например, он так вдруг понадобится Рогожину и почему даже быть того не может, чтоб они наконец не сошлись?» Но мысль была тяжелая: «Если ему хорошо, то он не придет, – продолжал думать князь, – он скорее придет, если ему нехорошо; а ему ведь наверно нехорошо...»

Конечно, при таком убеждении, следовало бы ждать Рогожина дома, в нумере; но он как будто не мог вынести своей новой мысли, вскочил, схватил шляпу и побежал. В коридоре было уже почти совсем темно: «Что, если он вдруг теперь выйдет из того угла и остановит меня у лестницы?» – мелькнуло ему, когда он подходил к знакомому месту. Но никто не вышел. Он спустился под ворота, вышел на тротуар, подивился густой толпе народа, высыпавшего с закатом солнца на улицу (как и всегда в Петербурге в каникулярное время), и пошел по направлению к Гороховой. В пятидесяти шагах от трактира, на первом перекрестке, в толпе, кто-то вдруг тронул его за локоть и вполголоса проговорил над самым ухом:

– Лев Николаевич, ступай, брат, за мной, надоть.

Это был Рогожин.

Странно: князь начал ему вдруг, с радости, рассказывать, лепеча и почти не договаривая слов, как он ждал его сейчас в коридоре, в трактире.

– Я там был, – неожиданно ответил Рогожин, – пойдем.

Князь удивился ответу, но он удивился спустя уже по крайней мере две минуты, когда сообразил. Сообразив ответ, он испугался и стал приглядываться к Рогожину. Тот уже шел почти на полшага впереди, смотря прямо пред собой и не взглядывая ни на кого из встречных, с машинальною осторожностию давая всем дорогу.

– Зачем же ты меня в нумере не спросил... коли был в трактире? – спросил вдруг князь.

Рогожин остановился, посмотрел на него, подумал и, как бы совсем не поняв вопроса, сказал:

– Вот что, Лев Николаевич, ты иди здесь прямо, вплоть до дому, знаешь? А я пойду по той стороне. Да поглядывай, чтобы нам вместе...

Сказав это, он перешел через улицу, ступил на противоположный тротуар, поглядел, идет ли князь, и, видя, что он стоит и смотрит на него во все глаза, махнул ему рукой к стороне Гороховой и пошел, поминутно поворачиваясь взглянуть на князя и приглашая его за собой. Он был видимо ободрен, увидев, что князь понял его и не переходит к нему с другого тротуара. Князю пришло в голову, что Рогожину надо кого-то высмотреть и не пропустить на дороге и что потому он и перешел на другой тротуар. «Только зачем же он не сказал, кого смотреть надо?» Так прошли они шагов пятьсот, и вдруг князь начал почему-то дрожать; Рогожин хоть и реже, но не переставал оглядываться; князь не выдержал и поманил его рукой. Тот тотчас же перешел к нему через улицу.

– Настасья Филипповна разве у тебя?

– У меня.

– А давеча это ты в окно на меня из-за гардины смотрел?

— Я...

— Как же ты...

Но князь не знал, что спросить дальше и чем окончить вопрос; к тому же сердце его так стучало, что и говорить трудно было. Рогожин тоже молчал и смотрел на него по-прежнему, то есть как бы в задумчивости.

— Ну, я пойду, — сказал он вдруг, приготовляясь опять переходить, — а ты себе иди. Пусть мы на улице розно будем... так нам лучше... по разным сторонам... увидишь.

Когда наконец они повернули с двух разных тротуаров в Гороховую и стали подходить к дому Рогожина, у князя стали опять подсекаться ноги, так что почти трудно было уж и идти. Было уже около десяти часов вечера. Окна на половине старушки стояли, как и давеча, отпертые, у Рогожина запертые, и в сумерках как бы еще заметнее становились на них белые спущенные сторы. Князь подошел к дому с противоположного тротуара; Рогожин же с своего тротуара ступил на крыльцо и махал ему рукой. Князь перешел к нему на крыльцо.

— Про меня и дворник не знает теперь, что я домой воротился. Я сказал давеча, что в Павловск еду, и у матушки тоже сказал, — прошептал он с хитрою и почти довольною улыбкой, — мы войдем, и не услышит никто.

В руках его уже был ключ. Поднимаясь по лестнице, он обернулся и погрозил князю, чтобы тот шел тише, тихо отпер дверь в свои комнаты, впустил князя, осторожно прошел за ним, запер дверь за собой и положил ключ в карман.

— Пойдем, — произнес он шепотом.

Он еще с тротуара на Литейной заговорил шепотом. Несмотря на всё свое наружное спокойствие, он был в какой-то глубокой внутренней тревоге. Когда вошли в залу, пред самым кабинетом, он подошел к окну и таинственно поманил к себе князя:

— Вот ты как давеча ко мне зазвонил, я тотчас здесь и догадался, что это ты самый и есть; подошел к дверям на цыпочках и слышу, что ты с Пафнутьевной разговариваешь, а я уж той чем свет заказал: если ты, или от тебя кто, али кто бы то ни был начнет ко мне стукать, так чтобы не сказываться ни под каким видом; а особенно если ты сам придешь меня спрашивать, и имя твое ей объявил. А потом, как ты вышел, мне пришло в голову: что, если он тут теперь стоит и выглядывает али сторожит чего с улицы? Подошел я к этому самому окну, отвернул гардину-то, глядь, а ты там стоишь, прямо на меня смотришь... Вот как это дело было.

– Где же... Настасья Филипповна? – выговорил князь задыхаясь.

– Она... здесь, – медленно проговорил Рогожин, как бы капельку выждав ответить.

– Где же?

Рогожин поднял глаза на князя и пристально посмотрел на него:

– Пойдем...

Он всё говорил шепотом и не торопясь, медленно и по-прежнему как-то странно задумчиво. Даже когда про стору рассказывал, то как будто рассказом своим хотел высказать что-то другое, несмотря на всю экспансивность рассказа.

Вошли в кабинет. В этой комнате, с тех пор как был в ней князь, произошла некоторая перемена: через всю комнату протянута была зеленая, штофная, шелковая занавеска, с двумя входами по обоим концам, и отделяла от кабинета альков, в котором устроена была постель Рогожина. Тяжелая занавеска была спущена и входы закрыты. Но в комнате было очень темно; летние «белые» петербургские ночи начинали темнеть, и если бы не полная луна, то в темных комнатах Рогожина, с опущенными сторами, трудно было бы что-нибудь разглядеть. Правда, можно было еще различать лица, хотя очень неотчетливо. Лицо Рогожина было бледно, по обыкновению, глаза смотрели на князя пристально, с сильным блеском, но как-то неподвижно.

– Ты бы свечку зажег? – сказал князь.

– Нет, не надо, – ответил Рогожин и, взяв князя за руку, нагнул его к стулу: сам сел напротив, придвинул стул так, что почти соприкасался с князем коленями. Между ними, несколько сбоку, приходился маленький круглый столик. – Садись, посидим пока! – сказал он, словно уговаривая посидеть. С минуту молчали. – Я так и знал, что ты в эфтом же трактире остановишься, – заговорил он, как иногда, приступая к главному разговору, начинают с посторонних подробностей, не относящихся прямо к делу, – как в коридор зашел, то и подумал: а ведь, может, и он сидит, меня ждет теперь, как я его, в эту же самую минуту? У учительши-то был?

– Был, – едва мог выговорить князь от сильного биения сердца.

– Я и об том подумал. Еще разговор пойдет, думаю... а потом еще думаю: я его ночевать сюда приведу, так чтоб эту ночь вместе...

– Рогожин! Где Настасья Филипповна? – прошептал вдруг князь и встал, дрожа всеми членами. Поднялся и Рогожин.

– Там, – шепнул он, кивнув головой на занавеску.

– Спит? – шепнул князь.

Опять Рогожин посмотрел на него пристально, как давеча.

– Аль уж пойдем!.. Только ты... ну, да пойдем!

Он приподнял портьеру, остановился и оборотился опять к князю.

– Входи! – кивал он за портьеру, приглашая проходить вперед. Князь прошел.

– Тут темно, – сказал он.

– Видать! – пробормотал Рогожин.

– Я чуть вижу... кровать.

– Подойди ближе-то, – тихо предложил Рогожин.

Князь шагнул еще ближе, шаг, другой, и остановился. Он стоял и всматривался минуту или две; оба, во всё время, у кровати ничего не выговорили; у князя билось сердце так, что, казалось, слышно было в комнате, при мертвом молчании комнаты. Но он уже пригляделся, так что мог различать всю постель; на ней кто-то спал, совершенно неподвижным сном; не слышно было ни малейшего шелеста, ни малейшего дыхания. Спавший был закрыт с головой белою простыней, но члены как-то неясно обозначались; видно только было, по возвышению, что лежит протянувшись человек. Кругом в беспорядке, на постели, в ногах, у самой кровати на креслах, на полу даже, разбросана была снятая одежда, богатое белое шелковое платье, цветы, ленты. На маленьком столике, у изголовья, блистали снятые и разбросанные бриллианты. В ногах сбиты были в комок какие-то кружева, и на белевших кружевах, выглядывая из-под простыни, обозначался кончик обнаженной ноги; он казался как бы выточенным из мрамора и ужасно был неподвижен. Князь глядел и чувствовал, что чем больше он глядит, тем еще мертвее и тише становится в комнате. Вдруг зажужжала проснувшаяся муха, пронеслась над кроватью и затихла у изголовья. Князь вздрогнул.

– Выйдем, – тронул его за руку Рогожин.

Они вышли, уселись опять в тех же стульях, опять один против другого. Князь дрожал всё сильнее и сильнее и не спускал своего вопросительного взгляда с лица Рогожина.

– Ты вот, я замечаю, Лев Николаевич, дрожишь, – проговорил наконец Рогожин, – почти так, как когда с тобой бывает твое расстройство, помнишь, в Москве было? Или как раз было перед припадком. И не придумаю, что теперь с тобой буду делать...

Князь вслушивался, напрягая все силы, чтобы понять, и всё спрашивая взглядом.

– Это ты? – выговорил он наконец, кивнув головой на портьеру.

– Это... я...– прошептал Рогожин и потупился.

Помолчали минут пять.

– Потому, – стал продолжать вдруг Рогожин, как будто и не прерывал речи, – потому как если твоя болезнь, и припадок, и крик теперь, то, пожалуй, с улицы аль со двора кто и услышит, и догадаются, что в квартире ночуют люди; станут стучать, войдут... потому они все думают, что меня дома нет. Я и свечи не зажег, чтобы с улицы аль со двора не догадались. Потому, когда меня нет, я и ключи увожу, и никто без меня по три, по четыре дня и прибирать не входит, таково мое заведение. Так вот, чтоб не узнали, что мы заночуем...

— Постой, — сказал князь, — я давеча и дворника и старушку спрашивал: не ночевала ли Настасья Филипповна? Они, стало быть, уже знают.

— Знаю, что ты спрашивал. Я Пафнутьевне сказал, что вчера заехала Настасья Филипповна и вчера же в Павловск уехала, а что у меня десять минут пробыла. И не знают они, что она ночевала, — никто. Вчера мы так же вошли, совсем потихоньку, как сегодня с тобой. Я еще про себя подумал дорогой, что она не захочет потихоньку входить, — куды! Шепчет, на цыпочках прошла, платье обобрала около себя, чтобы не шумело, в руках несет, мне сама пальцем на лестнице грозит, — это она тебя всё пужалась. На машине как сумасшедшая совсем была, всё от страху, и сама сюда ко мне пожелала заночевать: я думал сначала на квартиру к учительше везти, — куды! «Там он меня, говорит, чем свет разыщет, а ты меня скроешь, а завтра чем свет в Москву», а потом в Орел куда-то хотела. И ложилась, всё говорила, что в Орел поедем...

— Постой; что же ты теперь, Парфен, как же хочешь?

— Да вот сумлеваюсь на тебя, что ты всё дрожишь. Ночь мы здесь заночуем, вместе. Постели, окромя той, тут нет, а я так придумал, что с обоих диванов подушки снять, и вот тут, у занавески, рядом и постелю, и тебе и мне, так чтобы вместе. Потому, коли войдут, станут осматривать али искать, ее тотчас увидят и вынесут. Станут меня опрашивать, я расскажу, что я, и меня тотчас отведут. Так пусть уж она теперь тут лежит, подле нас, подле меня и тебя...

— Да, да! — с жаром подтвердил князь.

— Значит, не признаваться и выносить не давать.

— Н-ни за что! — решил князь, — ни-ни-ни!

— Так я и порешил, чтоб ни за что, парень, и никому не отдавать! Ночью проночуем тихо. Я сегодня только на час один и из дому вышел, поутру, а то всё при ней был. Да потом повечеру за тобой пошел. Боюсь вот тоже еще, что душно и дух пойдет. Слышишь ты дух или нет?

— Может, и слышу, не знаю. К утру наверно пойдет.

— Я ее клеенкой накрыл, хорошею, американскою клеенкой, а сверх клеенки уж простыней, и четыре стклянки ждановской жидкости откупоренной поставил, там и теперь стоят.

— Это как там... в Москве?

— Потому, брат, дух. А она ведь как лежит... К утру, как посветлеет, посмотри. Что ты, и встать не можешь? — с боязливым удивлением спросил Рогожин, видя, что князь так дрожит, что и подняться не может.

— Ноги нейдут, — пробормотал князь, — это от страху, это я знаю... Пройдет страх, я и стану...

— Постой же, я пока нам постель постелю, и пусть уж ты ляжешь... и я с тобой... и будем слушать... потому я, парень, еще не знаю... я, парень, еще всего не знаю теперь, так и тебе заранее говорю, чтобы ты всё про это заранее знал...

Бормоча эти неясные слова, Рогожин начал стлать постели. Видно было, что он эти постели, может, еще утром про себя придумал. Прошлую ночь он сам ложился на диване. Но на диване двоим рядом нельзя было лечь, а он непременно хотел постлать теперь рядом, вот почему и стащил теперь, с большими усилиями, через всю комнату, к самому входу за занавеску, разнокалиберные подушки с обоих диванов. Кое-как постель устроилась; он подошел к князю, нежно и восторженно взял его за руку, приподнял и подвел к постели; но оказалось, что князь и сам мог ходить; значит, «страх проходил»; и, однако же, он все-таки продолжал дрожать.

— Потому оно, брат, — начал вдруг Рогожин, уложив князя на левую, лучшую подушку и протянувшись сам с правой стороны, не раздеваясь и закинув обе руки за голову, — ноне жарко, и, известно, дух... Окна я отворять боюсь; а есть у матери горшки с цветами, много цветов, и прекрасный от них такой дух; думал перенести, да Пафнутьевна догадается, потому она любопытная.

— Она любопытная, — поддакнул князь.

— Купить разве, пукетами и цветами всю обложить? Да, думаю, жалко будет, друг, в цветах-то!

— Слушай...— спросил князь, точно запутываясь, точно отыскивая, что именно надо спросить, и как бы тотчас же забывая, — слушай, скажи мне: чем ты ее? Ножом? Тем самым?

— Тем самым.

— Стой еще! Я, Парфен, еще хочу тебя спросить... я много буду тебя спрашивать, обо всем... но ты лучше мне сначала скажи, с первого начала, чтоб я знал: хотел ты убить ее перед моей свадьбой, перед венцом, на паперти, ножом? Хотел или нет?

— Не знаю, хотел или нет... — сухо ответил Рогожин, как бы даже несколько подивившись на вопрос и не уразумевая его.

— Ножа с собой никогда в Павловск не привозил?

— Никогда не привозил. Я про нож этот только вот что могу тебе сказать, Лев Николаевич, — прибавил он, помолчав, — я его из запертого ящика ноне утром достал, потому что всё дело было утром, в четвертом часу. Он у меня всё в книге заложен лежал... И... и вот еще что мне чудно, совсем нож как бы на полтора... али даже на два вершка прошел... под самую левую грудь... а крови всего этак с пол-ложки столовой на рубашку вытекло; больше не было...

— Это, это, это, — приподнялся вдруг князь в ужасном волнении, — это, это я знаю, это я читал... это внутреннее излияние называется... Бывает, что даже и ни капли. Это коль удар прямо в сердце...

— Стой, слышишь? — быстро перебил вдруг Рогожин и испуганно присел на подстилке, — слышишь?

— Нет! — так же быстро и испуганно выговорил князь, смотря на Рогожина.

— Ходит! Слышишь? В зале...

Оба стали слушать.

— Слышу, — твердо прошептал князь.

— Ходит?

— Ходит.

— Затворить али нет дверь?

— Затворить...

Дверь затворили, и оба опять улеглись. Долго молчали.

— Ах да! — зашептал вдруг князь прежним взволнованным и торопливым шепотом, как бы поймав опять мысль и ужасно боясь опять потерять ее, даже привскочив на постели, — да... я ведь хотел... эти карты! карты... Ты, говорят, с нею в карты играл?

— Играл, — сказал Рогожин после некоторого молчания.

— Где же... карты?

— Здесь карты...— выговорил Рогожин, помолчав еще больше, — вот...

Он вынул игранную, завернутую в бумажку колоду из кармана и протянул к князю. Тот взял, но как бы с недоумением. Новое, грустное и безотрадное чувство сдавило ему сердце; он вдруг понял, что в эту минуту, и давно уже, всё говорит не о том, о чем надо ему говорить, и делает всё не то, что бы надо делать, и что вот эти карты, которые он держит в руках и которым он так обрадовался, ничему, ничему не помогут теперь. Он встал и всплеснул руками. Рогожин лежал неподвижно и как бы не слыхал и не видал его движения; но глаза его ярко блистали сквозь темноту и были совершенно открыты и неподвижны. Князь сел на стул и стал со страхом смотреть на него. Прошло с полчаса; вдруг Рогожин громко и отрывисто закричал и захохотал, как бы забыв, что надо говорить шепотом:

– Офицера-то, офицера-то... помнишь, как она офицера того, на музыке, хлестнула, помнишь, ха-ха-ха! Еще кадет... кадет... кадет подскочил...

Князь вскочил со стула в новом испуге. Когда Рогожин затих (а он вдруг затих), князь тихо нагнулся к нему, уселся с ним рядом и с сильно бьющимся сердцем, тяжело дыша, стал его рассматривать. Рогожин не поворачивал к нему головы и как бы даже и забыл о нем. Князь смотрел и ждал; время шло, начинало светать. Рогожин изредка и вдруг начинал иногда бормотать, громко, резко и бессвязно; начинал вскрикивать и смеяться; князь протягивал к нему тогда свою дрожащую руку и тихо дотрогивался до его головы, до его волос, гладил их и гладил его щеки... больше он ничего не мог сделать! Он сам опять начал дрожать, и опять как бы вдруг отнялись его ноги. Какое-то совсем новое ощущение томило его сердце бесконечною тоской. Между тем совсем рассвело; наконец он прилег на подушку, как бы совсем уже в бессилии и в отчаянии, и прижался своим лицом к бледному и неподвижному лицу Рогожина; слезы текли из его глаз на щеки Рогожина, но, может быть, он уж и не слыхал тогда своих собственных слез и уже не знал ничего о них...

По крайней мере, когда, уже после многих часов, отворилась дверь и вошли люди, то они застали убийцу в полном беспамятстве и горячке. Князь сидел подле него неподвижно на подстилке и тихо, каждый раз при взрывах крика или бреда больного, спешил провесть дрожащею рукой по его волосам и щекам, как бы лаская и унимая его. Но он уже ничего не понимал, о чем его спрашивали, и не узнавал вошедших и окруживших его людей. И если бы сам Шнейдер явился теперь из Швейцарии взглянуть на своего бывшего ученика и пациента, то и он, припомнив то состояние, в котором бывал иногда князь в первый год лечения своего в Швейцарии, махнул бы теперь рукой и сказал бы, как тогда: «Идиот!»

XII
Заключение

Учительша, прискакав в Павловск, явилась прямо к расстроенной со вчерашнего дня Дарье Алексеевне и, рассказав ей всё, что знала, напугала ее окончательно. Обе дамы немедленно решились войти в сношения с Лебедевым, тоже бывшим в волнении в качестве друга своего жильца и в качестве хозяина квартиры. Вера Лебедева сообщила всё, что знала. По совету Лебедева решили отправиться в Петербург всем троим для скорейшего предупреждения того, «что очень могло случиться». Таким образом вышло, что на другое уже утро, часов около одиннадцати, квартира Рогожина была отперта при полиции, при Лебедеве, при дамах и при братце Рогожина, Семене Семеновиче Рогожине, квартировавшем во флигеле. Успеху дела способствовало всего более показание дворника, что он видел вчера ввечеру Парфена Семеновича с гостем, вошедших с крыльца и как бы потихоньку. После этого показания уже не усомнились ломать двери, не отворявшиеся по звонку.

Рогожин выдержал два месяца воспаления в мозгу, а когда выздоровел — следствие и суд. Он дал во всем прямые, точные и совершенно удовлетворительные показания, вследствие которых князь, с самого начала, от суда был устранен. Рогожин был молчалив во время своего процесса. Он не противоречил ловкому и красноречивому своему адвокату, ясно и логически доказывавшему, что совершившееся преступление было следствием воспаления мозга, начавшегося еще задолго до преступления вследствие огорчений подсудимого. Но он ничего не прибавил от себя в подтверждение этого мнения и по-прежнему, ясно и точно, подтвердил и припомнил все малейшие обстоятельства совершившегося события. Он был осужден, с допущением облегчительных обстоятельств, в Сибирь, в каторгу, на пятнадцать лет, и выслушал свой приговор сурово, безмолвно и «задумчиво». Всё огромное состояние его, кроме некоторой, сравнительно говоря, весьма малой доли, истраченной в первоначальном кутеже, перешло к братцу его, Семену Семеновичу, к большому удовольствию сего последнего. Старушка Рогожина продолжает жить на свете и как будто вспоминает иногда про любимого сына Парфена, но неясно: Бог спас ее ум и сердце от сознания ужаса, посетившего грустный дом ее.

Лебедев, Келлер, Ганя, Птицын и многие другие лица нашего рассказа живут по-прежнему, изменились мало, и нам почти нечего о них передать. Ипполит скончался в ужасном волнении и несколько раньше, чем ожидал, недели две спустя после смерти Настасьи Филипповны. Коля был глубоко поражен происшедшим; он окончательно сблизился с своею матерью. Нина Александровна боится за него, что он не по летам задумчив; из него, может быть, выйдет человек хороший. Между прочим, отчасти по его старанию, устроилась и дальнейшая судьба князя: давно уже отличил он, между всеми лицами, которых узнал в последнее время, Евгения Павловича Радомского; он первый пошел к нему и передал ему все подробности совершившегося события, какие знал, и о настоящем положении князя. Он не ошибся: Евгений Павлович принял самое горячее участие в судьбе несчастного «идиота», и вследствие его стараний и попечений князь попал опять за границу в швейцарское заведение Шнейдера. Сам Евгений Павлович, выехавший за границу, намеревающийся очень долго прожить в Европе и откровенно называющий себя «совершенно лишним человеком в России», довольно часто, по крайней мере в несколько месяцев раз, посещает своего больного друга у Шнейдера; но Шнейдер всё более и более хмурится и качает головой; он намекает на совершенное повреждение умственных органов; он не говорит еще утвердительно о неизлечимости, но позволяет себе самые грустные намеки. Евгений Павлович принимает это очень к сердцу, а у него есть сердце, что он доказал уже тем, что получает письма от Коли и даже отвечает иногда на эти письма. Но кроме того, стала известна и еще одна странная черта его характера; и так как эта черта хорошая, то мы и поспешим ее обозначить: после каждого посещения Шнейдерова заведения Евгений Павлович, кроме Коли, посылает и еще одно письмо одному лицу в Петербург, с самым подробнейшим и симпатичным изложением состояния болезни князя в настоящий момент. Кроме самого почтительного изъявления преданности, в письмах этих начинают иногда появляться (и всё чаще и чаще) некоторые откровенные изложения взглядов, понятий, чувств, — одним словом, начинает проявляться нечто похожее на чувства дружеские и близкие. Это лицо, состоящее в переписке (хотя все-таки довольно редкой) с Евгением Павловичем и заслужившее настолько его внимание и уважение, есть Вера Лебедева. Мы никак не могли узнать в точности, каким образом могли завязаться подобные отношения; завязались они, конечно, по поводу всё той же истории с князем, когда Вера Лебедева была поражена горестью до того, что даже заболела; но при каких подробностях произошло знакомство и дружество, нам неизвестно. Упомянули же мы об этих письмах наиболее с тою целью, что в некоторых из них заключались сведения о семействе Епанчиных и, главное, об Аглае Ивановне Епанчиной. Про нее уведомлял Евгений Павлович в одном довольно нескладном письме из Парижа, что она, после короткой и необычайной привязанности к одному эмигранту, польскому графу, вышла вдруг за него замуж, против желания своих родителей, если и давших наконец согласие, то потому, что дело угрожало каким-то необыкновенным скандалом. Затем, почти после полугодового молчания, Евгений Павлович уведомил свою корреспондентку, опять в длинном и подробном письме, о том, что он, во время последнего своего приезда к профессору Шнейдеру, в Швейцарию, съехался у него со всеми Епанчиными (кроме, разумеется, Ивана Федоровича, который, по делам, остается в Петербурге) и князем Щ. Свидание было странное; Евгения Павловича встретили они все с каким-то восторгом; Аделаида и Александра сочли себя почему-то даже благодарными ему за его «ангельское попечение о несчастном князе». Лизавета Прокофьевна, увидав князя в его больном и униженном состоянии, заплакала от всего сердца. По-видимому, ему уже всё было прощено. Князь Щ. сказал при этом несколько счастливых и умных истин. Евгению Павловичу показалось, что он и Аделаида еще не совершенно сошлись друг с другом; но в будущем казалось неминуемым совершенно добровольное и сердечное подчинение пылкой Аделаиды уму и опыту князя Щ. К тому же и уроки, вынесенные семейством, страшно на нее подействовали и, главное, последний случай с Аглаей и эмигрантом-графом. Всё, чего трепетало семейство, уступая этому графу Аглаю, всё уже осуществилось в полгода, с прибавкой таких сюрпризов, о которых даже и не мыслили. Оказалось, что этот граф даже и не граф, а если и эмигрант действительно, то с какою-то темною и двусмысленною историей. Пленил он Аглаю необычайным благородством своей истерзавшейся страданиями по отчизне души, и до того пленил, что та, еще до выхода замуж, стала членом какого-то заграничного комитета по восстановлению Польши и, сверх того, попала в католическую исповедальню какого-то знаменитого патера, овладевшего ее умом до исступления. Колоссальное состояние графа, о котором он представлял Лизавете Прокофьевне и князю Щ. почти неопровержимые сведения, оказалось совершенно небывалым. Мало того, в какие-нибудь полгода после брака граф и друг его, знаменитый исповедник, успели совершенно поссорить

Аглаю с семейством, так что те ее несколько месяцев уже и не видали... Одним словом, много было бы чего рассказать, но Лизавета Прокофьевна, ее дочери и даже князь Щ. были до того уже поражены всем «террором», что даже боялись и упоминать об иных вещах в разговоре с Евгением Павловичем, хотя и знали, что он и без них хорошо знает историю последних увлечений Аглаи Ивановны. Бедной Лизавете Прокофьевне хотелось бы в Россию, и, по свидетельству Евгения Павловича, она желчно и пристрастно критиковала ему всё заграничное: «Хлеба нигде испечь хорошо не умеют, зиму, как мыши в подвале, мерзнут, – говорила она, – по крайней мере вот здесь, над этим бедным, хоть по-русски поплакала», – прибавила она, в волнении указывая на князя, совершенно ее не узнававшего. «Довольно увлекаться-то, пора и рассудку послужить. И всё это, и вся эта заграница, и вся эта ваша Европа, всё это одна фантазия, и все мы, за границей, одна фантазия... помяните мое слово, сами увидите!» – заключила она чуть не гневно, расставаясь с Евгением Павловичем.

Примечания

Впервые – «Русский вестник», 1868. № 1, 2,4–12 и приложение к № 12 с посвящением племяннице писателя С.А. Ивановой.

С. 28. *Эйдткунен* – прусская железнодорожная станция на тогдашней границе Пруссии и России. *Фуляр (фр.* foulard) – легкая шелковая ткань.

С. 30. *Наполеондор* – французская золотая монета времен Наполеона I и III, стоимостью в 20 франков; *фридрихсдор* – золотая прусская, тоже тех лет, стоимостью в пять серебряных талеров; *голландский арапник (устар.* торговое) – одна из разновидностей русской золотой монеты достоинством в 3 рубля, похожая по виду на старинные голландские дукаты.

С. 31. *Франкировка* (от *итал.* francare) – оплата за письмо страхового сбора вперед.

С. 32. *Однодворцы* – одна из категорий государственных крестьян, владевших мелкими участками и наделенных правом иметь крепостных; в их число поступали и некоторые обедневшие дворянские роды.

С. 33. *...потомственного почетного гражданина...* – Имеется в виду звание, присваивавшееся купцам и другим лицам недворянского происхождения за какие-либо заслуги и передававшееся по наследству.

С. 34. *Четьи-Минеи* (помесячные чтения) – сборники древнерусской духовно-учительной литературы, в которых по месяцам и числам расположены жития святых, сведения о праздниках, сказания, легенды, «слова» и поучения.

С. 36. *...в Большом али во французском, театре в собственной ложе сидит.* – Большой театр (в то время и оперный и драматический) находился на Театральной площади, на месте здания Ленинградской консерватории. Под «французским» подразумевается Михайловский театр (ныне Ленинградский академический Малый театр оперы и балета), где выступала с разнообразнейшим репертуаром французская драматическая труппа; по свидетельству автора «Хроники петербургских театров...» А. Вольфа, театр этот вскоре после его открытия в конце 1833 г. сделался «рандеву большого света» (ч. I, СПб., 1877, с. 37).

С. 40. *...А ты ступай за мной, строка...* – Строка – то же самое, что приказная строка (*устар.*, пренебрежительное – о чиновнике, писце).

...к Вознесенскому проспекту. – На Вознесенском проспекте сам Достоевский жил с весны 1847 по апрель 1849 г. и с февраля по апрель 1867 г. Эти хорошо знакомые писателю места фигурируют и в других его произведениях.

Откуп – система взимания налогов, при которой государство продает частному лицу за определенную сумму право сбора налогов или других государственных доходов (например, с винной монополии). Система откупов была чрезвычайно тягостна для народа. Откупщики взимали с населения суммы, значительно превышавшие уплаченные ими государству. Откупа были отменены в России в 1863 году.

С. 41. *...человеком «без лести преданным»...* – Намек на девиз «Без лести предан» в гербе А.А. Аракчеева, присвоенный ему при Павле I. Ср. эпиграмму А.С. Пушкина «На Аракчеева» («Всей России притеснитель...»), где обыгрывается тот же девиз.

С. 48. *Здесь про суды теперь много говорят.* – По судебной реформе 1864 года старые сословные суды были заменены судебными учреждениями, общими для всех сословий, на которых дела слушались с участием присяжных заседателей и адвоката, при открытых дверях; отчеты о судебных процессах печатались в газетах. По свидетельству А.Г. Достоевской, «в зиму 1867 года Федор Михайлович чрезвычайно интересовался деятельностью суда присяжных заседателей, незадолго перед тем проведенного в жизнь. Иногда он даже приходил в восторг и умиление от их справедливых и разумных приговоров» (А.Г. Достоевская. Воспоминания. М., 1971. С. 170). Однако выступления ряда современных ему либеральных адвокатов, В.Д. Спасовича, Е.И. Утина и других, обменявших вину преступника целиком зависимостью от обстоятельств и как бы снимавших с него нравственную ответственность, и оправдание порой вследствие такого подхода очевидных злодеяний вызывали у Достоевского протест. Этим вопросам он посвящает специальную главу в «Дневнике писателя» 1873 г. (гл. III, «Среда»). Полемика с теорией фатальной обусловленности преступлений влиянием среды звучит и в «Идиоте».

...у нас смертной казни нет. – Смертная казнь в России была отменена указами императрицы Елизаветы Петровны в 1753–1754 гг., но при Екатерине II была вновь введена как высшая кара за государственные, воинские и некоторые другие преступления. В 60-е годы смертная казнь применялась особенно часто. Незадолго до отъезда Достоевского за границу, 3 сентября 1866 г., в Петербурге на Смоленском поле был повешен Каракозов. Таким образом, утверждение, что в России смертной казни «нет»; и ссылка на то, что князь видел ее лишь за границей, введены Достоевским (который сам в 1849 г. был приговорен по делу петрашевцев к расстрелу), очевидно, с целью предохранить от вмешательства цензуры рассуждения его героя о смертной казни.

...А там казнят? – Да. Я во Франции видел, в Лионе... во Франции всё головы рубят. – Во Франции уголовных преступников до конца XIX в. казнили публично (казнь за политические преступления была в 1848 г. отменена). Картину публичного гильотинирования описывает в очерке «Казнь Тропмана» (1870) Тургенев, заканчивая его словами: «Я буду доволен... если рассказ мой доставит хотя несколько аргументов защитникам отмены смертной казни или по крайней мере — отмены ее публичности» (И.О. Тургенев. Полн. собр. соч. и писем. Сочинения. Т. XIV. М.; Л.: Наука, 1967. С. 171).

Что же с душой в эту минуту делается, до каких судорог ее доводят?.. Знаете ли, что это не моя фантазия, а что так многие говорили? – Ссылаясь на то, что «многие говорили» о нестерпимых муках осужденных на казнь, Достоевский прежде всего имеет в виду повесть В. Гюго «Последний день приговоренного к смерти». Он писал о ней как об одном из самых «реальнейших» и «правдивейших» произведений В. Гюго (см. «Кроткая»).

С. 49. *Сказано: «не убий»...* – Одна из заповедей Ветхого Завета (Исход, гл. 20, ст. 13), которая многократно приводится и в Новом Завете.

С. 50. *Может быть, и есть такой человек, которому прочли приговор, дали помучиться, а потом сказали: «Ступай, тебя прощают».* — Достоевский здесь в первую очередь подразумевает себя и других петрашевцев, выведенных 22 декабря 1849 г. на Семеновский плац в Петербурге, выслушавших смертный приговор и прошедших все приготовления к казни, которая вдруг была приостановлена внезапно раздавшимся «отбоем», после чего был объявлен указ об императорском «помиловании» и ссылке на каторжные работы. Из газет Достоевский, наверное, знал, что подобной варварской пытке подвергались осужденные и в 60-е годы (см., например, «Московские ведомости», 1868, 1 августа, № 166).

С. 51. *...с маленькою, наполеоновскою бородкой...* – Такую бороду носил Наполеон III (1808–1873), император Франции с 1852 г.

С. 62. *Игумен Пафнутий* – основатель Верхней пустыни на реке Виге в Чухломском уезде Костромской губернии (XIV в.).

...погодинского издания... – Мышкин говорит об изданном историком М.П. Погодиным альбоме «Образцы славяно-русского древлеписания» (тетради 1–2, М., 1840–1841), в котором представлены 44 образца рукописных шрифтов (с IX по XVIII в.), литографированные художником К.Я. Тромониным.

...« *Усердие всё превозмогает*». – Эти слова были по приказу Николая I выбиты в 1888г. на медали в честь графа П.А. Клейнмихеля после перестройки под его руководством Зимнего дворца. Для ряда современников Достоевского – Герцена, Некрасова – имя Клейнмихеля стало нарицательным как синоним честолюбивого высокопоставленного служаки из немцев, пользующегося незаслуженной славой. И Мышкин не случайно предлагает генералу Епанчину как образец написания фразу, увековечившую подобную карьеру.

С. 82. *...нет ли и тут змеи под цветами.* – Скрытая цитата из трагедии Шекспира «Ромео и Джульетта» в переводе М.Н. Каткова, опубликованном в 1841 г. в «Пантеоне русского и всех европейских театров» (ч. I, с. 1–64). Ср. слова Юлии в деист. III, явл. VIII: «Змея, змея, сокрытая в цветах!»

С. 91. *...иная из нас в осла еще влюбится...* – Это еще в мифологии было. – Имеются в виду сюжетные мотивы из романа древнеримского писателя Апулея «Метаморфозы, или Золотой осел» (II в.).

С. 93. *«Восток и Юг давно описан...»* – Неточная цитата из стихотворения Лермонтова «Журналист, читатель и писатель».

С. 95. *Этот человек, был раз взведен, вместе с другими, на эшафот...* – см. прим. к с. 50. А.Г. Достоевская писала по поводу этого отрывка: «Для Федора Михайловича были чрезвычайно тяжелы воспоминания о том, что ему пришлось пережить во время исполнения над ним приговора по делу Петрашевского, и он редко говорил об этом. Тем не менее мне довелось раза три слышать этот рассказ и почти в тех же самых выражениях, к которых он передан в романе “Идиот” (Л.П. Гроссман. Семинарий по Достоевскому. М.; Пг., 1922. С. 58).

С. 98. *Квиетизм (фр. quiétisme)* – пассивно-созерцательное отношение к жизни.

С. 100. *...я в Базеле недавно одпу такую картину видел... очень меня поразила.* – Мышкин говорит о картине Ганса Фриса (1450–1520) «Усекновение главы Иоанна Крестителя», хранящейся в художественном музее в Базеле, где писатель был в августе 1867 года. Лицо Иоанна изображено в момент, когда над ним занесен меч.

С. 105. *...а потом даже камнями в меня стали кидать...;* с. 109. *Я хотел было говорить, но они в меня стали камнями кидать;* с. 113. *...и началось на меня главное гонение всей деревни...* – Рассказу Мышкина о его взаимоотношениях с бедной опозоренной Мари Достоевский придал евангельский колорит, использовав предание о Христе и Марии Магдалине и повторив мотив «гонений» фарисеев на Христа.

С. 116. *...как у Гольбейновой Мадонны в Дрездене.* – Речь идет о картине великого немецкого живописца Ганса Гольбейна-Младшего (1497–1543) «Мадонна с семьей бюргермейстера Якоба Мейера». В Дрезденской галерее Достоевский видел копию этой картины, выполненную нидерландским мастером, которая в ту пору — до 70-х годов XIX в. — считалась оригиналом (последний хранится в Дармштадтском музее).

С. 134. *Темно-русая бородка обозначала в нем человека не с служебными занятиями.* – Указом Николая I от 2 апреля 1837 г.

чиновникам гражданского ведомства было запрещено носить усы и бороду.

С. 142. *...Новоземлянскоео пехотного полка.* – Фантастический характер рассказа генерала подчеркнут тем, что упомянутое им название полка, в котором будто бы он служил, заимствовано у Грибоедова («Горе от ума», д. III, явл. 12).

С. 151. *...se non è vero...* — Начало крылатого выражения: Se non è vero, e ben trovato *(итал.:* Если это и не верно, то хорошо придумано).

С. 156. *Карс* – город-крепость на северо-востоке Турции, который во время Крымской войны (1893–1856) подвергся многомесячной осаде русских войск.

...читаю «Indépendance». – Имеется в виду газета «Indépendance Belge» («Бельгийская независимость»), выходившая в Брюсселе с 1830 по 1937 год и широко освещавшая политическую и общественную жизнь Западной Европы. Достоевский читал ее в пору работы над «Идиотом», в 1867–1868 гг.

С. 161. *...какой-то огромный, вершков двенадцати господин...* — До введения метрической системы (1881) рост обозначался количеством вершков свыше двух аршин. Два аршина — 142,24 см, 12 вершков — 53,4 см.

С. 168. *...Какой-нибудь сумасшедший... На этом Лермонтова драма «Маскарад» основана... Но ведь он ее почти в детстве писал.* – «Маскарад» был написан в 1835 г., когда М.Ю. Лермонтову был 21 год. Коля Иволгин имеет в виду оскорбление Арбениным князя Звездича (действ. II, сц. 4).

С. 173. *...за валета бубнового считать...* – Бубновый валет — буквальный перевод французской идиомы «valet de carreau» (мошенник, подлец, ничтожество), сохранившейся во французском языке по настоящее время; выражение бытовало в XIX веке в России.

С. 175. *...«Вот Иволгин, король иудейский».* – Ганя намекает на надпись, сделанную над головою Христа после распятия:

«Сей есть Иисус, царь Иудейский» (Евангелие от Матфея, гл. 2, ст. 2; гл. 27, ст. 11, 29, 37). Называя себя «королем иудейским», Ганя вкладывает в эти слова смысл «король биржи», «Ротшильд».

С. 179. *...Пирогов в Париж телеграфировал и осажденный Севастополь на время бросил...* – Генерал дает здесь фантастическое истолкование реального события: великий русский хирург Н.И. Пирогов (1810–1881) во время обороны Севастополя руководил организацией помощи раненым; в июне 1855 г., возмущенный действиями высшего командования и в ожидании новых перемен в стране после смерти Николая I, он выехал из Крыма в Петербург; в сентябре он снова вернулся в Севастополь.

Нелатон Огюст (1807–1873) – известный французский хирург, член Парижской академии; в России никогда не был.

С. 186. *Вон, в Москве, родитель уговаривал сына ни перед чем не отступать для добывания денег; печатно известно.* – Коля ссылается на широко освещаемое в 1866–1868 гг. в газетах судебное дело убийцы – студента Данилова (см. прим. к с. 256).

С. 192. *Знаете Крылова басню, ваше превосходительство: «Лев да Осел»?..* – Фердыщенко обращается к басне И.А. Крылова «Лев состаревшийся», неточно ее цитируя.

С. 207. *...избоченясь и фертом...* Ферт – старинное название буквы «ф»; фертом – развязно, самодовольно.

С. 209. *...насчет, например, обстоятельств употребления букетов белых и розовых камелий по очереди...* – Героиня романа А. Дюма-сына «Дама с камелиями» Маргарита Готье появлялась на гулянье с букетом камелий, чередуя в определенные дни белые и красные цветы. После смерти Маргариты ее возлюбленный следил, чтобы белые и красные камелии в том же порядке сменялись на ее могиле.

С. 217. *...и слогом Марлинского просил вспоможения...* – Марлинский – псевдоним писателя-декабриста А.А. Бестужева (1797–1837), романтическая проза которого в конце 20–30-х гг. пользовалась широкой популярностью, особенно в военной среде. Позднее Белинский раскритиковал ее за риторику, неестественность языка и стиля.

С. 222. А *то намотает на бритву шелку, закрепит, да тихонько сзади и зарежет приятеля, как барана, как я читала недавно.* – Имеется в виду дело купца Мазурина, убившего в 1866 г. ювелира Калмыкова (см. прим. к с. 760).

Табельный день – праздничный, особый, повторяющийся нечасто. В дореволюционной России существовала табель с перечислением различных праздников, устанавливающая их иерархию.

С. 230. *Ты куда везти-то хотел?* – В Екатерингоф...; см. также с. 241 *...после ужасной оргии в Екатерингофском воксале...* – Вокзал (или воксал) (англ. vauxhall) – место общественных увеселений. Павловский вокзал был расположен рядом с помещением одной из первых в России железнодорожных станций, поэтому название начали переносить и на нее. Екатерингофом (в честь Екатерины I) назывался парк с дворцом на юго-западной окраине Петербурга, на берегу Невы, при самом начале Финского залива. Там существовал ресторан со сценой для вокально-музыкальных представлений, устраивались пикники, катались на тройках.

С. 240. *Шато-де-Флёр* (Замок цветов) – увеселительное заведение в Париже.

С. 247. *Легитимистка* (лат. legitimus) – сторонница законной династии: во Франции – сторонница свергнутой династии Бурбонов.

С. 249. *...переехали... в Измайловский полк...* – Измайловским полком назывался в обиходе район Петербурга, в котором размещались роты лейб-гвардии Измайловского полка (ныне – район Красноармейских улиц). Достоевский сам жил в этом районе – в третьей роте Измайловского полка, в доме Палибина (теперь 3-я Красноармейская ул., д. 5) – с марта 1860 по сентябрь 1861 г.

...в доме Тарасова... – «Домом Тарасова» именовалось петербургское долговое отделение, по фамилии владельца здания, в котором оно находилось.

С. 251. *...это было на святой...* – на пасхальной неделе.

С. 253. *...отправился на Пески. В одной из Рождественских улиц он скоро отыскал один небольшой, деревянный домик.* – Песками в Петербурге называлась территория нынешнего Смольнинского района, примыкающая к Суворовскому проспекту и включавшая бывшие Рождественские, в настоящее время Советские улицы. Эта часть города была населена людьми среднего достатка и бедняками. Достоевский бывал на Песках у Анны Григорьевны, своей будущей жены, которая жила здесь до замужества.

С. 256. *...про убийство семейства Жемариных в газетах изволили проследить?* – В романе упоминаются среди ряда других характерных «знамений времени» два преступления, о которых Достоевский прочел в газете «Голос» незадолго до начала или в период работы над «Идиотом», – убийство восемнадцатилетним гимназистом, дворянином польского происхождения Витольдом Горским в Тамбове с целью ограбления в доме купца Жемарина, где он давал уроки его одиннадцатилетнему сыну, шести человек (жены Жемарина, его матери, сына, родственницы, дворника и кухарки) и убийство и ограбление девятнадцатилетним студентом Московского университета А.М. Даниловым ростовщика Попова и его служанки Нордман. В первом преступлении Достоевского особенно потряс ряд подробностей: Горский был охарактеризован учителями как умный юноша, любивший чтение и литературные занятия; задумав преступление, он заблаговременно достал не совсем исправный пистолет и починил его у слесаря, а также по специально сделанному рисунку заказал у кузнеца нечто вроде кистеня, объяснив, что подобный инструмент необходим ему для гимнастики. Горский признал себя на суде неверующим («Голос», 1868, 10 марта, № 70). Достоевскому он казался характерным представителем той части молодежи, на которую «нигилистические» теории 1860-х годов имели отрицательное влияние. Первое сообщение о деле Данилова появилось в момент публикации начальных глав «Преступления и наказания» и поразило современников и самого писателя некоторым сходством между ситуацией, воссозданной в романе, и обстоятельствами убийства, совершенного образованным преступником, о незаурядной внешности и уме которого говорилось в последующих хрониках. В конце ноября 1867 года, в период обдумывания замысла «Идиота», стала известна знаменательная подробность. По показаниям арестанта Глазкова, которого убийца вынуждал принять на себя вину, Данилов совершил убийство после разговора с отцом. Сообщив ему о своем намерении жениться. Данилов получил совет «не пренебрегать никакими средствами и, для своего счастья, непременно достать денег, хотя бы и путем преступления» («Голос», 1867, 19 ноября, № 320). В «Идиоте» отсвет этих историй падает на изображение молодых «позитивистов» , в частности на племянника Лебедева, которого дядя называет убийцей «будущего второго семейства Жемариных». Сопоставление компании Бурдовского с Горским и Даниловым связано с убеждением Достоевского, что естественно-научные и материалистические теории 60-х годов могли быть в вульгаризованном, «уличном» варианте использованы для оправдания преступлений, вели к «шатанию мысли». Мотив этот подчинен, однако, в романе общему его критическому пафосу, направленному против антидуховного начала нового буржуазного «века», когда предметом купли-продажи стали красота и человеческое достоинство, а страсть к наживе и денежный ажиотаж заменили прежние идеалы. Крушение нравственных устоев в век пороков и железных дорог – тема «апокалиптических» речей Лебедева.

С. 258. *Палки* – название карточной игры.

С. 260. *За упокой души графини Дюбарри молился...* – Дюбарри Мари Жанна (1743–1793) – графиня, фаворитка Людовика XV, казнена на гильотине по требованию революционного трибунала 8 декабря 1793 г. Ее «жизнеописание», которое Лебедев, по его словам, «в лексиконе прочел», помещено в «Энциклопедическом лексиконе» Плюшара (т. 17. СПб, 1841. С. 377–378). Ряд упомянутых подробностей из жизни Дюбарри Достоевский заимствовал из ее «Записок» («Mémoires de madame la comtesse du Barry»), изданных в 1829–1830 гг. в Париже (возможно, подложных).

С. 261. *Мизер* (*фр.* misère) – беспомощность, жалкое состояние, ничтожество, терзание, страдание.

С. 266. *Апокалипсис,* или Откровение Иоанна Богослова – последняя из книг Нового Завета, содержащая пророчества о конце мира и Страшном суде. Достоевский не раз прибегает к апокалиптической символике, раскрывая тему кризиса буржуазной цивилизации. В момент создания «Идиота» он перечитывал поэтическое переложение части Апокалипсиса (гл. 4–10), публикуемое в это время А.Н. Майковым в «Русском вестнике» (1868, № 4). Ниже Лебедев приводит ряд выражений из 6 и 3 гл. Апокалипсиса.

С. 267. *Фомина* – по православному календарю неделя, идущая вслед за «святой» – пасхальной.

С. 268. *Бонтонно* (от *фр.* bon ton – хороший тон) – благопристойно.

С. 273. *«История» Соловьева* – «История России с древнейших времен» С.М. Соловьева (1851–1879, в 29 томах); к 1867 г. вышло 17 томов. «Историю России...» Достоевский включил в список литературы, рекомендуемой им для образования подрастающего поколения.

С. 277. *Ономнясь* (обл.) – недавно, несколько дней тому назад.

С. 278. *...был такой один папа, и на императора одного рассердился... «Это стихи», говорит... о том, как этот император в эти три дня заклинался отомстить тому папе.* – Настасья Филипповна читает Рогожину стихотворение Г. Гейне «Генрих», вошедшее в 1843 г. в более пространной редакции в цикл его «Современных стихотворений» и появившееся в русском переводе в 1859 и 1862 гг. Стихотворение посвящено одному из эпизодов длительной борьбы между германским императором Генрихом IV (1050–1106) и папой Григорием VII (1015 или 1020–1085).

С. 282. *«Ты бы образил себя хоть бы чем...»* – Достоевский сам поясняет это выражение в «Дневнике писателя» за 1876 г., январь, гл. III, § 3: «Образить – словцо народное, дать образ, восстановить в человеке образ человеческий... Слышал от каторжных».

С. 286. *...эта копия с Ганса Гольбейна... Я эту картину за границей видел и забыть не могу... Да от этой картины у иного еще вера может пропасть!* – Речь идет о картине Гольбейна-Младшего «Мертвый Христос». Достоевский, «возросший на Карамзине», давно знал об этой картине из «Писем русского путешественника» Н.М. Карамзина (Н.М. Карамзин. Избранные сочинения. Т. 1. М., 1964. С. 208–209). Приехав за границу, Достоевский захотел увидеть полотно Гольбейна. С этой целью он и его жена специально остановились на сутки в Базеле. Картина Гольбейна глубоко потрясла Достоевского, по свидетельству его спутницы, и он, как и его герой, сказал, что «от такой картины вера может пропасть». Она служит в романе одним из трагических символов. Описание вызванного ею «странного беспокойства» составляет кульминацию богоборческих размышлений Ипполита в его «необходимом объяснении».

С. 288. *...с одним С–м.* – Возможно, Достоевский вспомнил о своем товарище по кружку петрашевцев Н.А. Спешневе (1821–1882), взгляды которого имели атеистический, материалистический характер.

...одно убийство случилось... Нет, этого, брат князь, не выдумаешь! – Случай, о котором рассказывает Мышкин, описывался в газете «Голос» (1867, 30 октября, № 300), где сообщалось об убийстве крестьянином Ярославской губернии Балабановым, приехавшим в Петербург на заработки, мещанина Суслова, с которым он незадолго до этого познакомился в доме акушера Штольца. Но в романе оставлен в тени тот факт, что Балабанов на вырученные за серебряные часы деньги хотел вернуться в деревню и помочь оставшейся там в большой нищете семье, и выдвинуто на первый план нравственно-религиозное состояние убийцы перед совершением преступления.

С. 289. *...вижу, шатается по деревянному тротуару пьяный солдат... уж это без сомнения.* – Здесь воспроизведен случай с самим Достоевским. По свидетельству жены, крест, проданный пьяным солдатом, долго хранился у писателя, но потом затерялся «в числе прочих вещей», оставленных при отъезде за границу в 1867 г.

С. 297. *...времени больше не будет.* – Слова Апокалипсиса (гл. 10, ст. 6).

...это та же самая секунда, в которую не успел пролиться опрокинувшийся кувшин с водой эпилептика Магомета... – Магомет (Мухаммед, ок. 570–632) – основатель ислама. По преданию, Магомет страдал эпилепсией, причем припадки болезни сопровождались у него видениями и галлюцинациями. Однажды ему представилось, будто он, разбуженный архангелом Гавриилом, совершил чудесное «путешествие» из Мекки в Иерусалим и на небеса, где беседовал с Богом и пророками, видел рай и геенну; и все это будто бы исполнилось «в такое короткое время, что, возвратись, Магомет еще мог остановить совершенное падение сосуда, который архангел Гавриил, улетая, задел крылом» (В. Ирвинг. Жизнь Магомета / Пер. П.В. Киреевского. М., 1857. С. 89–90).

С. 300. *По рисунку заказанный инструмент и шесть человек, положенных совершенно в бреду!* – Эти мысли князя связаны с подробностями убийства Горским семьи Жемариных (см. прим. к с. 256).

С. 308. *...слушая орган.* – Имеется в виду шарманка.

С. 312. *...в день тысячелетия России...* – Тысячелетие России отмечалось 8 сентября 1862 г.

С. 324. *...«образ чистой красоты»... за ее чистую красоту копья ломать.* – Аглая трижды обращается к пушкинской строке («как гений чистой красоты») из послания к А.П. Керн («К***», 1825).

С. 327. *Жил на свете рыцарь бедный...* – Достоевский цитирует это стихотворение по изданию сочинений Пушкина под редакцией П.В. Анненкова (т. III. СПб, 1855. С. 17) в том виде, как оно было включено поэтом в «Сцены из рыцарских времен», но, судя по предыдущей реплике о нем князя Щ. «Одно странное русское стихотворение... отрывок без начала и конца» (с. 311), писатель догадывался о существовании более пространного текста баллады, в котором раскрывался объект служения «рыцаря бедного» – «Мария дева». А.М.В. – сокращение латинких слов: «Ave, Mater Dei» (Радуйся, матерь божия).

С. 330. *Сам первым делом кричит, что не надо стулья ломать.* – Слова эти восходят к словам гоголевского городничего из комедии «Ревизор»: «Оно, конечно, Александр Македонский герой, но зачем же стулья ломать» (действ. I, явл. 1).

С. 332. *...издание Анненкова...* – Имеется в виду собрание сочинений Пушкина с приложением материалов для его биографии, вышедшее под редакцией П.В. Анненкова в 1855–1857 гг. в семи томах на основе изучения рукописей поэта.

С. 334. *...не о бессмысленности, например, какого-нибудь там Пушкина дело идет...* – Выпад против «нигилистических» суждений о поэте В.А. Зайцева, Д.И. Писарева и других критиков радикально-демократического направления, которые в борьбе за литературу серьезного социального и жизненного содержания приходили к ошибочному отрицанию Пушкина (см., например, опубликованный в 1865 г. в «Русском слове» цикл статей Писарева «Пушкин и Белинский»).

...и не насчет, например, необходимости распадения на части России... — Намек на прокламацию «Молодая Россия» (1862), составленную П.Г. Зайчневским, который представлял себе будущее устройство России как федеративную республику или союз областей, состоящий из земледельческих самоуправляющихся общин.

С. 339. *...одну еженедельную газету из юмористических...* – Намек на близкий к революционно-демократическому направлению сатирический журнал «Искра», издававшийся в Петербурге в 1859–1873 гг. под редакцией поэта В.С. Курочкина и карикатуриста Н.А. Степанова. Начало фельетона, «обличающего» Мышкина, – пародия на статьи, помещавшиеся в «Искре» в отделе «Нам пишут», который вел видный сотрудник журнала М.М. Стопановский.

С. 340. De profundis (*лат.*) – Начало католической заупокойной молитвы («Из глубины взываю к тебе, Господи...»).

...«Свежо предание, а верится с трудом». – Цитата из комедии А.С. Грибоедова «Горе от ума» (действ. II, явл. 2).

Проприетер (фр. proprïétaire) – собственник.

С. 342. *...как крыловская Туча...* – См. басню И.А. Крылова «Туча».

С. 345. *...один из известнейших юмористов наших обмолвился при этом восхитительною эпиграммой... «...А студентов обокрал».* – Пародия на отрывок из «детской сказки в стихах» «Самонадеянный Федя», напечатанной в № 9 «Свистка» за 1863 г. и обращенной полемически против Достоевского:

Федя богу не молился,
«Ладно, мнил, и так!»
Все ленился да ленился...
И попал впросак!..

Раз беспечно он «Шинелью»
Гоголя играл, —
И обычной канителью
Время наполнял...

Эта эпиграмма на Достоевского принадлежит М.Е. Салтыкову-Щедрину. Автору «Губернских очерков» она и приписывается в романе.

С. 367. *...Кто бы на его месте поступил иначе? «...Естественно, говорит, что моему клиенту по бедности пришло в голову... и кому же на его месте не пришло бы это в голову ?»* — Речь идет о выступлении на процессе Витольда Горского (см. прим. к с. 256) адвоката Дуракова, который, характеризуя преступника как «молодого восемнадцатилетнего человека, полного сил, желающего жить и приносить пользу обществу», но не имеющего для этого «подготовки», «материальных средств», далее говорил: «Очень естественно у него родился план каким бы то ни было образом достать что-нибудь, чтоб только принести пользу семейству и себе; у него нашелся один исход — совершение преступления; я не думаю, чтоб много было таких молодых людей, которым бы не приходило на ум воспользоваться каким бы то ни было средством для достижения своей цели, хотя бы даже совершить преступление» («Голос», 1868, 14 мая, № 133).

С. 369. *Девушка в доме растет, вдруг среди улицы прыг на дрожки: «Маменька... прощайте!»* — Намек на сцену прощания Веры Павловны с матерью в романе Н.Г. Чернышевского «Что делать?» (гл. 2, XX).

С. 371. *...сам Б-н объявил...* — Ипполит имеет в виду известного русского врача-терапевта С.П. Боткина (1832–1889), у которого в 1865 г. лечился Достоевский.

С. 381. *Остановился же Прудон на праве силы.* — Прудон Пьер Жозеф (1809–1865) — французский мелкобуржуазный экономист и социолог, один из теоретиков анархизма. Сочинениями Прудона интересовались в кружке В.Г. Белинского и в кружке петрашевцев. При аресте в 1849 г. у Достоевского было обнаружено одно из них, взятое в библиотеке М.В. Петрашевского («О праздновании воскресения»). В данном случае имеется в виду книга Прудона «Война и мир», в которой автор, признавая «право силы» руководящим началом в сношениях между народами, призывал перенести антагонизм, будто бы свойственный людям от рождения, с полей сражений на почву промышленности.

В американскую войну... — Имеется в виду Гражданская война 1861–1865 гг. между Северными и Южными штатами.

С. 383. *...княгиня Марья Алексеевна не забранит...* — Ипполит перефразирует ставшие крылатыми слова Фамусова из «Горя от ума» А. С. Грибоедова (действ. IV, явл.15).

С. 394. *...«звезда Полынъ», в Апокалипсисе...* — По Апокалипсису приближение конца мира ознаменуется падением на землю звезды Полыни, отчего третья часть вод «сделается полынью» и умрут «многие из людей» (гл. 8, ст. 10–11).

С. 400. *...из особенного уважения к французскому архиепископу Бурдалу...;* см. также с. 401. — *Проповедник Бурдалу, так тот не пощадил бы человека...* — Бурдалу Луи (1632–1704) — один из популярнейших проповедников в эпоху Людовика XIV, красноречиво обличавший общественные пороки; в 1821–1825 гг. «Избранные слова» Бурдалу в четырех томах вышли в русском переводе. В первом случае Келлер шутливо обыгрывает фамилию архиепископа, воспользовавшись ее созвучием со словами «бурда» и «бордо» (сорт французского вина).

...«фенезерф под слезами»... – Выражение, пародирующее название блюд французской кухни: фенезерф (искаженное *фр.* fines herbes) — ароматические травы, служащие приправой.

С. 406. *Вивер (фр.* viveur) — любитель развлечений, прожигатель жизни.

С. 431. *...в наших молодых новооткрытых судах можно указать уже на столько замечательных и талантливых защитников!...* и т.д. — В разговоре князя Щ. и Мышкина о новых судах отражается собственное заинтересованное отношение к ним Достоевского и полемика его с либеральной адвокатурой 60–70-х гг.

С. 459. *Придется заплатить за бутылки, князь.* — Калька с французской идиомы («payer bouteille»), которая обычно употребляется в значении: угостить вином; здесь — в смысле: рассчитаться за совершившееся.

Если удостоите чести выбрать в секунданты, то за вас готов и под красную шапку... — В России дуэли были запрещены вплоть до 1894 г., когда их узаконили для офицеров. В Уголовном законодательстве 1845 г. были предусмотрены за участие в дуэли строгие меры наказания. «Подпоручика из юнкеров» Келлера могла ожидать «красная шапка», т.е. разжалование в солдаты.

С. 473. *...кто это сказал в стихах: «на небе солнце зазвучало»»?..* — Имеется в виду начало «Пролога на небесах» из «Фауста» Гёте, имевшегося в библиотеке Достоевского в переводе М. Вронченко, где слова, воспроизводимые в романе, переведены так:

С несметных хором сфер слиянно
Звуча всевышнему хвалой,
В пространстве солнце непрестанно
Течет заветною стезей...

Солнце ведь источник жизни? Что значат «источники жизни» в Апокалипсисе? — Ипполит просит растолковать ему символику двух последних глав Апокалипсиса, где наряду с солнцем как «источником жизни» упоминаются «вода» и «древо» жизни.

С. 477. *«Слишком шумно и промышленно становится в человечестве, мало спокойствия духовного», – жалуется один удалившийся мыслитель. «Пусть, но стук телег, подвозящих хлеб голодному человечеству, может быть, лучше спокойствия духовно-*

го», – отвечает тому победительно другой, разъезжающий повсеместно мыслитель... Не верю я... что уже и было... — Отклик на спор между В.С. Печериным и А.И. Герценом в их переписке, которая была опубликована Герценом в «Полярной звезде» на 1861 г. (кн. 6) и вошла в главу «Pater V. Petcherine» «Былого и дум». Лебедев, высказываясь против «научного и практического» настроения человечества XIX в., становится на сторону романтического «удалившегося мыслителя» Печерина и не соглашается с Герценом, писавшим: «И чего же бояться? Неужели шума колес подвозящих хлеб насущный толпе голодной и полуодетой?» (А.И. Герцен. Собр. соч. В 30 т. Т. XI. М., 1957. С. 402).

С. 478. *Мальтус* Томас Роберт (1766–1834) — английский священник, буржуазный экономист, родоначальник реакционной теории мальтузианства. В работе «Опыт о законе народонаселения» утверждал, что голод и нищета — следствия избыточной рождаемости, опережающей рост средств к существованию. Считая все социальные реформы по улучшению положения бедняков обреченными на неудачу, он призывал к сокращению рождаемости. Иронический отзыв Лебедева о Мальтусе как о ложном «друге человечества» отражает отношение к нему самого Достоевского.

С. 494. *Коломна* — район Петербурга (между Мойкой, Большой Невой, Фонтанкой и Крюковым каналом); была большей частью населена бедняками.

...факт облиневанный: месяц и никак не более! — Облиневать *(устар.)* — орамить, отбить чертою.

С. 498. *...настаивал на праве Бурдовского, «моего ближнего»...* — Рассказывая с горькой иронией о своей неудачной попытке приобрести симпатии окружающих, Ипполит упоминает одну из христианских заповедей: «Возлюби ближнего твоего, как самого себя».

С. 500. *Золотые империалы* — русские золотые монеты достоинством в 10 рублей.

С. 504. *Шестилавочная* – улица на месте нынешней улицы Маяковского; здесь жил Голядкин, герой повести Достоевского «Двойник».

С. 511. *Как Наполеон обратился к Англии!..* – После поражения при Ватерлоо и вторичного отречения от престола Наполеон в 1815 г. собирался бежать в Америку, но вследствие блокады английской эскадрой порта Рошфор был вынужден вступить в переговоры со своими врагами – англичанами и был отправлен на остров св. Елены.

С. 512. *В Москве жил один старик, один «генерал»... его знали по всей России и по всей Сибири...* – Речь идет о высокочтимом Достоевским Федоре Петровиче Гаазе (1780–1853), старшем враче московских тюремных больниц, много сделавшем для смягчения тех жестоких условий содержания заключенных и переправки ссыльных, которые существовали при Николае I. Он раздал свое состояние и бескорыстной самоотверженной деятельностью по уходу за больными заключенными приобрел широкую популярность у населения.

С. 513. *Какой-нибудь из «несчастных», убивший каких-нибудь двенадцать душ, заколовший шесть штук детей, единственно для своего удовольствия (такие, говорят, бывали)...* – Упоминание о том, что такие преступники «говорят, бывали», служит как бы авторской отсылкой к «Запискам из Мертвого дома», в которых Достоевский описал подобные редкие для каторжных типы (см.: Полн. собр. соч. Т. IV. С. 40–41). Там же впервые Достоевский употребляет по отношению к ссыльным и народное название «несчастные», которым, по словам А.И. Герцена, русский народ «обозначает... каждого осужденного законом» (А.И. Герцен. Собр. соч. В 30 т. Т. VII, М., 1956. С. 263). Ср. у Н.А. Некрасова «Несчастные» (1856).

С. 518. *...который воскликнул: «Талифа куми», – и девица встала, «Лазарь, гряди вон», – и вышел умерший?* – Евангельские предания о воскрешении Христом дочери Иаира (Евангелие от Марка, гл. 5, ст. 41) и Лазаря (Евангелие от

Иоанна, гл. 11, ст. 43–44). «Талифа куми» – в переводе с греческого: «Девица, тебе говорю, встань».

С. 524. *...знаменитую и классическую строфу Мильвуа...* – Цитируемая Достоевским строфа принадлежит не Ш. Мильвуа (1782–1816), а другому французскому поэту, Н. Жильберу (1751–1780). Она взята из его «Оды в подражание нескольким псалмам». Приводится с небольшими отступлениями от подлинника.

С. 535. *Ласенер* Пьер Франсуа (1800–1836) – герой нашумевшего парижского процесса 1830-х гг.; убийца, отличавшийся крайним тщеславием и жестокостью; после казни Ласенера были изданы его полуапокрифические «Записки» и «Разговоры» (1836), где Ласенер старался представить себя «идейным» преступником. Изложение процесса Ласенера в переводе Р.Р. Штрандмана с предисловием Достоевского было опубликовано в 1861 г. в его журнале «Время» (№ 2). О Ласенере как типе «идейного» преступника Достоевский упоминает неоднократно.

С. 545. *Поль де Кок* Шарль (1794–1871) – французский романист-бытописатель, изображающий жизнь буржуазии и низших классов парижского общества; произведения его не лишены фривольности.

С. 549. *О, не позорьте её, не бросайте камня.* – Этими словами Мышкин напоминает Аглае евангельское предание о том, как фарисеи и книжники приводят в храм женщину, виновную в прелюбодеянии, а Христос на вопрос о том, нужно ли наказать ее по закону Моисея, отвечает: «Кто из вас без греха, первый брось в нее камень». Позднее эту же евангельскую сцену имеет в виду Евгений Павлович Радомский, заявляющий: «Как вы думаете: во храме прощена была женщина, такая же женщина, но ведь не сказано же ей было, что она хорошо делает, достойна всяких почестей и уважения?» (с. 700).

С. 558. *Масоны* – члены религиозно-мистических обществ. Получив в России распространение в XVIII – начале

XIX века, масонство в 1822 г. было запрещено Александром I. В масонских ложах всегда придавалось необычайное значение «тайне» и конспирации.

С. 564. *...он тут в Пятой улице-с...* – Имеется в виду Пятая Рождественская (ныне Пятая Советская) улица.

С. 571. *Тихими стопами-с, вместе!* – Это любимое выражение Лебедева записано Достоевским в ссылке в его Сибирской тетради.

Куверт (фр. couvert) – конверт.

С. 580. *Подколесин* – герой комедии Н.В. Гоголя «Женитьба».

С. 581. *«Tu l'as voulu, George Dandin!»* – крылатое выражение из комедии Мольера «ЖоржДанден» (действ. 1, явл. 7).

С. 583. *Эта наглость наивности... превосходно выставлена Гоголем в удивительном типе поручика Пирогова...* – Считая героя повести Гоголя «Невский проспект» «пророчеством гения», Достоевский характеризует как модификацию этого бессмертного типа Ганю Иволгина и вкладывает в его уста почти те же слова, относя их к Ипполиту Терентьеву: «Это поручик Пирогов, это Ноздрев в трагедии...»

С. 589. *«Не хочу в ворота, разбирай забор!..»* – Достоевский приводит поговорку, вариант которой с областным словом «заплот» вместо «забор» записан им в Сибири.

С. 620. *...рассказ старого солдата-очевидца о пребывании французов в Москве...* – Как видно из дальнейших слов генерала, Достоевский имеет в виду, вероятно, статью «Московский Новодевичий монастырь в 1812 году. Рассказ очевидца, штатного служителя Семена Климыча» («Русский архив», 1864, № 4, с. 416–434).

С. 622. *Шассер (фр.* chasseur) – егерь (солдат особых частей пехоты или легкой кавалерии).

«Покойся, милый прах, до радостного утра»... – Одна из «Эпитафий» Н.М. Карамзина. Эти слова по желанию

М.М. и Ф.М. Достоевских были в 1837 году высечены на надгробном камне, установленном на могиле их матери.

Фальконет (итал. falconetto) — старинное мелкокалиберное артиллерийское орудие, стрелявшее свинцовыми ядрами.

...уверяет, что нога черносвитовская... Но черносвитовская нога изобретена несравненно позже. — Книга Р.А. Черносвитова (р. 1810), петрашевца, сосланного в 1849 г. в Кексгольмскую крепость, «Наставление к устройству искусственной ноги» вышла в Петербурге в 1855 г.

С. 623. *Один из наших автобиографов начинает свою книгу... французские солдаты.* — Имеется в виду А.И. Герцен, воспроизведший упомянутый эпизод в «Былом и думах» (ч. I, гл. 1).

С. 626. *Базанкур* Жан Батист, барон (1767–1830) — французский генерал, участник походов Наполеона.

С. 627. *...недавно прочел книгу Шарраса о Ватерлооской кампании.* — Шаррас Жан Батист Адольф (1810–1865) — французский либерально-буржуазный политический деятель и военный историк. Мышкин говорит о его антибонапартистской книге «Histoire de la campagne de 1815. Waterloo» («История кампании 1815 г. Ватерлоо»); книга эта была в библиотеке Достоевского.

С. 628. *Даву, я, мамелюк Рустан...* — Даву Луи (1770–1823) — маршал и военный министр Наполеона I; мамелюк Рустан (1780–1845) — его любимец и телохранитель.

Констан – любимый камердинер Наполеона; довольно часто упоминается в художественной и мемуарной литературе.

Жозефина Богарне (1763–1814) – первая жена Наполеона I, с которой он развелся в 1809 г.

С. 630. *...мой сын, le roi de Rome...* — Своему сыну Жозефу Франсуа Шарлю (1811–1832) Наполеон дал титул «короля Римского».

...«знойный остров заточенья»... – цитата из стихотворения Пушкина «Наполеон».

С. 633. *«Где моя юность, где моя свежесть!»... Это у Гоголя, в «Мертвых душах», папаша...* – генерал Иволгин неточно воспроизводит заключительные слова лирического отступления в начале VI главы первого тома «Мертвых Душ» (у Гоголя: «О моя юность! о моя свежесть!»).

С. 634. *Няня, где твоя могила!* – цитата из третьей части неоконченной поэмы Н.П. Огарева (1840–1877) «Юмор». Эта часть поэмы была опубликована в альманахе «Полярная звезда» на 1869 г., который вышел в ноябре 1868 г.

С. 640. *...«Историю» Шлоссера...* – Шлоссер Фридрих Кристоф (1776–1861) – немецкий историк. Его «Всемирная история» (1844–1856) издавалась в русском переводе в 1861–1869 гг. В библиотеке Достоевского имелся 1-й том этого труда.

С. 654. *...смерть, одного Степана Глебова...* – Глебов Степан Богданович (ок. 1672–1718) – любовник первой жены Петра Евдокии Лопухиной. В 1718 г. по обвинению в заговоре против Петра после жестоких пыток был присужден к смертной казни. 16 марта 1718 года на Красной площади был посажен на кол и умер спустя четырнадцать часов. Об обстоятельствах гибели Глебова Достоевский узнал из IV тома «Истории царствования Петра Великого» Н.Г. Устрялова (1859).

С. 655. *...петровским Остерманом.* – Остерман Андрей Иванович (Генрих-Ирганн, 1686–1747) – русский государственный деятель, дипломат, успешно начавший свою карьеру в 1703 г. и приговоренный в 1741 г. Елизаветой к смертной казни, замененной ссылкой в Березов. При определенной последовательности в отстаивании начинаний Петра I Остерман, по воспоминаниям современников, отличался некоторой хитростью и двуличием.

Сенситивнее (от *лат.* sensitivus) – т.е. чувствительнее.

С. 664. *Казните сердце, пощадите бороду, как сказал Томас Морис...* — Мор Томас (1478–1535) — великий английский гуманист, один из основоположников утопического социализма, был казнен английским королем Генрихом VIII как противник Реформации. «Взойдя на эшафот, — как рассказывалось в ярком и подробном очерке о Томасе Море и его “Утопии” в книге журнала, читаемого братьями Ф.М. и М.М. Достоевскими в пору их юности, — Морус стал на колени и прочел псалом. Палач стал просить у него прощения. Морус обнял его, сказав: “Ты оказываешь мне величайшую услугу, какую только я мог получить от человека. Исполняя свою обязанность, отсторони только мою бороду, потому что она чиста и непорочна; она никогда не изменяла”» («Библиотека для чтения», 1837, т. XXIV, отд. III, с. 95).

Mea culpa, mea culpa... — латинская формула покаяния во время исповеди, принятая у католиков. Выражение это часто употребляется в значении «виноват и раскаиваюсь».

С. 672. *Лигатура* — примесь меди или олова к золоту для придания ему большей твердости.

С. 680. *«Non possumus!»* — слова в «Деяниях апостолов», принадлежащие апостолам Петру и Иоанну, которым книжники хотели запретить проповедь (гл. 4, ст. 19–20); выражение это стало в папских посланиях традиционной формулой, означающей отказ удовлетворить требования светской власти.

С. 688. *...чиновника Швабрина три месяца назад от ссылки спасли?* — Фамилия заимствована Достоевским из «Капитанской дочки» А.С. Пушкина, где Алексей Иванович Швабрин — офицер, сосланный за поединок в Белогорскую крепость.

С. 693. *...услышала дикий крик «духа, сотрясшего и повергшего» несчастного.* — Достоевский пользуется евангельской фразеологией эпизода исцеления бесноватого. Сама сцена несет на себе отпечаток автобиографических событий: вскоре после женитьбы такой же припадок случился с Достоевским на вечере у сестры Анны Григорьевны.

С. 702. *И может быть, на мой, закат печальный...* – цитата из стихотворения Пушкина «Элегия» («Безумных лет угасшее веселье...»).

С. 717. *...помешавшийся на современном нигилизме, обнаруженном господином Тургеневым...* – Имеется в виду роман Тургенева «Отцы и дети», с появлением которого современники связывали применение слова «нигилизм» для характеристики умонастроений тогдашней разночинно-демократической молодежи. Достоевский высоко ценил этот роман, особенно образ, по его определению, «беспокойного и тоскующего Базарова (признак великого сердца), несмотря на весь его нигилизм» (Полн. собр. соч. Т. V. С. 59).

С. 733. *...принцессу де Роган...* – Роганы – один из древнейших и знаменитейших родов Франции, фамилия которых как синоним «благородства» упоминается Достоевским и в «Подростке».

Шаривари (фр. charivari) – обструкция, устраиваемая с помощью шума, грохота, свиста перед домом лица, вызвавшего общественное неудовольствие.

С. 734. *...он рожден Талейраном.* – Талейран Шарль Морис (1754–1838) – французский дипломат, министр иностранных дел; прославился как ловкий, хитрый и коварный дипломат; в своей жизни 18 раз присягал разным французским правительствам, но изменял всем им и всех обманывал. Имя его стало нарицательным.

С. 742. *«Ценою жизни ночь мою!..»* – Цитата из поэмы Пушкина о Клеопатре, вошедшей в состав повести «Египетские ночи».

С. 745. *«Утаил от премудрых и разумных и открыл младенцам...»* – приблизительная цитата из Евангелия (слова Христа);

Евангелие от Матфея, гл. 11, ст. 25; от Луки, гл. 10, ст. 21).

С. 749. *...съездить в Семеновский полк...* – Так назывался в обиходе район Петербурга, примыкающий к Загородному проспекту (по месту расположения казарм лейб-гвардии Семеновского полка).

С. 751. *...французский роман «Madame Bovary»...* – Роман Г. Флобера (1821–1880) «Госпожа Бовари» Достоевский читал летом 1867 г. по рекомендации Тургенева, который отозвался о нем как о самом лучшем произведении «во всем литературном мире за последние 10 лет». Достоевский также высоко ценил этот роман (см.: В. Микулич. Встречи с писателями. Л., 1929. С. 155).

С. 760. *Я ее клеенкой накрыл... Это как там... в Москве?* – Непосредственным толчком к оформлению образа купца-убийцы, как установлено, явился судебный процесс московского купца В.Ф. Мазурина, убившего ювелира Калмыкова. Подробные отчеты по его делу, с описанием обстоятельств убийства и сведениями о самом преступнике были опубликованы в газетах в конце ноября 1867 г., т.е. как раз в то время, когда писатель начал обдумывать вторую (окончательную) редакцию «Идиота». Как и Рогожин, Мазурин принадлежал к известной купеческой семье, был потомственным почетным гражданином, владельцем доставшегося ему после смерти отца двухмиллионного капитала, жил в фамильном доме вместе с матерью. Там он и зарезал бритвой, крепко связанной бечевою, «чтобы бритва не шаталась и чтобы удобнее было ею действовать», свою жертву. Труп убитого Калмыкова он спрятал в нижнем этаже, накрыв купленной им американской клеенкой и поставив рядом четыре поддонника со ждановской жидкостью (средство для дезинфекции и уничтожения зловония); в магазине купца, где было совершено убийство, полиция, кроме того, нашла нож со следами крови, купленный Мазуриным «для домашнего употребления». Ряд подобных деталей предваряет и сопровождает картину гибели Настасьи Филипповны. В романе есть и прямое упоминание о Мазурине: на своих именинах, в первый день начала действия («в конце ноября» 1867 года), Настасья Филипповна говорит о прочитанных ею газетных сообщениях по этому делу (см.: «Московские ведомости», 1867, 26 ноября, № 259 и «Голос», 1867, 29 ноября, № 330), и это звучит как зловещее предзнаменование (см. В.С. Доровато вская-Любимова. «Идиот» Достоевского и уголовная хроника его времени. — «Печать и революция», 1928. № 3. С. 37–38).

И. Битюгова

Библиотека Всемирной Литературы

Федор Достоевский
Идиот

Ответственный редактор Г. Безотосная

Художественный редактор М. Суворова

Компьютерная верстка Л. Кузьминова

Корректор А. Сашкина

ООО «Издательство «Эксмо».
127299, Москва, ул. Клары Цеткин, д. 18/5.
Интернет / Home page: www.eksmo.ru
Электронная почта – info@eksmo.ru

Подписано в печать 16.07.2008.
Формат 84х108 1/32. Печать офсетная.
Бумага офсетная.Усл. печ. л. 42,0.
Тираж 4000 экз. Заказ № 2414

Отпечатано с электронных носителей издательства.
ОАО "Тверской полиграфический комбинат". 170024, г. Тверь, пр-т Ленина, 5.
Телефон: (4822) 44-52-03, 44-50-34, Телефон/факс: (4822)44-42-15
Home page - www.tverpk.ru Электронная почта (E-mail) - sales@tverpk.ru

ISBN 978-5-699-30026-6

9 785699 300266 >